ULLSTEIN

Das Buch

Einst war es die große Liebe: Achtzehn Jahre sind vergangen, seit Penelope den attraktiven Andrea geheiratet hat. Gemeinsam mit ihren Kindern leben sie in Mailand. Doch vieles hat sich in ihrer zu Beginn so vielversprechenden Beziehung verändert. Und dann reicht es Penelope – es reicht ihr, den Haushalt für eine chaotische Familie zu schmeißen und für einen Mann, der nicht einmal mehr versucht, seine Seitensprünge vor ihr geheim zu halten. Sie reist in die Villa ihrer Familie nach Cesenatico, um Abstand zu gewinnen und um Andrea an seine Vaterpflichten zu erinnern, die er so lange vernachlässigt hat. Da tritt Mortimer erneut in ihr Leben, der Arzt, der vor Jahren vergeblich versucht hat, Penelope ganz für sich zu gewinnen ...

Die Autorin

Sveva Casati Modignani hat sich mit ihren großen Frauenromanen international einen Namen gemacht. Allein in Italien wurden von ihren Büchern über drei Millionen Exemplare verkauft; mehrere Romane der Erfolgsautorin wurden verfilmt, u.a. *Giulia*, als TV-Serie auch in Deutschland erfolgreich.

Von Sveva Casati Modignani sind in unserem Hause außerdem erschienen:

Der Korsar und die Rose
Das Leuchten eines Augenblicks
Sehnsucht nach Meran
Tango des Vergessens

Sveva Casati Modignani

Im Abendrot der Liebe

Roman

Aus dem Italienischen
von Brigitte Lindecke

Ullstein

Besuchen Sie uns im Internet:
www.ullstein-taschenbuch.de

Umwelthinweis:
Dieses Buch wurde auf chlor- und säurefreiem Papier gedruckt.

Ullstein Verlag
Ullstein ist ein Verlag des Verlagshauses Ullstein Heyne List GmbH & Co. KG.
Neuausgabe
1. Auflage Juni 2003

Titel der italienischen Originalausgabe: *Vaniglia e cioccolato* (Sperling & Kupfer Editori, Mailand)
Übersetzung: Brigitte Lindecke
Redaktion: Angela Troni, München
Umschlaggestaltung: Cordula Schmidt, Hamburg
Titelabbildung: Taschen Verlag
Gesetzt aus der Sabon
Satz: Pinkuin Satz und Datentechnik, Berlin
Druck und Bindearbeiten: Clausen & Bosse, Leck
Printed in Germany
ISBN 3-548-25743-7

Ezio Bartocci,
einem Helden unserer Zeit,
der am 20. Juli 1999 ermordet wurde

Sonntag, 24. Mai

Lieber Andrea, Unglück meines Lebens,
ich habe oft gedroht wegzugehen und habe es nie getan. Diesmal aber gehe ich wirklich. Du weißt, dass ich zwar lange brauche, bis ich mich zu einem Entschluss durchgerungen habe, dass ich dann jedoch konsequent bin.
In achtzehn Jahren Ehe hatte ich ausreichend Gelegenheit, deinen Egoismus, deine Meisterleistung im Lügen, deine Ängste und deine Unreife in ihrem gesamten Ausmaß kennen zu lernen.
Ich will gar nicht wissen, wie du es ohne mich schaffen wirst, wenn man bedenkt, dass du allein nicht einmal in der Lage bist, eine Dose Bier zu öffnen.
Wenn du überleben willst, wirst du lernen müssen, dich um dich selbst, um unsere drei Kinder und um unseren Heimzoo zu kümmern. Es wird kein leichtes Unterfangen, der Haushälterin, die du so liebenswürdig »die dumme Gans« nennst, Anweisungen zu geben oder dich mit Schwester Alfonsina herumzuschlagen, die so lange nerven wird, bis wir den kleinen Luca taufen lassen, oder mit deiner Mutter, die jeden zweiten Tag von zu Hause fortläuft und nach der man dann die ganze Stadt durchforsten muss, mit Lucias Psychologen, mit Daniele, der sich am ganzen Körper mit diesen Piercings durchbohrt und mit fünfzehn immer noch ins

Bett macht, mit den Bußgeldern, die bei der Post oder der Bank zu zahlen sind, mit den Haltegriffen im 740er, mit der täglichen Einkaufsliste. Du wirst zwischen Schule und Kindergarten, zwischen Judoclub für Daniele, Stadtschwimmbad für Luca und Tanzschule für Lucia hin und her hetzen. Du wirst dich um einen Installateur kümmern müssen wegen der leckenden Rohrleitung, du wirst Heerscharen von Riesenameisen vernichten müssen, die aus einem Loch auf der Terrasse kommen und gegen jegliches Gift resistent sind.

Mit all dem und noch vielem mehr wirst du es aufnehmen müssen, denn ich werde nicht mehr da sein, um vergeblich zu versuchen, das Leck eines Bootes zu stopfen, das dem Untergang geweiht ist.

Ich frage mich, woher du Zeit und Lust nehmen wirst, um deinen Lieblingssportarten nachzugehen: Lügen, Betrügen und dem Desinteresse für unsere Kinder.

Abgesehen von einer kleinen Ausnahme, die lange zurückliegt, bin ich jahrelang die hingebungsvolle Sklavin eines arroganten Herren gewesen.

Ich weiß, dass ich in diesem perversen Spiel deine Komplizin war, und ich weiß auch, dass ich Beleidigungen und Übergriffe hingenommen habe, um nicht allein sein zu müssen.

Letztendlich aber war dein fehlender Respekt stärker als meine Angst vor dem Alleinsein.

Meine Lage ist mit der Millionen anderer Frauen identisch. Wir alle sind wissende Opfer und hoffen auf bessere Zeiten, auf ein Wunder, das die Lage zum Umsturz bringt.

Wie viele Male war ich es leid, alles einfach herunterzuschlucken, und habe versucht, dich von deinem egoistischen Trip abzubringen. Doch es war umsonst. Ich habe begriffen, dass Worte nichts nützen, dass sie davonfließen wie Wasser. Was zählt, sind Tatsachen.

Und so habe ich beschlossen zu handeln.
Nach achtzehn Jahren Ehe täuschst du mich nicht mehr.
Wie hätte ich wissen sollen, dass der Mann, in den ich mich verliebt hatte, nur ein kleiner Junge ist, der sich weigert, erwachsen zu werden?
Als wir geheiratet haben, war ich zu jung und zu unerfahren, um das zu merken.
Verflucht sei mein Bedürfnis, den anderen zu gefallen, vor allem meiner Mutter. Sie wollte für mich einen traditionellen Ehemann. Ich habe sie zufrieden gestellt.
Und so habe ich mir den typischen Tyrannen als Gefährten gesucht, der sich als Herr über seine Frau aufspielt. Unsere Kinder sind derart schwierig, dass es schlimmer nicht sein könnte. Niemand möchte sich mit dem eigenen Versagen abfinden, doch Lucia, Daniele und Luca sind zweifellos der beste Beweis für mein Scheitern. Aber ich habe keine Lust mehr, mich schuldig zu fühlen. Von heute an wirst du dich um sie kümmern müssen.
Ich liebe sie aus tiefstem Herzen, so wie ich dich geliebt habe. Sie zu verlassen bereitet mir großen Schmerz. Dich zu verlassen hingegen ist eine Erleichterung für mich.
Ich ertrage deine Falschheit und deinen Narzissmus nicht mehr und ebenso wenig deine Heuchelei, wenn du den kumpelhaften, großzügigen, verständnisvollen Vater spielst, der seinen Kindern die Geschenke kauft, die ich ihnen verwehre, der ihre großen und kleinen Lügen mit einer Güte anhört, die du gar nicht besitzt.
Du bist der liebe Vater, ich die böse Mutter. Du bist derjenige, der nachgibt, ich diejenige, die verbietet.
Jedes Mal, wenn ich es wage, dich zurechtzuweisen, gerätst du in Rage und schlägst alles kurz und klein, was dir in die Finger kommt. Eine Szene ist die einzige Anwort, zu der du fähig bist, wenn ich

versuche, dich auf deine Verantwortung festzunageln. Dann verschwindest du türknallend. Es gab eine Zeit, da hatte ich Angst, du würdest nicht mehr zurückkommen. Ich war das Opfer, das Angst hat, von seinem Peiniger verlassen zu werden. Ich habe deine Unreife barmherzig vor unseren Kindern geheim gehalten, doch sie haben sie selbst bemerkt und sind verwirrt, ja verstört.

Unglück meines Lebens, du kannst dir nicht vorstellen, wie viel Wut sich in mir angesammelt hat und wie viel Leid es für mich bedeutet, meine Kinder zu verlassen. Weh dir, wenn du dich nicht um sie kümmerst. Ich fahre nach Cesenatico, in Großmutters Haus, denn ich habe das Bedürfnis, allein zu sein.

Sag unseren Kindern, dass sie mich jederzeit anrufen können, entweder per Handy oder im Haus. Was dich angeht, wirst du mein Spiel mitspielen müssen und ihnen sagen, dass ich verreist bin, weil ich mich erholen muss. Wage es nicht, mir zu folgen. Wenn du das tust, werde ich nur noch zurückkehren, um die Kinder zu holen und dich für immer zu verlassen. Wenn dir also unsere Familie am Herzen liegt, lass nichts von dir hören und sehen.

Du bist jetzt mit deiner Verantwortung und – zum allerersten Mal – mit deinen Kindern allein. Ich hoffe sehr, dass ihr euch gegenseitig helfen könnt.

Penelope

Andrea und Penelope
hatten sich fürchterlich
gestritten …

I

Andrea und Penelope hatten sich fürchterlich gestritten, und zwar wegen Stefania, einer anmutigen Journalistin, die sich um den Veranstaltungskalender der Zeitung kümmerte, bei der Andrea arbeitete. Grund des Streits war weniger Penelopes Eifersucht als ihr Zorn über die ungeheure Dreistigkeit, mit der ihr Ehemann log und seine Untreue jedes Mal leugnete, selbst wenn alles offensichtlich war. Andrea hatte sie schon immer betrogen und jedes Mal hatte er behauptet, unschuldig zu sein.

»Zufälligerweise habe ich ausgerechnet heute Morgen, wenige Stunden, nachdem du mit ihr geschlafen hast, mit deiner hübschen Kollegin in der Bar einen Kaffee getrunken. Irgendwann lag sie mir in Tränen aufgelöst in den Armen und bat mich, ihr zu verzeihen«, hatte Penelope ausgeführt.

»Du bist auf dem Holzweg«, hatte Andrea geantwortet.

»Vergiss nicht, dass sie zu mir gekommen ist, um mir alles zu gestehen.«

»Ihr seid alle beide verrückt. Ihr habt ja Wahnvorstellungen!« Andrea riss verblüfft die Augen auf.

Er bekam es allmählich mit der Angst zu tun und Penelope, die ihn kannte, wusste, dass er kurz davor war, zu explodieren und irgendetwas kaputt zu machen.

Seine gewaltsamen Wutausbrüche, mit denen er sie einschüchtern wollte, hatte sie schon viel zu oft erlebt.

»Du bist ein Idiot, Andrea«, hatte sie erwidert. »Du hast einfach keine Vorstellung davon, wie weit weibliche Solidarität geht. Nicht nur, dass Stefania mir weinend alles gebeichtet hat, am Ende konnten wir sogar gemeinsam darüber lachen, auf welch lächerliche Weise du alles vor mir zu verbergen suchst.«

Nun starrte Andrea sie streng an, kurz davor, in die Luft zu gehen. Sie fuhr ungerührt fort: »Da wir schon einmal dabei sind, muss ich dir leider mitteilen, dass du meine bescheidene Intelligenz nicht weiter beleidigen kannst. Du bist ein Fiasko, als Ehemann wie als Vater. Ich habe die Nase voll von dir. Diesmal ist es zwischen uns wirklich aus«, hatte sie geschlossen, ungeachtet der Tatsache, dass die Haushälterin an der Wohnzimmertür lauschte und die Kinder in ihren Zimmern alles hören konnten.

In dem Moment hatte Andrea einen Band der Treccani-Enzyklopädie in den Händen gehalten.

Er schleuderte ihn gegen die Glasscheibe in der Tür, die in tausend kleine Scherben zersprang. Gleich darauf rannte er aus der Wohnung und schlug wütend die Tür hinter sich zu.

Um Mitternacht kehrte er mit einer Vanille- und Schokoladeneistorte zurück. Falls seine Frau schon schlief, würde er sie ins Eisfach stellen. Doch wenn sie noch wach war, würde er wie gewohnt Buße tun, sie würde ihm vergeben und dann würden sie am Küchentisch bei ein paar Zärtlichkeiten und einem Stück Eistorte das Kriegsbeil begraben.

Die Wohnung war still. Die Kinder schliefen.

Sansone lag neben dem kleinen Luca und warf Andrea einen gleichgültigen Blick zu, um dann wieder die Augen zu schließen. Penelope lag auf dem Sofa und schlief. Zumindest schien es so. Er sah sie zärtlich an und dachte, dass er eines Tages aufhören würde, ihr so viele Sorgen zu bereiten.

Dann blieb sein Blick an dem leeren Türrahmen hängen und nun erst fiel ihm wieder ein, dass er das Glas kaputt gemacht hatte. Sei's drum. Penelope würde die Scheibe auswechseln lassen. Er beugte sich über sie und streichelte ihre Wange. Dann trottete er müde ins Schlafzimmer. In der Redaktion der Zeitung, bei der er den Veranstaltungsteil leitete, war es an jenem Abend hoch hergegangen. Die Faxgeräte waren außer Betrieb und der Leitartikel ihres Korrespondenten in London war nicht rechtzeitig angekommen. Also hatte er sich selbst an den Computer setzen und anhand von Archivmaterial und des knappen Telefonberichtes den Aufmacher schreiben müssen.

Es hatte noch weitere Scherereien gegeben, unter anderem eine schlichtweg grauenhafte Fernsehsendung, die er positiv besprechen sollte.

Er zog sich aus, warf seine Kleider unachtsam auf den Sessel und schlüpfte ins Bett. Er versuchte, ein paar Seiten der Biographie einer berühmten Sängerin zu lesen, die er rezensieren sollte, doch die Müdigkeit siegte. Unmittelbar vor dem Einschlafen dachte er daran, dass er am nächsten Morgen alle Zeit der Welt haben würde, um mit seiner Frau Frieden zu schließen.

Um elf wachte er auf. Er räkelte sich wie eine Katze und genoss das angenehme Gefühl der Satinbettwäsche auf der Haut. Sofort fiel ihm Penelope ein, der wichtigste Mensch in seinem Leben. Für Andrea gab es keine Frau, die dem Vergleich mit ihr standhielt, seiner über alles geliebten Lebensgefährtin, die für ihn so lebensnotwendig war wie die Luft zum Atmen. Stefania zum Beispiel war eine auffallend attraktive Frau. Es war ein Vergnügen gewesen, mit ihr ins Bett zu gehen, weil sie den Akt zu einem unwiderstehlichen Spiel machte. Doch sie hätte niemals seine Frau ersetzen können, die nach Feldblumen und frischem Brot duftete. Penelope mit ihren zarten Beinen, den großzügigen Hüften, dem mädchenhaften Busen, dem trotz dreier Schwangerschaften flachen Bauch gefiel ihm mehr als jede andere. Ihr Mund schmeckte nach Mandarine, ihre großen goldenen Augen verzauberten ihn. Er liebte alles an ihr: die sanfte Stimme, die zarten kleinen Hände, die Anmut, mit der sie sich die Nägel lackierte. Wenn er seine Finger in ihr braunes, ewig zerzaustes Haar grub oder ihren zugleich weichen und starken Körper umarmte, fühlte er sich wie der Herr der Welt. Sie war ein Fels, an den er sich geklammert hatte, und es gab keine Frau, so strahlend sie auch sein mochte, die es mit seiner angebeteten Pepe aufnehmen konnte. Stefania, wie auch die anderen gelegentlichen Liebhaberinnen, war reine Spielerei.

Folglich war eine sofortige Versöhnung vonnöten. Dass die Kinder wie jeden Sonntag bei den Cousins seiner Frau zu Besuch waren, kam ihm dabei sicherlich zugute.

Er stieg aus dem Bett, zog den Morgenmantel über, machte das Fenster, das zum Balkon hinausging, weit auf und öffnete die Schlafzimmertür. Allerdings fehlte die gewohnte Hintergrundmusik, die das sonntägliche Erwachen sonst immer begleitete. Überraschend war auch, dass Sansone, der weiße Hirtenhund, gleich vor seiner Tür saß. Vor allem die Stille machte ihm Sorgen. Das waren eindeutig beunruhigende Vorzeichen.

»Pepe, wo bist du?«, rief er, in der Hoffnung, dass ihm die Stimme seiner Frau antworten würde. Doch nichts geschah. Statt ins Bad zu gehen, um eine Dusche zu nehmen, stürzte er in die Küche.

Normalerweise war der Tisch sorgfältig gedeckt, mit seiner Schale mit klein geschnittenem Obst, der Schüssel mit frischem Joghurt, den Toastscheiben, dem Honig, dem hellen und aromatischen amerikanischen Kaffee, und seine Frau saß am Tisch und blätterte in Zeitungen. An diesem Morgen jedoch war da nichts dergleichen und die Bestürzung verschlug Andrea den Atem, denn was er vorfand, sah eindeutig nach Revolution aus: schmutzige Teller, Tassen mit Milch- und Haferbreiresten, offen gelassene Marmeladengläser, auf der Tischplatte verstreuter Zucker. Beinah erschrocken wich er zurück.

»Pepe, wo bist du?«, rief er noch einmal mit der Verzweiflung eines Kindes, das die Mutter verloren hat.

Lediglich Sansone antwortete ihm mit einem leisen Winseln.

»Was ist denn nur los heute Morgen?«, fragte er sich beunruhigt, während er die Wohnung untersuchte und sämtliche Türen weit öffnete. Im Wohnzimmer herrschte das reinste Chaos. Die gleiche Unordnung fand er in den Kinderzimmern, den Badezimmern und der Diele vor. Von Penelope keine Spur. Er hielt es für ausgeschlossen, dass sie die Kinder zu ihren Cousins gebracht hatte. Normalerweise kamen sie die Kinder sonntags morgens abholen. Sein Herzschlag beschleunigte sich besorgniserregend. Es konnte unmöglich sein, dass Penelope ohne eine Erklärung ausgegangen war und diese ganze Unordnung hinterlassen hatte. Er kehrte in die Küche zurück. Auf der Anrichte stand, an die kleine Wiener Porzellanuhr gelehnt, ein Briefumschlag mit der Aufschrift: *Für Andrea.* Er war versiegelt. Seine Hand zitterte, während er ihn aufriss und ein Blatt Papier herausnahm, das mit einer winzigen, doch ordentlichen Handschrift beschrieben war. Er begann, die Zeilen zu überfliegen.

Er las alles, bis zum Ende. Dann ließ er sich auf einen Stuhl fallen. Er fühlte sich benommen, vor den Kopf gestoßen. Das waren nicht Penelopes Worte. Sansone, der zu seinen Füßen lag, sah ihn stumm an. Auch Cip und Ciop, die beiden Zwergpapageien in ihrem Käfig auf dem Fensterbrett, waren ungewöhnlich ruhig. Nun bemerkte er eine weitere Nachricht, die mit Kreide auf die kleine Tafel geschrieben war, die neben dem bauchigen blauen

Kühlschrank hing. Sie lautete: *Geliebte Kinder, ich habe beschlossen, für eine Weile fortzugehen. Ich brauche ein wenig Ruhe. Ich werde bald zurückkommen. Ich liebe euch. Seid umarmt. Mama.*

»Das ist nicht möglich!«, platzte Andrea heraus und sah den Hund an, als hätte der eine Antwort für ihn. »Drohen ist eine Sache, aber seine Drohung in die Tat umzusetzen, das ist doch verrückt. Die kann was erleben«, sagte er, während er ins Wohnzimmer zurückkehrte. Er nahm den Telefonhörer ab und wählte Penelopes Handynummer. Allerdings antwortete nur die elektronische Stimme, die ihm empfahl, es später noch einmal zu versuchen, weil der »gewünschte Gesprächspartner vorübergehend nicht erreichbar« sei. Wütend trat er gegen den Zeitschriftenständer und stieß sogleich ein Jaulen aus, gefolgt von einem Fluch. Er hatte sich den Fuß verletzt.

Humpelnd kehrte er in die Küche zurück, öffnete die Kühlschranktür und nahm eine Flasche Mineralwasser heraus. Dann füllte er ein Glas und trank ein paar große Schlucke.

Schließlich griff er nach der Zuckerdose und schleuderte sie gegen die Anrichte. Die weißen Körnchen rieselten auf den Boden. Er war außer sich und niemand war da, an dem er sich abreagieren konnte.

Es gelang ihm nicht, Penelopes Anschuldigungen zu akzeptieren, vor allem konnte er nicht glauben, dass sie ihn wirklich verlassen hatte. Er fühlte sich gekränkt und beleidigt.

»Hätte ich sie bloß nie kennen gelernt«, zischte er. Er zerknüllte den Brief und warf ihn fort. »Diese entsetzliche Idiotin! Für wen hält die sich? Jetzt hat sie auch noch das Handy ausgemacht! Na warte, ich werde jetzt in den Wagen steigen. Die pack ich mir am Schlafittchen, dann setzt es erst mal was. Und danach prügel ich sie nach Hause!«, schrie er weiter und sah Sansone an. Der Hund dachte, das Gebrüll gelte ihm, und begann zu knurren und die Zähne zu fletschen.

»Lass das!«, befahl Andrea, während er versuchte herauszufinden, wo er den Brief hingeworfen hatte. Er fand ihn, hob ihn auf, strich ihn glatt und kehrte ins Schlafzimmer zurück. Das war das einzige Zimmer, im dem zumindest ein Minimum an Ordnung herrschte. Er legte sich auf die Bettdecke, in der sich noch die Wärme gehalten hatte, in welcher er sich wenige Minuten zuvor wohlig geräkelt hatte, als er noch nicht ahnte, welche Katastrophe über ihn hereinbrechen sollte. Nun las er noch einmal den Brief seiner Frau und wog jedes einzelne Wort ab. Penelope hatte das Profil eines Schuftes gezeichnet, in dem er sich nicht wiedererkannte.

Sie hatte eine zerrüttete Familie beschrieben, die ganz gewiss nicht die seine sein konnte.

Sich selbst hatte sie als Sklavin, als Opfer eines Ausbeuters und Tyrannen bezeichnet. Und dann drohte sie ihm auch noch: Wenn er versuchen würde, sie zurückzuholen, würde sie ihm die Kinder wegnehmen. Es war ein Desaster. Aber war das alles wirklich wahr? Er hatte sich immer für einen guten Ehemann und Vater gehalten. Zuweilen verlor er die Beherrschung. Aber wer wird nicht mal wütend auf seine Frau, vor allem, wenn sie derart heimtückisch ist und keine Gelegenheit auslässt, um ihren Mann in die Enge zu treiben? Ob sie eifersüchtig war wegen Stefania?

Penelope war wütend gewesen, weil er hartnäckig alles abstritt. Aber welcher Mann ist schon so blöd und gibt einen Seitensprung zu? Er stand wieder auf und trat auf den Balkon. Die Straße sah aus wie immer, die Linden verströmten ihren Duft, die Autos fuhren in beide Richtungen durch die Allee, die Welt hatte sich nicht verändert. Er hingegen schon. Seine Frau hatte ihn verlassen und Andrea konnte nicht glauben, dass die Gründe tatsächlich diejenigen waren, die sie in ihrem Brief aufgeführt hatte. Vielleicht war da noch etwas anderes. Aber was? »Und wenn alles wahr ist?«, fragte er sich auf einmal. Aber sicher, seine Penelope hatte Recht. Er hatte völlig gewissenlos gehandelt. Es war, als ob ein Geistesblitz Licht in das Dunkel seines Gehirns gebracht und ihm seine ganze Jämmerlichkeit vor Augen geführt hätte. Er war immer ein untreuer Ehemann gewesen, er log, überließ ihr die schwierige Aufgabe, den Haushalt zu führen und sich um die Familie zu kümmern, griff selten und wenn, dann immer ungelegen ein. Warum war er nur so dumm gewesen? Und wie hatte Penelope ihn all die Jahre ertragen können? Er öffnete die Hand und überließ den Brief dem Wind. Dann stützte er sich auf die Brüstung und weinte.

Das letzte Mal, als er geweint hatte, war er noch ein kleiner Junge gewesen. Doch das war eine alte Familiengeschichte. Warum kam sie ihm ausgerechnet jetzt in den Sinn?

2

Am Horizont zogen Regenwolken auf. Penelope stieg wieder ins Auto, nachdem sie in einer Raststätte einen schlechten Cappuccino getrunken und ein margarinegetränktes Hörnchen geknabbert hatte. Auf dem Weg zur Toilette, wo sie sich den Mund ausspülen wollte, war sie in eine Gruppe dicker, lärmender deutscher Touristinnen geraten. Sie war geflohen. Als sie an der Kasse vorbeigekommen war, hatte sie noch schnell ein paar Bonbons gekauft. Dann war sie auf der Autobahn weiter in Richtung Bologna gefahren und hatte Pfefferminzbonbons gelutscht, als könnten sie ihre quälenden Gedanken versüßen. Ein absolut unwirksames Mittel. Vor sich sah sie nicht das Asphaltband der Straße, sondern die Gesichter ihrer Kinder, die sie kaum zwei Stunden zuvor verlassen hatte und die sie für eine Weile nicht mehr sehen würde. »So lange es nötig ist«, dachte sie und zerbiss ihr Bonbon. »Wollen wir hoffen, dass es auch wirklich hilft«, flüsterte sie mit einem Seufzen, das in einem Schluchzen erstarb, während die Tränen ihr den Blick verschleierten und die ersten Regentropfen auf die Windschutzscheibe fielen. Da hatte sie sich ja einen tollen Tag ausgesucht, um sich von ihrer Familie zu trennen. Ihr Entschluss, den sie lange vor sich hergeschoben hatte, war nicht einfach nur eine Laune, sondern eine Notwendigkeit. Sie hatte gefühlt, dass es keine andere Lösung gab, um die Probleme zu lösen, die auf ihr, Andrea und den Kindern lasteten.

Nach dem letzten jämmerlichen Streit mit ihrem Mann hatte Priscilla die Glasscherben aufgesammelt, während sie wie betäubt in der Wohnung auf und ab gelaufen war, unfähig, irgendetwas zu tun. Sie war an Lucias Zimmer vorbeigekommen. Die Tür war einen Spalt geöffnet. Ihre Tochter kauerte auf dem Bett und hielt ein mit Spitzen und Bändchen verziertes Kissen umklammert. Daniele saß auf einem Hocker und streichelte Igor, seine Boa, die sich um seinen Oberarm wand. Luca saß auf dem Parkett und baute irgendetwas mit seinen Legosteinen.

Lucia und Daniele stritten und sie blieb stehen, um ihnen zuzuhören.

»Die beiden sind unerträglich«, sagte ihre Tochter gerade.

»Es ist auch unsere Schuld. Mama ist nervös, weil wir ihr so viele Probleme machen«, hatte der Bruder erwidert.

»Du machst ihr Probleme, weil du nicht lernst. Ich bin Klassenbeste. Also sprech gefälligst nur für dich selbst.«

»Aber du machst diese ›Gandhi-Diät‹. Das bereitet ihr Kummer.«

»Kinder machen nun mal Probleme. Das ist vorbestimmt. Aber nicht alle Eltern streiten sich deswegen so sehr wie unsere«, hatte Lucia geschlossen.

»Papa ist ein Weiberheld. Und das ist nicht vorbestimmt, sondern eine unwiderlegbare Tatsache«, hatte der Junge das Thema auf den Punkt gebracht.

»Mama sollte sich auch einen Liebhaber zulegen. Dann wären sie quitt. Abwechslung tut immer gut«, hatte ihre Tochter im Tonfall einer erfahrenen Frau gesagt.

»Liebhaber nennt man Abwechslung?«

Die Frage kam von dem kleinen Luca, der die Unterhaltung seiner Geschwister bisher ignoriert zu haben schien.

»Du halt dich da raus, du bist noch nicht mal sechs und hast keine Ahnung«, forderte Lucia ihn auf.

»Wenn ich mal verheiratet bin, nehme ich mir ganz viele Abwechslungen, und wenn ich eine Tochter wie dich habe, werde ich ihr die Gurgel durchschneiden«, hatte der Kleine, alles andere als eingeschüchtert, erwidert.

Das Schuldgefühl dieser Kinder gegenüber ihren streitenden Eltern erschütterte sie. Nun war sie wirklich entschlossen fortzugehen. Vielleicht würde Andrea ja ein verantwortungsvoller Vater werden, wenn sie sich zurückzog. Sie musste es um jeden Preis versuchen und ihm die Familie anvertrauen, sonst würde Lucia bald magersüchtig werden und wer weiß, was für Gefahren auf Daniele noch lauerten. Ganz zu schweigen von Luca, der extrem still und verschlossen war und möglicherweise großes Leid durchmachte. Die drei mit dem Vater allein zu lassen war die einzig vernünftige, wenn auch schmerzliche Lösung.

Nach dem Abendessen war sie mit dem Hund Gassi gegangen. Lucia war mit ihrem Freund in der Pizzeria, Daniele und Luca lagen schon im Bett. Priscilla hatte sich für

Mohammed schön gemacht, ihren ägyptischen Verlobten, mit dem sie all ihre Wochenenden verbrachte.

»Findest du mich sexy, Signora?«, hatte sie gefragt, bevor sie gegangen war. »Als ich auf den Philippinen war, war ich mehr *slim* und sehr sexy. Jetzt sagt Mohammed, dass ich dick bin.«

»Du bist hübsch, Priscilla. Mach dir keine Sorgen«, hatte Penelope sie beruhigt.

Manchmal verprügelte Mohammed sie. Dann schwoll ihre Brust vor lauter Stolz. »Er schlägt mich, weil er mich liebt«, sagte sie.

Penelope hatte auf Lucias Rückkehr gewartet, dann hatte sie ihre Koffer gepackt. Anschließend hatte sie sich vor den Fernseher aufs Sofa gelegt, um sich mit einer vollends dämlichen Varietésendung zu betäuben.

Sie hatte gehört, wie der Aufzug in ihrem Stockwerk hielt. Sofort hatte sie den Fernseher ausgeschaltet und die Augen geschlossen. Sie wollte nicht mit Andrea sprechen. Als ihr Mann ihr Gesicht streichelte, hätte sie ihn am liebsten in die Hand gebissen. Irgendwann war sie eingeschlafen.

Wenige Stunden später saß sie am Küchentisch und schrieb flüchtig den Brief für Andrea.

Dann weckte sie die Kinder und machte Frühstück. Sie sah ihnen beim Essen zu. Sie hörte ihren Gesprächen zu, zwang sich zu antworten, doch in ihrem Kopf herrschte ein ziemliches Durcheinander. Sie liebte die drei, war im Begriff, sie zu verlassen, und konnte es ihnen nicht sagen.

Um neun kündigten sich ihr Cousin und ihre Cousine über die Sprechanlage an. Die Kinder waren fertig zum Ausgehen.

»Wer kommt uns abholen?«, fragte Lucia.

»Papa wird kommen«, versicherte sie.

»Dann sag ihm bitte, er soll pünktlich sein. Ich muss

unbedingt um vier zu Hause sein, ich muss noch eine Griechischaufgabe machen. Außerdem werde ich morgen in Geschichte abgehört.«

»Fleißig, mein Mädchen«, bemerkte Penelope lächelnd, während sie sich zwang, nicht die üblichen Ratschläge hinzuzufügen, wie der, nicht so zu tun, als würde sie essen, und stattdessen das Essen unter dem Tisch zu verstecken. Lucia wäre perfekt, wenn sie nicht diese Manie hätte, unbedingt mager sein zu müssen. Ihr Ideal war ein dünner Körper wie der von Veronica Pivetti, dazu das wunderschöne Gesicht von Claudia Schiffer.

Penelope öffnete die Aufzugstür und hauchte ihren Kindern einen letzten Kuss auf die Wange. Luca drückte die kleinen rosigen Lippen auf ihre Wange und presste sein übliches »Brrr« hervor, eine Mischung aus Kuss und Grimasse. Daniele ließ das Glöckchen klingeln, das an seinem Ohrläppchen hing.

»Ich habe nichts zu lernen auf. Also passt es mir auch, wenn Papa später kommt. Ist sogar besser«, brummte er.

Natürlich, er musste nie etwas lernen. Dafür bekam er erbärmliche Noten und riskierte, sitzen zu bleiben.

Penelope ging zum Wohnzimmerfenster und sah die Straße hinunter. Sie betrachtete ihre Kinder, wie sie in das Auto der Cousins stiegen. Dann schloss sie die Läden und trat in die Küche. Wäre sie nicht so entschlossen gewesen, ihre Familie zu verlassen, hätte sie die Ärmel hochgekrempelt und angefangen zu putzen. Stattdessen kritzelte sie eine kurze Nachricht auf die Tafel. Aus der Tasche des Morgenmantels holte sie den Brief an ihren Mann hervor und legte ihn gut sichtbar auf die Anrichte. Dann ging sie ins Ankleidezimmer, in dem bereits der gepackte Koffer stand. Obgleich es Ende Mai war, war es kein besonders schöner Tag. Der Himmel war bedeckt und die Luft kühl. Sie öffnete ihren Kleiderschrank und wählte aus den zurückgelassenen Kleidern ein glyzinienfarbenes Kostüm aus, das sie seit Jahren nicht mehr getragen hatte und das aus der Zeit vor Lucas Geburt stammte.

Rock und Kleid passten noch wie angegossen.

Dann nahm sie ein Paar blaue Slipper aus dem Schuhschrank, die zum Fahren sehr bequem waren. Sie packte Handtasche und Koffer und schlich auf Zehenspitzen zur Wohnungstür, um Andrea nicht aufzuwecken. Dort angelangt, überlegte sie noch einmal kurz und kehrte zum Kinderzimmer zurück. »Mein Gott, was für ein Durcheinander«, sagte sie, während sie die Dinge auf Lucas Nachttisch kontrollierte. »Da, ich wusste es, er hat sein Ventolin vergessen«, stellte sie leise fest und machte sich sogleich Vorwürfe, dass sie nicht besser aufgepasst hatte. Wenn der Kleine einen Asthmaanfall bekäme und bemerken würde, dass er das Medikament nicht bei sich trug, würde er einen Schreck kriegen. Hätte sie weniger an ihre eigenen Probleme und mehr an das ihres Kindes gedacht, wäre das nicht passiert. Vielleicht sollte sie ihre Abreise noch einmal verschieben. Das Spray war nun sehr viel wichtiger. Vielleicht sollte sie überhaupt nicht fortgehen. Sie müsste nur den Koffer auspacken, den Brief zerreißen, die Tafel wischen und weiterleben wie bisher.

»Aber es war doch das reinste Desaster bisher«, flüsterte sie und sah sich um. Sie dachte, dass es nur noch schlimmer werden würde und dass es an der Zeit wäre, diese perverse Spirale des Abstiegs ihrer Familie zu unterbrechen. »Luca wird schon zurechtkommen. Seine Geschwister sind ja auch noch da«, schloss sie. Auf Zehenspitzen durchquerte sie erneut den Flur und ging hinaus.

Ihr Wagen parkte vor dem Haus, auf dem Grünstreifen in der Mitte der Allee unter einer Platanenreihe. Sie stieg ein und schaltete das Handy aus.

Sie hatte ihre Entscheidung weder den Pennisi noch ihren Busenfreundinnen Donata und Sofia oder ihren Eltern mitgeteilt. Wenn sie davon erfahren würden – und das würde sicherlich nicht lange dauern, denn Andrea würde gewiss ein Riesentheater veranstalten –, wäre sie längst in Cesenatico und dann sollten sie mal versuchen, sie wieder nach Hause zu kriegen.

An der Autobahnauffahrt nach Ancona war der Regen zu einer wahren Sintflut geworden. Die Scheibenwischer vermochten das Wasser nicht mehr fortzuwischen und die Sicht wurde problematisch. Penelope verlangsamte und beschloss, erneut Rast zu machen. Sie wollte keinen Unfall riskieren. Ihre Kinder sollten eine Mutter in der Ferne haben und nicht eine Mutter im Krankenhaus.

Sie parkte vor einer Raststätte und verfluchte ihre Zerstreutheit: Sie hatte den Regenschirm im Kofferraum gelassen. Glücklicherweise lag für Notfälle ein Regenmantel auf dem Rücksitz. Sie zog ihn, so gut es ging, über und rannte über den Platz, wobei sie in riesige Pfützen einsank.

Das Lokal war überfüllt mit anderen Reisenden, die wie sie darauf warteten, dass der Regen nachließ.

Nun öffnete sie ihre Handtasche und schaltete das Handy ein. Inzwischen war sie weit genug von zu Hause entfernt, als dass sie es sich noch einmal anders überlegen würde.

Sie wusste nicht, wie lange sie im Exil verweilen würde. Vielleicht wenige Tage, vielleicht ein paar Wochen. Bis dahin würde sie einschätzen können, ob und wie sehr Andrea ihr fehlen würde. Vermutlich würde auch ihr Mann nach dem ersten Schock über ihre Beziehung, über die Kinder, über alles nachdenken. Vielleicht würden sie wieder zueinander finden, vielleicht würden sie sich trennen. In dem Fall würde sie sicher nicht auf ihre Kinder verzichten, selbst wenn sie deren Vater vor Gericht zerren müsste.

»Wer hätte das gedacht«, sann sie nach, »dass unsere große Liebe einmal so enden würde?«

Sie betrachtete den Regen, der gegen die Scheiben prasselte, und hoffte aus tiefstem Herzen, dass sie so schnell wie möglich ihre Familie zurückhaben würde, denn Andrea war nicht nur der Vater ihrer Kinder, sondern der Mann, in den sie sich verliebt, an den sie geglaubt hatte. Ihm hatte sie ihr Leben gewidmet.

Als sie Mortimer kennen gelernt hatte, hatte sie eine fürchterliche Zeit durchlebt, war von Schuldgefühlen geplagt und verunsichert gewesen, weil sie sich zwischen den beiden Männern, die sie liebte, nicht entscheiden konnte.

Unterdessen waren sieben Jahre vergangen, seit sie sich entschieden hatte, die Beziehung mit Mortimer zu beenden. Doch die Unsicherheit blieb bestehen. Mortimer nahm immer noch einen wichtigen Platz in ihrem Herzen ein. Sie fragte sich noch häufig, ob sie mit ihm glücklicher gewesen wäre. Doch bis jetzt wusste sie darauf keine Antwort.

Eine Prognose ihrer Freundin Donata, die Astrologin war, kam ihr in den Sinn: »Andrea ist das Kreuz, das du dein ganzes Leben lang tragen wirst.« Penelope wollte dieses Urteil nicht hinnehmen, zumal es auch auf den zarten Schultern ihrer Kinder lastete.

Auf einmal verschwand der Regen und zwischen den davonziehenden Wolken brach die Sonne durch. Penelope suchte einen Einkaufskorb und füllte ihn mit Mineralwasser, denn das aus Cesenatico war ungenießbar, Fruchtsäften, Honig- und Marmeladengläsern, Spaghettipackungen und Flaschen mit passierten Tomaten.

Im alten Haus ihrer Mutter gab es zwar immer einen Vorrat an Konserven, doch sie zog einen guten Teller Pasta einem Thunfischbrötchen vor.

Wenn sie unzufrieden war, versuchte sie sich immer mit Essen zu trösten.

Sie zahlte und ging hinaus. Sie stellte die Tüten auf den Rücksitz. Dann öffnete sie ihre Handtasche, weil sie meinte, das Klingeln ihres Handys gehört zu haben. Doch nun schwieg das Telefon. Sie wählte die Nummer ihrer Mailbox und stellte fest, dass ihre Mutter versucht hatte, sie zu erreichen.

Ihr Mund verzog sich zu einem leisen Lächeln. Sie konnte sich den Grund des Anrufes denken. Bestimmt hatte Andrea sich an ihrer Schulter ausgeheult. Doch sie bezweifelte, dass er bei ihrer Mutter Trost gefunden hatte, denn er war nicht gerade der Schwiegersohn ihrer Träume. Ihre Mutter hätte sich für sie einen vielleicht etwas weniger auffälligen Ehemann gewünscht, dafür mit einem beständigeren Bankkonto und einem weit einträglicheren Beruf.

Sie beantwortete die Nachricht gar nicht erst, sondern startete den Wagen. Dann legte sie die CD von Gershwins *Ein Amerikaner in Paris* unter der Leitung von Adriano Maria Barbieri ein und hoffte, dass diese fröhlichen und reinen Klänge ihre Sorgen, ihre Gewissensbisse und ihren Schmerz besänftigen würden.

Sie trommelte im Takt auf das Lenkrad. Mit ihren achtunddreißig Jahren verspürte sie immer noch Lust zu leben, zu lieben, glücklich zu sein. Ein Gefühl des Optimismus durchströmte sie. Für den Bruchteil einer Sekunde fühlte sie, dass es ihr gelingen würde, aus dem Schlamassel, in dem sie seit Jahren steckte, herauszukommen. Schließlich hatte sie eine wichtige und schwierige Entscheidung getroffen, die nur eine energische Frau in die Tat umsetzen konnte. »Pepe, du bist stark«, sagte sie zu sich selbst, um sich Mut zu machen.

Sie hatte Andrea geschrieben, dass sie ihn mit den Familienproblemen allein ließ. Das war nur die halbe Wahrheit. Die Probleme würden ihre Gedanken in der Einsamkeit Cesenaticos auch weiterhin gefangen halten. Doch sie würde sie eines nach dem anderen anpacken und ihnen auf den Grund gehen müssen, angefangen mit der Beziehung zu ihrem Mann.

»Unglück meines Lebens«, stieß sie zwischen den Zähnen hervor.

Während sie die Autobahn verließ und rechts auf die Landstraße nach Cesenatico abbog, war sie sich absolut sicher, dass Andreas in jenem Moment weinte.

Endlich sollte auch er die heilsame Wirkung der Tränen kennen lernen.

3

Penelope fuhr über die Brücke am Hafenkanal in den Ort hinein. Die am Kai liegenden Fischerboote stellten ihre majestätischen Segel zur Schau, die sich grellbunt vor dem sonnenvergoldeten Maihimmel erhoben. Sie fühlte sich ermutigt, soweit es ihr unter den gegebenen Umständen möglich war. Obwohl sie in Mailand geboren war, hatte sie doch hier ihre Wurzeln, in diesem großen Dorf, das im Winter von Nebelschwaden, im Sommer von einer feuchten Hitze, im Herbst von einer leisen Melancholie heimgesucht wurde. Hier war ihr Urgroßvater Gualtieri geboren, der Marinekapitän, hier hatte ihre Großmutter Diomira das Licht der Welt erblickt, hier war ihre wunderschöne Mama aufgewachsen und sie selbst hatte viele Sommer ihres Lebens hier verbracht.

Sie kannte jeden Winkel Cesenaticos, vom ursprünglichen Ortskern angefangen, der immer noch aus alten Fischerhäusern bestand, bis zum neuen Teil, der in den letzten fünfzig Jahren aus dem Boden gestampft worden war. Lang war es her, dass die reichen Familien aus Cesena, Forlì und anderen kleinen Städten der Umgebung in der Nacht der Sommersonnenwende auf Anhängern hölzerne Umkleidekabinen mitbrachten und sich die besten Plätze am Strand sicherten, der damals noch frei war. In jenen Jahren aß man nunmehr vergessene Speisen wie »Pane dorato«, das damals Koteletts ersetzte und aus dünnen, alten, mit Milch getränkten und in Schmalz gebratenen Weißbrotscheiben bestand, oder wie die »Strozzapreti«, kleine Makkaroni aus einem Teig aus Mehl, Wasser und einer Prise Salz, die mit Speck gewürzt wurden. Ärmliche Speisen für arme Leute, die kümmerlich ihr Dasein fristeten, die jedoch Güte, Phantasie und Geist besaßen, eine Extravaganz, die an Verrücktheit grenzte, und den festen Willen, das Elend hinter sich zu lassen. Und dieser Wille wurde umso größer, wenn sie die »Signori« sahen, die im Sommer Künstler und Intellektuelle an Bord ihrer Boote beherbergten und die träge an den Küsten entlangfuhren und der Dolce Vita frönten.

»Ich bin zu Hause«, dachte Penelope, als sie durch die Viale Roma fuhr.

Sie parkte den Wagen vor einem alten schmiedeeisernen Tor. Ein niedriger Eisenzaun aus großzügigen Voluten umgab den Garten. Am Ende des Grüns, ein wenig hinter den maritimen Pinien versteckt, konnte man die Fassade der Jugendstilvilla erkennen. Es war ein zweistöckiges Gebäude, an dessen einer Seite ein Türmchen mit Bogenfenstern aufragte.

Penelope stieg aus dem Wagen und öffnete das Vorhängeschloss an dem verrosteten Tor, dann stieß sie die beiden Flügel auf, die in ihren Angeln knarrten und zwei Halbkreise in den Kies der unkrautbewachsenen Zufahrtsallee zeichneten. Sie fuhr mit dem Wagen an zwei großen stolzen Fuchsien vorüber und erreichte das Haus. Die Rollläden waren heruntergelassen. Der einst schöne goldgelbe Putz der Mauern war abgebröckelt und grau geworden. Unterhalb des Daches verlief ein farbenfroher Mäander, dessen Linien immer noch lebhaft waren. Sechs Stufen führten zu einer Holztüre hinauf, die durch die feuchten Winter tiefe Risse bekommen hatte und aufgequollen war. Die Luft roch nach Meer.

Sie stieg die Stufen hinauf und schob mit dem Fuß ein

paar Blätter beiseite, die niemand fortgenommen hatte. Als sie die Tür öffnete, schlug ihr sogleich die kalte und feuchte Dunkelheit des unbewohnten alten Hauses entgegen.

Sie dachte, dass dies der einzige Ort der Welt sei, an dem sie nachdenken und versuchen könnte, wieder Ordnung in ihr Leben zu bringen.

Ein Sonnendreieck durchbrach das Dunkel der Eingangshalle und schien auf den Fliesenboden mit dem schwarzweißen Rautenmuster. Die Herbstwinde hatten feinen Sand durch die Risse geweht, der sich in einer zarten Schicht auf dem Boden abgelagert hatte. Vom anderen Ende der Halle drang gedämpftes Licht durch die violettgrünen Scheiben der Glasveranda herein.

Sie betätigte den Lichtschalter, doch die Lampe ging nicht an.

»Geht das wieder los«, murrte Penelope.

Ihr Nachbar, der alte Professor Attilio Briganti, war mit der Aufgabe betraut worden, die laufenden Rechnungen zu bezahlen. Doch in letzter Zeit vergaß er es hin und wieder. Und nun gab es im Haus kein Licht. Sie würde also bis zum nächsten Morgen warten, zur Post laufen, zahlen und den Dienst habenden Angestellten der Stadtwerke anflehen müssen, sofort den Strom wieder einzuschalten. Nun denn, immer mit der Ruhe. Für diesen Abend könnte sie ein paar Kerzen anzünden und sich mit kaltem Wasser waschen.

Sie zog erst die Rollläden in der Eingangshalle, dann die im Salon hoch und ging schließlich in die Küche. Sie war hungrig. Als Erstes würde sie einen Topf mit Wasser auf den Gasherd stellen, und bis sie die Spaghetti in das sprudelnde Wasser werfen konnte, hätte sie Zeit, den Koffer und die Lebensmittel aus dem Wagen zu holen. Sie öffnete die Blenden an den Fenstern und wollte gerade einen Rollladen hochziehen, als sie plötzlich nur noch den Riemen in der Hand hielt. Offenbar war er kaputt. Aber zum

Glück gab es noch ein Fenster. Doch da geschah genau das Gleiche. »Das fängt ja gut an«, brummte sie. Die Vorstellung, um zwei Uhr nachmittags bei Kerzenlicht zu kochen, gefiel ihr gar nicht. Doch sie ließ sich nicht entmutigen. Sie fand eine Kerze und zündete sie an, nahm den Topf vom Abtropfbrett und stellte ihn ins Spülbecken. Als sie den Wasserhahn öffnete, vernahm sie ein verdächtiges Gurgeln. Und dann nichts mehr.

Allmählich drängte sich ihr der Verdacht auf, dass sich alles gegen sie verschworen hatte, und für einen Augenblick fürchtete sie, alles falsch gemacht zu haben.

»Und was mach ich nun?«, fragte sie sich entmutigt.

Die Kerze auf dem Tisch warf unheilvolle Schatten in das Dunkel der Küche. Wie immer, wenn sie untröstlich war, überkam sie ein unwiderstehlicher Heißhunger. »Ich werde trotzdem essen«, beschloss sie.

Aus den Konserven, die in der Anrichte aufbewahrt wurden, wählte sie eine aus, die ihr groß genug erschien. Sie hielt sie nah an die Kerze und las: Thunfisch in Olivenöl. Abgefüllt in San Cusumano. 300 Gramm. »Hervorragend«, sagte sie laut, während sie in einer Schublade nach dem Dosenöffner suchte.

Sie öffnete die Dose, nahm eine Gabel und aß alles auf, bis auf den letzten Bissen. Dann wusch sie sich mit Mineralwasser die Hände.

Plötzlich klingelte das Telefon, das an einer Wand in der Eingangshalle hing. Zum Glück kam wenigstens dort etwas Sonnenlicht herein. Sie brachte ein halb weinerliches, halb wütendes »Hallo« hervor. Ihre Mutter war dran, die sie mit einem Wortschwall überrumpelte.

»Darf man erfahren, was du diesmal angestellt hast?«, fing sie an und fuhr fort: »Ich bin nicht bereit, mir deine Kinder und deinen neurotischen Ehemann aufhalsen zu lassen. Nur damit du es gleich weißt. Ich habe meine eigenen Probleme.«

Penelope kannte die Probleme ihrer Mutter gut: Ihr größtes war ihr verbissener Kampf gegen die Zeit, ihre Termine beim Friseur, bei der Kosmetikerin, bei Doktor Bottari, der ihre Falten verschwinden ließ und ihre Haut glatt zog, die Trainingsstunden im Club Conti, damit sie in Form blieb. Wenn sie gemeinsam ausgingen, hielten die Leute, die sie nicht kannten, für Schwestern. Wobei ihre Mutter allerdings meist als die jüngere Schwester durchging. Sie trug eng anliegende Miniröcke, Turnschuhe, die ihren leichtfüßigen Gang unterstrichen, und Tops für Teenager, denn ihre Arme und ihr Dekolleté wirkten mit achtundfünfzig Jahren immer noch jugendlich. Irene Pennisi war auffallend attraktiv und das würde sie auch noch lange bleiben. Penelope hatte sie immer als Rivalin betrachtet, nicht als Mutter. Also sagte sie: »Ich will nicht mit dir reden. Tu mir den Gefallen und halte dich aus meinem Leben raus. Du hast schon viel zu viel Schaden bei mir und auch bei meinem Vater angerichtet. Wenn ich diesmal einen Fehler mache, dann deshalb, weil ich es so will, und nicht, weil ich auf dich höre.« Sie legte auf, ohne eine Antwort abzuwarten.

Endlich war es ihr gelungen, ihrer Mutter mit wenigen Worten das zu sagen, was sie schon immer auf dem Herzen gehabt hatte. Der ganze Zorn, die ganze Wut, der Frust, all das, was sie bisher immer hinuntergeschluckt hatte, explodierte mit einem Mal wie ein Feuerwerk.

»Fahrt zur Hölle, du und dieses Haus und mein verfehltes Leben!«, fluchte sie. »Schert euch allesamt zum Teufel!«, schrie sie. Sie stieß gegen einen kleinen Tisch voller Nippessachen, der gefährlich wankte, und versetzte einem Sessel im Chippendalesalon einen Fußtritt. Zwei Beine lösten sich und der Sessel brach zusammen.

Da hörte sie auf einmal Großmutter Diomiras raue Stimme.

Der Chippendalesalon

4

»Penelope, um Himmels willen, hör auf, mit meinem Chippendale zu kippeln«, krächzte die Großmutter mit ihrer rauen Raucherstimme.

Ihr »Chippendale« war ein Polsterstuhl und gehörte zu dem Salon im gleichen Stil, auf den sie unendlich stolz war. Zwei Stühle, zwei Sessel, ein zweisitziges Sofa, eines unbequemer als das andere, drei Tischchen, ein Regal mit geschliffenen Glasböden und eine Stehlampe.

Das kleine Mädchen tat so, als höre es sie nicht, kippelte unbeirrt weiter und bemerkte vergnügt das Ächzen des Holzes, das kurz davor war, aus dem Leim zu gehen. Penelope war allein, langweilte sich und zog Trost aus diesem Schaukeln, während sie ihren Blick über die grüne Seide mit chinesischen Mustern, mit der Sitze und Lehnen bezogen waren, schweifen ließ.

»Du nutzt die Situation aus, weil du weißt, dass deine Mutter nicht eingreifen kann!«, schrie die Großmutter nun, womit sie darauf anspielte, dass ihre Tochter in Gesellschaft eines jungen Mannes, der kurz zuvor mit einem großen Strauß Gladiolen aufgetaucht war, auf der Veranda saß.

Die Großmutter drückte die Zigarette in einem Bronzefass aus und streckte die Arme aus, um Penelope zu packen. Die Kleine sah, wie die weißen Gliedmaßen mit der runzeligen Haut, die Hände mit den langen, von der Arthritis gekrümmten Fingern und den scharlachroten Fingernägeln sich nach ihr reckten. Sie wich zur Seite aus, rutschte vom Stuhl und entwischte den Händen ihrer Großmutter. Als sie an ihr vorbeilief, sog sie den Duft der alten Frau ein, der sich aus Givenchy, Puder und Tabak zusammensetzte. Flink wie eine Katze floh sie sofort in den Garten, gefolgt von der rauen Stimme ihrer Großmutter.

»Sieh nur, was du aus meinem Chippendale gemacht hast. Ich werde die Restaurierung bestimmt nicht bezahlen.«

Penelope versteckte sich in einem mit weißen Begonien gesprenkelten Blumenbeet, in dessen Mitte eine pompöse Hortensie mit blauen Blüten aufragte. Dort, unter der Hortensie zwischen zwei großen Steinen, lag ihr Schatz verborgen: eine Oswego-Keksdose aus Blech, die einen Lippenstiftstummel ihrer Mutter, ein Korallenarmband, ein Autogramm von Iva Zanicchi und ein Heft mit Gedichten enthielt.

Der Lippenstift von Mama roch nach Veilchen und sie öffnete ihn, um daran zu schnuppern. Es war, als rieche sie die Lippen ihrer Mutter. Das Armband, ein Geschenk zur ersten Kommunion, hatte sie einmal verloren und hatte dafür den Hintern versohlt bekommen.

Als sie es im Kies des Gartens wiedergefunden hatte, hatte sie es der Mutter gar nicht erst gezeigt, sondern gleich versteckt, um es nicht mehr anziehen zu müssen. Das Autogramm ihrer Lieblingssängerin hatte sie von einer Freundin bekommen und ihr zum Tausch ein Tütchen San-Carlo-Kartoffelchips gegeben. Das Heft, das sie eifersüchtig hütete, war ein Geschenk von Professor Briganti, ihrem Nachbarn.

»Du kommst bald in die fünfte Klasse«, hatte er zu ihr gesagt. »Da wird es Zeit, dass du anfängst, deine Gedanken niederzuschreiben. Jeden Tag kannst du mit Worten deine Gedanken festhalten. Diese Übung wird dir helfen, viele Dinge zu verstehen.«

»Meine Gedanken würden Mama nicht gefallen«, erwiderte Penelope.

»Du sollst nicht schreiben, um den anderen zu gefallen. Es ist nicht einmal notwendig, dass es dir gefällt, was du schreibst. Wichtig ist nur, dass du dich ausdrückst. Habe ich mich verständlich gemacht?«

Professore Briganti machte sich immer verständlich und vor allem fragte er nie jemanden, ob er verstanden habe, sondern nur, ob er selbst sich verständlich gemacht hatte. Penelope mochte diesen Mann mittleren Alters, der oft Besuch von seinen Schülern bekam, Jungen und Mädchen des Gymnasiums in Cesena, wo er Geschichte und Philosophie unterrichtete. Sie mochte ihn, weil er freundlich war und mit ihr sprach, als sei sie schon erwachsen und nicht erst ein Mädchen von neun Jahren.

So hatte sie angefangen, ihre Zweifel, ihre Verbitterung, ungerechte Schelte, die Widersprüchlichkeit der Großen in dem Heft zu notieren und Gedichte hineinzuschreiben. Es fiel ihr leicht, Paarreime zu verfassen. Sie nahm das Heft, löste den Bleistift, der mit einem Bändchen daran festgebunden war, schloss die Dose wieder und ging nachdenklich durch die kleine Allee auf der Rückseite der Villa. Unter der Veranda mit den bunten Glasfenstern, wo Mama sich mit dem geheimnisvollen Besucher unterhielt, blieb sie stehen.

Inzwischen war auch die Großmutter dort.

»Ich sehe keine Notwendigkeit für eine solche Bekümmernis«, sagte die Großmutter gerade in ihrer antiquierten Sprache, die vor Fehlern nur so wimmelte, was von allen belächelt wurde, in ihren Augen jedoch Zeichen ihrer hervorragenden Erziehung wie ihres hohen Ranges war.

»Merkst du denn nicht, in welche Schwierigkeiten du

dich gebracht hast?«, sagte ihre Mutter. »Du hast die Höfe und die Grundstücke von Sant' Arcangelo verkauft und jetzt hättest du beinah die Villa mit einer Hypothek belastet.«

»Jetzt bin ich ja da, um euch zu helfen«, sagte der Gast.

»Dessenthalben Sie, Signor Oggioni, Sorge tragen werden, das Schlimmste zu verhindern. Ist es nicht so?«, nuschelte die Großmutter, denn sie war gerade dabei, sich eine Zigarette anzuzünden.

Penelope wusste nicht, was es hieß, »die Villa mit einer Hypothek zu belasten«, doch die Worte gefielen ihr sehr. Also öffnete sie ihr Heft und schrieb sie auf. Dann setzte sie sich auf die Steinbank unter der Veranda und beschloss, sich nicht eine Silbe der Unterhaltung entgehen zu lassen.

»Aber wie wollen Sie uns helfen, wenn kein Geld mehr da ist?«, erkundigte sich ihre Mutter.

»Wir werden das, was übrig geblieben ist, gewinnbringend anlegen«, erwiderte der Gast. »Dafür müsste ich jedoch Ihre Vermögenssituation genau kennen.«

»Meine Ehesituation ist noch viel desaströser«, sagte die Großmutter, die auch ein wenig taub war und nicht richtig verstanden hatte. »Und das ist ein Unheil, das *savà sandir, tulmonconné*. Das kennt selbstverständlich die ganze Welt.«

Penelope schrieb schnell mit: Vermögenssituation, Ehesituation und *tulmonconné*.

Als Tochter eines Marinekommandanten war die Großmutter in einem Internat erzogen worden, wo sie ein grauenhaftes Französisch gelernt hatte, ein wenig Musik – gerade genug, um am Klavier ein paar Walzer zu spielen –, ein wenig Sticken, was ihr immerhin ermöglicht hatte, ihre Aussteuer zusammenzustellen, und die elementarsten Maltechniken, um mit Aquarellfarben dicht belaubte Glyzinien, Rosenbuketts und kleine Phantasielandschaften zu malen.

Sie war nie schön gewesen. Ihr unförmiger Körper wirkte steif, sie hatte einen schlechten Charakter und war – als wäre das noch nicht genug – völlig von sich eingenommen.

Der Vater und Marinekommandant hatte gegen Ende des neunzehnten Jahrhunderts die Villa in Cesenatico für seine Tochter bauen lassen – kaum dass sie das Internat verlassen hatte –, in der Hoffnung, dass sie bald eine gute Partie machen würde. Doch Diomira hatte hohe Ansprüche und kein Verehrer schien ihrer finanziellen Situation gerecht zu werden.

Unterdessen war es dem Vater gelungen, mit einigen glücklichen Spekulationen ein beträchtliches Vermögen in Grundstücken und Häusern anzuhäufen. Dann war er gestorben und hatte sie allein gelassen.

Damals war Diomira fünfundvierzig Jahre alt. Von einem Tag auf den anderen verwandelte sie sich radikal. Sie begann, ihre Garderobe zu erneuern und sich wie ein junges Mädchen zu kleiden, sie fing an, sich zu schminken, zu Bällen zu gehen und zu rauchen. Sie weinte allen potentiellen Ehemännern nach, die sie abgewiesen hatte, und ließ sich von einem Draufgänger aus Forlimpopoli erobern, der halb so alt war wie sie, einer, der nichts hatte, nichts konnte, doch schön war wie Robert Taylor. Im Handumdrehen waren die beiden verheiratet. Als die Großmutter erfuhr, dass sie schwanger war, war sie bereits im sechsten Monat. Sie hatte geglaubt, schon in den Wechseljahren zu sein, denn immerhin war sie bereits sechsundvierzig.

Als Irene, Penelopes Mutter, geboren wurde, war der junge und schöne Ehemann längst über alle Berge, nachdem er sich die Hälfte von Diomiras Vermögen angeeignet hatte, die sich jedoch deswegen nicht allzu viele Gedanken machte. Sie zog Irene groß, welche die Schönheit ihres Vaters geerbt hatte, malte weiterhin Glyzinientriebe, spielte die Walzer von Strauss auf dem Klavier, stickte, rauchte und glaubte, allen anderen mindestens um zwei Spannen überlegen zu sein. Um ihr Überleben zu sichern, verkaufte sie indes die Grundstücke und Höfe, die sie vor den gierigen Händen des schönen Ehemanns hatte retten können. Eines Tages erreichte sie aus Goma, einer Stadt im Kongo, die Nachricht seines Todes. Sie sollte nie erfahren, was ihr Mann dort unten gemacht hatte, noch, warum er inmitten »dieser Neger, wie abscheulich«, gestorben war. Sie sagte lediglich: »Möge er in Frieden ruhen.«

»Signora Diomira, ich spreche von Vermögen, also von Gütern unter der Sonne«, sagte der Gast, wobei er die Stimme leicht erhob.

Penelope schrieb »Güter unter der Sonne« in ihr Heft, denn auch diese Worte gefielen ihr.

»Ich habe noch das kleine Mietshaus in Frampula«, erklärte die Großmutter, womit sie ein verfallendes Gebäude in Forlimpopoli meinte, das sie an ein paar Arbeiterfamilien vermietete. Dann fügte sie hinzu: »Und diese Villa, natürlich. Außerdem habe ich noch meinen Schmuck, den ich auf gar keinen Fall liquidieren darf, denn wenn ich mich in Gesellschaft begebe, muss ich doch etwas tragen, was etwas hermacht.«

»Und den viereckigen kolumbianischen Smaragd«, erläuterte Mama. »Er ist lupenrein. Großvater hat ihn von einer Reise nach Südamerika mitgebracht.«

Penelope hielt im Schreiben inne und fragte sich, was zwischen Mutter, Großmutter und dem geheimnisvollen Gast, diesem Signor Oggioni, wohl vor sich ging. Er war ein schöner junger Mann. Nicht so jung wie Mama, aber fast. Er musste reich sein, denn er hatte in der Allee einen amarantroten Alfa Giulia geparkt. Er kam aus Rimini, wo er im *Grand Hotel* logierte. Ihr Vater besaß einen Fiat Seicento und kam am Wochenende mit kochendem Motor nach Cesenatico, auch wenn er auf der Autobahn nie mehr als hundert Stundenkilometer fuhr.

Penelope begann zu schreiben: »Montag, 27. Juli. Ehe und Vermögen hat se, hier ist's wie in der Klappse. Güter unter der Sonne? *Tulmonconné*, Geld, das gibt es hier nicht, nee. Liquidieren wir Schmuck und Villa, sonst haben wir bald nicht mal mehr einen Füller. Ich sehe jedoch die Notwendigkeit, es dem Papa zu sagen, zu seiner Zeit.«

Sie schloss das Heft und legte es an seinen Platz in die Blechdose, die sie wieder unter der Hortensie versteckte. Dann kehrte sie heimlich ins Haus zurück. Die Unterhaltung auf der Veranda war verebbt. Die Großmutter stand in der Küche und wusch in einer Spülschüssel den Fisch. Auf Zehenspitzen schlich sie die Treppe hinauf, am ersten Stockwerk vorbei, und betrat die Wendeltreppe, die in den Turm mit den Bogenfenstern auf allen vier Seiten führte.

Von dort oben konnte man den Garten der Großmutter und die der Nachbarn überblicken: auf der einen Seite den von Professor Briganti, auf der anderen den der Zoffoli. Sie entdeckte ihre Freundin, Sandrina Zoffoli, gemeinsam mit ihrer Cousine, die aus Bologna zu Besuch gekommen war. Die beiden formten irgendetwas Undefinierbares aus Salzteig und plauderten angeregt.

Penelope beneidete die Mädchen und bedauerte, dass Sandrina sie nicht eingeladen hatte. Dann trat sie an das Fenster, das zur Straßenseite hin lag, und beobachtete die Prozession der Sommerfrischler, die nach der Siesta an den Strand zurückkehrten. Das war jedoch kein besonders interessantes Schauspiel. Von der gegenüberliegenden Seite, wo sich das vierte Fenster befand, konnte man eine kleine, kaum benutzte Schotterstraße sehen, die zum Strand führte. Da sah sie plötzlich ihre Mutter auf der kleinen Straße. Sie hatte sich an den Gartenzaun gelehnt. Ihr gegenüber stand dieser Signor Oggioni. Die beiden flüsterten mehr, als dass sie sprachen, und das Mädchen konnte nicht hören, was sie sagten. Er legte eine Hand auf die

Schulter der Frau. Penelope wich zurück, als hätte sie etwas gesehen, was sie nicht sehen wollte. Blindlings rannte sie die Wendeltreppe hinunter und kehrte in den Salon im Erdgeschoss zurück. Dann fing sie wieder an, mit Großmutters Chippendale zu kippeln, und fühlte sich unendlich traurig.

5

Penelope beendete die fünfte Grundschulklasse und wurde in der Mittelschule eingeschrieben. In den großen Ferien fuhr sie wie immer mit ihrer Mama nach Cesenatico. Sie war nunmehr ein junges Mädchen, das in ständigem Konflikt mit der Mutter stand. Die wiederum hatte Mühe, die Kleine zu bändigen, denn die nahm jede Gelegenheit wahr, mit ihrer Mutter zu streiten.

Eines Abends im Juli betrat Penelope nach dem Abendessen das Zimmer ihrer Eltern. Irene war allein und putzte sich heraus, um nach Milano Marittima ins *Hotel Miramare* zu fahren, wo ein paar Freundinnen auf sie warteten.

»Mama, darf ich mir *Romeo und Julia* ansehen?«, begann sie. Irene trug ein sehr eng anliegendes weißes Kleid, das die gebräunten Arme und Schultern frei ließ und ihre zierliche und wohl proportionierte Figur betonte. Sie schminkte sich gerade vor dem ovalen Spiegel des Frisiertischchens.

Die Angesprochene wandte den Kopf, um ihre Tochter anzusehen.

»Du wirst ein bisschen zu dick«, bemerkte sie. Und fügte hinzu: »Sieh mal, wie unordentlich deine Haare aussehen! Bist du denn nicht in der Lage, dich ein bisschen nett zu frisieren?« Sie legte den schwarzen Kajalstift auf die Marmorplatte und streckte eine Hand zum Kopf ihrer Tochter aus. Sie fuhr mit der Hand wie mit einem Kamm durch ihre zerzausten Haare. Dann schüttelte sie enttäuscht den Kopf. »Störrisch und strubbelig wie die deines Vaters«, bemerkte sie. »Unmöglich, sie anständig hinzukriegen.«

»Kann ja nicht jeder so schön sein wie du«, erwiderte das Mädchen mit einem halb ironischen, halb vorwurfsvollen Ton. Und dann bohrte es weiter: »Also, darf ich gehen?« Unterdessen beobachtete es die Mutter.

Irene war wirklich schön. Sie war achtundzwanzig, sah jedoch zehn Jahre jünger aus. Ihr kastanienbraunes Haar, glatt und glänzend wie Seide, reichte knapp bis zur Schulter und wurde von einem Haarreif aus weißem Perlmutt gehalten. An den Ohrläppchen trug sie Ohrringe aus kleinen Perlen, die traubenförmig herabhingen und dem sonnengebräunten Gesicht Glanz verliehen. Penelope suchte vergeblich nach einer Spur von Ähnlichkeit zwischen sich selbst und ihrer Mutter.

»Gehen, wohin?«, fragte Irene, die sich nun wieder die Augen schminkte.

»Auf die Piazzetta della Conserve. Heute Abend gibt es eine Aufführung einer romagnolischen Theatergruppe. Sie zeigen *Romeo und Julia*«, erklärte das Mädchen.

»Hatten wir nicht vereinbart, dass du mit mir kommen würdest?«, bemerkte sie.

»In Wirklichkeit hast du das vereinbart, aber nicht mit mir«, protestierte sie. »Ich bin nicht gern mit den Töchtern deiner Freundinnen zusammen. Die spielen sich immer so auf.«

»Was soll das heißen: Die spielen sich immer so auf?«

Ihre Mutter hatte die nervende Eigenschaft, Fragen mit Gegenfragen zu beantworten.

»Du hast mich schon verstanden. Das soll heißen, dass

sie nur über Kleider reden, über die Kreuzfahrten, die sie gemacht haben oder machen werden, über Tanzkurse und übers Reiten. Ich komm mir einfach nur blöd vor, wenn ich mit ihnen zusammen bin.«

Sie hatte erwartet, dass ihre Mutter antworten würde: »Die Blöden sind sie.« Doch stattdessen sagte sie: »Du weißt doch, wie das ist. Ihre Väter sind halt wohlhabende und erfolgreiche Männer. Dein Vater dagegen ist einer, der sich immer mit dem zufrieden gegeben hat, was er hatte. Er ist ein Mann ohne Ambitionen.«

Das war eine weitere Eigenschaft ihrer Mutter, die sie nervte. Penelope ergriff Partei für ihren Vater. In einem Schulaufsatz, für den sie eine schmeichelhafte Note bekommen hatte, hatte sie geschrieben: »Mein Papa ist ein richtiger Papa: Er ist gut, freundlich, schön und seine Haut duftet nach Zitrone.«

Im letzten Jahr war sie groß geworden und hatte festgestellt, dass ihre Eltern sich nicht verstanden.

Spielverderber war ihrer Meinung nach ihre Mutter, die keine Gelegenheit ausließ, um ihren Mann zu kritisieren, wenn auch auf wohlwollende Weise, wie sie es nun gerade wieder tat. Penelopes Meinung nach war das alles eine Farce. Irgendwo hatte sie den Ausdruck »stilles Wasser« gelesen und ihn sofort mit ihrer Mutter in Verbindung gebracht, denn er beschrieb eine Person, die ruhig und zurückhaltend schien, in Wirklichkeit aber willensstark und hinterhältig war.

Bis zum vorangegangenen Sommer waren die Abende im Garten des *Hotel Miramare* angenehm gewesen. Ihre Mutter hielt mit den Freunden Salon und sie spielte mit deren Töchtern Tischtennis, Ich-sehe-was-was-du-nicht-siehst und Fußball. Doch nun interessierte sie diese frivole Atmosphäre nicht mehr. Außerdem gab es noch einen anderen Grund, der sie störte: die Gegenwart von Signor Romeo Oggioni, der Irene allzu viel Aufmerksamkeit schenkte und zum Dank dafür Lächeln und schmachtende Blicke erntete. Die ganze Geschichte gefiel ihr nicht. Doch sie behielt es für sich, denn sie wusste, dass ihre Mutter sonst wütend werden würde.

»Sandrina geht auch zur Piazzetta, um sich das Theater anzusehen. Wir würden zusammenbleiben«, bettelte sie.

»Kommt gar nicht in Frage. Ich lasse dich nicht allein in dieses Durcheinander.« Irene war fertig geschminkt. Sie stand auf und betrachtete sich noch einmal im Spiegel.

»Du bist gemein«, sagte Penelope. »Papa hätte es mir erlaubt.«

»Bist du dir sicher? Ruf ihn an. Wenn er ja sagt, bin ich einverstanden. Aber damit das gleich klar ist: Wenn dir etwas passiert, ist es seine Schuld«, erwiderte Irene schroff.

»Wegen so etwas werde ich Papa nicht stören. Er arbeitet und braucht Ruhe«, erklärte Penelope. Das war eindeutig eine Anspielung auf die Mama, die absolut nichts tat, außer sich zu amüsieren. Irene verstand und wurde wütend.

»In dem Fall bleibst du mit Großmutter zu Hause«, entschied sie und stöckelte auf ihren weißen Sandaletten mit Pfennigabsätzen aus dem Zimmer. Penelope streckte ihr die Zunge raus, dann hüpfte sie auf dem Bett, bis die Federn quietschten. Schließlich streckte sie sich auf »Papas Seite« aus und deutete ein Lächeln an, in Anbetracht ihres halben Sieges. Zwar konnte sie nicht die Theatergruppe sehen, aber immerhin würde sie sich vor einem peinlichen Abend im *Miramare* drücken können.

Zum ersten Mal betrachtete sie aufmerksam dieses Schlafzimmer, das dem Urgroßvater gehört hatte. Über der Kommode hing ein großes sepiafarbenes Porträt von ihm und seiner Frau, die bei Diomiras Geburt gestorben war. Die Urgroßmutter, jung und blass, trug ein hochgeschlossenes Kleid, das vollständig aus Spitze bestand. Sie saß auf einem Sessel, die Hände kraftlos im Schoß, die kleinen Augen blickten ein wenig erschrocken drein, ihr dunkles Haar war in der Mitte gescheitelt und im Nacken zusammengefasst. Der Kapitän stand neben ihr, er trug eine weiße Offiziersuniform und auf dem Kopf die vorschriftsmäßige Mütze. Hätte er nicht diesen dichten, dunklen Bart gehabt, wäre er der Großmutter wie aus dem Gesicht geschnitten gewesen. Penelope überlegte jedoch, dass auch die Großmutter einen solchen Bart hätte, wenn die Friseuse die Härchen nicht regelmäßig mit Wachs entfernen würde.

Auf der rosafarbenen Marmorplatte der Kommode stand ein Bilderrahmen aus Perlmutt, ein Hochzeitsfoto ihrer Eltern. Links und rechts neben ihnen zwei Kinder im Pagenkostüm: Mariarosa und Manfredi Pennisi, ihre Cousins.

In der Vergangenheit hatte sie sich mehr als einmal bei ihrer Mutter beklagt.

»Warum bin ich nicht auf dem Photo?«, hatte sie gefragt.

»An unserem Hochzeitstag warst du noch auf dem Mond. Du bist erst neun Monate später geboren worden. Wenn Papa und ich nicht geheiratet hätten, wärest du nie geboren worden.«

Heute verstand sie das, doch als sie noch klein gewesen war, war diese Erklärung für sie unverständlich gewesen und sie hatte sich aus dem Leben ihrer Eltern ausgeschlossen gefühlt. Auf dieser Farbphotographie stach das braun gebrannte Gesicht ihres Vaters Domenico, genannt Mimì, hervor. Er war ein paar Zentimeter kleiner als ihre Mutter, die ein Kleid im Empirestil mit hoch angesetzter Taille trug, »eine Kopie eines Modells von Josephine Bonaparte«, behauptete die Großmutter, die immer nach wichtigen Anhaltspunkten suchte. Ihre Mutter sah aus wie eine Kinderbraut. Auf dem anmutig zusammengesteckten Haar saß ein kleines Krönchen aus Orangenblüten, von dem ein Tüllschleier herabhing. Papa lächelte schüchtern ins Objektiv und hielt eine behandschuhte Hand ihrer Mama fest in der seinen. Penelope hatte einen Film gesehen, dessen männlicher Hauptdarsteller, Omar Sharif, ihrem Vater ähnelte, der ein arabisches Gesicht hatte.

Domenico war Sizilianer. Die Familie Pennisi war sehr groß; wenn sich alle versammelten, waren sie mehr als hundert. Sie waren in der Provinz Catania einst Großgrundbesitzer gewesen. Dann war durch die Aufteilung des Erbes das Vermögen hinweggeschmolzen. Papa besaß noch ein Stückchen Land und ein baufälliges Haus zu Füßen des Ätna.

Nach dem Gymnasium war er nach Rom geschickt worden, wo er sein Wirtschaftsdiplom gemacht und eine Stelle in einer Bank bekommen hatte. Er hatte sich als überaus brillant erwiesen, so dass er, als in Cesena eine neue Filiale eröffnet wurde, als Direktor in die Romagna geschickt wurde. Auf dem Tenniscourt des Segelclubs von Cesenatico hatte Mimì Pennisi Irene kennen gelernt. Der Sizilianer hatte sich unsterblich in sie verliebt, Irene war ihrerseits dem Charme des brillanten Bankangestellten mit seiner galanten Art und den hervorragenden Aussichten gegenüber nicht unsensibel geblieben. In der Tat war es im Gespräch, dass er erneut umziehen sollte, um eine Filiale in Mailand, auf dem Corso Buenos Aires, zu leiten.

Großmutter Diomira hatte alles Erdenkliche getan, um die Heirat voranzutreiben, vor allem, weil das Geld knapp wurde, aber auch, weil Irene zu unruhig war, so dass sie für die nunmehr alte Mutter schwieriger zu hüten war als ein Sack Flöhe. Und so hatte sie eine Hochzeit im großen Stil organisiert und war glücklich gewesen, als die Tochter nach Mailand aufgebrochen war, wo Mimìs Eltern dem jungen Brautpaar eine Wohnung in der Via Plinio gekauft hatten. Großmutter Diomira hatte ihrerseits großzügig einen beträchtlichen Teil des englischen Tafelsilbers verschenkt, das Alcibiade Gualtieri auf seinen Weltreisen erstanden hatte.

Penelope hatte oft die Streitgespräche zwischen ihren Eltern mit anhören müssen, die jedes Mal von Irene, welche die dominante Rolle innehatte, provoziert worden waren. Sie warf ihrem Mann vor, ihre Erwartungen nicht erfüllt zu haben. Die junge Frau hatte sich vorgestellt, wie er eines Tages eine Spitzenposition in der Bank, für die er arbeitete, bekleiden würde. Er hatte sie enttäuscht. Zum Teil aus Trägheit, zum Teil wegen seiner völligen Unfähigkeit, sich Geltung zu verschaffen, doch vor allem, weil er mit seiner Arbeit, die ihm erlaubte, Zeit mit seiner Familie zu verbringen, zufrieden war.

»Wenn du ganz oben bist, hast du kein Familienleben mehr. Man ist nur noch auf Geschäftsessen, Ratsversammlungen, Reisen innerhalb und außerhalb Italiens. Ich bin ein gemütlicher Sizilianer und will einfach nur meine Ruhe haben«, hatte er sich gegenüber seiner Frau gerechtfertigt, die ihn wie üblich kritisierte.

»Du vergisst nur eine Kleinigkeit: das Geld. Warum soll man sich mit einem bescheidenen Lohn zufrieden geben, wenn man zehnmal mehr verdienen kann?«, hatte Irene entgegnet.

»Weil so viel Geld nur Ärger macht. Sieh dir mal deine Freundinnen an: Sie werfen das Geld mit vollen Händen zum Fenster raus und sind trotzdem nie zufrieden. Uns fehlt es an nichts und wir können uns manchmal auch die ein oder andere Verrücktheit leisten. Wie diese«, hatte Mimì gesagt und seiner Frau ein Geschenk hingehalten. Es war eine kleine Rolex aus massivem Gold.

Irene, die für derartige Aufmerksamkeiten sehr empfänglich war, hatte ihre Feindseligkeit eingestellt. Sie würde bei der nächsten Gelegenheit wieder darauf zurückkommen.

Als stumme Beobachterin hatte Penelope nunmehr den

Mechanismus ihrer Familie durchschaut und sich insgeheim endgültig auf die Seite ihres Papas geschlagen.

Auf einmal hört sie die Großmutter, die sie von unten rief. Sie stieg aus dem Bett mit dem knarrenden Lattenrost und ging in den Salon hinunter. Der Fernseher lief. Die Großmutter sah sich gerade *Spiel ohne Grenzen* an.

»Warum bist du nicht mit Mama ausgegangen?«, fragte die alte Frau, nachdem sie kräftig eine Rauchwolke ausgestoßen hatte.

»Ich wollte zur Piazzetta gehen. Heute Abend wird dort Theater gespielt. Gleich kommt Sandrina, um mich abzuholen, und ich darf nicht weg, weil Mama es mir verboten hat«, schmollte sie.

»Es geziemt mir nicht, die Entscheidungen deiner Mutter zu kritisieren. Dessenthalben bist du gezwungen, dich anzupassen«, sagte Diomira.

»Und schweren Herzens füge ich mich«, erwiderte das Mädchen, wobei es die Großmutter ein wenig nachäffte. Penelope hatte eine besondere Sprache entwickelt, wenn sie sich an die alte Dame wandte, was diese zu schätzen schien.

»Ich habe einen Entschluss gefasst. Ich werde mir mit dir das Theater ansehen, obgleich es mir recht wenig behagt, mich unter die Menge der Badegäste zu begeben«, entschied Diomira. Sie schaltete den Fernseher aus und löschte die Zigarette. Dann setzte sie kokett ihr blaues Hütchen aus Raphiabast auf, nahm die Handtasche und schritt Penelope voran zur Haustür. In der Allee kam ihnen Sandrina Zoffoli entgegen. Auch sie war sehr aufgeregt wegen der Vorstellung, die sie sehen sollten. Sie liefen am Hafenkanal entlang, und als sie den ältesten Teil des Örtchens erreichten, wurden sie auch schon von den Scheinwerfern der Bühne geblendet, die aus ein paar einfachen Brettern provisorisch zurechtgezimmert worden war.

Die Großmutter fand am Ende des Platzes einen freien Stuhl, während Penelope und ihre Freundin sich einen Weg durch die Menge bahnten, um möglichst nah an die Schauspieler heranzukommen, die sich in abgenutzten Kostümen duellierten und geistreiche Bemerkungen austauschten.

Penelope bemerkte die Naivität der Aufführung und die Bescheidenheit der Bühnenbilder nicht. Mehr, als sie zu hören, sog sie die Dialoge geradezu in sich auf und wiederholte insgeheim mit leiser Stimme einige Verse, um sie nie wieder zu vergessen, fasziniert von dem Bild, das diese in ihrer blühenden Phantasie heraufbeschworen.

»Doch still, was schimmert durch das Fenster dort? Es ist der Ost, und Julia die Sonne! – Geh auf, du holde Sonn'! Ertöte Lunen, die neidisch ist, und schon vor Grame bleich, dass du viel schöner bist, obwohl ihr dienend«, hauchte Romeo.

Die beiden jungen Schauspieler waren wunderschön, zumindest waren sie das für Penelope, die sich mit Julia identifizierte und errötete, als Romeo sie küsste, nachdem er geflüstert hatte: »Dein Mund hat meinen aller Sünd' entbunden.«

All dieses Gerede von Sonne, Lippen, Küssen versetzte sie in Entzücken, auch wenn sie nicht immer den Sinn dieser leidenschaftlichen Wortergüsse begriff.

Sandrina stieß sie mit dem Ellbogen an, als sie die Freundin wegen des tragischen Endes der beiden Verliebten weinen sah.

»Spinnst du? Das ist doch nur eine Komödie«, schalt sie.

»Es ist eine Tragödie. Du spinnst, du verstehst überhaupt nichts. Das ist wahre Poesie«, erwiderte sie und merkte sogleich, wie dumm und leer ihre Worte waren. Ihr Herz quoll über vor lauter Gefühlen, die sie nicht in Worte zu fassen wusste. Und so tat es ihr beinah ein wenig

Leid, als die unglücklichen Liebenden ins Leben zurückkehrten, um den Applaus entgegenzunehmen. Für zwei Stunden, die wie im Fluge vergangen waren, war sie in eine phantastische Welt eingetaucht, die sie zum Lachen, Zittern und Weinen gebracht hatte. Und dieser Zustand hielt auch noch an, als sie wieder zu Hause war. Irene war noch nicht zurück. Die Großmutter trat an die Treppe, die nach oben führte.

»Geh sofort schlafen«, sagte sie. »Und erzähl deiner Mutter auf keinen Fall, dass wir uns unter die Menge gemischt haben«, riet sie.

»Danke für alles, Omilein«, flüsterte das Mädchen und hauchte ihr einen Kuss auf die Wange.

Statt ins Bett zu gehen, stieg Penelope die Wendeltreppe hinauf, trat in das Turmzimmer und ging zum Fenster, von dem aus man den Garten und die kleine Gasse überblicken konnte. Sie stieß einen tiefen Seufzer aus und betrachtete den sternenübersäten Himmel. Eine schmerzliche Sehnsucht hüllte sie ein wie ein Mantel. Sie streichelte ihr Haar und stellte sich vor, dass es lang und blond wäre wie das von Julia. Dann blickte sie in den Garten hinunter und plötzlich war sie nicht mehr in der Villa in Cesenatico, sondern im Palast der Capulet in Verona. Mit leiser und leidenschaftlicher Stimme wiederholte sie die Verse der Tragödie, die sie gerade gesehen hatte.

»Wer bist du, der du, von der Nacht beschirmt, dich drängst in meines Herzens Rat?«, rezitierte sie, als ob der wunderschöne Romeo dort unten stünde.

Und sie fuhr fort: »O Romeo! Warum denn Romeo!«

Sie wäre nicht überrascht gewesen, wenn Romeo ihr geantwortet und von seiner Liebe erzählt hätte. Der Julimond, der nunmehr hoch oben am Himmel stand, erhellte das Gässchen jenseits des Gartens.

Sie sah zwei Personen, einen Mann und eine Frau, die sich umarmten.

Die Frau trug ein weißes Kleid. Die traubenförmigen Perlen an den Ohrläppchen funkelten im samtigen Dunkel der Nacht. »Mama«, flüsterte sie, als sie Irene erkannte. Ihr Herz setzte einen Schlag aus. »Und Romeo Oggioni«, stellte sie voller Verachtung fest.

Sie dachte, welche Kluft doch zwischen dem jungen Montague und diesem grauenhaften Oggioni lag, der gerade die Lippen ihrer Mutter verschlang.

6

Die Entdeckung verwandelte sich in ein schmerzliches Gefühl der Eifersucht und des Verrats. In diesem Sommer hörte sie auf, ihr Tagebuch in Reimform zu führen. Die Oswego-Keksdose landete samt ihrem wertvollen Schatz in der Mülltonne.

Sie erzählte ihrer Mutter nie, dass sie die beiden gesehen hatte, doch die Beziehung zu ihr wurde noch schwieriger. Penelope trat ihr mit offener Feindseligkeit gegenüber. Wenn Irene sie um etwas bat, tat sie aus Trotz das Gegenteil. Dieser kalte Krieg schleppte sich eine ganze Weile so dahin.

Penelope wurde siebzehn und verbrachte unverändert ihren Sommer in der Villa in Cesenatico. An einem Nachmittag im Juli lief sie der Katze der Großmutter hinterher, die eine Wurst geklaut hatte, und kam in das Schlafzimmer ihrer Eltern. Irene saß auf dem Bett und weinte. Die Mascara hatte sich aufgelöst und zwei dunkle Rinnsale auf ihre Wangen gezeichnet.

»Komm zu mir, Pepe«, sagte sie mit gebrochener Stimme.

Die Katze war auf den Schrank gesprungen und beobachtete die beiden, die Wurst fest zwischen den Zähnen, wohl wissend, dass sie ohnehin niemand fangen konnte.

Vorsichtig näherte sich Penelope ihrer Mutter und sah sie misstrauisch an. »Weißt du, warum ich weine?«, fragte Irene sie.

Penelope schüttelte den Kopf. Sie wusste es nicht und es interessierte sie auch gar nicht.

»Ich glaube, ich habe die Zuneigung von jemandem verloren, der mir sehr viel bedeutet«, flüsterte die Frau.

»Ich weiß. Ich habe gehört, dass Romeo Oggioni geheiratet hat«, entschlüpfte es dem Mädchen, das es sogleich bereute, denn eigentlich hatte es den verhassten Namen gar nicht in den Mund nehmen wollen.

Irene säuberte sich mit einem Papiertaschentuch das Gesicht. »Ihn meine ich gar nicht. Ich weine deinetwegen«, sagte die Mutter leise. »Seit Jahren flüchtest du vor mir. Ich zwinge mich, unsere Missverständnisse nicht allzu sehr zu dramatisieren, sage mir immer wieder, dass es vorübergeht. Die Pubertät ist eine schwierige Zeit und eine Mutter muss lernen, geduldig zu sein. Aber jetzt bist du groß, du bist fast eine Frau. Und ich spüre immer noch deine Feindseligkeit. Ich kenne den Grund dafür nicht. Was habe ich dir getan? Auf welche Weise habe ich dich beleidigt?«

Sie empfand die Worte ihrer Mutter als Eindringen in ihre Gefühlswelt. Es gab nichts, was sie mit dieser Frau verband. Sie hatte sich daran gewöhnt, sie als eine Fremde zu betrachten, und wollte die Distanz wahren.

»Du hast mir nichts getan«, erwiderte sie. »Jedenfalls, wenn du meinetwegen weinst, geht mich das nichts an. Zieh mich bitte nicht in deine Probleme hinein. Ich halte mich schließlich auch aus ihnen heraus.«

»Du bist sehr hart«, stellte Irene fest.

»Ich bin nur ehrlich. Ich bin so, wie du mich haben wolltest«, setzte die Tochter hinzu und schickte sich an zu gehen. In Wirklichkeit litt sie darunter, dass sie sich so auf Distanz hielt. Sie hatte sich in sich selbst zurückgezogen, um nicht mit diesem Wirrwarr aus Gefühlen konfrontiert zu werden, die derart komplex waren, dass sie ein tiefes Unbehagen erzeugten. Sie hatte ein Lied geschrieben und es an diesem Morgen – wobei sie sich selbst auf der Gitarre begleitete – am Strand Sandrina vorgesungen, in dem Wissen, dass ihre Mutter sie hörte.

Es war ein unbarmherziges Schmählied auf Irene, die zunächst geschwiegen, sich dann in ihr Zimmer geflüchtet und geweint hatte.

Die Katze sprang vom Schrank auf die Kommode und von dort schoss sie wie ein Pfeil aus dem Zimmer. Penelope hätte es gern wie sie gemacht: sich genommen, was sie kriegen konnte, und die eigenen Gefühle und die der anderen einfach ignoriert. Stattdessen stopfte sie sich mit Essen voll, wurde dick und hatte Schuldgefühle. Sie machte Anstalten zu gehen, doch dann zog sie es vor, auf den Balkon zu flüchten. Ihre Mutter folgte ihr und versuchte vergeblich, ihre Hand zu nehmen.

»Ich bitte dich, Pepe, lass uns reden«, flehte Irene. »Was hast du nur gegen mich?«, fragte sie nun wieder.

Penelope betrachtete den Garten von Professor Briganti und die Gäste, die ihn bevölkerten. Ruhige, schon etwas ältere Leute, die heiter wirkten. Zwei kleine Kinder spielten mit Piccarda, der alten Schildkröte, die träge zwischen den Blumenbeeten hin und her lief.

Die besorgte Stimme des Professors drang bis zu ihnen herüber.

»Kinder, ich bitte euch, passt auf das alte Mädchen auf.« Er hatte Angst, dass sie dem Tier wehtaten.

Dieses Bild eines ruhigen, friedlichen Lebens vermittelte auch Penelope ein Gefühl des Friedens, der Heiterkeit.

»Ich habe nichts gegen dich«, erwiderte sie. »Ich verstehe nur nicht, warum du immer tun kannst, was du möchtet, während ich für alles um Erlaubnis bitten und meistens ein Nein hinnehmen muss.«

»Warum hast du auf Romeo Oggioni angespielt?«

»Das weißt du doch selbst«, gab das Mädchen zögernd zurück und senkte den Blick.

Irene fasste ihre Tochter unters Kinn und hob ihr Gesicht an, so dass sie ihr direkt in die Augen sehen musste.

»Signor Oggioni ist es gelungen, das bisschen, was von Großmutters Vermögen übrig geblieben ist, zu retten. Er ist ein Geschäftsmann. Dass das Haus in Forlimpopoli noch unserer Familie gehört, haben wir nur ihm zu verdanken. Er hat den Mietern gekündigt und eine seiner Knopfwerkstätten dort untergebracht. Heute lebt Großmutter von den Mieteinnahmen, die er zahlt. Er hat die Mauern auf seine Kosten saniert. Er ist schön, intelligent und zynisch genug, um Erfolg zu haben. Aber mit deiner Großmutter war er ehrlich und großzügig. Das hat er für mich getan. Ich habe ihm gefallen. Auch er war mir nicht gleichgültig. Ich habe mir ein paar Jahre den Hof machen lassen. Wir haben uns auch geküsst und du hast uns oben vom Turm aus gesehen. Vielleicht wäre ich noch weiter gegangen. Doch du hast mir Einhalt geboten und mir erlaubt, die Prinzipien zu wahren, an die ich glaube: Treue, meine Ehe, meine Tochter. Jedenfalls, Pepe, hat es zwischen mir und Oggioni nur ein paar Küsse gegeben, und zwar die, die du gesehen hast. Seitdem ist nichts mehr passiert. Deshalb hat er geheiratet. Ich liebe deinen Vater und ich wünsche mir aufrichtig, dass du einen Gefährten wie ihn finden wirst. Vielleicht mit einem Quäntchen mehr Ehrgeiz. Wenn es auch stimmt, dass Geld allein nicht glücklich macht, aber man leidet doch angenehmer im Überfluss. Davon bin ich felsenfest überzeugt. Das ist alles.«

Penelope hatte ihr aufmerksam zugehört. In der Stille, die nun folgte, dachte sie an jene Sommernacht zurück, auf dem Turm, als sie Julia sein und an der Seite ihres Geliebten sterben wollte. Sie sah wieder Romeo Oggioni vor sich, der ihre Mutter küsste. In dem Moment hatte Irene all ihre Träume getötet.

Das war doch wirklich zu einfach und auch ein bisschen naiv von ihrer Mutter, zu glauben, mit ein paar Worten eine Episode auslöschen zu können, die sie so lange gequält hatte.

Seit jenem Abend waren fünf Jahre vergangen und sie hatte gelernt, ihrer Mutter zu misstrauen. Sie war keineswegs sicher, dass die Frau ihr die Wahrheit sagte.

»Warum gibst du mir ungefragt Erklärungen?«, fragte das Mädchen schroff. Und fügte hinzu: »Und außerdem, warum erzählst du mir ausgerechnet jetzt davon?«

»Ich ertrage es einfach nicht mehr, dass du so weit weg bist von mir. Ich habe dich in jener Nacht gesehen. Auch wenn ich gehofft habe, dass du mich im Dunkeln vielleicht nicht erkannt hättest. Es hat eine Weile gedauert, bis ich verstanden habe, dass du es wusstest. Und dann habe ich mich lange gefragt, ob du bereit wärest, die Wahrheit zu hören«, erklärte Irene.

»Und jetzt, wo du sie mir gesagt hast, was erwartest du von mir?«, fragte Penelope herausfordernd.

»Ich habe keine Ahnung.«

»Gut. Glaube bloß nicht, dass ich dir um den Hals falle oder zu dir sage: Lass uns Freundinnen werden.«

»Mir würde es reichen, wenn du aufhören würdest, mich zu hassen.«

»Für wie wichtig du dich hältst! Ich nehme dich nicht einmal wahr. Wie kommst du also darauf, dass ich dich hassen könnte?«, schrie sie und nun füllten sich ihre Augen mit Tränen.

»Du sagst ganz schön schreckliche Dinge zu mir«, erwiderte Irene und sah ihre Tochter bestürzt an.

»Es tut mir Leid, Mama. Aber ich kann mich nicht anders ausdrücken. Ich bin oft unglücklich und unruhig. Ich bin keine brillante Schülerin. Deshalb habt ihr mich am Lehrerseminar eingeschrieben statt am Gymnasium. Aber auch da lerne ich wenig und widerwillig. Ich habe einen Haufen Komplexe wegen deinen Freundinnen und ihren Töchtern. Neben deiner Schönheit fühle ich mich wie eine hässliche Kröte. Wie soll ich dir all das verzeihen?« Endlich hatte sie ihrem Herzen Luft gemacht und brach unhaltbar in Tränen aus.

Sie fand sich in Irenes Armen wieder, die sie an sich drückte und leise zu ihr sagte: »Was kann ich nur tun, um dich zu trösten?«

»Versuch es mit dem Zauberstab. Du hast mich hässlich gemacht. Mach mich schön und begehrenswert wie dich«, brachte sie bebend hervor.

Irene lächelte. Der Gefühlsausbruch ihrer Tochter schien ihr ein guter Anfang, um sie zurückzuerobern.

»Weißt du, ich habe einen Zauberstab, auch wenn du ihn nicht siehst. Natürlich wirkt er nicht sofort. Es braucht ein bisschen Zeit und vor allem deine Mithilfe«, erklärte sie und streichelte das Haar des Mädchens.

»Drück dich ein bisschen deutlicher aus«, forderte Penelope und löste sich aus ihrem Arm.

»Erst einmal werde ich dich auf Diät setzen. Du wirst viel Sport machen. Ich werde dir beibringen, Tennis zu spielen. Dann nehme ich dich mit zu meiner Friseuse und zu meiner Kosmetikerin und anschließend fahren wir nach Forlì, um neue Kleider zu kaufen. Im September hast du Kleidergröße achtunddreißig. Versprochen. Dann wirst du sehen, wie schön du bist.«

»Aber ich werde nie wie du sein«, sagte Penelope untröstlich.

»Du wirst besser sein als ich. Du wirst lernen, du selbst zu sein und dir zu gefallen. Das garantiere ich dir.«

»Wir werden sehen«, zweifelte das Mädchen schmollend. Es verließ den Balkon und durchquerte das Zimmer, um hinauszugehen. Als es auf der Türschwelle stand, drehte es sich um: »Du hast mir noch gar nicht die Erlaubnis gegeben, zum Fest am Strand zu gehen.«

Die Ferienfreundinnen hatten sie eingeladen, da eine von ihnen mit einem Grillabend Geburtstag feierte. Sie würden ein Feuer anzünden, singen und tanzen. Jeder sollte von zu Hause etwas zu essen und zu trinken mitbringen. Penelope hatte seit ein paar Tagen mit ihrer Mutter darüber gesprochen, doch Irene hatte sie auf die Folter gespannt und weder ja noch nein gesagt.

»Sieh mal in den Kühlschrank. Ich habe für das Fest eine Pfanne mit Garnelenspießen vorbereitet. Außerdem habe ich jede Menge Limonade und zwei Kilo Eiskrem gekauft. Es ist alles fertig. Es sind auch Plastikbecher und -teller da.«

»Das hast du wirklich alles gemacht?«, fragte Penelope überrascht.

»Vergiss aber nicht, dass dein Vater später kommt. Warte auf ihn, bevor du weggehst. Benimm dich anständig heute Abend. Und nun ab mit dir. Ich muss mir mein verschmiertes Gesicht waschen«, erwiderte Irene lächelnd.

Mit all den Leckereien und mit ihrer Gitarre bepackt kam Penelope an den Strand. All ihre Freundinnen und Freunde waren bereits dort versammelt. Darunter auch Roby, der Bademeister, genannt Boby Solo, weil er die außergewöhnliche Gabe besaß, den römischen Sänger zu imitieren. Roby war der Sohn unbedeutender Hotelbesitzer des Ortes. Im Sommer besserte er die mageren Einkünfte seiner Familie auf, indem er die Badegäste überwachte, wenn er nicht gerade damit beschäftigt war, den Mädchen nachzustellen und ihnen *Una lacrima sul viso* vorzusingen. Penelope hatte sich in ihn verguckt, was Irene nicht entgangen war, und natürlich sah sie es nicht gern. Als sie also zu ihrer Tochter sagte: »Benimm dich anständig«, hatte sie auf diesen Provinzcasanova angespielt, der sechsundzwanzig war und keine besonders rosigen Zukunftsaussichten hatte. Penelope verstand die Anspielung und pfiff darauf. Wenn überhaupt, so hob die Vorstellung, dass ein gut aussehender Junge sie umwarb, ihre Stimmung. Seit ein paar Jahren waren ihre Busenfreundinnen und ihre Schulkameradinnen Protagonistinnen zahlreicher Liebesgeschichten. Innerhalb eines Zeitraumes von wenigen Monaten wurden Beziehungen geboren und beendet und dann ging das Spiel von neuem los. Penelope aber betrachteten die Jungen nur als guten Kumpel. Keiner von ihnen hätte ihr je einen Liebesbrief geschickt. Sie litt sehr darunter und reagierte darauf, indem sie den Wildfang spielte, sich nachlässig kleidete und sich den Bauch mit Süßigkeiten vollschlug. Doch sie fühlte sich oft hässlich und einsam. In diesem Sommer aber war der Bademeister um sie herumgeschlichen und hatte ihre Qualitäten als Schwimmerin gelobt. Mit seinem lachenden romagnolischen Dialekt schmeichelte er ihr, hob ihr zartes Gesicht hervor, ihre faszinierende Stimme, ihre Phantasie, wenn es darum ging, Lieder zu erfinden. Irene behielt sie aus der Ferne im Auge und fürchtete, dass diese unschuldige Schwärmerei ihrer Tochter für sie unschön enden könne.

Auch Großmutter Diomira waren die Manöver aufgefallen, welche die jungen Leute anstellten, um allein sein zu können, und hatte ihre Enkelin mit der gewohnten Offenheit zur Rede gestellt: »Halt dich von diesem Unglücksraben fern. Erinnerst du dich an Rigoletto? ›Diese oder jene, das ist mir gleich.‹ Dabei ist der noch nicht einmal der Herzog von Mantua.«

Penelope dachte an den Herbst und an das neue Schuljahr, wenn die Schulkameradinnen ihr von ihren Sommerlieben vorschwärmen würden. Vielleicht würde diesmal auch sie eine Geschichte zu erzählen haben.

Als es dämmerte, das Fest war gerade in vollem Gange, nahm der Boby Solo vom Strand sie bei der Hand und flüsterte ihr zu: »Komm, Süße, lass uns ein paar Schritte am Meer entlanggehen.« Verzaubert von seinen Worten ließ Penelope sich von den anderen fortführen. Als der Bademeister sie – den Mondschein als Komplizen – aufforderte, sich in ein Boot zu setzen, das auf den Strand gezogen war, bewunderte Penelope seinen schönen Körper und stellte sich vor, dass Roby ein Wikinger sei.

Sie stellte sich auch vor, dass sie beide einem Königsgeschlecht angehörten und dass sie so schön sei, wie ihre Mutter es ihr versprochen hatte. Sie ließ sich küssen – zunächst ein wenig verwirrt, denn sie begriff nicht, was diese fremde Zunge in ihrem Mund zu suchen hatte, dann besiegt von einem Feuerwerk neuer und überwältigender Gefühle. Sie erschauerte, als der junge Mann seine Hand unter ihren Badeanzug schob, um sie zu streicheln. Auf einmal spürte sie, wie er die ihre dahin zu führen suchte, wo die Hand eines anständigen Mädchens nun wirklich nichts verloren hatte. Sie senkte den Blick. Das Mondlicht fiel auf etwas Furchterregendes, das aus den neonfarbenen Bermudashorts des Bademeisters emporragte.

Penelope schrie vor Entsetzen auf. Sie sprang aus dem Boot und rannte zu der Gruppe von Freunden, spurtete jedoch an ihnen vorbei und vom Strand weg, gefolgt von Sandrina, die ihr laut hinterherrief: »Bleib doch stehen, Pepe. Willst du mir nicht sagen, was passiert ist?«

»Auf gar keinen Fall bleibe ich stehen. Ich will mit Männern nichts mehr zu tun haben. Gott, wie ekelhaft«, erwiderte sie und hastete nach Hause zu ihrer Mutter.

7

Penelope erzählte niemandem von der bitteren Erfahrung mit dem Bademeister, nicht einmal ihrer Mutter. Sie hütete sie eifersüchtig und fühlte sich erneut darin bestätigt, ein wahrer Pechvogel zu sein: Ihre Freundinnen hatten nie so widerliche Erlebnisse gehabt. Jedenfalls würde sie diese Enttäuschung besser für sich behalten.

Tag für Tag, Monat für Monat, kam sie ihrer Mutter wieder näher. Sie begriff, dass Irene, so jung sie auch war, über eine gute Portion gesunden Menschenverstand verfügte und sich von ihm, mehr als von ihren Gefühlen, leiten ließ. Von ihrem rastlosen Vater, den sie nie kennen gelernt hatte, hatte sie die Liebe zu Geld geerbt. Ihre größenwahnsinnige Mutter hingegen, die eher Wert auf Äußerlichkeiten legte, hatte ihr die Vorliebe für schöne Dinge und die Überschätzung des schönen Scheins mit in die Wiege gelegt.

Diomira, die Königin der Fettnäpfchen, hatte ihrer Tochter mehr mit ihrem guten Beispiel denn mit Worten eine gewisse moralische Geradlinigkeit und den Respekt vor festen Regeln beigebracht.

»So kann man doch nicht leben, so wie die jungen Leute heutzutage, *a la sanfoson*«, sagte die Großmutter. Und sie fuhr fort: »In Frankreich haben die Sansculottes die *révolüsion* gemacht und dann sind sie alle auf ihren *derrier* gefallen.«

Penelope war dem Rat ihrer Mama gefolgt und hatte ihr Aussehen verändert, so dass ihre Freundin Sofia mehr als einmal zu ihr gesagt hatte: »Weißt du, dass du wirklich hübsch wirst?«

Sie verbesserte auch ihre Leistungen in der Schule. Ihr zurückhaltender, schwermütiger Charakter und ihre angeborene Unzufriedenheit jedoch blieben unverändert. Allerdings hatte sie bemerkt, dass, wenn man schöner war, auch die schlechte Laune erträglicher wurde.

Ihre Freundin Donata, die sich schon damals für Astrologie interessierte und Freunde und Verwandte mit ihren Vorhersagen überhäufte, hatte für sie ein ausführliches Horoskop erstellt.

»Du hast einen geheimnisvollen Charakter. Da du vom Mond beherrscht wirst, ist dein schroffes Wesen nicht offensichtlich. Du wirkst ruhig, weil du deine Unruhe zu verbergen weißt. Gib Acht, dass du dich nicht zu sehr in dein Schneckenhaus zurückziehst, denn die anderen können dir zwar Schlechtes, aber auch Gutes geben. Warum unterschätzt du dich nur immer?«, hatte sie die Freundin gefragt.

Am liebsten hätte Penelope geantwortet: »Weil du dich doch schon überschätzt und ich mich neben dir wie ein elender Wurm fühle.«

Aber sie konnte einfach nicht aus sich heraus und den anderen, einschließlich ihren besten Freundinnen, sagen, was sie wirklich von ihnen dachte.

Als sie im nächsten Sommer wieder nach Cesenatico kam, hatte der Boby Solo der romagnolischen Küste an einen anderen Strand gewechselt. Nun saß ein neuer Bademeister auf dem roten Rettungsboot. Auch der Neue war ein gut aussehender einheimischer Junge. Penelope hütete sich davor, sich mit ihm anzufreunden. Wenn sie nicht mit ihrer Mutter am Strand war, besuchte sie Professor Briganti, der ihr bei den Aufgaben half, die sie über die Ferien aufbekommen hatte, dem es aber vor allem gelang, sie in seinen Bann zu ziehen, wenn er über Geschichte, Mythologie und Literatur sprach. Die alte Mutter des Professors war im vorangegangenen Winter »in ein besseres Leben übergetreten«. Ein paar Monate zuvor war auch sein teurer Freund Marino Moretti von ihm gegangen und hatte eine Lücke hinterlassen, die nicht zu füllen war. In den Fe-

Wintermonaten fühlte sich der Lehrer einsam und freute sich über Penelopes nachmittägliche Besuche.

»Piccarda lebt noch«, informierte er sie. »Dieses brave alte Mädchen wird auch mich noch überleben.«

Penelope konnte nicht begreifen, wie man so an einer Schildkröte hängen konnte. Mit der Katze der Großmutter konnte man wenigstens spielen, zumindest wenn sie gut gelaunt war. Aber mit einer Schildkröte ...

»Wenn man allein ist«, erklärte ihr der Mann, »und man seine Zuneigung nicht unseresgleichen schenken kann, schenkt man sie eben einem Tier, was auch immer für ein Tier das sein mag, und man schreibt ihm Werte zu, die es in Wirklichkeit gar nicht besitzt.«

»Sie sind doch nicht allein, Professore. Sie haben doch noch so viele Freunde und Ihre Schüler haben Sie gern. Ich habe Sie auch gern«, flüsterte sie.

»Eines Tages werde ich dir ein paar Seiten eines großen lateinischen Schriftstellers vorlesen. Sein Name war Seneca. In seinem kurzen Aufsatz über das Alter hat er Dinge gesagt, die vor zweitausend Jahren ebenso wahr waren wie heute. Die schlimmste Krankheit, gegen die es kein Mittel gibt, ist das Alter, das die Einsamkeit mit sich bringt. Du bist jung und glaubst, dass die Welt dir gehört. Und so ist es auch. Doch es kommt bald die Zeit, in denen die Jahre dahinfließen wie das Wasser eines Flusses. Auf einmal bist du alt und stellst fest, dass du immer einsamer wirst. Nun hast du das Bedürfnis, jemanden in deiner Nähe zu wissen. Ich hatte meine Mutter, die bis zum letzten Augenblick geistig auf der Höhe war. Wir fühlten uns wohl miteinander. Ich las ihr die Zeitung vor und wir sprachen über Gott und die Welt. Nun ist mir nur noch Piccarda geblieben. Das ist nicht viel, ich weiß. Sie ist nur eine Schildkröte. Und dennoch, wenn sie aus ihrem Winterschlaf erwacht und allmählich wieder zu Kräften kommt, sucht sie mich hier, am Fuß der Treppe. Sie weiß, dass ich auf sie warte. Ich gebe ihr ein Salatblatt und für einen Moment sind wir beide glücklich.«

Der Mann hatte ihr sein Herz geöffnet und ihr die tiefe Schwermut des Lebensabends dargelegt. Penelope war gerührt.

»Sie sind doch gar nicht so alt, Professore«, versuchte sie ihn zu trösten. »Sie sind jünger als Großmutter Diomira. Warum haben Sie nie geheiratet?«, fragte sie unbedarft.

»Weil ich schüchtern bin. Das bin ich immer gewesen, vor allem bei Frauen. Als ich jung war, bin ich jedes Mal bis zu den Ohren rot geworden, wenn ich ein Mädchen angesehen habe, das mir gefiel. Ich wurde furchtbar aufgeregt, redete irgendein dummes Zeug daher und lief dann beschämt davon«, gestand er.

»Lieber Professore, Sie sind wirklich ein wunderbarer Mensch«, erklärte Penelope voller Überzeugung.

»Lass uns nicht mehr davon reden«, sagte er und zog den Kopf zwischen die Schultern, genau so, wie es die Schildkröte Piccarda machte. »Ich habe nur versucht, dir deine Fragen zu beantworten.«

Sie schrieb für ihn ein Gedicht und schenkte es ihm.

Es war ein kurzes, doch rührendes Gedicht. Als der Mann es las, bekam er feuchte Augen. Er sagte nichts, sondern strich ihr nur zögernd über den Kopf, als fürchtete er, ihr wehzutun.

Penelope erzählte ihm oft von sich, von ihrer Unzufriedenheit, ihrer Angst vor der Zukunft. Eines Tages gestand sie ihm sogar ihren Wunsch, ein paar Gedichte zu vertonen.

»Aber mir fällt einfach keine gute Melodie ein. Ich weiß, dass man Ruhe braucht, um Musik zu machen, doch in meinem Kopf herrscht ein Höllenlärm. Was das angeht, habe ich einfach kein Talent. Und auch nicht, was alles andere angeht, um die Wahrheit zu sagen«, klagte sie.

»Ich denke, du solltest dich nicht so unter Druck setzen. Wenn du Talent besitzt, wird es sich zum richtigen Zeitpunkt zeigen. Ich verstehe ja, dass du Sängerin werden möchtest. Aber nicht jeder, der gut schreiben kann, ist auch in der Lage, seine Texte zu vertonen. Denk mal an die Librettisten von Opern. Die unsterblichen Melodien von Mascagni, Verdi und Puccini haben ihre Form erst dadurch erhalten, dass sie den Handlungen und Dialogen hervorragender Librettisten folgten«, erklärte der Professor. »Vielleicht brauchst du einfach einen guten Musiker, der an deine Gedichte glaubt.«

»Gab es keine weiblichen Librettisten?«, fragte Penelope neugierig.

»Ich fürchte, nicht. Vielleicht gab es Frauen, die wunderschöne Worte hätten schreiben können. Aber man hätte es ihnen nicht erlaubt. Und dabei verfügten die Frauen immer schon über so viel Intelligenz, Sensibilität und Genialität«, erläuterte er.

»Glauben Sie wirklich?«, fragte Penelope.

»Und ob! Eines Tages werde ich dir vom heiligen Ambrosius erzählen, dem Schutzpatron Mailands, dem die Klosterschwestern, die das Schweigegelübde abgelegt hatten, stumm das Lesen beigebracht haben.«

Und so verstrichen Penelopes Nachmittage im Garten des Professors, zwischen Ferienhausaufgaben und Abschweifungen zu allgemeinen Themen des Lebens. Das Mädchen liebte diese Stunden der heiteren Vertrautheit mit dem gebildeten, gutmütigen und weisen Mann. Doch es kam häufig vor, dass die Großmutter oder die Mutter sie abholten, weil sie fürchteten, ihre Aufdringlichkeit könne dem Nachbarn lästig werden.

Eines Tages rief die Mama sie, und kaum dass sie das Haus betrat, teilte sie ihr mit, dass die Großmutter dringend ins Krankenhaus eingeliefert werden musste.

»Was hat sie denn?«, fragte das Mädchen besorgt.

»Der Arzt sagt, eine Lungenentzündung, die auch das Herz in Mitleidenschaft gezogen hat«, erklärte Irene ihr ängstlich.

Ein Krankenwagen kam, um die Großmutter abzuholen. Irene fuhr mit, während Penelope allein zu Hause blieb und auf Nachrichten wartete.

Die Mutter kam zurück, als es bereits dunkel war. Sie weinte.

»Deiner Großmutter geht es sehr schlecht. Vielleicht kommt sie nicht durch«, sagte sie ihrer Tochter unter Tränen.

Penelope hatte ihre Großmutter sehr gern, daher schwang sie sich jeden Tag aufs Fahrrad und besuchte sie in dem kleinen, doch sauberen und guten Krankenhaus des Ortes. Die Großmutter wurde mit Sauerstoff beatmet, man hatte ihr zudem eine Sonde in den Magen gelegt, um sie zu ernähren. In einem Handrücken steckte eine Nadel für die Infusion, damit sie nicht austrocknete. Sie schlief die ganze Zeit über.

Penelope setzte sich an das Kopfende des Bettes und streichelte zärtlich ihr Gesicht.

Sie hoffte, dass ihre Zuneigung eine heilsame Wirkung auf die Großmutter hätte.

Unterdessen verstrichen die Tage, doch es trat keine Besserung ein. Am Ende der Woche kam ihr Vater aus Mailand. Penelope hörte die Eltern im Schlafzimmer flüstern. Plötzlich wurde die Stimme ihres Vaters laut.

»Du willst doch wohl nicht, dass sie im Krankenhaus stirbt«, sagte er energisch. Ihre Mutter flüsterte irgendetwas Unverständliches, worauf der Vater erwiderte: »Dann nehmen wir für nachts eine Krankenschwester. Sie hat so viel für uns getan. Nun ist der Zeitpunkt gekommen, etwas für sie zu tun.«

Die Großmutter wurde nach Hause geholt. Eine weitere Woche verging, in der sie nicht aus dem Schlaf erwachte.

Der Pfarrer der Kapuzinerkirche kam zur letzten Ölung. Penelope betete hingebungsvoll für ihre Heilung. Und plötzlich, eines Morgens bei Sonnenaufgang, dröhnte die raue Stimme der Großmutter durch das ganze Haus.

Penelope und ihre Mutter liefen sogleich in das Zimmer der alten Frau, wo die Krankenschwester Mühe hatte, sie ruhig zu halten.

»Ich will meinen Kaffee. Und zwar stark und mit Zucker«, verkündete sie.

»Ich mache dir sofort einen«, erbot sich ihre Enkelin. Sie lachte vor Freude, denn sie wusste, dass ihre Gebete das Wunder vollbracht hatten.

»Pepe, ruf sofort den Arzt an!«, rief ihre Mutter ihr von der Treppe hinterher.

Irene und die Krankenschwester stellten Diomira mit vereinten Kräften auf die Füße, wuschen sie und zogen ihr ein schönes Nachthemd an, während sie die ganze Zeit murrte.

»Kaum steht es mit meinem Wohlbefinden ein paar Tage nicht zum Besten, schon macht ihr, was euch beliebt. Nun seht euch mal meine Haare an! Und meinen Schnurrbart! Dick wie Draht. Und erst meine Nägel! Da fühlt doch keiner sich bemüßigt, sie mir neu zu lackieren.« Sie war wieder ganz die Alte. Mit unendlichem Genuss schlürfte sie ihren Kaffee und schenkte allen ein schelmisches Lächeln.

»Es ist ein Wunder! Es ist ein Wunder!«, sagte die Krankenschwester immer wieder.

»Ach was, Wunder! Ich habe mir nur ein paar Stunden Ruhe gegönnt«, erwiderte die Großmutter verärgert. »Es ist helllichter Tag und ich sitze immer noch in meinem Zimmer. Ich verlange, nach unten in den Salon gebracht zu werden«, fügte sie hinzu, schob die Bettdecke beiseite und bat um ihren Morgenrock.

Sie konnte sich kaum auf den Beinen halten, doch Irene

und die Krankenschwester vermochten sie nicht von ihrem Vorhaben abzubringen.

»Nicht diesen. Ich will den aus himmelblauem Atlas«, protestierte Diomira.

Penelope hatte sich noch nie so glücklich gefühlt. Sie half ihrer Mutter und der Krankenschwester, die Großmutter festzuhalten, während sie mühsam die Treppe hinunterstieg und Anweisungen verteilte.

»Lasst sofort die Friseuse kommen. Und bereitet mir noch einen Kaffee. Zum Mittagessen will ich eine nahrhafte Fischsuppe. Stellt den Ventilator an, hier drinnen ist es viel zu heiß.«

Irene wiederholte in einem fort: »In Ordnung, Mama. Natürlich, Mama.«

Sie überschritten die Schwelle zum Salon. Diomira wollte einen harten Stuhl. Sie legten ihr ein Kissen in den Rücken, an das sie den leicht wackeligen Kopf anlehnen konnte. Diomira holte tief Luft.

»Das ist schon viel besser«, sagte sie nunmehr etwas besänftigt. Dann wandte sie sich an Irene: »Ich wünsche mit meiner Enkelin allein zu sein. Also geht raus und schließt die Tür.«

Befriedigt sah sie sich um und lächelte Penelope zu.

»Mir geht es längst nicht so gut, wie es den Anschein hat«, gestand sie. »Aber einem Kranken werden immer alle Wünsche erfüllt.«

»Mein Salon müsste neu tapeziert werden«, stellte sie fest, als sie den Zustand der nunmehr abgenutzten Seidentapeten begutachtete. Dann senkte sie die Stimme. »Und nun, mein Mädchen, musst du mir einen Gefallen tun. Öffne die Schublade im Regal, darin findest du Zigaretten und Streichhölzer.«

»Omilein! Du hattest eine Lungenentzündung. Du wirst doch nicht ...«, protestierte die Enkelin.

»Schweig und tu, was ich dir sage. Gut so, braves Mädchen. Gib mir eine Zigarette. Zünde du sie mir an. Und mach die Fenster weit auf. Wenn deine Mutter das merkt, wird sie sich fürchterlich echauffieren.«

Penelope steckte ihr die Zigarette zwischen die Lippen und Diomira nahm einen tiefen Zug. Sie lächelte zufrieden. »Ah! *Je suis soulagée*«, bemerkte sie glücklich.

Dann legte sie den Kopf in den Nacken und schlief auf ihrem wertvollen Chippendale für immer ein.

8

Großmutter Diomira lag in dem mit weißem, gold gesäumtem Atlas ausgeschlagenen Sarg. Man hatte ihr das bordeauxrote Kleid aus Makrameespitze angezogen, das sie auf der Premiere des *Rigoletto* im Teatro Bonci in Cesena getragen hatte. Irene legte ihr einen Rosenkranz in die Hände, den sie auf die Schnelle bei einem Juwelier am Hafen gekauft hatte. Er hatte dunkelrote Perlen, die farblich gut zu dem Kleid passten.

Als Penelope sicher war, dass niemand ihr zusah, nahm sie die Zigaretten und Streichhölzer aus der Schublade unter dem Regal und steckte sie in den Sarg.

»Falls du mal Lust haben solltest, eine zu rauchen«, flüsterte sie der Großmutter ins Ohr, in der Gewissheit, dass sie es zu schätzen wissen würde.

Die Nachricht von Diomira Gualtieris Tod verbreitete sich von den Nachbarhäusern über den ganzen Ort. Und sofort begannen Leute sämtlicher Altersstufen und sozialen Schichten im Hause ein und aus zu gehen. Der Erste, der seine Aufwartung machte, war Professor Briganti. Er trug zu diesem Anlass einen schwarzen Anzug, ein schneeweißes Hemd, eine schwarze Krawatte und einen schwarzen Panamahut, den er lüftete, als er in die Eingangshalle trat, wo Irene, die auf die Ankunft ihres Mannes aus Mailand wartete, die Besucher empfing. Auch sie trug ein Kleid aus schwarzer Seide mit weißen Tupfen und stand würdevoll auf der Schwelle zum Salon.

»Liebe Irene, ich bin gekommen, um Ihnen mein Beileid auszusprechen«, flüsterte der Professor.

»Danke, mein Freund. Wenn Sie meine Mutter noch einmal sehen möchten ...«, erwiderte sie und wies in das Innere des Salons, wo der Chippendaledivan, die Sessel und die Stühle in einer Reihe gegenüber des Sarges aufgestellt waren, an dessen Seiten zwei Kerzen brannten.

Penelope war mit Sandrina Zoffoli und deren Mutter Gigina, die sich erboten hatten zu helfen, in der Küche. Und in der Tat hatten die drei Frauen – je mehr Besuch kam – alle Hände voll zu tun mit der Zubereitung von heißem Kaffee, Eiskaffee, Eistee mit Pfirsichgeschmack und Mineralwasser. Nach einem kurzen Verweilen an der Seite von Diomiras Leichnam wurden die Leute ins Esszimmer und auf die Veranda geführt. Penelope und Sandrina kamen immer wieder mit Tabletts voller Tassen und Gläser aus der Küche und schnappten Kommentare über die Verschiedene auf.

»Haben Sie gesehen, Signora, wie schön Diomira aussieht? Sie wirkt, als würde sie schlafen.« »Sie hat einen angenehmen Tod gewählt. Sie ist von uns gegangen, ohne zu leiden.« »Eine richtige Dame, die Diomira. Gott hab sie selig.« »Sicher, sie war noch jung. Sie hätte gut noch ein paar Jährchen machen können.« Diese letzte Bemerkung kam von ihren Freundinnen, von denen einige älter waren als sie und die jetzt um ihr eigenes Leben bangten.

Traditionsgemäß waren je ein Torflügel des Gartentors wie auch der Eingangstür der Villa geschlossen, durch die Boten mit Blumen und Beileidskarten ein und aus gingen.

Auch Mimì Pennisi kam, umarmte erst seine Frau, dann seine Tochter und begann dann, wie ein Kind zu weinen. Er hatte diese sonderbare Schwiegermutter, die ihm immer eine ganz eigene Zärtlichkeit entgegengebracht hatte, aufrichtig lieb gewonnen.

Es war ein sehr anstrengender Tag. Irene ging zu den Nachbarn, um sich Vasen für die vielen Blumensträuße zu borgen. Am Abend hatte der Salon sich in ein Gewächshaus verwandelt.

Unterdessen hatte Signora Zoffoli sich darangemacht, Nudelteig für Lasagne und Tagliatelle auszurollen. Auf dem Herd köchelten die Soßen und über den Duft der Blumen legte sich das wohlige Aroma der Speisen. Wenn in Cesenatico jemand starb, konsumierte man stets Worte, Hektoliter Kaffee und kiloweise Nudeln.

Professor Briganti kehrte zurück, als es dunkel wurde, und erbot sich, bei der Großmutter zu wachen. Auch Sandrinas Vater, der ein Altersgenosse und Freund von Mimì Pennisi war, wollte gerne behilflich sein.

»Du und deine Frau, geht euch lieber ausruhen«, ermunterte er sie. »Morgen findet die Beerdigung statt, das wird wieder ein anstrengender Tag. Und das bei der Hitze! Der Professor und ich werden Diomira Gesellschaft leisten.«

Der Hausarzt, der mit seiner Frau einen offiziellen Besuch abstattete, verabreichte Irene ein Beruhigungsmittel und schickte sie ins Bett.

»Ich bleibe auf«, verkündete Penelope. Der Tod der Großmutter war ein außergewöhnliches Ereignis in ihrem Leben und sie wollte sich nichts davon entgehen lassen. Sandrina wollte bei ihr bleiben. Als die Nacht hereinbrach und Signor Zoffoli und Professor Briganti leise auf der Veranda plauderten, schafften Penelope und ihre Freundin wieder Ordnung in der Küche und schwelgten abwechselnd in Betrachtungen über den Tod und die Besucher, über Stranderlebnisse und die Irrlichter, die im Sommer auf den Friedhöfen brannten.

»In Indien legt man die Toten auf einen eingefriedeten Platz und setzt sie dort Sonne und Mond aus. Irgendwann kommen dann die Krähen und fressen sie. Nach einer Woche sammeln die Verwandten die Knochen ein«, sagte Penelope.

»Das hast du dir doch gerade ausgedacht. In Wirklichkeit wird in Indien die Asche der Toten einem Fluss anvertraut, dem Ganges, und der trägt sie ins Meer«, belehrte Sandrina sie.

»Aber die, die weit fort sind vom Fluss, die enden so, wie ich es gesagt habe«, behauptete Penelope stur.

»Die, die weit fort sind vom Ganges, werden verbrannt. Sie machen riesige Feuer, so wie bei uns, wenn wir zu Silvester auf der Piazza die *Focaraccia* verbrennen«, beharrte die Freundin.

»Wie auch immer, wir sind Christen und Großmutter wird im Familiengrab der Familie Gualtieri bestattet, bei ihren Verwandten«, schloss Penelope, die keine Lust hatte zu streiten.

»Apropos, da wir gerade bei Familiengräbern sind, hast du die neue Villa von den Bertarelli gesehen?«

»Die sieht wirklich aus wie ein Mausoleum. Dieser ganze weiße Marmor jagt einem Schauer über den Rücken«, bekräftigte Penelope.

»Die Bertarelli sind Angeber. Keiner weiß, wie, aber sie haben einen Haufen Geld gemacht. Clelia Bertarelli war in der Grund- und Mittelschule meine Klassenkameradin. Und trotzdem tut sie jedes Mal, wenn wir uns treffen, so, als würde sie mich nicht kennen. Sie redet immer ganz geschwollen und behauptet, dass sie einen amerikanischen Verlobten hat«, erzählte Sandra und äffte das affektierte Verhalten der Kameradin nach.

»Großmutter wird mir fehlen«, flüsterte Penelope und

brachte endlich den Schmerz zum Ausdruck, der ihr das Herz schwer machte. »Aber bis morgen ist sie ja noch bei uns.« Ihre Augen füllten sich mit Tränen.

»Komm, Pepe, lass mich das machen. Ich trockne die Teller weiter ab. Geh du zu ihr«, riet die Freundin sanft.

Penelope verließ die Küche, schlich auf Zehenspitzen durch die Eingangshalle und betrat den Salon. Die Stehlampen verbreiteten ein weiches Licht. Das Mädchen wurde von dem intensiven Geruch der Blumen eingehüllt. Es näherte sich der Großmutter und betrachtete sie nachdenklich. Ihm war, als würde sich der Brustkorb der alten Frau wie beim Atmen heben und senken. »Und wenn sie doch nur schläft?«, fragte Penelope sich hoffnungsvoll. Dann streckte sie eine Hand aus und berührte sanft Diomiras Stirn. Sie war eiskalt.

Aus dem Esszimmer drangen kaum hörbar die Stimmen von Professor Briganti und Sandrinas Vater herüber, die sich leise unterhielten.

Sie dachte, dass Diomira eine seltsame, gute und großzügige Großmutter gewesen war. Wie viele Male hatte sie sie mit ins Kino, in die Spielhalle, ins Theater genommen. Sie hatte sich immer auf ihre Seite geschlagen, wenn Irene zu streng gewesen war. Ihre verrückte und phantasievolle Sprache endete ebenfalls mit ihr. Ihr Größenwahn würde in der Familiengeschichte zur Legende werden. Sie war sich bis zu ihrem Ende treu geblieben und hatte ihr Leben auf ihrem Chippendale ausgehaucht wie eine Königin, die auf dem Thron stirbt.

»Ciao, Omi. Du wirst mir fehlen«, flüsterte Penelope gerührt und streichelte die Hand der Großmutter. »Ich hoffe, dass der liebe Gott dich rauchen lässt«, fügte sie hinzu, um gegen ihre Rührung anzukämpfen.

Sie verließ den Salon und ging in den ersten Stock hinauf. Die Tür zum Schlafzimmer ihrer Eltern war angelehnt. Nicht das leiseste Geräusch war zu vernehmen. Die beiden schliefen, sie mussten sehr erschöpft sein. Penelope ging an der Tür vorüber und stieg die Wendeltreppe hinauf. Im Turm angekommen, betrachtete sie den Himmel. Ihr war, als müsse der Himmel wegen des Todes der Großmutter Trauer tragen. Heute Nacht sollten die Sterne verlöschen und die Bäume im Garten ihre Äste hängen lassen. Doch es war alles wie immer. Penelope sah auf die Straße hinunter. Sie war menschenleer. Lediglich ein *risciò* mit einem Dach aus roten Segeltuch bewegte sich langsam vorwärts. Sie hörte, wie die Ketten des Viererfahrrads quietschten, und sah, wie die Beine eines Mannes und einer jungen Frau sich bewegten. Plötzlich löste sich ein Vorderreifen aus dem Fahrgestell und rollte ein paar Meter über den Asphalt. Das *risciò* stürzte vornüber. Ein Schrei erklang, dann wurden die beiden Insassen auf den Boden vor dem Tor der Villa geschleudert. Das Mädchen trug einen weißen Rock und ein schwarzes Top. Es schrie mit zorniger Stimme: »Ich hab dir doch gleich gesagt, das Ding hier ist kaputt!«

Der junge Mann, in Jeans und gelbem Polohemd, stand wieder auf und versuchte, dem Mädchen auf die Beine zu helfen, doch es ruderte wild mit den Armen, um ihn von sich fern zu halten.

»Das ist alles deine Schuld. Du bist ein Schwachkopf!«

Penelope stürzte eilig ins Erdgeschoss hinunter, lief in den Garten und öffnete das Tor.

»Braucht ihr Hilfe?«, fragte sie und näherte sich den beiden.

Der Junge sah sie an und lächelte. Er hatte große dunkle Augen und ein wunderschönes, sonnengebräuntes Gesicht. Sie war sogleich von seiner Stimme verzaubert, als er sagte: »Schon möglich. Die Signorina hat sich das Knie aufgeschürft.«

»Kommt mit ins Haus. Aber seid leise, meine Großmutter ist heute Morgen gestorben«, bat Penelope. Sie ging ihnen voran in die Küche. Sandrina war bereits gegangen. Penelope legte einen Finger auf die Lippen, um ihren Gästen zu verstehen zu geben, dass sie leise sprechen sollten.

»Aber ist wirklich eine Tote im Haus?«, fragte das Mädchen besorgt.

Penelope nickte und erläuterte: »Sie ist nebenan.«

»Hier bleibe ich nicht«, sagte die Unbekannte entschlossen.

»Na hör mal, meine Omi wird dich schon nicht fressen«, sagte Penelope verärgert. Sie hatte ein feuchtes Tuch in der Hand und wollte damit gerade die Kratzer des Mädchens säubern.

»Wie schön, dass du mich im Musikbusiness groß rausbringen wolltest. Bis jetzt hast du mich nur auf den Boden geworfen und zu einer Totenwache geschleppt«, sagte das Mädchen gereizt zu dem jungen Mann, der nicht aufhörte, Penelope anzusehen. Geziert schob es die Hand beiseite, die sich ihrem Knie entgegenstreckte und stöckelte auf den schwindelerregend hohen Pfennigabsätzen aus der Küche.

Penelope und der Junge sahen einander in die Augen.

»Ich heiße Andrea«, flüsterte er.

»Ich bin Penelope. Meine Freunde nennen mich Pepe«, erwiderte sie leise.

»Du siehst aus wie die junge Romy Schneider. Nur schöner.«

Penelope dachte, dass Andrea so attraktiv war, dass es ihr den Atem verschlug. Sie spürte, dass sie ihm gefiel, und wusste, dass in diesem Augenblick ihre erste große Liebe begonnen hatte.

»Das ist Oma Diomiras Geschenk«, flüsterte sie. Andrea verstand nicht, was sie meinte. Von draußen drang die vulgäre Stimme des Mädchens herein, das brüllte: »Was ist jetzt, wärst du vielleicht so freundlich, mich nach Hause zu bringen?«

»Deine kleine Fee ruft nach dir«, machte ihn Penelope mit einem ironischen Lächeln auf sie aufmerksam.

9

Die Brandung liebkoste den Sand und ihre nackten Füße, während die Sonne sich wie ein riesiger Feuerball aus dem Meer erhob. Als Andrea und Penelope sich sahen, liefen sie aufeinander zu und tauschten ihren ersten Kuss aus. Es war ein unwiederbringlicher Augenblick vollkommenen Glücks.

Seit Diomiras Tod waren fast zwei Wochen vergangen. Andrea hatte Penelope jeden Tag von Mailand aus angerufen, wo er in der Redaktion einer wichtigen Tageszeitung arbeitete. Er rief sie zu vereinbarten Terminen an, wenn sie wusste, dass ihre Mutter nicht zu Hause war. Zwischen ihnen flossen die Worte ungestüm dahin wie ein Hochwasser führender Fluss. Andrea hatte sofort klargestellt, dass das Mädchen, mit dem er den Unfall gehabt hatte, nicht einmal eine Freundin war. Sie sang in einer kleinen romagnolischen Musikkapelle und wollte unbedingt in der Zeitung stehen. Ein Kollege, der für *Il Resto del carlino* arbeitete, hatte sie ihm vorgestellt und ihn darum gebeten, sie im Veranstaltungsteil der Mailänder Zeitung zu erwähnen.

»Sie ist nicht der Typ Frau, mit dem ich verkehren würde«, hatte er hinzugefügt.

»Und mit welchem Typ Frau würdest du verkehren?«, hatte Penelope gefragt, die allmählich die angeborene Kunst weiblicher Koketterie zu verfeinern begann.

»Tu nicht so, als wüsstest du das nicht.« Andrea schien sich nicht mehr als nötig aus dem Fenster lehnen zu wollen.

»Ich habe nicht die geringste Ahnung«, hatte sie neckisch erwidert.

»Du bist mein Typ. Ich mag deine lachenden Augen, deine diskrete Schönheit. Wenn ich an dich denke, wünschte ich, dass du ein kleines Püppchen wärst, das ich mir in die Jackentasche stecken kann, damit ich dich immer bei mir habe.«

Völlig versonnen lauschte Penelope diesen banalen Worten, die für sie unglaublich erhaben klangen. Ihre erste Liebe wurde geboren und sie streichelte sie voller Zärtlichkeit und Verwunderung, als wäre sie eine einzigartige Blume, die im Begriff war zu erblühen.

»Ich mag dich auch«, hatte sie zitternd geflüstert, wobei sie rot geworden war und das Telefon gesegnet hatte, weil Andrea nicht sehen konnte, wie aufgeregt sie war. Er war zweiundzwanzig, angehender Journalist und hatte ihr von seinen anfänglichen Schwierigkeiten erzählt. Mit achtzehn hatte er begonnen, verschiedene Redaktionen abzuklappern und sporadische, schlecht bezahlte Aufträge zu erbetteln, hatte sich jedoch nicht entmutigen lassen. Er lebte bei seiner Mutter, die in einer Grundschule unterrichtete. Schließlich hatte er eine Stelle bei einer Tageszeitung bekommen, hatte die Journalistenprüfung abgelegt und war beim Veranstaltungsteil untergekommen. Sein größter Wunsch war es, Korrespondent zu werden.

Penelope wusste nicht, was sie über sich erzählen sollte. Ihr schien, dass sie ihm nichts Interessantes mitzuteilen hätte. Aber schließlich hatte sie ihm ihren Traum verraten: schöne Lieder schreiben.

Nach vielen Stunden, die sie über eine Entfernung von dreihundert Kilometern miteinander gesprochen hatten, klingelte eines Morgens das Telefon. Es war noch nicht einmal fünf Uhr. Penelopes Eltern fuhren aus dem Schlaf hoch, sie stürzte die Treppe hinunter, um dranzugehen.

»Ich bin in Cesenatico. Ich warte am Strand auf dich.«

»Wer war das?«, hatte ihr Vater mit schläfriger Stimme gefragt.

»Da hat sich jemand verwählt«, log sie und schlich sich aus dem Haus. Dann war sie auf ihr Fahrrad gestiegen und wie der Wind zum Meer geradelt. Der Morgen dämmerte und das romagnolische Städtchen erschien ihr wie ein unwirklicher Ort.

Die Fahrradreifen versanken im Sand, als sie vor dem Eingang der Strandbäder bremste. Sie lief um die Bar herum, die noch geschlossen war. Am Horizont tauchten die ersten Sonnenstrahlen aus dem Meer auf. Sie sah sich um und erblickte Andrea, der etwa hundert Meter entfernt am Strand stand. Sie zog ihre Sandalen aus und lief ihm entgegen.

Sie umarmten sich. Andrea küsste sie und Penelope erwiderte den Kuss mit der unverdorbenen Leidenschaft ihrer zarten achtzehn Jahre.

»Ich kann noch gar nicht glauben, dass ich wieder bei dir bin«, sagte er.

»Ich auch nicht«, hauchte Penelope.

»Ich liebe dich«, flüsterte der wunderschöne Journalist.

»Sag das noch mal«, forderte sie ihn auf.

»Ich liebe dich, ich liebe dich, ich liebe dich«, wiederholte er glücklich.

»Ich dich auch. Ich habe das Gefühl, dich schon immer gekannt zu haben. Ich wusste es nicht, aber ich habe auf dich gewartet.« Sie dachte an Großmutter Diomira, die schöne Männer mochte. Darin war sie ihr ähnlich. Wenn Andrea ein unauffälliger Junge gewesen wäre, hätte sie sich nicht in ihn verliebt.

»Mein Gott, wie glücklich ich bin!«, rief Andrea und hob die Arme gen Himmel. Dann umarmte er sie wieder. »Auch ich habe lange nach dir gesucht. Du bist das Mädchen, das ich mir immer gewünscht habe.«

Penelope dachte, dass sie irgendetwas Außergewöhnliches tun müssten, um ihre Liebe zu feiern.

»Hast du schon mal um fünf Uhr morgens gebadet?«, fragte er sie, fast als hätte er ihre Gedanken erraten.

Das hatte sie noch nie. Sie sah, wie er sich Pulli und Jeans auszog. Darunter trug er eine blaugelbe Badehose. Sie bewunderte flüchtig die wundervolle Geschmeidigkeit seines jungen und starken Körpers. Sie hatte keinen Badeanzug an. Sie trug noch ihr Nachthemd aus weißer Baumwolle, das rot gesäumt war und kurze Ärmel aus Sangalleser Spitze hatte. So naiv sie auch war, spürte sie dennoch, dass Andrea sie gern nackt gesehen hätte. Doch diese Befriedigung würde sie ihm nicht gewähren.

Sie nahm ihn bei der Hand und gemeinsam liefen sie ins Wasser, das an ihnen emporspritzte. Dann schwammen sie weit hinaus, bis sie zu einer warmen Strömung gelangten.

Zuweilen, wenn sie ihre Arme bewegten, berührten sich ihre Körper, was in ihnen ein wunderbares Gefühl hervorrief.

Die Sonne, die inzwischen vollständig aus dem Wasser aufgetaucht war, sah aus wie ein glühender Ball, der auf dem Horizont saß. Penelope drehte sich auf den Rücken, Andrea tat es ihr gleich. So ließen sie sich eine Weile mit ausgebreiteten Armen reglos treiben, hielten sich an den Händen und betrachteten die Feuerkugel, die langsam in den Himmel aufstieg.

»Ich hatte immer gehofft, eines Tages dorthin zu gelangen und die Sonne zu berühren«, sagte sie.

»Wir könnten woanders hingelangen und frühstücken«, scherzte er.

Sie kehrten ans Ufer zurück und tauchten erschöpft aus dem Wasser auf. Penelope erschauerte.

Andrea trocknete sie mit seinem gelben Polohemd, so gut es ging, ab. Ihr fiel ein, dass sie noch ein Strandkleid im Fahrradkorb hatte, und sie ging in eine Umkleidekabine, um sich umzuziehen.

Da zog der Besitzer des Strandbades die Rollläden der Bar hoch. Sie bestellten Cappuccino und Krapfen und setzten sich an einen Tisch auf dem Strand.

»Wie lange können wir zusammenbleiben?«, fragte er sie.

»Meine Eltern stehen um halb acht auf. Ich muss eine Viertelstunde vorher zu Hause sein. Sie wissen nicht, dass ich weg bin«, erklärte sie. »Aber wir können uns heute Nachmittag sehen. In welchem Hotel wohnst du?«

»Ich muss um eins wieder ins Büro. Ich bin gestern Nacht nach Redaktionsschluss losgefahren. Ich hatte keine andere Möglichkeit, dich wiederzusehen.«

»Hast du noch gar nicht geschlafen?«

»Ich hatte ein wunderschönes Abbild von Romy Schneider vor Augen. Sie heißt Penelope und macht mit ihren Eltern Urlaub in Cesenatico. Sie ist eine Meerjungfrau, die mich mit ihrem Ruf verhext hat. Da konnte ich mich nicht einfach vom Schlaf überwältigen lassen«, erklärte er scherzend.

»Es ist aber gar nicht gut zu reisen, wenn man müde ist«, mahnte sie ihn, obgleich sie sich durch diesen Liebesbeweis sehr geschmeichelt fühlte.

»Aber ich bin vorsichtig. Schließlich will ich keinen Unfall bauen und riskieren, dich nicht mehr wiederzusehen«, gab Andrea zurück und küsste sie auf den Arm.

Die Krapfen und der dampfende Cappuccino wurden gebracht. Penelope biss in den weichen und duftenden Teigballen.

»Iss und hör auf, mich anzusehen«, forderte sie ihn auf.

»Ich kann einfach nicht den Blick vom schönsten Mädchen des Universums abwenden«, rechtfertigte er sich.

»Zum Glück bin ich nicht der Typ, dem so etwas gleich zu Kopf steigt. Verglichen mit meiner Mutter bin ich nur ein hässliches Entlein«, gestand sie schlicht, nachdem sie den Bissen hinuntergeschluckt hatte.

Der Besitzer der Bar begann die Sonnenschirme aufzuspannen. Ein Bursche machte sich daran, den Sand zu harken.

Die beiden verabschiedeten sich.

»Ruf mich an, wenn du in Mailand bist«, bat sie ihn.

»Bleib in der Nähe, denn ich werde sehr bald zurückkommen«, versprach er.

Sie sah ihm nach, als er in einem heruntergekommenen Lieferwagen davonfuhr. Er erinnerte sie an den, den ihr Papa einst gehabt hatte, als sie noch ein kleines Mädchen gewesen war. Um Viertel nach sieben schlich sie leise die Treppe hinauf zu ihrem Zimmer. Sie legte sich aufs Bett und nahm ihr Kissen in den Arm. Andrea war fort und sie fühlte sich einsam. Traurigkeit überkam sie und verwandelte sich sogleich in Tränen. War das Liebe? Ein Augenblick der Ausgelassenheit und gleich darauf nur noch Tränen? Sie wiederholte ein paarmal laut Andreas Namen: »An-dre-a. Drei wunderschöne Silben. Vielleicht auch nur zwei: An-drea«, flüsterte sie und vergrub das Gesicht im Kissen. Sie suchte nach Worten, die sich auf diesen Namen reimten. Ihr fiel *marea* ein. Die Flut stieg und sank gemäß dem Einfluss des Mondes. Andrea kam und ging auf die gleiche Weise. Würde das immer so bleiben?

Sie verspürte das Bedürfnis, jemandem ihre phantastische Geschichte zu erzählen. Ihre Freundinnen sprachen mit ihren Müttern über ihre Liebschaften. Sie aber würde mit Irene sehr vorsichtig sein müssen, denn ihre Mutter würde es fertig bringen und alles kaputt machen, dessen war sie sich sicher.

Wenn sie ihr sagen würde, dass sie einen mittellosen Journalisten liebte, würde ihre Mutter Himmel und Hölle in Bewegung setzen. Die Großmutter, die sie verstanden und getröstet hätte, war nicht mehr da. Sie konnte Sofia oder Donata anrufen. Doch dann dachte sie, dass man solche Sachen nicht am Telefon erzählen könne. Sie musste warten, bis sie wieder in Mailand war. Nun aber konnte sie mit Sandrina Zoffoli darüber sprechen. Sie war eine treue Freundin und würde sie nicht verraten.

Eines Tages rief Andrea sie an.

»Ich habe es geschafft, meinen Urlaub vorzuverlegen. Mein Freund vom *Il Resto del Carlino* leiht mir seine Wohnung. Sie liegt in der Via Roma, gleich neben dem Supermarkt«, verkündete er.

»Wann kommst du?«, fragte sie sehnsüchtig.

»Nächste Woche. Dann können wir bis Mitte August zusammen sein.«

Das war mehr, als sie zu hoffen gewagt hätte. Sie trafen sich jeden Morgen am Strand. Penelopes Eltern kamen nie zum Meer hinunter, denn die Gepflogenheiten verlangten, dass sie eine Trauerzeit einhielten.

Papa arbeitete im Garten, während Mama die Konserven vorbereitete, die sie mit in die Stadt nehmen wollte. Bis zum Mittagessen war Penelope frei wie der Wind.

Sie und Andrea schwammen, fuhren mit dem Boot weit hinaus, sonnten und unterhielten sich. Es war, als würde ihnen nie der Gesprächsstoff ausgehen. Er erzählte ihr Geschichten aus seinem Heimatort, von seinem Vater, der unter einem heißen Stahlstrom gestorben war, als er einen Arbeitskollegen retten wollte, von seinem Bruder, der in Rom arbeitete und eine reiche Erbin geheiratet hatte, von Großmutter Stella, der Mutter seines Vaters, die immer Schwarz trug und ihre Kinder und Enkelkinder über alles liebte.

Penelope erzählte ihm von Donata und Sofia, ihren besten Freundinnen, von den Weihnachtsessen in Catania, im Hause der Eltern ihres Vaters, von Großmutter Diomira, die sie immer noch in ihrem Herzen trug, von ihrem

Wunsch, einen Musiker kennen zu lernen, der sich ein paar ihrer Lieder anhören würde.

»Eines Tages werde ich dir Danko vorstellen«, versprach er.

»Was für ein Danko? Der von *Margherite per te* und *Baciami strega?*«, fragte sie. Das waren zwei Lieder, die gerade sehr erfolgreich waren.

»Er ist ein Freund von mir. Er ist Ehrengast bei einer Feier im Nachtclub in Villalta«, erklärte er.

»Einfach unglaublich, dass du Danko kennst. Du kannst es dir vielleicht nicht vorstellen, aber für mich ist Danko ein wandelnder Mythos.«

»Vertrau mir, ich werde ihn dir vorstellen.«

Eines Abends gelang es Penelope mit Sandrinas Hilfe, ihren Eltern die Erlaubnis abzuringen, spät nach Hause zu kommen. Andrea wollte sie nach Villalta mitnehmen, in den Nachtclub, wo er sie mit Danko bekannt machen wollte.

»Aber bitte nicht später als Mitternacht«, hatte Irene entschieden.

Nach einer Reihe von Verhandlungen bekam sie die Erlaubnis, bis ein Uhr fortzubleiben.

Es war das erste Mal, dass Penelope und Andrea so lange zusammen sein konnten. Er wartete im Wagen vor dem Supermarkt auf sie. Wie vereinbart verschwand Sandrina.

»Ich will nicht das fünfte Rad am Wagen sein. Ich gehe zu meiner Tante. Komm mich abholen, wenn du wieder da bist. Dann wird niemand unser Geheimnis entdecken.«

»Wenn ich damit nicht Penelope beleidigen würde, würde ich dich küssen«, übertrieb Andrea.

Er brachte das Mädchen zum Nachtclub. Danko und seine Frau Ivona erwarteten sie schon.

Der Journalist stellte sie einander vor. Es war noch früh und sie waren bisher die einzigen Gäste im Lokal. Der

Musiker vertraute Penelope seine Gitarre an. Zu den Akkorden eines alten Tangos sprach das Mädchen mehr, als dass es sang, die Worte eines Liedes, das es geschrieben hatte.

Danko lächelte und schien sich zu amüsieren.

»Hast du noch mehr Texte geschrieben?«

»Ganze Hefte voll«, mischte Andrea sich zufrieden ein.

»Diese Worte gefallen mir sehr«, befand Ivona. »Sie schaffen eine dichte Atmosphäre.«

»Aber ich habe keine Ideen für die Musik«, klagte Penelope.

»Wenn alle Texter auch noch die Musik komponieren würden, wäre ich arbeitslos«, scherzte Danko.

An diesem Abend wurde eine Freundschaft geboren, die ein ganzes Leben andauern sollte.

Als das Lokal sich zu füllen begann, machten die beiden frisch Verliebten sich auf den Weg.

»Wohin bringst du mich?«, fragte das Mädchen.

»An den einzigen Ort, wo du und ich endlich allein sind.«

»Vielleicht bin ich noch nicht so weit«, zögerte Penelope.

»Ich will dich, *amore mio*«, flüsterte Andrea und streichelte sanft ihre Brust.

Sie waren wieder im Auto und fuhren nach Cesenatico zurück.

»Warum kann man manche Dinge nicht im Sonnenlicht machen?«, rätselte Penelope.

»Du hast doch beschlossen, dass wir uns heimlich treffen, wie zwei Diebe. Warum eigentlich?«, fragte Andrea.

»Weil ich möchte, dass unsere Beziehung so lange wie möglich nur uns beiden gehört«, erklärte sie.

»Aber so musst du immer wieder lügen. Nachmittags sagst du, dass du zum Professore gehst, und kletterst über die Hecke, um zu mir zu kommen. Abends behauptest du, du würdest mit deiner Freundin ausgehen. Das alles kommt mir ein bisschen übertrieben vor«, entschlupfte es Andrea.

Das war ihre erste Meinungsverschiedenheit.

»Du kennst Irene Pennisi nicht«, rechtfertigte sie sich.

»Morgen fahre ich ab und dann können wir uns erst wieder sehen, wenn du nach Mailand zurückkommst«, erinnerte er sie drohend.

Penelope hielt sich für ein kluges Mädchen, doch sie wusste nicht, wie sie das hier mit den Lehren der Mutter in Einklang bringen sollte.

»In Ordnung. Wie du willst«, sagte sie im Märtyrerton. Sie wollte und fürchtete zugleich, was passieren würde.

10

Sie war darauf gefasst gewesen, eines der zahlreichen elenden Ferienapartments mit Plastikmöbeln, Linoleumboden, Kunststofftischchen und Kunstledersofas vorzufinden. Stattdessen stand sie – nachdem sie eine kleine Treppe hinaufgestiegen war – in einer offenen, mit weißen Säulen gesäumten Eingangshalle. In der Mitte gurgelte sanft das Wasser eines rechteckigen Brunnens, ringsum gingen die Türen zu den Zimmern ab.

Penelope kannte Cesenatico gut, doch niemals hätte sie es für möglich gehalten, dass das anonyme Mehrfamilienhaus neben dem Supermarkt eine so phantastische Wohnung verbarg. Andrea führte sie herum: Er zeigte ihr die hochmoderne Küche, die Bäder aus rosafarbenem portugiesischem Marmor, die Schlafzimmer und das in provenzalischem Stil gehaltene Wohnzimmer mit wertvollen Antiquitäten, bedeutenden Bilder aus dem französischen siebzehnten Jahrhundert und handgeknüpften Teppichen aus Aubisson.

»Wo hast du mich hingebracht?«, fragte sie überrascht.

»An den einzigen Ort, der deiner würdig ist«, erwiderte Andrea und öffnete die Tür zu einem Zimmer, in dem ein großes Bett thronte, mit einem Baldachin, in dessen geblümten Vorhängen sich das Muster der Tapete wiederholte. In einer großen Vase auf der Kommode stand ein Strauß weißer, betörend duftender Lilien.

»Die Blumen habe ich heute Morgen hingestellt«, erklärte er.

»Also wusstest du, dass ich kommen würde.«

»Ich habe es gehofft«, flüsterte er und umarmte sie.

Penelope dachte, dass ein anständiges Mädchen hätte fliehen müssen. Doch woher sollte sie die Kraft nehmen fortzugehen, wenn sie doch nichts sehnlicher wünschte, als zu bleiben und zu entdecken, was passieren würde? Sie war mit vielen Regeln erzogen worden. Die wichtigste besagte, dass »ein anständiges Mädchen als Jungfrau in die Ehe geht«.

Sofia und Donata hatten sich bisher keinem ihrer zahlreichen Verehrer hingegeben. Sandrina war in den Sohn einer Fischverkäuferin verliebt, der ihr seit einigen Monaten den Hof machte. Auch sie hatte noch nicht nachgegeben.

Keine von ihnen jedoch hatte einen so außergewöhnlichen Typen wie Andrea kennen gelernt. Aber dennoch erlebten auch ihre Freundinnen intensive Beziehungen, die vielleicht oft mehr erträumt denn wirklich waren.

Nun war sie allein, in einer wunderschönen Wohnung, mit einem Mann, der sie begehrte.

Sie musste daran denken, was ihre Großmutter immer gesagt hatte: »Ein Mann, der ernsthafte Absichten hegt, kompromittiert ein anständiges Mädchen nicht.« Wobei sie mit ernsthaften Absichten natürlich Heiratsabsichten nehme. Sie hoffte, dass Andrea sie nicht fragen würde, ob sie ihn heiraten wolle, denn sie war nicht sicher, ob sie einwilligen würde. Die Ehe hatte nichts mit den überwältigenden Gefühlen zu tun, die er in ihr hervorrief. Im Gegenteil, es schien ihr sogar vulgär, Leidenschaft gegen ein Heiratsversprechen aufzuwiegen. All diese Überlegungen wirbelten ihr durch den Kopf, während Andrea ihr Gesicht mit Küssen bedeckte und sie seinen Atem spürte, seinen Duft einatmete und wie gebannt den zärtlichen und einfältigen Worten lauschte, die er flüsterte.

Auf einmal ging etwas Seltsames mit ihr vor. Penelope war, als besäße sie Macht über ihn. Andrea keuchte und seine Hände zitterten, während er sie streichelte. Es war nur von ihr abhängig, von ihr ganz allein, ob sie ihn gewähren ließ oder zurückwies. Sie hatte ihn in der Hand und das zu wissen machte sie stark. Doch sie war ihrerseits überwältigt von ihrem Verlangen und es war nicht leicht, sich zu entscheiden, ob sie ihm nachgeben oder ob sie die Prinzipien, mit denen sie erzogen worden war, geltend machen sollte. Die Lösung kam unerwartet von ganz allein. Auf einmal spürte sie eine große Leere zwischen Magen und Kopf. Sie wurde blass, sank auf das Bett und flüsterte: »Mir ist schlecht.« Dann wurde sie ohnmächtig.

Erschrocken rannte Andrea in die Küche und holte ein Glas Wasser. Sie trank es in kleinen Schlucken.

Allmählich ließ das Unwohlsein nach und ihr Gesicht wurde wieder rosig.

»Es tut mir Leid«, flüsterte sie mit einem traurigen Lächeln.

»Es war meine Schuld«, gab er zu. »Ich hätte wissen müssen, dass das erste Mal für ein anständiges Mädchen wie dich nicht so einfach ist.«

Penelope setzte sich auf und sah ihn eisig an.

»Und wenn ich mich dir hingegeben hätte, wäre ich kein anständiges Mädchen«, stellte sie fest.

»Du weißt genau, dass ich das nicht damit sagen wollte«, verteidigte er sich.

»O doch, ich habe dich sehr wohl verstanden. Großmutter Diomira hatte Recht, als sie gesagt hat: ›Im Mann ein wildes Tier ist stets verborgen, beißt er nicht jetzt, so beißt er morgen.‹ Es ist wirklich so«, behauptete sie stur.

Andrea sah sie verwirrt an. Sie sah, wie seine schönen Augen sich verfinsterten und seine Lippen sich wütend verzogen.

»Hör auf damit!«, platzte er heraus, packte das Glas und schleuderte es gegen die Wand. Penelope zuckte zusammen, als hätte er sie geohrfeigt. Diese unbesonnene Geste hatte ihr gar nicht gefallen und so provozierte sie ihn noch mehr: »Du hast versucht, mich auszunutzen. Du hast alles eiskalt geplant: das Treffen mit Danko, diese wunderschöne Wohnung, die duftenden Lilien in der Vase. Du hast dich auf deine Ausstrahlung verlassen, auf meine Sympathie für dich, auf den Überraschungseffekt. Und natürlich auf die Schwäche eines verliebten Mädchens. Die Zeiten, in denen Männer von dummen Frauen wie mir einen Beweis ihrer Liebe eingefordert haben, sind lange vorbei. Inzwischen haben die Frauen sich emanzipiert.«

»Ach komm, inzwischen waren die Achtundsechziger und die Frauen haben gelernt, aufrichtiger zu sein. Wenn sie einen Mann lieben, denken sie nicht mehr an die Sprichwörter ihrer Großmütter. Sie folgen ihrem Instinkt und machen Liebe«, erwiderte Andrea wütend.

»Vergiss die Sechzigerjahre! Ihr Männer erinnert nur gerne daran, wenn es euren niedrigen Trieben gerade passt. Und ich betone niedrig«, ereiferte sie sich. Dann fuhr sie fort: »Ich warte sehnsüchtig auf den Tag, an dem die Frauen die alten Vorstellungen umstürzen und endlich einmal Liebesbeweise einfordern. Habe ich mich klar ausgedrückt?«

»Absolut klar. Fordere einen Beweis meiner Liebe und

ich gebe ihn dir«, sagte Andrea auf einmal beschwichtigt und schenkte ihr ein entwaffnendes Lächeln.

»Wenn das so ist, dann bitte mich um Verzeihung und versprich mir, nie wieder zu versuchen, mich wie einen Fisch ins Netz zu bekommen. Wenn zwischen uns etwas passiert, dann nur, weil ich es so will«, behauptete sie und schritt entschlossen in Richtung Eingangshalle, um hinauszugehen.

Nun lief Andrea ihr hinterher, holte sie ein und hielt sie an einem Arm fest.

»Wohin gehst du?«, fragte er.

»Zu Sandrina. Sie wartet auf mich.«

»Sie wird auch noch länger warten«, sagte er.

Gemeinsam überquerten sie die Straße und er brachte sie zum Hafen, der von Touristen bevölkert war. Die Geschäfte waren noch geöffnet. Er zog sie in den Laden von Mantoni, dem Juwelier, bei dem Penelopes Mutter den Rosenkranz für die Großmutter gekauft hatte. Der Juwelier begrüßte ihn, als würde er ihn kennen.

»Der Ring, den Sie bestellt haben, ist fertig«, verkündete er und drückte ihm eine kleine Schachtel in die Hand, die mit einem rosafarbenen Seidenbändchen verschlossen war.

»Das ist für dich«, sagte Andrea und überreichte sie Penelope.

Sie gingen hinaus in den Hafen. Penelope öffnete die Schachtel. Darin befand sich ein goldener Ring. Sie las die Inschrift, die auf die Innenseite des Rings eingraviert war: VON ANDREA FÜR PENELOPE. Benommen sah sie den Journalisten an.

»Ich bin verrückt nach dir«, flüsterte er ihr zu. »Vergiss das nie.«

»Versuche auch du, dich daran zu erinnern«, erwiderte sie energisch.

In jener Nacht kehrte Andrea nach Mailand zurück und begann wieder, sie zweimal am Tag anzurufen.

Eines Abends, als sie bei Tisch saßen, fragte ihre Mutter unvermittelt: »Wer ist der junge Mann, der dir bei Mantoni den Ring gekauft hat, den du am Finger trägst?«

Der Juwelier hatte gepetzt.

»Das war's dann mit meinem Geheimnis«, murmelte Penelope und errötete.

»Verheimlichst du uns etwas?«, mischte ihr Vater sich ein.

»Ich habe endlich einen Freund. Wir lieben uns und ich fühle mich wohl mit ihm«, erklärte sie schlicht.

»Ich will nur wissen, wer er ist«, bedrängte ihre Mutter sie. Sie war verärgert, bemühte sich jedoch, es sich nicht anmerken zu lassen.

»Er heißt Andrea Donelli und wohnt mit seiner Mutter in Mailand. Er ist Journalist, zweiundzwanzig Jahre alt und hat keine Güter unter der Sonne, wie du sagen würdest. Aber er liebt seinen Beruf und ist willens, sich zu behaupten. Er sieht gut aus und ich hoffe, dass er auch innere Werte hat. Jetzt weißt du alles«, sagte die Tochter, ohne eine Miene zu verziehen.

Ihr Vater lächelte ihr zu. Er streckte einen Arm zu ihr aus und strich ihr zärtlich über die Wange. »In deinem Alter war deine Mutter schon verheiratet. Ich finde es richtig, dass du jetzt einen Freund hast«, erklärte er.

»Mimì, wie um Himmels willen schaffst du es nur, immer so tolerant zu sein?«, fragte Irene zornig.

»Das fragst ausgerechnet du mich?«, wunderte sich der Mann kopfschüttelnd.

Penelope dachte an ihre Großmutter. Wenn sie noch unter ihnen gewesen wäre, hätte sie an dieser Stelle ausgerufen: »*Touchée.*« Natürlich hätte sie sich damit auf Irene bezogen. Dennoch tat es ihr Leid, dass ihr Vater doch nicht so naiv war, nicht zu bemerken, dass seine Frau mit Romeo Oggioni geflirtet hatte. Mimì Pennisi wusste es und hatte geschwiegen.

»Das Abendessen ist beendet. Ich werde den Kaffee bei meinem Freund Zoffoli trinken«, beschloss er.

»Und ich werde es mit Mama aufnehmen müssen«, seufzte Penelope enttäuscht.

Und in der Tat, kaum dass sie allein waren, wetterte Irene gegen ihren Leichtsinn, unter anderem, um die Verlegenheit, in die ihr Mann sie gebracht hatte, zu verbergen.

»Du bist verrückt! Was hast du dir nur dabei gedacht, dich auf so einen Hungerleider einzulassen?«

»Ich habe mich nicht auf ihn eingelassen, zumindest nicht so, wie du das meinst. Auch wenn ich es vielleicht früher oder später tun werde«, drohte Penelope.

»Ich hoffe für dich, dass diese Geschichte so schnell wie möglich vorbei ist. Du solltest wirklich etwas ehrgeiziger sein in deiner Wahl.«

»Von welchem Ehrgeiz sprichst du? Du kennst Andrea nicht einmal, wie kannst du dir ein Urteil über ihn erlauben?«

»Ich habe mehr Erfahrung als du. Bei der ersten Gelegenheit wirst du ihm in die Arme fallen wie eine reife Birne. Mit einem Bissen wird er dich vernaschen und dann ist es für dich gelaufen.«

»Warum bist du nur so gemein?«

»Pepe, lass uns offen darüber reden. Du bist nicht gerade eine bezaubernde Schönheit. Du solltest dir einen ruhigen Mann suchen mit einer soliden Anstellung, bei dem man sicher sein kann, dass er ein guter Familienvater sein wird.«

Die Bemerkung der Mutter über ihre Schönheit verletzte sie. Sie wusste, dass sie dem Vergleich mit ihr nicht standhielt, aber dennoch hatte Andrea ihr das Gefühl gegeben, wunderschön zu sein.

»Dir hat dein gutes Aussehen nicht viel genützt«, erwiderte sie. Ihre Mutter funkelte sie wütend an. Doch sie fuhr ungerührt fort: »Nun solltest du dich zum zweiten

Mal in der letzten halben Stunde *touchée* fühlen, wie Großmutter gesagt hätte.«

»Du bist ganz schön unverschämt. Diese erbärmliche Liebschaft ist dir wohl zu Kopf gestiegen. Jedenfalls würde ich die Geschichte schnell beenden«, schloss sie, ging aus der Küche und ließ die Tochter mit ihren Gedanken allein.

Andrea konnte nicht mehr nach Cesenatico kommen. Penelope hatte Sandra ihren Kummer anvertraut und tröstete sich mit dem Goldring, den sie um ihren Finger drehte. Sie würde ihn erst wiedersehen, wenn sie nach Mailand zurückfuhr.

Endlich kam der September. Der Urlaub war zu Ende. Papa war gekommen, um sie abzuholen. Am Morgen der Abreise, als sie die Rollläden ihres Zimmers hochzog, leuchtete eine Reihe von Luftballons in der Luft. Sie waren an den Stangen des Zauns festgebunden und die Buchstaben, die darauf gemalt waren, ergaben zusammen folgende Aufschrift: PEPE, WILLST DU MICH HEIRATEN?

Sie rief ihre Eltern, damit sie sich das ansahen. Mimì brach in tosendes Gelächter aus.

»Dein Journalist muss ja wirklich ein Spaßvogel sein«, bemerkte er.

»Ich will hoffen, dass du dir deine Antwort gut überlegst«, zischte Irene.

Penelope hörte ihr gar nicht zu. Ihre Antwort war ein energisches Ja, ein Ja, das für das ganze Leben galt.

Die Erinnerungen verblassten …

II

Die Erinnerungen verblassten und Penelope sammelte liebevoll die Teile des wertvollen Chippendalesessels auf, gegen den sie getreten hatte. Sie schwor sich erneut, ihn samt dem Rest des unbequemen Salons, der nicht authentisch war, wie die Großmutter immer behauptet hatte, sondern aus den Zwanzigerjahren stammte, restaurieren zu lassen. Sie erinnerte sich, dass auch der berühmte kolumbianische Smaragd, auf den ihre Mutter Stein und Bein geschworen hatte, sich als Stück von geringem Wert entpuppt hatte. Ihre schlaue Großmutter hatte es immer gewusst, aber sie spielte gern mit diesen und anderen Lügen, die ihre Lust am Zurschaustellen befriedigten. Die junge Frau sah sich um und bemerkte, dass die Zeit an der Villa nicht spurlos vorübergegangen war. Zum ersten Mal wurde ihr bewusst, dass die Mauern dem Verfall geweiht waren. Penelope war überzeugt, dass nichts zufällig geschah. Vielleicht nutzte das Haus des Urgroßvaters ihren Besuch, um ihr zu zeigen, dass es ins Leben zurückgeholt werden wollte.

Sie durchquerte den Garten und läutete am Tor der Nachbarvilla. Es war halb zwei Uhr nachmittags. Sie wusste, dass Professor Briganti um diese Zeit vor dem laufenden Fernseher im Sessel schlief und bis vier Uhr nicht gestört werden wollte. Aber ihr war nicht danach, so lange zu warten.

Sie sah das ausgemergelte Gesicht des Mannes in einem Fenster auftauchen.

»Wer besitzt die Unverfrorenheit, mich zu stören?«, protestierte er mit der leicht zitternden Stimme, die alten Menschen eigen ist.

»Professore, verzeihen Sie. Ich bin's, Penelope, die Tochter von Irene Pennisi!«, rief sie ihrerseits, denn der Mann war mit den Jahren ein wenig schwerhörig geworden.

Der finstere Gesichtsausdruck des Mannes wurde weich. »Penelope! Die treue Freundin des Mannes, der aus lauter Wissbegierde die Götter herausgefordert hat. Was machst du hier um diese Zeit an diesem Ort von Wilden?«

»Ich schwöre, wenn Sie mir das Tor aufmachen und mich reinlassen, werde ich es Ihnen sagen«, scherzte sie.

»Aber sicher, meine zarte Freundin!«, rief er. Er verschwand, und kurz darauf stieg er langsam die Stufen vor dem Haus hinunter und kam ihr mit kurzen, hastigen und ein wenig unsicheren Schritten durch die schmale Allee entgegen. Dann öffnete er das Eisentor.

»Komm, komm rein, mein Töchterchen«, forderte er sie auf.

»Lieber Professore, ich bitte Sie nochmals um Verzeihung, dass ich Sie gestört habe. Ich wollte kurz Ihr Bad benutzen, um mich ein bisschen frisch zu machen. Im Haus gibt es weder Wasser noch Strom. Vielleicht hat Mama vergessen, Ihnen wie sonst Geld dazulassen, damit Sie die Rechnungen bezahlen können.« Sie redete in einem Atemzug, hakte sich bei ihm unter und ging mit ihm zur Villa, die der ihrer Großmutter sehr ähnlich war.

Der Professor lebte allein und wurde von einer Frau des Ortes versorgt, die ihm auf herkömmliche Art zur Hand ging: Bett machen, Essen auf den Tisch und saubere Wäsche. Alles andere war überflüssig. »Geh nur ins Bad. Den Weg kennst du ja. Ich mache dir einen Kaffee«, sagte er. Der unerwartete Besuch hatte ihm neue Kräfte verliehen.

Als sie sich mit ihm in die Küche setzte, um den Kaffee aus einer Tasse zu trinken, die nicht gerade die sauberste war, erklärte der Professor: »Das Geld, das Irene mir dagelassen hat, ist hier, mein liebes Kind. Weißt du, im Dezember hatten wir Frost. Bei euch und bei mir sind die Wasserrohre geplatzt. Für mich habe ich die Handwerker kommen lassen, sie haben an einem halben Tag alles repariert. Aber ich habe nicht gewagt, ihnen ohne Irenes Erlaubnis eure Schlüssel zu geben. Ich hätte sie anrufen müssen. Aber ich alter Holzkopf habe es vergessen. Verzeih mir und bitte auch deine Mutter um Verzeihung.«

»Da drin gibt's nicht viel zu holen. Könnten Sie mir einen Installateur rufen, vielleicht noch heute Nachmittag? Für heute Nacht werde ich in ein Hotel gehen, aber ab morgen würde ich gern das Haus benutzen. Glauben Sie, Sie finden jemanden? Es ist Sonntag und in diesem Ort ...«

Er ließ sie nicht ausreden. »Erinnerst du dich noch, wie mein Freund Moretti diesen Ort genannt hat?«, fragte er mit einem schelmischen Lächeln.

»Ich weiß, Professore: ›Mehr heiß denn heiter, mit all den Menschenmassen, die sich über den Strand schieben.‹ Stimmt's?«, erwiderte sie und dachte an die Stunden zurück, die sie damit verbracht hatte, mit dem alten Lehrer über Poesie zu reden.

»Bravo!«, rief er und fügte hinzu: »Bist du allein gekommen? Wie geht es deinem Mann? Und euren Kindern?«

Er war in Plauderstimmung, nun, da sein Nickerchen ohnehin unterbrochen war.

Penelope hatte sich einst des Professors bedient, um ihre Spritztouren mit Andrea zu decken. »Ich geh zu Professor Briganti lernen«, hatte sie ihrer Mutter verkündet. Dann eilte sie in seinen Garten, lief um das Haus herum und auf der kleinen Schotterstraße auf der Rückseite wartete bereits Andrea auf sie. Eines Tages suchte Irene ihre Tochter und war überzeugt, sie im Haus des Lehrers vorzufinden. Geistesgegenwärtig reagierte der Mann auf die Lüge der jungen Schülerin und deckte sie.

»Ich habe sie gebeten, für mich etwas zu besorgen«, erklärte er ihrer Mutter. Dann passte er sie hinten im Garten ab. Als Penelope mit Andreas Hilfe über den Zaun geklettert war, trat er auf sie zu: »Mein Kind, ich habe dich um Haaresbreite retten können. Möge der Herr mir verzeihen: Ich habe deine Mutter belogen. Aber ich werde dich nicht noch einmal decken können. Wenn der junge Mann, mit dem du zusammen bist, dich wirklich gern hat, sollte er es dir ersparen, über Hecken zu springen.« Penelope war ihm immer dankbar gewesen für seine kleine Beihilfe, die trotz seines Klagens den ganzen Sommer lang andauerte.

Als Penelope heiratete, schenkte er ihr eine Ausgabe der *Göttlichen Komödie* aus dem neunzehnten Jahrhundert mit einer Widmung: »Auf dass du jenseits der Hecke immer noch etwas Angenehmes entdecken magst.«

Und nun sagte sie – als Antwort auf seine Frage nach den Kindern und dem Ehemann: »Ich bin wieder über die Hecke gesprungen. Aber das ist eine lange Geschichte. Vielleicht werde ich Sie Ihnen in den nächsten Tagen erzählen.« Ihr kam Mortimer in den Sinn und sie dachte, dass sie in diesem schwierigen Augenblick ihres Lebens das dringende Bedürfnis hatte, ihn wiederzusehen.

Der Mann schenkte ihr ein solidarisches Lächeln und brachte sie zum Gartentor.

»Ich freue mich, dass du hier bist«, sagte er.

»Wie geht es Piccarda?«, erkundigte sie sich, bevor sie ging.

»Ich glaube, sie hat mich verlassen«, erwiderte er traurig. »Aber ich habe die Hoffnung noch nicht aufgegeben, auch wenn sie bereits einen Monat zu spät ist zu unserer Verabredung.« Dann wechselte er das Thema: »Weißt du schon, dass sie das *Grand Hotel* restauriert haben? Man sagt, dass es nun viel besser sein soll. Warum schläfst du heute Nacht nicht dort?«

Penelope befolgte seinen Vorschlag. Sie ließ sich ein Zimmer mit Meerblick geben. Sie verschloss die Tür, ließ sich aufs Bett fallen und schlief ein.

Das hartnäckige Klingeln des Handys, das sie zum Aufladen auf eine Konsole im Bad gelegt hatte, weckte sie. Sie musste an ihre Kinder denken und lief ins Bad in der Hoffnung, die Stimme eines von ihnen zu hören. Doch stattdessen war es Donata, mit der sie ganz und gar nicht sprechen wollte.

»Ich kann dich kaum verstehen«, sagte sie.

»Pepe, bitte, ich muss mit dir reden.« Ihre Busenfreundin hörte sich beunruhigt an. Penelope glaubte zu wissen, warum sie mit ihr reden »musste«, und unterbrach die Verbindung. Sie wollte die Belehrungen der neunmalklugen Astrologin nicht hören. Sie sah auf die Uhr und stellte fest, dass sie nur zehn Minuten geschlafen hatte. Doch der Frieden des Schlafes war dahin. Sie zog sich wieder an und beschloss, zu Fuß zur Villa zurückzukehren. Sie würde alle Zimmer lüften und die warme Nachmittagssonne nutzen. Also betrat sie wieder das Haus und stieg in den ersten Stock hinauf. Sie öffnete die Türen der Schlafzimmer und des Bades. Dann machte sie ein Fenster nach dem anderen auf. Diesmal ließen sich die Rollläden problemlos hochziehen. Nun stieg sie die Wendeltreppe hinauf und betrat den Turm.

Sie betrachtete den Garten der Zoffoli. Sie sah wieder ihre Freundin Sandrina vor sich, wie sie in Gesellschaft des Cousinchens aus Bologna aus Salzteig kleine Kätzchen formte. Die Erinnerung verschwamm und sie bemerkte, dass der Garten in einem bedauerlichen Zustand war. Das Haus war vor Jahren an eine Familie aus Forlì verkauft worden, die jedoch nie darin wohnte. Sandrina war seit einer Weile tot. Auf ihrer Hochzeitsreise war das Flugzeug, das sie und ihren Mann zu den glücklichen Inseln der Südsee bringen sollte, abgestürzt. »Arme Sandrina«, flüsterte sie und trauerte um die Gefährtin so vieler, nunmehr weit zurückliegender Sommer.

Die junge Frau ging wieder in den ersten Stock hinunter und kehrte in das Zimmer ihrer Großmutter zurück. Sie sah sich um. Wenn sie die Villa sanieren würde, würde sie hier anfangen. Sie betrachtete das schöne Jugendstilbett aus Buchenholz, das messinggefasste Kopfende mit den reliefartigen kleinen Rosen, den Christus über dem Bett, die Weihwasserbecken aus handbemaltem Porzellan, die Nachttischchen mit schwarzen, blau geäderten Marmorplatten. Es gab auch einen dreitürigen Kleiderschrank. In die mittlere Tür war ein wunderschöner Spiegel eingelassen, der von einer in das Holz geschnitzten Blumenvolute umrahmt wurde. Sie sah nach oben und bemerkte einen großen gelbgrauen Fleck, der sich von der Decke bis zur Wand hinter dem Schrank ausbreitete. Ein Jahr zuvor war er noch nicht da gewesen. Der Putz wölbte sich und riss die dunkelrote Tapete mit den gelben Blumen auf. »Das Wasserrohr ist kaputt«, dachte sie besorgt. Sie versuchte, den Schrank abzurücken, doch ohne Erfolg. Sie öffnete eine Schranktür und stellte fest, dass auch das Holz der Rückseite sich verformt hatte und feucht war. Also räumte sie Laken, Handtücher und alte Mitteldeckchen heraus, die mit zarter Spitze gesäumt waren. Die Großmutter hatte diese Spitze *frivolité* genannt und ihre Mutter »Plauderspitze«, weil sie geklöppelt wurde, während man mit den Freundinnen plauderte. Ihr kam in den Sinn, mit welchem Geschick die Großmutter die Spitze arbeitete und die kleinen Elfenbeinspulen, auf die feinster schottischer Faden aufgerollt war, in ihrer Hand laufen ließ. Heraus kamen Spitzen von wundersamer Zartheit. Penelope zog die Schublade heraus und entdeckte auf dem Boden des

Schranks zwei leicht angerostete Blechdosen. Sie legte sie aufs Bett und betrachtete sie eine Weile. In einer von ihnen erkannte sie die Oswego-Keksdose wieder, die sie einst in die Mülltonne geworfen hatte. Offenbar hatte die Großmutter sie wieder herausgeholt und beschlossen, sie samt ihrem Inhalt aufzubewahren. Darin befanden sich immer noch das Korallenarmband, Mamas Lippenstift, das Autogramm von Iva Zanicchi und das Heft mit ihren grauenhaften Gedichten. In der anderen Dose waren Papiere und Schwarzweißfotografien. Sie breitete die Papiere auf dem Bett aus. Darunter lag das Kapitänsdiplom von Urgroßvater Gualtieri, das Internatszeugnis über gute Führung und guten Erfolg ihrer Großmutter, das Diplom des Lehrerseminars ihrer Mama, Konfirmationsbescheinigungen und verschiedene Urkunden, darunter die Heiratsurkunde ihrer Eltern. Sie hatten am 28. Februar 1960 in Cesenatico geheiratet.

Penelope fuhr hoch. Sie war im Juli geboren worden. Vier Monate nach der Hochzeit. Sie erinnerte sich, dass ihre Mutter ihr immer erzählt hatte: »Du bist genau neun Monate nach meiner Hochzeit zur Welt gekommen.« Lügnerin! Nun verstand sie, warum ihre Mutter sich für ein Hochzeitskleid im Empirestil entschieden hatte. Die hohe Taille sollte den bereits runden Bauch verbergen. Irene hatte sie wieder einmal belogen.

12

Sansone wartete nunmehr seit Stunden darauf, Gassi zu gehen, und da Andrea es offensichtlich nicht bemerkte, begann er zu bellen und zwischen Schlafzimmer und Wohnungstür hin- und herzulaufen.

»Du hast Recht«, sagte der Mann. »Gib mir ein paar Minuten, damit ich mich anziehen kann, und dann gehen wir.«

Der wunderschöne weiße Hirtenhund war kurz nach Lucas Geburt in das Haus der Donelli gekommen. Die beiden waren praktisch zusammen aufgewachsen. Zwischen ihnen hatte sich daher eine Beziehung entwickelt, die den Rest der Familie ausschloss. Der Hund ließ sich vom kleinen Luca alles gefallen, sogar Zähneputzen. Jeden Tag machte das Kind es ihm demonstrativ vor, indem es eine Ekel erregende braune Paste in den Mund nahm, die es dann dem Hund gab und ihm mit der Bürste die Zähne polierte. Diese Tortur hätte Sansone von niemand anderem hingenommen, nicht einmal von Pepe, obwohl sie ihn immer fütterte und mit ihm in den Park ging. Aber immerhin ließ er sich dazu herab, sich von ihr baden zu lassen, denn dann durfte er sich zu seinem kleinen Freund ins Bett legen.

Andrea zog ihm das Halsband an und gemeinsam verließen sie das Haus. Sansone führte ihn zu einem öffentlichen Park, wo er frei herumlaufen, sich im Gras wälzen, nach Spuren von seinesgleichen schnuppern und mit ihnen herumtollen konnte.

Auf dem Heimweg war der Hund zufrieden und schenkte seinem Herren einen anerkennenden Blick. Als Andrea die Wohnungstür öffnete, hoffte er für einen Moment, seine Frau vorzufinden. Vielleicht hatte Penelope eingesehen, wie absurd ihr Verhalten war, und war zurückgekehrt, um ihn mit den Familienproblemen nicht allein zu lassen. Vor allem aber natürlich, weil sie ihn liebte und ohne ihn nicht leben konnte.

»Vielleicht ist sie jetzt da«, flüsterte er dem Hund zu.

Die Wohnung war so, wie er sie eine Stunde zuvor verlassen hatte: leer und unordentlich.

Er wusste wirklich nicht, wo er anfangen sollte, um wieder ein Minimum an Ordnung herzustellen. Wäre wenigstens Priscilla da gewesen. Das musste man sich mal vorstellen! Die Philippinin verschwand am Samstag und bis Montagmorgen sah und hörte man nichts mehr von ihr. Und er war allein, schrecklich allein.

»Ich wusste schon eine ganze Weile, dass sie gehen würde«, entfuhr es ihm halb wütend, halb weinerlich. Dann schlug er mit der Faust auf den Tisch, dass das Geschirr klapperte. Die gleiche Geste, die gleichen Worte hatte sein Vater benutzt.

Damals war es Gemma gewesen, die gegangen war. Die Geschichte, die Andrea für immer hatte vergessen wollen, kam ihm in ihrer ganzen Dramatik wieder in den Sinn, und das in einem Moment, in dem er sich in Ruhe hätte sammeln und sich überlegen sollen, was er mit diesem traurigen Sonntag und all den anderen Tagen, die noch folgen würden, anfangen sollte, während er auf die Rückkehr seiner Frau wartete. Denn es gab für ihn keinen Zweifel, dass Penelope zurückkommen würde. Sie liebte ihre Kinder zu sehr, als dass sie es allzu lange ohne sie hätte aushalten können.

Ach ja, ihre Kinder. Was sollte er ihnen bloß sagen, wenn er sie in ein paar Stunden bei den Cousins abholen würde? Wie würden sie darauf reagieren, dass ihre Mutter nicht da war?

Als er – in der Hoffnung auf Unterstützung – seine Schwiegermutter angerufen hatte, hatte diese ihn gleich mit einer Lawine von Vorwürfen überschüttet. Am Ende hatte Irene gesagt: »Das hast du dir selbst eingebrockt. Glaub mal nicht, dass ich dir jetzt die Kastanien aus dem Feuer hole.«

Andrea war verzweifelt. Penelopes Anschuldigungen, schwerwiegend, ernst, begründet, waren wie ein Messer im Rücken. Warum hatte sie nicht mit ihm gesprochen, ehe sie eine so endgültige Entscheidung getroffen hatte?

Vielleicht konnten Sofia oder Donata Licht in das Dunkel bringen. Penelope unternahm nie irgendetwas, ohne vorher ihre Busenfreundinnen zu Rate zu ziehen. Er dachte daran, sie anzurufen, doch dann verzichtete er darauf, aus Angst, sie könnten wie seine Schwiegermutter reagieren. Warum mussten sich die Frauen immer gegen die Männer solidarisieren? Selbst diese blöde Stefania war schwach geworden, hatte sich mit Penelope verbündet und sich an ihrer Schulter ausgeheult. Noch nie hatte er sich so einsam gefühlt wie an diesem traurigen Sonntag im Mai. Ihm schien, dass sich die ganze Welt gegen ihn verschworen hatte, um ihn zu zerquetschen, zu unterdrücken, zu vernichten.

Er ging ins Kinderzimmer und betrachtete angewidert die Unordnung, die darin herrschte. Sansone, der es sich auf Lucas Bett bequem gemacht hatte, knurrte bedrohlich, als er versuchte, ihn von dort wegzuscheuchen.

»Du bist ganz schön schlecht erzogen«, sagte er streng zu ihm. Der Vorwurf, auf den der Hund nicht weiter reagierte, war offenbar mehr ein Seitenhieb auf seine Frau. Jedenfalls zog Andrea sich brav zurück und betrat das Ankleidezimmer.

Er öffnete eine Reihe von Schranktüren, ehe er die richtige fand, hinter der sich die Schubladen mit seinen Hemden verbargen, die allesamt sorgfältig gebügelt und zusammengelegt waren. Er hatte gar nicht gewusst, dass er so viele besaß, die zudem so gewissenhaft aufbewahrt wurden. Eigentlich betrat er diesen begehbaren Kleiderschrank nie. Penelope legte ihm jeden Morgen Anzug und saubere Unterwäsche ins Schlafzimmer. Er hatte auch nicht geahnt, dass all die Schränke so pedantisch sauber und ordentlich gehalten wurden. Und es war bestimmt nicht Priscilla, die sich darum kümmerte. Er erinnerte sich noch, wie die Philippinin es einmal – in Abwesenheit seiner Frau – geschafft hatte, innerhalb weniger Minuten seine Kaschmirpullover zu schrumpfen, indem sie sie bei sechzig Grad in die Waschmaschine gesteckt hatte.

Doch Penelope hatte nichts weiter dazu gesagt als: »Von nun an verbiete ich dir, die Waschmaschine anzufassen.« Wenn es nach ihm gegangen wäre, hätte er die Haushälterin sofort rausgeschmissen. Doch seine Pepe war nun einmal so: gutmütig bis zum Martyrium. Er suchte seine Hosen und fand sie in einem Fach, wo sie akkurat in einer unglaublich ordentlichen Reihe hingen. Nicht eine Falte, nirgends fehlte ein Knopf. Das machte es umso wahrscheinlicher, dass nun, da Penelope weg war, alles im Chaos versinken würde. Er öffnete eine weitere Doppeltür. Dahinter hingen die Sommerkleider seiner Frau. Er betrachtete sie eines nach dem anderen, befühlte die weichen Stoffe und bewunderte zum ersten Mal verschiedene Seiden und deren Farben. Ein Kleid nahm seine Aufmerksamkeit ganz besonders gefangen. Es war ein Blusenkleid aus rotweiß karierter Seide. Penelope hatte es zu der Zeit getragen, als sie verlobt gewesen waren. Er erinnerte sich noch daran, wie sie in diesem Kleid neben ihm im Auto saß. An einem Hochsommertag fuhren sie bei Sonnenuntergang durch eine kleine Straße, die parallel zum Flughafen in Linate verlief.

Sie hielten an und gingen Hand in Hand zum Metallzaun vor dem Bereich, zu dem sie keinen Zutritt hatten. Sie sahen den Flugzeugen zu, die starteten und ihre Träume mit in den Himmel nahmen. Sie stellten sich Reisen in ferne Länder vor: nach Amerika, China, in die Südsee.

»Eines Tages werden wir gemeinsam irgendwohin fahren«, sagte Andrea zu ihr und umarmte sie. »Wir werden phantastische Reisen machen, vom Nordpol bis zum Äquator. Wir werden wunderbare Dinge erleben, meine Kleine. Das ist ein feierliches Versprechen«, versicherte er.

Das Versprechen wurde nie eingelöst. Kurz darauf heirateten sie und mussten sich mit den Haushaltsrechnungen herumschlagen. Es war gar nicht so einfach, mit seinem Redakteursgehalt auszukommen. Irgendwann aber wurde er zum Korrespondenten befördert. Er bekam eine ordentliche Gehaltserhöhung und begann zu reisen. Doch Penelope konnte ihn unmöglich begleiten. Lucia und Daniele waren zwei aufgeweckte Kleinkinder, die die Wohnung auf den Kopf stellten und ihre Mama rund um die Uhr auf Trab hielten.

Dennoch hatten sie ihren Traum von einem großartigen Urlaub in irgendeinem fernen Land nicht aufgegeben. Unterdessen hatte er sich in dumme, kurzlebige außereheliche Abenteuer gestürzt, die jedoch immer einen bitteren Nachgeschmack hinterließen, zum einen, weil er sich schuldig fühlte, vor allem aber, weil seine angebetete Pepe immer die bestmögliche Lebensgefährtin für ihn war. Zuweilen entdeckte sie seine Seitensprünge, litt und machte tagelang ein langes Gesicht. Dann erinnerte sich Andrea an sein Versprechen und schwor sich: »Sobald wir Frieden geschlossen haben, fahre ich mit ihr weg.«

Einmal gelang es ihnen tatsächlich, zwei Wochen Urlaub in England zu machen. Seine Schwiegermutter hatte großzügigerweise angeboten, auf die Kinder aufzupassen, und sie hatten ein College besucht und sich wieder wie Teenager gefühlt.

Sie hatten nur wenig gelernt, dafür umso mehr gelacht. Ein anderes Mal, als Lucia und Daniele schon größer waren und in ein Ferienlager in Pinzolo geschickt wurden, hatten sie sich einen Urlaub in Meran gegönnt. Es waren wenige, doch vergnügte Tage. Auch damals waren sie glücklich gewesen.

Nun rieb er die rotweiß karierte Seide zwischen den Fingern, die ihn an Momente wunderbaren Einverständnisses mit seiner Frau erinnerte. Er hielt sich den Stoff ans Gesicht in der Hoffnung, den Duft ihrer Jugend wiederzufinden. Doch stattdessen nahm er lediglich den unbestimmten Geruch von Mottenkugeln wahr. »Warum löscht die Zeit so viel von dem Guten aus, das zwischen einem Mann und einer Frau gewesen ist?«, fragte er sich.

Von den achtzehn Jahren ihres gemeinsamen Lebens blieb lediglich ein missgünstiger Brief, den er dem Wind überlassen hatte. Andrea gab zu, dass er zweifellos den größten Teil der Verantwortung dafür trug, dass es so weit gekommen war. Aber vielleicht hatte auch seine Frau das Ihre zu dem Desaster beigetragen.

Das Telefon klingelte und er beeilte sich, den Hörer abzunehmen, in der Hoffnung, Penelopes Stimme zu hören. Doch es war Donata.

»Gibst du mir mal meine Freundin?«, fragte sie sofort. »Ich habe versucht, sie auf dem Handy zu erreichen, aber die Verbindung war furchtbat schlecht«, erklärte sie.

»Deine Freundin ist nicht da«, erwiderte er und versuchte, seine Enttäuschung zu unterdrücken.

»Ich muss aber dringend mit ihr sprechen«, drängte Donata.

Andrea war drauf und dran, ihr alles zu erzählen, doch die Nervosität in der Stimme der Frau hinderte ihn daran zu reden, zumal sie sich kurz angebunden von ihm verabschiedete.

Er legte den Hörer auf und strich zerstreut über die Tischplatte. Es war Penelopes Schreibtisch. Darauf stand ein Foto von ihr und den Kindern, sie lächelten in die Linse. Er hatte es wenige Monate zuvor, am Weihnachtsabend, geschossen. Fünf Monate waren seitdem vergangen und nun war Penelope fort.

Sanft berührte er eine hauchdünne Porzellanschale, an der seine Frau sehr hing. Sie war eine Antiquität, mit Altgold und zarten Pastelltönen bemalt.

»Nicht anfassen«, hatte sie einst zu ihm gesagt, als er das gute Stück betrachtete.

»Woher hast du die?«, hatte er neugierig gefragt.

»Aus einem Antiquitätengeschäft«, hatte sie kurz und bündig geantwortet.

Er war beleidigt gewesen, auch wenn er wusste, dass sie keiner Rechtfertigung bedurfte. Seit einiger Zeit redeten sie kaum noch miteinander, und wenn, dann stritten sie bloß. Warum nur? Er betrachtete das lächelnde Gesicht seiner Frau, die eine neurotische Mutter geworden war, eine richtige Glucke. Manchmal fand er sie unerträglich, obgleich er nie aufgehört hatte, sie zu lieben. Wo war das sanfte und vergnügte Mädchen geblieben, das er an einem Sommerabend in Cesenatico kennen gelernt hatte?

Penelope war eine zarte und freundliche Blume gewesen, die er zärtlich gepflückt hatte, als sie im Begriff war zu erblühen, in der Gewissheit, dass sie die Frau seines Lebens sei. Nun hatte sie sich gegen ihn aufgelehnt und ihn beim Ehebruch erwischt.

Die Pendeluhr schlug zwei Uhr Nachmittag. In ein paar Stunden würde er ihren beiden Kinder gegenüberstehen. Eine schreckliche Vorstellung. Er musste unbedingt mit Penelope sprechen. Sie musste inzwischen in Cesenatico angekommen sein.

Er ließ das Telefon lange klingeln. Doch sie ging nicht dran. Also versuchte er es auf dem Handy und hörte endlich ihre Stimme.

»Penelope, um Himmels willen, leg nicht auf. Ich werde verrückt«, begann er, während er das Gefühl hatte, sein Herz würde jeden Moment vor lauter Aufregung explodieren.

»Ich will nicht mit dir reden«, erwiderte sie.

»Hilf mir. Ich muss verstehen«, flehte er sie an.

»Das ist ein schwieriger Prozess, den du ganz alleine durchmachen musst.«

»Ich möchte auf deinen Brief antworten.«

»Du kennst ja die Adresse«, sagte die Frau und brach die Verbindung ab.

»Fahr zur Hölle!«, schrie er außer sich vor Zorn. Das war das erste Mal, dass seine Frau ihn auf seine Verantwortung festnagelte, ohne ihm ein Hintertürchen offen zu lassen. Er hätte nie gedacht, dass sie dazu fähig wäre. Vielleicht hatte er sie immer unterschätzt. Vielleicht hatte sie Recht gehabt, als sie ihm vorwarf, sich nie angestrengt zu haben, um sie wirklich kennen zu lernen.

Er öffnete die mittlere Schublade von Penelopes Schreibtisch. Das hatte er noch nie getan. Schubladen vermitteln oftmals einen Einblick in die Persönlichkeit ihrer Besitzer. Vielleicht könnte er etwas mehr über sie in Erfahrung bringen, wenn er ihre Sachen durchsah. Es kamen seltsame Gegenstände zum Vorschein, die ihn rührten: eine samtbezogene Schachtel voller bunter Strasssteine. Was sie wohl bedeuteten? Viele gut angespitzte Bleistiftstummel. Mit ihrer klaren und winzigen Handschrift beschriebene Hefte. Eine Rose aus Organza in einem schönen Hellgrün. Päckchen sorgfältig sortierter und zusammengebundener Briefe: die der Freundinnen, der Verwandten, von Danko, von anderen Leute, die er kannte, von den Kindern. Er wagte nicht, sie zu lesen, auch wenn er es gern getan hätte. Ein an Signora Pepe Pennisi adressierter Umschlag, der eine Visitenkarte enthielt, weckte seine Neugier. Er öffnete ihn und las: *Verehrte Pepe, hier die Handschuhe, die du im Taxi vergessen hast. Viel Glück. Mortimer.* Auf der Rückseite war ein langer Name abgedruckt: *Raimondo Maria Teodoli di San Vitale.*

»Und wer soll das sein?«, fragte er sich laut. Es stand auch ein Datum darauf: 26. Februar. Aber kein Jahr. »Mortimer!«, wiederholte er misstrauisch.

Grauenhafter Spitzname. Vielleicht war er ein Jugendfreund. Aber er konnte sich nicht entsinnen, dass Penelope jemals mit Leuten verkehrt hatte, die zwei Vor- und Nachnamen hatten. Außerdem schien ihm dieses »Verehrte Pepe« keine normale Anrede für eine Freundin zu sein.

Nun erst bemerkte er einen großen Umschlag mit Briefen, die von einem weißen Seidenbändchen zusammengehalten wurden. Alle an seine Frau adressiert. Auf der Rückseite eines jeden Umschlages waren die Initialen *R. M. T. S.* abgedruckt. »Raimondo Maria Teodoli di San Vitale« wiederholte er.

Er war drauf und dran, das Band zu zerreißen, um all diese Briefe zu lesen. Seine Hand zitterte, Röte stieg im ins Gesicht und schließlich warf er den Briefstapel wieder in die Schublade. Wenn Penelope ein Geheimnis hatte, wollte er nicht derjenige sein, der es verletzte.

13

An jenem Abend spürte Andrea zum ersten Mal die eisigen Blicke seiner drei Kinder auf sich ruhen. Auf einmal war er nicht mehr der kumpelhafte Vater, der Komplize ihrer Verstöße, der stets Verständnis für ihre Launen hatte, tolerant und großzügig war. Sie sahen ihn streng an und er fühlte sich schuldig. Penelope hatte ihm geschrieben: »Du wirst mein Spiel mitspielen müssen.« Er hatte sich darauf vorbereitet, seine Frau zu verteidigen, aber er fand keine Argumente, um sich selbst zu verteidigen.

»Papa, das ist wirklich ein geschmackloser Scherz. Wo hast du Mama versteckt?« Daniele brach als Erster das Schweigen, nachdem er die Nachricht der Mutter auf der Tafel gelesen hatte.

»Mama hat mich noch nie alleine gelassen, um sich ein bisschen auszuruhen«, stellte der kleine Luca mit ernster Miene fest.

Lucia hatte laut vorgelesen, was Penelope auf die Tafel geschrieben hatte. Andrea hatte nicht den Mut gehabt, zu den Cousins zu fahren, um die Kinder abzuholen. Manfredi und Mariarosa Pennisi hatten sie bis vor die Haustür gebracht, und als die Kinder hereingekommen waren, hatte er verkündet: »Mama ist nicht da. Sie hat sich ein paar Tage Urlaub genommen. Sie ist heute Morgen gefahren.«

»Sie ist wohl eher geflohen«, hatte Lucia bemerkt. »Sie hat nicht einmal die Küche aufgeräumt.«

»Komm, Sansone. Wir gehen die Mama suchen«, sagte Luca, überzeugt, dass die Eltern sich einen Scherz ausgedacht hatten, der ihm gar nicht gefiel.

»Eure Mutter ist nach Cesenatico gefahren. Ihr könnt sie anrufen, wann immer ihr wollt. Ich versichere euch, dass sie einfach nur dringend Erholung braucht, weil sie sehr müde ist«, behauptete er und versuchte, die Lage unter Kontrolle zu bringen.

»Sie hat dich satt!«, platzte Lucia mit schriller Stimme heraus. »Nicht, dass ich mich auf ihre Seite stellen will, aber du bist wirklich eine Katastrophe. Natürlich ist es bequem für mich, einen Vater zu haben, der immer nachgibt. Aber nur, wenn er da ist. Und du bist nie da«, stellte sie voller Groll fest. »In letzter Zeit ist Mama wirklich schlimmer geworden. Sie ist unerträglich. Ich habe euch alle beide satt. Und bild dir ja nicht ein, dass ich jetzt anfange, die Küche zu putzen und die Betten zu machen. Du hast sie in die Flucht geschlagen, also musst du es auch wieder gutmachen. Ich geh in mein Zimmer lernen. Seht zu, wo ihr bleibt.«

Andrea bemerkte, dass die Kinder die Situation sofort durchschaut hatten und ihm nun alle drei den Rücken kehrten.

»Dann sehe ich mal zu«, verkündete Daniele und zog sich seinerseits in sein Zimmer zurück, das er mit Luca teilte, der auf der Suche nach seiner Mutter durch die Wohnung wanderte und Schranktüren öffnete, Kissen hochhob und unter die Betten sah.

Andrea schlug mit der Faust auf den Tisch. Ihm war nicht danach, vor den Kindern den Reumütigen zu spielen. Außerdem fühlte er sich gar nicht so schuldig. Er spürte, wie eine Art Stromstoß durch sein Gehirn schoss, dann nahm er einen heftigen Schmerz in seiner Hand wahr. Das gab ihm seine Selbstbeherrschung zurück. Er öffnete die Tür zu Danieles Zimmer. Der Junge packte Pullover, Zeitungen und ein Paar stinkende Tennisschuhe in einen blauen Seesack.

»Was machst du da?«, fragte Andrea ihn.

»Ich schlafe bei Lele«, erwiderte der Junge ruhig.

Andrea erschrak. Lele war ein Schulfreund, der mit seinem Sohn das mangelnde Interesse für die Schule und die Leidenschaft für Schlangen und Piercings teilte, mit denen sie jeden Zentimeter ihrer Haut durchbohrten.

»Und den Plastikbezug, den lässt du zu Hause? Du willst doch wohl nicht das Bett deines Freundes nass machen«, bemerkte er bösartig.

Er hatte seinen Sohn hinterhältig verletzt, doch es schien ihm die einzige Möglichkeit, eine Rebellion einzudämmen, die auch die anderen anzustecken drohte.

Daniele wurde rot und warf ihm einen hasserfüllten Blick zu. »Raus aus meinem Zimmer. Ich will nie wieder mit dir reden«, erwiderte er und schüttete den Inhalt des Seesacks auf den Boden.

Andrea zog sich zurück. Er hatte eine Runde gewonnen, nachdem er zunächst zu Boden gegangen war. Vielleicht war der Moment gekommen, die Situation für sich auszunutzen, auch wenn ihn das auf immer sein Image des guten und toleranten Vaters kosten könnte, das sich letztendlich als wenig überzeugend erwiesen hatte.

Er öffnete die Tür zu Lucias Zimmer. »Du hast zwei Stunden Zeit, um in der Küche Ordnung zu schaffen und für die Familie irgendetwas Essbares auf den Tisch zu bringen«, befahl er.

»Wende dich an Priscilla. Ich muss lernen, außerdem bin ich nicht deine Haushälterin«, erwiderte sie alles andere als eingeschüchtert.

»Wir müssen sofort ein paar Dinge klarstellen. Du bist siebzehn Jahre alt, folglich bist du in der Lage, einen Abend für dich und deine Brüder zu sorgen. In einer Stunde muss ich arbeiten. Du und Daniele geht mit dem Hund raus und gebt ihm etwas zu fressen. Die Zwergpapageien müssen versorgt werden, der Müll muss runter in den Hof. Ich werde frühestens um Mitternacht zurück sein, wenn alles gut geht. Dann will ich die Wohnung ordentlich und meine Kinder im Bett vorfinden. Das ist ein Befehl«, sagte er mit fester Stimme.

»Was sonst?«, fragte Lucia herausfordernd, mit einem süßsauren Lächeln.

»Sonst wirst du dich sehr schuldig fühlen, weil du deinen Pflichten nicht nachgekommen bist«, erwiderte er mit einem ebenso bösen Lächeln.

Luca lag im Wohnzimmer auf dem Teppich. Sansones Rücken diente ihm als Kissen.

Andrea kauerte sich neben ihn auf den Boden. »Wie geht's?«, fragte er.

»Mmm«, schmollte er.

»Kann ich etwas für dich tun?«

Das Kind überlegte kurz, bevor es antwortete. »Wann kommt Mama zurück?«, flüsterte es.

»Ich weiß nicht. Ich hoffe, bald.« Andrea strich ihm übers Haar.

»Wann bald? Heute Abend?«

»Ich glaube nicht.«

»Wer liest mir dann ein Märchen vor?«

»Denk dir doch eins aus und erzähl es Sansone. Ich bin leider nicht da, wenn du schlafen gehst«, sagte Andrea.

»Wenn Mama mir kein Märchen vorliest, kann ich nicht einschlafen.« Und er fuhr fort: »Außerdem darf der

Hund nicht in mein Bett, wenn Mama ihm nicht die Pfoten wäscht.«

Andrea musste dem Jungen sofort diese Sperenzchen austreiben. »Du wirst ihn selber waschen. Ich weiß, dass du das kannst«, entgegnete er energisch. »Und jetzt muss ich arbeiten gehen.«

»Wenn ich ihn waschen muss, will ich Taschengeld«, erwiderte das Kind.

Andrea sah seinen Sohn verblüfft an. »Kommt überhaupt nicht in Frage. Man bekommt keine Belohnung, nur weil man sich um seine eigenen Tiere kümmert.«

»Daniele und Lucia kriegen jedes Wochenende Taschengeld. Ich will auch was«, sagte Luca hartnäckig.

Die einfachste Lösung wäre es gewesen zuzustimmen, was er auch getan hätte, wenn Penelope da gewesen wäre. Sie hätte es dann wieder eingerenkt. Doch nun war er allein. Er wusste, dass Luca Geld nicht interessierte. Er kannte noch gar nicht seinen Wert. Der Junge wollte ihn lediglich provozieren.

»Wie viel kriegen deine Geschwister?«, fragte er.

Der Kleine dachte nach. Er konnte einen Tausendlireschein nicht von einem Fünftausendlireschein unterscheiden. »Was angemessen ist«, verkündete er nach kurzem Schweigen.

»Hervorragende Antwort«, stellte Andrea fest. »Angemessen für dich ist kein Taschengeld. Man kriegt keine Belohnung, weil man seine Pflicht erfüllt.«

Er sah, wie sein Sohn bis zu den Ohren errötete, die zarten kleinen Lippen verzweifelt verzog und unter Tränen schrie.

»Ich will Taschengeld! Taschengeld! Taschengeld!«

Andrea verstand, dass Luca einfach nur seine Mama wollte, und bemerkte seine Unfähigkeit, mit den Launen seines Sohnes umzugehen. Als er sich über den Jungen beugte, sprang der Hund ihn an und warf ihn zu Boden.

Sansone glaubte, er wolle das Kind angreifen. Andrea erschrak und rief nach Lucia und Daniele, die von der Wohnzimmertür aus das Schauspiel mit angesehen hatten.

Energisch packte Lucia das Brüderchen und verpasste ihm zwei Ohrfeigen. Luca hörte sofort auf zu brüllen. Daniele packte den Hund am Hals und hielt ihn fest, damit Andrea wieder aufstehen konnte.

»Wie hält eure Mutter das bloß alles aus?«, platzte er heraus, während er seine Krawatte zurechtrückte.

»Wir haben halt ein paar Probleme. Merkst du das jetzt erst?«, verkündete Daniele mit befriedigter Miene.

»Entschuldige, Papa«, flüsterte Luca und klammerte sich an seine Hose.

»Ich verzeihe dir, aber nur unter der Bedingung, dass du so was nicht noch mal machst«, sagte er. Dann fügte er hinzu: »Und jetzt versucht, alleine klarzukommen. Ich muss gehen.«

Mit einem erleichterten Seufzen schlüpfte er in den Aufzug. Vielleicht hatte es doch einen Grund, dass Penelope immer nervös und gereizt war. Ihm hatten zwei Stunden mit den Kindern genügt und schon war er mit den Nerven am Ende.

Er ging zur Zeitung und betrat die Redaktion.

Alles in allem war er ziemlich stolz darauf, wie er mit den Kindern zurechtgekommen war.

Sicher, seine Tochter hatte ihm mit Luca geholfen und eine überraschende Geistesgegenwart bewiesen. Vielleicht hatte sie die etwas brutale Technik, die hysterischen Anfälle des Kleinen unter Kontrolle zu bringen, von ihrer Mutter gelernt. Er hätte es nie gewagt, ihn zu ohrfeigen. Er hatte noch nie die Hand gegen seine Kinder erhoben.

Er erinnerte sich daran, wie oft seine Frau versucht hatte, ihn auf die Probleme ihrer Kinder aufmerksam zu machen.

»Andrea, du musst endlich erwachsen werden und lernen, ein richtiger Vater zu sein«, hatte sie zu ihm gesagt. »Die Kinder leiden ebenso wie ich unter deiner Unreife.«

Als er nun versuchte, zu arbeiten und mit seinen Mitarbeitern zu sprechen, war er mit seinen Gedanken die ganze Zeit woanders.

Sein Telefon klingelte. Er nahm den Hörer ab und vernahm Lucias aufgeregte Stimme.

»Du musst sofort nach Hause kommen. Luca geht es sehr schlecht«, sagte seine Tochter.

»Was ist passiert?«, fragte er besorgt.

»Ein Asthmaanfall. Aber nicht wie sonst, Papa. Das Ventolin reicht nicht. Er bekommt kaum Luft. Wir müssen ihn sofort ins Krankenhaus bringen.«

Er raste nach Hause und packte den Kleinen, Lucia und Daniele ins Auto. Mit Vollgas erreichten sie die Notaufnahme der Kinderklinik.

Dem Jungen ging es wirklich sehr schlecht. Der Notarzt nahm Luca auf den Arm, trug ihn in sein Untersuchungszimmer und schloss die Tür.

Es verging eine halbe Stunde, ehe sie sich wieder öffnete und der Arzt alleine herauskam. Er erklärte, dass er Luca fürs Erste verarztet hatte. Nun ging es ihm wieder gut. Dann sah er Andrea ernst an und sagte: »Das Kind hat keine physiologischen Probleme. Seine Eltern sind vielmehr sein Problem. Ich würde Ihnen und Ihrer Frau raten, sich bei einem Psychologen Beistand zu suchen.«

Lucia und Daniele hüteten sich, etwas zu sagen. Als der Arzt Luca seiner Familie zurückgab, sprang das Kind seinem Vater in die Arme und bedeckte sein Gesicht mit Küssen.

Sie verließen alle gemeinsam die Klinik und stiegen ins Auto. Sie fühlten sich beinah glücklich, weil die große Angst um Luca nun vorüber war.

»Ich würde vorschlagen, dass wir uns eine Riesenportion Eis holen«, begann Lucia.

Es war inzwischen neun Uhr abends, als sie sich an einem Tischchen in einer Bar wiederfanden. Daniele und Luca bestellten einen Becher Vanille- und Schokoladeneis, Lucia entschied sich für einen Obstsalat, um ihre Figur nicht zu ruinieren. Andrea trank nur einen Kaffee.

»Warum können wir unsere Probleme nicht unter uns lösen, statt zum Psychologen zu gehen?«, fragte Daniele unvermittelt.

»Mama macht das doch schon. Sie ist weggegangen«, erwiderte das Mädchen.

»Mama hat es richtig gemacht«, schloss Andrea. »Sie wird merken, wie sehr wir ihr fehlen. Und wir werden lernen, ihr weniger zur Last zu fallen.«

Als sie nach Hause kamen, waren sie erschöpft und gingen sofort ins Bett. Andrea aber konnte nicht einschlafen. Irgendwann stand er wieder auf und verließ sein Zimmer. Im Korridor hörte er, dass Daniele mit seiner Mutter telefonierte. Also kehrte er auf Zehenspitzen ins Schlafzimmer zurück. Er nahm Stift und Papier und schrieb an Penelope.

14

Penelope hatte ein Schlafmittel genommen, um einschlafen zu können. Da sie nicht daran gewöhnt war, tat die kleine weiße Tablette innerhalb weniger Minuten ihre Wirkung.

Und so dauerte es eine Weile, ehe sie begriff, dass ihr Handy auf dem Nachttisch klingelte.

Mit einiger Mühe fand sie es im Dunkeln und antwortete mit schläfriger Stimme. Unterdessen schaltete sie das Licht ein und sah auf die Uhr des Radioweckers. Es war elf Uhr abends.

»Mama! Wo bist du?«, fragte ihr Sohn.

»Im Bett natürlich. Und du?« Nun war sie wach und freute sich darauf, mit Daniele zu sprechen.

»Ich bin in der Küche. Ich muss leise reden, damit die anderen mich nicht hören«, flüsterte er.

»Sind deine Geschwister noch auf?«, fragte sie besorgt.

»Wo bist du?«, fragte der Junge nun wieder. »Ich habe in der Villa angerufen, aber da nimmt keiner ab.«

»Ich bin im Hotel. Im Umkreis von zweihundert Metern um Großmutters Haus gibt es kein Licht und kein Wasser. Morgen früh kommen die Handwerker. Aber du hast mich trotzdem gefunden, wie du sieht«, erläuterte Penelope. Sie setzte sich im Bett auf, glücklich, seine Stimme zu hören.

»Mama, warum bist du so plötzlich fortgegangen? Warum hast du uns mit Papa allein gelassen? Du weißt doch, dass du uns ihm nicht anvertrauen kannst«, seufzte der Junge.

»Ich bin sicher, dass er lernen wird zurechtzukommen. Hab Geduld und gib ihm Zeit. Ich bin müde, ich muss mich ausruhen. Außerdem nutze ich die Gelegenheit, Großmutters Haus vor dem Sommer in Ordnung zu bringen.«

»Ich verstehe überhaupt nichts mehr«, sagte Daniele, »du fehlst mir so schrecklich. Und nicht nur mir.«

»Mein lieber Schatz! Ich habe noch nie eine so schöne Liebeserklärung bekommen. Ich komme bald zurück, da kannst du sicher sein.«

Er verabschiedete sich abrupt. »Ich glaube, da kommt jemand. Vielleicht Papa«, flüsterte er.

»Ruf mich an, wann immer du willst. Ich umarme dich.«

Ihr Sohn hörte diese letzten Worte nicht mehr. Er hatte

bereits den Hörer aufgelegt. Sie hätte ihn gern noch nach Luca und Lucia gefragt. Danach, wie der erste Tag gelaufen war. Warum hatte er nicht von seinen Geschwistern gesprochen? Vielleicht war etwas passiert? Sie schaltete das Licht wieder aus und wälzte sich lange unruhig im Bett. Das war der Preis dafür – dessen war sie sich bewusst –, dass sie ihre Familie allein gelassen hatte.

Als sie am nächsten Morgen aufwachte, galt ihr erster Gedanke wieder ihren Kindern. Die Vorstellung, dass Priscilla pünktlich um acht kommen und die Wohnung aufräumen würde, tröstete sie.

Sie frühstückte und machte sich dann auf den Weg zur Villa. Als sie ankam, hatten zwei Handwerker bereits ein Stück Mauer in der Küche aufgerissen und ein Wasserrohr entdeckt, das der Kalk verstopft hatte. Professor Briganti hatte sie am Abend zuvor verständigt und nun überwachte er den Fortgang der Arbeiten.

»Penelope, ich habe eine außergewöhnliche Neuigkeit«, begann der Nachbar mit strahlendem Gesicht. »Piccarda ist zurückgekommen. Es ist gestern Abend passiert, bei Sonnenuntergang. Wie sind einander begegnet, als ich die Treppe hinunterging, um im Garten das Licht anzumachen. Sie hat auf sich warten lassen, wie jedes alte Mädchen, das etwas auf sich hält. Aber letztendlich ist sie zurückgekehrt.«

»Sie tun ja so, als hätten Sie im Lotto gewonnen«, scherzte ein Handwerker.

»Ich freue mich sehr für Sie«, sagte Penelope und lächelte ihm zu.

»Sehen Sie mal, Signora, die Lage ist etwas kompliziert. Dieses Rohr ist morsch. Wir müssten es auswechseln«, erklärte der Mann.

»Wenn es wirklich notwendig ist …«, seufzte Penelope. »Im Schlafzimmer im oberen Stockwerk ist auch eine feuchte Stelle.«

Sie hatte sich inzwischen damit abgefunden, dass das alte Gebäude für ein paar Tage unbewohnbar war.

»In dem Fall müssen wir alles etwas genauer untersuchen«, beschloss der Installateur. Er und der Elektriker überprüften das gesamte Haus, Zimmer für Zimmer. Sie kamen zu dem Schluss, dass die Elektroinstallationen erneuert und auch die Heizkörper ausgewechselt werden mussten. Außerdem waren neue Fenster und Türen fällig, der Heizkessel musste ausgetauscht, die Wände neu getüncht werden.

Professor Briganti, der sich mit praktischen Dingen überhaupt nicht auskannte, lauschte interessiert dieser Fachsimpelei über Abreißen und Erneuern wie ein Kind, das ein neues Spiel entdeckt.

»Ich werde die Arbeiten überwachen«, schlug er Penelope vor. Immerhin war es eine unverhoffte Gelegenheit, die Monotonie seiner Tage zu durchbrechen.

»Das wird aber teuer«, kündigte der Installateur an. »Wir müssen eine Baustelle einrichten.«

»Das Haus gehört meiner Mutter. Ich denke, ich muss sie erst einmal fragen«, erklärte sie. Aber sie hatte keine Lust, mit Irene zu reden, nachdem sie ihre letzte Lüge entdeckt hatte. Außerdem war sie der Meinung, dass zwei Sanierungen zugleich, die ihrer Familie und die des Hauses, ihre Kräfte wirklich überstiegen.

»Machen Sie mir bitte einen Kostenvoranschlag und bis dahin können Sie die nötigsten Dinge instand setzen: Wasser, Licht und Rollläden. Wir werden Ihnen dann wegen der restlichen Arbeiten Bescheid geben«, schloss sie.

Sie war in das alte Haus zurückgekehrt, um nachzudenken, und sie hatte das dringende Bedürfnis, allein zu sein. Der Gedanke, für mehrere Tage in einem Hotel zu wohnen, schien ihr unerträglich. Sie wollte lange Spaziergänge am Strand machen, der in dieser Jahreszeit noch leer war, und die Fischerboote betrachten. Sie wollte im Garten arbeiten und das Unkraut in den Blumenbeeten herausreißen. Sie konnte keine Handwerker, Gerüste und Presslufthammer gebrauchen.

In der Halle klingelte das Telefon. Es war das Postamt.

»Sind Sie Signora Donelli?«, fragte der Beamte. »Bitte bleiben Sie in der Leitung, ich verbinde Sie mit dem Direktor.«

»Ciao, Pepe. Für dich ist gerade ein Eilbrief aus Mailand gekommen. Willst du auf den Briefträger warten oder möchtest du ihn dir lieber sofort abholen?«, fragte sie ihr Freund Sandro Curi.

»Ich komme ihn mir gleich holen«, erwiderte sie. Andrea hatte ihr geschrieben und dafür gesorgt, dass seine Antwort sie so schnell wie möglich erreichte.

24. Mai

Liebe Penelope,
ich habe deinen Brief unzählige Male gelesen. Er hat mich überrascht und verletzt. Nie hätte ich einen derartigen Rundumschlag von dir erwartet. Ich kenne deine Offenheit und daher weiß ich, dass du aufrichtig geschrieben hast, was du denkst. Aber ebenso aufrichtig muss ich dir sagen, dass ich nicht das Ungeheuer bin, als das du mich darstellst.
Heute Morgen, als ich aufgewacht bin und du nicht da warst, habe ich mich allein gefühlt wie ein verlassenes Kind.
Dann habe ich angefangen nachzudenken.
Vorgestern habe ich mich wie ein Trottel benommen, als ich diese dämliche Affäre mit Stefania hartnäckig abgestritten und die Glasscheibe in der Tür kaputt gemacht habe.
Es war immer nur die Angst, dich zu verlieren, die mich dazu getrieben hat, mit Gewalt zu reagieren. Das Familienmodell, mit

dem ich aufgewachsen bin, muss das Seine dazu beigesteuert haben. Das ist keine Rechtfertigung, sondern eine Erklärung.

Nachdem ich deinen Brief gelesen hatte, habe ich gedacht, dass du verrückt geworden bist. Ich habe Stunden gebraucht, um zu begreifen, dass nur sehr großes Leid dich zu einer so drastischen Lösung bewogen haben kann.

Du hast mir verboten, dich holen zu kommen. Du weigerst dich, am Telefon mit mir zu sprechen. Kurzum, du hast mich aufs Abstellgleis befördert. Ich hoffe aufrichtig, du lässt mich dir beweisen, dass ich mich ändern kann.

Zum ersten Mal war ich – glaube ich – auch ehrlich zu unseren Kindern. Ich musste es sein, denn diese drei Biester haben mich deutlich spüren lassen, dass sie mich für deine Flucht verantwortlich machen. Und muss ich ihnen nicht Recht geben?

Liebe Pepe, ich habe dich sehr verletzt, aber ich habe nie aufgehört, dich zu lieben.

Ich erinnere mich noch daran, wie wir in Verona waren. Du warst schwanger mit Lucia. Es war Januar und so kalt, dass man uns noch einen zusätzlichen Ofen ins Hotelzimmer stellte.

Ich sollte Patty Pravo interviewen, die jedoch nicht zu unserer Verabredung kam und mir von ihrem Agenten ausrichten ließ, dass sie müde sei und Kopfschmerzen habe. Ich kam dir zum Mittagessen ins Restaurant hinterher. Ein überaus höflicher Maître empfahl uns »Stockfisch im eigenen Sud auf Polenta-Bett«. Die Beschreibung faszinierte uns. Nach dem Essen verschwandest du kurz, um zu telefonieren. Dann kamst du triumphierend zurück. »Wir trinken den Kaffee im Hotel«, hast du angekündigt. »Patty Pravo erwartet dich an der Bar.«

Du hattest als Texterin die Welt des Chanson betreten und sie ganz schnell wieder verlassen, hast jedoch einige Freundschaften be-

wahrt. Dazu gehörte Patty Pravo. Für einen Moment war ich wütend, weil du Erfolg hattest, wo ich gescheitert war. Doch dann überwog die Dankbarkeit. Ich machte mein Interview und schrieb einen guten Artikel.

An jenem Tag, nach einem Spaziergang von der Kirche Santa Anastasia zur Piazza Bra, betraten wir ein Geschäft, in dem antiker Schmuck verkauft wurde.

Ich schenkte dir eine Halskette aus dem neunzehnten Jahrhundert, die aus Granaten und Perlen bestand, welche auf eine Kette aus Rotgold aufgezogen waren. Du trugst sie bis zur Entbindung. Dann habe ich sie nie wieder gesehen. Was ist aus ihr geworden?

Fröstelnd und glücklich kehrten wir in unser wunderschönes Zimmer zurück. Wir schlüpften unter die Wolldecken, und um dich zu wärmen, hielt ich dich fest in meinem Arm, bis der Schlaf dich überwältigte. Dann stand ich auf und zog den Vorhang vor dem Fenster zurück. Es schneite. Ich weckte dich.

Eng umschlungen standen wir hinter der Scheibe, um das Schauspiel der weißen Flocken, die leise herabrieselten, zu betrachten. Die Piazza, die parkenden Autos, die Dächer der Häuser, alles wurde weiß. Und wir beide, nah aneinander gedrückt, das Herz voller Glück, flüsterten uns Liebesworte zu.

Die Probleme zwischen uns haben später angefangen. Als Lucia geboren wurde, verbrachtest du Tag und Nacht damit, sie im Arm zu halten. Du hattest keine Zeit mehr für mich. Ich fühlte mich ausgeschlossen. Deine Mutter und deine Freundinnen belagerten unsere Wohnung. Du brachtest Stunden damit zu, mit ihnen zu plaudern und das Kind zu verhätscheln. Mit mir hast du kaum noch gesprochen.

Du verbrachtest mehr Zeit mit Sofia als mit mir. Du hast immer gewusst, dass wir einander nicht ausstehen können. Sie hält mich *für eitel, ich weiß, dass sie eine überhebliche Ziege von der schlimmsten Sorte ist. Ich habe nie verstanden, wie du mit dieser Tratschtante mit beschränktem Horizont und Ehrgeiz befreundet sein kannst. Ich spreche von Sofia, weil mir der Verdacht gekommen ist, dass sie möglicherweise mit deiner Entscheidung fortzugehen zu tun haben könnte. Hätten wir uns denn nicht einfach in die Augen sehen können, du und ich, und unsere Probleme auf ehrliche Weise lösen können? Nein, wir konnten es nicht. Ich weiß noch, wie oft du versucht hast, ein ernstes Gespräch mit mir zu führen, ohne Erfolg, weil ich Angst davor hatte, den Problemen ins Auge zu sehen.*

Mir wird erst jetzt bewusst, wie schwierig unsere Kinder sind, und ich weiß, dass ich eine gewisse Verantwortung trage. Ich wollte fast schreiben »gewisse Schuld«, aber das mache ich noch nicht. Ich leide mehr, als du dir vorstellen kannst. Du hast mich mit einem Berg von Problemen allein gelassen und ich weiß nicht, wie ich sie angehen soll. Ganz zu schweigen von praktischen Fragen, die für dich vielleicht banal sind. Zum Beispiel unser Heimzoo. Wie oft am Tag muss man mit dem Hund raus? Ist es wirklich nötig, dass er bei Luca schläft? Wie bereite ich sein Fressen zu? Wie werden Cip und Ciop versorgt? Denkst du, Priscilla hat davon Ahnung? Und die Fische? Luca hat mir gesagt, dass der kleine Goldfisch schwanger ist und man im Aquarium ein Netz vorbereiten muss, in dem man die Kleinen isolieren kann, damit die Großen sie nicht fressen. Zumindest behauptet er das. Stimmt das? Und wo finde ich das Netz? Zum Glück kümmert Daniele sich selbst um Igor, seine ekelhafte Schlange. Dann sind da noch die ganzen Probleme mit den Kindern: Lucias Psychologe und Flamencokurs, Lucas Kindergarten und Schwimmunterricht, Danieles Abneigung gegen die Schule. Was soll ich nur machen? Sie schlagen oder streicheln? Auf deine Mutter kann ich mich nicht verlassen, so viel habe ich begriffen. Über meine kann ich einen Schleier der Barmherzigkeit breiten. Pepe, amore mio, *was ist dir nur in den Sinn gekommen? Wie sollen wir ohne dich leben? Ich wusste immer, dass du wertvoll bist. Nun weiß ich, dass du unentbehrlich bist. Du bist die Frau meines Lebens. Ich liebe dich und bin zu allem bereit, um deine Liebe wiederzugewinnen. Ich bitte dich, lass von dir hören.*

Ich werde diesen Brief als Eilbrief schicken, damit du ihn sofort bekommst.

Ich umarme dich.

Andrea

P.S.

Heute Abend hatte Luca einen Asthmaanfall und ich musste ihn zur Notaufnahme bringen. Nun geht es ihm wieder besser. Der Notarzt hat empfohlen, dass wir mit einem Psychologen sprechen, weil seine Beschwerden psychosomatisch sind, nicht physiologisch und weil sie durch seine problematische Beziehung zu seinen Eltern entstanden sind. Wusstest du das?

P.P.S.

Wer ist Mortimer? Ich habe einen Packen Briefe von ihm gefunden. Ich habe sie nicht gelesen.

P.P.P.S.

Eines Tages werde ich dir von Gemma erzählen. Ich glaube, dass es sehr schlecht für mich war zu versuchen, sie zu vergessen. Indirekt hat es auch dir und unseren Kindern geschadet.

15

Penelope war an den Strand gegangen und hatte sich auf den Rand eines Rettungsbootes gesetzt, um den Brief ihres Mannes zu lesen. Die Oberfläche des Meeres war spiegelglatt.

Sie atmete die Luft, die nach Salz duftete, tief ein, wog Andreas Worte ab und zwang sich, sie mit Gleichgültigkeit zu betrachten. Im Grunde stand nichts Neues in dem Brief, einschließlich der Erinnerungen an ihre glücklichen Augenblicke. So war Andrea eben: Mit erschreckender Geschwindigkeit wechselte er von Zärtlichkeit zu Gewalttätigkeit. Auch der Anfall des kleinen Luca war nichts Neues.

Sie hatte bereits mit Lucias Psychologen darüber gesprochen, der indirekt auch Daniele und Luca beobachtete.

»Der Kleine erpresst euch«, hatte der Experte erklärt. »Er vermittelt euch unbewusst eine Botschaft: Weil ich mit meinen Eltern nicht zufrieden bin, übertrage ich mein Unwohlsein auf Atembeschwerden. Wenn seine Unzufriedenheit wächst, wird auch sein Asthma schlimmer.«

Nun sagte ihm sein Unterbewusstsein: Weil die Mama weggegangen ist, wird es mir ganz schlecht gehen, damit sie wiederkommt. Aber diesmal war sie nicht da, um sich erpressen zu lassen. Penelope wusste das alles, dennoch machte sie sich schreckliche Sorgen um ihren Jüngsten.

Die einzigen Neuigkeiten standen in den anderen beiden Nachsätzen: die Anspielungen auf Mortimer und Gemma. Andrea hatte Mortimers Briefe gefunden. Er hatte sie nicht gelesen, doch er wollte nun alles wissen. Vor drei Tagen wäre das noch undenkbar gewesen. So viele Indizien sie auch gestreut hatte, er hatte nie durchscheinen lassen, dass er etwas bemerkt hatte. Was Gemma betraf, Andreas Schwester, die mit noch nicht einmal zwanzig Jahren gestorben war, so war sie immer ein Tabuthema gewesen. Penelope hatte lediglich in Erfahrung bringen können, dass seine Schwester und sein Vater beinah gleichzeitig gestorben waren.

Die heiße Sonne trocknete nach und nach den Strand. Die Besitzer der Strandbäder holten Liegestühle und Sonnenschirme aus den Umkleidekabinen. Sie wuschen sie, um sie vom Sand zu befreien und für die Saison vorzubereiten, die wenige Wochen später beginnen sollte. Sobald die Schulen schlossen, würden die ersten Badegäste die Strände heimsuchen. Unterdessen wurden die Kabinen neu gestrichen, die Bars auf Hochglanz gebracht und Schaukeln für die Kinder montiert.

Penelope sah die blau lackierte Rutsche, wo im Sommer ihre drei Kinder gespielt hatten. Wie viel Zärtlichkeit lag in diesen Erinnerungen.

Während sie ihre Augen mit der Hand vor den Sonnenstrahlen schützte, hatte sie das Gefühl, den schmächtigen, vollkommenen, braun gebrannten Körper des kleinen Luca vor sich zu sehen. Mit im Wind wehender schwarzer Mähne, die Ärmchen in die Luft gereckt, rutschte er die gewundene Rutschbahn herunter und stieß dabei helle Freudenschreie aus, während sie und Andrea im Sand warteten, um ihn mit ausgebreiteten Armen zu empfangen.

An den Wochenenden, die Andrea mit ihnen in Cesenatico verbrachte, gab es keine Spannungen und Luca litt nicht unter seinem Asthma. Daniele und Lucia hingegen hatten schon so ihre Probleme. Penelope wünschte sich, dass Luca verschont bleiben würde. Doch wenige Monate zuvor hatte auch er begonnen, deutliche Zeichen von Kummer aufzuweisen.

»Zwei Eltern mit Problemen müssen ihren Kindern ja schaden«, dachte sie. Wenn Andrea sich entschließen würde, sich ihr gegenüber zu öffnen, hätte sie ihm vielleicht auch die Geschichte mit Mortimer erzählen können.

Doch im Moment musste jeder für sich in aller Ruhe seine eigenen Tragödien verarbeiten.

Sie steckte den Brief ihres Mannes in die Tasche ihrer Bermuda. Dann nahm sie die Leinenschuhe in die Hand und lief barfuß über den Strand.

»Kann ich durch die Bar gehen?«, fragte Penelope den korpulenten Mann, der die Plastikfolie von der Theke nahm. Die Tischchen waren noch in einer Ecke aufeinander gestapelt, die Regale waren leer. Die frisch gestrichenen Wänden rochen angenehm nach Farbe.

Der dicke Mann hob den Blick und lächelte sie ungläubig an.

»Du bist doch Penelope!«, rief er aus. Er war um die fünfzig. Sein grau meliertes Haar war zu einem Zopf zusammengefasst und sein Gesicht wirkte wie ein sonnenverbranntes Netz aus Falten. Aus der kurzen Hose quoll der Bauch eines guten Essers hervor.

»Du bist Roby! Der Boby Solo der Romagna!«, rief sie überrascht. Sie hatten sich seit zwanzig Jahren nicht gesehen.

»Und du bist die Romy Schneider von Mailand«, erinnerte er sich.

»Klar«, sagte sie und fügte mit einem schelmischen Lächeln hinzu: »Die Romy Schneider, die du flachlegen wolltest.«

»Du erinnerst dich noch? Hat ja leider nicht geklappt mit dir.« Seiner Brust entwich ein sonores Lachen.

»Warst du nicht zum Arbeiten nach England gegangen?«

»Ich war auf der Insel Jersey Bademeister. Dann habe ich als Barmann in Brighton gearbeitet. Weißt du, unsere südländische Ausstrahlung hat eine ziemliche Wirkung auf diese blassen Engländerinnen. Ich habe ihnen *Una lacrima sul viso* vorgesungen und sie sind mir wie reife Pfirsiche in den Schoß gefallen. Eine habe ich geheiratet. Ich habe auch ein bisschen Geld gemacht. Nun habe ich dieses Bad hier übernommen und führe außerdem die Pension meiner Eltern, die keine Lust mehr haben zu arbeiten. Ich habe jetzt drei Kinder. Das letzte krabbelt noch.«

»Ich habe auch drei Kinder«, sagte sie.

»Donnerwetter! Du siehst immer noch aus wie ein junges Mädchen. Aber es ist doch grauenhaft langweilig hier. Was machst du um diese Zeit hier? Komm, ich spendier dir was«, lud er sie ein.

»Danke, ein andermal. Ich hab's eilig«, wich sie aus.

Die Jahre waren vergangen, aber der Bobby Solo der Romagna hatte sich nicht verändert. Schon hatte er wieder angefangen, ihr verführerische Blicke zuzuwerfen, die sie amüsiert hätten, wenn sie weniger besorgt gewesen wäre.

»Ich werde dir meine Frau vorstellen. Sie ist streng, aber ein Segen für einen Spitzbuben wie mich.«

»Wir sehen uns, Roberto«, verabschiedete Penelope sich.

Sie schlug den Weg zur Villa ein. Es war fast Mittag und sie wollte sehen, wie weit die Arbeiten vorangeschritten waren.

Sie musste wieder an Mortimer denken, an ihre Affäre, die beendet, aber nicht abgeschlossen war. Eine Leidenschaft, die noch nicht verloschen war.

Penelopes Vater sagte immer: »Erst wenn die Bocciakugeln stehen bleiben, weiß man, wie eine Partie ausgegangen ist.« In dieser Affäre aber rollten ein paar Kugeln immer noch.

»Auf Sie habe ich gewartet«, sagte der Installateur, der am Gartentor stand.

»Ist alles fertig?«, fragte sie ihn.

»Im Leben nicht. Kommen Sie. Ich muss Ihnen was zeigen«, kündigte er an und ging ihr voraus zum Eingang. »Ich habe Ihnen ja schon gesagt, dass die Rohre ausgewechselt werden müssen. Sehen Sie selbst, wie die Wand hier aussieht. Sogar die Regenrinne ist verfault«, erklärte er und zeigte ihr die feuchten Flecken, die sich über die gesamte Außenmauer der Küche zogen. Dann fügte er hinzu: »Als die Männer die Elektroleitungen repariert haben, gab es sofort einen Kurzschluss. Wenn die Polizei kommt, müssen Sie noch Strafe zahlen.«

Penelope seufzte resigniert. »In Ordnung. Machen Sie, was nötig ist. Wie viele Stunden wird es dauern?«

»Es wird ein paar Tage dauern, Signora. Ich gehe jetzt Mittag essen. In einer Stunde bin ich wieder da«, sagte er und ging davon.

Er stieg in den Lieferwagen, in dem sein Gehilfe auf ihn wartete. Penelope sah ihnen nach, als sie davonfuhren. Dann kehrte sie in die Halle zurück, griff zum Telefonhörer und wählte automatisch die Nummer von zu Hause. Sie wollte mit Priscilla sprechen, sie fragen, ob es etwas Neues von den Kindern gab.

Sie ließ es lange klingeln, doch niemand antwortete. Penelope wusste, dass die beiden Großen um diese Zeit in der Schule waren, der Kleine im Kindergarten und ihr Mann bei der Zeitung. Die philippinische Haushälterin musste zu Hause sein und das Mittagessen vorbereiten. Doch sie war nicht da. Die junge Frau wählte die Nummer ein zweites Mal, weil sie fürchtete, sich verwählt zu haben. Wieder nichts. Sie begann sich Sorgen zu machen. Der erste Impuls war, ihren Mann in der Redaktion anzurufen. Doch sie zwang sich, es nicht zu tun, zumindest jetzt noch nicht. Vor allem Lucas Gesundheit machte ihr Sorgen. Sie rief im Kindergarten an. Schwester Alfonsina antwortete.

»Was kann ich für Sie tun, meine Liebe?«, fragte die Direktorin.

»Luca ging es gestern Abend nicht gut. Wie geht es ihm jetzt?«, fragte sie vorsichtig nach.

»Er ist draußen im Garten. Wenn man sich ansieht, mit welchem Eifer er spielt, muss es ihm ausgezeichnet gehen. Ihr Mann hat mich bereits informiert. Sie können beruhigt sein, Signora Donelli. Dem Kleinen geht es gut. Aber an dem Tag, an dem seine Eltern sich entscheiden, christlich zu leben und ihm ein christliches Leben zu ermöglichen, wird es ihm noch besser gehen. Gelobt sei Jesus Christus.«

Die Schwester legte auf und Penelope seufzte erleichtert. Priscillas Abwesenheit machte sie jedoch immer noch misstrauisch. Sie musste einen Boten finden, um herauszufinden, was los war. Ihre Mutter und den Portier schloss sie aus. Sie rief Sofia an.

»Ich weiß schon alles«, begann die Busenfreundin. »Deine Mutter hat es mir gesagt. Ich war zwar sehr neugierig darauf, Einzelheiten zu erfahren, aber ich habe mich nicht getraut, mich zu melden. Bist du wirklich in Cesenatico?«

»Beruhige dich, Sofia. Es stimmt alles. Ich fühle mich hundsmiserabel, unter anderem, weil ich nicht weiß, was bei mir zu Hause vor sich geht. Priscilla geht nicht ans Telefon. Hast du Lust nachzusehen, was los ist?« Sie wusste, dass sie ihrer Freundin einen Leckerbissen anbot.

»Lass dein Handy an. Sobald ich kann, melde ich mich wieder bei dir. Was dich betrifft, du hast die richtige Entscheidung getroffen. Weiß Donata es schon?«, fragte Sofia, denn es gelang ihr nicht, ihre Neugier zu zügeln.

»Nein. Und sie soll es auch nicht wissen. Ich warte auf deinen Anruf«, beendete Penelope das Gespräch.

Sie vertraute Sofia wie sich selbst. Ihre Freundin hatte die seltene Gabe, mit ihrem Sinn fürs Praktische selbst die kniffligsten Situationen zu meistern. Sie verlor nur dann jeglichen Bezug zur Realität, wenn ihr Ehemann, Professor Varini, ins Spiel kam, eine blasse Gestalt, die sie zum Mythos erhoben hatte und die sie nun, nachdem er sie wegen einer jungen Studentin verlassen hatte, verächtlich den »elenden Schuft« nannte.

Penelope ging wieder zur Haustür und setzte sich auf die erste Stufe. Sie betrachtete das schmiedeeiserne Gartentor. Der braune Lack war abgeblättert, das Tor fast vollständig verrostet. Während sie es betrachtete, fiel ihr jener Morgen im August ein, als sie die Rollläden in ihrem Zimmer hochzog und eine Reihe schaukelnder Ballons entdeckte, auf denen stand: PEPE, WILLST DU MICH HEIRATEN?

Mortimer sollte erst viele Jahre später in ihr Leben treten. Die Partie mit den beiden Männern ihres Lebens war noch nicht beendet.

Andrea schlief tief und fest …

16

Andrea schlief tief und fest. Er erwachte, als er irgendetwas Lästiges an seinen Fußsohlen bemerkte, während zwei riesige Pfoten auf seinen Schultern ruhten und eine Zunge ihm übers Gesicht leckte.

»Was hast du wieder angestellt?«, fragte er mit schläfriger Stimme. Vom Flur drang ein Lichtschein ins Zimmer. Luca zog an seinen Füßen und Sansone hauchte ihn an. »Was wollt ihr zwei?«

»Papa, es ist sieben Uhr. Du musst mit Sansone raus. Und dann musst du das Frühstück machen und mich zum Kindergarten bringen«, sagte Luca in einem Atemzug.

Andrea wollte gerade protestieren und seinem Sohn sagen, dass er sich an seine Mama wenden sollte. Aber Penelope war nicht da. »Wachst du immer so früh auf?«, fragte er. Unterdessen stand er auf und ging immer noch murrend ins Bad, um sich zu waschen. Luca und der Hund folgten ihm.

Dieses Kind im himmelblauen Schlafanzug und mit nackten Füßen, das sich immer mit einer Hand an das dichte weiße Fell seines Hundes klammerte, war wirklich niedlich.

»Heute ist Montag. Kommt Priscilla nicht?«, fragte Andrea, während er seine Jeans anzog.

»Priscilla kommt erst um acht. Dann sind Daniele und

Lucia schon längst auf dem Weg zur Schule«, informierte Luca ihn.

»Und du, wann musst du im Kindergarten sein?«

»Um neun. Wir müssen in der Pförtnerloge das Mittagsmenü eintragen. Man kann zwischen Risotto und Nudeln, Braten und Kotelett, Salat und Pommes wählen. Ich will immer Nudeln, Kotelett und Pommes.« Während er sprach, hatte er Sansone bereits das Halsband übergestreift.

»Danke für die Information«, sagte Andrea lächelnd und fuhr ihm durchs Haar. »Von nun an ernenne ich dich zu meinem Adjutanten. Ich gehe mit dem Hund raus, du sorgst dafür, dass er etwas zu fressen bekommt, und dann weckst du deine Geschwister«, fügte er hinzu, während er bereits an der Wohnungstür stand, die er vergeblich zu öffnen versuchte.

»Du brauchst die Schlüssel, die in der Schale liegen«, riet Luca.

»Danke«, erwiderte Andrea. »Was würde ich nur ohne dich machen?«

Nach einer Viertelstunde kam er zurück. Sansone verschwand in der Küche. Daniele klopfte an die Badezimmertür und schimpfte auf seine Schwester.

»Du liegst laut Plan anderthalb Minuten zurück. Beeil dich. Wir haben es heute mit unserem unfähigen Papa zu tun und ich ahne schon, dass wir zu spät in die Schule kommen.«

Andrea tat so, als bemerke er das Wortgefecht und den Seitenhieb auf seine Person nicht. Luca hatte sich auf die Schwelle der Balkontür in der Küche gesetzt und überwachte den Hund beim Fressen.

»Du bist noch nicht angezogen?«, fragte sein Vater.

»Wenn ich dein Adjutant bin, muss ich dir doch sagen, was wir frühstücken. Außerdem zieht mich normalerweise Mama an«, erklärte der Kleine ruhig.

Andrea zwang sich, möglichst gelassen zu bleiben, aber er wusste nicht, wo er anfangen sollte. Zudem hatte er schlecht geschlafen und war drei Stunden früher als sonst geweckt worden.

»In Ordnung, heute wirst du mir beibringen, für dich was zum Anziehen rauszusuchen«, sagte er mit Nachdruck. »Und nun sag mir, was ihr zum Frühstück esst.«

Sansone leckte den inzwischen leeren Napf aus und schob ihn dabei kreuz und quer über den Boden. Luca war entschlossen, seine ganze Kompetenz als Adjutant unter Beweis zu stellen.

»Fangen wir mit mir an. Ich trinke Tee mit Milch und esse Toast mit Marmelade. Lucia trinkt einen frisch gepressten Fruchtsaft, in dem Mama einen Teelöffel Honig auflöst. Das tut sie heimlich, sonst trinkt Lucia ihn nämlich nicht, weil sie sagt, dass Zucker dick macht. Bei Daniele gibt es keine Probleme. Stell für ihn die Milchtüte, die Schachtel mit den Haferflocken und die Zuckerdose auf den Tisch. Er macht sich seinen Brei selbst. Und was isst du?«

»Ich mache mir einen Kaffee«, brummte Andrea, während er so gut wie möglich den Tisch deckte.

»Mama isst Joghurt mit Früchten. Den Kaffee trinkt sie nachher«, informierte Luca ihn. Und er fügte hinzu: »Ich bin sehr böse auf Mama.«

In dem Moment kam Lucia herein und Andrea seufzte erleichtert auf, weil er nicht gewusst hätte, was er darauf hätte antworten sollen.

»Ist mein Saft fertig?«, fragte sie und setzte sich an den Tisch.

Andrea wusch gerade ein paar Erdbeeren, nachdem er eine Birne und einen Apfel entkernt hatte. Auf dem Gasherd stand bereits das Wasser für den Tee, damit es kochte.

»Beeil dich, in drei Minuten muss ich gehen«, sagte sie.

Andrea hob den Blick und sah sie an. Sie war ein wunderbares Mädchen, fast so groß wie er, zart wie ein Reh. Was das Gesicht anbelangte, so hatte sie das Beste von ihrem Vater und ihrer Mutter geerbt: hohe Wangenknochen, eine kleine, leicht nach oben gerichtete Nase, große und weiche Lippen, tiefgründige, helle Augen. Die tiefschwarzen langen und lockigen Haare waren zu einem dicken Zopf zusammengebunden und im Nacken zu einem Chignon zusammengerollt. Make-up hätte diese Vollkommenheit nur zerstört. Und in der Tat schminkte Lucia sich nicht. Sie kleidete sich mit ausgesuchter Schlichtheit: lange, fließende Röcke, weite Blusen aus akkurat gebügelter Seide, flache Schuhe. Hohe Absätze trug sie nur, wenn sie Flamenco tanzte. Sie parfümierte sich reichlich, wie ihre Großmutter Irene. Wenn sie zusammen ausgingen – Großmutter und Enkelin –, hielt man sie oft für Mutter und Tochter. Lucia war ausgesprochen umschwärmt. Und sie hatte einen Freund: Roberto Tradati. Er war zwanzig Jahre alt und besuchte das erste Jahr einer technischen Fachhochschule. Er kümmerte sich liebevoll um sie und griff zu allerlei Tricks, um sie dazu zu bewegen, sich gesünder zu ernähren.

»Hör mal zu, dein Ton gefällt mir nicht. Weißt du was? Wenn du deinen frisch gepressten Saft willst, dann mach ihn dir doch selbst«, erwiderte der Vater, der angesichts der Pflichten, die völlig unerwartet über ihn hereingebrochen waren, allmählich verzweifelte.

»Ich muss zur Schule, ich habe nicht viel Zeit. Mama weiß das«, erwiderte Lucia provozierend.

»Mama hat dich mehr als nötig verwöhnt. Ich habe nicht die Absicht, damit weiterzumachen«, verkündete Andrea, während er das Wasser in die Teekanne goss.

»Ausgerechnet du kritisierst Mama?«, platzte das Mädchen heraus.

»Jetzt reicht's! Meinetwegen kannst du mit leerem Magen aus dem Haus gehen. Das ist mir völlig gleich. Ich verkünde dir hiermit offiziell, dass du dir von heute an das Frühstück selber machst, wenn du etwas essen willst. Du bist alt genug.«

Luca stemmte die Fäuste in die Hüften und sah seinen Vater anerkennend an. »Das geschieht dir recht!«, rief er und warf seiner Schwester einen zufriedenen Blick zu.

»Ich bin einfach nur schockiert, wie du dein Fähnchen in den Wind hängst. Bis vorgestern war ich noch deine geliebte Tochter und heute Morgen legst du eine Aggressivität an den Tag, die ich noch gar nicht an dir kannte, und alles nur wegen einem frisch gepressten Fruchtsaft. Deine Frau hat dich mehr verwöhnt als mich. Du wirst nun am eigenen Leib spüren, was es heißt, eine Familie durchzubringen«, verkündete Lucia mit schriller Stimme ihre Meinung. Dann nahm sie einen Apfel und verließ türknallend die Küche.

Andrea lief ihr wütend in den Flur hinterher. »Ich verbiete dir, die Türen zu knallen!«, schrie er.

»Warum? Das machst du doch auch immer«, erwiderte sie mit einem bösartigen Lächeln, während sie den mit Büchern gefüllten Rucksack schulterte.

In dem Moment tauchte Daniele auf.

Andrea starrte seinen Sohn an, als sähe er ihn zum ersten Mal. Der Junge war das genaue Gegenteil von Lucia. Sein Gesicht glich dem seiner Mutter und von Großvater Mimì und wirkte sehr südländisch. Mit seinen fünfzehn Jahren war er noch nicht ganz ausgewachsen und er hatte ganz gute Voraussetzungen. Allerdings neigte er ein wenig zur Fettleibigkeit. Penelope tröstete sich stets damit, dass es bei ihr in dem Alter ähnlich gewesen war. Ihr Sohn war ein miserabler Schüler, beinah so wie sie selbst in ihrer Pubertät. Er war zerbrechlich und unsicher. Sie hatte auf ihre Unsicherheit reagiert, indem sie ständig mit ihrer Mutter stritt, er reagierte, indem er ins Bett machte, eine übertriebene Zuneigung zu seiner Schlange Igor an den Tag legte und sich am ganzen Körper piercte. Er trug Klamotten, die eigentlich in den Müll gehörten, und wusch sich nur, wenn Penelope ihn mit Gewalt unter die Dusche stellte.

An diesem Morgen tauchte Daniele mit gewaschenem Gesicht auf. Das Glöckchen an dem einen, das keltische Kreuz am anderen Ohrläppchen, der Ring durch die Lippe und der Stab, der eine Augenbraue durchbohrte, waren verschwunden.

»Geht es dir gut?«, fragte Andrea besorgt.

»Ich fühle mich beschissen. Ich habe heute zwei Klassenarbeiten und bin überhaupt nicht vorbereitet«, gestand der Junge. Er setzte sich an den Tisch, wo Luca gerade eine Scheibe Toast mit Marmelade bestrich. Er goss kalte Milch in seine Schüssel, schüttete Haferflocken hinein, während sein Brüderchen ihm den Zucker hinhielt. »Kein Zucker«, sagte er. »Das macht dick, außerdem hat er auch nicht geholfen, meine Hirntätigkeit zu steigern.«

Andrea hatte beschlossen, sich seinen Kaffee zu machen. Er kehrte den Söhnen den Rücken zu und hörte zu, was sie redeten.

»Was ist Hirntätigkeit?«, fragte das Brüderchen.

»Das sind die kleinen Rädchen, die man im Kopf hat. Wenn sie sich richtig drehen, wird man weniger blöd«, erklärte der Ältere ernst.

»Aber man kann nicht ganz aufhören, blöd zu sein, oder?«, wollte Luca wissen.

»Doch, wenn man es richtig will. Man kann sogar scheißschlau sein. Von heute an verzichte ich auf meine Piercings und auf Zucker.«

»Ich fand deine Ohrringe schön. Schenkst du sie mir?«, fragte Luca.

»Nein. Ich behalte sie als Erinnerung.«

»Du bist ein Arsch«, befand der Kleine.

Andrea fuhr mit einem Ruck herum und warf ihnen einen bösen Blick zu. »Wollt ihr wohl mit diesen Ausdrücken aufhören? Ich will keine Schimpfwörter mehr hören.«

Er war ein wenig laut geworden, aber eigentlich freute er sich über Danieles sauberes Gesicht. Er begleitete ihn zur Tür.

»Papa, wenn ich die beiden Klausuren verhaue, ist meine Versetzung im Arsch«, verkündete er.

»Ich habe gesagt, keine Schimpfwörter mehr«, sagte Andrea drohend.

»Ich wusste gar nicht, dass Verhauen ein Schimpfwort ist«, scherzte der Junge.

»Ich weiß wirklich nicht, wie eure Mutter euch so lange ertragen konnte«, schloss Andrea und öffnete ihm die Tür. Dann dachte er, dass Kinder das Produkt der Familie sind, aus der sie stammen, und ihm wurde bewusst, dass auch er einen Teil der Verantwortung trug.

Er kehrte in die Küche zurück, wo Luca seelenruhig seinen Tee schlürfte.

»Geh dich anziehen«, befahl Andrea.

»Es ist noch Zeit. Trink erst mal deinen Kaffee«, riet ihm der Kleine.

»Es ist schon acht. Wie kommt's, dass Priscilla noch nicht da ist?«, fragte er sich.

»Sie wird mit Mohammed gestritten haben«, teilte das Kind mit seraphischem Lächeln mit.

»Wer ist Mohammed?«

»Ihr Verlobter. Er schlägt sie, weil er eifersüchtig ist. Sie kommt immer zu Mama, um ihr die blauen Flecken zu zeigen, und dann weint sie. Mama ruft Mohammed an und droht ihm, dass sie ihn anzeigt. Aber Mohammed sagt ihr, sie soll sich um ihren eigenen Kram kümmern, sonst kommt er und verprügelt uns alle. Dann verzweifelt Priscilla noch mehr und ...«

»Das reicht. Mehr will ich nicht wissen. Zumindest heute Morgen nicht«, versuchte Andrea ihn zu bremsen. Seine Leidensfähigkeit war bereits zur Genüge auf die Probe gestellt worden.

Da klingelte das Telefon.

»Ich geh ran«, sagte Luca und lief ins Wohnzimmer.

Andrea trank traurig seinen Kaffee. Er grübelte immer noch über seine Fehler nach und vertraute darauf, dass der Brief, den er Penelope geschrieben hatte, den Kontakt zu ihr wiederherstellen würde.

»Priscilla ist im Krankenhaus«, verkündete das Kind, als es wieder in der Küchentür auftauchte. »Sie kommt heute nicht arbeiten, weil Mohammed ihr die Rippen gebrochen hat.«

Andrea hatte Mühe, die Nachricht zu verarbeiten. Priscilla war die Garantie für eine bewohnbare Wohnung. Ohne sie würde es ein Chaos geben. Aus eigener Kraft würde es ihm niemals gelingen, die Bedürfnisse seiner Kinder, den Haushalt und die Anforderungen seines Jobs in Einklang zu bringen.

»Und was machen wir jetzt?«, fragte er bestürzt und sah sein Kind an, als ob es eine wunderbare Lösung für ihn bereithalten könne.

Luca zuckte die Achseln und hob resigniert die Arme. Doch dann hellte sein Gesicht sich auf. »Vielleicht könntest du Mama anrufen.«

Andrea beugte sich herab, hob seinen Sohn hoch und drückte ihn an sich.

17

Sofia war gerade aus dem Fitnessstudio gekommen, als sie Penelopes Anruf erreichte. Sie hatte ein paar Stunden im Club Conti verbracht, den sie regelmäßig an festen Tagen in der Woche mit Donata, Penelope und Penelopes Mutter, die wie eine Altersgenossin wirkte, besuchte. Gemäß Donatas Definition verband das Fitnessstudio das Nützliche mit dem Angenehmen, womit sie meinte, dass mörderische Übungen sich mit kleinen Schwätzchen abwechselten. Anschließend entspannten die Frauen unter der Dusche, im Schwimmbad oder in der Sauna. Penelope war diejenige des Quartetts, die am wenigsten Ausdauer besaß. Wenn sie nicht kam, machte sich keine der anderen Gedanken. Sofia sorgte sich nur, wenn sie Donata nicht sah.

»Was kann ihr wohl passiert sein?«, fragte sie Irene, die als Erste gekommen war und sich bereits auf dem Fahrrad aufwärmte.

»Ich weiß es nicht und es interessiert mich auch nicht. Ich hab schon genug Scherereien mit Pepe«, sagte sie.

»Der übliche Mutter-Tochter-Konflikt?«, fragte Sofia und gab den Tretwiderstand in ihren Computer ein.

»Sie hat mich vor den Kopf gestoßen, nachdem sie Haus, Mann und Kinder einfach hat sitzen lassen«, schmierte Irene der Jüngeren gleich die Neuigkeit aufs Butterbrot, während sie ihre Tritte verlangsamte.

Sofia hielt inne. »Entschuldige, kannst du das noch einmal wiederholen?«

»Du hast mich schon richtig verstanden. Willst du mir etwa erzählen, du weißt noch nichts?«

»Ich schwöre es dir. Ich war überzeugt, sie heute Morgen hier zu treffen.«

Irene hörte auf zu treten und sah die Freundin ihrer Tochter fassungslos an.

»Wenn sie nicht einmal mit dir darüber gesprochen hat, heißt das, die Lage ist sehr viel ernster, als ich dachte.«

»Warten wir erst einmal ab, ehe wir den Teufel an die Wand malen. Seit Jahren droht Pepe damit, Andrea zu verlassen. Diesmal hat sie ihm vielleicht einen Schreck einjagen wollen«, bemerkte Sofia.

»Dass mein Schwiegersohn ein katastrophaler Ehemann und Vater ist, daran besteht kein Zweifel. Es freut mich, dass Pepe ihm einen Schreck einjagt. Aber man sollte sich an die Regeln halten. Als meine Freundin Idina sich von ihrem Mann getrennt hat, hat sie zwei Koffer mit seinen Sachen gefüllt. Natürlich hat sie die goldenen Knöpfe von seinem Smoking abgetrennt und behalten. Dann hat sie das Türschloss auswechseln lassen und die Koffer zu seiner Geliebten geschickt. Als Giulio nach Hause kam, war sie mit den Töchtern bereits auf einem Kreuzschiff. Sie hat sich an die üblichen Regeln gehalten: Breche alle Brücken zu dem Betrüger ab und kommuniziere nur noch über den Anwalt mit ihm. Dieses Dummerchen von Pepe hingegen ist einfach weggegangen und hat ihm die Kinder überlassen, die einzige Waffe einer betrogenen Ehefrau. Verstehst du, was ich meine?«, erklärte Irene.

Sofia dachte an ihre eigene Ehe. Auch sie hatte sich nicht an die Regeln gehalten. Dieser »elende Schuft« von Varini hatte sie wegen einer Studentin von zwanzig Jahren verlassen und sie lud ihn und seine jugendliche Geliebte immer noch ein in der Hoffnung, ihn zurückzuerobern. Also sagte sie: »Jeder handelt nach seinem Instinkt. Wenn sie ihm die Kinder dagelassen hat, heißt das, dass sie ihm eine Lektion erteilen will und vermutlich darauf wartet, dass er sie anfleht zurückzukommen. Es sei denn ...« Sie beendete den Satz nicht, denn der Zweifel, der ihr gerade in den Sinn gekommen war, schien ihr zu absurd.

»Es sei denn, Pepe hat einen Liebhaber. Und das würde alles erklären. Aber eine Frau, die einen Liebhaber hat, versteckt sich nicht in dieser Baracke in Cesenatico«, hob Irene hervor.

»Pepe hat keine Liebhaber. Und falls du die alte Geschichte mit Mortimer meinst, kann ich dir versichern, dass sie sehr darunter gelitten hat, aber letztendlich war ihre Liebe zu Andrea doch größer.«

»Dann bleibt mir nichts anderes übrig, als wie gewohnt zu dem bitteren Schluss zu kommen, dass Pepe unreif ist und nie erwachsen wird«, beendete die ältere Frau das Thema und begann wieder zu radeln.

»Was sagt denn dein Mann dazu?«, fragte Sofia nach einer Weile.

»Ach der, ich bitte dich. Als anständiger Sizilianer widerspricht der nie. Er schweigt. Er schweigt immer. Das ist ja das Elend meines ganzen Lebens. Pepe kommt nach ihm und meiner Mutter. Das ist ein Menschenschlag, mit den man sich besser nicht einlassen sollte«, ereiferte sie sich.

»Du bist unfair gegenüber Mimì. Ich kenne ihn, seit ich ein kleines Mädchen war, und ich habe immer gefunden, dass er ein reizender Mann ist«, entgegnete Sofia.

»Na, wenn das so ist, kannst du ihn geschenkt haben. Ich habe neununddreißig Jahre mit ihm verbracht. Seit dreißig Jahren denke ich daran, ihn zu verlassen, aber ich finde nicht den Mut dazu. Man kann nicht sein ganzes Leben mit einem Mann verbringen, der immer entgegenkommend, ekelhaft verständnisvoll, ewig sanft ist und der dir nicht mal einen Grund zum Streiten gibt«, ereiferte sie sich.

»Ich hätte gern einen Vater wie Mimì gehabt«, gestand Sofia.

»Das hast du bereits erwähnt. Aber zufälligerweise ist er mein Mann, auch wenn er aussieht wie mein Großvater«, sagte die Ältere wütend.

Sofia stieg von ihrem Fahrrad, baute sich vor Irene auf und legte die Hände auf ihren Lenker. »Was ist eigentlich los mit dir? Ich habe dich noch nie so aufgewühlt erlebt«, stellte sie fest.

Mit ihren achtundfünfzig Jahren war Penelopes Mutter immer noch schön und es gelang ihr, sich mit kleinen Hilfsmitteln jung zu halten. Sofia wusste, dass Irene Dauerkundin in der Praxis von Doktor Bottari war, denn sie lief ihrerseits zu ihm, um ihrer Gesichtshaut mit Glykolsäure ihr Strahlen wiederzugeben. Irene ließ sich Hyaluronsäure spritzen, um die Falten zu glätten, und hatte aufrichtig gestanden, ihre Tränensäcke bei einem plastischen Eingriff entfernt zu haben. Mit mörderischen Diäten und Vormittagen im Fitnessstudio hielt sie ihre schlanke Linie. Sie trug schwindelerregend kurze Miniröcke, ohne dass sie deswegen vulgär wirkte, denn sie hatte sich den Körper eines jungen Mädchens bewahrt. Wieder hielt Irene im Radfahren inne und sah die Freundin ihrer Tochter mit feuchten Augen an.

»Reden wir über Penelope oder gibt es irgendwelche anderen Probleme?«, fuhr Sofia sie an.

Die Frau rutschte vom Sattel und ging zur Umkleidekabine. Sofia folgte ihr, entschlossen, ihrer Frage auf den Grund zu gehen. »Wirst du dich um deine Enkel kümmern?«, fragte sie Irene.

»Lass mich in Ruhe«, entgegnete diese barsch und begann sich umzuziehen.

»Wie, glaubst du, soll dein Schwiegersohn alleine zurechtkommen?«, bohrte Sofia weiter.

»Mädchen, kümmer dich um deine eigenen Angelegenheiten«, erwiderte Irene schroff.

Die junge Frau kehrte in den Geräteraum zurück. Sie würde sich nicht einmal dann um ihre eigenen Angelegenheiten kümmern, wenn man sie festbinden würde. Aber niemand, nicht einmal diese Drückebergerin von Donata, hielt sie davon ab, ihr Fitnessprogramm durchzuziehen.

Als sie nach dem Training nach Hause gegangen war, hatte das Telefon geklingelt. Es war Penelope, die um ihre Hilfe bat.

Sofia war ein Organisationstalent. Da bei den Donelli zu Hause niemand ans Telefon ging, versuchte sie Andrea bei der Zeitung zu erreichen.

»Deine Frau hat mich angerufen«, kam sie gleich zur Sache und fügte hinzu: »Sie will wissen, wo Priscilla ist.«

»Im Krankenhaus. Wie mir Luca erzählt hat, muss ihr ägyptischer Liebhaber ihr ein paar Rippen gebrochen haben«, erklärte er.

»Also sind deine Kinder mit einem Schlag ohne Mutter und Haushälterin. Entschuldige, Andrea, ich wollte kein Salz in deine Wunden streuen. Im Gegenteil, ich wollte dich nur fragen, ob ich dir irgendwie helfen kann«, bot Sofia an.

»Ich weiß nicht. Ich komme gerade aus dem Büro meines Chefs. Ich habe ihn um ein paar Tage Urlaub gebeten, damit ich mich um den Haushalt und die Kinder kümmern kann.«

»In Ordnung. Ich werde mich um Priscilla kümmern. In welchem Krankenhaus liegt sie?«, informierte die Frau sich.

»Ich hab keine Ahnung. Ich gebe dir ihre Telefonnummer von zu Hause. Sieh einfach mal, was du für die dumme Gans machen kannst«, sagte er trostlos.

Sofia war endlich in ihrem Element. Sie fühlte sich gut, wenn sie sich für andere aufopfern konnte. Als Erstes müsste sie Penelope benachrichtigen und sie beruhigen, dann würde sie sich auf die Suche nach der Philippinin machen.

Während sie in ihrem Terminkalender die Handynummer der Freundin suchte, klingelte das Telefon erneut.

Es war Donata, die Stimme gebrochen vom Schluchzen. »Ich muss unbedingt mit Pepe sprechen, aber ich kann sie nicht erreichen«, verkündete sie.

»Du kannst auch mit mir reden. Was ist passiert?«, fragte Sofia verständnisvoll.

»Mit dir rede ich nicht, Sofia. Ich will Pepe, zumindest im Moment.«

»Schade für dich. Penelope ist in Cesenatico. Sie wird

auch noch 'ne Weile dort bleiben, denn sie hat mit Andrea gestritten«, erläuterte die Freundin. Sie hätte sich auch noch ein wenig in Einzelheiten ergangen, wäre sie nicht so furchtbar neugierig gewesen, warum Donata weinte.

»Sie auch!«, entfuhr es der.

»Sag nicht, dass auch du mit Giovanni aneinander geraten bist. Gütiger Himmel, du, Pepe und ich, wir sind wirklich ein Katastrophentrio«, bemerkte Sofia beinah vergnügt. Dann fügte sie hinzu: »Giovanni war immer ein tadelloser Kerl. Wir haben dich immer um ihn beneidet. Was hat er dir angetan?«

»Vergiss es, Sofia. Ich werde versuchen, in Cesenatico anzurufen«, schloss die astrologievernarrte Freundin und legte auf.

18

Andrea hatte seine Aufgaben an seine Redakteure verteilt und verließ gerade die Redaktion, als ihn der Direktor einholte.

»Ich wollte gerade einen Kaffee trinken gehen. Leistest du mir Gesellschaft?«, schlug Ettore Moscati ihm vor.

Andrea hatte es eilig, nach Hause zu kommen, aber er konnte nicht ablehnen. Sie stiegen gemeinsam in den Aufzug. Andrea wagte nie, eine Einladung des Mannes auszuschlagen, der in seinen Augen seine berufliche Zukunft in der Hand hatte. Diese Fügsamkeit hatte mehr als einmal den Unmut seiner Frau ausgelöst.

Wenn Moscati sagte: »Gehen wir morgen früh Pilze sammeln?«, erwiderte Andrea: »Wann soll ich dich abholen?« Für ihn, der gern lange schlief, war es eine Qual, wohingegen Moscati, der unter Schlaflosigkeit litt, bereits um vier Uhr morgens putzmunter war.

»Warum polierst du ihm nicht noch die Schuhe und küsst ihm die Füße?«, stichelte seine Frau.

Es kam auch vor, dass der Direktor nach Feierabend fragte: »Sollen wir auf einen Sprung ins Kasino in Campione gehen?« Andrea wollte eigentlich nur schlafen, doch er antwortete: »Das wollte ich auch gerade vorschlagen.«

Moscati gewann an den Roulettetischen, Andrea verlor. Er kam um sechs Uhr morgens nach Hause, entmutigt und pleite. Er schlief vier Stunden und ging vollkommen fertig, aber mit einem Lächeln auf den Lippen wieder an die Arbeit.

»Du kommst mir vor wie Fantozzi«, bemerkte Penelope ohne eine Spur von Mitleid.

»Moscati ist ein Freund«, rechtfertigte er sich.

»Und was ist deine Familie? Dein Feind? Versuche dich mal zu fragen, ob du bereit wärst, das auch für deine Kinder zu tun«, redete sie auf ihn ein.

»Für dich habe ich schon viel mehr getan. Wenn du nicht so vergesslich wärst, würdest du dich auch daran erinnern«, beschwerte er sich.

»Damals warst du zweiundzwanzig. Jetzt bist du zweiundvierzig. Wir hatten eine Beziehung. Bei ihm ist das nur Schleimerei.«

»Du bist eine blöde Kuh! Ich verdanke Moscati alles. Er hat mich dahin gebracht, wo ich heute bin. Er hat mir immer sein Vertrauen geschenkt.«

»Und du hast ihm deine Professionalität geschenkt. Warum hast du bloß so eine schlechte Meinung von dir selbst?«

Sie war erbarmungslos.

»Du bist nicht gut drauf«, begann der Direktor, während er ein Tütchen Süßstoff in seinen Kaffee schüttete.

»Pepe hat mich verlassen«, gestand Andrea.

»Und da beschwerst du dich? Ich kämpfe seit zehn Jahren mit meiner Frau, damit sie sich von mir scheiden lässt«, entgegnete er.

»Das hängt davon ab, wie man sich mit einer Frau fühlt. Ich fühle mich mit Pepe sehr wohl.«

»Spielst aber bei den anderen Frauen den Hahn im Korb. Oder was hast du mit Stefania angestellt?«

»Nichts Ernsthaftes. Ich liebe meine Frau.«

»Brauchst du einen Anwalt?«

»Daran denke ich nicht einmal. Ich will nur, dass sie zu mir und den Kindern zurückkommt«, behauptete der junge Mann entschlossen.

»Also die hat sie dir auch noch aufgehalst. Das bedeutet, sie kommt zurück. Gib ihr Zeit und nimm dir Urlaub, so lange es nötig ist«, schloss der Direktor und klopfte ihm aufmunternd auf die Schulter.

Moscatis Worte: »Das bedeutet, sie kommt zurück«, leisteten Andrea auf dem Heimweg Gesellschaft. Das war die erste positive Botschaft in den letzten vierundzwanzig Stunden. Als er jedoch die Unordnung zu Hause sah, verlor er gleich wieder den Mut. Aber am meisten regte ihn die Wohnzimmertür ohne Scheibe auf, weil sie ihn an den letzten Streit mit Penelope erinnerte. Er suchte aus dem Telefonbuch die Nummer eines Glasers heraus, rief ihn an und bat ihn, so schnell wie möglich zu kommen. Wenn Penelope zurückkäme, würde er nie wieder etwas kaputtschlagen. »Das schwöre ich«, versprach er sich selbst, während er sich fragte, wo er damit anfangen sollte, die Wohnung bewohnbar zu machen. Er machte sich daran, die Küche aufzuräumen, und fing mit dem Käfig der Zwergpapageien an. Sansone hatte sich in eine Ecke gekauert und sah ihn mit unergründlichem Blick an. Andrea schien, der Hund war glücklich, dass er ihn nicht allzu lange allein gelassen hatte. Er wurde von Zärtlichkeit überwältigt und streckte eine Hand aus, um ihn zu streicheln. Der Hund knurrte.

»Verstehe. Keine übermäßigen Vertraulichkeiten«, sagte Andrea lächelnd und hielt dem Tier ein Stück Keks hin. Der Hund schnupperte daran und packte es dann sanft mit den Zähnen.

Nach einer halben Stunde Arbeit befand der Mann, dass die Küche in einem akzeptablen Zustand sei.

»Und was jetzt?«, fragte er und sah den Hund an. »Ach ja, ich muss das Mittagessen für Daniele und Lucia machen. Die essen ja nicht wie Luca im Kindergarten.« Auf der Suche nach einer zündenden Idee öffnete er den Kühlschrank. Er erinnerte sich daran, dass er eine Zeit lang leidenschaftlich gern gekocht hatte. Er selbst hatte seiner Frau ein paar schnelle und schmackhafte Gerichte beigebracht: Salat »gut gesalzen, wenig Essig, viel Öl«, gegrillter Schwertfisch mit Oregano, Petersilie und einem Spritzer Zitrone, Pasta »alla Donelli«, mit frischen, gewürfelten Tomaten, Basilikumblättern und aromatischem Olivenöl.

»Die Zutaten sind da. Na, dann woll'n wir mal«, sagte er laut, um sich Mut zu machen.

Es läutete an der Tür. Er ging öffnen und fand sich Sofia und Priscilla gegenüber. Die Philippinin hatte ein blaues Auge.

»Ich habe sie aus der Notaufnahme abgeholt. Zum Glück sind ihre Rippen nicht gebrochen«, erklärte Sofia und schob die junge Frau in den Flur, die den Blick auf den Boden gesenkt hielt, fast als schäme sie sich, geschlagen worden zu sein. »Schick sie für ein paar Tage nicht raus, zumindest bis sie wieder vorzeigbar ist. Und nun entschuldige mich, aber ich muss los. Ich habe den Professore und seine kleine Freundin zum Mittagessen da.«

Priscilla ging ins Gästebadezimmer, um sich umzuziehen. Die philippinische Haushälterin war seit Lucas Geburt bei ihnen. Sofia hatte sie aus dem Hut gezaubert und Pepe dazu geraten, sie einzustellen: »Du kannst nicht so weitermachen. Du brauchst unbedingt Hilfe.«

Priscilla war wie ein Kaninchen aus dem Hut eines Zauberers aufgetaucht. Sie war fünfundzwanzig, hatte bereits finanzielle und familiäre Unannehmlichkeiten hinter sich und einen Ehemann, der, nachdem er sie geschwängert hatte, mit einer englischen Krankenschwester nach Japan durchgebrannt war. Auf den Philippinen hatte sie mit neun weiteren Geschwistern und den Eltern in einer Baracke gelebt, in der auch die Hühner scharrten. Sie hatte von ihrem Mann eine herzkranke Tochter und brauchte Geld, um sie zu pflegen. Deshalb war sie heimlich davongelaufen, hatte sich nach Amsterdam eingeschifft und war von dort nach Italien gekommen, wo sie eine Tante getroffen hatte, die ihr eine Stelle bei einer älteren Signora besorgt hatte. Die Tante verlangte die Hälfte ihres Verdienstes, weil sie ihr die Stelle vermittelt hatte. Zwei Monate später war die Alte gestorben und Priscilla war in die Dienste einer reichen Signora getreten, die sie mitten im Januar auf den Balkon gesperrt hatte, um sie für ihre Fehler zu bestrafen. Schließlich hatte sie bei den Nonnen Zuflucht gesucht. Und dort hatte Sofia sie getroffen.

Die Liste der Schäden, die Priscilla in der Wohnung der Donelli anrichtete, war unendlich. Doch das Mädchen war sympathisch, optimistisch und einigermaßen vertrauenswürdig. Penelope hatte ihre Haushälterin gern. Mit einer großen Portion Geduld ihrerseits und einer ebenso großen Portion guten Willen seitens der Philippinin hatten sie einen annehmbaren Weg des Zusammenlebens gefunden. Bis Mohammed aufgetaucht war, der Ägypter, der in einem Nachtclub kellnerte und sie zur muslimischen Religion bekehren und nach Ägypten schicken wollte, wo sie seine betagten Eltern pflegen sollte. Priscilla hatte sich geweigert, seine Forderungen zu erfüllen. In regelmäßigen Abständen beschuldigte er sie, Liebhaber zu haben, und schlug sie. Sie weinte, aber sie war stolz darauf, einen eifersüchtigen Mann zu haben. Penelope machte ihr Vorwürfe wegen dieser Unterwürfigkeit und erklärte ihr, wie wichtig Würde war. Priscilla sagte: »Ja, du hast Recht, Signora.« Doch dann fügte sie boshaft hinzu: »Aber ich finde, Signor Andrea ist auch ein bisschen wie Mohammed. Er brüllt und macht alles kaputt. Und dann bringt er dir ein Eis und du lächelst.«

Penelope wurde wütend. »Er hat noch nie die Hand gegen mich erhoben«, hob sie hervor.

»Aber er betrügt dich. Das macht Mohammed nicht. Also sind wir quitt«, schloss die Philippinin mit ihrem ewigen Lächeln.

Nun sah Andrea ihr nach, wie sie sich entfernte. Sie war klein und rund wie ein Wollknäuel. Er hatte sie immer abgelehnt, weil er sie für einfältig hielt. In diesem Augenblick aber segnete er Sofia dafür, dass sie sie zurückgebracht hatte.

»Ich mache das Mittagessen. Putz du die Badezimmer und die Schlafzimmer«, befahl er ihr, als sie im rosa Kittel wieder auftauchte.

»In Ordnung. Aber ich sage dir gleich, dass du einkaufen und Luca vom Kindergarten abholen musst. Um eins musst du mit Sansone raus. Den Rest erledige ich«, erklärte Priscilla.

»Zu Befehl, Signora«, sagte Andrea mit einem leisen Lächeln.

»Die Signora Pepe ist weggelaufen, stimmt's?«, fragte sie dann mit amüsiertem Blick.

»Kümmer dich um deinen Kram. Und arbeite«, entgegnete er verärgert.

Andrea fuhr mit der Zubereitung des Mittagessens fort. Um diese Zeit – dessen war er sich sicher – musste

Penelope seinen Brief bereits bekommen und gelesen haben. Er hoffte, dass sie anrufen würde. Mit ihr sprechen zu können wäre eine Erleichterung gewesen. Da klingelte das Telefon. Er schob Priscilla beiseite, die herbeieilte.

»Lass nur, ich geh ran«, sagte er, während er den Hörer abnahm. Und da die Haushälterin neugierig neben ihm stehen blieb, schickte er sie mit einer Geste weg.

»Sind Sie Signor Donelli Andrea?«, fragte eine Männerstimme.

»Ja, das bin ich. Wer spricht da?«, fragte er beunruhigt.

»Wie sind Sie mit Signora Guidi Maria verwandt?«

»Sie ist meine Mutter«, erwiderte er erblassend.

»Hier ist die Polyklinik. Ihre Mutter hat sich einen Arm gebrochen und ist geistig verwirrt. Wir haben Ihre Adresse auf einem Zettel in ihrem Portemonnaie gefunden. Sie ist mitten auf der Straße gelaufen und von einem Auto angefahren worden«, erklärte der Mann.

»Ich komme sofort«, sagte Andrea. Und er dachte, wenn seine Frau da gewesen wäre, wäre das alles nicht passiert.

19

Mehr als einmal hatte Andrea einigen Leuten, die ihm das Leben schwer machten, den Tod gewünscht. Sein Wunsch war immer erhört worden. Als Kind hatte er gebetet, dass sein Vater sterben möge. In Momenten der Verzweiflung hatte er es ihm ins Gesicht geschrien: »Ich will dich tot sehen!« Er hatte nicht lange warten müssen. Dann hatte er gehofft, dass der Tod Gemma holen würde. Auch sie war schnell verschieden. Darauf hatte er seiner Lehrerin,

Maestra Cazzaniga, einen langsamen und schmerzhaften Tod gewünscht. Auch dieser Wunsch hatte sich pünktlich erfüllt. Da hatte er einen Schreck bekommen. Obgleich sein Verstand ihm sagte, dass seine bösen Gedanken keinerlei Einfluss auf das Schicksal der anderen hatten, hielt sein Unterbewusstsein sie ihm vor wie schreckliche Sünden.

Am Krankenbett seiner Mutter nun, die in den schneeweißen Laken wie ein Häufchen Elend wirkte, dachte er, wenn sie tatsächlich sterben müsste, wäre es besser, wenn es sofort geschah, ohne dass sie leiden müsste. Aber er verscheuchte diesen Gedanken sofort wieder und flüsterte: »Lieber Gott, wenn es dich wirklich gibt, dann lies in meinem Herzen und kümmere dich nicht um meine Angst.«

Andrea liebte seine Mutter und sah sie zärtlich an. In einer Hand steckte die Infusionsnadel. Er strich ihr sanft über Gesicht und Haar und suchte in diesen verbrauchten Gesichtszügen das Bild der Frau, die ihn geboren hatte, als sie in der Blüte ihrer Jahre stand. Sie war eine starke Person gewesen, eine unermüdliche Arbeiterin, eine zerstreute und zugleich fürsorgliche Mutter, eine Ehefrau, die leidenschaftlich in ihren Mann verliebt war. Um ihrem Sohn das Studium und eine bessere Zukunft als die eigene zu sichern, hatte Maria Donelli die Demütigungen durch die Maestra Cazzaniga hingenommen, die in der Schule unterrichtete, in der sie als Schuldienerin arbeitete. In der Zweizimmerwohnung, in die sie gezogen waren, als sie allein geblieben waren, arbeitete seine Mutter auch nachts: Sie wechselte Hemdkragen aus, nähte einen Saum in Hosen, machte Röcke und Kleider enger oder weiter, um ihren Lohn aufzubessern und es Andrea zu ermöglichen, zu studieren und Karriere zu machen. Sie hatte noch einen anderen Sohn, Giacomo, der zehn Jahre älter war als er. Er lebte in Rom, wo er ein reiches Mädchen geheiratet hatte, und hatte die Mutter seit der Beerdigung des Vaters und der Schwester nicht mehr gesehen. Manchmal hatte Andrea ihn besucht. Er hatte ihm auch Penelope vorgestellt. Giacomo war immer freundlich und formell, aber er betonte gern, dass er mit der Familie nichts mehr zu tun haben wolle. Seine Mutter litt darunter. Dieser ferne Sohn hatte immer noch einen Platz in ihrem Herzen.

Sie öffnete die Augen und erblickte Andrea. »Du bist's, Giacomo, stimmt's?«, fragte sie zögernd.

»Ich bin Andrea«, erwiderte er.

»Und wo bin ich?«

»Im Krankenhaus. Du hast dir den Arm gebrochen, man hat ihn dir eingegipst«, erklärte er.

»Tatsächlich? Daran erinnere ich mich gar nicht«, flüsterte sie.

Man hatte ihr ein Beruhigungsmittel verabreicht. Sie schlief wieder ein.

Andrea stand vom Kopfende ihres Bettes auf, ging auf den Korridor hinaus und rief seinen Bruder in Rom an. »Unserer Mutter geht es schlecht. Möchtest du sie besuchen kommen?«, sagte er ihm.

»Ich bin sehr beschäftigt. Außerdem, wozu soll das gut sein?«

»Sie hat nach dir gefragt«, hob Andrea hervor.

»Ob ich da bin oder nicht, was macht das schon für einen Unterschied? Sie begreift ohnehin nichts mehr«, wich er aus.

»Giacomo, sie ist deine Mutter«, drang Andrea auf ihn ein. »Sie liegt im Krankenhaus und wird vielleicht nie mehr gesund.«

»In Wirklichkeit ist sie mehr deine Mutter als meine. Für mich hat sie nie etwas getan«, entgegnete der ältere Bruder mit aggressivem Unterton.

»Mach das mit deinem Gewissen aus. Ich habe es dir

jedenfalls gesagt«, gab Andrea ebenso aggressiv zurück und legte auf.

Er warf einen Blick in das Vierbettzimmer. Maria lag im letzten Bett am Fenster. Sie bewegte sich nicht, klagte nicht, verlangte nichts. Und doch – das wusste er – schrie ihr Herz ihr Bedürfnis nach Zärtlichkeit heraus, vor allem nach der Zärtlichkeit des Sohnes, den sie seit so vielen Jahren nicht gesehen hatte.

Er hatte mit dem Arzt gesprochen. Die Fraktur im Arm war behandelt worden, die alte Frau würde noch einen Monat den Gips tragen müssen. Das Krankenhaus würde sie jedoch nur noch zwei Tage dabehalten. »Das Problem Ihrer Mutter ist ihre Senilität«, hatte der Doktor gesagt. »Sie muss in eine geeignete Einrichtung eingewiesen werden. Es gibt viele Kliniken für derartige Krankheiten. Ich empfehle Ihnen, sich bei der Fürsorge zu informieren. Dort bekommen Sie eine Liste mit Adressen.«

Andrea hatte gesagt: »Ja, in Ordnung, danke«, aber er konnte sich nicht mit dem Gedanken anfreunden, Maria in ein Altersheim zu bringen. Wäre doch nur Penelope da gewesen, sie hätte sicher gewusst, was zu tun war. Aber nun musste er alleine zurechtkommen. Die einzige Lösung, die ihm einfiel, war eine Privatklinik. Aber das wäre mit viel zu hohen Kosten verbunden und er wollte auf gar keinen Fall an das Konto seiner Frau gehen. Das Handy klingelte. Es war Lucia. »Papa, ich bin gerade von der Schule gekommen. Danke, dass du uns Mittagessen gemacht hast. Ich habe von Großmutter gehört. Sag mir, wo sie liegt. Ich esse nur schnell, dann komme ich nach«, verkündete sie.

»Mir wäre lieber, wenn du dich um Luca kümmerst. Priscilla kann nicht raus, um ihn vom Kindergarten abzuholen.«

»Aber ich will meine Großmutter sehen«, beharrte das Mädchen.

»Du wirst sie sehen. Aber jetzt musst du dich erst mal um deinen Bruder kümmern.«

»Um meine Brüder. Daniele hat mich gebeten, ihm in einem Crashkurs Mathe beizubringen. Das ist zwar vergebliche Liebesmüh, weil er eh nichts versteht, aber ich werde ihm den Gefallen tun.«

Er setzte sich wieder an Marias Bett. Sie sah ihn mit aufgerissenen Augen an.

»Mamilein, wie geht es dir?«, fragte er und streichelte sie.

»Was für ein seltsamer Ort. Wo bin ich?«, erkundigte sie sich erneut.

»Du bist im Krankenhaus. Du hast dir den Arm gebrochen und man hat ihn dir eingegipst. Siehst du?«, wiederholte Andrea.

»Ja, ja, das sehe ich. Und dein Vater, wo ist der?«

»Papa ist tot«, erklärte er geduldig.

»Oh, das tut mir Leid. Warum hast du mir das nicht gesagt?«

»Weil es fast dreißig Jahre her ist. Aber du erinnerst dich nicht, stimmt's?«

»Du bist immer zu Scherzen aufgelegt. Er holt nur Gemma ab. Jetzt weiß ich's wieder. Weißt du, mein Gedächtnis kommt und geht und manchmal vergesse ich Dinge, die sehr wichtig sind. Wenn Pietro mir das Mädchen zurückbringt, müssen wir hier fort«, sagte sie. Und sie begann unruhig zu werden.

»Ist gut, Mama. Wir gehen hier weg, das verspreche ich. Aber jetzt musst du dich erst einmal beruhigen. Ich bin doch bei dir«, flüsterte er.

Eine Krankenschwester kam, um ihr eine neue Infusion anzuhängen. Dann schaute ein Arzt vorbei, um sie zu untersuchen, und bat Andrea hinauszugehen. Es war nicht der, mit dem er zwei Stunden zuvor gesprochen hatte.

Nach einer Weile öffnete sich die Tür und der Arzt trat auf ihn zu. »Sobald ein Bett frei wird, lasse ich Ihre Mutter in die Kardiologie verlegen«, verkündete er.

»Gibt es noch ein anderes Problem? Ihr Kollege hat mir gesagt, dass sie übermorgen entlassen wird«, wandte Andrea ein.

»Ich habe das EKG der Signora gesehen und habe sie untersucht. Sie hat eine gravierende Herzschwäche. Ich habe ihr bereits Diuretikum und Digitalis in die Infusion geben lassen.«

»Dottore, sagen Sie mir bitte, leidet meine Mutter?«, fragte er besorgt.

»Ich glaube nicht. Sie beklagt sich zumindest nicht.«

»Meine Mutter beklagt sich nie«, behauptete er. Dann fügte er hinzu: »Wenn sie stirbt, warum haben Sie ihr dann den Arm eingegipst?«

»Damit sie keine Schmerzen hat. Wir behandeln sie jetzt erst mal und dann sehen wir ja, wie sie auf die Behandlung anspricht. Beruhigen Sie sich«, empfahl der Arzt, bevor er sich verabschiedete.

Andrea setzte sich an Marias Bett. Die Patientinnen in den anderen Betten schienen sich nicht für sie zu interessieren. Eine alte Frau mit einer Schiene an den Beinen schlief. Ein Mädchen, dessen Brust bis zum Hals eingegipst war, hörte über Kopfhörer Musik. Eine andere Frau löste Kreuzworträtsel.

»Es war gerade ein sehr freundlicher Doktor da. Er hat mir über den Kopf gestrichen«, sagte die Mutter. Offenbar hatte sie gerade einen lichten Moment. Ihr Zustand und ihre Umgebung waren ihr vollkommen bewusst.

»Heute Morgen bin ich rausgegangen, um mir meine Rente abzuholen. Plötzlich hat sich in meinem Kopf alles gedreht. Ich bin gefallen und dann war ich hier. Wo ist Penelope?«, erkundigte sie sich.

»Sie ist für ein paar Tage ans Meer gefahren. Soll ich

sie anrufen?« Die Krankheit seiner Mutter war vielleicht ein guter Vorwand, um seine Frau zu überzeugen zurückzukommen. Aber er schämte sich sofort seines Gedankens.

»Lass sie, wo sie ist. Sie wird schon genug zu tun haben, wenn ich nach Hause komme. Du bringst mich doch nach Hause, oder?« Die alte Frau wollte einfach nur beruhigt werden.

»Sobald sie alle Untersuchungen abgeschlossen haben«, versicherte der Sohn.

»Bübchen, sieh mal in meine Handtasche. Da sind Bonbons drin. Nimm dir eins«, sagte Maria. So hatte sie ihn genannt, als er noch ein kleiner Junge gewesen war.

Er fand ihre Handtasche im Nachtschränkchen. Er öffnete sie und durchsuchte sie voller Rührung. Darin waren das Portemonnaie mit ein wenig Kleingeld, das Rentenheftchen, der Rosenkranz in einer filigranen Silberdose, der Personalausweis, eine Schachtel mit Schmerztabletten, ein weißer Umschlag mit ein paar Fotos. Andrea betrachtete sie eines nach dem anderen. Er sah das baufällige Haus wieder, in dem er bis zum Tod seines Vaters gelebt hatte, den alten Ford, die Setter Full und Dolly, seine Eltern, die vor dem Eingang des Lido di Venezia posierten, wo sie ihre Flitterwochen verbracht hatten. Und dann sah er sich selbst, noch winzig klein, auf dem Arm von Großmutter Stella und neben ihnen Giacomo, der bereits zehn war, und Gemma, die eine lustige Grimasse schnitt.

»Sing mir etwas vor«, bat Maria.

»Was denn?«, fragte er verblüfft.

»Einen von diesen Versen, die dein Vater so gern mochte«, sagte sie.

»Sag mir, welche«, erwiderte er zögernd.

»Die mit den kalten Händchen: *Che gelida manina, me la lasci riscaldar. Cercar, che giova? Al buio non si trova …*«

Maria hatte mit leiser Stimme zu singen begonnen. Andrea neigte den Kopf und bedeckte sein Gesicht mit den Händen. Er wollte nicht, dass seine Mutter ihn weinen sah.

Andreas Geschichte

20

Pietro Donelli war ein Riese von zwei Metern, mit Schultern breit wie ein Schrank und einem so schönen, edlen und freundlichen Gesicht, dass es einen jeden über seine wahre Natur hinwegtäuschte, die oftmals aggressiv und gewalttätig, doch zuweilen auch sanft war. Maria, seine Frau, liebte ihn leidenschaftlich. Sie erduldete seine Gemütsschwankungen und nahm seine Wutausbrüche hin wie eine unvermeidliche Naturgewalt, seine Zärtlichkeiten wie ein göttliches Geschenk. Seine Kinder aber fürchteten ihn mehr, als dass sie ihn liebten, denn Pietro ließ sie seine Autorität spüren. Wenn er liebevoll war und versuchte, mit ihnen zu spielen, zogen sie sich misstrauisch zurück. Andrea hasste ihn, wenn er sah, wie der Vater seine Aggressionen an der Mama ausließ. In solchen Momenten hoffte er aus tiefster Seele, dass sein Vater sterben möge.

Eines Tages, als Pietro müde von der Arbeit heimkam, stolperte er über einen Reifen von Marias Fahrrad und fiel hin. Er ließ eine Flut an Schimpfwörtern gegen sie los und drohte, dass er ihr die Fresse polierte, wenn sie ihm zu nahe käme. Dann hob er das Fahrrad mit nur einem Arm hoch, als wäre es ein Spielzeug, und schleuderte es gegen einen Baum. Anschließend ging er ins Haus, legte »seine« Schallplatte mit *La Bohème* auf das Grammophon, drehte die Lautstärke voll auf und ging sich am Brunnen waschen.

Sein Oberkörper war nackt. Mit den Händen, die wie Schaufeln wirkten, warf er sich eisiges Wasser auf die eingeseiften Arme, Rücken, Hals und Brust. Er sang ein Lied von Di Stefano: »*Che gelida manina* ...« Pietro wusch sich und imitierte den Tenor, ohne auch nur eine Note zu verfehlen.

Full und Dolly, das Setterpärchen, das unter dem Feigenbaum kauerte, erhob sich – von der lauten Musik gestört – und verzog sich in die Felder. Wäre Gemma zu Hause gewesen, wäre sie ihnen gefolgt. Gemma hasste alles, was ihr Vater liebte: Opern, Wein, gebratene Gans, das Jagdgewehr, die Lederstiefel, die Pietro auch mitten im Sommer trug. Und Gemma hasste ihren Vater, wie übrigens auch Andrea und Giacomo. Lediglich Großmutter Stella, seine Mutter, und Maria liebten ihn. Aber alle fürchteten ihn.

»Warum hast du ihn geheiratet?«, fragte Gemma ihre Mutter.

»Er gefiel mir. Er war schön. Er ist auch jetzt noch schön«, rechtfertigte Maria sich.

»Aber siehst du denn nicht, wie schrecklich er ist, wenn er dich mit seinem irren Blick ansieht?«

»Das geht vorüber. Er ist nicht böse. Er ist ein echtes Original, das ist alles. Wäre er ein gewöhnlicher Mann, hätte er mir vielleicht gar nicht so gut gefallen.«

»Dann hättest du wenigstens keine Kinder mit ihm in die Welt setzen dürfen. Es ist ungerecht, dass wir ihn ertragen müssen, nur weil er dir gefällt.«

»Es wird alles gut werden«, beschwichtigte Maria ihre Tochter.

Andrea hatte sich im verbrannten Gras ausgestreckt und las einen Comic. Von Zeit zu Zeit betrachtete er den riesigen Rücken des Vaters und stellte sich vor, dass im Maisfeld ein mit Pfeil und Bogen bewaffneter Indianer stünde. Der Indianer schoss den Pfeil ab, der durch die

Luft schwirrte und sich dann in Pietros Nacken bohrte, der – tödlich getroffen – auf den ausgedörrten Boden fiel.

Dann gäbe es endlich keinen Hass und keine Angst mehr, sondern nur noch Ruhe und Frieden.

Pietro trocknete sich mit einem Handtuch ab, drehte sich um und bemerkte Andrea, seinen jüngsten Sohn, der furchtbar schluchzte.

»Und du ungezogenes Ding, was hast du?«, fragte er und ging auf ihn zu.

Der Junge hob den Arm schützend vors Gesicht. Hinter dieser Geste verbargen sich die Angst, geschlagen zu werden, und die Scham wegen seiner bösen Gedanken.

Pietro kniete nieder und Andrea konnte unter seinem Arm hindurch sehen, wie der Riese sich über ihn beugte. Überwältigt von Angst begann er zu zittern.

»Hast du Zahnschmerzen?«, fragte Pietro. Seine kraftvolle Stimme wurde zu einem Flüstern.

»Mir ist doch lieber, wenn du nicht stirbst«, sagte Andrea.

»Warum sollte ich sterben, ich bin doch gar nicht krank«, beruhigte ihn Pietro. Er holte einen Fünfhundertlireschein aus der Tasche und drückte ihn seinem Sohn in die Hand. »Geh in den Ort und kauf dir ein Eis.«

»Danke«, erwiderte Andrea. »Aber ich hab keine Lust auf Eis«, fügte er hinzu und gab das Geld zurück. Er hätte niemals Geld von dem Mann annehmen können, den er einen Augenblick zuvor am liebsten tot gesehen hätte.

Der Vater stand wieder auf und schüttelte den Kopf, wobei er den Jungen zärtlich ansah. »Du bist verrückt«, bedauerte er ihn. Dann kehrte er ihm den Rücken, ging ins Haus und begann wieder synchron mit Di Stefano zu singen: »*Ma per fortuna è una notte di luna …*«

Andrea stand auf und schlich langsam um das Haus herum, das direkt an einer großen asphaltierten Straße stand. Ein Kilometer entfernt befand sich der Ort, der sich einer florierenden Wirtschaft rund um die Holzindustrie rühmte, jedoch arm an Kultur war, da sich alle nur darum kümmerten, das große Geld zu machen. Die Bewohner waren anständige Leute, die nur Haus, Arbeit und Urlaub im Kopf hatten. Es gab eine Kirche, das Pfarrkino, die Schule, den Kindergarten und ein Sportzentrum. Die Reichen hatten ihre Geliebten in der Stadt. Die Frauen der Reichen ebenfalls. Ihre Kinder fuhren in dicken, übermotorisierten Wagen durch die Gegend. Auto und Tiefkühltruhe waren Statussymbole. Einige Arbeiter machten sich selbständig, eröffneten kleine Firmen und bauten sich gleich darauf eine Villa mit Swimmingpool.

Dann gab es noch solche, die aus der Reihe tanzten. Dazu zählte auch die Familie Donelli. Ihr Haus, wenn man es überhaupt so nennen konnte, stand außerhalb des Ortes. Es war vielmehr eine Hütte, die Pietro und seine Brüder zu Beginn der Fünfzigerjahre mit Ausschussmaterial zusammengezimmert hatten. Die Garage war ein Schuppen aus Wellblech. Sie beherbergte Pietros alten Ford, die Fahrräder der Familie, Giacomos Moped, Marias Gartengeräte und den ganzen Plunder aus dem Haus: kaputte Feldbetten, die man jedoch nicht wegwerfen konnte – denn man weiß ja nie –, Koffer mit Aufklebern von Reisen und Kreuzfahrten, von denen niemand wusste, wie sie jemals dorthin gelangt waren, nunmehr unbrauchbare Kunstfaserkoffer, leckende Schmortöpfe, Stühle ohne Sitzplatte, leere Büchsen, Kordeln, Fahrradreifen, ein gesprungener Spiegel, verrostete Waschschüsselständer. Neben der Garage lag der Hühnerhof, wo tagsüber die Hennen scharrten, die sich abends in einem Holzhäuschen nebeneinander auf die Stange setzten. Schließlich gab es noch die Hundehütte für Full und Dolly, das Irish-Setter-Pärchen, mit dem Pietro auf die Jagd ging.

Giacomo und Gemma waren bereits geboren, als die

Donelli dorthin zogen und den Ort und das Haus von Großmutter Stella verließen. Die Familie nannte Pietro einhellig die »Nervensäge«. Daher waren die Brüder ihm beim Bau der Hütte nur zu gern behilflich gewesen, um den unbequemen Zeitgenossen loszuwerden.

Im Sommer herrschte in diesem Haus eine unerträgliche Hitze, im Winter war es schrecklich kalt. Großmutter Stella kam zu jeder Jahreszeit zu Fuß vom Ort herüber, um etwas zu essen zu bringen, wenn die Familie nicht einmal mehr Geld hatte, um Zigaretten zu kaufen. Pietro war ein launenhafter Arbeiter. Schuftete er auch oft tagelang, um glühendes Eisen zu schlagen, stritt er plötzlich aus heiterem Himmel mit irgendjemandem und kündigte. Dann begannen die finsteren Zeiten. Mit der Abfindung stieg er ins Auto und fuhr in Gesellschaft anderer Taugenichtse wochenlang spazieren. Die Zeit verging. Geld zum Einkaufen gab es keines mehr. Maria erschöpfte selbst ihre »eiserne Reserve«, die sie aus dem Verkauf der Eier bezog. Beschämt ging sie zu den Ladenbesitzern und ließ anschreiben. Sie würde zahlen, sobald sie konnte. Großmutter Stella beglich die Schulden beim Metzger, beim Bäcker, beim Schreibwarenladen. Dann kam sie mit Einkaufstaschen voller Nudeln, einem Riesentopf Ofenkartoffeln, unter denen ein exquisiter Braten vergraben war, oder einem Tontopf mit Rinderragout.

»Die armen Kinder müssen essen, wenn sie noch wachsen sollen«, sagte sie zu ihrer weinenden Schwiegertochter und gab ihr Schuld für alles, obgleich sie nichts dafür konnte.

»Solange Ihr für alles sorgt, wird dieser Unglücksrabe von Pietro sich nie ändern«, klagte Maria und auf ihrer bleichen Stirn schwoll eine blaue Ader an und pulsierte.

»Solange du ihm alles verzeihst, wird dieser Unglücksrabe von deinem Ehemann weiterhin mit euch machen, was er will«, erwiderte die Großmutter.

»Ihr habt damit angefangen, immer nachzugeben«, sagte Maria verärgert.

»Und du hast damit weitergemacht. Ich habe dir gesagt, dass er eine Enttäuschung ist, und ich habe dir auch davon abgeraten, ihn zu heiraten. Aber du bist ja sturer als ein Esel, du hast ihn trotzdem genommen. Also, was soll ich jetzt tun? Ich helfe euch, so gut ich kann.«

Andreas Mutter schlug die Küchentür zu, lief zum Weinen in den Garten und riss dabei das Unkraut aus, welches das Wachstum der Zucchini behinderte.

Die Tage vergingen und Maria wurde immer nervöser, denn ihr Mann kehrte nicht zurück. Schließlich war der Moment gekommen, in dem sie auf ihr Fahrrad stieg, und statt in den Ort zu fahren und den Haushalt bei den Gnutti zu machen, fuhr sie auf der Suche nach dem Flüchtigen die ganze Gegend ab. In den übelsten Kneipen und Wirtshäusern kannte man sie schon. »Euren Mann hat keiner gesehen«, sagte man ihr. Oder: »Er ist letzte Woche hier vorbeigekommen, mit den üblichen Freunden. Sie waren allesamt betrunken. Macht Euch keine Gedanken. Früher oder später wird er zurückkommen.«

»Ich weiß. Unkraut vergeht nicht«, presste sie zwischen den Zähnen hervor und kehrte geschlagen, doch nicht entmutigt nach Hause zurück.

»Er ist ein Schurke«, sagte Giacomo.

»Er ist verantwortungslos«, sagte Gemma.

»Er ist euer Vater«, erwiderte Maria.

Andrea beobachtete und schwieg, aber tief in seinem Innersten hasste er Pietro vielleicht mehr als seine Geschwister, weil seine Mutter unter ihm litt.

Schließlich war es so weit, von der großen Straße erhob sich eine Staubwolke und der blaue Ford tauchte auf. Full und Dolly schossen wie Pfeile auf das lärmende Auto zu. Pietro ließ seine gewaltige Tenorstimme erklingen.

»He, ihr da im Haus, raus mit euch! Raus aus der Hütte. Der Weihnachtsmann ist da.« Er hatte tatsächlich Geschenke für die ganze Familie dabei. Einmal hatte er ein weißes Wildledersofa mit gepolsterter Lehne mitgebracht. Ein anderes Mal eine elektrische Näh- und Stickmaschine. Dann wieder kamen Mäntel und Regenjacken, Stiefel aus englischem Leder, Schals aus französischer Seide und Parfüms, Porzellanservices und ein neuer Fernseher zum Vorschein. Maria stieß das alles bitter auf, denn die Herkunft all dieser Sachen war äußerst zweifelhaft. Aber dennoch atmete sie vor Erleichterung auf, weil ihr Mann gesund und munter zurückgekehrt war. Schließlich war der Zeitpunkt gekommen, einer ihrer wertvollen Legehennen den Hals umzudrehen und ein unvergessliches Mittagessen auf den Tisch zu zaubern. Pietro verteilte die Geschenke und erzählte dann von seinen Abenteuern – wahr oder erfunden, wen kümmerte das schon. Er war in der Oper gewesen und hatte *La Traviata* oder *La Bohème* gesehen. Ausführlich legte er die Stimmen der Sänger dar, wobei er haarklein zwischen den ausgesponnenen Tönen von Mario Del Monaco und denen Giuseppe Di Stefanos unterschied, zwischen der Stimmkraft der Callas und der von Mirella Freni. Er sprach über die Sänger, als wären sie Nachbarn, zeigte seiner Familie ihre Fotos mit Widmung und Autogramm. Seine Frau nickte staunend. Andrea hing an seinen Lippen und sah, wie Pietro mit seiner Statur alle überragte. Gemma streckte ihrem Vater hinter seinem Rücken die Zunge raus. Giacomo aß schweigend. Unterdessen trank Pietro die Karaffe Chianti leer und verlangte neuen. Die Stimmen seiner Lieblinge, Renata Tebaldi oder Ettore Bastianini, ließen die Scheiben erzittern, und er, inzwischen betrunken, stand auf und begann – das Glas in der Hand – zu singen: »*Bibiam ne' lieti calici* …«

Da zog Maria ihn zum Schlafzimmer, entkleidete ihn und steckte ihn ins Bett. Giacomo schwang sich auf sein knatterndes Moped und fuhr in den Ort. Gemma setzte sich auf die Schwelle der Haustür und rauchte eine Zigarette, Andrea fing Glühwürmchen und umschloss sie mit seinen Händen. Bis auf den Vater waren sie alle unglücklich.

»Hör ihn dir an, das Schwein. Hörst du, was für einen Krach er macht?«, fragte Gemma, womit sie auf die Geräusche anspielte, die aus dem Elternschlafzimmer kamen.

»Sie machen Liebe, stimmt's?«, fragte Andrea unsicher.

»Klar. Und sie maunzt wie eine rollige Katze«, erwiderte das Mädchen gereizt und drückte die Kippe mit der Schuhsohle aus. »Morgen wird sie wieder weinen.«

»Das ist normal. Die übliche Geschichte«, sagte Andrea resigniert und zuckte die Schultern.

Pietro war seit einem Monat ohne Arbeit. Maria riss sich förmlich ein Bein aus, um ihm Geld für Wein und Zigaretten zu besorgen. Eines Tages versetzte sie ihre Korallenohrringe und ihr Korallenarmband, denn sie wusste, dass Pietro toben würde, wenn sie ihm kein Geld gab. Er brachte es fertig, sie zu treten und dann mit spöttischem Grinsen zu sagen: »Entschuldige, dass ich meine Stiefel nicht geputzt habe.«

Maria versteckte sich, um zu weinen, während Gemma sie mit kühlen Umschlägen pflegte und sie anflehte: »Ich bitte dich, lass uns weggehen. Ich kann in diesem Haus nicht mehr leben, bei diesem Schuft.«

»Was geht dich das an? Dich würde er niemals anrühren. Er hat dich gern.«

Giacomo ballte die Hände zu Fäusten und unterdrückte seine Lust, den Vater anzugreifen, schließlich war er nur ein Junge und er wusste, dass er den Kürzeren ziehen würde.

Andrea beobachtete alles und litt, zumal er nicht verstand, wer eigentlich Recht hatte. Er hatte nicht den Eindruck, dass Pietro wirklich so bösartig war, wie Gemma behauptete. An Winterabenden nahm der Mann ihn mit in sein Bett und las ihm wunderbare Geschichten seiner Lieblingsschriftsteller vor: Walter Scott, Dumas, Hugo, Ponson du Terrail. Das waren unvergesslich schöne Augenblicke. Manchmal nahm der Vater ihn auch im Auto mit. Sie drehten dann die Runde durch die Wirtshäuser und Pietro stellte ihn seinen Freunden vor.

»Das ist der Jüngste im Haus. Er ist intelligent und macht nicht viele Worte. Der wird noch mal Präsident der Republik.«

Dann begann Pietro zu trinken und Karten zu spielen und vergaß seinen Sohn.

Im Ort gab es eine Wirtin. Sie war ein echtes Superweib. Blond, Porzellanteint, riesige Brüste und eine sonore Baritonstimme. Die Abenteurer, Pietro eingeschlossen, fürchteten und respektierten sie. Sie hatte bereits mehr als einen Betrunkenen niedergestreckt, der versucht hatte, sie zu belästigen.

Andrea versteckte sich unter dem Tisch, zwischen den Beinen seines Vaters, und schlief ein. Da hob die Frau ihn auf den Arm. Im Halbschlaf nahm er ihren Geruch nach Pfefferminz wahr. Als sie sein Haar streichelte und leise zu ihm sprach, empfand er ein zermürbendes Verlangen.

An jenem Sommerabend streckte Pietro sich – nachdem er sich gewaschen hatte – auf einem Liegestuhl unter einem Feigenbaum aus und verlangte lautstark nach einem Glas Wein.

Gemma war gerade mit dem Fahrrad aus dem Ort zurückgekehrt. Sie arbeitete als Lehrling in einem Friseursalon.

Andrea war in der Küche und enthülste mit seiner Mutter Erbsen.

»O Gott, wir haben keinen Wein mehr«, sagte Maria erschrocken.

»Soll er sich doch selber welchen holen«, entfuhr es Gemma.

Andreas Schwester war neunzehn. Sie war ebenso attraktiv wie ihr Vater und hatte den gleichen leidenschaftlichen und ein wenig verrückten Charakter. Sie war die Einzige, die es schaffte, ihm die Stirn zu bieten. Pietro hatte noch nie die Hand gegen sie erhoben. Vielleicht fürchtete er sie. Aber wenn er sich von ihr übermäßig provoziert fühlte, packte er sie am Arm, zog sie zur Tür – während sie ihn mit Beleidigungen überhäufte – und sperrte sie aus, selbst mitten im Winter.

Dann wartete Maria so lange, bis ihr Mann abgelenkt war, und ließ die Tochter heimlich wieder herein.

»Komm, sei ein braves Mädchen. Geh ins Dorf und kauf ihm zwei Karaffen«, sagte Maria.

»Ich denke ja gar nicht daran. Geh du, du bist doch seine Sklavin.«

»Ich gehe«, antwortete Andrea. Seine Mutter gab ihm Geld, er stieg aufs Fahrrad und fuhr davon.

Als er zurückkam, war auch Giacomo da. Giacomo war zweiundzwanzig, hatte ein Diplom in Elektrotechnik und arbeitete in einer Fabrik für Fernseher. Sie waren alle in der Küche, als Andrea mit den Weinflaschen hereinkam. Er bemerkte eine beunruhigende Stille.

Mama füllte gerade eine kalte Minestrone in die Suppenschüssel. Als sie sich ihrem Mann näherte, stellte dieser ihr ein Bein. Sie fiel und kippte die Suppenschüssel um. Pietro brach in höhnisches Gelächter aus und sah sich nach Zustimmung heischend um, doch vergeblich. Pech. Er hatte es für einen sehr amüsanten Spaß gehalten.

Maria stand wieder auf und begann schweigend, Scherben und Suppe in eine Kehrschaufel zu sammeln. Die Kinder sahen den Vater mit eisigen Augen an.

Er schlug mit der Faust auf den Tisch. »Zum Teufel mit euch!«, brüllte er. »Versteht ihr denn gar keinen Spaß? Was seid ihr bloß für eine Bande?«

»Was bist du nur für ein Tier!«, platzte Maria heraus.

Es war das erste Mal, dass sie aufbegehrte. Alle hielten den Atem an.

Wäre er nur halbwegs intelligent gewesen, hätte Pietro es dabei belassen. Doch wie alle gewalttätigen Menschen begriff er gar nichts und setzte noch einen drauf.

»Ich bin ein gesundes Tier, das isst, trinkt, raucht und fickt. So hat es mein Vater gemacht und der Vater meines Vaters. So laufen die Dinge nun einmal. Man muss wissen, wann man Zuckerbrot und wann man die Peitsche einsetzt. Mit dieser Methode hat Napoleon ein unbesiegbares Heer erschaffen«, sagte er und schob die Brust vor. Er stank förmlich vor Selbstgefälligkeit.

Plötzlich stand Giacomo auf. Er streckte die Arme über den Tisch aus, packte den Vater unter den Achseln und zog ihn hoch. Er war nun ein Mann und fürchtete ihn nicht mehr.

»Du bist nicht Napoleon. Du bist nur ein Irrer. Und wir, die wir dich jahrelang ertragen haben, sind noch verrückter als du. Und jetzt bitte meine Mutter um Entschuldigung«, sagte er langsam und sah ihn zornig an.

Andrea wartete, dass sein Vater sich widersetzte. Es hatte noch nie zuvor eine Rebellion gegeben. Doch Pietro machte sich klein, senkte den Blick und flüsterte: »Du hast Recht. Ich bitte Maria um Entschuldigung.«

Maria lehnte an der Anrichte und wusste, dass sie die Lunte an ein Pulverfass gelegt hatte, das jeden Moment hochgehen würde.

Giacomo zwang seinen Vater, sich wieder hinzusetzen, und ließ ihn los. »Ich gehe«, verkündete er. »In dieses Haus kehre ich nie wieder zurück.«

Er trat in das Zimmer, das er mit Andrea teilte, zog den Koffer vom Schrank herunter, legte ihn geöffnet aufs Bett und begann, ihn mit seinen Sachen zu füllen.

Andrea war ihm gefolgt. Er näherte sich seinem Bruder und sah ihm voller Bewunderung zu, während er über die

Belanglosigkeit seiner eigenen Phantasien nachdachte. Es brauchte etwas anderes als die vergifteten Pfeile des Indianers. Es brauchte Giacomos Kraft. Aber Giacomo war zehn Jahre älter als er.

»Nimm mich mit dir. Ich will auch nicht mehr in diesem Haus bleiben«, bat er ihn.

»Du hast wirklich nichts begriffen. Ich habe mit der ganzen Familie Donelli abgeschlossen. Alle Donelli haben sich verschworen, um ihn zu dem Schurken zu machen, der er ist. Wenn es ginge, würde ich sogar meinen Nachnamen ändern.« Er nahm den Koffer und trat hinaus auf die Straße.

Maria holte ihn ein, als er gerade sein Moped startete.

»Aber wohin willst du denn gehen? Du fällst einfach so mir nichts dir nichts eine so furchtbare Entscheidung? Was soll ich nur ohne dich machen?«, jammerte sie, obgleich sie wusste, dass sie ihn nicht aufhalten konnte.

»Du wirst immer an der Seite dieses Tieres bleiben und auf das, was er dir und deinen Kindern antut, pfeifen.«

»Jeder hat seinen Charakter und sein Schicksal. Gott beschütze dich«, flüsterte sie und streckte die Arme nach ihm aus. Sie wollte ihn ein letztes Mal an sich drücken. Doch ihr Sohn schob sie schroff beiseite und fuhr davon.

Im Himmel leuchteten die ersten Sterne. Es war so schwül, dass man kaum atmen konnte. Das Gras auf den Feldern ringsum war verbrannt, die Erde voller Risse. Die Hühner schlummerten auf den Stangen, das Gefieder voller Flöhe. Full und Dolly lagen reglos und mit weit heraushängender Zunge auf der Türschwelle.

Andrea sah seinem Bruder nach, der für immer aus seinem Leben verschwand, auf seinem Moped, das beim Beschleunigen Staub aufwirbelte.

Maria kniete auf dem Boden und weinte. Gemma schlug mit den Fäusten gegen das Blech des alten Ford.

Pietro verließ das Haus und stellte sich breitbeinig in die

zementierte Einfahrt. Er sah Maria an. »Muss ich im Wirtshaus essen gehen?«, fragte er arrogant.

Da nahm Maria eine Hand voll Erde und schleuderte sie ihm wütend entgegen. »Verreck doch, du Scheusal!«, schrie sie mit einer Stimme, die vom Weinen gebrochen war.

Andrea hoffte, Gott würde diesen Hilferuf hören und ihre Bitte erfüllen.

21

Nachdem Giacomo gegangen war, wuchs im Hause Donelli die Anspannung. Maria ließ keine Gelegenheit aus, dem Ehemann die Flucht des ältesten Sohnes vorzuhalten. Pietro, an die schweigende Duldsamkeit seiner Frau gewöhnt, war noch aggressiver geworden. Jeden Abend kehrte er betrunken nach Hause zurück und es gab jedes Mal fürchterlichen Streit. Der ohnehin kaputte Hausrat wurde in Stücke geschlagen. An einem Herbstabend stellte sich Andrea zwischen die Eltern, um Maria zu verteidigen. Blind vor Zorn schlug Pietro ihm die Lippe blutig und einen Zahn aus. Der Junge brach vor Schmerzen zusammen. Gemma nahm das Gewehr und zielte auf das Gesicht des Vaters.

»Wenn du nicht sofort das Haus verlässt, bringe ich dich um«, sagte sie mit eisiger Stimme. Sie hatte bereits entsichert und den Finger am Abzug.

Maria hatte sich über das Kind gebeugt, schrie verzweifelt und drückte es schluchzend an sich.

Blass vor Angst wich Pietro bis zur Tür zurück.

»Raus hier«, forderte seine Tochter ihn auf.

Als der Vater in der Garagenzufahrt stand, schoss Gemma, wobei sie auf seine Füße zielte. Pietro wagte nicht einmal, aufs Fahrrad zu steigen. Er lief die große Asphaltstraße entlang zum Ort. Full und Dolly waren die Einzigen, die ihm folgten.

Gemma setzte sich ans Steuer des Autos und brachte Andrea mit Hilfe ihrer Mutter zum Notarzt.

»Wer hat ihm das angetan?«, fragte der Doktor.

»Er ist über einen Stein gestolpert. Im Bach«, erwiderte Gemma.

Sie nähten seine Lippe.

»Legt ihn mit einem Eisbeutel ins Bett. Gebt ihm Aspirin gegen die Schmerzen und das Fieber. Der Zahn ist für immer verloren«, teilte der Doktor ihnen mit.

Andrea war in einem Schockzustand und es dauerte zwei Tage, bis er sich erholte.

Am nächsten Morgen kam Großmutter Stella.

»Was hat dieser Schwachkopf nun schon wieder angestellt?«, fragte sie Maria. Dann erzählte sie, dass Pietro weinend zu ihr gekommen sei und ihr unter Schluchzen gesagt habe, dass er übertrieben hätte.

»Wenn er zurückkommt, bring ich ihn wirklich um«, drohte Gemma, die im Begriff war, ins Dorf zur Arbeit zu fahren.

»Halt du dich zurück, du bist genauso ein Hitzkopf wie er«, ermahnte sie die Enkelin. »Seine Brüder und ihre Frauen wollen ihn bei uns zu Hause nicht. Ihr werdet ihn doch wohl nicht zum Schlafen in die Felder schicken.«

Gemma verschwand und die Großmutter ging mit Maria ins Haus. Im Dämmerzustand des Fiebers spürte Andrea die kühle Hand der Großmutter auf seiner Stirn. »Mein Junge, dein Vater wollte dir nicht wehtun. Er bereut es längst. Verzeih ihm«, flehte die Alte.

»Es ist besser, wenn er stirbt«, flüsterte Andrea.

Die Großmutter bekreuzigte sich und blieb lange bei ihm, während sie den Rosenkranz betete.

»Werde nur nie wie er«, sagte sie zu ihm. »Schlag niemals deine Frau und deine Kinder, wenn du groß bist. Siehst du, was für eine hässliche Sache Gewalt ist?«

»Trotzdem hoffe ich, dass er stirbt«, bekräftigte der Junge noch einmal.

Pietro kam zurück, als Andrea wieder gesund war. Maria öffnete das Garagentor und sagte zu ihm: »Von nun an ist das hier dein Zimmer. Du wirst das Haus nicht mehr betreten, nicht einmal zum Essen. Wir bringen dir die Suppe raus.«

Dann nahm sie eines Tages ihren Jungen bei der Hand, stieg mit ihm in den Postbus und fuhr mit ihm in die Stadt, zum besten Zahnarzt.

Maria hatte ihre goldene Armbanduhr verkauft, um Andrea einen neuen Zahn bezahlen zu können, der in den Kiefer geschraubt wurde. Als die Arbeit vollendet war, war sein Mund wieder so schön wie vorher.

»Es ist, als wäre nichts geschehen«, lächelte Maria.

»Dabei ist sehr viel geschehen und ich werde immer daran denken«, sagte Andrea. Maria begann wieder, bei der Familie Gnutti zu arbeiten. Pietro legte seine Lohntüte jeden Samstag auf die Fensterbank der Küche. Er betrank sich nicht mehr. Er verbrachte die Abende in seiner Garage und hörte seine Schallplatten. Wenn er sich umziehen wollte, hinterließ er an der Tür eine Nachricht.

Jedes Mal, wenn Gemma an der Garage vorüberging, spuckte sie auf den Boden.

Es wurde November. Maria und ihre beiden Kinder saßen am Tisch. Andrea hatte das Mittagessen für den Vater bereits hinausgetragen.

»Es ist kalt nachts«, bemerkte Maria. »Es tut mir weh, ihn allein dort draußen zu wissen.«

»Wenn er reinkommt, gehe ich«, sagte Gemma.

»Er hat sich verändert. Er trinkt nicht mehr und er arbeitet wie ein Tier. Findet ihr nicht, dass er genug bestraft wurde?«, versuchte sie ihren Mann zu verteidigen.

»Er hat Glück gehabt, dass wir ihn nicht angezeigt haben«, entgegnete das Mädchen.

Maria räumte ab und ging zu Bett. Gemma goss warmes Wasser in die Schüssel und wusch sich die Haare. Dann setzte sie sich neben den Ofen, um sie zu trocknen, und kämmte sie dabei. Andrea ritzte die Schalen einiger Kastanien ein. Dann legte er sie in die Glut, um sie zu rösten. Unterdessen sah er seiner Schwester zu. Sie war wunderschön. Die Haare, die in Wellen über ihre Schultern fielen, leuchteten beim Trocknen in stets wechselnden Farben.

»Du könntest als Fotomodell arbeiten«, sagte er zu ihr.

»Mein Freund ist eifersüchtig«, erwiderte sie. Und ihr mürrisches Gesicht wurde sanft.

»Hast du einen Geliebten?«, fragte er.

»Das ist doch kein Geheimnis. Es ist Alessandro. Wusstest du das wirklich nicht?«

»Alessandro, der Sohn von Gnutti?«

»Ja. Was ist denn so komisch daran?«

»Er ist ein Blödmann. Das weiß doch jeder«, klagte der Bruder.

»Die Leute kennen ihn nicht. Er interessiert sich nicht für die Milliarden seines Vaters. Er ist eine empfindsame Seele. Verstehst du?«

»Ich weiß nur, dass er nicht studiert, nicht arbeitet, immer betrunken ist und Autos zu Schrott fährt, als wären es Schubkarren.«

»Weil sie ihm nicht wichtig sind. Das ist alles Zeug, das mit dem Geld seines Vaters gekauft ist. Und das Geld ist verflucht.«

Gemma spielte darauf an, dass die Firma Gnutti Landminen, Gewehre, Kanonen und anderes Teufelszeug herstellte.

»Ich mag Alessandro Gnutti nicht. Wenn er sich so sehr vor dem Geld seines Vaters ekelt, kann er ja arbeiten und seinen Lebensunterhalt selbst verdienen«, entgegnete er.

»Ich will nicht länger in diesem Haus von Hungerleidern bleiben. Eines Tages nimmt Alessandro mich mit nach Mexiko«, behauptete sie.

»Mit dem verfluchten Geld seines Vaters?«, fragte der Junge.

»Das interessiert mich nicht«, sagte sie nur schroff. Sie schüttelte ihr langes, nunmehr trockenes Haar, zog den schweren Wollpullover über, den sie zum Anwärmen auf die Wäschespinne neben dem Ofen gehängt hatte, und ging hinaus.

Andrea wusste, dass Gemma in jener Nacht nicht zu Hause schlafen würde. Er schob den Vorhang vor dem Fenster beiseite und sah zur Garage hinüber. Durch die Risse im Wellblech drang ein mattes Licht. Sein Vater las. Andrea bekam Sehnsucht nach den Abenden, in denen Pietro ihn – als er noch ganz klein war – mit sich ins große Bett genommen und ihm Geschichten von Piraten, Korsaren, Musketieren und der Leibgarde des Königs vorgelesen hatte.

Er ging hinaus und öffnete die Garagentür. Pietro lag, eingemummt in eine Pelzjacke, eine Wollmütze auf dem Kopf, auf dem Feldbett. Er lächelte seinem Sohn zu. Er wirkte sanftmütig. Er schien sehr verändert.

»Ist 'ne Weile her, dass wir uns das letzte Mal gesehen haben«, sagte er und legte das Buch auf die wollene Steppdecke.

»Ich verzeihe dir«, flüsterte Andrea.

»Danke«, erwiderte Pietro, ohne sich zu rühren.

»Gemma ist nicht da. Warum schläfst du nicht bei Mama?«

Und so kehrte sein Vater wieder ins Haus zurück. Gemma war fast immer im Dorf. Wenn sie zurückkam, behandelte sie ihn wie Luft.

Zu Weihnachten kam eine Karte von Giacomo aus Rom. Sie war an Maria adressiert. Darauf stand: »Mir geht es gut und ich hoffe, dir auch. Frohe Weihnachten.«

»Das ist alles?«, rief Maria erleichtert, doch enttäuscht aus.

»Was sonst sollte er schreiben?«, fragte Pietro.

»Er hat mir nicht einmal seine Adresse geschrieben noch, was er macht, um zu leben.«

»Er will nichts mehr mit uns zu tun haben. Das hat er geschworen«, erinnerte Andrea.

»So was sagt man schon mal, wenn man wütend ist. Aber das ist fünf Monate her!«, protestierte die Frau.

Ein Jahr verging und es kam ein neuer, schwüler Sommer. Die Hitze machte allen zu schaffen. Die Hennen legten keine Eier mehr. Full und Dolly streunten träge ums Haus herum. Gemma war schon seit Monaten endgültig ins Dorf gezogen, zu Großmutter Stella. Maria war in eine Art Apathie verfallen, die sie allem gegenüber gleichgültig machte.

Eines Morgens im August saß Andrea auf der Türschwelle und sammelte die Zecken aus dem Fell der Hunde. Maria war in der Küche und las einen Fotoroman, während sie darauf wartete, dass der Kaffee fertig war. Pietro wusch sich am Brunnen.

Eine kleine, schwarz gekleidete Frauengestalt schleppte sich mühsam über die staubige Straße. Andrea ging ihr entgegen.

»Was gehst du um diese Uhrzeit spazieren?«, fragte er sie und küsste sie auf die Wange.

»Wo ist deine Mutter?«, erkundigte sich die Großmutter. Sie war blass und außer Atem.

Maria tauchte im Türrahmen auf. »Ihr kommt gerade rechtzeitig zum Kaffeetrinken«, sagte sie.

Die Alte ging in die Küche, setzte sich erschöpft auf einen Stuhl und löste den Knoten des schwarzen Taschentuches, das ihren Kopf bedeckte.

»Gemma ist seit zwei Tagen verschwunden«, verkündete sie. »Sie war auch nicht mehr arbeiten.«

Die Mama seufzte tief.

»Was hat sie angestellt?«, fragte Pietro, der in dem Moment hereinkam.

»Siehst du diesen blauen Fleck auf meinem Arm?«, fragte die Großmutter und schob dabei den langen Ärmel des Kleides hoch. »Das hat sie gemacht, vor zwei Tagen. Sie wollte Geld, das ich nicht habe. Eure Tochter ist auf die schiefe Bahn geraten.«

»Wir müssen sie retten«, sagte Pietro.

»Ich bin sicher, dass sie mit dem Jungen von Gnutti weggegangen ist«, informierte die Großmutter sie.

Andrea hörte zu, ohne ein Wort zu sagen.

Seine Mutter stützte die Ellbogen auf den Tisch und schlug die Hände vors Gesicht. »Wie oft hat sie mich gebeten, sie von hier fortzubringen, als sie klein war. Ich hatte nie den Mut, ihr den Gefallen zu tun. Ich konnte meinen Mann nicht verlassen. Das könnte ich nicht einmal jetzt«, gestand Maria. Und sie fuhr fort: »Wie soll man einen Mann aus seinem Herzen verbannen? Das ist, als hätte man eine unheilbare Krankheit.«

Andrea ging hinaus und begann, die Hunde zu waschen. Er hörte, wie sein Vater sagte: »Komm, Mama. Ich bringe dich ins Dorf zurück.« Als er an ihm vorbeiging, flüsterte er ihm zu: »Du brauchst Äther für die Zecken. Im Regal in der Garage steht eine Flasche.«

Der alte Ford entfernte sich und wirbelte eine große Staubwolke auf.

Kurz darauf stieg auch Maria aufs Fahrrad.

»Ich gehe arbeiten«, verkündete sie. Sie stand nicht mehr in Diensten der Familie Gnutti. Seit sie erfahren hatte, dass Gemma mit deren Sohn verkehrte, ließ sie sich nicht mehr dort blicken. Pietro war, statt zur Arbeit zu fahren, zur Polizei gegangen, um seine Tochter vermisst zu melden. Dann war er durch den Ort gelaufen, um zu hören, ob es Neuigkeiten gab. Schließlich war er nach Hause zurückgekehrt.

»Und?«, fragte Andrea.

»Sie werden sie finden. Du wirst sehen, dass sie sie finden werden«, beruhigte ihn Pietro. Er war blass, er litt. Er ließ sich auf den Liegestuhl fallen und sagte zu dem Jungen: »Bring mir ein Glas Limonade.«

»Vielleicht sind sie nach Mexiko gegangen«, flüsterte Andrea. »Gemma will hier nicht mehr leben.«

»Aber sie darf die Hand nicht gegen meine Mutter erheben. Außerdem ist sie noch minderjährig und muss mich um Erlaubnis fragen.«

»Sie kommt nicht zurück«, flüsterte der Junge.

Pietro trank die Limonade. Dann sah er seinem Sohn zärtlich in die Augen. »Es ist alles meine Schuld. Erst Giacomo. Und nun Gemma. Eines Tages wirst vielleicht auch du gehen. Seit Monaten bin ich nun vernünftig. Aber das genügt nicht, um all das Schlimme, was ich getan habe, auszulöschen. Meinen Brüdern bin ich ein Dorn im Auge. Meine Mutter weint jedes Mal, wenn ich mich ihr nähere. Die Kinder flüchten. Du wirst erwachsen. Du bist fast so groß wie ich. Wann wirst du fortlaufen?«, fragte er verbittert.

»Ich weiß nicht. Es ist kein schönes Leben hier«, erwiderte Andrea.

Maria kehrte am Mittag zurück.

»Ich will meine Tochter wiederhaben«, fuhr sie Pietro an.

»Du wirst sie wiederbekommen. Das schwöre ich dir«, versprach er, umarmte sie und streichelte zärtlich ihr Gesicht. Maria weinte an seiner Schulter. Sie war sicher, dass Pietro sein Versprechen halten würde, so wie sie nunmehr wusste, dass sie ihn besiegt hatte: Pietro war der Mann geworden, den sie sich immer gewünscht hatte.

22

Es wurde wieder Weihnachten. Maria bekam ein Karte aus Rom mit Weihnachtswünschen von Giacomo. Dieses Mal schrieb er nichts weiter. Doch es genügte ihr zu wissen, dass es ihrem Sohn gut ging. Ihr Herz war voller Sorge um Gemma. Es gab immer noch keine Spur von ihr. Pietro fuhr jeden Morgen bei der Polizeiwache vorbei und jeden Morgen bekam er dieselbe Antwort: »Immer noch nichts.«

Signor Gnutti, der Industrielle, war im November zu den Donelli gekommen, um ihnen mitzuteilen, dass er einen Detektiv eingeschaltet hatte. Anhand der Kontoauszüge war er der Spur des Sohnes zunächst nach Zürich, dann nach München, Frankfurt, Berlin, schließlich nach Amsterdam und nun nach Paris gefolgt. Dann hatte Gnutti befohlen, jeden weiteren Auszahlungswunsch abzulehnen.

»Bisher hat er den großen Mann markiert«, sagte er. »Aber nun, wo er kein Geld mehr bekommt, wird eure Tochter zurückkehren. Mir persönlich wäre es lieber, sie würden ihn ins Gefängnis stecken. Ich habe gehört, dass französische Gefängnisse hart sein sollen.«

Alessandro Gnutti kehrte wenige Wochen später ins Dorf zurück. Das erfuhren Andrea und seine Eltern, als es am Weihnachtsabend an die Tür klopfte.

Pietro ging die Tür öffnen.

Der reichste Mann des Ortes schob seinen Sohn herein.

»Da ist der Unglücksvogel, der euch eure Tochter weggenommen hat«, begann er. Und er fügte hinzu: »Sie ist in Paris geblieben.«

Andrea konnte sich gut an Alessandro erinnern. Er war ein gedrungener Typ mit harten Gesichtzügen, von überheblicher Art und mit stumpfem Blick. Das Einzige an ihm, was auf die Mädchen Eindruck machte, waren sein Nachname und die Autos, die er ständig wechselte. Nun wirkte er eher wie ein geprügelter Hund, mit seinem ungepflegten Bart und der zerrissenen, dreckigen Kleidung.

Wäre Pietro noch der Mann gewesen, der er bis vor gar nicht langer Zeit war, hätte er sich auf den jungen Mann gestürzt, ihn am Hals gepackt und versucht, ihn zu erwürgen. Doch nun tat er nichts. Er wusste nun einfach, wenn er ein akzeptabler Vater gewesen wäre, hätte Gemma sich niemals auf einen solchen Schwächling und Dummkopf wie Alessandro eingelassen.

In den wenigen Sekunden, in denen er diesen am Boden zerstörten jungen Mann betrachtete, kamen ihm die bösen Streiche wieder in den Sinn, die er mit Vater Gnutti, dem Kumpel seiner kindlichen Gaunereien, ausgeheckt hatte. Gemeinsam hatten sie mit der Steinschleuder auf Straßenlaternen und Kirchenfenster geschossen. Jahre später hatte Gnutti sich mit Entschlossenheit in die Arbeit gestürzt und einen außergewöhnlichen Unternehmergeist an den Tag gelegt. Pietro hatte weiterhin den Spitzbuben gespielt und sich über seinen alten Freund und dessen Größenwahn lustig gemacht. Als jedoch Gnutti sich ein Vermögen aufgebaut hatte, hatte der Neid ihn beinah aufgefressen. Doch schließlich hatte er in den sauren Apfel gebissen und für ihn gearbeitet. Nun aber waren sie beide wieder gleich. Die Anstrengungen und der Erfolg des einen, die Trunksucht und Unbeherrschtheit des anderen hatten bei ihren Kindern zum gleichen Resultat geführt: Alessandro Gnutti und Gemma Donelli waren zwei unglückliche Seelen.

»Warum hast du ihn mir hergebracht?«, fragte Pietro den Jugendfreund mit einem Flüstern.

»Ich will, dass er zwei unglücklichen Eltern ins Gesicht sieht.«

»Warum ist meine Gemma nicht mit dir zurückgekommen?«, fragte Maria.

Der junge Mann zuckte die Achseln. »Sie hat gesagt, sie will nicht.«

»Warum?«, bohrte Maria weiter.

Der junge Gnutti antwortete nicht.

»Ohne Geld kann man doch nicht leben. Was macht sie ganz allein in einer so weit entfernten Stadt?«, fuhr die Frau fort. Sie erwartete gar keine Antwort von dem Jungen. Sie drückte nur laut ihre Sorgen aus.

»Das ist die Adresse des Mädchens«, sagte Gnutti und reichte Pietro einen Zettel. Dann fügte er hinzu: »Das ist in der Nähe der Gare de Lyon. Wenn ihr wollt, brauche ich nur einen Anruf zu tätigen und morgen habt ihr sie wieder zu Hause.«

»Ich hole sie«, entschied Pietro. »Und du schaff mir diesen Unglücksraben aus den Augen«, fügte er an den Freund gewandt hinzu.

»Ihr werdet ihn eine Weile nicht mehr sehen müssen«, erwiderte Gnutti. »Ich bitte dich und Maria um Verzeihung.«

Pietro öffnete die Tür, um ihn zu verabschieden.

»Die Reise nach Paris ist teuer«, bemerkte der Industrielle, der den Donelli Geld anbieten wollte.

»Lass das nur unsere Sorge sein«, sagte Andreas Vater nur knapp.

Es war neun Uhr abends. Während Pietro einen Koffer packte, füllte Maria eine Thermosflasche mit heißem Kaffee, steckte ein paar Käsebrötchen in eine Plastiktüte und überreichte ihrem Mann ihre gesamten Ersparnisse.

»Glaubst du, das reicht?«, fragte sie ihn.

»Ich werde dir noch den Rest zurückbringen«, versicherte er.

»Hin und zurück brauchst du mindestens drei Tage, vielleicht sogar vier«, überlegte die Frau.

»Warte ab und vertrau mir.« Er strich ihr über die Wange. Dann streckte er eine Hand aus, fuhr Andrea damit übers Haar und lächelte ihm zu.

Pietro war nicht mehr der Angst einflößende Riese, den

der Junge immer gekannt hatte. Der Vater schien ihm geschrumpft und er hatte beinah Mitleid mit ihm.

Andrea und Maria standen in der Tür und sahen Pietro nach, als er davonfuhr. Die Scheinwerfer beleuchteten im Dunkeln die gefrorene Straße.

»Gehen wir rein, mein Kleiner«, sagte seine Mutter. »Und beten wir gemeinsam einen Rosenkranz.«

Es war ein trauriger Weihnachtsabend. Sie gingen nicht in die Mitternachtsmesse und es gab kein Festessen.

»Jetzt, wo dein Vater wieder Vernunft angenommen hat, muss die Familie sich zusammenraufen«, befand Maria. »Gemma wird zurückkommen und auch Giacomo. Wir müssen uns darum kümmern, ihn ausfindig zu machen.«

Irgendjemand im Dorf hatte gesagt, dass er ihn in Rom getroffen hatte. Er arbeitete in einem großen Geschäft in der Via del Corso, in dem Fernseher und Elektrogeräte verkauft wurden. Maria hatte Geld zur Seite gelegt, um selbst nach Rom zu fahren, ihren Sohn zu suchen, mit ihm zu sprechen, ihm zu erklären, dass er noch eine Familie hatte. Nun brauchten sie das Geld für Gemma. Sie würde lange sparen müssen, um noch einmal genug zusammenzubekommen.

Am Weihnachtsmorgen wachte Andrea früh auf. Er machte den Ofen an, stellte das Milchtöpfchen und den Kaffeebereiter auf das Feuer. Dann ging er hinaus, um die Hunde zu rufen, und ließ sie ins Haus. Er fütterte sie und deckte für seine Mutter den Tisch.

Als Maria in die Küche kam, war sie blass und wirkte müde. Sie lächelte ihm zu und dankte ihm.

Andrea antwortete nicht. Er war angespannt und verwirrt. Er fürchtete sich vor der Rückkehr der Schwester. Sein Instinkt sagte ihm, dass nichts Gutes auf sie zukam. Er ging in die Kälte hinaus und lief um das Haus herum, gefolgt von Full und Dolly. Dann hastete er in die Felder und begann, Steine nach einem Amselnest zu werfen. Ein Bauer rannte ihm mit einer Heugabel drohend hinterher und überschüttete ihn mit Beleidigungen.

»Ich kenne dich, du Taugenichts«, brüllte er. »Du bist groß und stark, aber du hast das Gesicht deines Vaters. Dir treib ich die Lust schon aus, dich wie ein Verrückter aufzuspielen. Wenn ich dich kriege, setzt's eine Tracht Prügel.«

Pietro war von den Leuten ringsum immer gefürchtet worden. Seit er ruhiger geworden war, hatte die Verachtung Oberhand über die Furcht gewonnen. Doch der Bauer bekam den Jungen nicht zu fassen.

Eine Weile rannte er atemlos durch die Wirsingfelder, die von Reihen von Maulbeerbäumen begrenzt wurden, die ihre dürren Ästen in den farblosen Himmel reckten. Dann blieb er keuchend stehen und sah sich um. Er war mutterseelenallein an diesem traurigen Weihnachtsmorgen. In der Ferne konnte er die schlanken Umrisse des Glockenturms der Kirche aus dem achtzehnten Jahrhundert erahnen.

Er hob die Arme gen Himmel und brüllte: »Gott, wenn du da bist, hilf uns!«

Seine Stimme verlor sich am endlosen und flachen Horizont. Nun begann er, zwischen den Kohlreihen hin und her zu hüpfen, und zertrat das Gemüse unter seinen Schuhsohlen aus lauter Freude daran, die gefrorenen Blätter in einer Art Wehklagen knacken zu hören. Dann kehrte er nach Hause zurück.

Maria saß am Ofen und stopfte ein Paar Wollsocken. »Das sind die von Gemma«, erklärte sie. »Ich habe all ihre Sachen schon einmal für sie vorbereitet.«

Andrea dachte: »Es ist besser, wenn sie nicht zurückkommt«, aber er sagte es nicht, unter anderem, weil er den Grund dieses Wunsches nicht hätte erklären können. Gemma war immer liebevoll zu ihm gewesen, aber er konnte nicht sagen, ob sie einander wirklich gern gehabt hatten. Wie bei Giacomo: Sie waren Brüder, aber sie hatten zufällig zusammengelebt, hatten einander nicht ausgesucht. Seine Geschwister machten sich sicher nichts aus ihm, sonst wären sie nicht fortgegangen. Was dagegen seinen Vater betraf, so war die Zeit der Widersprüche vorbei: einen Tag Schläge, einen Tag Zärtlichkeiten. Nun war da eine gewisse Leere und der Junge wusste nicht, wie er sie füllen sollte. Und seine Mutter? Er dachte, wenn sie sterben würde, würde er Schmerz empfinden. Aber er würde auch leiden, wenn Full und Dolly sterben würden. Bedeutete das, dass er seine Mutter so liebte wie die Hunde?

Er schaltete den Fernseher an, denn er wusste ohnehin keine Antworten auf seine Fragen. Sie übertrugen gerade die Messe im Petersdom und die Stimme des Papstes erteilte den Segen *urbi et orbi*. Maria bekreuzigte sich, als plötzlich Großmutter Stella hereinkam. Sie war den ganzen Weg zu Fuß gelaufen und hatte die Kälte auf sich genommen, um mit ihnen zu essen. Sie hatte einen Topf mit Gemüse, ein Suppenhuhn, Senf aus Cremona und einen Panettone mitgebracht.

Es war ein schweigsames Mittagessen, lediglich unterbrochen von den tiefen Seufzern der beiden Frauen. »Hoffen wir, dass er sie findet«, sagte Großmutter Stella.

»Er hat es mir versprochen«, erwiderte Maria hartnäckig.

»Bis nach Paris ...«, flüsterte die Alte.

Als das Mittagessen beendet war, füllte sich das alte baufällige Haus mit Leuten. Pietros Brüder kamen mit ihren Frauen und Kindern. Sie brachten kleine Geschenke. Am Weihnachtstag war plötzlich die Solidarität der Verwandten gegenüber Pietros Familie ausgebrochen. Die Zeiten, in denen der alte Wirrkopf von Bruder tagelang mit seinem alten Wagen durch die Gegend fuhr, um sich mit seinen Freunden zu betrinken, schienen vergessen. Nun war er ein verzweifelter Vater, der losgezogen war, um seine Tochter zurückzuholen. Er verdiente Respekt und Zuneigung. So umringten die Verwandten Maria, um sie zu trösten.

»Paris ist groß«, sagte die Frau. »Wie soll er da mein Mädchen finden?«

»Wenn er will, ist dein Mann nicht auf den Kopf gefallen«, beruhigten sie die Verwandten.

Niemand wagte ein Urteil über Gemmas Verhalten abzugeben, aber es war klar, dass alle sie für einen ebensolchen Hitzkopf hielten wie ihren Vater. Um Giacomo hatten sie sich keine Sorgen gemacht. Ihre Kommentare hatten gelautet: »Der ist vernünftig. Wäre er bei seinem Vater geblieben, hätte er keine Zukunft gehabt.« Alle kannten die zielstrebige Persönlichkeit des Jungen, der sich so sehr von seinem Vater unterschied. Ebenso wie alle von Gemmas Labilität wussten, und ihre Prognosen für ihre Zukunft waren nicht gerade wohlwollend.

Andrea hatte begonnen, mit seinen Cousins Tombola zu spielen. Er bemerkte, dass sie plötzlich großzügig geworden waren und ihn absichtlich gewinnen ließen. Doch er nahm dieses ungewohnte Wohlwollen nur zu gern hin.

Unterdessen unterhielten sich die Erwachsenen leise und ließen sich über Pietro aus. »Er ist einer, der sich immer für andere einsetzt, wenn Not am Mann ist«, sagte ein Bruder. »Ich habe noch nie gehört, wie er jemanden angebrüllt hat, dem es schlecht ging«, bemerkte eine Schwägerin.

Andrea spielte zerstreut und dachte, dass er von seinem Vater gelernt hatte, zu lügen und sich schuldig zu fühlen.

Weihnachten verging und es folgten Tage grauer Einsamkeit. Eines Abends kam der Pfarrer, um einer Familie Trost zu spenden, die in Not sei, wie er zu Maria sagte. Andrea hatte sich in sein Zimmer zurückgezogen. Er hatte begonnen, einen Roman zu lesen, den er sich unter denen ausgesucht hatte, die Pietro auf der Konsole in der Garage aufbewahrte. Er war von einem russischen Schriftsteller, Maxim Gorki, und hieß *Die Mutter*. Es war eine bewegende Geschichte. Jenseits der dünnen Wand, welche die Küche von seinem Zimmer trennte, hörte er Marias weinerliche Stimme.

»Ich habe in meinem Leben alles falsch gemacht. Ich war schlecht zu meinen Kindern. Ich habe mehr an mich selbst gedacht als an meine Aufgabe als Mutter«, schüttete sie dem Pfarrer ihr Herz aus.

Andrea verglich sie mit der Figur der Pelageja, dem Opfer des Schmieds Vlasov, ihres gewalttätigen, saufenden Ehemanns. Auf den Seiten des Romans hatte er Gefühle und eine Atmosphäre wiedergefunden, die er aus seiner Familie kannte. Maria war nie egoistisch gewesen, wie sie nun behauptete. Ihr einziger Fehler war, einen Mann geheiratet zu haben, der anders war als die anderen, und mit ihm eine normale Familie gründen zu wollen.

»Ich werde zum Herrgott beten, damit sich alles zum Guten wendet«, verabschiedete sich der Pfarrer, nachdem er der Frau die Beichte abgenommen hatte.

Eines Abends stellte Maria zwei Schüsseln mit Grießbrei auf den Tisch. Die duftende Butter hatte sich in feinen gelben Bläschen an den Rändern abgesetzt. Plötzlich vernahmen sie das Geräusch eines Wagens. Im gleichen Augenblick läuteten die Kirchturmglocken. Das Läuten kündigte das Ende des Tages an.

Andrea dachte, dass ein endender Tag einem Leben glich, das verlosch, und ihm kamen die weißen Gedenktafeln zwischen den Kieswegen des Friedhofs in den Sinn.

Die Tür öffnete sich. Pietro kam herein und trug seine Tochter auf dem Arm, als wäre sie ein kleines Mädchen. Mit ihnen kam auch der Tod ins Haus, wie ein riesiger Schatten, flüssig wie Quecksilber, und strömte in jedes

Zimmer, in die entlegensten Winkel. Er schlich sich in die Küche, deckte Möbel und Haushaltsgeräte zu, glitt in den Ofen und löschte das Feuer. Andrea hatte das Gefühl zu ersticken.

»Ich bringe dir dein Mädchen zurück«, sagte Pietro, der – seit Tagen unrasiert, die funkelnden Augen in die Höhlen gesunken – ein erbärmliches Lächeln versuchte.

Maria hielt die Hand vor den Mund, um einen Aufschrei zu unterdrücken. »Das ist nicht mehr meine Tochter«, sagte sie schließlich und betrachtete das betäubte Gesicht von Gemma, die ihre Arme um den Hals des Vaters geschlungen hatte.

»Nein, das ist sie nicht mehr«, wiederholte Pietro. »Sie hat Drogen genommen. Und das andere hat sie auch gemacht.«

Andrea ging hinaus, um die schneebedeckten Felder anzusehen, die im Mondlicht bläulich schimmerten. Er wollte dieses schreckliche Gefühl des Todes loswerden, das ihm den Atem nahm, aber er konnte sich nicht davon befreien. Also stieg er auf sein Fahrrad und begann wie ein Wahnsinniger zu strampeln.

Er stürzte in das Haus von Großmutter Stella, die sich bekreuzigte, als sie ihn sah.

»Jesus Christus, noch ein Unglück?«, flüsterte sie.

»Papa ist zurück. Er hat Gemma nach Haus gebracht. Aber sie sind nicht allein. Mit ihnen ist auch der Tod gekommen«, sagte der Junge endlich.

Er zitterte am ganzen Körper und hatte das Gefühl, dass sein Kopf eine riesige, schwere Kugel war, die gleich platzen würde.

»Du glühst ja wie ein Ofen«, stellte die Großmutter fest.

Er hatte das Gefühl, aus Eis zu sein.

23

Pietro hatte zwei Tage bis nach Paris gebraucht. Er war durch die Schweiz gefahren. In den Bergen war sein Auto stehen geblieben, weil der Keilriemen gerissen war. Es war Nacht und weit und breit keine Hilfe zu finden. Also hatte er ihn, so gut es ging, selbst repariert. Dann hatte er Schneeketten aufziehen müssen. Auf französischem Gebiet war er vom Schlaf übermannt worden und in einer Kurve gegen die Leitplanke gefahren. Glücklicherweise fuhr er langsam. Der Wagen war total verbeult. Er hatte eine Nothaltebucht entdeckt und erst einmal zwei Stunden geschlafen. Dann hatte er seine Reise fortgesetzt. Endlich hatte er auf einem Straßenschild die Aufschrift PARIS gelesen. Er war da. Dort war sein Mädchen. Vielleicht wäre sie sogar glücklich, ihn zu sehen. Vielleicht würde sie ihn an der Hand nehmen und ihm sagen: »Papa, jetzt zeige ich dir die Stadt, von der du mir so viel erzählt hast, aber die du noch nie gesehen hast.«

Er fuhr in die Stadt hinein. Der Himmel war grau, der Sonnenuntergang verbreitete ein spärliches Licht. In der Luft hingen Abgase von Autos und Lastwagen. Die Stadtlandschaft ähnelte ganz und gar nicht dem Bild, das er sich anhand der Lektüre von Büchern gemacht hatte. Er hatte vielmehr das Gefühl, in einem Vorort von Brescia oder Mailand zu sein, nur dass alles sehr viel größer war. Er hatte keinen Stadtplan und irgendwann bemerkte er, dass er immer im Kreis fuhr, weil er sich zum dritten Mal am selben Platz wiederfand. Endlich sah er Schilder mit der Aufschrift PORTE D'ITALIE, und da er die Sprache nicht kannte, dachte er, dass sie auf die Richtung hinwiesen, aus der er gekommen war, nämlich aus Italien. Er folgte den Pfeilen, die in das Stadtzentrum führten, und las kurz darauf auf Schildern GARE DE LYON. Er überquerte die Seine. Es war ein ziemliches Abenteuer, die Rue Gilbert zu finden, wo seine Tochter – gemäß der Hinweise Gnuttis – wohnte.

Er war zu müde, um stehen zu bleiben und die imposanten und nüchternen Gebäude, die eindrucksvollen Plätze, die in der Abenddämmerung flirrenden Lichter zu betrachten. Er war erschrocken, eingeschüchtert und einsam. Er wagte nicht einmal, Passanten nach dem Weg zu fragen, da er ihre Sprache nicht sprach. Er dachte daran, wie oft er sich für eine Art Supermann gehalten und die anderen von oben herab betrachtet hatte, weil er wusste, dass er der Stärkste war. Nun half ihm seine körperliche Kraft nicht weiter. Seine Unwissenheit erdrückte ihn. Lediglich die Entschlossenheit, sich sein Mädchen zurückzuholen, ließ ihn nicht den Mut verlieren. Schließlich fand er das Haus, in dem Gemma wohnte. Das verfallene Gebäude hatte nicht einmal eine Haustür. Er stieg eine lange Treppe mit feuchten und glitschigen Stufen hinauf. Er öffnete eine Glastür und stand in einer Art finsteren Eingangshalle, von der Treppen, Korridore und Türen abgingen. Ringsum war Schmutz, lärmte ohrenbetäubende Musik, hallten Stimmen und Schreie, das Weinen von Frauen und Kindern.

»Wo bin ich nur hingeraten?«, flüsterte er, nunmehr sicher, sich in der Adresse geirrt zu haben. Er zündete ein Streichholz an, um ein wenig Licht zu machen und nachzusehen, ob es tatsächlich das Haus war, das er suchte. *Appartement 41* stand auf dem Zettel von Gnutti. Nun erst sah er, dass auf jeder Tür eine Nummer stand. Die 41 war direkt gegenüber. Er klopfte. Es antwortete niemand. Warum hatte seine Tochter diesen schrecklichen Ort seinem Haus vorgezogen, das zwar ein bisschen heruntergekommen, aber sicherlich komfortabler und sauberer als dieses hier war? Er drückte gegen die Tür, die nachgab und sich öffnete. Der Gestank nach Schmutz und Verwahrlosung drehte ihm den Magen um. Auf Feldbetten und Matratzen lagen mehrere Menschen, in einem Durcheinander von Klamotten, leeren Wein- und Likörflaschen und Essensresten. Das gedämpfte Licht einer hellblauen Lampe warf lange Schatten in das Zimmer. Aus einer Stereoanlage dröhnte das monotone Hämmern von Rockmusik.

»Die sind ja alle betrunken«, dachte er bestürzt.

Da Alessandro Gnutti ihm gesagt hatte, dass Gemma bei einer Freundin wohne, hatte Pietro sich ein kleines Nest unter den Dächern von Paris vorgestellt, eine saubere kleine Wohnung, vielleicht ein wenig kokett, und zwei Mädchen voller Lebensfreude, die sicherlich einem Nebenjob nachgingen, um sich über Wasser zu halten. Er hatte absurderweise an diesem Glauben festgehalten, obgleich das Aussehen des jungen Gnutti, der noch wenige Tage zuvor mit seiner Tochter zusammengelebt hatte, diese Illusion nicht gerade unterstützt hatte. Pietro war kein Pessimist. Wenn eine Situation ihm zu unangenehm wurde, dachte er sofort, dass es eine Möglichkeit geben müsse, sie umzukehren. Aber diesmal konnte er keinen Hoffnungsschimmer entdecken. Er blickte sich um. Diese ausgemergelten Körper, diese abgestumpften Gesichter junger Menschen waren das Produkt einer Zivilisation, die den Bach hinunterging.

»Kinder von gescheiterten Existenzen«, dachte er. Und in dem Moment fiel ihm ein, dass auch er immer eine gescheiterte Existenz gewesen war. Ihm kamen die unzähligen Saufgelage in Gesellschaft seiner Kumpel in den Sinn, die vielen Notbehelfe, um Geld zusammenzubekommen, wenn er nicht arbeitete, die nächtlichen Einbrüche in die Lager der Fabriken, aus denen er Kleidung und Möbel stahl, allein um des Vergnügens willen, seiner Frau unmögliche Geschenke zu machen. Er war nie im Gefängnis gelandet, aber er hätte es durchaus verdient. Was für ein

Vorbild war er seinen Kindern gewesen? Wie hatte er sich einbilden können, dass Gemma vernünftig werden würde, nachdem sie ihre Großmutter wegen Geld geschlagen und das Dorf mit einem Taugenichts verlassen hatte?

Ein Mädchen, das nur noch aus Haut und Knochen bestand, sah ihn stumpfsinnig an.

»Ich suche Gemma. Wo ist sie?«, fragte er sie.

Unerwartet antwortete das Mädchen ihm in der gleichen Sprache. »Woher soll ich das wissen? Ich bin doch nicht ihr Kindermädchen«, erwiderte es, während es einen Arm unter der Steppdecke hervorstreckte und nach einer Flasche tastete.

»Weißt du wenigstens, von wem ich spreche?«, fragte der Mann und beugte sich über die Fremde.

»Ja, das weiß ich. Das ist die Freundin von Alessandro. Wenn sie nicht hier ist, ist sie draußen, um Geld zu machen«, sagte sie gleichgültig.

Seine Tochter war nicht da, sondern nur drei Jungen und zwei Mädchen mit betäubten, erschreckenden Gesichtern.

Die Blondine fand die Flasche und nahm einen großen Schluck. »Wer bist du überhaupt?«, fragte sie barsch.

»Ein Freund«, erwiderte Pietro. Dann fügte er hinzu: »Wo geht sie denn hin, um Geld zu machen?«

»Versuch es an der Gare de Lyon, da geht sie immer hin«, erklärte sie. Plötzlich begannen ihre trüben Augen zu leuchten. »Hast du ein bisschen Kleingeld?«

»Fahr zur Hölle«, fluchte er und verließ diesen abstoßenden Ort.

Inzwischen war es stockfinster. Die Kälte war beinah unerträglich. Doch ihn lähmte vielmehr die eisige Kälte, die sich seiner Seele bemächtigt hatte. Gemma war für immer verloren, das spürte er. Aber er musste sie finden und seiner Frau zurückbringen.

Am Bahnhof herrschte ein unaufhörliches Kommen und

Gehen. Pietro kamen die Menschen wie verrückt gewordene Marionetten vor. Die Autos und Taxen standen im Stau und machten einen Höllenlärm. Es war taghell und überall wünschten Leuchtgirlanden JOYEUX NOËL. Er hasste die gesamte geschäftig und glücklich wirkende Menschheit. Er hasste alle, weil er allein ein Drama durchlebte, von dem niemand etwas ahnte und für das er sich zutiefst schuldig fühlte. Sein Blick, der es gewohnt war, selbst an den unwegsamsten Orten Wild aufzuspüren, erfasste Gemmas Gegenwart. Sein Instinkt war es – mehr als seine Augen –, der ihm sagte, dass die spindeldürre, ausgemergelte, in eine Jeans mit Schlag und eine erbärmliche Schafslederjacke gehüllte Gestalt mit viel zu grell geschminkten Augen seine Tochter war. Sie lockte Passanten an. Sein kleines Mädchen prostituierte sich, um leben zu können. Er unterdrückte ein Schluchzen und warf sich auf Gemma.

»Was willst du, du Scheißkerl«, murmelte das Mädchen. Es taumelte, unfähig, sich zu wehren.

»Ich bin's, dein Vater«, flüsterte er, packte die Gestalt an den Schultern und zog sie aus dem Licht fort.

Er hatte die ganze Fahrt über gespart, um sich ein Hotelzimmer leisten zu können. Er bat um ein Zimmer mit zwei Betten. Als Erstes wollte er Gemma unter die Dusche stellen. Er war überzeugt, dass sie so wieder zu sich kommen würde. Doch da seine Tochter sich nicht auf den Beinen halten konnte, zog er sie aus und betrachtete ihre armen, gequälten Arme. In ihrer Jackentasche fand er eine Spritze. Als er sie ins Bett legte, schlief sie sofort ein. Er ging hinaus, um ein Kleid und einen Mantel für sie zu kaufen. Dann kaufte er jede Menge Brot und Käse. Als er wieder ins Zimmer kam, schlief Gemma immer noch. Vollkommen erschöpft warf er sich auf sein Bett und schlief mit Wolljacke und Mütze ein.

Plötzlich wurde er wach. Das Mädchen war verschwunden. Er sprang auf und riss die Tür zum Badezimmer auf. Da lag seine Tochter, in der Ecke zwischen Waschbecken und Dusche, den Arm mit dem Gürtel abgebunden, die Faust geballt. In der rechten Hand hielt sie eine Spritze, mit der sie sich das Gift injizierte. Er riss sie fort und das Blut spritzte. Pietro war entsetzt. So etwas hatte er noch nie gesehen.

»Du bist eine Nervensäge«, schalt seine Tochter mit belegter Stimme. »Gib mir was zu rauchen«, murmelte sie dann.

Wenn er sie geschlagen hätte, hätte sie es vermutlich noch nicht einmal gemerkt. Er nahm sie auf den Arm, legte sie wieder aufs Bett und deckte sie zu. »Wie geht es dir?«, fragte er sie.

»Gut«, erwiderte sie.

»Was ist das für ein Dreckszeug, das du dir da in die Venen spritzt?«

»Heroin. Das ist kein Dreckszeug. Das ist Medizin. Danach sieht alles schön aus. Ich möchte ganze Koffer voll Heroin. Das ist alles, was ich will.«

»Wo hast du es versteckt?«

Gemma lachte wie ein Kind. »Im Stiefelabsatz«, erwiderte sie befriedigt.

Vielleicht musste sein Kind wirklich Drogen nehmen, um sich gut zu fühlen. Bis vor kurzem hatte er schließlich getrunken, um sich gut zu fühlen. Also?

Es war nicht leicht für ihn gewesen zu begreifen, dass es ihm nicht half, sich mit Alkohol zu betäuben, weder beim Nachdenken noch dabei, sich glücklicher zu fühlen. Wein kostete nicht viel, doch das Zeug, das Gemma versteckte und für das sie sich prostituierte, war sehr teuer. Pietro wusste das und zum ersten Mal sah er an seiner Tochter die zerstörerische Wirkung der Droge. Gemma war ein Skelett.

Die Haut im Gesicht war grau und matt. Schlief sie oder

war sie nur betäubt? Er streichelte ihr Haar. Mit einem feuchten Tuch fuhr er ihr übers Gesicht, um die letzten Schminkreste wegzuwischen.

Dann ging er ins Bad und putzte sorgfältig das Blut seiner Tochter fort.

Er war vollkommen am Ende, aber dennoch hegte er eine leise Hoffnung. Er musste sein Mädchen sofort nach Hause bringen, sie retten. Momente der Hoffnung wechselten sich mit Momenten der Trostlosigkeit ab. Er wagte nicht, sich auf dem Bett auszustrecken, aus Angst, einzuschlafen. Er fürchtete, dass das Mädchen jede Gelegenheit nutzen würde, um wegzulaufen. Er aß eine Scheibe Brot mit Käse, trank Mineralwasser und dann machte er ein paar belegte Brote für die Rückfahrt.

Seine Tochter schlief. Sie wirkte ruhig.

Die Rückfahrt war eine Tortur, denn Gemma war wach und nervös. Wie besessen wiederholte sie immer wieder, dass sie sich »einen Schuss setzen« musste. Irgendwann griff sie Pietro an, damit er anhielt und sie gehen ließ. Sie überhäufte ihn mit Beleidigungen und er musste sie schlagen und am Sitz festbinden, damit er weiterfahren konnte. Als sie bereits auf italienischem Boden waren, verschwand Gemma. Sie hatte gesagt, dass sie auf Toilette müsse. Er hatte ihr vertraut. Er fand sie in der Kaserne der Carabinieri in Aosta wieder, wo er sie vermisst melden wollte.

Sie war in eine Straßensperre geraten und hatte erzählt, dass ein Lastwagenfahrer sie überfallen habe. »Vielleicht stimmt es. Vielleicht auch nicht. Eines ist auf jeden Fall sicher: Sie ist total zugedröhnt«, sagten ihm die Carabinieri. In der Tat lag sie auf einer Bank und schlief. Sie war erst wenige Kilometer vor dem Heimatdorf wieder aufgewacht, vollkommen geschwächt. Pietro musste sie auf den Arm nehmen, um sie ins Haus zu tragen. Als Maria sie ins Bett gebracht hatte, musste er ihr die Situation erklären. Er erzählte ihr alles.

»Ich gehe schlafen«, schloss Pietro. »Behalt sie im Auge. Sie könnte noch einmal weglaufen.«

Und so geschah es. Es passierte, als Andrea von seinem Onkel nach Hause gebracht und der Doktor gerufen wurde, damit er ihn untersuchte, denn es ging ihm sehr schlecht. Alle waren im Zimmer des Jungen und Gemma nutzte die Gelegenheit, um zu fliehen.

24

Es wurde ein schrecklicher Winter. Noch nie hatte man im Hause Donelli so viele Leute gesehen. Es kamen Verwandte, Freunde, Neugierige, der Arzt, der Pfarrer, die Carabinieri. Alles drehte sich um Gemma. Ein jeder brachte Ratschläge, Empfehlungen, Heiligenbildchen. Unterdessen verschwanden die wenigen Wertgegenstände, die noch nicht verkauft oder versetzt worden waren: die handbestickten Betttücher aus Leinen aus Marias Aussteuer, Pietros Jagdgewehr, Andreas Armbanduhr. Gemma gelang es immer wieder – wer weiß wie –, die strenge Überwachung zu umgehen und tagelang zu verschwinden. Sie kehrte in immer schlimmerem Zustand zurück. Wenn sie zu Hause war, schlief sie. Oder sie hielt ihrer Mutter ein Messer an den Hals, damit sie ihr Geld gab. In den Zeitungen erschien die mit Fotos ausgeschmückte Nachricht von Alessandro Gnuttis Tod. Seine Leiche war in der Toilette einer Mailänder Bar gefunden worden, wo er sich versteckt hatte, um sich den goldenen Schuss zu setzen.

Der Arzt, der mehrfach gerufen wurde, verabreichte Gemma kräftige Beruhigungsmittel, die jedoch kaum wirkten, und schüttelte den Kopf. »Das ist ein Laster, das wir nicht heilen können«, sagte er. Andrea, der tagelang hohes Fieber gehabt hatte, war ins Krankenhaus eingewiesen worden, weil man befürchtete, dass er sich eine Hirnhautentzündung zugezogen habe. Als er entlassen wurde, weigerte er sich, nach Hause zurückzukehren, und zog zur Großmutter. Er hatte Angst vor dem Tod, der sich zu Hause eingenistet hatte. Und tatsächlich fand Pietro eines Morgens Full und Dolly tot in ihrem Korb. Ein paar Tage später starben auch Marias Hühner. Großmutter Stella betete unaufhörlich. Manchmal, wenn der Kummer sie überwältigte, flüsterte sie: »Wenn der liebe Gott mich wenigstens einmal erhören würde ...« Aber in Wirklichkeit wusste sie gar nicht, um was sie ihn bitten sollte, und behalf sich damit, indem sie schloss: »Wenn er mich wenigstens sterben lassen würde.«

Andrea hingegen hoffte mit Leib und Seele, dass der Tod Gemma endlich holen möge, die inzwischen so abgebaut hatte, dass sie mehr einer Pflanze glich, auch wenn sie manchmal noch die Kraft fand, alle in Schach zu halten.

Wieder kam der Arzt, um sie zu untersuchen. Er schüttelte trostlos den Kopf. »Man wird sie eines Tages tot in einer Toilette finden, wie den Sohn von Gnutti«, sagte er zu Pietro und fügte hinzu: »Finde dich damit ab.«

Pietro aber konnte sich nicht damit abfinden. Gemma lag stundenlang völlig betäubt auf dem Bett. Pietro setzte sich neben sie, legte verstohlen die *Bohème* auf und sang leise synchron mit dem Tenor, dem Sopran, dem Bariton und streichelte ihr Haar. Maria fütterte sie wie ein Neugeborenes, sonst hätte Gemma gar nichts gegessen.

Großmutter Stella starb. Andrea, der in ihrem Haus auf der Ottomane in der Stube schlief und ihr, ehe er in die Schule ging, einen Kaffee bringen wollte, fand sie. Sie sah aus, als würde sie schlafen.

Nach der Beerdigung zwang Pietro ihn, nach Hause zurückzukommen.

Seine Mutter sagte: »Tu es für mich.«

Gnutti sagte zu Pietro, dass er von einer Klinik in der Schweiz erfahren habe, wo man Patienten wie Gemma behandelte.

»Mach dir keine Sorgen wegen der Kosten. Das übernehme ich«, beruhigte er ihn.

»Ich pflege mein Mädchen selber gesund«, entgegnete Pietro.

»Ich denke, wenn ich früher von dieser Klinik erfahren hätte, hätte ich meinen Sohn dort hingebracht und er wäre nicht gestorben«, bohrte Gnutti weiter.

»Er wäre weggelaufen. Das weißt du ganz genau«, erklärte Pietro.

»Ich weiß nur, dass ich, wenn ich ihn auf dem Friedhof besuche, eine tiefe Gelassenheit empfinde. Ich fühle, dass er endlich in Frieden ruht«, vertraute er dem alten Freund an.

Maria und Pietro hofften weiterhin auf das Unmögliche. Und eines Tages trat es endlich ein. Gemma stand frühzeitig auf und mit ihren wenigen Kräften wusch sie sich, trocknete ihr Haar am Ofen, zog sich an, kämmte sich und machte dann Kaffee für Andrea und die Eltern.

»Ich habe mit dieser Scheiße abgeschlossen«, verkündete sie.

Maria umarmte sie. Gemma sah ihren Vater an und lächelte ihm zu, während sie Zucker in ihren Kaffee rührte.

»Es ist ein Wunder. Das ist Großmutter Stella, die im Himmel den lieben Gott für uns gebeten hat«, sagte Maria.

»Ach was, das ist mein Mädchen, das stark und klug ist und begriffen hat, dass es leben will«, behauptete ihr Vater.

Er ging singend zur Arbeit, und als er am Abend nach Hause kam, war das Abendessen fertig. Gemma hatte gekocht.

»Ich habe mit Gnutti gesprochen. Sobald du dich erholt

hast, kannst du bei ihm in der Firma arbeiten. Als Angestellte«, verkündete Pietro stolz.

»Und wir werden dieses Haus verlassen«, beschloss Maria. »Deine Onkel überlassen uns das Haus von Großmutter. Wir müssen es nur neu streichen und ein bisschen in Ordnung bringen. Unser isoliertes Leben hat ein Ende. Auch Andrea, der arme Junge, kann mehr Zeit mit seinen Freunden verbringen und der Weg in die Stadt, bis zur Schule, ist nicht mehr so weit.«

Gemma schien aus einem langen Schlaf erwacht zu sein. »Was für eine Schule machst du?«, fragte sie den Bruder.

»Das erste Jahr höhere Handelsschule. Ich bin sogar ganz gut«, informierte er sie schüchtern.

»Vielleicht fange ich auch an zu studieren«, sagte Gemma.

Mitten in der Nacht wurde Andrea von seiner Schwester geweckt.

»Was willst du?«, fragte er sie schläfrig.

»Ich kann nicht schlafen. Das ist immer so, wenn man entgiftet. Das ist mir in Paris auch passiert. Einmal haben Alessandro und ich beschlossen, mit dem Heroin aufzuhören. Wir konnten nicht einmal zehn Minuten in drei Tagen schlafen«, flüsterte sie.

»Und dann?«, fragte der Bruder.

»Dann haben wir sechs Stunden geschlafen. Uns ging es so gut, dass wir gleich wieder angefangen haben, uns was zu spritzen.«

»Wirst du es diesmal auch so machen?«

»Nein. Ich habe endgültig aufgehört. Ich will nicht wie Alessandro enden. Er ist tot, weil er sich verschnittenes Zeug gespritzt hat. Früher oder später passiert das eben, auch wenn man sehr viel Geld dafür bezahlt. Man weiß das, aber man will das Zeug um jeden Preis, man pfeift auf das Risiko. Verstehst du?«

»Nein. Ich verstehe es nicht und will es auch nicht verstehen. Drogen interessieren mich nicht. Im Gegenteil, ich finde sie ekelhaft, wenn du es genau wissen willst«, entfuhr es Andrea.

»Ich wollte dich um Entschuldigung bitten, dass ich deine Armbanduhr gestohlen habe«, gestand Gemma. Und sie fügte hinzu: »Ich werde arbeiten. Mit meinem ersten Lohn werde ich dir eine kaufen, die noch viel schöner ist.«

»In Ordnung. Aber jetzt lass mich schlafen.«

»Lass mich zu dir ins Bett. Ich kann zwar nicht schlafen, aber dann fühle ich mich nicht so allein«, bat sie.

Andrea rutschte beiseite, um ihr Platz zu machen, doch seine Schwester machte ihm Angst. So ging es eine Woche. Gemma schlief nicht, aber sie blieb standhaft. Maria befolgte die Ratschläge des Arztes, stopfte ihre Tochter mit Essen voll, mit Milchprodukten, Vitaminen und Kamillentee. Ihr Blick wurde wieder klarer, ihre Arme verheilten.

Eines Tages kam Pietro mit einer Neuigkeit nach Hause. Gemma hatte den ganzen Tag gearbeitet, um die Garage zu putzen, dann hatte sie ihrer Mutter beim Kochen geholfen.

»Nächste Woche ziehen wir ins Dorf«, verkündete Pietro. »Heute Abend fangen wir an, die Mauern neu zu tünchen. Wir haben März. Da wird die Farbe schnell trocknen. Ich habe Pinsel und zwei Eimer Lack gekauft. Wer hilft mir?«

»Wir werden dir helfen«, sagte Maria strahlend.

Und so stiegen sie kurz nach dem Abendessen alle in den Ford und fuhren ins Dorf. Das Haus der Großmutter war bereits leer geräumt. Viele Sachen waren rausgeworfen, andere zusammengestellt und mit Plastikfolie abgedeckt worden. Andrea und Gemma gingen auf den kleinen Balkon der Wohnstube, der zum Platz hinausging. Die beiden Bars des Dorfes waren beleuchtet und voller Leute. Auf den Stufen vor der Kirche saßen junge Leute und plauderten, lachten, verglichen ihre Motorräder und fachsimpelten wie Experten über deren Vorzüge.

»Ich möchte wie sie sein«, sagte Gemma.

»Warum?«, fragte ihr Bruder.

»Weil ich mich gerne für irgendetwas interessieren würde. Aber ich habe nur das eine im Sinn. Nur das. Es ist eine Besessenheit, die nicht weggehen will«, flüsterte sie.

»He, ihr beiden, hört auf zu quatschen und kommt rein, helfen!«, rief Maria ungeduldig.

Sie begannen alle, mit Pietro zu arbeiten.

»Hol mir einen Eimer Wasser. Ich muss die Farbe verdünnen«, sagte Pietro zu Gemma.

Seine Tochter ging in die Küche. Und kam nicht zurück. Es war, als hätte der Wind sie geraubt. Niemand hatte sie fortgehen sehen.

Pietro und Maria verbrachten die Nacht damit, nach ihr zu suchen. Doch von ihrer Tochter gab es keine Spur, weder im Dorf noch auf den Feldern. Die Hoffnung, die eine Woche zuvor wiedergeboren war, erlosch in neuem Schmerz.

Nach drei Tagen, als es bereits dunkel war, hörten sie es an der Tür kratzen, wie die Hunde es gemacht hatten, wenn sie hereinwollten.

Pietro ging öffnen. Gemma fiel ihm in die Arme. Sie war mit Drogen voll gepumpt.

Niemand machte eine Bemerkung. Maria zog sie aus, wusch sie und legte sie ins Bett. Andrea schloss sich in seinem Zimmer ein, um zu weinen – nicht um seine Schwester, sondern um sich selbst. Großmutter Stella war nicht mehr da, bei der er hätte Zuflucht suchen können. Es war ihm unerträglich, dort zu bleiben, zwischen diesen Mauern, wo er vor Angst erschauerte.

Pietro gab Maria ein Beruhigungsmittel und zwang sie, ins Bett zu gehen.

»Ich bleibe bei meinem Mädchen«, sagte er zu seiner Frau.

Andrea hörte noch lange die schweren Schritte seines Vaters, der zwischen Küche und Gemmas Zimmer auf und ab lief. Dann hörte er, wie Pietro hinausging.

Er stand auf und blickte durch die Fensterscheibe in die Dunkelheit. Da sah er, wie dieser riesige Mann auf dem Boden kniete und sich krümmte.

Als der Junge das Fenster öffnete, hörte er ihn schluchzen. Zitternd flüchtete er sich in sein Bett.

Pietro kehrte ins Haus zurück. Er ging in Gemmas Zimmer und stellte leise den Plattenspieler an. Wieder *La Bohème*, wieder seine Stimme, die in einem Flüstern die Verse wiederholte.

Andrea hatte einen trockenen Mund. Er verließ sein Bett, um in der Küche Wasser zu trinken. Die Tür zu Gemmas Zimmer war geöffnet. Er sah Pietro von hinten, über seine fest schlafende Tochter gebeugt. Er streichelte ihr Haar und sprach sanft zu ihr, während der Sopran sang: »*Mi piacevano quelle cose* …«

»Du leidest zu sehr, mein Mädchen«, flüsterte Pietro, »so einen furchtbaren Todeskampf hast du nicht verdient. Du bist wie ein verletzter Spatz. Ich habe geglaubt, dass du wieder fliegen würdest. Du hast es nicht geschafft. Noch einmal bist du umhergeirrt, um diese schlechten Menschen zu suchen, die nicht sehen, was für ein Engel in dir steckt. Ich liebe dich, Gemma.«

Er zog sie an den Schultern hoch, drückte sie an sich, fest, immer fester, und wiegte sie in seinem Arm.

»Mein Gott, er zerquetscht sie«, dachte Andrea. Er empfand Mitleid für die Verzweiflung seines Vaters und Angst vor dem finsteren Schatten des Todes, der auf die beiden zuglitt, wie eine riesige Welle, sie einhüllte und mit sich nahm. Er hatte Angst, in dieses Zimmer zu treten, sich dem Vater und der Schwester zu nähern. Er flüchtete in die Küche, hielt die Lippen unter den Wasserhahn und trank.

»Weißt du, was für ein Tag heute ist?«, fragte Pietro. Er lächelte ihm von der Küchentür aus zu.

Unfähig zu sprechen, schüttelte Andrea einfach nur den Kopf wie ein Roboter.

»Es ist der einundzwanzigste März. Der erste Frühlingstag. Nach dem langen Winterschlaf erwacht das Leben von neuem.« Und er fügte hinzu: »Ich gehe jetzt arbeiten. Sag deiner Mutter, wenn sie aufwacht, dass deine Schwester endlich Frieden gefunden hat.«

Er ging hinaus. Andrea sah ihn in den Ford steigen und über die Straße, durch die Felder davonfahren. Draußen war der Frühling ausgebrochen.

Pietro kam nicht mehr zurück. An jenem Morgen, als man den Hochofen öffnete, an dem er arbeitete, starb er unter einem Guss heißen Stahls.

Eine freundliche Hand …

25

Eine freundliche Hand legte sich auf Andreas Schulter und eine sanfte Stimme sagte: »Du weinst ja. Geht es Großmutter so schlecht?«

Er streckte einen Arm aus und umschlang Lucias schmale Taille.

»Ich bin ein glücklicher Vater«, flüsterte er. »Weil ich dich habe«, fügte er hinzu und dachte, wie wenig seine Tochter mit ihrer unglücklichen Tante, die nun beinah dreißig Jahre tot war, gemeinsam hatte. Er hatte ihr nie von Gemma erzählt, unter anderem, weil er die Erinnerung an seine Schwester lange verdrängt hatte. Gemma war ein verschwommenes Bild, während er seinen Vater mythologisiert und zu einer Art Helden erhoben hatte. »Erinnerst du dich noch, wie er den Weihnachtsbaum aus dem Wald geholt hat?«, sagte Maria. »Er war ein phantastischer Jäger. Er hat nie daneben geschossen.« »Die Callas und Di Stefano waren seine Freunde, einmal haben sie ihn sogar zum Essen eingeladen.« »Er kannte alle Opern auswendig. *La Bohème* war seine Lieblingsoper. Puccini war sein Gott. Er war einer, der was von Musik verstand.« Maria und Andrea hatten eine Schelmenfigur erfunden, amüsant, unerschrocken, großzügig. Es hatte Penelopes Flucht und die damit verbundene Krise gebraucht, um die Geschichte einer verzweifelten Familie in ihrer ganzen Tragik wieder ans Licht zu bringen, die Geschichte eines Vaters, der mangels anderer Qualitäten aus seiner körperlichen Kraft eine Tugend gemacht hatte. Ohne sie war Pietro ein furchtsamer, unsicherer Mann, der sich vor dem Leben fürchtete. Das waren die Werte, die er ihm vermittelt hatte, und mit diesen Schwächen hätte er nun abrechnen müssen.

»Wie geht es Großmutter denn nun?«, bohrte Lucia.

»Das siehst du doch. Zum Glück schläft sie. Aber du solltest doch zu Hause bleiben und auf deine Brüder aufpassen«, sagte Andrea.

»Das mache ich schon noch. Roberto hat mich hierher gefahren, wir holen Luca gleich zusammen vom Kindergarten ab. Und heute Abend bringt er mich zur Flamencoprobe«, erklärte sie.

»Dein Freund ist ein Schatz«, stellte Andrea erleichtert fest.

»Roberto ist vollkommen. Wie ich übrigens«, scherzte das Mädchen. »Aber das Problem ist jetzt unser armes Omilein. Wer bleibt bei ihr? Ich meine, du kannst ja nicht alleine Tag und Nacht bei ihr wachen.«

Sie dachte wie Penelope, zeigte denselben gesunden Menschenverstand. Bis vor wenigen Tagen hatte sie jedes Wort der Mutter kritisiert und nun verhielt sie sich genau wie sie, auch Andrea gegenüber.

»Ich habe bereits eine Krankenschwester von außerhalb für heute Nacht um Hilfe gebeten. Wenn sie kommt, kann ich nach Hause gehen. Und nun mach dich auf den Weg«, sagte er.

Lucia küsste die Großmutter und strich dann in einer mütterlichen Geste ihrem Vater über die Wange. »Ich weiß, dass du ihretwegen leidest. Und auch wegen Mama. Es wird alles gut werden, du wirst sehen«, beruhigte sie ihn.

Andrea wollte sie fragen, ob sie gegessen hatte. Doch dann fiel ihm Penelopes Ermahnung wieder ein und er schwieg. Außerdem war ja auch noch Roberto da, der ebenfalls darauf achtete.

In den folgenden Stunden wurde Maria in die Kardiologie verlegt. Andrea war erschöpft und verwirrt. Die zahlreichen Erinnerungen an eine schwierige Kindheit und Jugend, die in aller Deutlichkeit in seinem Bewusstsein aufgetaucht waren, hatten ihn aufgewühlt. Er betrachtete seine Mutter, die im Begriff war, ihr Leben auszuhauchen, und dachte an ihre Kraft, ihre Entschlossenheit, ihre Großzügigkeit, ihre Leidensfähigkeit. Von ihren drei Kindern hatte sich eines verirrt. Und Giacomo, der große Bruder, hatte sich einen Panzer aus Zynismus zugelegt, den er vielleicht gar nicht besaß, um der Gewalt und dem Elend zu entgehen.

Maria hatte die Zähne zusammengebissen und ihren Traum von Normalität weitergeträumt. Nach dem Tod von Gemma und ihrem Mann hatte sie den noch halbwüchsigen Sohn umarmt.

»Ich bringe dich fort von hier«, hatte sie ihm versprochen.

Gnutti, der Industrielle, der wichtige Beziehungen hatte, hatte ihr eine Stelle als Schuldienerin an einer Privatschule besorgt, wo Andrea seine Handelsschule weitermachte. Mit der Witwenrente ihres Mannes und ihrem Lohn hatten sie in Mailand ein neues Leben begonnen, wo sie niemanden kannten und wo niemand sie kannte.

Wie überall gab es auch an Marias Arbeitsplatz jemanden, der sie aus dem rein sadistischen Vergnügen, sie zu demütigen, tyrannisierte. Es war die Maestra Cazzaniga.

»Ich muss auf Toilette. Maria, putzen Sie sie schnell«, befahl sie. Gehorsam polierte Maria Klosett und Bidet, die bereits blitzblank waren. Nachdem sie die Toilette benutzt hatte, hinterließ die Cazzaniga sie in einem erbärmlichen Zustand, so dass die anderen Lehrer sich erneut der nutzlosen Schuldienerin bedienen mussten.

»Dieses Kind hat sich schmutzig gemacht. Waschen Sie es und ziehen Sie es um«, befahl die böse Frau ihr ein andermal. »Und wenn Sie schon einmal dabei sind, waschen Sie sich gleich mit, Ihre Haare sind nämlich fettig.«

Mit vierzig hatte Maria sich an einer Abendschule eingeschrieben, in der Hoffnung, dort ihr Lehrerdiplom machen zu können. Dieser legitime Ehrgeiz hatte wer weiß was für Dämonen in der verworrenen Psyche dieser bösartigen alten Jungfer entfesselt, die sich in den Kopf gesetzt hatte, Schulleiterin zu werden, deren zahlreiche Versuche jedoch jedes Mal gescheitert waren. Mitten im Unterricht verließ sie die Klassenzimmer und schneite bei Maria herein, um zu überprüfen, ob sie nicht etwa während der Arbeitszeit lernte. Einmal hatte sie die Ärmste erwischt, wie sie gerade eine Grammatikübung machte. Das Buch war aus dem Fenster geflogen.

»Ich könnte Sie wegen Ihrer mangelnden Leistung verpfeifen, wissen Sie das?« Mit dieser Drohung trieb sie die arme Frau in die Enge und beleidigte sie mit bissigen Bemerkungen, indem sie sie »unsere weise Schuldienerin«, »unsere zukünftige Maria Montessori«, die »zukünftige Nobelpreisträgerin für Didaktik« nannte.

Maria schwieg. Sie hatte in ihrem Leben schon schlimmere Prüfungen durchmachen müssen. Am Abend schüttete sie Andrea ihr Herz aus.

»Pfeif doch darauf«, sagte der Sohn. Aber er quälte sich und wünschte der Cazzaniga einen langsamen und schmerzhaften Tod für all das, was sie seiner Mutter antat.

Die Maestra Cazzaniga tyrannisierte Maria zwei Jahre lang. Dann wurde sie von einer Krankheit heimgesucht, die keine Barmherzigkeit kannte. Andrea bereute, ihr dieses Ende gewünscht zu haben. Seine Mutter, die nie ähnliche Gedanken ausgesprochen hatte, sagte: »Der Herrgott vergilt nicht nur am Samstag.«

Dennoch ging sie ihre Intimfeindin oft im Krankenhaus besuchen und brachte ihr das ein oder andere kleine Geschenk, das die Cazzaniga in ihrem Leid dankbar annahm.

Die für die Nacht bestellte Schwester kam.

»Wenn es meiner Mutter schlechter gehen sollte, rufen Sie mich jederzeit an«, bat Andrea.

Er verließ diesen Ort des Leids mit einem Gefühl der Erleichterung. Im Atrium traf er Stefania, seine letzte Geliebte.

»Was machst du denn hier?«, fragte er sie.

»Ich war gerade bei meiner Schwester. Man musste sie notoperieren, weil sie einen Tumor hatte«, erklärte die Kollegin.

»Ist alles in Ordnung?«, fragte er sie und hakte sie unter. Diesmal verbargen sich keinerlei Hintergedanken hinter dieser herzlichen Geste.

»Es sieht so aus, Gott sei Dank«, erwiderte sie. Ihre Anspannung spiegelte sich in der Nervosität ihrer Gesten wider. »Ich habe gehört, dass Pepe dich verlassen hat«, fügte sie hinzu.

»Schlechte Nachrichten machen immer schnell die Runde.«

»Ich fühle mich so schuldig«, sagte die Journalistin voller Reue.

»Pepe ist nicht deinetwegen gegangen. Ich bin das Arschloch. Du bist ein anständiges Mädchen und ich weiß, dass wir Freunde bleiben werden«, sagte er und tätschelte ihr freundschaftlich die Schulter.

»Aber was machst du hier im Krankenhaus?«, fragte sie ihn. Inzwischen waren sie auf dem Weg zum Parkplatz.

»Das ist das klassische i-Tüpfelchen. Meiner Mutter geht es schlecht«, teilte er ihr mit.

»Weißt du was, Andrea? Die schlimmen Momente vergehen, aber gute Gefühle bleiben. Du kannst auf mich als Freundin zählen«, sagte sie und umarmte ihn.

»Du auch auf mich«, sagte Andrea. Er wunderte sich, dass er nichts für seine schöne Kollegin empfand, die schon so oft sein Verlangen geweckt hatte.

»Ich wünsche dir alles Gute für deine Mutter«, verabschiedete sie sich.

»Und ich dir für deine Schwester«, erwiderte er.

Als er, müde und erschöpft, nach Hause fuhr, kam ihm wieder ein Name in den Sinn: Mortimer. Was hatte Penelope nur mit einem Mann zu tun gehabt, der einen derart lächerlichen Spitznamen trug? Er musste an die kurze Nachricht auf der Visitenkarte denken, die mit »Teure Pepe« begann. Angeekelt verzog er den Mund und flüsterte: »Eindeutig ein Idiot.« Er dachte an den Packen Briefe, die – zusammengebunden mit einem weißen Band – in der Schreibtischschublade lagen. Er würde nie den Mut haben, das Band zu lösen, die Umschläge zu öffnen und die Briefe zu lesen. Er hatte Angst, mit einer unangenehmen Realität konfrontiert zu werden. Es gab bereits zu viele Komplikationen in seinem Leben.

Er betrat das Haus und sah Priscilla auf dem Sofa im Wohnzimmer sitzen und telefonieren. Sie drückte sich in einem bemühten Englisch aus und beschimpfte hitzig ihren Gesprächspartner. Sie nannte ihn einen Bastard und drohte ihm Rache an. Außerdem setzte sie ihm auseinander, dass sie noch »sexy« genug sei, um einen besseren Freund als ihn zu finden. Sie hatte sich derart in die Darlegung ihrer Argumente hineingesteigert, dass sie Andreas Ankunft nicht bemerkte.

Er ging ins Bad, um sich zu waschen, und zog ein sauberes Hemd an. Er war müde und hungrig. Glücklicherweise stand in der Küche sein Abendessen auf dem Tisch: Es war eine Art Gulasch. Er roch daran, es duftete süßlich.

»Priscilla!«, rief er.

Die Philippinin kam, verärgert, weil sie den Streit mit ihrem Verlobten jäh unterbrechen musste.

»Was ist das für Zeug?«, fragte Andrea sie. Er hatte auf einen schönen Teller Nudeln gehofft.

»Schweinefleisch. Ich habe es in Honig gebraten. Es ist sehr gut. Das macht dich ganz stark.«

Andrea probierte ein Stück. Es schmeckte ekelhaft. Er schob den Teller fort.

»Ihr seid alle verwöhnt in dieser Familie. Der Einzige, der es zu schätzen wusste, war Luca. Die anderen haben sich geweigert, es zu essen«, brummte sie.

»Ich will einen Teller Spaghetti«, befahl er, während er das abscheulich schmeckende Gericht in den Mülleimer warf.

»Mach sie dir gefälligst selbst. Ich habe Feierabend«, entgegnete die junge Frau aggressiv.

»Du bist eine blöde Kuh!«, platzte er heraus. »Wenn das so ist, darfst du jetzt auch nicht mehr telefonieren. Verzieh dich in dein Zimmer«, befahl er.

Priscilla stürmte aus der Küche, steckte jedoch gleich darauf wieder den Kopf herein. »Signore, du musst mir mehr Lohn geben, denn ich arbeite sehr viel und bin müde. Heute war es nicht so, wie wenn meine Signora da ist. Alles bleibt an mir hängen. Ich bin sehr müde«, wiederholte sie.

Andrea sah sie verblüfft an.

»*I am very tired. Do you understand*?«, bekräftigte sie mit provozierender Miene ihre Meinung auf Englisch. Das war eine ausgewachsene Erpressung. Wäre doch nur Pepe da gewesen, sie hätte sicher gewusst, wie man das Mädchen zur Vernunft bringen könnte. Aber er, was konnte er schon tun? Ihre Erpressung und Aufmüpfigkeit hinnehmen oder sie vor die Tür setzen? Er entschied sich für Letzteres.

»Du bist entlassen«, verkündete er ruhig. Dann öffnete er auf der Suche nach etwas Essbarem den Kühlschrank.

Priscilla sah ihn mit aufgerissenem Mund an, die Lippen immer noch von den Schlägen des Ägypters geschwollen.

»*I am weary of you. Do you understand*?«, äffte er sie nach.

»Meine Signora hat Recht. Die Männer sind alle gleich«, brummte sie. Dann lächelte sie ihn an: »Ich mache dir Tomaten und Mozzarella. In Ordnung, Signore?«

»Ich gebe dir fünf Minuten«, warnte er sie. Wieder hatte er eine kleine Schlacht gewonnen.

Er sah nach den Kindern. Luca schlief neben Sansone, Daniele saß am Schreibtisch und lernte. Ohne diese ganzen Ringe, mit denen er grotesk aussah, war er wirklich ein hübscher Junge.

»Findest du es nicht ein bisschen spät zum Lernen?«, fragte er leise, um den Kleinen nicht aufzuwecken.

»Papa, ich habe morgen die letzte Geschichtsprüfung. Wenn ich nicht mindestens eine Zwei schaffe, liege ich unter dem Durchschnitt und dann ficken sie mich da auch«, erklärte er.

»Dann bestrafen sie mich da auch«, berichtigte Andrea ihn.

»Wie geht's Großmutter?«, wechselte sein Sohn das Thema.

»Immer noch wie vorher. Wer war mit dem Hund draußen?«

»Roberto Tradati, die große Liebe meine Schwester. Der perfekte Mann, der die Daten aller Kriege auswendig kennt und Matheaufgaben wie Kreuzworträtsel löst.«

»Bist du eifersüchtig?«

»Ein bisschen. Vor allem nervt mich sein Perfektionismus.«

»Komm, lern weiter. Wo ist Lucia?«

»Rate mal«, forderte er ihn auf.

»Im Bad«, riet Andrea.

Lucia saß auf einem Hocker, hatte die Füße in eine

Schüssel mit Salzwasser getaucht und machte dabei eine Griechischaufgabe. Sie war bereits im Nachthemd und hatte die Haare auf Lockenwickler aufgedreht. Andrea sah sie an und lächelte. Gestern noch war sie in der Wohnung herumgekrabbelt und nun verhielt sie sich wie eine Frau. Sie war von einer verwirrenden Aktivität. Darin ähnelte sie Pepe.

»Warum nimmst du ein Fußbad?«, fragte er sie.

»Das ist die einzige Möglichkeit, meinen armen Füßen nach zwei Stunden Tanzen Erleichterung zu verschaffen«, erklärte Luca und fragte dann: »Wie geht es Großmutter?«

»Es gibt nichts Neues. Hoffen wir das Beste. Und wie geht es dir?«

»Seit vier Jahren tanze ich Flamenco und du weißt immer noch nicht, was für eine Fußarbeit das ist. Eine Stunde aufwärmen, wenn alles gut läuft. Wir machen den *golpe*, beschleunigen *planta* und *tacón*, dann fangen wir mit den *sevillanas* an und müssen den Rhythmus der Füße mit der *vuelta*, der *vuelta a tras*, dem *paseito* und der *pasada* koordinieren. Ich bin völlig fertig.«

Mit dreizehn Jahren war sie wegen eines Knickfußes operiert worden, einer angeborenen Fehlbildung, und man hatte ihr zwischen Schienbein und Fuß zwei Titannägel eingesetzt. Nun waren ihre Füße perfekt. Würden diese Nägel auf Dauer der Anstrengung eines Tanzes, der auf der Kraft der Füße basierte, standhalten? Er behielt seine Zweifel für sich, denn schließlich hatte Penelope nie irgendwelche Einwände diesbezüglich geäußert.

»Ich gehe Tomaten mit Mozzarella essen«, verkündete er. »Ich habe seit heute Morgen noch nichts gegessen.«

»Ich nehme auch eine Portion. Ich habe noch ein paar Stunden Lernen vor mir«, beschloss Lucia.

Angesichts Andreas Entschlossenheit hatte Priscilla sich Mühe gegeben und stand nun in einer Ecke in der Küche und wartete auf weitere Anweisungen.

»Du kannst in dein Zimmer gehen«, sagte Andrea zu ihr. »Wenn du unbedingt deine Freunde anrufen musst, schreib deine Telefonate auf, das ziehe ich dir dann am Monatsende vom Lohn ab«, fügte er ruhig hinzu. Er würde sich von ihr nicht auf der Nase herumtanzen lassen, nur weil seine Frau nicht da war.

»In Ordnung, Signore«, stimmte sie zu, bevor sie verschwand.

Lucia aß mehr als sonst. Ihr Vater hielt jedoch seine Kommentare zurück.

Sie aber nicht. »Es gehen merkwürdige Dinge mit mir vor. Ich habe plötzlich Hunger. Das heißt, eigentlich habe ich immer schon Hunger gehabt, aber ich habe keine Schuldgefühle mehr, wenn ich esse. Was sagst du dazu?«

»Ich bin in Armut aufgewachsen und habe immer darauf gewartet, dass meine Großmutter uns das Mittag- oder Abendessen brachte. Das war wie ein Geschenk des Himmels für mich. Seit zwei Jahren werfen wir dem Psychologen viel zu viel Geld in den Rachen. Wenn du Probleme mit mir hast, möchte ich, dass du mit mir darüber sprichst. Wenn du Probleme mit deiner Mutter hast, solltest du sie darauf ansprechen und ihr offen sagen, was du denkst und fühlst, statt wie ein Huhn zu kreischen, dem man den Hals umdreht. Mama wird sicherlich das ein oder andere falsch gemacht haben, was dich betrifft. Wer hat das nicht? Aber was erwartest du eigentlich vom Leben? Du bist schön, du bist sogar sehr schön, du hast viele Interessen, du hast einen Freund, der dich anbetet. Wenn du den Mond haben willst, solltest du wissen, dass du ihn niemals bekommen wirst«, sagte Andrea und säuberte seinen Teller mit einem Stück Brot.

»Vielleicht suche ich einfach ein bisschen Klarheit, die es in dieser Familie nie gegeben hat«, entfuhr es Lucia unvermittelt.

»Drück dich bitte etwas genauer aus.«

»Wenn du verstehen willst, dann verstehst du es auch. Wenn nicht, denk mal darüber nach«, erwiderte das Mädchen. Dann schob sie sich den letzten Bissen in den Mund. »Und jetzt entschuldige mich, ich geh wieder lernen.«

»Zuerst einmal räumst du die Teller in die Spülmaschine«, befahl Andrea ihr.

»Kannst du das nicht machen?«, fragte sie mit einem Lächeln.

»Das ist ein Befehl, Lucia«, gab Andrea zurück.

Das Mädchen sah seinen Vater an und verstand, dass er keinen Spaß machte. »Du änderst dich tatsächlich. Ich weiß nur noch nicht, ob du mir vorher lieber warst oder jetzt.«

Das Telefon klingelte.

»Ich geh ran. Das könnte Großmutters Krankenschwester sein«, sagte Lucia.

Andrea wünschte sich, dass es Penelope wäre. Doch der Anruf kam tatsächlich aus dem Krankenhaus.

»Ich glaube, wir können beruhigt schlafen gehen. Großmutters Zustand ist stabil«, verkündete seine Tochter, während sie den Tisch abräumte.

Andrea zog sich schweigend ins Schlafzimmer zurück. Er war erschöpft. Er zog sich aus und verstreute die Kleider im ganzen Raum. Dann erinnerte er sich, dass seine Frau nicht da war, um sie wegzuräumen, also tat er es. Er legte die Hose sorgfältig zusammen, löste den Knoten der Krawatte, hängte die Jacke auf den Bügel, warf das Hemd und die Unterwäsche in den Wäschekorb.

Er streckte sich auf dem Bett aus, hatte jedoch Mühe einzuschlafen. Eigentlich hätte er sich um seine Mutter sorgen müssen. Doch sein alles beherrschender Gedanke galt Penelope. Er wollte sie auf gar keinen Fall verlieren, aber er wusste nicht, wie er sie zurückerobern konnte. Sie hatte ihm Heuchelei, Narzissmus und falsche Großzügigkeit vorgeworfen. Es stimmte alles.

Sein Narzissmus hatte ihn dazu getrieben, sie zu betrügen, aus dem reinen Vergnügen daran, sich unwiderstehlich zu fühlen. Seine Großzügigkeit hatte immer einen Hintergedanken: sich etwas verzeihen zu lassen. Doch es hatten wenige Tage engen Zusammenlebens mit den Kindern genügt, um die Rolle des nachgiebigen Vaters aufzugeben. Zu viele Jahre hatte seine Frau Szenen erleiden müssen, für die er sich nun schämte. Diese Überlegungen hinderten ihn daran einzuschlafen. Noch dazu gab es einen Geist, der ihn beunruhigte: Mortimer. Wer war er? Und vor allem, was war er für seine Frau, dieses Individuum, dem er kein Gesicht, keine Stimme, keine Rolle zuordnen konnte?

Andrea sprang aus dem Bett, öffnete die Schreibtischschublade und nahm den Packen Briefe in die Hand. Er war im Begriff, eine schändliche Tat zu begehen, dessen war er sich bewusst. Er hatte keinerlei Recht dazu, in Penelopes Sachen herumzuschnüffeln. Er wog ab, hin- und hergerissen zwischen Neugier und Angst, etwas Unangenehmes zu erfahren. Plötzlich vernahm er leises Weinen aus dem Zimmer der Jungen. Er legte die Briefe wieder an ihren Platz und schloss die Schublade. Dann öffnete er die Tür zu ihrem Zimmer. Daniele schlief tief. Luca weinte, während Sansone mit dem Schwanz wedelte und ihm eine Hand leckte. Andrea schaltete die Nachttischlampe an. Der Kleine war rot im Gesicht und glühte vor Fieber.

»Mein Junge, was hast du?«, fragte er erschrocken. Seit seine Frau fort war, tauchten jeden Moment neue Probleme auf.

Er scheuchte den Hund aus dem Bett, nahm Luca auf den Arm und trug ihn in sein Zimmer.

»Du glühst ja wie ein Ofen«, sagte er und dachte an die Worte von Großmutter Stella. Er wusste, wie elend man sich in dem Alter fühlt, denn auch er hatte als Kind oft unter hohem Fieber gelitten.

Luca hatte aufgehört zu weinen und klagte nun leise,

wie es seine Art war. »In meinem Bauch rumpelt es«, flüsterte der Kleine. Und kaum dass er diese Worte, die Teil des Familienwortschatzes waren, ausgesprochen hatte, entleerte er seinen Magen und überflutete Kissen, Decke und Laken. Andrea war starr vor Schreck.

»Lucia, Daniele!«, schrie er um Hilfe.

Die beiden schnellten hoch wie Federn.

»Papa, hol den Eisbeutel«, befahl Lucia, die sofort begriffen hatte, was passiert war. »Daniele, geh in die Garderobe und hol frische Bettwäsche«, sagte sie zum Bruder. »Und du, du ekelhafte Bestie, ab in deinen Korb«, forderte sie den Hund auf, der bereits begonnen hatte, sauber zu machen.

Sansone kauerte sich auf den Boden.

Als Andrea mit dem Eisbeutel zurückkam, war das Bettzeug bereits gewechselt und auch Luca hatte einen neuen Schlafanzug an.

»Wir müssen ihm zu trinken geben, das Fieber und das Brechen haben ihn ausgetrocknet«, schlug Daniele vor, während er das Brüderchen im Bett sanft zurechtrückte. Lucia legte ihm den Eisbeutel auf den Kopf. Luca hatte aufgehört zu klagen.

»Wäre es nicht besser, den Doktor zu rufen?«, fragte der Vater.

»Das nützt nichts, Papa. Luca hat sich nur an dem gebratenen Schweinefleisch überfressen. Ich mach ihm jetzt ein Zuckerwasser«, sagte Lucia.

Um ein Uhr nachts war das Fieber gesunken und der Kleine schlief ruhig. Andrea schlüpfte neben ihn ins Bett. Sansone hatte nicht mehr gewagt, sich aus der Ecke fortzurühren, in die Lucia ihn verbannt hatte.

»Ich bleibe lieber auch hier. Man kann nie wissen«, beschloss Daniele und kroch ebenfalls unter die Decke. Andrea löschte das Licht. Er sah, wie Lucia auf Zehenspitzen hereinschlich, und spürte, wie sie sich neben sie legte. Für einen Augenblick war er glücklich. Seine drei Kinder waren bei ihm, weil sie ihn brauchten, ebenso wie er sie brauchte. Vorher hatte er es nicht gewusst. Wäre Penelope nicht fortgegangen, wäre ihm diese wunderbare Realität weiterhin verborgen geblieben.

»Wer ist bloß Mortimer?«, fragte er sich immer noch und schlief ein.

26

Irene gab zwei Löffel Zucker in den Kaffee, rührte um und reichte die Tasse ihrem Mann. Für sich selbst goss sie kochendes Wasser in eine größere Tasse, die lösliche Gerste enthielt. Sie hatten gerade zu Mittag gegessen und nun ins Wohnzimmer gewechselt. Irene war schweigsamer als sonst.

»Machst du dir Sorgen um unsere Tochter?«, fragte sie ihr Mann.

Sie schüttelte den Kopf.

»Das solltest du aber«, fügte ihr Mann hinzu.

»Warum?«, fragte sie.

»Weil Penelope ernsthafte Probleme hat. Wenn es nicht so wäre, hätte sie ihren Mann und ihre Kinder nicht verlassen«, erläuterte Mimì.

»Aber wir können nichts tun. Jeder hat seine eigenen Probleme und muss sie selbst lösen.« Damit war für Irene das Thema gegessen.

»Schon. Aber sie ist immer noch unsere Tochter und ich mache mir Sorgen um sie. Und du auch. Du bist schlecht gelaunt, seit sie weg ist«, bohrte er weiter.

»Mag sein. Aber ich habe keine Lust, darüber zu reden«, behauptete Irene.

»Und du hast nicht einmal die Kinder besucht«, hob ihr Mann hervor.

»Geh du doch«, erwiderte sie trocken. Dann verließ sie das Wohnzimmer.

Sie ging ins Schlafzimmer, befreite sich von ihren Slippers und ihrem Rock und streckte sich auf der Tagesdecke aus roséfarbener Seide aus, die einst ihrer Mutter gehört hatte. Viele Male hätte sie die Decke gern ihrer Tochter geschenkt, doch Penelope hatte sie immer abgelehnt, denn für sie war sie lediglich »alter Plunder von schlechtem Geschmack«. Sosehr sie ihre Tochter auch liebte, war es Irene nie gelungen, im Einklang mit ihr zu leben. Seit jeher betrachteten sie einander kritisch, immerzu bereit, der anderen Fehler, Mängel, Schuld vorzuhalten.

Mit den Jahren hatte die Frau begriffen, dass ihre Beziehung deshalb so konfliktreich war, weil sie in Wirklichkeit nie Kinder gewollt hatte. Penelope war ungewollt und sie hatte sich mit ihr abgefunden wie mit einem Problem, für das es eine Lösung zu suchen galt, statt sie als ein Geschenk der Liebe zu betrachten. Irene hatte auf die Heirat gedrängt, um den Skandal einer unehelichen Geburt zu vermeiden. Die Schwangerschaft war gekennzeichnet von nächtlichen Alpträumen statt von den rosafarbenen Träumen einer so bedeutsamen Erwartung. Irgendwie musste Penelope diese mütterliche Ablehnung gespürt haben. Seit den ersten Monaten ihres Lebens zog die Tochter ihren Vater vor. Das Einverständnis zwischen den beiden hatte sich mit dem Heranwachsen der Kleinen verstärkt und Irene stets geärgert, weil sie sich ausgeschlossen fühlte. Penelope hatte in ihrem Leben oft eine Wahl getroffen, die ihre Mutter nicht hatte gutheißen können. Als Irene ihre heimliche Affäre mit Raimondo Teodoli entdeckte, hatte sie gehofft, dass Penelope sich von Andrea scheiden lassen würde. Doch wieder einmal waren ihre Erwartungen enttäuscht worden. Nun fühlte sie, dass auch die hundertste

Kurzschlusshandlung ihrer Tochter, sprich Mann und Kinder verlassen, um sich in Cesenatico zu verstecken, nichts Gutes bringen würde. Warum hatte Penelope nicht mit ihr darüber gesprochen? Warum war sie von dieser Entscheidung ausgeschlossen worden? Und dabei hätte sie ihr selbst etwas sehr Wichtiges anzuvertrauen gehabt.

Sie streckte sich unter der Bettdecke aus, verbarg den Kopf unter dem Kissen und dachte, dass sie sich besser gefühlt hätte, wenn sie hätte weinen können. Doch die Tränen kamen nicht. Stattdessen wuchsen ihre Unruhe und ihre Verärgerung.

Irgendwann spürte sie eine Hand, die ihren Rücken streichelte. Es war ihr Mann, der zärtlich zu ihr sprach.

»Wie schön du bist!«, flüsterte er. »Ich bin wirklich ein Glückspilz, dass ich dich als Lebensgefährtin habe.«

»Warum bist du nur so unerträglich liebevoll?«, erwiderte sie und versuchte, sich seinen Zärtlichkeiten zu entziehen.

»Verzeih mir«, sagte er und wich zurück. »Ich fühle, dass du unruhig bist, und kann dir nicht helfen. Es tut mir so Leid. Wenn ich wenigstens wüsste, was dich so quält«, wisperte er niedergeschlagen. Dann ging er aus dem Zimmer und ließ sie allein.

Irene stand auf und sah in den Spiegel, der über der sizilianischen Kommode aus dem achtzehnten Jahrhundert hing.

»Du wirst es erfahren«, flüsterte sie kraftlos.

Nun, da ihre Tochter Andrea verlassen hatte, würde vielleicht auch sie den Mut finden, ihre Beziehung mit Mimì zu beenden. Seit vielen Jahren schob sie eine Entscheidung auf, die sie bereits hätte treffen sollen, als Penelope noch ein junges Mädchen gewesen war. Aber wie macht man das? Einem tadellosen, zärtlichen, verliebten, ehrlichen und aufmerksamen Ehemann zu sagen: »Ich liebe dich nicht mehr. Ich will mit einem anderen leben.« Der andere war Romeo Oggioni. Irgendwann hatte er geheiratet und ihr das Leben damit leichter gemacht. Doch dann war er Witwer geworden. Acht Jahre zuvor hatten sie wieder begonnen, sich zu sehen, und waren ein Liebespaar geworden. Es war in der Zeit geschehen, als Penelope sich in Mortimer verliebt hatte. Irene war gerade fünfzig geworden und das Leben begann ihr aus den Händen zu gleiten. Sie beschloss, dieses kleine Stück vom Glück zu ergreifen, auf das sie ein Anrecht hatte. Ihren Mann traf keinerlei Schuld bei all dem. Sie aber auch nicht. Mit achtzehn Jahren hatte sie sich in Mimì verliebt und nach einiger Zeit, als sie Romeo kennen gelernt hatte, war ihr bewusst geworden, dass er der Mann ihres Lebens war. Sie hatte sich lange gequält, denn sie wusste, dass sie ihrem Mann großen Kummer bereiten würde, wenn sie ihn verließ. Doch nun hatte Romeo sie wenige Tage zuvor vor die Wahl gestellt.

»Jetzt oder nie«, hatte er gesagt.

Irene war kurz davor gewesen, es Mimì zu beichten, als Penelope verschwunden war und ihren Plan zunichte gemacht hatte.

Der Spiegel warf das Bild einer nahezu unversehrten Schönheit zurück, die kein Alter zu kennen schien. Nur sie wusste, was sie so viel Perfektion kostete und wie sehr sie allein der Gedanke an das Altern erschreckte, das mit dem Verstreichen der Zeit unvermeidlich war. Für Irene war das Alter gleichbedeutend mit Verfall.

Sie hatte die Wechseljahre als eine Beleidigung des Schicksals empfunden und war in eine tiefe Depression verfallen. Der Gynäkologe hatte ihr zu gewissen Pflastern mit Hormonen geraten, die ihr Körper nicht mehr produzierte.

Als ihr Ehemann eines Abends ins Schlafzimmer kam, hatte er sie in Tränen aufgelöst vorgefunden.

»Was ist los?«, hatte er sie gefragt.

»Nichts«, hatte sie erwidert.

»Man weint doch nicht ohne Grund«, hatte Mimì weitergebohrt.

»Ich möchte lieber sterben, als zu altern«, hatte sie gestanden.

Mimì hatte sie ungestüm umarmt.

»*Picciridda*«, hatte er im Dialekt seiner Insel geflüstert, »du wirst nie altern. Auch mit achtzig wirst du noch das wunderschöne Mädchen sein, das ich an einem Sommernachmittag kennen gelernt habe und das mir das Herz gestohlen hat.« Er war ehrlich, doch Irene hatte sich über ihn geärgert.

»Wann wirst du endlich mal eine Brille aufsetzen? Du bist schon seit langem weitsichtig und kannst nicht mal mehr eine Languste von einem Hefezopf unterscheiden«, hatte sie ihn angefahren. Irenes Unglück und zugleich ihre Stärke war immer ihr unheilbarer Infantilismus gewesen, ihre Unfähigkeit, erwachsen zu werden. Darin war ihr Mann ihrem Beispiel gefolgt. Seit er in Rente gegangen war, widmete Mimì Pennisi sich dem Studium der französischen Revolution, ein Unternehmen, das ihn beinah vollkommen in Anspruch nahm und mit einer beharrlichen Regelmäßigkeit in Bibliotheken führte. Von Mailand bis Paris, von Palermo bis London trieb der Mann seine Forschungen mit Methode und Entschlossenheit voran und hegte dabei die leise Hoffnung, auf bisher unveröffentlichte Dokumente zu stoßen, die den Wert seiner Mühen steigern würden. Seit Monaten vertiefte er sich in den Krieg in der Vendée und suchte einen direkten Beweis für die Gerüchte bezüglich der Finanzierung der Königstreuen durch die Engländer.

Wann immer Mimì sich in die Bibliothek begab, verließ auch Irene gleich das Haus, um zu Romeo zu gehen.

Mit seinen sechzig Jahren wurde Oggioni von vielen Damen umworben, nicht nur, weil der Witwer immer noch ein kräftiger und gut aussehender Mann war, sondern auch wegen seines beruflichen Erfolges, der ihn zum »König der Knöpfe« gemacht hatte. So hatte man ihn jüngst in einer Fernsehsendung genannt, die über die in Italien und im Ausland berühmt gewordenen Selfmademen berichtet hatte. Als unermüdlicher Arbeiter, der er war, hatte er die kleine Werkstatt, die er von seinem Vater geerbt hatte, in einen Riesenbetrieb verwandelt. Seine Intelligenz, seine faszinierende Persönlichkeit und sein angeborener Unternehmergeist hatten ihm ermöglicht, sich wichtige Kunden zu sichern. Oggioni-Knöpfe zierten die Militäruniformen der halben Welt. Auch Schnallen, Reißverschlüsse, Haken und jegliche andere Art von Verschlüssen trugen seine Marke. Mit den Jahren hatte er seine Produktion differenziert. Im Haus in Forlimpopoli, einst Diomira Gualtieris Eigentum, das nun Irene gehörte, war der Handwerksbetrieb untergebracht, der die Haute Couture belieferte. Am Stadtrand von Mailand befand sich die Fabrik für die Massenproduktion.

Irene, die zunächst von der Ausstrahlung des Erfolgsmannes angezogen worden war, hatte sich schließlich aus unerforschlichen Gründen, die einer jeden Schwärmerei zugrunde liegen, in ihn verliebt. Er war ein guter Ehemann gewesen. Nun war er ein glücklicher Witwer, weil er auf einen langen und erfüllten Lebensabend an der Seite der Frau seiner Träume hoffte.

Wenn Irene ausging, um ihn im großen Haus in der Via Bagutta aufzusuchen, fühlte sie sich wie Madame Bovary, für die sie eigentlich nie übermäßige Sympathie empfunden hatte, da sie sie für eine Neurotikerin übelster Sorte hielt, die einen gutherzigen, sanften und aufrichtigen Ehemann betrog. Sie verachtete Flauberts Heldin und verachtete sich selbst. Aber sie war sich sicher, dass sie ein Anrecht auf Glück hatte. Und Romeo war wie für sie geschaffen.

An jenem Tag verließ sie ihre Wohnung. Sie nahm die Untergrundbahn, stieg an der Piazza San Babila aus, erreichte die Via Bagutta und betrat das Haus, in dem ihr Liebhaber wohnte.

Er erwartete sie bereits.

»Jetzt oder nie«, begann sie und wiederholte damit Romeos Worte.

»Weiß dein Mann es?«, fragte er sie.

»Er wird es merken, wenn ich nicht zurückkomme. Wenn ich es ihm gesagt hätte, wäre ich wahrscheinlich nicht hier. Lass uns sofort gehen, sonst ändere ich noch meine Meinung.«

27

In der Villa waren die Handwerker an der Arbeit. Abgesehen von den Installateuren und Elektrikern waren nun auch Maurer da, die Wände aufrissen, um die alten Bleirohre durch neue Kunststoffrohre zu ersetzen und die neuen Wasserführungen einzumauern. Die Zimmermänner wechselten alte, inzwischen einsturzgefährdete Deckenbalken aus, während die Hilfsarbeiter die Trümmer durch die Fenster entsorgten und auf einen Lastwagen luden. Fast alle Möbel waren eingepackt und auf die Veranda geräumt. Die übrigen, einschließlich Großmutter Diomiras Salon, waren zum Restaurieren nach Sant' Arcangelo zum Kunsttischler geschickt worden.

Letztendlich hatte Penelope sich entschieden, die Villa ihrer Mutter wieder instand zu setzen, denn sie wusste, dass Irene es nie machen würde, während sie selbst an diesem Haus hing, das einen Großteil ihrer Erinnerungen hütete. Außerdem lenkte sie die Beschäftigung mit praktischen Fragen von ihrer Einsamkeit ab. Es gefiel ihr, nach Cesena zu fahren, um Tapeten, Fliesen und die Badezimmerausstattung auszusuchen. Sie wollte den Jugendstil des Hauses nicht verändern und hatte ein paar Kunsthandwerker entdeckt, die wieder Emaillebadewannen herstellten und alte, monumentale Heizöfen mit Tellerwärmern und mit florealen Blumenmustern bemalten Rohren. Sie hatte auch eine Fabrik in Forlimpopoli ausfindig gemacht, die Fliesen mit Jugendstilmotiven fertigte. Die Villa ihres Urgroßvaters würde wieder so werden, wie er sie um die Jahrhundertwende eingerichtet hatte. Sie schlief weiterhin im *Grand Hotel* und verbrachte die Tage mit Spaziergängen am Strand, Einkäufen im Hinterland und der Überwachung der Arbeiten, plauderte mit Professor Briganti, mit dem sie die Speisen teilte, die sie aus der Küche des *Hotel Pino* kommen ließ. Der Professor aß sehr wenig, bestand jedoch darauf, seinen Anteil zu bezahlen.

»Deine Gesellschaft ist wie ein Geschenk des Himmels«, sagte er lächelnd zu ihr, während er mit der Langsamkeit alter Menschen, die Essen mehr als eine Pflicht denn als ein Vergnügen betrachten, einen gekochten Apfel oder passiertes Gemüse aß.

Penelope deckte mittags und abends den runden Steintisch unter einer Pergola mit kleinen, fünfblättrigen Wildrosen von einer zarten Elfenbeinfarbe, die traubenförmig entsprangen und sich von April bis November großzügig vermehrten. Sie musste nicht einmal die Teller spülen, denn die nahm der Kellner des Hotels mit, wenn er den Kaffee brachte.

Die junge Frau und der alte Freund waren einander eine angenehme Gesellschaft und mussten sich nicht darum bemühen, die Konversation am Laufen zu halten. Es gab lange Schweigemomente zwischen ihnen. Dann genügte ein Nichts, um den Auftakt zu einer Abfolge von Erinnerungen und friedlichen Diskussionen zu geben. In ihren

Herzen trugen sie Freude und Verbitterung und zuweilen vertrauten sie einander eifersüchtig gehütete Gedanken an in dem Wissen, im Gegenüber eine aufmerksame und aufrichtige Anteilnahme zu wecken, ein ehrliches Urteil oder einen freundschaftlichen Rat zu erhalten.

Wenn die Schildkröte Piccarda das Klappern von Geschirr vernahm, kam sie, ganz gleich wo sie sich im Garten befand, mit unerwarteter Behändigkeit zu ihnen. Sie verkroch sich unter dem Tisch und wartete auf die Hand des Herren, die sich ihr unweigerlich entgegenstreckte, um ihr ein Stückchen Apfel oder ein Salatblatt anzubieten.

»Heute wird mein Kleiner sechs«, sagte Penelope. »Mir kommt es vor, als wäre es gestern gewesen, dass er geboren wurde«, seufzte sie. Noch nie hatte sie einen so banalen Satz mit so großer Überzeugung ausgesprochen.

»Vergeht die Zeit und wir bemerken's nicht«, zitierte der Professor. »*Läuterungsberg*, vierter Gesang. Erinnerst du dich?«

»Tut mir Leid. Ich war immer schon eine vergessliche Schülerin«, versuchte sie zu scherzen. Doch ihr Herz war schwer und Tränen schossen in ihre großen dunklen Augen. »Heute Morgen habe ich ihn angerufen, bevor er in den Kindergarten ging«, fügte sie hinzu und dachte an die ernste Stimme ihre Kindes, das ihr ein eisiges »Ciao« entgegnet hatte.

»Ich habe dich angerufen, um zu hören, wie es dir geht, und um dir alles Gute zum Geburtstag zu wünschen«, hatte sie voller Rührung geflüstert.

»Danke«, hatte Luca geantwortet.

»Was machst du gerade?« Sie hatte große Lust, ihn neben sich zu spüren, ihn zu berühren, zu küssen, ihn an sich zu drücken.

»Ich seh mir die Wolken an«, hatte sie zur Antwort bekommen.

»Was für Wolken? Hier in Cesenatico scheint die Sonne

und es ist warm«, sagte sie, während sie zu begreifen suchte, ob Luca von echten Wolken sprach oder ob er seinen Gemütszustand ausdrückte. »Ich habe dich sehr lieb«, hatte sie hinzugefügt. In dem Moment hatte sie Lucias Stimme gehört, die vom anderen Ende des Zimmers kam: »Wer ist da am Telefon?«, erkundigte sie sich.

Doch Luca hatte einfach nur gesagt: »Böse«, und hatte aufgelegt.

Für einen Moment hatte sie gehofft, dass dieses »Böse« seiner Schwester gegolten hatte. Aber dann war ihr klar geworden, dass sie die »Böse« war. Zwei Silben, um ihr einen Vorwurf zu machen, ihr zu sagen, dass man die eigenen Kinder nicht einfach so allein lässt, dass auch er sie liebte und unter ihrer Abwesenheit litt.

Kinder besitzen eine verblüffende Fähigkeit, Dinge zusammenzufassen. Sie schaffen es, mit einem einzigen Wort die komplexesten Gedanken auszudrücken. Penelope begann verzweifelt zu weinen, während sie den Telefonhörer noch in den Händen hielt. Sie war sicher, dass Luca Lucia nicht sagen würde, dass er mit ihr gesprochen hatte. Er war ein introvertiertes Kind und hatte schon früh gelernt, seinen Kummer für sich zu behalten.

Penelope hatte aus ihrer Zimmerbar eine Dose Coca-Cola genommen, die sie eigentlich nicht einmal mochte, doch das war das Lieblingsgetränk ihres Jüngsten. Sie hatte sie geöffnet und einen großen Schluck getrunken, dann hatte sie geflüstert: »Alles Gute zum Geburtstag, mein weit entferntes Kind, von deiner bösen Mama, die dich unendlich liebt.«

Der Professor hatte schüchtern eine Hand ausgestreckt, um die ihre zu streicheln.

»Luca hat deine Nachricht bekommen. Ich bin sicher, dass es ihm gut getan hat«, ermutigte er sie.

»Professore, Sie haben mich aufwachsen sehen. Wie war ich als kleines Mädchen?«, fragte sie ihn.

»Wie deine Kinder. Schweigsam, nachdenklich, dickköpfig, rebellisch. So habe ich dich in Erinnerung. Zuweilen hattest du eine plötzliche Anwandlung von Heiterkeit. Dann hörte ich dich in eurem Garten lauthals singen. Du warst auch sehr neugierig. Aber du warst kein glückliches Kind. Einmal habe ich dir ein Heft geschenkt, damit du deine Gedanken niederschreiben konntest. Ich hatte gehofft, du würdest sie mich lesen lassen, damit ich besser verstehen konnte, was in dir vorging«, sagte der Mann.

»Ich erinnere mich daran. Ich habe es vor ein paar Tagen wiedergefunden. Es lag mit ein paar anderen Dingen im Schrank meiner Großmutter, unter anderem mit der Heiratsurkunde meiner Mutter«, erwiderte sie halblaut.

Der Professor sagte nichts.

»Wie war meine Mutter?«, fuhr Penelope fort.

»Irenes Entwicklung hat eine ernsthafte Störung erfahren. Heute würde man so etwas ›Handikap‹ nennen. Es stimmt nicht immer, dass Schönheit alles leichter macht. Manchmal schafft sie auch große Probleme. Alle überschütteten sie mit Lob, so dass sie schließlich begonnen hat, die Schönheit als den einzigen Wert zu betrachten, auf den sie all ihre Karten setzt. Sei nicht so streng wie sie. Auch nicht zu dir selbst«, ermahnte er sie.

»Ich gebe meiner Mutter die Schuld für den ganzen Unsinn, den ich verzapft habe. Meine Kinder – auch wenn sie es nicht sagen – geben mir die Schuld für ihr Unglück. Es ist eine alte Geschichte, so alt wie die Welt, denke ich. Aber ich weiß, dass mein Leben jetzt genauso ist wie damals, als ich noch ein kleines Mädchen war: hin und wieder Anwandlungen von Heiterkeit, ansonsten viel Melancholie. Ich denke, es wird immer so sein. Meine Mutter war immer glücklicher als ich«, behauptete sie.

»Woher willst du das wissen?«

»Sie konzentriert sich auf sich selbst. Der Rest ist unwichtig. Sie geizt mit sich. Ihre Teilnahme am Leben der anderen beschränkt sich auf Klatsch, ohne emotionale Verwicklungen«, erklärte Penelope und sprach aufrichtig ihre Gedanken aus.

»Vielleicht ist das nur eine Art Selbstschutz. Und was sie wirklich empfindet, kann nur sie selbst wissen«, sagte der Mann nachdenklich.

»Einmal, als ich noch ein junges Mädchen war, hat sie geweint und gesagt, dass ich sie nicht lieben würde. Ich war sehr gemein in dieser Situation. In Wirklichkeit habe ich sie angebetet und bewundert. Sie war immer ein unerreichbares Vorbild. Sie hat nie eine Haushälterin gehabt. Und doch gelang es ihr, die große Dame zu spielen, die sich nicht um die gemeinen Dinge des Alltags kümmert. Es ist mir nie gelungen, wie sie zu sein. Ich bin tolpatschig, griesgrämig, jähzornig und spiele gern das Opferlamm. Ich glaube, ich bin Großmutter Diomira sehr ähnlich«, ereiferte Penelope sich.

Der Professor lächelte. Der Kellner des Hotels kam in den Garten. Er stellte den kochend heißen Kaffeebereiter, die Tassen und die Zuckerdose auf den Tisch. Dann räumte er das Geschirr ab. Auch die Arbeiter hatten wieder begonnen, in Penelopes Garten Lärm zu machen.

»Um noch einmal auf deinen kleinen Luca zurückzukommen«, fing der Professor wieder an, »auch mich hielten die Schüler, die ich am liebsten mochte, für böse. Weil ich von ihnen mehr verlangte. Dann kam der Tag, an dem sie mir dafür dankbar waren«, erläuterte er in dem Versuch, die junge Frau zu trösten.

»Das hoffe ich auch für meine Kinder. Und für Andrea. Ich weiß, dass ich keine einfache Partnerin bin. Aber er hat mich sehr enttäuscht«, gestand sie.

»Ihr seid noch so jung«, sagte er, »ihr habt noch so viel Zeit, um herauszufinden, ob ihr wirklich dafür geschaffen seid zusammenzubleiben. Aber bis dahin solltest du nie vergessen, dass deine Kinder ein Anrecht darauf haben, dass du ihre Gefühle respektierst. Ich hatte viele Pflegekinder: meine Schüler. Jeder Einzelne hatte eine ganz eigene Geschichte, seinen eigenen Charakter. Nur eines war allen gemeinsam: das Bedürfnis, sich respektiert zu fühlen. Ich habe es immer getan und das hat mir viel Freude bereitet. Doch ich war nur ihr Lehrer, nicht ihr Vater. Meine Aufgabe war sehr viel leichter als deine und die deines Mannes.«

»Ich habe ihn allein gelassen, weil ich hoffe, dass Andrea nun anfängt, Vater zu werden«, erläuterte Penelope.

»Das wird er, da kannst du dir sicher sein. Wer ist schon so blöd und will drei wunderbare Kinder und eine so entzückende Frau wie dich verlieren?«

Penelope antwortete nicht darauf. Stattdessen sagte sie: »Vor acht Jahren hatte ich einen Liebhaber. Ich bin noch einmal über eine Hecke gesprungen. Und es war schön und schrecklich zugleich.«

»Möchtest du darüber reden?«, fragte der Professor.

»Ich glaube, ich muss es«, erwiderte sie.

Mortimers Geschichte

28

In San Remo sollte in Kürze das Schlagerfestival beginnen, das Andrea Donelli wie jedes Jahr im Auftrag der Zeitung verfolgte, und zwei Wochen lang beschränkte sich das Familienleben auf ein paar Telefonate.

Am Morgen hatte er Penelope aus der Redaktion angerufen. »Pepe, bitte pack mir die Reisetasche. Ich fahre um eins«, sagte er zu ihr.

»Sie ist schon fertig«, erwiderte sie.

Jedes Mal, wenn Andrea eine Reise antrat, füllte Penelope eine Tasche mit Wäsche zum Wechseln, Hemden, Hosen und mindestens einer zusätzlichen Jacke. Wenn nötig, packte sie Pullover oder einen Abendanzug dazu. Sie war sehr tüchtig im Zusammenlegen von Kleidung, zwischen die sie Seidenpapier legte, um zu vermeiden, dass sie zerknitterte oder Falten bekam. So gewissenhaft sie auch an alles zu denken versuchte, was ihr Mann für die verschiedenen Gelegenheiten brauchte, war ihr doch schon mehr als einmal passiert, dass sie etwas vergessen hatte. In solchen Fällen erhielt sie von Andrea vorwurfsvolle Anrufe, und statt ihn zum Teufel zu schicken, erging sie sich in Entschuldigungen, fühlte sich beschämt wegen ihrer Vergesslichkeit und weil sie ihn wütend gemacht hatte. Es kam auch vor, dass Andrea sie noch während der Reise und bevor er den Inhalt der Reisetasche überprüft hatte, von einem Rastplatz, vom Flughafen oder einem Bahnhof anrief, um sie zu fragen: »Hast du auch das kleine Diktiergerät in die Tasche gepackt?«, oder aber: »Du hast doch hoffentlich nicht wie sonst die Schärpe vom Smoking vergessen?« In solchen Momenten schäumte Pepe vor Wut, auch weil sie – falls sie etwas vergessen haben sollte – keinerlei Möglichkeit mehr gehabt hätte, es wieder gutzumachen. Am liebsten hätte sie Andrea daran erinnert, dass sie weder seine Sekretärin noch seine Haushälterin war, und hätte ihm zu verstehen gegeben, dass sie es mehr als satt hatte, sich um sein Gepäck zu kümmern, und er sich seine verfluchte Reisetasche in Zukunft selber packen solle. Aber sie wusste, dass Andrea lauter brüllen würde als sie. Und so antwortete sie – um des lieben Friedens willen – geduldig auf seine Fragen.

Einmal war ihr Mann mit dem Auto nach Basel gefahren. Er hatte sie von der Grenze aus angerufen, weil er seinen Ausweis vergessen hatte. Sie hatte bis nach Chiasso rasen müssen, um ihm den Ausweis zu bringen. Und zum Dank dafür hatte er sie mit Vorwürfen überhäuft.

Zu Beginn ihrer Ehe hatte sie, wenn sie ihm liebevoll den Koffer gepackt hatte, hier und da zwischen den Kleidungsstücken winzige Zettel mit kurzen Liebesbotschaften versteckt. Sie hatte damit aufgehört, als ihr bewusst geworden war, dass sie einige der schlechten Angewohnheiten ihres Mannes mit ihrer Unterwürfigkeit selbst verschuldet hatte. Sie kaufte ihm Schuhe und Strümpfe, nahm an den Versammlungen der Wohnungseigentümer teil, filterte die Anrufe, weil Andrea zu Hause nicht belästigt werden wollte, sorgte dafür, dass die Rechnungen bezahlt wurden, füllte seine Spesenabrechnung nach jeder Reise aus, die jedoch nie stimmte, weil Andrea jedes Mal die Quittungen verlor.

Mit der Zeit war das, was ihr – als sie noch keine Kinder hatten – als eine angenehme Aufgabe erschienen war, zu einer Sklaverei geworden, von der sie sich gern befreit hätte. Aber sie fürchtete die Reaktion ihres Mannes. Sie wusste, dass es zu einem heftigen Streit geführt hätte, und um sich das Leben nicht noch schwerer zu machen, bürdete sie sich weiterhin Aufgaben auf, die nicht die ihren waren. Schließlich gab es ja auch Männer, die tranken, zu oft ihre Arbeitsstelle verloren oder sogar Frauen und Kinder schlugen. Natürlich wagte sie keine Vergleiche mit besseren Modellen.

Auch an jenem Morgen hatte sie ihm seine Reisetasche mit allem gepackt, was für die zwei Wochen in San Remo nötig war.

»Vergiss nicht die Ersatzbatterien für das Diktiergerät. Moscati kommt auch mit«, verkündete Andrea am Telefon stolz. Moscati war der Herausgeber der Zeitung. »Mach mir was Schnelles zu essen. Ich lasse den Wagen auf der Straße. Kümmerst du dich darum, ihn in die Garage zu fahren?«

»Natürlich, Herr und Gebieter«, erwiderte sie in dem Versuch, die Anmaßung ihres Mannes ins Lächerliche zu ziehen.

An jenem Morgen war Daniele nicht zur Schule gegangen. Er hatte hohes Fieber. Penelope hatte bereits die Kinderärztin angerufen, die versprochen hatte, den Jungen gegen Mittag zu untersuchen. Nun musste sie auch noch ein schnelles Mittagessen für ihren Mann zubereiten, der sich, selbst wenn er es eilig hatte, nicht mit einem Schinkenbrötchen zufrieden geben würde. Sie stellte sich an den Herd und fragte sich, wer wohl zuerst kommen würde: Andrea oder die Ärztin.

Daniele war eingeschlafen. Zum Glück lag im Gefrierfach noch ein Schwertfischfilet. Sie hatte noch frischen Parmesan, ein paar Bund Oregano und jede Menge Orangen im Haus. Sie gab passierte Tomaten in eine Pfanne, ließ sie auf großer Flamme schnell einkochen, dann legte sie den noch gefrorenen Schwertfisch dazu und drehte das Feuer kleiner. Später würde sie Salz, Öl, Oregano und andere Kräuter hinzufügen, aber zunächst einmal deckte sie die Pfanne zu und stellte einen Topf mit Wasser für die Spaghetti auf den Herd. Dann wusch sie den Salat, rieb den Parmesan und deckte eilig den Tisch. Während sie darauf wartete, dass das Wasser kochte, machte sie für Daniele einen frisch gepressten Orangensaft, denn sie wusste, dass er nach etwas zu trinken verlangen würde, wenn er aufwachte.

Es klingelte an der Tür. Es war die Kinderärztin, die ein bisschen zu früh kam.

Penelope führte sie in das Zimmer des Kindes, das – durch die Anwesenheit der Ärztin gestört – zu weinen begann. Sie beantwortete die Fragen der Ärztin, dann lief sie in die Küche und holte einen Teelöffel, damit die Frau den Hals des Kleinen untersuchen konnte. Sie hielt Daniele fest, der sich nicht untersuchen lassen wollte, und bekam schließlich die Diagnose: Windpocken.

»Die kursieren zur Zeit. Halten Sie ihn schön warm, am besten im Bett, und geben Sie ihm flüssige Speisen mit vielen Vitaminen. Er muss viel trinken und darf sich nicht kratzen. Die Krankheit wird ihren Lauf nehmen. Er braucht keine Medizin. Wenn das Fieber noch weiter steigt, geben Sie ihm ein paar Aspirin zum Kauen«, wies die Frau an, während Penelope ihr in den Mantel half. Bevor die Ärztin sich verabschiedete, fragte sie: »Sind noch andere Kinder im Haus?«

»Meine Älteste. Sie ist in der Schule«, erklärte Penelope.

»Gut. Wenn sie noch keine Windpocken hatte, wird sie sie jetzt von ihrem Bruder bekommen«, verkündete die Frau seelenruhig.

Penelope schloss die Tür hinter ihr und bemerkte einen beißenden Geruch, der aus der Küche kam. Der Raum war voller Qualm, der Schwertfisch alla Pizzaiola war verkohlt. Just in dem Moment kam Andrea herein, nervös und gehetzt, wie immer kurz vor einer Reise.

Statt seiner Frau zu helfen, die Küche zu lüften und die verbrannte Pfanne zu säubern, begann er, sie zu beschimpfen.

»Dass du auch immer übertreiben musst. Ich hatte gesagt, ein schnelles Gericht, nicht ein königliches Menü. Ein Brötchen und ein Apfel hätten mir gereicht.«

»Das ist nicht wahr!«, protestierte sie wütend. »Du hast Brötchen immer gehasst. Du wolltest ein Mittagessen nach allen Regeln der Kunst und ich habe versucht, dich zufrieden zu stellen. Das kommt nun davon!«, platzte sie heraus. »Die Kinderärztin war da, wegen Daniele, ich habe alles andere einfach vergessen.«

»Wie, dem Kind geht es schlecht und das sagst du mir nicht?«, erschrak Andrea.

»Beruhige dich. Er hat nur Windpocken.«

»Du bist wirklich dämlich! Das Kind ist krank und du fängst an zu kochen«, brüllte er, ließ sie stehen und stürzte in das Zimmer des Jungen.

Penelope ballte die Fäuste und versuchte, sich zu beherrschen. Sie hörte, wie er mit der sanften Stimme eines besorgten Vaters zu Daniele sprach. Während sie, die sich abgemüht hatte, die Wohnung zu putzen, ihrem Mann – vergeblich – ein Mittagessen zu machen, mit der Ärztin zu sprechen, als unfähig dastand, eine Stümperin mit dem Wahn, alles übertreiben zu müssen.

Da tauchte Lucia auf. Sie war blass, warf den mit Büchern gefüllten Rucksack auf einen Stuhl und stammelte: »Mamilein, ich fühl mich nicht gut.«

»Das wusste ich«, sagte Penelope und umarmte sie.

Wieder einmal würde der zärtliche und besorgte Vater wegfahren, während sie, die dämliche Mutter, die beiden kranken Kinder würde versorgen müssen. In der Tat nahm

Andrea kurz darauf seine Reisetasche und ging fort, ohne das Essen auch nur angerührt zu haben.

Penelope half dem Mädchen, sich auszuziehen und in den Schlafanzug zu schlüpfen, dann legte sie es ins Bett, deckte es bis zum Hals zu und versprach ihm ein schönes Glas Fruchtsaft mit Eis. Obgleich das Fenster weit geöffnet war, blieb der Gestank nach Verbranntem in der Küche hängen. Penelope hasste schlechte Gerüche, und während sie das Glas mit Eiswürfeln füllte, versuchte sie sich zu erinnern, wo sie das Sandelholzöl hingestellt hatte, mit dem man den hartnäckigen Geruch von verkohltem Fisch neutralisieren konnte. Das Telefon klingelte.

»Ich bin es, Adele, die Nachbarin Ihrer Schwiegermutter«, verkündete eine Stimme, die sie gut kannte.

»O Gott! Sagen Sie mir nicht, dass es Maria auch noch schlecht geht«, begann sie.

Genau so war es. Ihre Schwiegermutter hatte Fieber und verlangte nach ihrer Hilfe.

»Sagen Sie ihr, dass ich unter keinen Umständen zu ihr kommen kann. Meine Kinder liegen mit Windpocken im Bett.«

»Aber die arme Frau ist allein. Ich muss gleich wieder ins Büro. Wer soll sich um sie kümmern?«, redete die Nachbarin auf Penelope ein.

»Ich habe verstanden«, sagte die gestresste Mutter mit einem resignierten Seufzen. »Setzen Sie sie in ein Taxi und lassen Sie sie zu mir bringen, bitte.«

Während Andrea also nach San Remo reiste, vollkommen zufrieden mit seiner Rolle des Familienoberhauptes, das mit seiner Arbeit für den Unterhalt seiner Lieben aufkommt, stand Penelope plötzlich allein mit der Aufgabe da, nicht nur die Kinder, sondern auch noch ihre Schwiegermutter zu versorgen. An jenem Tag, und auch noch an dem darauf folgenden, wechselten sich bei Lucia und Daniele – die das Fieber völlig erschöpfte – seltene Momente, in denen sie nichts taten als weinen, mit langen Stunden des Schlafens ab, in denen Penelope sich dann Maria widmete, die sie auf dem Schlafsofa im Wohnzimmer untergebracht hatte. Der eilig herbeigerufene Arzt hatte eine komplizierte Grippe mit einer chronischen Bronchitis diagnostiziert und eine Behandlung mit Antibiotika als notwendig erachtet.

»Seien Sie vorsichtig, dass Sie sich nicht auch noch anstecken«, empfahl er Penelope, als er sich verabschiedete. Die banale Bemerkung die Arztes brachte sie vollends aus der Fassung.

»Was schlagen Sie vor? Soll ich Barrikaden errichten? Wachen zusammenrufen? Oder genügen ein paar grimmige Wolfshunde?«, fragte sie ironisch.

Sie griff auf die Hilfe des Portiers zurück, der für sie im Supermarkt und in der Apotheke einkaufen ging, und verbrachte die Zeit damit, die Wohnung aufzuräumen, Schlafanzüge und Bettwäsche zu waschen und zu bügeln sowie Brei und Fruchtsäfte zuzubereiten. Am dritten Tag hatten die Kinder kein Fieber mehr, dafür waren sie am ganzen Körper mit Pusteln übersät. Abgesehen vom Juckreiz, den Penelope mit Talkpuder zu lindern versuchte, ging es den Kindern ausgezeichnet. Ihre Schwiegermutter hingegen jammerte unaufhörlich. Es war demütigend, sich in dieser Lage gefangen zu fühlen, umso mehr, da sie niemanden hatte, auf den sie zählen konnte. Sie hatte ihre Mutter um Hilfe gebeten. Irene hatte sie ausreden lassen, dann hatte sie gesagt: »Es tut mir so Leid, aber ich habe bestimmt nicht die Absicht, mich von deiner Schwiegermutter anstecken zu lassen.«

Ein einziges Mal nur hatte Andrea sie angerufen, der im *Grand Hotel et des Anglais* residierte. Dann Totenstille.

Aus Bequemlichkeit legte Penelope die Kinder ins Doppelbett und schlief nachts bei ihnen. So konnte Maria im Kinderzimmer schlafen.

Trotz allem waren ihre Kinder überglücklich über diese unverhofften Ferien.

Nun, da es ihnen gut ging, stritten die beiden sich oft und gern um die Fernbedienung. Lucia wollte das *Glücksrad* sehen, während Daniele auf seinen japanischen Zeichentrickfilmen beharrte. Auch das Telefon machten sie sich streitig. Das Mädchen wollte mit den Freundinnen quatschen, Daniele sah dabei auf die Uhr, weil auch er seine Freunde anrufen wollte.

Penelope rannte zwischen den Schlafzimmern und der Küche hin und her und machte nebenbei Nudeln und Koteletts.

Indes musste sie immer lauter schreien, um die Streiterein zu schlichten. Wenn es ihr gelang, sich des Telefons zu bemächtigen, rief sie die Lehrer an, um sich über die Aufgaben und Lektionen auf dem Laufenden zu halten, damit ihre Kinder, auch wenn sie zu Hause bleiben mussten, nicht allzu viel versäumten. Es war jedoch ein entnervendes Unternehmen, die beiden vom Fernseher loszueisen und zum Lernen zu bewegen. Wenn Penelope manchmal die Fernbedienung versteckte, tauchten sogleich Comics auf, deren Einfluss sie zu neutralisieren suchte, indem sie es sich zwischen ihren Kindern bequem machte und ihnen etwas Lehrreicheres vorlas. Sie hatte die *Abenteuer von Huckleberry Finn* ausgesucht, Mark Twain hatte sie immer gemocht. Die Kinder aber fanden ihn zum Gähnen langweilig, so dass sie erschöpft einschliefen, nachdem sie vergeblich versucht hatten, die Lesestunde mit einer Kissenschlacht zu unterbrechen.

Nun zog Penelope den Mantel an und ging mit Piripicchio raus, dem alten Irischen Setter mit viel Fell und wenig Hirn, den Andrea ihr elf Jahre zuvor aufgezwungen hatte, obwohl er wusste, wie schwierig sich das Zusammenleben mit dem Kätzchen Frisbee gestalten würde, das Penelope gehörte und sich für die Herrin im Haus hielt.

Sie drehte schnell eine Runde um den Block und kehrte wieder zurück, nicht ohne dem Portier eine Einkaufsliste dagelassen zu haben. Eines Abends bemerkte sie, dass sie seit einigen Tagen immer den gleichen Rock und den gleichen Pullover trug. Andrea hatte sich nicht mehr gemeldet. Und was ihre Mutter anging, die hatte es auch nicht mehr für nötig gehalten anzurufen.

Stattdessen rief Sofia an. »Wie geht's?«, fragte sie.

»Geht so«, wich Penelope aus.

»Wie, geht so?«, wiederholte die Freundin.

»Gut«, erwiderte sie müde.

»Verstehe. Dir geht es beschissen«, sagte Sofia.

»Wenn du das schon verstanden hast, warum fragst du mich dann, verflucht noch mal!«, platzte Penelope heraus und konnte ein Schluchzen nicht unterdrücken.

»Ich komme sofort«, entschied die Freundin und wartete gar nicht erst auf eine Antwort.

Als Penelope die Wohnungstür öffnete, stand Sofia vor ihr, frisch, elegant, perfekt geschminkt und parfümiert. Das Bild einer gesunden, zufriedenen, selbstsicheren Frau.

»Mein Gott, was für ein Desaster«, begann die Freundin und betrachtete sie, während sie ihren Zobel auszog, der so leicht war wie ein Lufthauch. Maria rief von ihrem Bett aus mit klagender Stimme nach der Schwiegertochter. Die Kinder hatten sich in den Haaren und kreischten.

»Wenn du nur gekommen bist, um festzustellen, dass das hier ein Desaster ist, kannst du gleich wieder gehen«, sagte Penelope.

Sofia ließ sich nicht entmutigen. Sie lächelte ihr zu und umarmte sie. »Mein lieber Tolpatsch«, flüsterte sie und schnitt eine graziöse Grimasse. Dann fuhr sie fort: »Du riechst wie dein Kätzchen. Schlechtes Zeichen. Jetzt kümmere ich mich um deine kleinen Rotznasen, deine Schwiegermutter und die Wohnung. Du springst schnell ins Bad, duschst, ziehst dich an wie ein zivilisierter Mensch und siehst zu, dass du zum Friseur kommst. Es gibt nichts Besseres, um die Laune zu heben.«

Penelope führte die Befehle aus wie ein Roboter. Sie zog einen Mantel an und verließ das Haus. Der Portier rief ihr ein Taxi und sie ließ sich in die Via Montenapoleone zu Miranda bringen. Sie hatte keinen Termin, wollte aber dennoch alles und schnell.

»Was heißt ›alles‹?«, fragte die Friseuse, die sie mit professionellem Blick betrachtete und feststellte, dass sie sich gründlich um die Kundin würde kümmern müssen, um sie wieder in Form zu bringen.

»Maniküre, Pediküre, Gesichtsreinigung, Haare waschen, Dauerwelle und Schminken«, leierte Penelope herunter.

Drei Stunden später ging sie auf die Straße hinaus und betrachtete ihr Spiegelbild in einer Schaufensterscheibe. Sie fühlte sich beinah wie neugeboren. Sie dankte Gott für Sofias Herz aus Gold, und um ihre Freude daran, sich noch jung und attraktiv zu fühlen, zu steigern, betrat sie eine Boutique.

Es war gerade Schlussverkauf. Sie entdeckte ein glyzinienfarbenes Kostüm. Sie betrat eine Umkleidekabine, um es anzuprobieren. Es passte wie angegossen. Nunmehr entschlossen, ihre verbliebene Ausstrahlung wieder vollkommen herzurichten, kaufte sie auch noch ein Mäntelchen aus blauem Kaschmir.

»Machen Sie die Schildchen ab. Ich ziehe alles sofort an«, erklärte sie der Verkäuferin, glücklich, sich endlich ihrer alten Kleider entledigen zu können.

Sie war nun vier Stunden von zu Hause fort und hatte nicht ein einziges Mal, nicht einmal flüchtig, an ihre Kinder, an ihre Schwiegermutter oder an ihren Mann gedacht. Sie lehnte sich an den Ladentisch und wartete darauf, dass man ihr ihre alte Kleidung einpackte.

Und sah ihn.

29

Attraktive Männer hatten Penelope immer schon gefallen. Aber der Mann, der sie gerade ansah, überstieg jegliche Vorstellungskraft. Er ähnelte Kevin Costner in *Die Unbestechlichen.* Nur dass er noch besser aussah, denn er hatte ein ausdrucksvolleres Gesicht.

Der Mann sah sich gedankenverloren eine Reihe von Seiden- und Kaschmirschals an, welche die Angestellte auf die Glasplatte des Ladentisches gelegt hatte. Fächerförmig ausgebreitet waren sie ein wahres Fest der Farben: von Pastellblau bis Tiefblau, von sanftem Rosa zu lebhaftem Rot, von Creme bis Leuchtendgelb. Mit unsicherer Miene betrachtete der wunderschöne Mann sie abschätzend.

»Sie sind alle bezaubernd. Ich weiß nicht, welchen ich nehmen soll«, sagte er schließlich mit einer Stimme, die Penelopes Herz dahinschmelzen ließ.

»Darf ich fragen, für wen der Schal bestimmt ist?«, erkundigte sich die Verkäuferin, um ihm zu helfen.

Er blickte auf, sah Penelope, die ihn anstarrte, und deutete ein Lächeln an. »Sie ist nicht ganz so jung wie die Signorina dort«, erklärte er, »aber sie ist der gleiche Typ«, fügte er hinzu. Und gleich darauf befand er, wobei er Penelope immer noch ansah: »Ich denke, dieses Blasslila passt gut.« Er zeigte auf das Kostüm, das Penelope kurz zuvor angezogen hatte.

»Das ist Glyzinie«, berichtigte die Verkäuferin ihn. Sie ging zu dem Ladentisch und nahm unter den vielen Schals einen dieser Farbe heraus.

»Danke«, sagte er schlicht.

Penelope bezahlte ihre Rechnung und ging auf die Straße hinaus. Sie fühlte sich leicht, beinah schwerelos. Sie dachte, wenn sie Anlauf nähme, würde sie gewiss fliegen können. Sie war nunmehr dreißig, Mutter zweier kranker Kinder und gerade als »Signorina« bezeichnet worden.

Vier Stunden zuvor hatte sie sich noch an Sofias Schulter ausgeweint, die ihr ihre Nachlässigkeit vorwarf. Sie beobachtete sich erneut in einem Schaufenster und erkannte sich fast nicht wieder.

Allmählich brach die Dunkelheit herein und die Kälte wurde beißender. Glücklicherweise hüllte ihr samtweicher Kaschmirmantel sie ein wie eine Liebkosung.

Sie machte einen Abstecher ins Cova. Schließlich wurden an diesem Tag alle Regeln gebrochen. Also würde sie sich auch einen heißen Cappuccino mit einer Prise Kakao gönnen können. Nachdem sie sich genüsslich auch den Schaum einverleibt hatte, verließ sie den Tresen.

Und sah ihn.

Er erkannte sie wieder und lächelte ihr zu. Er trank gerade einen Kaffee.

»Hallo«, sagte Penelope, nachdem sie sich mit einer Papierserviette die Lippen abgetupft hatte.

»Hallo«, erwiderte er immer noch lächelnd ihren Gruß.

»Schönen Abend noch«, flüsterte sie und ging zur Tür.

Er öffnete sie ihr und ließ sie vorbei. Dann reichte er ihr die Hand.

»Ihre Empfehlung war sehr wertvoll. Meiner Mutter wird der Schal sehr gefallen. Nochmals danke.«

»Keine Ursache«, wehrte sie ab und drückte seine Hand.

»Ich bin Raimondo Teodoli. Meine Freunde nennen mich Mortimer. Seit ich ein kleiner Junge war, werde ich diese Schande nicht mehr los«, scherzte er.

»Ich bin Penelope Pennisi. Meine Freunde nennen mich Pepe«, erwiderte sie.

»Also dann ... Ciao, Pepe«, sagte er.

»Ciao, Mortimer«, erwiderte sie. Dann ging sie, ein wenig verstört, mit eiligen Schritten davon. Bis sie der Versuchung nicht mehr widerstehen konnte, stehen zu bleiben und sich noch einmal umzudrehen. Er stand immer noch da, in der Tür des Cova, und sah ihr neugierig nach. Sie hob den Arm, um ihm noch einmal zu winken. Er holte sie ein.

»Kann ich dich nach Hause begleiten?«, fragte er und vermochte eine gewisse Schüchternheit nicht zu verbergen.

Nun meinte Penelope wirklich zu fliegen. Sie fühlte sich wie ein Schmetterling. »Ich wollte gerade ein Taxi suchen«, erklärte sie.

Mortimer hielt mit einer Handbewegung ein Taxi an, das gerade vorüberfuhr. Er öffnete die Tür und half ihr beim Einsteigen, dann setzte er sich neben sie. Sie nannte dem Fahrer ihre Adresse. Dann zog sie ihre Handschuhe aus und nahm ein Taschentuch aus ihrer Handtasche, um sich die Nase zu putzen. Nun, da sie so nah beieinander saßen, bemerkte Penelope sein Parfüm. Sie dachte: Das ist bestimmt ein englisches Parfüm, wie meins. Andrea benutzt immer dieses grauenhafte französische.

Der Vergleich brachte sie auf den Boden der Tatsachen zurück.

»Meine Kinder liegen mit Windpocken im Bett«, flüsterte sie. Sie hatte die Leichtigkeit eines Schmetterlings verloren und war in ihren Körper zurückgekehrt.

Nach einem Augenblick des Staunens hatte Mortimer den Schock überwunden. »Und ich nahm sie mit zum Flusse, glaubte, sie sei noch ein Mädchen, doch sie hatte einen Mann«, zitierte er in scherzendem Tonfall.

Penelope liebte Lorca und dieses Gedicht. Es gefiel ihr, dass er es kannte. »Und dabei bin ich sehr verheiratet«, erwiderte sie, wobei die Betonung auf »sehr« lag.

»Dein Mann ist ein Glückspilz«, stellte Mortimer fest.

Sie verkniff sich einen giftigen Kommentar und schenkte ihm ein Lächeln.

»Du siehst aus wie meine Mutter, als sie noch jung war«, fuhr er fort.

Penelope fragte sich, was seine Mutter wohl haben mochte, was sie nicht hatte, um einen so liebevollen Sohn zu verdienen. Oder war er etwa der ewige kleine Junge, der in seine Mutter verliebt ist?

Das Taxi blieb vor dem Haustor stehen. Mortimer beeilte sich auszusteigen, bemächtigte sich der Tasche mit ihren alten Kleidern und begleitete sie bis zum Tor. Dann deutete er eine Verneigung an.

»Es war mir ein Vergnügen, dich kennen zu lernen«, sagte er einfach nur.

»Mir auch«, erwiderte sie. Und verschwand im Hausflur.

Als sie die Tür zu ihrer Wohnung öffnete, empfing sie eine ungewöhnliche Ruhe. Selbst Piripicchio, der sonst immer ein schreckliches Gekläffe anstimmte, wenn sie heimkehrte, kam ihr stumm und schwanzwedelnd entgegen. Im Wohnzimmer saßen Sofia und ihre Schwiegermutter am Tisch und spielten Karten.

»Du bist es«, begrüßte Maria sie überrascht und sah sie über ihre Brille hinweg an.

»Kompliment, meine Liebe. Du siehst wieder aus wie ein Mensch«, bemerkte Sofia mit zufriedener Miene, als hätte sie selbst dieses Wunder vollbracht.

Penelope war einem wunderbaren Mann begegnet. Aber das konnte sie nicht sagen. Sie beschränkte sich also darauf, leicht dümmlich zu lächeln.

»Wo sind die Kinder?«, fragte sie.

»In der Küche. Sie haben gerade ihren Nachmittagsimbiss eingenommen. Und nun machen sie ihre Aufgaben«, antwortete die Freundin.

»Für einen Moment hatte ich den Verdacht, du hättest sie gefesselt und geknebelt«, bemerkte Penelope und begab sich in Richtung Küche. »Nicht zu glauben. Ich habe sie noch nie so brav erlebt«, fügte sie hinzu, nachdem sie ihren Mantel ausgezogen und sich zu ihren Gästen gesellt hatte.

»Maria, du sollst dich nicht überanstrengen«, bemerkte sie. Sie hatte die Schwiegermutter in einem Zustand totaler Erschöpfung zurückgelassen und wunderte sich, dass sie nun so lebhaft war.

»Ihre Bronchitis wird nie besser, wenn du sie immer im Bett lässt«, stellte Sofia fest.

Penelope verspürte einen Anflug von Ärger. Warum machte Sofia immer alles richtig und sie nicht?

»Du musst lockerer bleiben«, mahnte die Freundin, fast als hätte sie ihre Gedanken erraten.

»Das werde ich«, versicherte Penelope. »Dieser kleine Ausflug hat meine Stimmung gehoben«, sagte sie.

»Und nicht nur das. Du hast gut eingekauft. Diese Farbe steht dir hervorragend«, schmeichelte Sofia ihr. Dann sah sie auf die Uhr. »Mein Gott, wie spät es schon ist. Mein Silvio kommt gleich nach Hause. Ich mach mich mal auf den Weg. Aber ich komme dich bald wieder besuchen«, flötete sie, während Penelope ihr half, den Pelz anzuziehen.

Silvio Varini war Sofias Ehemann. Er war zwanzig Jahre älter als sie. Er war Dozent an der Universität und unterrichtete italienische Literatur. Penelope hatte ihn insgeheim immer als »völlig nichts sagendes hässliches Männlein mit anzüglichem Blick« definiert, aber sie hatte nie gewagt, ihr vernichtendes Urteil laut auszusprechen, denn sie wusste, wie verliebt Sofia in ihn war.

»Danke für alles«, verabschiedete sich Penelope von ihrer Freundin und umarmte sie. Sie blieb in der Tür stehen und sah ihr nach, wie sie im Treppenhaus verschwand. Sofia nahm nie den Aufzug. Ihr Zobel wogte elegant.

Die Freundin verschwand und sie stand immer noch da und starrte verträumt ins Nichts.

Das Telefon läutete. Sie schloss die Tür und beeilte sich, den Hörer abzunehmen. Es war ihr Mann, der sie nach vier Tagen, in denen sie nichts von ihm gehört hatte, aus San Remo anrief.

Sie sprach zerstreut mit ihm, antwortete einsilbig auf seine Fragen. Sie hörte immer noch Mortimers Stimme, wie sie zitierte: »Und ich nahm sie mit zum Flusse ...«

»Pepe, alles in Ordnung?«

Andreas gereizte Stimme ließ diese angenehme Erinnerung verpuffen.

30

In der Stille der Nacht, während ihre Kinder neben ihr im großen Ehebett schliefen, lauschte Penelope dieser Ruhe, die von dem leisen Knacken der Möbel und dem sanften Rauschen eines feinen Nieselregens, der auf die Fensterbank fiel, durchbrochen wurde. Sie fühlte sich mit sich selbst und dem Rest der Welt ausgesöhnt, Andrea hatte sie in die hinterste Ecke ihrer unangenehmen Gedanken verbannt. Sein zerstreuter Anruf, sein Gerede über irgendwelche Banalitäten, sein oberflächliches Interesse an ihr, an den Kindern, an seiner Mutter hatten sie nicht verärgert. Vielmehr dachte sie in der Wärme der Bettdecke, in der beruhigenden Nähe ihrer Kinder mit Freude an die einzigartige, flüchtige Begegnung mit Mortimer.

Sie schloss die Augen und schlief ein, getröstet von diesem unverhofften, rosaroten Zwischenfall, der ihren grauen Alltag durchbrochen hatte.

Das zarte Band der Erinnerung festigte sich am nächsten Morgen, als sie das Haus verließ, um wie üblich eine Runde mit dem Hund zu drehen. Der nächtliche Regen hatte die Luft gereinigt und der Himmel hatte sich blau gefärbt.

Sie durchquerte den Park und blieb beim Zeitungsverkäufer stehen, um Tageszeitungen zu kaufen.

Bei ihrer Rückkehr händigte der Portier ihr eine elegante Tüte aus kunststoffbeschichtetem Papier aus, die mit einem Band aus blauer Seide verschlossen war.

»Das ist eben für Sie abgegeben worden, Signora.«

Vom Hund davongezogen, der in den Aufzug schlüpfen wollte, hatte Penelope nicht einmal Zeit, sich zu fragen, wer das wohl geschickt haben mochte. Sie betrat die Wohnung, machte Piripicchio los und nahm das Päckchen in die Hände. Sie las die Adresse und die Aufschrift: »Für Signora Pepe Pennisi.«

Sie löste die Seidenschleife und sogleich umgab sie ein zarter Blumenduft. Sie holte eine ovale Porzellanschale hervor, die ein Duftkissen mit Vergissmeinnicht enthielt. Unten in der Tüte lagen ihre Handschuhe aus schwarzem Ziegenleder. Ein kleiner weißer Umschlag enthielt eine Nachricht: *Verehrte Pepe, hier die Handschuhe, die du im Taxi vergessen hast. Viel Glück. Mortimer*. Auf der Rückseite der Visitenkarte war – in einem mit der Feder gezeichneten Ornament – der Name abgedruckt: *Raimondo Maria Teodoli di San Vitale*.

Penelope hatte nicht einmal bemerkt, dass sie am Vortag ihre Handschuhe verloren hatte. Sie nahm die Schale wieder zur Hand und tauchte das Gesicht in das Häufchen winziger Blüten. Dann betrachtete sie das Porzellan. Es war ein antikes Stück, verziert mit einem Kranz in zarten Farben. Auf dem Boden waren das Zeichen der Manufakturen von Sèvres und ein Datum, 1775, eingestanzt. Sie setzte sich auf das kleine Sofa im Vorzimmer, aufgeregt und glücklich wie ein junges Mädchen bei seinem ersten Rendezvous.

Sie fragte sich, wo sie dieses wertvolle Geschenk aufbewahren sollte. Dann erhob sie sich und ging ins Schlafzimmer.

Die Rollläden waren heruntergelassen. Die Kinder schliefen noch. Nachdem Penelopes Augen sich an die Dunkelheit gewöhnt hatten, konnte sie ihren Schreibtisch ausmachen und deponierte dort die Schale. Sie überlegte, ob sie eine Blüte herausnehmen sollte, um sie bei sich zu tragen, doch dann schämte sie sich ob dieses kindischen Gedankens. Sie hatte das Bedürfnis, Andreas Stimme zu hören, um in die Realität zurückzufinden. Auf Zehenspitzen schlich sie hinaus und ging ins Wohnzimmer.

Ihre Schwiegermutter war nicht da, sie hörte sie in der Küche hantieren. Maria ging es eindeutig besser und das tröstete sie. Sie suchte im Telefonbuch die Telefonnummer des Hotels in San Remo. Sie rief dort an und ließ sich das Zimmer ihres Mannes geben. Es war neun Uhr morgens.

Die schläfrige Stimme einer Frau antwortete ihr, die ein typisch englisches ›Hello‹ hauchte. Offenbar hatte die Rezeptionistin sich vertan und sie mit einem anderen Zimmer verbunden. Sie entschuldigte sich, legte auf und versuchte es erneut. Wieder dieselbe Stimme. Nun sagte sie: »Ich suche Signor Donelli.«

»Wer spricht dort?«, fragte die fremde Stimme.

»Das Pressebüro vom Festival«, log Penelope.

Sie vernahm ein leises Flüstern und schließlich die Stimme ihres Mannes. Sie legte auf. Diese Art von Überraschung war nicht neu. Seit einiger Zeit schon wusste sie, dass Andrea auf Reisen die Nächte mit anderen Frauen verbrachte. Die ersten Male war sie verzweifelt gewesen. Dann hatte der Ärger überwogen. Diesmal umspielte ein nachsichtiges Lächeln ihre Lippen. Ihr Mann sammelte einfach gern Frauen, so wie andere Leute Briefmarken.

Penelope hielt die Visitenkarte von Mortimer noch immer in der Hand. Sie las sie noch einmal, betrachtete die klare, gerade und kraftvolle Handschrift. Dann steckte sie sie in die Rocktasche und ging in die Küche.

Ihre Schwiegermutter begrüßte sie mit einem Lächeln, während sie den Kaffeekocher vom Herd nahm. Sie hatte bereits den Frühstückstisch gedeckt und den Hund gefüttert. Auf der Anrichte ließ das Kätzchen Frisbee nervös den Schwanz hin und her peitschen.

»Hast du Lust auf eine Tasse Kaffee?«, fragte Maria.

Penelope nickte und setzte sich an den Tisch.

»Möchtest du ihn mal hiermit süßen?«, fragte die Frau nun und stellte ein Glas Akazienhonig vor sie hin.

»Schmeckt gut«, sagte Penelope und ließ den Blick über die Einrichtung und die Küchengeräte schweifen, die sie umgaben.

Sie hatte diese kleine Wohnung mit Andreas zerstreuter Hilfe sorgfältig eingerichtet. Vor allem die Küche war der Ort, in dem sie sich selbst als junge Braut wiederfand. Die weißen Gardinen aus feinem Leinen mit dem Ajoursaum, den sie selbst bestickt hatte. Das Regal aus türkisblau lackiertem Holz beherbergte einen großen Satz kupferner Töpfe von einer warmen, leuchtenden Farbe. Auf dem Abtropfständer mit den drei Aufsätzen standen dekorativ Teller und Tassen aus Kopenhagener Porzellan. Die Sammlung kleiner Blumendrucke aus dem französischen neunzehnten Jahrhundert umrahmte die Tür, die zum Balkon führte. All diese Objekte spiegelten ihre rosarote Vorstellung vom ehelichen Leben wider.

Nun sah sie die Sachen an und hatte das Gefühl, als gehörten sie ihr nicht mehr.

»Geht's dir nicht gut?«, fragte Maria. Sie saß am anderen Ende des Tisches und trank seelenruhig in kleinen Schlucken ihren Kaffee.

Auch die Schwiegermutter, die sie von Anfang an lieb gewonnen hatte, schien ihr plötzlich fremd. Sie sah ein altes, melancholisch wirkendes Mütterchen, das sie liebevoll anblickte. Die beiden hatten nie lange miteinander gesprochen und Maria hatte ihr nie viel von sich erzählt, noch von ihren anderen Kindern. Manchmal erzählte sie ihr von dem nunmehr dreißig Jahre alten Schmerz über den Tod ihrer wunderschönen Tochter Gemma. Dann wieder deutete sie ihre Schuldgefühle wegen ihres ältesten Sohnes Giacomo an, der sie verlassen hatte und nur zu Ostern und Weihnachten eine Karte schickte. »Aber es ist nicht seine Schuld. Das ist diese Schlange von seiner Frau«, entschuldigte sie ihn. Von Andrea hatte sie ihr erzählt, dass er mit drei Jahren nicht Pipi machen wollte. Oder es einfach nicht konnte. Großmutter Stella hatte ihn ausgezogen, ihn in eine Schüssel mit kaltem Wasser gestellt, ihn mit eisigem Wasser übergossen und damit eine sofortige Wirkung erzielt. Als der Gemeindearzt davon erfuhr, wurde er wütend und behauptete, dass das Hausmittelchen Unwissender seien und dass der Kleine davon ernsthaft krank werden könne. »Aber ich hörte nicht auf ihn. Jedes Mal, wenn Andrea das Problem hatte, wandte ich den Eiswassertrick an. Es funktionierte immer.« Manchmal sprach sie von Andreas Vater, einem attraktiven Mann mit überschüssiger Kraft und von unberechenbarem Temperament, der bei einem tragischen Arbeitsunfall ums Leben gekommen war.

Der Hund verließ die Küche und mit einem Satz landete Frisbee auf dem Tisch. Penelope nahm sie auf den Schoß und streichelte sie. Das Kätzchen begann zu schnurren.

»Hat dein Mann dich nie betrogen?«, fragte sie unvermittelt. Maria deutete ein Lächeln an.

»Ich weiß es nicht. Wenn er es getan hat, habe ich es nie bemerkt«, erwiderte sie und fuhr fort: »Und du? Bist du ihm immer treu gewesen?«, fragte sie mit einem Flüstern.

Penelope schwieg.

Andrea sprach nicht gern von seiner Familie und sie hatte nie insistiert, denn sie hatte bemerkt, dass es ihm unangenehm war, das Thema anzuschneiden.

Einmal waren Andrea und sie, kurz vor ihrer Hochzeit, nach Rom gefahren und dort hatte Andreas Bruder Giacomo sie zum Essen eingeladen. Er lebte mit seiner Frau Rosita in einer eleganten Wohnung in der Via Maria Adelaide. Rosita war ihr unsympathisch, auch wenn es lediglich ein oberflächliches Gefühl war, denn Penelope wusste so gut wie nichts von ihr. Sie war eine Frau um die dreißig mit einem grimmigen Gesicht, das die Schminke nicht weicher zu machen vermochte, die Handgelenke und Finger mit Gold überladen, und besaß ein herrisches Auftreten. Andrea sagte ihr, dass Giacomo sie möglicherweise aus Liebe geheiratet hatte, ganz sicher jedoch aus finanziellem Interesse. Sie war die einzige, verwöhnte Tochter eines Computerhändlers, der Geschäfte in ganz Mittel- und Süditalien hatte. Als Giacomo nach Rom gekommen war, hatte er eine Stelle als Verkäufer ergattert und dank seiner Intelligenz und seinem Ehrgeiz war er Vertriebsleiter geworden. Er hatte Rosita kennen gelernt, die sich in ihn verliebt hatte, und die beiden hatten geheiratet. Nun gab sie die herrische Ehefrau und gestand ihm keinerlei Selbstbestimmung zu. Während des Essens hatte sie sich nicht nehmen lassen, Andrea zu verstehen zu geben, dass der Bruder keinen Kontakt zu den anderen Mitgliedern der Familie Donelli wünschte. Irgendwann hatten sich die beiden Frauen allein in der Küche wiedergefunden.

»Bist du wirklich sicher, dass du einen Donelli heiraten willst?«, hatte Rosita sie gefragt.

»Warum fragst du mich das? Du hast doch auch einen geheiratet«, stellte Pepe mit einem verlegenen Lächeln fest.

»Giacomo ist das kleinste Übel der Familie«, erwiderte Rosita provozierend.

»Ich versichere dir, dass auch Andrea nicht schlecht ist«, garantierte Penelope.

»Und meine Schwiegermutter? Hast du sie kennen gelernt?«, bohrte sie weiter.

»Wenn du mir etwas zu sagen hast oder glaubst, dass ich etwas wissen sollte, drück dich bitte ein bisschen klarer aus«, erwiderte Andreas Verlobte verärgert.

Nun senkte Rosita die Stimme, vergewisserte sich, dass die Küchentür auch richtig geschlossen war, und begann zu sprechen.

»Maria ist eine seltsame Frau. Man erzählt, dass sie sich selbst, ihren Ehemann und ihre Kindern ruiniert hat. Hat Andrea dir denn nie von seiner Schwester Gemma erzählt?«, flüsterte sie.

»Doch. Sie ist gestorben, als er noch ein kleiner Junge war«, erwiderte Penelope.

»Hat er dir gesagt, woran sie gestorben ist? Nein, natürlich nicht. Nicht einmal Giacomo hat ein Wort darüber verloren. Außerdem glaube ich, dass er nicht viel darüber weiß. Er war in Rom, als alles geschah. Er hatte diese Familie von Verrückten schon Monate vorher verlassen. Aber du hast wohl keine Ahnung, dass Gemma in Paris ein ausschweifendes Leben geführt hat.«

»War sie eine Prostituierte?«, fragte Penelope verblüfft. Sie konnte nicht um den heißen Brei herumreden. Sie liebte direkte Fragen und Antworten.

»Nicht nur das, glaube ich. Weißt du, wir waren bei den Beerdigungen und die Leute im Dorf reden viel. Außerdem, das Blut lässt sich nicht verleugnen. Maria war auch nie eine Heilige.«

»Was für Beerdigungen?«, fragte Penelope.

»Die von Gemma und ihrem Vater. Sie starben am gleichen Tag. Es ist eine sehr mysteriöse Geschichte.«

»Davon weiß ich nichts und vielleicht will ich auch gar nicht mehr wissen«, beendete Penelope das Thema.

»Du tust gut daran. Aber denke noch einmal darüber nach, ehe du dich an einen Donelli bindest. Auf ihnen lastet eine Art Fluch«, behauptete die zukünftige Schwägerin.

Und nun, elf Jahre später, betrachtete Penelope die zierliche Alte, die ihr gegenübersaß und die nun wissen wollte, ob sie Andrea jemals betrogen hatte. Sie wünschte, ihre Schwiegermutter würde sagen, dass eine Frau und Mutter sich nicht in außereheliche Abenteuer stürzte. Sie brauchte diese Worte, denn sie war im Begriff, ihren untreuen Ehemann zu betrügen, aber sie war nicht sicher, ob sie es auch wollte.

Sie fühlte sich wie ein Schmetterling, der im Schein einer Lampe gefangen ist. Sie flatterte um diesen Quell des Lichts und der Wärme herum und bemerkte, dass sie sich die Flügel verbrennen würde, wenn sie sich nicht augenblicklich vor der Versuchung in Sicherheit brachte.

Doch statt Maria zu antworten, fragte sie: »Und du, warst du deinem Mann immer treu?«

»Wir lebten im Dorf, im Haus von Großmutter Stella, mit meinen Schwagern, ihren Frauen und ein paar Neffen und Nichten. Wir hatten ein Zimmer für uns beide, im ersten Stock. In der ersten Zeit unserer Ehe schloss er mich abends im Zimmer ein. Dann ging er fort, ohne mir zu sagen, wohin oder wann er wiederkommen würde«, erklärte sie, ohne die Frage zu beantworten.

»War er eifersüchtig?«, forschte Penelope nach.

»Das habe ich nie erfahren. Ich kann dir nur sagen, dass ich die Rolle der Ausgeschlossenen nicht lange hingenommen habe, denn ich war sehr wohl eifersüchtig. Eines Nachts kletterte ich aus dem Fenster, hangelte mich an der Regenrinne hinunter, stieg auf das Fahrrad und fuhr tanzen«, sagte sie.

»Also hast du ihn betrogen. Stimmt's?«, bohrte Penelope weiter.

»Ich floh jedes Mal, wenn er mich alleine ließ. Eines Abends geriet ich in ein Lokal, in dem auch er war. Ich tanzte mit einem schmächtigen Jungen, der zitterte, während er mich im Arm hielt. Mein Mann saß an einem reinen Männertisch. Sie tranken und lachten. Dann sah er mich. Ich sah ihn auch. Eine ganze Weile schon hatte ich auf diese Gelegenheit gewartet. Ich war zwanzig, ich liebte ihn sehr und ich glaubte, dass es mir irgendwann gelingen würde, einen Mann aus ihm zu machen, denn im Kopf war er immer noch ein kleiner Junge, auch wenn er zehn Jahre älter war als ich. Weißt du, was er tat, als mein Tanzpartner mich auf den Hals küsste? Nichts! Er tat so, als ob nichts wäre. Von da an schloss er mich zwar nicht mehr in meinem Zimmer ein, aber er ließ mich weiterhin allein. Damals war es so üblich: Der Mann hatte das Recht, sich zu amüsieren, die Frau hatte sich um Haus und Kinder zu kümmern. Ich war nicht besonders schön. Doch ich hatte den einen oder anderen Verehrer, der mich umschwirrte. Aber es war gar nicht nötig, Pietro eifersüchtig zu machen, ihn an seine Verantwortung zu erinnern. Er war nicht böse, er war nur unzufrieden. Bei ihm wusste man nie, woran man war. Andrea ist so attraktiv wie sein Vater und ebenso unzufrieden. Er sucht den Mond und merkt nicht, dass er ihn bereits gefunden hat. Du bist der Mond, den er nicht sieht«, schloss Maria.

Penelope bemerkte, dass die Schwiegermutter nicht auf ihre Frage geantwortet hatte. Sie lächelte ihr zu und dachte, dass Maria es verdient hatte, sich mit ihrer Untreue ein paar schöne Augenblicke zu machen.

»Andrea betrügt mich«, gestand sie. Es kostete sie Mühe, das zuzugeben.

»Man kann jemanden auf solche und solche Art betrügen«, erwiderte die Schwiegermutter mit ärgerlicher Banalität.

»Du verteidigst ihn, weil er dein Sohn ist«, entgegnete Penelope gereizt.

»Andrea ist ein Dummkopf. Aber er liebt dich sehr. Er

ist sich nicht bewusst, dass eine Frau sich gedemütigt fühlt, wenn ihr Mann ihr ein Unrecht antut.«

»Eine schöne Art, jemanden zu lieben«, bemerkte Penelope. Sie dachte daran, dass ihr Vater ihre Mutter noch nie betrogen hatte, dessen war sie sich sicher. Er liebte seine Frau aufrichtig. Notfalls hätte er sich gegen alle gestellt, um sie zu verteidigen, selbst wenn sie im Unrecht war.

»Andrea kann sich einfach nicht entschließen, erwachsen zu werden. Aber wenn eine Frau, ganz gleich, welche, selbst wenn es die Königin von England wäre, zu ihm sagen würde: ›Lass uns zusammen durchbrennen‹, würde er die Beine in die Hand nehmen und zu dir gelaufen kommen.«

»Ich fühle mich einsam und unglücklich und es gelingt mir nicht, meinem Leben einen Sinn zu geben. Meine Kinder genügen mir nicht, damit ich mich als vollständige Frau fühle. Manchmal habe ich das Gefühl, älter zu sein als du. Ich bin gerade mal dreißig und ich möchte so gerne glücklich sein. Aber ich bin fast immer schlecht gelaunt. Ich bin die Sklavin eines untreuen Ehemanns, zweier Kinder, die ständig meine Aufmerksamkeit fordern, und dieser Wohnung, die ich jeden Tag putzen und aufräumen muss. Jeden Tag das gleiche Ritual, die gleiche Mühe, die gleiche Niedergeschlagenheit. Das ist nicht das, was ich mir unter einer Ehe vorgestellt habe. Zumindest hätte ich mir gewünscht, dass die Aufgaben gerecht verteilt wären mit dem Mann, den ich geheiratet habe. Aber es ist unmöglich, von deinem Sohn so etwas zu verlangen. Weißt du, was er an dem Tag gemacht hat, an dem wir geheiratet haben? Wir wollten gerade in die Flitterwochen fahren. Er drückte mir die Tickets in die Hand und sagte: ›Führe du mich, als wenn du meine Mama wärst und ich dein Kind.‹ Ich lächelte, voller Stolz, weil er mir sein Leben anvertraute. Ich wusste nicht, dass er mir damit mein Grab schaufelte.«

Sie sprach mit ihrer Schwiegermutter, als spräche sie zu sich selbst. Sie hatte das Bedürfnis, jemandem ihre Verbitterung mitzuteilen.

Maria schüttelte den Kopf und antwortete nicht. Stattdessen sah sie die Karte an, die Penelope aus ihrer Morgenrocktasche gezogen hatte.

»Was ist das?«, fragte sie.

»Das ist nur, damit ich daran denke, dass ich noch jemanden anrufen muss, dem ich Dank schulde«, erklärte Pepe. Sie stand vom Tisch auf, beugte sich über die Frau und drückte ihr einen Kuss auf die Stirn. »Danke. Der Kaffee mit Honig hat mir wirklich gut geschmeckt.«

Die Kinder stürmten die Küche und verlangten Frühstück.

»Heute geht es mir gut. Ich kümmer mich um die beiden«, sagte die Schwiegermutter. Dann fügte sie hinzu: »Kümmer du dich in Ruhe um deine Sachen.«

Vollkommen niedergeschlagen lief Penelope von einem Zimmer zum anderen, räumte geistesabwesend ein paar Sachen weg und schob das Telefonat vor sich her, das – dessen war sie sich sicher – Folgen haben würde. Von Zeit zu Zeit sah sie in den Spiegel. Ihre Haare waren trotz des perfekten Schnitts und der Dauerwelle vom Vortag zerzaust. Aus dem jungen und schönen Gesicht stachen der desillusionierte Blick und die verbittert heruntergezogenen Mundwinkeln hervor.

Sie dachte an ihren Mann, der launenhaft, intolerant, verlogen, frivol und egoistisch war. Schon seit einer Weile begehrte sie ihn nicht mehr und fand nicht den Mut, es zuzugeben.

Sie dachte an den Mann, dem sie am Tag zuvor begegnet war, von dem sie nichts wusste. Ihr war, als hätte sie in seinem Blick, in seiner Art eine ruhige Entschlossenheit, eine Sicherheit erraten können, die Vertrauen erweckte.

Schließlich suchte sie seine Nummer aus dem Telefonbuch heraus. Sie fand zwei Adressen: eine Privatanschrift in der Via San Barnaba und die einer Praxis in der Via San Damiano. Sie wählte die Nummer der Praxis. Eine Stimme auf dem Anrufbeantworter sagte ihr, dass der Doktor am Nachmittag Sprechstunde hatte, und bat, noch einmal anzurufen, um einen Termin zu vereinbaren.

»Dann ist er also Arzt«, flüsterte Penelope, während sie – ohne eine Nachricht zu hinterlassen – auflegte.

Sie rief die Privatnummer an. Ein Hausangestellter mit freundlicher Stimme und unverkennbar ausländischem Akzent antwortete.

»Der Doktor ist im Krankenhaus«, sagte er. »Aber wenn Sie mir Ihren Namen und Ihre Telefonnummer sagen, kann er Sie zurückrufen.«

Mortimer rief nicht einmal eine halbe Stunde später an.

»Ich wollte dir danken, dass du mir meine Handschuhe zurückgeschickt hast«, begann Penelope und fuhr fort: »Und was das Geschenk betrifft, kann ich nur sagen, es ist zauberhaft. Aber warum schenkst du mir so etwas Bedeutendes?«

»Ich hatte das Gefühl, es ähnelt dir«, erklärte er.

»Habe ich dir schon gesagt, dass ich verheiratet bin?«, betonte sie.

»Das habe ich nicht vergessen. Aber ich würde dich trotzdem gern wiedersehen.«

Penelope rollte mechanisch die Visitenkarte zusammen und wieder auseinander und betrachtete die romantische englische Landschaft, die an der gegenüberliegenden Wand hing. Das Bild zeigte ein Flussufer, eine Weide, deren Äste den blauen Strom berührten, einen weißen, efeuumrankten Gartenpavillon und eine kleine Brücke im Hintergrund, an deren Brüstung ein Mann und eine Frau in der Kleidung des neunzehnten Jahrhunderts lehnten, um ein Kanu zu beobachten. Die junge Frau wünschte, ihr Leben könnte in dieses Bild mit der süßlichen Atmosphäre eintreten, und sie sah sich und den wunderbaren Mann am anderen Ende der Leitung auf der Brücke stehen. »Was zum Teufel mache ich hier eigentlich?«, dachte sie.

»Kennst du dieses kleine Restaurant in der Via Sant' Andrea?«, fragte er.

»Das Saint Andrews. Das kenne ich«, erwiderte sie hastig. Sie war bereits ein paarmal dort gewesen, mit Danko, dem alten Musiker und Freund aus einer weit zurückliegenden Zeit.

»Dann erwarte ich dich dort um zwei und wir essen zusammen zu Mittag«, sagte er schlicht.

Penelope hatte das Gefühl, einen Zug bestiegen zu haben, dessen Ziel sie nicht kannte.

31

Von jenem Moment an widmete Penelope sich rastlos dem Haushalt, den Kindern und der Schwiegermutter, um nicht nachdenken zu müssen. Schließlich passierte sie gekochtes Gemüse, streute Parmesan darüber, gab ein wenig Olivenöl darauf, dann panierte sie Kalbskoteletts, und während sie die Kartoffeln im Ofen goldbraun buk, verarbeitete sie Äpfel und Bananen im Mixer zu einem Kompott, den sie mit dem Saft einer Zitrone abrundete. Sie setzte Kinder und Schwiegermutter an den Tisch. Während die anderen aßen, wusch sie sich, schminkte sich und zog sich sorgfältig an. Als sie befand, dass sie vorzeigbar war, rief sie ein Taxi. Dann verkündete sie: »Ich bin für ein paar Stunden weg. Bitte regt Großmutter nicht auf, telefoniert nicht so viel, streitet nicht und lasst das Haus stehen.« Mit diesen Worten ging sie hinaus.

Sie betrat das Restaurant, wo ein Kellner sie in Empfang

nahm und zu einem Ecktisch führte, der ein wenig abseits vom restlichen Saal stand und wo Mortimer bereits auf sie wartete. Der Mann schien ihr noch faszinierender als am Tag zuvor. Er trug einen grauen Anzug, ein tadelloses blaues Hemd, eine dezente Krawatte mit blauen und bordeauxfarbenen Streifen. Seine Haare waren kastanienbraun mit ein paar Kupferreflexen, seine Augen groß und goldgrau. Sie streckte ihm die Hand hin, die er in seine großen, trockenen und warmen Hände nahm. Er wartete, bis sie Platz nahm, um sich ihr dann gegenüberzusetzen.

»Was möchtest du lieber? Fleisch oder Fisch?«, fragte er.

»Nudeln«, erwiderte sie. »Wenn ich nervös bin, und das bin ich im Moment, geben Kohlenhydrate mir Sicherheit.«

»Also zweimal Spaghetti«, bestellte er beim Kellner. Dann sah er ihr in die Augen und fragte: »Wie geht es dir?«

»Ich bin glücklich, auch wenn ich weiß, dass ich nicht hier sein sollte«, erwiderte sie aufrichtig.

»Ich bin auch verheiratet«, gestand Mortimer. »Und geschieden«, fügte er sofort hinzu.

Seine Frau hieß Katherine Soundso, war Amerikanerin, lebte in Boston, wo er nach seinem Medizinstudium zwei Jahre gearbeitet hatte.

Die beiden hatten in Italien geheiratet und lange genug zusammengelebt, um zu begreifen, dass sie nicht füreinander geschaffen waren. Und so war Katherine Soundso in die Vereinigten Staaten zurückgekehrt. Das Paar lebte seit drei Jahren getrennt und sie hatte das Scheidungsverfahren eingeleitet.

»Ich kann mir vorstellen, dass es eine sehr schmerzhafte Erfahrung ist«, bemerkte Penelope, die auf Worte wie »Trennung« und »Scheidung« sehr sensibel reagierte, als würden sie eine schlimme Krankheit bezeichnen. Sie hatte immer gehört, dass eine unglückliche Verbindung immer noch besser sei als eine drastische Trennung.

»Sicherlich weniger schmerzhaft als die Operationen, die ich fast täglich durchführe«, erläuterte er. »Das hängt vermutlich damit zusammen, dass ich nicht mehr in Katherine verliebt bin und sie nicht in mich.«

Mortimer war also Chirurg. Sie war neugierig darauf, mehr zu erfahren, aber sie wollte nichts überstürzen. Außerdem wollte sie ihn nicht stören, wie er so friedlich sprach und ihr dabei in die Augen sah, als wäre sie der einzige Mensch auf der Welt, der seine Aufmerksamkeit verdiente. Ein Gefühl, das sie längst vergessen hatte. Lediglich ihr Vater sah sie manchmal auf die gleiche Weise an und sprach so zu ihr.

Penelope dachte, wie eigenartig doch der Zufall war, der sich einen Spaß daraus macht, mit den Schicksalen der Menschen zu spielen. Bis gestern hatte sie noch nicht gewusst, wer Raimondo Teodoli war. Und nun saßen sie am selben Tisch, aßen Spaghetti und fühlten sich pudelwohl, als hätten sie sich schon immer gekannt. Zum ersten Mal seit sie verheiratet war, genoss Penelope die Nähe eines Mannes, der nicht ihr Ehemann war.

»Hast du eine neue Freundin?«, fragte sie ihn schüchtern.

»Mehrere, aber nie allzu lange«, erwiderte er gelassen. »Also habe ich keine«, erklärte er.

»Ich habe Andrea nie betrogen«, flüsterte sie errötend.

»Ein reifer Mensch betrügt nicht. Er beendet eine Beziehung, die nicht funktioniert, und beginnt eine neue«, bemerkte Mortimer.

»Du scheinst ständig neue Beziehungen zu beginnen und zu beenden«, entgegnete sie in einem Anflug von Eifersucht.

»Keine Beziehungen. Nur Begegnungen«, erläuterte er.

»Wie unsere«, erwiderte sie und bereute es sogleich. Diese Antwort gefiel ihr nicht.

»Unsere Begegnung ist etwas anderes. Ich versuche gerade herauszufinden, warum du mir sofort gefallen hast, als ich dich gesehen habe. Die Frauen, mit denen ich verkehre, interessieren mich nicht. Vielleicht bin auch ich ihnen nicht wichtig. Aber für dich will ich es sein.«

Penelope antwortete nicht, sie fühlte sich geschmeichelt, verwirrt und unwiderstehlich zu ihm hingezogen.

»Pepe, du bist es!«, rief plötzlich eine Männerstimme.

Sie zuckte zusammen, als hätte sie einen Peitschenhieb bekommen. Sie blickte hoch und sah Danko. Seitdem sie sich das letzte Mal zufällig getroffen hatten, waren Jahre vergangen. Seine Haare waren weißer, die große Nase röter, die Haut pockennarbiger, doch seine raue Stimme und das Freude verbreitende Lächeln hatten sich nicht verändert.

Sie stellte sie einander vor.

»Doktor Teodoli, Danko, ein alter Freund«, erläuterte sie.

Die beiden Männer schüttelten einander die Hand. Der alte Musiker hatte nicht die Absicht zu stören.

»Ich habe es eilig. Aber ich möchte gern geschäftlich mit dir reden. Ich komm demnächst mal bei dir vorbei«, sagte er.

»Wann immer du willst. Von mir aus morgen«, schlug Penelope vor.

»Also dann bis morgen. Ich bin am Nachmittag bei dir«, versicherte er.

Als der Mann verschwand, sah Mortimer sie neugierig an. »Ist die Vergangenheit zurückgekommen?«, fragte er.

Penelope erzählte ihm von ihrer Leidenschaft für Unterhaltungsmusik, von ihrer Freude daran, mit Reimen zu spielen, von den paar Liedertexten, die Danko vertont hatte, von ihrem Verzicht auf ein Metier, an das sie nicht hundertprozentig glaubte, vielleicht wegen ihrer Zweifel an ihrem Talent.

»Jedenfalls habe ich mich nicht völlig von meiner Leidenschaft für kleine Lieder befreien können. Aber mein Sinn für Selbstkritik wird mit den Jahren größer und fast alles, was ich schreibe, landet im Mülleimer. Nur selten hebe ich meine Gedichte auf. Ich habe erkannt, dass ich keine Künstlerin bin. Weißt du, Mortimer, die Musik, die wahre Musik, ist ein Planet, den nur wenige erreichen. Ich weiß eine musikalische Phrase zu schätzen, aber ich komme nicht über klassische Melodien hinaus, solche, die einen eingängigen, spontanen Rhythmus entwickeln. Meine Mutter, meine Großmutter und ich, wir alle liebten Puccini, Léhar, Strauss, Gardel, Piazzolla und verstanden diese Musik. Die Worte, wenn es welche gab, bewegten etwas in uns. Meine Großmutter kannte die Operntexte und all die herzzerreißenden Lieder ihrer Zeit auswendig. Ich liebte es, ihr zuzuhören, wenn sie *Storia di una capinera*, *Profumi e balocchi* oder *Signorinella* sang. So ist meine Leidenschaft für Musik geboren worden. Hoch oben auf dem Gipfel thronen Brahms, Beethoven und Mozart, im Tal findest du die Rockstars, die dir das Trommelfell zerreißen. Mich kannst du irgendwo in der Mitte ansiedeln. Ich höre gern Edith Piaf, Jacques Brel, Yves Montand, Fabrizio De André und Frank Sinatra. Die Texte, die ich schreibe, sind bescheiden, alles andere als exzellent. Das weiß ich, ich bin mir darüber im Klaren. In meinem Kopf toben reißende Ströme von Bildern, die ich niemals so, wie ich es gern möchte, in Worte übersetzen kann«, erklärte sie voller Eifer.

Während sie sprach, hatte Mortimer ihre Hand genommen. Penelope erinnerte sich an einige Verse einer alten Ballade, in der Montand mit seiner unverwechselbaren Stimme von einem großen weißen Bett gesungen hatte. Ja, sie wollte mit Mortimer jetzt darin liegen.

Der Zufall hatte ihr einen Mann geschickt, in den sie sich auf der Stelle verliebt hatte. Leider war er zehn Jahre zu spät gekommen. Das Schicksal hatte gewartet, bis sie einen Ehemann und zwei Kinder hatte, um ihr ein Geschenk anzubieten, das sie nicht annehmen durfte. Sie dachte an ihre Kinder und für einen Moment hatte sie das Gefühl, ihr Herz würde stehen bleiben. Sie hatte sie mit ihrer pflegebedürftigen Großmutter allein gelassen. Was nur alles geschehen konnte. Was, wenn es Maria plötzlich schlecht ging? Wenn Daniele ein Feuer gelegt hatte? Wenn Lucia auf die Möbel kletterte, um Frisbee zu fangen, und herunterfiel?

»Ich muss nach Hause, sofort«, sagte sie und stand auf.

Der Zauber war gebrochen.

»Ich verstehe«, nickte er und sah sie zärtlich an.

Sicher verstand er, dachte Penelope. Aber er konnte weder ahnen, welche Sorge sie überwältigt hatte, noch was für finstere Vorahnungen ihr Schuldgefühl sich hatte einfallen lassen.

»Ich bringe dich«, erbot er sich und hakte sie unter.

»Nein. Ich muss alleine fahren. Ich werde ein Taxi nehmen«, erwiderte sie entschlossen.

So ließ sie ihn zurück, ohne sich zu verabschieden, und schämte sich wegen ihrer Unsicherheit. Den Mann wiederzusehen, der sie zum Träumen brachte, war ein Riesenblödsinn gewesen. Sie war eine verheiratete Frau und durfte sich ihren Träumen nicht hingeben. Sie würde ihn niemals wiedersehen.

32

Zu Hause hatte es keine großen Katastrophen gegeben. Maria plauderte im Wohnzimmer liebenswürdig mit Donata. Lucia und Daniele kauerten auf dem Boden, setzten mit Giulietta und Lavinia, Donatas Zwillingen, ein großes Puzzle von *Krieg der Sterne* zusammen und bemerkten ihr Kommen kaum. Wie immer lächelte Maria ihr zu, Donata hingegen fuhr sie an, schließlich konnte die Kindergartenfreundin es sich erlauben.

»Kommst du auch schon? Hast du vergessen, dass du uns zum Mittagessen eingeladen hast? Wir waren wie vereinbart um halb zwei hier, nur du warst verschwunden. Es war alles geplant, erinnerst du dich?«

»Ich verstehe nicht, wovon du redest«, wunderte sich Penelope.

»Du bist wohl von allen guten Geistern verlassen! Ich habe dir doch gesagt, dass ich die Zwillinge mitbringe, damit sie sich bei deinen Kindern anstecken«, entgegnete die Freundin.

»Verdammt! Du hast Recht. Ich hatte es vergessen. Verzeih mir.« Pepe war untröstlich. Sie kehrte ins Vorzimmer zurück, zog den Mantel aus und putzte sich geräuschvoll die Nase.

»Zum Glück habe ich einen Topf Gulasch und einen Apfelkuchen mitgebracht. Sonst hätten wir drei aufs Mittagessen verzichten müssen, deine Schwiegermutter und deine Kinder hatten ja schon gegessen. Schöner Empfang«, klagte Donata mit verärgerter Stimme und fuhr fort: »Gestern Abend hat Sofia mich angerufen und mich wegen der ›armen Pepe‹ voll gequatscht, die mit zwei kranken Kindern und einer kranken Schwiegermutter zu Hause festsitzt. Und dann muss ich feststellen, dass du seelenruhig spazieren gehst und völlig außer Atem nach Hause zurückkommst, als hättest du ein schlechtes Gewissen. Du trägst das Kostüm für besondere Anlässe und hast sogar Rouge auf den Wangen. Und dann besitzt du noch die Frechheit, mir zu sagen, dass du es vergessen hast!«, schimpfte die Freundin, senkte die Stimme und trippelte ihr durch den Flur hinterher bis zum Ankleideraum.

»Ich habe mich doch schon entschuldigt.«

»Deine Entschuldigungen interessieren mich nicht. Sag mir lieber, was ich davon halten soll.«

»Du bist doch die Kartenlegerin. Was sagt denn das Tageshoroskop für die Krebsgeborenen mit Aszendent Steinbock?«, provozierte Penelope sie, denn sie wusste, dass Donata sich ärgerte, wenn man sie so nannte. Sie hielt sich für eine Astrologin und behauptete, mit Wahrsagern und Kartenlegern nichts zu tun zu haben.

»Wenn du dich schuldig fühlst, gibst du immer dein Bestes«, erwiderte die Angesprochene bissig.

Penelope hängte das Kostüm sorgfältig in den Schrank zurück und zog Jeans und Pullover an, wobei sie sich möglichst gleichgültig gab. Dann schlüpfte sie ins Bad, um sich abzuschminken. Donata folgte ihr mit dem Blick einer Polizistin, die ihre Beute nicht aus den Augen verlieren darf.

»Willst du mir denn nicht erzählen, was mit dir los ist?«, fragte sie die Freundin, während diese ihr Gesicht gründlich mit einer Reinigungsmilch säuberte, ohne ihr eine Antwort zu geben.

»Ich geh in die Küche einen Tee machen«, verkündete Penelope schließlich.

Während sie sich am Herd zu schaffen machte, setzte Donata sich an den Tisch. Die junge Frau stützte ihr Gesicht in die Hände und sah ihre Freundin an, als wolle sie sie fotografieren. »Hör zu, Pepe, mich kannst du nicht täuschen«, platzte sie heraus.

Penelope hatte keinerlei Absicht, ihr von Mortimer zu erzählen, aber sie wollte ihre Busenfreundin auch nicht anlügen.

»Findest du nicht, dass ich ein bisschen zugenommen habe?«, lenkte sie ab und schob den Daumen in den Gürtel der Jeans.

»Anworte«, forderte Donata sie auf.

»Ich habe Danko wiedergetroffen. Ich glaube, ich muss eine Diät machen«, erwiderte sie.

»Welchen Danko? Den Musiker?«

»Kennst du noch jemanden mit dem Namen? Fünf Kilo weniger würden mir schon reichen. Das scheint ja nicht viel, aber es kostet ganz schön Mühe, sie runterzubekommen. Mein ganzes Leben lang habe ich immer zu- und abgenommen, der typische Jo-Jo-Effekt eben«, fuhr sie unbeirrt fort.

»Pepe, bitte hilf mir, dich zu verstehen. Vor zehn Jahren hast du die Musik aufgegeben. Und nun beschließt du aus heiterem Himmel, wieder damit anzufangen. Weißt du, was ich dir sage? Du verheimlichst mir etwas«, beschuldigte sie die Freundin.

»Und weißt du, was ich dir antworte? Kümmer dich um deinen eigenen Dreck!«, rief Penelope, die allmählich die Geduld verlor.

Donata gefiel es außerordentlich, sich in die Probleme anderer einzumischen und mit vollen Händen Ratschläge zu verteilen. Versuchte jemand, ihr zu entgehen, entlud sich ihr gesamtes Repertoire an Beschimpfungen und Drohungen.

Sie hielt sich für die Wächterin der Geheimnisse der Sterne und insgeheim war sie felsenfest davon überzeugt, dass man jede Schwierigkeit aus dem Weg räumen könnte, wenn man sie nur zu interpretieren wusste. Jeden Tag zog sie ihre Sterne zu Rate und ihr Leben verlief derart geradlinig und heiter, dass man geradezu neidisch werden konnte.

Mit Managergehabe betrieb sie ein kleines Büro für astrologische Beratung. Wer sie um Rat bat, den fragte sie nach Ort, Datum und Uhrzeit der Geburt, vollführte eine Reihe komplizierter Berechnungen und spuckte schließlich Leben, Tod und wundersame Ereignisse des Kunden aus. Sie gab ihm noch ein paar Ratschläge, sowohl für ihn selbst als auch für seine Verwandten mit auf den Weg, verriet noch ein paar Tricks und nannte Dinge, die er vermeiden sollte. Dann überreichte sie dem Kunden »Bachblütentropfen« und entließ ihn. Sie erklärte Penelope: »Niemand wird unter einem schlechten Stern geboren, es gibt keine schlechten Sterne. Das einzige Problem ist, dass wir uns weigern, den Weg zu gehen, den der Himmel uns vorgezeichnet hat. Man kann sich nicht einfach entschließen, zu heiraten, Kinder zu bekommen, ein Haus zu bauen oder einen Beruf wählen und an der Börse investieren, ohne die Sterne zu konsultieren.«

Penelope hatte nie an die Macht der Astrologie geglaubt, doch Donata hatte tatsächlich immer das Glück auf ihrer Seite gehabt. Wie Picasso hatte auch Donata ihre blauen Phasen, oder auch rosa oder gelbe, und deshalb wählte sie ihre Kleidung gemäß des Einflusses der Sterne aus. Natürlich überhäufte sie auch Penelope mit ähnlichen Ratschlägen. Seit einiger Zeit riet sie ihr, eine weiße und eine schwarze Perle mit einem Durchmesser von je zwölf Millimetern als Ohrringe zu tragen – natürlich unter der Bedingung, dass die Perlen echt waren und keine Zuchtperlen –, mit der Behauptung, dass sie einen positiven Einfluss auf ihren Biorhythmus nehmen würden. Penelope wurde jedes Mal wütend.

»Gibst du mir die Millionen, um zwei echte Perlen zu kaufen?«, protestierte sie.

Dann setzte Donata sogar noch einen drauf: »Was kann ich dafür, wenn der Himmel dir solche Anweisungen schickt? Dein Metall ist zum Beispiel Platin. Und dein Stein ist der Smaragd.«

»Du bist niederträchtig und gemein«, griff Penelope die Freundin an. »Für dich hast du erschwinglichere Metalle und Steine ausgesucht: Silber und Amethyst. Nun gut, dann finde auch für mich etwas Bezahlbares.«

»Als ich dir gesagt habe, dass du Andrea nicht heiraten sollst, hast du nicht auf mich gehört. Dabei hättest du in dem Fall nicht Hunderte von Millionen Lire investieren müssen. Wenn du es genau wissen willst, sagen deine Sterne, dass du überhaupt nicht hättest heiraten sollen, denn du hast die Seele eines Singles. Nur wenn du alleine leben würdest, könntest du dich auf deine kosmischen Energien konzentrieren und davon profitieren.«

Dies und andere Dinge sagte Donata ihr, wenn Penelope der Freundin ihren Kummer anvertraute. Es gab auch Zeiten, in denen Penelope sich von Donata distanzierte, weil sie ihrer Ratschläge überdrüssig war und sie als Einmischung in ihr Privatleben empfand. Wenn Donata sie dann anrief, war sie oftmals schon so weit, dass sie ihr sagte, sie habe zu tun und keine Zeit, ihr zuzuhören. Dann hinterließ die Astrologin ihr wütende Nachrichten auf dem Anrufbeantworter, mit denen sie noch einmal bekräftigte, dass sie eine Versagerin sei, dass es für sie keine Hoffnung mehr gebe, dass sie selbst die Ursache all ihrer Probleme sei.

Dieses Spiel hatte bereits im Kindergarten begonnen. Schon damals hatte Donata Terror ausgeübt, denn sie hatte Penelopes Unsicherheit gleich gespürt. An einem Regentag hatte sie ihr zugeflüstert, dass der Regen den gesamten Kindergarten unter Wasser setzen würde, wenn Penelope ihr nicht ihr Kirschbonbon gab. Ein anderes Mal hatte Donata ihr versichert, dass ihr ein Bart wachsen würde, wenn sie nicht lernte, Purzelbäume zu schlagen. Als sie mit einer Mittelohrentzündung zu Hause bleiben musste, hatte Donata sie angerufen und ihr eingeredet, dass ihr ein Buckel wachsen würde, wenn sie nicht zum Spielen zu ihr käme.

Wenn jedoch Penelope fiel und sich ein Knie aufschlug, half Donata ihr liebevoll. Sie verbündete sich mit ihr gegen die Kameradinnen, mit denen Penelope Streit hatte, lieh ihr bereitwillig ihre Plastikjuwelen und schenkte ihr die Sammelbildchen berühmter Sänger, die sie doppelt hatte.

Ihre Mütter waren miteinander befreundet. Irene, Penelopes Mutter, machte oft giftige Bemerkungen über Donata, weil sie schnell wuchs, dichtes und glänzendes Haar, perfekte Zähne, ordentliche Schulhefte, immer saubere Kleidchen hatte und, zu allem Überfluß, sich niemals beim Einmaleins vertat. Nun war Donata eine attraktive dreißigjährige Frau, mit einer außerordentlichen Lockenpracht, einer Haut so weiß wie Milch, grünen Augen wie die einer Zigeunerin und dem Körper eines Models. Und sie strotzte förmlich vor Gesundheit. Nie hatte sie eine Erkältung oder eine Grippe. Nie litt sie unter Karies. Sie ernährte sich streng vegetarisch. Die Zwillinge hatte sie mit Hilfe ihres Mannes und einer Hebamme zu Hause bekommen.

Ihr Ehemann, Giovanni Solci, wurde ein »Traum von einem Mann« genannt. Für ihn gab es nur Haus, Familie und Werbeagentur. Er brachte die Zwillinge jeden Morgen zum Kindergarten und holte sie wieder ab. Er ging freiwillig zum Supermarkt, wo er nur die »richtigen Dinge« kaufte. Auf der Straße drehte er sich nie nach schönen Mädchen um. Nie diskutierte er Donatas Entscheidungen. Was die Zwillinge betraf, so waren sie die Klons ihrer Eltern. Sie lebten wie in Watte gepackt, mit einem Papa und einer Mama, die sich liebten wie das naive Liebespaar von Peynet. Mit fünf Jahren hatten sie bereits alle Kinderkrankheiten gehabt, mit Ausnahme von Windpocken. Daher hoffte Donata, dass sie sich bei Penelopes Kindern ansteckten, denn dann würden sie nicht mehr krank werden, wenn sie erst einmal in die Schule gingen. Alles in allem war Donata so, wie Penelope gern gewesen wäre, und besaß alles, was sie gewollt hätte: Anmut, Schönheit, finanzielle Sicherheit, klare Ziele, ein solides Gefühlsleben. Donata hatte nie den Hauch eines Zweifels, nicht einmal, wenn sie wählen ging.

Dennoch beneidete Penelope sie nicht, denn sie liebte

die Astrologin aufrichtig. Aber es ärgerte sie, wenn die Freundin sie unter Druck setzte und zu Entscheidungen zwingen wollte, von denen sie nicht überzeugt war.

»Ich mache schon allein genug Fehler. Da brauche ich nicht auch noch deine Ratschläge«, sagte sie zu ihr.

Während sie nun den Tee zubereitete, beschloss sie, nichts von ihrem kurzen Abenteuer zu erzählen.

Sie wusste schon, dass Donata als Allerersten nach Geburtsdatum und Geburtsstunde des Mannes fragen würde, ehe sie ein Urteil fällte. Dann würde sie ein Horoskop ausarbeiten, um eine Katastrophe vorherzusagen. Und würde vermutlich – als wäre Penelope selbst sich gewisser Werte nicht bewusst – auch noch die Heiligkeit der Familie ansprechen, um dann ihr Bedürfnis, sich für die Untreue ihres Mannes zu rächen, gnadenlos zu analysieren.

»Jedenfalls«, bohrte Donata weiter, »glaube ich nicht, dass du dich so mir nichts dir nichts entschlossen hast, wieder zu arbeiten.«

»Findest du die Entscheidung wirklich so außergewöhnlich? Du machst Geld, indem du Illusionen verkaufst, und ausgerechnet du findest es seltsam, dass ich mich entschlossen habe, wieder Lieder zu schreiben?«, fuhr Penelope sie an.

»Du kannst es dir nicht erlauben zu arbeiten«, erwiderte Donata ruhig, während sie ihr dabei half, Teller und Tassen auf den Servierwagen zu stellen.

»Drück dich bitte deutlicher aus«, forderte Penelope barsch.

»Dir fehlt das innere Gleichgewicht, um zwei Berufe auszuüben: Hausfrau und Künstlerin. Du hast Konzentrationsschwierigkeiten, du kannst deinen Tag nicht organisieren. Du bist eine Chaotin, die Nerven immer zum Zerreißen gespannt, als hinge von dir das Schicksal der Welt ab. Ich mühe mich ab, dir gute Ratschläge zu geben, aber du hörst nicht auf mich. Und außerdem lügst du. Willst du mir etwa erzählen, du hast dich nur schön gemacht, weil du Danko getroffen hast? Wer soll dir das denn abnehmen?«

Es war eine Eifersuchtsszene, wie immer, wenn Penelope sie aus ihrem Vertrauen ausschloss.

»Jetzt reicht's. Du hast das Fass zum Überlaufen gebracht«, platzte Penelope heraus und warf Donata einen bösen Blick zu.

»Du auch«, erwiderte die Freundin, alles andere als eingeschüchtert. »Also, dann gehe ich jetzt und nehme meine Zwillinge mit. Die Reste vom Gulasch und vom Kuchen kannst du behalten«, schloss sie und entfernte sich im Stechschritt in Richtung Wohnzimmer, um ihre Töchter einzusammeln.

»Ich werde alles in den Mülleimer werfen!«, brüllte Penelope.

»Gib mir ja die sauberen Töpfe wieder!«, schrie Donata.

Sie wussten beide, dass nun eine Zeit der Feindseligkeit angebrochen war. Solange Donata nicht einsah, dass sie übertrieben hatte, und Penelopes Zorn nicht verrauchte, würden sie sich weder sehen noch miteinander telefonieren.

Lucia und Daniele, die bis zu diesem Moment im Beisein der Zwillinge die »kleinen Lords« gespielt hatten, wurden, als sie wieder allein waren, übermütig und begannen zu zanken. Die Großmutter bat sie, ruhig zu sein, weil sie Kopfschmerzen hatte. Doch die beiden hörten nicht auf die alte Frau.

»Ich will nach Hause«, verkündete Maria und ging zum Telefon, um ein Taxi zu rufen.

»Du bist noch zu schwach. Warte doch bis morgen, dann ist Andrea aus San Remo zurück und kann dich nach Hause fahren«, riet Penelope.

»Ich bin zu alt, um diese beiden Wildfänge zu ertragen«,

behauptete sie und hielt sich die Ohren zu, um die spitzen Schreie der Kinder nicht zu hören.

Eine halbe Stunde später kehrte wieder Ruhe ein. Die Schwiegermutter war nach Hause gefahren. Penelope hatte den Streit zwischen den Kindern mit ein paar Ohrfeigen, einer Tasse Tee und einem großen Stück Apfelkuchen geschlichtet. Dann hatte sie die beiden gezwungen, ihre Aufgaben zu machen.

»Und ich will nicht mal einen Floh husten hören«, hatte sie ihnen gedroht, bevor sie sich zu ihrem Zimmer geschleppt und erschöpft auf das Bett gesunken war. Dann hatte sie ein Konzert von Mahler aufgelegt und ließ sich auf den Wellen der Musik davontragen. Sie wusste, dass ihre Anspannung nachgelassen hätte, wenn sie hätte weinen können. Doch die Tränen kamen nicht. Stattdessen tauchte im Halbdunkel des Zimmers das Bild von Raimondo Teodoli auf, über das sich das Bild ihres Mannes legte. Andrea drängte sich in der Rolle des Moralpredigers in den Vordergrund und schien ihr sagen zu wollen: »Unwürdig ist die Frau, die den Vater ihrer Kinder betrügt.« »Und der Mann, der seine Frau betrügt, was ist der?«, fragte sie sich, doch sie wusste, dass es sehr einseitige Wahrheiten gab, die für die Frauen nicht gerade vorteilhaft waren. Ihr war jedoch auch bewusst, dass Andrea bei ihrer nahezu pubertären Vernarrtheit in Mortimer überhaupt keine Rolle spielte: Sie hätte ihn auch dann begehrt, wenn Andrea der beste aller Ehemänner gewesen wäre. Verlangen muss jedoch nicht unbedingt befriedigt werden. Sie konnte und durfte es sich nicht erlauben. Die Verhaltensmuster, die ihrer Erziehung zugrunde lagen, empfahlen ihr, eine Vollbremsung zu machen und den Rückwärtsgang einzulegen.

»Aber warum?«, fragte sie sich und ließ endlich ihren Tränen freien Lauf. »Warum soll ich auf einen Mann verzichten, der mir unendlich gefällt?«

Das Telefon klingelte und sie antwortete mit brüchiger Stimme.

»Ist irgendetwas nicht in Ordnung?«, fragte Mortimer.

»Ich bin nicht in Ordnung. Mein Motor hat sich verklemmt«, erwiderte Penelope und unterdrückte ein Schluchzen.

»Vielleicht hast du ihm zu viel abverlangt«, versuchte er zu scherzen.

»Das wird es sein. Ich mache ihn jetzt besser aus. Es war schön, dich zu treffen.«

»Es wird noch schöner sein, wenn wir uns wiedersehen«, versprach der Mann.

»Aber wir werden uns nie mehr wiedersehen«, sagte sie und trocknete sich die Tränen.

33

Sie betrachtete dieses kleine romantische Zwischenspiel als beendet. Ohne sich darüber im Klaren zu sein, war Donata ihr eine große Hilfe gewesen. Ihr Spruch: »Du bist eine Chaotin, die Nerven immer zum Zerreißen gespannt, als hinge von dir das Schicksal der Welt ab«, hatte ihr zu denken gegeben. Sie war wirklich eine Riesenchaotin und ihre Nervosität musste sich ja negativ auf ihre Kinder auswirken. Wenn sie die beiden wirklich liebte, musste sie einfach gelassener bleiben.

Nach dem Abendessen setzte sie sich mit ihnen aufs Sofa und gemeinsam sahen sie sich einen alten Zeichentrickfilm mit Asterix und Obelix an. Lucia und Daniele amüsierten sich bestens und sie selbst wusste – nachdem sie ihre persönliche Unzufriedenheit einfach ausgeschaltet hatte – die Originalität und den durch und durch französischen Esprit dieser Geschichte von römischen Legionären bei der Eroberung Galliens zu schätzen.

Dann brachte sie die Kinder ins Bett. Lucia schlief sofort ein. Daniele aber hielt ihre Hand fest und bedeutete ihr, sich auf die Bettkante zu setzen.

Er brauchte noch ein paar zusätzlichen Streicheleinheiten. Penelope fuhr ihm zärtlich übers Haar. »Mama, wenn es den lieben Gott gibt, warum zeigt er sich dann nicht?«, fragte er unvermittelt.

In der Familie wurde selten über Religion gesprochen. Wenn es doch einmal geschah, handelte Andrea das Thema meist schnell ab. »Alles Geschichten, die die Prediger erfunden haben, damit wir artig sind«, urteilte er und war der Meinung, damit eine ausreichende Erklärung geliefert zu haben. Aber offenbar genügte Daniele diese Erklärung nicht. Seine Freunde bereiteten sich derzeit auf ihre Firmung vor und er war als Einziger von diesem Ereignis ausgeschlossen. Er war nicht einmal getauft worden, aufgrund irgendwelcher vagen Prinzipien, die für ihren Mann jedoch unantastbar waren. Penelope hatte dieses Gebot – wie auch viele andere – kampflos hingenommen. Nun aber stellte ihr Sohn ihr eine wichtige Frage.

»Du kannst Gott nicht sehen, weil er in dir ist«, erwiderte sie.

»Mein Freund Lele hat gesagt, dass Gott im Himmel und auf der Erde und an jedem Ort ist«, bohrte das Kind weiter.

»Gott ist da, wo du bist, wo ich bin, wo ein jeder von uns ist. Kannst du etwa deine Leber, deine Lunge oder dein Herz sehen? Ebenso wenig kannst du Gott sehen«, versuchte sie zu erklären.

»Aber wenn du geröntgt wirst, kann man all das, was du aufgezählt hast, sehen. Nur ihn nicht. Versteckt er sich?«

»Gott ist in dir, er ist unsichtbar, weil er ein Gedanke ist. Aber wenn du es am wenigsten erwartest, macht er auf sich aufmerksam. Gerade eben zum Beispiel hat er es getan, denn er hat dich dazu gebracht, an ihn zu denken. Hast du verstanden, wie das funktioniert?«

»Nein. Ich werde morgen versuchen, es zu verstehen«, flüsterte Daniele. Er schloss die Augen und schlief ein.

Penelope lächelte. Der Kleine hatte mehr Verstand, als sie gedacht hatte, und er fing an, ihn zu benutzen. Sie hätte ihn fördern müssen, statt die Zeit mit ihrer Selbstsucht zu vergeuden. Ihre Kinder hatten absoluten Vorrang vor allem anderen und sie durfte nicht riskieren, die beiden zu verlieren, um irgendwelchen unrealisierbaren Träumen hinterherzulaufen.

Als die Kinder schliefen, gelang es ihr sogar, ein wenig zu arbeiten, denn endlich hatte sie nach langer Zeit die Lust am Schreiben wiedergefunden. Wenn Danko sie am nächsten Tag besuchen würde, hätte sie schon ein wenig Material für ihn. Sie wollte ihm eine Kostprobe ihrer Fortschritte anbieten. Die quälende Schwermut einer Liebe, die zu Ende gegangen war, noch bevor sie überhaupt begonnen hatte, wirkte sich günstig auf ihre Kreativität aus. Zügig füllte sie ihr Heft mit Notizen. Sie saß an dem kleinen Schreibtisch im Schlafzimmer, die Schale mit den Vergissmeinnicht, die Mortimer ihr geschenkt hatte, vor sich. Sie würde die Blumen wegwerfen, bevor sie ins Bett ging.

Einen Tag später rief Andrea an.

»Ciao, Pepe. Alles in Ordnung? Ich bin zum Abendessen wieder zu Hause. Geht es den Kindern gut? Ich habe so Lust, dich zu sehen«, begann er mit der Überschwänglichkeit, die typisch für ihn war, wenn er ein schlechtes Gewissen hatte.

Penelope tat so, als wüsste sie nicht, dass Andrea sich zwischen den Interviews ein wenig Abwechslung gegönnt hatte. Dieses Mal wohl mit einer Ausländerin, nach dem Akzent der Frau zu schließen, die ans Telefon gegangen war. Sie musste lernen, sich so etwas nicht so sehr zu Herzen zu nehmen und die Ruhe zu bewahren. Sie brauchte sich nicht vorzumachen, dass sie und ihr Mann in Harmonie lebten, denn die Kinder verwirrte zu viel Heuchelei nur. Aber sie durfte sich auch nicht von ihrem Zorn mitreißen lassen und wie sonst einen heftigen Streit vom Zaun brechen, denn das hatte erst recht verheerende Folgen für die Kinder.

Mit diesem Entschluss empfing sie den befreundeten Musiker, während Daniele und Lucia, die sich für den Besuch nicht im Geringsten interessierten, in ihrem Zimmer spielten.

Penelope las und Danko nickte oder schüttelte den Kopf. Aufmerksam studierte sie seine Reaktionen. Von Zeit zu Zeit unterbrach sie die Lektüre.

»Ist es nicht gut? Gefällt dir das Wort nicht?«, fragte sie ihn.

Das Kätzchen Frisbee hatte sich auf Dankos Schoß zusammengerollt und ließ sich streicheln.

»Beruhige dich, Pepe, und lies erst mal weiter«, befahl er ihr irgendwann.

»Ich bin doch ganz ruhig«, log sie.

»Du bist ein einziges Nervenbündel, das nur aus Widersprüchen und Schuldgefühlen besteht. Und das spiegelt sich in den Wörtern, die du geschrieben hast, wider. Es sind einige sehr schöne, doch traurige Verse dabei. Sie drücken dein Unbehagen aus. Aber das ist gut so. Ich glaube, dass du diesmal wirklich so weit bist, dass du arbeiten kannst«, behauptete er. Er machte keine Anspielung auf den Vortag, an dem er sie in Gesellschaft Mortimers überrascht hatte.

»Wieder arbeiten? Meinst du das ernst?«, fragte Penelope.

»Absolut ernst. Ich bereite gerade ein Musical vor. Ich möchte etwas Fröhliches machen, mit einer Prise Romantik – das kann nie schaden – und einem Hauch von Melancholie. Es geht um die übliche Geschichte: sie, er, der andere«, erklärte der Musiker.

Penelope errötete, als Danko »der andere« sagte. Der Mann gab vor, diese Röte, die über die Lage der jungen Freundin Bände sprach, nicht zu bemerken. Stattdessen fuhr er fort: »Du musst das Musical lesen, dich in die Figuren hineinversetzen und versuchen, ihre Gefühle auszudrücken. Kurzum, hinter diesem offenkundigen Doppelleben steckt die Tragödie einer Frau, die mit einem gewissenlosen Mann verheiratet ist, der bei allen Frauen Süßholz raspelt. Plötzlich verliebt die Frau sich in einen anderen. Nun entsteht ein Konflikt: Soll sie Ehemann und Kinder verlassen, um dem Ruf der Liebe zu folgen, oder soll sie sich mit einem unglücklichen Leben abfinden, um die Werte der Familie zu retten?«

»Erzählst du gerade meine Geschichte?«, entgegnete Penelope.

»Weißt du, ich habe mich nie um Dinge gekümmert, die mich nichts angehen. Aber du solltest wissen, dass du nicht die einzige Penelope in der Geschichte der Menschheit bist. Seit Homer hat es Millionen solcher Fälle gegeben. Kein Autor erzählt Dinge, die es nicht schon einmal gegeben hat.«

Penelope dachte an ihren Mann, der in wenigen Stunden nach Hause kommen und sein gewohntes Judaslächeln aufsetzen würde. Für die Kinder würde er Geschenke mitbringen, für sie den traditionellen Strauß rote Rosen.

»Warum willst du mir einen so wichtigen Job anvertrauen?«, fragte sie.

»Weil ich neue Ideen brauche. Ich brauche Frische, Herz und Verstand. Du, meine kleine Penelope, hast das alles. Und mehr noch. Ich kenne dich, seit du ein blutjunges Mädchen warst. Ich habe nie verstanden, dass du einen Beruf, der dir im Blut liegt, aufgegeben hast, als du geheiratet hast.«

»Texte schreiben hat mir Spaß gemacht, aber ich hatte etwas Wichtigeres zu tun. Ich wollte eine Vollzeitehefrau und -mutter sein. Außerdem möchte ich dich daran erinnern, dass du nicht mal einen Finger krumm gemacht hast, um mich davon abzuhalten«, warf sie ihm vor.

»Hättest du auf mich gehört, wenn ich es getan hätte?«

»Ich weiß nicht. Aber du hättest es versuchen sollen. Du hättest es tun sollen, Danko.«

»Und das bei dem Mann deiner Träume, der immer gegengesteuert hat?«, fragte er mit resigniertem Lächeln.

Wie immer hatte der weise Freund Recht. Nach seinem anfänglichen Enthusiasmus hatte Andrea alles getan, um sie zu entmutigen, obgleich diese Arbeit ihr ein wenig Genugtuung verschafft hatte, und hatte behauptet, dass er mit seinem Gehalt in der Lage wäre, seine Frau und sämtliche Kinder, die noch kommen sollten, zu ernähren. Nun konfrontierte Danko sie mit einer schwierigen und zeitaufwendigen Aufgabe. Sie wusste nicht, ob sie dies mit ihrer Familie in Einklang bringen konnte. Und sie wusste auch nicht, ob sie den Erwartungen des alten Freundes gerecht werden würde. Wie konnte sie Lieder schreiben, die von all ihren Zweifeln, ihrem Kummer, der Versuchung, etwas Verbotenes zu tun, erzählten, wenn nicht einmal ihr selbst all das klar war?

Aus dem Nebenzimmer drangen die Stimmen von Lucia und Daniele herein, die miteinander stritten. Penelope stürzte hinaus und besänftigte sie mit dem Versprechen, ihnen Schokoladenpudding zu machen, sobald sie wieder allein wären. Dann kehrte sie ins Wohnzimmer zu dem Freund zurück.

»Siehst du, was aus mir geworden ist? Ich bin die Sklavin meiner Kinder und einer Situation, die ich nicht unter Kontrolle bekomme. Ich glaube wirklich nicht, dass es mir gelingt, wieder zu arbeiten.«

»Du bist nur die Sklavin deiner selbst«, entgegnete er

grob. Danko war wütend. Penelope spürte, dass er ihr den Hintern versohlt hätte, wenn sie seine Tochter gewesen wäre.

»Ich würde mich mit meinem Urteil ein wenig zurückhalten«, verteidigte sie sich.

»Was glaubst du eigentlich, wer du bist? Du meinst, du bist für deinen Mann und deine Kinder unentbehrlich. Das bist du auch, aber du lebst falsch. Sonst hätte ich dich gestern nicht dabei überrascht, wie du diesem hübschen Kerl, der dich ansah, als wärst du die einzige Frau auf der Welt, schöne Augen gemacht hast«, platzte er heraus.

Endlich hatte er gesagt, was er dachte. Dann durchquerte er mit seinem langsamen und schweren Schritt das Wohnzimmer und ging zur Tür.

»Warte einen Moment, Danko. Versuch doch, meine Ängste zu verstehen«, flehte Penelope ihn an. Dann fügte sie hinzu: »Ich habe zu viel Zeit vergehen lassen. Es gibt hervorragende Texter auf dem Markt.«

»Dann werde ich mein Musical eben ohne dich inszenieren«, verkündete er.

»Aber ich bin die Beste. Zusammen werden wir etwas ganz Großartiges schaffen!«, schrie Penelope.

»Jetzt erkenne ich dich wieder!«, rief er und deutete ein Lächeln an. Dann entfernte er sich in Richtung Aufzug. Penelope holte ihn ein, als er bereits in die Kabine stieg, und umarmte ihn.

»Willkommen daheim, mein Mädchen«, flüsterte der Alte.

Penelope schloss die Wohnungstür und ging in die Küche. Sie hatte ihren Kindern Schokoladenpudding versprochen und den sollten sie auch bekommen. Und sie sollten auch eine durchgesehene und überarbeitete Neuausgabe ihrer Mutter bekommen. Eine Mama, die wieder zu arbeiten und wirklich zu leben begann.

Sie überraschte sich dabei, dass sie sang, während sie Kakao und Zucker in die Milch rührte.

34

Andrea kam, wie versprochen, zum Abendessen. Piripicchio förderte mit einem enormen Sprung sein athletisches Potential zutage und legte die Pfoten auf die Schultern seines Herren. Dann leckte er gründlich sein Gesicht und seine Ohren ab. Dabei stieß er ein herzzerreißendes, freudiges Gewinsel aus und ließ seinen buschigen Schwanz durch die Luft peitschen. Die Kinder begrüßten ihren Vater mit einem ähnlich stürmischen Gebaren. Penelope und die Katze hingegen blieben hartnäckig wie festgewachsen an ihren Plätzen: eine in der Küche, um das Abendessen zuzubereiten, die andere im Wäschekorb im Bad.

»Die hier sind für euch«, sagte Andrea zu den Kindern und überreichte ihnen zwei Packen CDs mit Autogrammen der Sänger, die auf dem Festival aufgetreten waren. Dann ging er entschlossen in die Küche.

»Und die sind für meine supersüße Penelope«, verkündete er und hielt ihr einen Riesenstrauß scharlachroter Rosen hin.

Penelope hasste dieses oberflächliche Ritual. Sie hatte große Lust, ihn zu beschimpfen und zu ohrfeigen. Stattdessen tat sie so, als sei sie unheimlich beschäftigt, mit dem Schneebesen die Mayonnaise zu rühren, um seiner Umarmung zu entgehen. Sie hätte mehr als einen Grund gehabt, die Rosen zu nehmen und sie ihm um die Ohren zu schlagen. Sie murmelte ein gezwungenes »Danke« und ärgerte sich noch mehr, als sie feststellte, mit welcher Freude und Zuneigung ihre Kinder den Vater empfingen. So viel Herzlichkeit machte sie eifersüchtig. Bei ihr waren sie nie so überschwänglich.

»Was für hübsche Krusten ihr habt«, stellte Andrea fest, der sich mit ziemlicher Sicherheit erst in diesem Augenblick wieder daran erinnerte, dass seine Kinder krank gewesen waren. Penelope beobachtete ihn verstohlen und das lachende Gesicht ihres Mannes kam ihr vor wie die böse und trügerische Fratze des Wolfes, der im Bett von Rotkäppchens Großmutter lag. Für einen Moment hatte sie das Gefühl, dass er ihre beiden Kleinen jeden Augenblick zerreißen würde, wie im Märchen. Andreas lachende Stimme riss sie aus dem Alptraum. »Das heißt, dass ihr bald wieder gesund seid. Mein Gott, wie froh ich bin, wieder bei meiner Familie zu sein. Ihr habt die Mama doch nicht geärgert, oder?«

Da steht er, der Betrüger, und versucht, sich mit den Unschuldigen zu verbünden, dachte Penelope. Ihre finstere Miene spiegelte ihren Zorn wider, doch schlau wie er war, tat Andrea so, als bemerke er es nicht.

Penelope rührte die Brühe des gesottenen Kalbfleisches schaumig, während ihre Wut anstieg wie ein Hochwasser führender Fluss. Die Kinder trotteten ihrem Vater hinterher, der ins Bad ging, um sich die Hände zu waschen.

Die junge Frau deckte sorgfältig den Tisch und verfluchte die Erziehung, die sie genossen hatte und die ihr gebot, den Mund zu halten, auch wenn sie liebend gern ihren verletzten Stolz hinausgeschrien und diesen untreuen Ehemann vor die Tür gesetzt hätte.

»Essen ist fertig«, verkündete sie, während sie kritisch überprüfte, ob alles an seinem Platz stand.

Die Kinder kamen herbeigelaufen, den Vater im Schlepptau, der sein Lächeln für große Anlässe aufgesetzt hatte.

»Und du setzt dich nicht zu uns?«, fragte er sie und näherte sich ihr, um ihr einen Kuss zu geben. Penelope bemerkte ein paar silberne Fäden in dem tiefschwarzen Haar. Das erste Zeichen des voranschreitenden Alters. Und sie fragte sich, ob es ihr auch noch gelingen würde, alles schweigend zu tolerieren, wenn sie beide alt und grau geworden wären.

»Fangt ruhig schon mal an, sonst wird der Risotto kalt. Ich komme gleich«, sagte sie.

Sie ging ins Bad und betrachtete sich im Spiegel. Was an ihrem Gesicht und an ihrem Körper hatte ihren über alles geliebten Mann veranlasst, sie zum ersten Mal zu betrügen? Es ist nämlich immer das erste Mal, das zählt. Die anderen Seitensprünge sind nur eine natürliche Konsequenz.

»Irgendetwas an mir stimmt nicht«, flüsterte sie ihrem Spiegelbild zu. Dennoch hatten dieses Gesicht und dieser volle und harmonische Körper die Aufmerksamkeit eines so außergewöhnlichen Mannes wie Raimondo Teodoli erregt, so wie sie zwölf Jahre zuvor Andrea fasziniert hatten. Vielleicht war ihre Wirkung nicht von Dauer. Nachdem die erste Vernarrtheit abgeklungen war, war bei ihrem Mann nur noch Enttäuschung zurückgeblieben. Wahrscheinlich würde es bei Mortimer ebenso sein, wenn sie ihre Bekanntschaft vertieften.

Sie öffnete das Arzneimittelschränkchen und holte ein Beruhigungsmittel hervor. Das würde ihr helfen, wenigstens ein Minimum an Gelassenheit wiederzugewinnen und die Lust, zu explodieren, zu besänftigen. Sie ging in den Vorraum des Badezimmers hinaus, wo Andrea seine Reisetasche achtlos hingeworfen hatte. Die Tasche war offen und darin herrschte wie üblich ein wildes Durcheinander schmutziger und sauberer Wäschestücke, zwischen denen hier und da Pressemappen und Notizzettel lagen. Wie immer blieb es an ihr hängen, Ordnung zu schaffen.

Mit ein paar schnellen Handbewegungen, die sie sich durch jahrelange Praxis angeeignet hatte, begann sie, die sauberen Kleidungsstücke von denen zu trennen, die gewaschen werden mussten, und sammelte die Notizen und Pressemappen zusammen. Plötzlich hielt sie eine Schachtel Minerva-Streichhölzer in der Hand, und zwar eine jener riesigen, die man in Restaurants geschenkt bekam und die auf der Vorderseite ein Polaroidbild trugen. Auf dem Bild war Andrea zu sehen, der eine leicht bekleidete blonde Heavy-Metal-Braut im Arm hielt. Sie war im Profil abgelichtet, wie sie gerade die Lippen spitzte, um das Ohrläppchen von Penelopes Mann zu küssen, der ein 18-Karat-Lächeln zur Schau stellte. Penelope öffnete die Schachtel. Im Inneren befand sich eine mit dem Füller geschriebene Widmung: *With Love. Sally*. Dann folgten drei Reihen von Kreuzchen, die so viel bedeuteten wie Küsse, Küsse und nochmals Küsse. Sie musste an die Frauenstimme denken, die ihr am Telefon in Andreas Zimmer geantwortet hatte.

Wenn ihr Mann auch nur die blasseste Ahnung gehabt hätte, wie seine Frau sich fühlen würde, wenn sie die Minerva-Streichholzschachtel fand, hätte er sie sicher weggeworfen oder versteckt. Aber er hatte nie begriffen, wie sehr Penelope unter so etwas litt. »Wie idiotisch!«, flüsterte sie. Diese verächtliche Bemerkung galt nicht dem Ehemann, sondern ihr selbst, die immer noch alles hinnahm. Als Sklavin der Gewohnheit, der Konvention und der Prinzipien, die nicht diskutiert, sondern hingenommen wurden, war sie so dumm gewesen, eine Affäre zu beenden, ehe sie noch begonnen hatte. Eine Affäre, die möglicherweise ihrem Selbstbewusstsein geschmeichelt hätte. »Ich bin wirklich eine Idiotin«, wiederholte Penelope. Sie steckte die Minerva-Streichhölzer in die Tasche ihrer Strickjacke und kehrte in die Küche zurück, in der Hoffnung, dass das Beruhigungsmittel bald seine Wirkung tun würde.

Die Kinder und ihr Mann lächelten und zwinkerten ihr zu. Auf dem Tisch, gleich vor ihrem Teller, lag ein Päckchen mit einer Schleife, das ganz nach einer Überraschung aussah. Sie nahm es, drehte es in den Händen, löste das Band und öffnete das goldene Papier. Zum Vorschein kam eine mit blauem Samt überzogene Schachtel. Penelope machte sie auf. In der Schachtel lag ein goldener Schlüsselanhänger, in den eine Widmung eingraviert war: *Für die schönste Mama der Welt.*

Ihr erster Gedanke war, dass der Schlüsselanhänger ihr nicht gefiel. Andrea hätte das wissen müssen. Es war ihm nie gelungen, ihr ein Geschenk nach ihrem Geschmack zu machen. Sie wog den Anhänger gleichmütig in der Hand. Ihr zweiter Gedanke war, dass sie mit dem Geld, das er für diese Nichtigkeit ausgegeben hatte, die gesamte Wohnung hätte streichen und neue Wohnzimmergardinen hätte kaufen können. Und schließlich stellte sie fest, dass ihr Mann offensichtlich die Absicht hatte, für eine neuerliche Untreue Abbitte zu leisten. Das tröstete sie nicht. Es steigerte noch ihre Enttäuschung.

»Ich habe im Kasino gewonnen«, sagte Andrea, während sie das funkelnde Kettchen, an dem das Kleeblatt hing, zwischen Daumen und Zeigefinger baumeln ließ.

Sie wusste, dass ihre Kinder Freudenschreie und Küsse erwarteten, aber in diesem Augenblick hasste sie ihren Mann zu sehr, um ihnen den Gefallen zu tun.

»Verflucht«, stieß sie zwischen den Zähnen hervor.

Er verstand die Botschaft und sein Lächeln erstarb. Auch Lucia und Daniele hörten es, aber da die beiden in der Illusion einer glücklichen Familie lebten, wollte Penelope sie nicht enttäuschen. Während Andrea den Blick auf seinen Teller senkte, sagte sie: »Verflucht noch mal! Das ist wirklich ein schönes Geschenk.«

»Wisst ihr, Kinder, ich denke, ich habe mich geirrt. Mama gefällt dieser Schlüsselanhänger nicht«, gab er mit betrübter Miene zu und suchte bei seinen Kindern Verständnis, die auf seiner Seite waren.

Penelope setzte sich endlich an den Tisch. Sie verschmähte den Risotto und legte sich lediglich etwas gedämpftes Gemüse und eine dünne Scheibe Kalbsfleisch auf den Teller.

»Ich fühle mich aber sehr geschmeichelt, dass ich für die schönste Mama der Welt gehalten werde«, erwiderte sie, wobei sie Lucia und Daniele zulächelte. Dann strich sie über die Tasche ihrer Strickjacke und sah Andrea streng an. »Wie geht es dieser ›Sally with love‹?«, fragte sie plötzlich. Sie freute sich diebisch, als sie sah, wie ihr Mann blass wurde.

»Oh, meinst du die Schlagzeugerin dieser schottischen Rockband?«, haspelte er.

»Ich habe dich gefragt, wie es ihr geht«, drang Penelope auf ihn ein.

Die Kinder waren ganz Ohr. Sie hatten einen gefährlichen Unterton wahrgenommen, verstanden aber nicht, was vor sich ging.

»Gut, nehme ich an«, flüsterte Andrea. »Aber ehrlich gesagt interessiert es mich nicht«, fügte er hinzu und stand auf. »Es ist spät geworden. Ich muss jetzt wirklich zur Zeitung«, schloss er.

Penelope verließ ihrerseits die Küche.

»Esst weiter«, sagte sie an die Kinder gewandt. »Ich bringe Papa zur Tür.«

»Du hast diese Streichhölzer schön offen liegen lassen«, fuhr sie ihn im Vorzimmer an. »Was glaubst du wohl, was die Kinder von ihrem Papa gedacht hätten, wenn sie die Schachtel gesehen hätten?«

»Nichts. Sie denken gar nichts, wenn du ihnen nicht irgendetwas in den Kopf setzt«, erwiderte der Mann, wobei er die Streichholzschachtel nahm und in Stücke riss.

»Und ich? Denke ich mir auch nichts dabei?«, fuhr sie ihn mit wütender Stimme an und zwang sich, nicht zu schreien.

»Ach komm, Pepe, du weißt genau, dass das Unsinn ist. Was hat schon ein Foto zu bedeuten, das in einem Restaurant aufgenommen wurde, in dem sich zweihundert andere Personen befanden?«

»Waren die auch in deinem Zimmer im *Grand Hotel et des Anglais*? Oder war da nur diese ›Sally with Love‹? Denn als ich dich angerufen habe, ist sie zweimal drangegangen«, setzte Penelope hinzu und beobachtete ungerührt das Gesicht ihres Mannes, der sich in die Enge getrieben fühlte und sie bestürzt ansah.

»Du bist verrückt. Du siehst Gespenster und ich habe keine Lust, meine Zeit mit so einem Quatsch zu verschwenden.«

»Du bist so unendlich feige, dass du nicht einmal den Mut hast, zu dem zu stehen, was du tust!«, schrie sie ihm ins Gesicht.

»Und du bist eine Idiotin. Du kannst dich nicht einfach um deinen eigenen Kram kümmern. Nein, du musst ja im Dreck wühlen. Ich sehe es deinem Gesicht an: Du kriegst doch jedes Mal einen Orgasmus, wenn du denkst, dass du mich bei irgendetwas erwischt hast. Wenn du auch im Bett mal einen Orgasmus hättest, würde unsere Beziehung vielleicht ein bisschen besser funktionieren«, erwiderte er.

Penelope dachte, dass das Beruhigungsmittel im Moment überhaupt keine Wirkung zeigte, und konnte sich nur mit Mühe zurückhalten, um den Vater ihrer Kinder nicht zu ohrfeigen.

»Du bist ein elender Schuft«, zischte sie.

»Und du bist eine blöde Kuh!«, brüllte er zurück. Er nahm die Porzellanvase, die sie von ihrer Cousine zur Hochzeit geschenkt bekommen hatten und die dekorativ auf dem Eckschrank im Vorzimmer stand, und schleuderte sie auf den Boden, so dass sie in tausend Stücke zersprang.

Penelope rührte sich nicht.

»Nur damit du's weißt, heute Abend komme ich nicht nach Hause. Ich gehe zu meiner Mutter. Bei der werde ich wenigstens nicht verhört wie ein Schwerverbrecher«, schloss er. Und ging türknallend hinaus.

Lucia und Daniele spähten durch den Spalt der angelehnten Küchentür. Sie hatten alles mitbekommen.

»Lucia, hol dir Handfeger und Kehrblech«, befahl Penelope ruhig. »Wir müssen die Scherben zusammenfegen.«

35

Szenen dieser Art wiederholten sich seit Jahren. Jedes Mal taten Penelope und die Kinder so, als wäre nichts geschehen. Am Ende der Auseinandersetzungen mit ihrem Mann sah es stets so aus, als sei er im Recht. Ihr blieb nur, die Scherben aufzusammeln. Indes wartete sie geduldig auf die Rückkehr des reumütigen Kriegers. Manchmal dauerte es nur einen Tag, manchmal eine Woche. Dann stand Andrea mit einem Strauß Blumen und einer Einladung in die Pizzeria oder ins Kino vor ihr und über den Grund ihres Streits wurde kein Wort mehr verloren. Das Leben ging weiter, als wäre nichts geschehen. Insgeheim aber staute sich in ihr zunehmend Groll auf, den sie hinter einem falschen Lächeln verbarg. Wie gern hätte sie einmal den Spieß umgedreht, hätte die Tür hinter sich zugeschlagen und ihn mit den Kindern allein gelassen. Aber kann eine Mutter ihre lieben Kleinen im Stich lassen? Außerdem hatte sie keine Arbeit. Wovon sollte sie leben? Und wie sollten dann diese armen Kinder aufwachsen, bei diesem verlogenen und feigen Vater? So schluckte sie schweigend ihren Zorn herunter, trug eine Heiterkeit zur Schau, die sie nicht empfand, und machte einfach weiter wie bisher.

Diesmal jedoch reagierte sie anders. Sie tat ihr Bestes, um die Kinder zu beruhigen, indem sie ihnen – ohne dem

Ganzen allzu viel Bedeutung beizumessen – erklärte, dass es zwischen ihr und Papa einen Streit gegeben habe und dass dieser zu Großmutter Maria geflüchtet sei. Die beiden sollten jedoch wissen, dass ihr Vater sie liebte. Er war nur auf ihre Mama böse. Sie verschwieg die Tatsache, dass sie selbst an jenem Abend zu arbeiten beginnen würde und dass sie, wenn ihre Arbeit etwas taugte, genug Geld verdienen würde, um nicht mehr auf Andreas Hilfe angewiesen zu sein. Dass war die beste Methode, um sich aus der Sklaverei zu befreien.

Als die Kinder eingeschlafen waren, schloss sie sich im Wohnzimmer ein. Frisbee kauerte sich auf ihren Schoß und schnurrte. Piripicchio lag zu ihren Füßen auf dem Teppich und döste.

Sie begann den Text des Musicals, den Danko ihr dagelassen hatte, durchzublättern. Schon beim Lesen machte sie sich zu den Eigenschaften der Personen im Geiste Notizen. Die Geschichte gefiel ihr. Sie stellte sich vor, in der Protagonistin und den beiden Männern, die sich um sie stritten, sich selbst, Andrea und Mortimer wiederzuerkennen. Von da an flossen die Worte wie von selbst. Ihr Kopf und ihr Herz arbeiteten in vollkommener Übereinstimmung, halfen ihr, mit der Geschwindigkeit eines Computers Worte zu erarbeiten. Es gefiel ihr, alles in Verse zu packen: ihre quälende Schwermut, ihr unerfülltes Verlangen, ihre rasende Wut auf ihren Mann. All das gab der Protagonistin den Mut, sich immer mehr von ihm zu entfernen, um das Glück in den ausgebreiteten Armen des anderen zu finden, der zufälligerweise nicht nur attraktiver, intelligenter, sanfter und unendlich viel reicher als ihr Mann war, sondern ihr vor allem sagen konnte: »Ich liebe dich.« Wie lange schon hatte Andrea das nicht mehr zu ihr gesagt?

Sie sah sich selbst am Küchentisch sitzen und Tag für Tag, Jahr für Jahr Mittag- und Abendessen vorbereiten für einen Mann, der immerzu abwesend war, selbst wenn er neben ihr saß.

Sie schrieb stundenlang so weiter, und als sie vor Müdigkeit beinah zusammensackte, ging sie ins Bett und schlief fast augenblicklich ein. Es machte ihr nichts aus, wenn Andrea nicht zurückkam, im Gegenteil, sie genoss es, das große Ehebett für sich alleine zu haben.

In den darauf folgenden Tagen traf sie sich mit Danko und gemeinsam arbeiteten sie verbissen, doch voller Freude an dem Text. Die Figur der Linda, so hieß die Protagonistin des Musicals, nahm unter Penelopes Händen immer genauere, immer klarere Züge an. Der Musiker war begeistert.

»Ich wusste es, ich habe gefühlt, dass du es schaffen würdest«, bemerkte er lebhaft.

»Warte, Danko. Ich bin doch erst am Anfang. Und außerdem ist die Figur des Liebhabers noch ein bisschen unklar«, protestierte sie.

»Denk einfach an den schönen Typen, mit dem ich dich im Restaurant gesehen habe. Erwecke ihn zum Leben, lass ihn sprechen, lass ihn sich ausdrücken«, riet er.

»Ich erwecke ihn mehr zum Leben, als du und er selbst es euch vorstellen könnt«, erklärte Penelope verbittert.

Sie hatte ihn aus ihrem Leben verwiesen, aber sie konnte ihn nicht aus ihren Gedanken vertreiben. Mortimer war allgegenwärtig. Während sie an ihn dachte, stopfte die junge Hausfrau in dem Musical Socken und kochte.

»Das ist genau das, was das Publikum will: ein vom Weinen verzerrtes Lächeln, eine witzige Bemerkung, hinter der ein Schluchzen zurückgehalten wird. Denn Linda ist hin- und hergerissen zwischen der Vernunft, die von ihrer Situation als verheiratete Frau dargestellt wird, und der Übertretung eines Verbots, dargestellt von den Gefühlen, die sie für den anderen hegt«, fuhr Danko fort.

»Unterdessen tröstet sie sich, indem sie ein Pfund *Baci*

di Dama isst. Und dann nimmt sie dummerweise auch noch zu. Denn Linda ist nun mal so: Ihre unbefriedigte Sehnsucht erweckt in ihr Lust auf Schokokekse«, erklärte Penelope.

»Damit aktualisieren wir eine alte Geschichte wie die der Emma Bovary oder Anna Karenina. Ist das Konzept klar?«, fragte der Mann.

»Aber diese armen Sünderinnen sterben zum Schluss. Das finde ich total ungerecht«, protestierte sie.

»Wären sie ein bisschen schlauer gewesen, hätten sie sich einfach mit *Baci di Dama* voll gestopft und darauf gewartet, dass die beiden Männer ihres Lebens einander niederstechen. Möge der Bessere siegen. Letztendlich ist es doch das, was eine Frau will, die sich nicht entscheiden kann«, sagte Danko.

»Bist du dir sicher? Bedenke, dass Linda nicht so unbefriedigt ist wie Emma und auch nicht so depressiv wie Anna«, erläuterte Penelope.

»Linda ist wie du. Deshalb habe ich das Ende offen gelassen. Du wirst es schreiben«, befahl Danko.

»Linda bringt sich nicht um. Das garantiere ich dir. In der Regel tut eine Frau das nicht, wenn zwei Männer um sie streiten. Ich denke, sie könnte sie alle beide verlassen und sich mit einem Dritten zusammentun«, überlegte Penelope laut.

»Der Dritte ist in dem Musical nicht vorgesehen«, bemerkte Danko.

»Dann erfinden wir ihn eben.«

»Und wer könnte das sein?«

»Ein Konditor. Oder, noch besser, ein Süßwarenfabrikant, der *Baci di Dama* herstellt«, scherzte Penelope.

»Dann haben wir auch schon den Titel des Musicals: *Baci di Dama*. Bravo, Pepe. Genau so wird die Geschichte funktionieren«, schloss Danko amüsiert.

»Nein, mein Lieber. Linda wird sich zwischen den beiden Männern ihres Lebens entscheiden müssen. Durch den Kampf um sie sind beide besser geworden. Und auch die Frau ist besser geworden. Und das ist das Ende.«

»Ja, und sie lebten alle drei glücklich bis an ihr Lebensende. Ach komm, Pepe! Du weißt genau, dass das nicht geht. Kannst du dich an dieses schöne Gedicht von Edgar Lee Master erinnern?«

»›Das ist des Lebens Not: Dass einer nur glücklich sein kann, wo zwei sind.‹ Natürlich kann ich mich daran erinnern. Na und? Wir schreiben eine Komödie. Das Leid des Lebens lassen wir beiseite und trösten uns mit *Baci di Dama*«, erwiderte sie fröhlich. Sie wusste ebenso gut wie Danko, dass das Ende ganz von allein kommen würde, wenn sie weiter an dem Text arbeitete.

Unterdessen hatte Penelope bereits einen beachtlichen Vorschuss für ihre Arbeit bekommen und ein eigenes Bankkonto eröffnet.

Andrea war nach zwei Tagen bei seiner Mutter nach Hause zurückgekehrt. Er hatte sie und die Kinder freudig umarmt, als ob nichts geschehen wäre. Auch dieses Mal entledigte Penelope sich ihrer Verbitterung mit einem resignierten Seufzen. Die Arbeit war momentan ein großer Trost für sie.

»Ich freue mich sehr, dass du wieder mit dem Schreiben angefangen hast«, sagte ihr Mann.

»Das glaube ich nicht. Vor zehn Jahren hast du deine ganze Überzeugungskraft aufgewandt, um mich zum Aufhören zu bewegen«, erinnerte sie ihn.

»Ich habe dir nur zu dem geraten, was ich für das Beste hielt. Du hast in den letzten Jahren Zeit gehabt, reifer zu werden. Ich denke wirklich, dass du nun so weit bist, wieder mitzumischen«, erklärte er mit befriedigter Miene.

Penelope wusste, dass seine Begeisterung ganz bestimmte Gründe haben musste. Die Lebenshaltungskosten stiegen und das Geld, das sie verdienen würde, war ein Segen.

Außerdem nahm ihr Musical sie derart in Anspruch, dass sie weniger Zeit haben würde, sich über die Liebesabenteuer ihres Mannes den Kopf zu zerbrechen.

Es war eine schöne Zeit. Andrea lebte weiterhin so wie bisher, ohne sich schuldig zu fühlen. Penelope ließ all ihren Kummer in die Texte einfließen und befreite sich so gewissermaßen davon. Die Kinder waren zufriedener. Wie immer, wenn Papa und Mama sich verstanden.

Penelope war die Erste, die morgens aufstand. Andrea schlief bis zehn oder auch länger, wenn er die Nacht mal wieder in der Redaktion verbracht hatte. Sie ging mit dem Hund raus, und wenn sie zurückkam, machte sie das Frühstück für die Kinder, die sie teils mit Liebkosungen, teils mit kräftigem Rütteln weckte. Sie zwang die beiden, sich zu waschen, half ihnen, sich anzuziehen und zu kämmen.

Penelope hatte zwei Stunden Zeit, um Daniele und Lucia zur Schule zu bringen, bei der Post oder bei der Bank vorbeizugehen, um verschiedene Rechnungen zu bezahlen, im Supermarkt und den anderen Geschäften einzukaufen. Der Wagen musste um halb elf morgens vor der Haustür stehen, so dass Andrea damit gleich zur Arbeit fahren konnte. Doch all das bereitete ihr keine Mühe.

Dennoch hätte es ihr gefallen, einen kleinen Wagen ganz für sich allein zu haben. Nun, da sie wieder zu arbeiten begonnen hatte, zog sie eine solche Ausgabe in Betracht. Allerdings stand ihnen noch eine dringendere und größere Ausgabe bevor: Die Wohnung musste erweitert werden. Sie war wirklich zu klein, die Kinder wurden größer und jedes von ihnen brauchte ein eigenes Zimmer. Außerdem war auch ein Gästezimmer vonnöten, denn Andreas Mutter übernachtete gern bei ihnen. Die Nachbarin auf ihrer Etage, eine Stewardess der Alitalia, hatte Penelope erzählt, dass sie einen Finanzier heiraten wolle, den sie auf dem

Flug Mailand–Tokio kennen gelernt hatte, und deswegen ihre Wohnung loswerden wolle.

»Ich habe das Geld, um sie zu kaufen. Überleg mal, Andrea, wir müssten nicht einmal umziehen. Wir brauchen nur eine Tür im Flur einzubauen und schon ist unsere Wohnung doppelt so groß«, verkündete Penelope ihrem Mann.

»Wir haben ja wirklich unverschämtes Glück!«, rief er begeistert und verkündete sofort Freunden und Verwandten mit triumphierender Stimme: »Wir haben die Wohnung neben unserer gekauft.« Zu Penelope sagte er: »Ich bitte dich, lass uns was Schönes daraus machen.«

Dieses »wir haben« und »lass uns machen« war natürlich an Penelope hängen geblieben, die zwar mit Freude, aber absoluter Inkompetenz die Erweiterungsmaßnahmen überwachte. Jeden Tag diskutierte und kritisierte sie die Arbeit von Maurern, Installateuren, Elektrikern, Fliesenlegern und Schreinern. Wenn Daniele und Lucia gerade mal nicht in der Schule, im Schwimm-, Tanz- oder Gitarrenunterricht waren, nahmen sie an dieser Art neuem Spiel teil, das in den heimischen vier Wänden stattfand. Verzückt beobachteten sie, mit welcher Geschicklichkeit die Maurer die Wände verputzten und der Elektriker eine Reihe unglaublich langer bunter Kabel in Plastikröhren einführte, die dann einzementiert wurden und verschwanden. Die beiden spielten zwischen Schutthaufen Fangen und ergriffen Partei für ihre Mama, wenn diese wegen einer schlecht ausgeführten Arbeit auf die Handwerker wütend wurde.

»Wenn ich ein schlechtes Lied schreibe, muss ich es neu schreiben. Wenn ihr die Fliesen schlecht verlegt, müsst ihr sie wieder rausschlagen und neu verlegen. Und ich zahle euch für eure Überstunden nicht einen Pfennig mehr«, sagte Penelope.

Andrea hingegen beklagte sich jedes Mal, wenn er nach

Hause kam: »Wie lange geht denn das Chaos hier noch weiter?«

Stets behielt Penelope ihren Überdruss für sich und antwortete nicht.

Endlich waren die Arbeiten abgeschlossen und die Familie Donelli verfügte über drei Bäder, ein Ankleidezimmer, vier Schlafzimmer und ein Wohnzimmer, das doppelt so groß war wie das alte.

Die Erweiterung hatte den Vorschuss auf Penelopes Autorenrechte komplett aufgebraucht. Da sie daran gewöhnt war zu sparen, beunruhigte sie das nicht, zumal sie wusste, dass sie noch eine ansehnliche Summe bekommen würde, wenn das Musical fertig war. Sorgen bereitete ihr vielmehr, dass sie wieder ständige Rückenschmerzen hatte. Sie wusste, dass das ein Alarmsignal war. Wieder einmal hatte sich in einem ihrer Eierstöcke eine Zyste gebildet.

36

»Ich habe einen Termin bei Doktor Carini gemacht«, verkündete Penelope ihrem Mann.

Frau Doktor Carini war die Gynäkologin, zu der sie immer gegangen war und die ihr während ihrer beiden Schwangerschaften zur Seite gestanden hatte.

Andrea erschrak: »Ist irgendetwas nicht in Ordnung?«

»Ich denke, es ist wieder mal eine Zyste«, spielte sie die Angelegenheit herunter, obgleich sie wusste, dass sie sich einer Reihe von Untersuchungen würde unterziehen müssen. »Ich hatte eine sehr anstrengende Phase und meine weiblichen Organe rebellieren, protestieren und machen Sperenzchen. Wird schon alles gut gehen, wie immer«, schloss sie.

»Deine weiblichen Organe machen aber ziemlich oft Sperenzchen. Diesmal müssen wir das Problem richtig angehen«, erklärte ihr Mann. Und fügte hinzu: »Ich werde einen Termin bei Professor Marco Viviani machen.«

»Darf ich wissen, wer das ist?«

»Der Chefarzt der Gynäkologie an der Poliklinik. Er ist sehr gut.«

»Ist die Untersuchung gratis?«, fragte Penelope.

»Wie kommst du denn darauf? Er ist ein Spezialist.«

»Die Carini ist auch eine Spezialistin. Sie ist normale Kassenärztin und die Kosten für die Untersuchung sind die für die Busfahrkarte«, protestierte sie.

»Du schleppst dieses Problem seit Jahren mit dir herum. Ich finde, wir sollten die Meinung eines echten Experten einholen. Viviani ist der Gynäkologe von Moscatis Frau und vielen anderen wichtigen Damen«, erwiderte Andrea.

»Und du meinst, das ist eine Garantie?«

»Es ist eine Gewissheit. Viviani muss auch dein Gynäkologe werden.«

»Ich möchte lieber zu einer Frau. Da fühle ich mich wohler«, protestierte sie schwach, wusste jedoch, dass sie schon verloren hatte.

Sie hätte ihrem Mann gern erklärt, wie heikel eine gynäkologische Untersuchung war, vor allem bei einem Mann. Sie hatte die Erfahrung bereits ein paarmal gemacht, wenn ihre Ärztin im Urlaub war, und sie hatte sich dabei ausgesprochen unwohl gefühlt. Aber sie verzichtete darauf, mit Andrea darüber zu sprechen, denn er hätte es ohnehin nicht verstanden.

Um des lieben Friedens willen machte sie einen Termin bei Professor Viviani.

Um elf Uhr morgens betrat sie das Wartezimmer zu seiner Praxis in der Poliklinik. Eine Stunde zuvor hatte sie eine Mammographie gemacht und eine Schwester hatte ihr die Aufnahmen mitgegeben und ihr gesagt: »Zeigen

Sie sie dem Professore. Er wird sie richtig deuten können.«

»Warum? Stimmt irgendetwas nicht?«, fragte Penelope eingeschüchtert.

Statt sie zu beruhigen, irritierte sie die Antwort noch mehr.

»Machen Sie sich keine Sorgen. Der Professore wird sich das ansehen und Ihnen erklären.« Die Frau sprach das Wort Professore voller Ehrfurcht aus.

Penelope hatte von zu Hause ein Buch mitgenommen, damit ihr das Warten nicht zu lang wurde. Sie blätterte nie in den Zeitschriften der Wartezimmer, weil sie meinte, dass sie schon zu viele Hände angefasst hätten. Andrea machte sich gelegentlich wegen dieser Manie, die er für eine Art Hygienefanatismus hielt, über sie lustig.

Das Buch, das sie in den Händen hielt, war ein Roman von Bohumil Hrabal: *Ich habe den englischen König bedient*. Eine heitere Geschichte, die Lebensfreude versprühte und sie zum Lachen brachte. Sie fischte das Lesezeichen heraus, das sie zwischen die Seiten gesteckt hatte, und versuchte weiterzulesen. Ihre Augen folgten den Worten, doch ihre Gedanken waren woanders. Was hatte diese dämliche, als Krankenschwester verkleidete Kuh ihr damit sagen wollen: »Der Professore wird sich das ansehen und Ihnen erklären«? Im Zimmer saßen noch zwei andere Damen, die ebenso unruhig waren wie sie. Nur der Chefarzt fehlte. Nachdem sie eine halbe Stunde gewartet hatte, kam eine andere Krankenschwester herein.

»Der Professore lässt sich entschuldigen. Er operiert einen Notfall«, verkündete sie. Penelopes Angst wuchs. Warum musste sie auch immer tun, was Andrea sagte. Sie hatte eine tüchtige Gynäkologin, die um acht Uhr morgens ihre Patienten empfing, die pünktlich war, die eine liebenswürdige Art hatte. Aber nein, sie musste sich ja von diesem berühmten Professor untersuchen lassen. Es war Viertel vor zwölf. In einer Stunde würden die Kinder aus der Schule kommen und sie musste die beiden unbedingt abholen. Darüber hinaus hatte sie das Mittagessen noch nicht vorbereitet. Sie hatte also zwei Möglichkeiten: die Kinder und ihren Teller Nudeln vernachlässigen oder den Vorwand nutzen und sofort verschwinden. Diese letzte Möglichkeit erschien ihr sehr verlockend.

Penelope verließ das Wartezimmer und nach ein paar Schritten sah sie im Korridor ein Münztelefon. Plötzlich hatte sie einen Geistesblitz: Andrea anrufen, der nach einer langen Nacht in der Redaktion sicher noch schlief, und ihm sagen, wie die Dinge standen. Genau das tat sie.

Sie vernahm die Stimme ihres Mannes, die aus den entlegensten Winkeln des Schlafes zu kommen schien. Also übte sie sich in der perfekten Imitation einer zuckersüßen Ehefrau.

»Liebster, es tut mir Leid, dass ich dich geweckt habe, aber ich habe ein Problem. Der Chefarzt ist noch nicht da. Sie sagen, er operiert noch. Es könnte noch eine Stunde dauern, vielleicht auch zwei oder drei. Findest du nicht, ich sollte auf die Untersuchung verzichten? Die Kinder müssen abgeholt werden ...«

Andrea ließ sie gar nicht ausreden. Es war ihm zu wichtig, seinen Freunden erzählen zu können, dass Viviani der Gynäkologe seiner Frau war. Und tatsächlich erlangte er unverzüglich sein volles Bewusstsein wieder.

»Du bleibst dort und wartest, so lange es nötig ist. Um die Kinder kümmere ich mich«, erwiderte er.

»Bist du sicher?«, fragte Penelope, glücklich darüber, ihn geweckt zu haben und ihn zumindest einmal zu zwingen, sich um die Kinder zu kümmern.

»Kein Problem, Pepe. Mach dir keine Sorgen. Ich kümmere mich um alles«, versicherte Andrea.

Penelope beendete das Gespräch. Sie drehte sich ruckartig um und fand sich einem Mann in weißem Kittel gegenüber. Sie hatte gerade noch Zeit, das leichte Aroma eines englisches Parfüms wahrzunehmen, und schon umfingen sie zwei Arme. Mortimer lächelte sie an.

37

»Warum bist du hier?«, fragte Mortimer sie.

Penelope spürte, wie ein Glücksgefühl sie durchströmte. Seit Monaten hatte sie geahnt, dass sie sich wiedersehen würden. Ihr Herzschlag, der sich plötzlich beschleunigte, unterstrich ihre Aufregung über diese erneute Begegnung.

»Das könnte ich dich auch fragen«, erwiderte sie verwirrt.

»Ich arbeite hier«, sagte Mortimer.

»Ich habe einen Termin bei Professor Viviani«, erklärte sie ihrerseits.

»Du hast den falschen Tag erwischt. Ich komme gerade aus dem OP. Wir hatten einen mörderischen Vormittag. Es gab einen ziemlich komplizierten Notfall, der glücklicherweise noch mal gut gegangen ist. Aber wir sind alle todmüde. Viviani wird heute keine Untersuchungen mehr machen. Er ist schon auf dem Weg nach Hause. Und ich gehe jetzt auch«, erklärte er, während er sie unterhakte und die Treppen hinunter zum Erdgeschoss führte.

»Also bist du ein Gynäkologe«, stellte sie überrascht fest.

Wieder einmal hatte der Zufall das Schicksal geleitet. Und hatte sich Andrea bedient, um es zu tun.

Im weißen Kittel schien Raimondo Teodoli ihr noch faszinierender.

»Du kannst dir nicht vorstellen, wie sehr ich mich freue, dich wiedergefunden zu haben«, sagte er in aufrichtigem Tonfall.

»Und ich erst«, flüsterte sie errötend.

»Bist du auch heute in Sorge um deine Kinder?«, fragte er sie in Gedenken an ihr letztes Treffen.

»Zum Glück sind die beiden diesmal gut aufgehoben«, versicherte sie.

»Dann können wir ja beruhigt sein«, entschied der Arzt. Er ging mit ihr einen Korridor entlang, von dem Türen zu den Untersuchungszimmern führten. »Ich muss mich umziehen«, sagte er. Unter dem Kittel trug er ein weißes T-Shirt, an den Füßen die weißen Holzschuhe für den OP. »Versprichst du mir, nicht wegzulaufen?«, fragte er sie und sah ihr dabei in die schwarzen Augen, während er auf einen Sessel zeigte, in dem sie warten konnte.

»Versprochen«, beruhigte sie ihn.

Um nichts auf der Welt wäre sie weggelaufen. Es hatte ihr genügt, ihn wiederzusehen, und schon schmolzen die Vorsätze eines nunmehr weit zurückliegenden, eisigen Februars wie Schneeflocken in der Sonne.

Sie verließen die Poliklinik und gingen zum Parco della Guastalla. Dort schoben Mamis Kinderwagen, lasen Alte auf Parkbänken Zeitung, spielten Kinder. Die Junisonne schien auf das Laub der Bäume, auf die Steinbalustraden. Mortimer hatte sie an die Hand genommen und seine Finger zwischen die ihren geschoben. Sie gingen langsam, an diesem wunderschönen Sommertag.

»Ich habe viel an dich gedacht«, sagte er und drückte Penelopes Hand.

»Ich auch. Und ich hätte nicht gesollt«, fügte sie leise hinzu.

»Man kann seinem Schicksal nicht entgehen«, erklärte Mortimer und fuhr fort: »Verzeih die Banalität. Ich benehme mich wie ein Trottel, aber es gelingt mir nicht, richtig auszudrücken, was ich für dich empfinde. Ich lasse dich nicht noch einmal fortgehen.«

»Es tut gut, das zu hören«, sagte Penelope lächelnd.

Sie setzten sich auf eine Bank und blieben für einen Augenblick schweigend sitzen, glücklich, zusammen zu sein.

Das waren keine unbekannten Gefühle für Penelope. Sie hatte das auch schon mit Andrea erlebt, in einer nunmehr weit zurückliegenden Zeit. Sie erinnerte sich an einen Herbstnachmittag am Ufer des Ticino. Inmitten von rot und gelb verfärbten Bäumen und Sträuchern hatten sie sich zum ersten Mal geliebt. Es war eine erregende, wunderbare Entdeckung gewesen.

»Es ist mir egal, dass du verheiratet bist. Ich möchte, dass du meine Freundin wirst. Verstehst du das, Pepe?« Mortimer sah ihr gerührt in die Augen.

»Ja, ich weiß«, erwiderte sie leise.

»Wohin willst du jetzt gehen?«, fragte er und lächelte sie an.

Penelope trug ein leichtes Kleid mit dazugehöriger Jacke aus weißgrauer Seide. Ein Luftzug hob den Faltenrock. Der Arzt bedeckte ihr die Knie.

»Entscheide du. Du kannst dir nicht vorstellen, wie schön es für mich ist, das zu sagen«, erwiderte sie ohne einen Hauch von Koketterie.

»Dann bringe ich dich zu mir nach Hause. Hast du Lust?«

Penelope nickte. Sie wäre ihm bis ans Ende der Welt gefolgt. Zu lange schon sehnte sie sich danach, wieder den Blick eines verliebten Mannes auf sich zu spüren.

Sie betraten ein Haus aus den fünfziger Jahren. Mortimers Wohnung befand sich unter dem Dach. Sie wurden von einem spanischen Hausangestellten empfangen, dem der Arzt irgendetwas zuflüsterte, bevor er sie in ein weitläufiges Wohnzimmer führte, von dem vier Balkontüren auf eine Terrasse hinausgingen, auf der Reben kanadischen Weins Schatten spendeten.

Penelope sah sich um. Zwei große Campigli und zwei Fontana hingen an gegenüberliegenden Wänden zwischen Regalen voller Bücher. Die Sofas waren schlicht mit weißer Hanffaser bezogen. Auf einem eleganten aufklappbaren Sekretär aus dem achtzehnten Jahrhundert stand eine Reihe von gerahmten Fotografien.

»Setz dich«, forderte er sie auf. Penelope legte ihre Handtasche aus schwarzem Nappaleder und den Umschlag mit den Röntgenaufnahmen auf ein Tischchen. Dann nahm sie in einem kleinen Sessel Platz.

»Ich habe ihnen gesagt, dass sie uns etwas zu Mittagessen machen sollen. Es ist eins und ich habe Hunger«, erklärte er.

»Warum hast du dich für Gynäkologie entschieden?«, fragte sie ihn. Sie fühlte sich wohl und war sehr neugierig.

»Mein Vater und vor ihm auch schon mein Großvater waren Gynäkologen. Mein Bruder hat eine andere Richtung eingeschlagen: Er hat sich in Urologie spezialisiert.«

»Dann ist er also in der gleichen Gegend geblieben«, scherzte sie.

Mortimer lächelte und erzählte ihr, dass die Teodoli Anfang des neunzehnten Jahrhunderts aus dem Latium nach Bergamo übergesiedelt waren. Durch die Heirat eines Urgroßvaters mit einer Nachfahrin der Colleoni war die Familie, die sich in einem Landhaus niedergelassen hatte, ehe sie ein vornehmes Haus in der Via Dipinta in der Oberstadt von Bergamo kaufte, zu Reichtum gekommen. Er und sein Bruder hatten dort gelebt, bis sie das Gymnasium beendet hatten. Dann waren sie nach Mailand gegangen, um an der Medizinischen Fakultät zu studieren. Und hier waren sie geblieben. Sein Bruder hieß Riccardo. Er war glücklich verheiratet und Vater dreier Kinder.

Penelope ließ sich vom Klang seiner Stimme einlullen.

Sie dachte daran, wie sie noch ein junges Mädchen gewesen war und von dem Türmchen im Haus in Cesenatico leidenschaftlich Romeo angerufen hatte. War Mortimer der Geliebte, von dem sie träumte?

»Hörst du mir zu?«, fragte er sie.

»Natürlich«, erwiderte sie lächelnd. »Aber ich musste gerade daran denken, dass ich ziemlich wenig von dir weiß, und dabei habe ich das Gefühl, dich schon immer gekannt zu haben.«

Aus einem abgelegenen Zimmer drang das Wimmern eines kleinen Kindes zu ihnen.

»Das ist der Sohn von Fernando und Pilar. Sie leben mit mir zusammen. Der Kleine heißt Juan. Ich habe ihn auf die Welt gebracht. Ich hoffe, sie werden noch mehr Kinder bekommen. Ich liebe Kinder.«

»Du hast keine?«

»Katherine wollte keine. Also habe ich mich mit den Kindern anderer begnügt.«

Fernando tauchte in der Tür auf. »Es ist alles fertig«, verkündete er.

Das Esszimmer war klein und rechteckig, die Wände salbeifarben getüncht. Der Tisch war für zwei gedeckt. Der junge Spanier servierte Spaghetti mit Tomatensoße.

»Ich dachte, du wärst vielleicht nervös und hättest gern einen Teller Nudeln«, erklärte Mortimer, sobald der Hausangestellte sie allein gelassen hatte.

Penelope schätzte sein Einfühlungsvermögen. Sie brauchte ihm nur in die Augen zu sehen, die flüchtige Berührung seiner Hand zu spüren, um sogleich ein wohliges Gefühl zu empfinden.

»Ich bin entspannt. Hast du es bemerkt?«, fragte sie ihn.

»Ich hatte es gehofft«, erwiderte er aufrichtig.

»Ich glaube, du bist ein guter Arzt. Wenn ich deine Patientin wäre, würde ich dir blind vertrauen«, erklärte Penelope. »Deine Wohnung spiegelt deine Ruhe wider«, fügte sie hinzu, wobei sie sich umsah. Und in diesem Moment bemerkte sie, was sie so unwiderstehlich angezogen hatte, als sie Mortimer in der Boutique zum ersten Mal getroffen hatte: Er erinnerte sie an ihren Vater, Mimì Pennisi, ein faszinierender Mann, dessen Schönheit nicht nur äußerlich war. Andrea hingegen ähnelte mehr ihrer Mutter Irene, die dem Schein unendlich viel Wert beimaß. Sie hatte ihren Vater immer für einen vollkommenen Menschen gehalten und nun wurde ihr bewusst, dass sie sich einen Partner wünschte, der ihm ähnelte. Aus dieser Analogie war das Gefühl der Sicherheit, des absoluten Vertrauens entsprungen, das Mortimer ihr gab. Andrea hingegen hatte ihr immer Angst, Unsicherheit und emotionale Instabilität vermittelt.

»Viviani ist dein Gynäkologe?«, riss Mortimer sie aus ihren Gedanken.

»Ich hätte Lust zu sagen, er ist der Gynäkologe meines Mannes. Ich kenne ihn nicht, aber Andrea hat darauf bestanden, dass ich mich von ihm untersuchen lasse«, erwiderte Penelope.

Sie hatten das Mittagessen beendet und saßen wieder im Wohnzimmer.

»Er ist eine ausgezeichnete Wahl, wenn du Probleme hast. Viviani ist mein Chef, also ist er der Beste. Ich werde dafür sorgen, dass er dich morgen früh empfängt«, versprach er, ohne Fragen zu stellen.

»Inzwischen habe ich eine Mammographie machen lassen. Willst du sie sehen?«, fragte sie und hielt ihm den großen Umschlag hin, den die Krankenschwester ihr anvertraut hatte.

Mortimer hielt die Röntgenaufnahmen gegen das Licht und betrachtete sie aufmerksam. »Deine Brüste sind perfekt«, stellte er fest, während er alles wieder in den Umschlag steckte.

»Danke«, erwiderte sie beruhigt. Und fügte hinzu: »Ich

denke, es ist der Moment gekommen, auseinander zu gehen.« Sie nahm die Handtasche, hängte sie um und sah ihn ein wenig verlegen an.

»Ich weiß. Ich weiß auch, dass du nicht nach Hause gebracht werden möchtest. Dann rufe ich jetzt ein Taxi und begleite dich bis zum Tor.«

Der Hauseingang war leer. Mortimer zog sie zärtlich an sich. Dann küsste er hauchzart ihre Lippen.

»Wann sehe ich dich wieder?«, fragte er.

»Ich habe keine Ahnung«, erwiderte sie.

»Bitte sorge dafür, dass es ganz bald ist. Heute Nachmittag wird dich Vivianis Sprechstundenhilfe anrufen, um dir die Uhrzeit für deinen Termin mitzuteilen«, versicherte er, als sie ins Taxi stieg, das sie nach Hause bringen sollte.

38

Penelope hatte sich ein Baumwolltaschentuch auf den Kopf gebunden, um sich vor dem Staub zu schützen. Sie trug eine alte Jeans und mit Eimer und Lappen bewaffnet kniete sie auf dem Boden und schrubbte die Fliesen ihrer neuen Wohnung. Es war zehn Uhr abends. Lucia und Daniele schliefen in ihrem Zimmer, Andrea war noch bei der Zeitung und sie fühlte sich als Herrin über ihre Zeit. Sie polierte den Marmor und sang ein Lied der Vanoni, das von einer Frau erzählte, die sich verliebt hatte, weil sie nichts zu tun hatte. Als ihr die Komik der Situation bewusst wurde, lächelte sie. Sie hatte sich in Mortimer verliebt, weil sie tausend Dinge zu tun hatte, und die Gefühle, die sie für ihn hegte, waren eine Art farbenfrohe Oase im Chaos ihres Lebens.

Das Telefon klingelte. Sie stand auf, ließ die Lappen fallen, zog die Gummihandschuhe aus und nahm den Hörer ab.

»Können wir ein bisschen reden?«, fragte Mortimer.

»Natürlich«, flüsterte Penelope, deren Herz klopfte – nicht etwa, weil die Hausarbeit sie so sehr angestrengt hätte, sondern weil sie aufgeregt war, seine Stimme zu hören.

Seit sie sich gesehen hatten, waren zwei Tage vergangen, die ihr vorgekommen waren wie zwei Jahre.

»Was machst du gerade?«, fragte er sie.

»Ich schrubbe die Böden«, erklärte sie.

»Was?«

»Aber ja. Weißt du, das ist das mit dem Wasser und den Lappen und Reinigungsmittel und Bohnerwachs. Wenn die Kinder schlafen und mein Mann in der Redaktion ist, habe ich drei, vier Stunden für mich. Dann kann ich wenigstens arbeiten.«

»Aber das ist nicht deine Arbeit«, protestierte der Arzt.

»Ach ja? Frag mal Andrea danach. Er ist sehr stolz darauf, eine Frau zu haben, die alles allein macht, ohne die Hilfe einer Hausangestellten«, erklärte sie ironisch.

»Mir wäre es lieber, du hättest jemanden im Haus und könntest ein bisschen mit mir zusammen sein.«

»Ich kann die Kinder nicht allein lassen«, erwiderte Penelope.

»Ich weiß, da gebe ich dir vollkommen Recht. Glaubst du, du könntest das fürs Wochenende regeln?«

»Ich versuch's. Was hast du vor?«

»Lass uns nach Bergamo fahren. Zu mir nach Hause.«

»Ich werde sehen, was ich tun kann.« In dem Moment hörte sie, wie der Aufzug in der Etage stehen blieb. Eilig verabschiedete sie sich von Mortimer. Andrea war früher zurück als vorgesehen. Er kam rein, als sie gerade auflegte.

»Sag bloß nicht, dass du schon wieder mit Danko diskutiert hast!«, rief Andrea aus dem Vorzimmer.

»In der Tat, das war nicht er«, erwiderte sie, ohne jede weitere Erklärung.

Andrea machte sich nicht die Mühe, weiter nachzuforschen, und ging ins Schlafzimmer. Kurz darauf tauchte er im Pyjama wieder auf.

»Gibt's was zu essen, Schatz?«, fragte er.

»Mach den Kühlschrank auf und sieh nach, was du findest«, erwiderte sie mit eisiger Stimme.

»Hat meine Pepe etwa schlechte Laune?«, fragte er, während er ihr im Vorbeigehen einen Kuss auf die Wange drückte. Penelope beobachtete ihn. Andrea gab das klassische Bild eines Pantoffelhelden ab. Entspannt, ruhig. Den Pyjama aus Popelin mit blauen, gelben und grauen Streifen hatte sie ihm gekauft. Er stand ihm gut. Mit vierunddreißig war Andrea immer noch ein sehr attraktiver Mann, aber er verhielt sich seit eh und je wie ein kleiner Junge. Seit einigen Wochen vertrieb er sich mit einem neuen Abenteuer die Zeit. Diesmal handelte es sich um eine Diätexpertin. Sie schrieb eine Kolumne über Ernährung für die Zeitung und besuchte denselben Tennisclub wie Andrea. Pepe hatte sie noch nie getroffen, hatte jedoch schon einige Male ihre unangenehme, blecherne Stimme am Telefon gehört. Außerdem hatte Andrea ihr ein paar Schnappschüsse gezeigt, die beim Tennis aufgenommen waren, bei einem gemischten Doppel: sie und Andrea gegen Moscati und seine Frau Erminia.

»Dafür, dass sie eine Diätexpertin ist, scheint sie mir ganz schön übergewichtig«, hatte Penelope bemerkt.

»Warum bist du nur immer so gehässig zu meinen Freunden?«, hatte Andrea erwidert.

Penelope hatte weder Lust noch Zeit zu diskutieren. Außer dass sie sich um den Haushalt und die Kinder kümmerte, schrieb sie die Liedertexte, die sie mit Danko und den Sängern des Musicals nochmals gemeinsam überarbeitete. Die Arbeit machte ihr Spaß, doch sie war sehr umfangreich und nahm sie über die Maßen in Anspruch. Wenn die junge Frau aus dem Haus ging, um sich mit dem Künstlern zu treffen, musste sie sich geradezu überschlagen, um jemanden zu finden, dem sie Lucia und Daniele anvertrauen konnte.

Manchmal brachte sie die Kinder zu Donata, wo sie aber nicht gern hingingen, weil ihnen Lavinia und Giulietta zu klein waren, um mit ihnen zu spielen. Andere Male griff sie auf ihre Mutter zurück, welche die Verpflichtung nur unter Protest hinnahm, denn sie musste dafür andere Verabredungen absagen. Häufiger griff Sofia ihr unter die Arme, die mochten ihre Kinder am liebsten, weil sie mit ihnen ins Kino und anschließend ins Restaurant ging. Auf Andrea konnte sie nicht zählen. Im Gegenteil, wenn sie nicht da war, nutzte auch er die Gelegenheit, um von zu Hause fortzubleiben.

»Sonntag bin ich den ganzen Tag weg«, kündigte Penelope an.

»Das ist der einzige Tag, an dem wir ein bisschen Zeit füreinander haben«, protestierte Andrea, während er einen Teller mit einem Stück dampfender Pizza aus der Mikrowelle nahm. Sonntags wurden die Kinder zu den Pennisi gebracht und sie beide versuchten, die Scherben ihres Lebens als Paar wieder zusammenzusetzen, indem sie einander sagten, dass es noch die Mühe wert war zusammenzuleben. Eigentlich war es vor allem Penelope, die sich immer wieder aufs Neue davon überzeugen musste, denn Andrea hatte keinerlei Zweifel, was ihre Beziehung anging. Was auch immer er im Laufe der Woche angestellt haben mochte, der Sonntag war Pepe gewidmet, der mütterlichen Ehefrau, von der er sich gern verwöhnen ließ.

»Ich bin müde. Ich gehe schlafen«, lautete Penelopes einzige Antwort.

Andrea stellte den Teller auf den Tisch und warf ihr einen bösen Blick zu. »Was gibt es denn so Dringendes, was du nicht auch Montag erledigen könntest?«

»Ich habe eine sehr wichtige Verabredung«, beendete sie das Gespräch und entfernte sich in Richtung Gästezimmer, wo sie nunmehr seit einigen Wochen schlief, und zwar seit dem letzten Streit wegen der Diätexpertin. Wie üblich hatte Andrea die Affäre hartnäckig geleugnet und sie hatte, wie üblich, so getan, als glaube sie an seine Unschuld. Dennoch hatte sie auf diese räumliche Trennung bestanden. Seit sie verheiratet waren, war dies das erste Mal, dass sie mit einer solchen Konsequenz reagierte: Solange ihr Mann sie betrog, würde sie ihre ehelichen Pflichten vernachlässigen.

Andrea, der sich schuldig fühlte, hatte diese vorübergehende Trennung akzeptiert, ohne jedoch auf seine Seitensprünge zu verzichten, denn er wusste, dass Penelope früher oder später wieder bei ihm schlafen würde.

Nun aber zog sie sich in ihr Zimmer zurück und bereitete sich darauf vor, ins Bett zu gehen.

»Darf ich wissen, was so furchtbar wichtig ist, dass es mir den Sonntag verdirbt?«, fragte er, nachdem er in das Zimmer geplatzt war.

»Wenn ich es dir sagen würde, würdest du es sowieso nicht glauben«, erwiderte sie und schlüpfte unter die Laken.

»Versuch es doch einfach«, forderte er sie heraus.

»Ich habe eine Verabredung mit einem Mann«, verkündete sie, und während sie das sagte, merkte sie, wie ihr Herz einen Schlag aussetzte. Nun konnte alles passieren. Andrea hätte die Wohnung auseinander nehmen können. Doch er sah sie nur verstört an und erblasste.

Penelope sah, wie er taumelte und den Türgriff packte, um nicht das Gleichgewicht zu verlieren. Einen Augenblick später hatte er sich wieder unter Kontrolle. Andrea hatte beschlossen, dass es sich bei besagtem Mann nur um Danko handeln konnte.

»Dieser alte Bastard sollte wissen, dass der Sonntag heilig ist. Ihr habt sechs Tage die Woche, um zusammenzuarbeiten. Reicht das nicht?«, stellte er mit erhobener Stimme fest.

»Du weckst noch die Kinder auf mit deinem Gebrüll«, mahnte Penelope ihn.

Andrea ging aus dem Zimmer und schlug die Tür hinter sich zu, sie atmete erleichtert auf.

Die junge Frau löschte das Licht, vergrub den Kopf unter dem Kissen und fragte sich, was es mit der Treue eigentlich auf sich hatte. Wenn sie auf Mortimer verzichten würde, könnte sie sich dann als treue Ehefrau betrachten? Wem wäre sie dann treu? Sich selbst oder dem Schwur, den sie abgelegt hatte, als sie Andrea geheiratet hatte? War es denn richtig, unglücklich zu sein, nur um einem Schwur treu zu bleiben?

Penelope wälzte sich im Bett und verzweifelte über diesen Fragen, für die sie keine überzeugenden Antworten fand. Schließlich schlief sie, von der Müdigkeit überwältigt, ein.

39

In den folgenden Tagen zwang Penelope sich, die Angst, die sie beherrschte, nicht durchscheinen zu lassen, und tolerierte die Unruhe ihrer Kinder mit einer ungewöhnlichen Geduld. Sie ließ sich auch nicht anmerken, wie sehr sie die plötzliche Sanftmut ihres Mannes, der sie immer noch misstrauisch beobachtete, irritierte.

Die junge Frau hatte nicht die Absicht, ihn zu beruhigen, schließlich hing sie selbst in der Luft. Unterdessen sagte sie sich immer wieder: »Sonntag werde ich wissen, ob ich Mortimer wirklich aus meinem Leben verbannen muss.«

Um neun Uhr morgens, als sie mit ihren Kindern das Haus verließ, hoffte sie auf ein Wunder: dass der Mann ihrer Träume sie enttäuschte und sie in ihre beruhigende Einsamkeit zurückkehren konnte.

»Wohin fährst du?«, fragte ihr Cousin Manfredi, während Lucia und Daniele ins Auto stiegen.

»Zu einer sehr wichtigen Verabredung«, erwiderte sie knapp. Das Taxi, das sie gerufen hatte, hielt neben dem Bürgersteig. Sie erteilte ihren Kindern die gewohnten Ratschläge, dann sah sie ihnen nach, wie sie im Auto des Cousins davonfuhren. Schließlich stieg sie ins Taxi, das sie vor dem Haus in der Via San Barnaba absetzte, wo Raimondo Teodoli sie erwartete. Er begrüßte sie mit einem formvollendeten Handkuss, während sie an ihren seelenruhig schlafenden Mann dachte, der davon überzeugt war, dass sie den Tag mit dem befreundeten Musiker verbringen würde.

»Ich bin so glücklich, dich zu sehen«, sagte Mortimer. Er öffnete ihr die Tür eines Sportwagens und bedeutete ihr einzusteigen.

Für diesen besonderen Tag hatte Penelope darauf verzichtet, sich herauszuputzen. Sie hatte sich nicht einmal geschminkt. Zu einer blauen Jeans und einem weißen T-Shirt trug sie Turnschuhe und einen Blazer aus blauer Seide. Die Haare waren wie immer zerzaust. Sie hatte beschlossen, sich so zu geben, wie sie immer war, mit ihren wenigen Vorzügen und den vielen Fehlern, um festzustellen, in welchem Maße der Mann, in den sie sich verliebt hatte, sich zu ihr hingezogen fühlte. Letztendlich riskierte er nichts, während sie sich selbst, ihre Gefühle und ihre Familie, die – so problematisch sie war – ihr dennoch Stabilität gab, aufs Spiel setzte.

»Hast du schon gefrühstückt?«, fragte er sie und setzte sich auf den Fahrersitz. Penelope schüttelte den Kopf.

»Dann bringe ich dich ins Briocheparadies und lasse dich den besten Cappuccino deines Lebens kosten«, versprach er, während das Auto davonrauschte.

Sie hielten vor einer kleinen Pasticceria in der Viale Piave. Es war ein alter Laden, die Bäckerei befand sich gleich dahinter. Die Sonntagskundschaft drängte sich vor der Verkaufstheke, wo Torten und Tabletts mit süßem Gebäck auf Käufer warteten. Mortimer führte Penelope in einen kühlen Saal, über dem ein zarter Vanilleduft schwebte. Auf den runden Tischchen, die mit langen Tischtüchern aus cremefarbenem flandrischen Leinen bedeckt waren, standen kleine Porzellanvasen mit weißen Anemonen und gelben Fresien. Sie setzten sich an einen Tisch neben das mit weißen Spitzengardinen abgeschirmte Schaufenster.

»Zwei Brioche mit Vanillecreme und zwei Cappuccini«, bestellte der Mann bei einer Kellnerin.

»Woher weißt du, dass ich Vanillecreme mag?«, fragte Penelope neugierig.

»Weil ich sie auch mag«, erwiderte er wie selbstverständlich.

Sie waren ganz allein in diesem kleinen Saal mit der plüschigen Atmosphäre.

»Weißt du«, sagte er, »ich habe diese Pasticceria vor ein paar Jahren entdeckt, nachdem Katherine mich verlassen hatte. Es war ein Sonntagmorgen wie heute. Ich kam nach einer 36-Stunden-Schicht aus dem Krankenhaus und hatte das Bedürfnis, ein wenig zu laufen und diese sonntägliche Stille zu genießen. Der Gedanke, in eine leere Wohnung zu kommen, gefiel mir nicht. Der Mensch ist ein Gewohnheitstier. Und Katherines Abwesenheit machte mich schwermütig. So bin ich hierher geraten. Diese Brioches haben mich mit dem Leben wieder versöhnt«, schloss er, während die Kellnerin die Bestellung brachte.

Sie frühstückten, sahen dabei einander in die Augen und genossen ein jeder die Nähe des anderen.

Ein anderes Paar betrat den kleinen Saal, als sie aufstanden, um zu gehen.

Die Autobahn war halb leer und sie erreichten zügig die Oberstadt Bergamos. Der Wagen passierte die Stadtmauer und fuhr auf einen mit einer ferngesteuerten Schranke abgesperrten Platz hinauf. Mortimer erklärte ihr, dass dies der Anwohnerparkplatz sei. Seit Jahren lag die Familie Teodoli mit der Gemeinde im Rechtsstreit, um ein paar Garagen im Keller ihres alten Palazzo einbauen zu dürfen, aber die Denkmalschutzbehörde verweigerte die Genehmigung.

»Mein Urgroßvater fuhr mit der Kalesche in die Toreinfahrt«, erklärte er. »Und Großvater parkte den Wagen unter dem Bogengang. Dann ist die Zahl der Autos in der Familie gestiegen und mein Vater hat um Erlaubnis gebeten, eine Rampe bauen zu dürfen, die zu einer Tiefgarage führt. Wir warten immer noch auf eine Antwort. Manchmal ist meine Mutter drauf und dran, das Haus zu verkaufen, die unzähligen Instandhaltungsarbeiten sind einfach zu kostspielig. Ich weiß nicht, wie lange wir es noch behalten können«, fuhr er fort. Dann fügte er hinzu: »Aber inzwischen fahren mein Bruder und ich gelegentlich gern hierher. Und auch meine Mutter kommt oft, obwohl sie in Paris lebt.«

Sie betraten das Gebäude und durchquerten die Eingangshalle, die von einem Backsteingewölbe überspannt wurde und deren Wände mit Fresken bedeckt waren, an denen die Jahre ihre Spuren hinterlassen hatten. Ein alter Mann in einer blauen Arbeitsschürze kam ihnen entgegen.

»Willkommen daheim, Dottore. Wir haben schon gewartet!«, rief er mit lachenden Augen aus.

»Schön, dich zu sehen, Tito«, begrüßte ihn der Arzt und fügte, auf Penelope deutend, hinzu: »Signora Pennisi.«

Tito begrüßte sie respektvoll und hob den Korb hoch, den er in der Hand hielt: »Ich habe gerade Tomaten gepflückt. Sie sind noch ganz warm von der Sonne. Die Aprikosen werden auch schon reif. Die eine oder andere ist bereits genießbar. Wenn Sie mögen, pflücke ich welche«, schlug er vor.

Hinter der Eingangshalle öffnete sich ein gepflasterter Hof, in dessen Mitte sich ein großer barocker Brunnen aus weißem Stein erhob. Hoch oben auf dem Brunnen stand ein Neptun mit einem Dreizack in der einen und einem dicken Fisch in der anderen Hand, aus dessen weit geöffnetem Maul Wasser sprudelte. Am anderen Ende des Hofes konnte man den Garten mit den Buchsbaumhecken erkennen, die zu geometrischen Figuren zurechtgestutzt waren und die kleine, glyzinienbedeckte Allee säumten. Der Horizont verlor sich im wolkenlosen Himmel.

»Wir gehen Aprikosen pflücken. Sag Rosetta lieber, dass sie uns etwas zu Essen macht«, befahl Mortimer dem alten Hausangestellten, der davonging und sie allein ließ. Dann wandte er sich plötzlich, als wäre ihm ein Zweifel gekommen, an Penelope: »Oder möchtest du lieber später essen?«

»Nein, es ist völlig in Ordnung, wie du entschieden hast«, erwiderte die junge Frau. Sie war glücklich darüber, sich ihm für die wenigen Stunden, die sie zusammen verbringen würden, vollkommen anzuvertrauen.

Mortimer nahm sie bei der Hand und führte sie zu einem üppigen und sehr gepflegten Obstgarten, in dem sich die Äste der kleinen Bäumchen unter der Last reifender Pfirsiche, Birnen, Pflaumen und Aprikosen bogen.

Penelope dachte an den majestätischen Aprikosenbaum im Garten in Cesenatico. Wie oft war sie mit ihrer Freundin Sandrina am Ende eines Sommer den Stamm hinaufgeklettert, um sich mit den saftigen Früchten den Bauch voll zu schlagen.

Dies waren andere Bäume. Klein, gut beschnitten; man brauchte nur eine Hand auszustrecken, um sich eine Frucht zu greifen. Sie pflückten jeder eine Hand voll.

»Waschen wir sie am Brunnen«, sagte Mortimer.

»Dann werden wir nass«, wandte sie ein.

»Das ist ja das Schöne daran. Das habe ich als kleiner Junge immer gemacht, mit meinem Bruder.«

Mortimer zog sich die Jacke aus, krempelte die Ärmel hoch und wusch die Früchte unter dem Wasserstrahl, der sich in Tausende winzige Tröpfchen auflöste. Penelope tat es ihm gleich. Das Wasser spritzte ihnen ins Gesicht und auf die Kleider und sie lachten wie die Kinder. Die Sonne, die den Hof überflutete, ließ den mächtigen Neptun leuchten, der sie wohlwollend anzusehen schien.

»Danach setzten wir uns immer hierher, auf den Brunnenrand, aßen die Aprikosen und versuchten, die Kerne über die Mauer zu werfen«, erinnerte er sich.

»Wer von euch beiden war besser?«, fragte Penelope.

»Keiner. Die Kerne waren zu leicht, um weit genug zu fliegen.«

»Hast du mit Katherine auch dieses Spiel gemacht?«, fragte sie unvermittelt.

»Warum fragst du mich das?«

»Nur so. Antworte mir«, insistierte sie.

»Nein«, erwiderte Mortimer in einem Ton, der keine Widerworte duldete.

»Was erwartest du vom Leben?«, fragte Penelope ihn.

Mortimer sah sie nachdenklich an. »Nichts«, flüsterte er.

»Das ist keine Antwort«, widersprach sie.

Der Mann nahm ihre Hand in die seine und sah ihr direkt in die Augen.

»Das, was ich habe, ist schon viel, und ich könnte mit sehr viel weniger leben. Geld interessiert mich nicht, ebenso wenig Karriere und Erfolg. Ich lebe im Hier und Jetzt, das mir im Augenblick noch besser gefällt, weil du da bist.«

»Aber morgen werde ich nicht da sein.«

»Das wird mir Leid tun. Aber nicht so sehr, denn es wird noch mehr Momente nur für uns beide geben.«

»Warum bist du dir da so sicher?«

»Ich weiß, dass wir zusammen sein möchten. Ist das etwa kein guter Grund?«

Eine kräftige Frau um die fünfzig mit einem breiten und herzlichen Gesicht kam auf die beiden zu und brachte ein Tablett mit zwei Gläsern Eistee. Sie trug ein geblümtes Kleid und eine weiße Schürze aus steifem Organza.

»Ich dachte, ihr habt vielleicht Durst«, sagte sie und stellte das Tablett auf den Brunnenrand.

»Das ist Cesira«, erklärte Mortimer. »Ohne sie wäre dieser verfallene Palazzo nicht das, was er ist«, fügte er hinzu und erzählte, dass Cesira mit achtzehn Jahren in das Haus der Teodoli gekommen war. Sie hatte erst Riccardo, dann Raimondo zur Welt kommen sehen. Sie hatte die beiden verwöhnt, als sie noch klein waren, hatte sie aufwachsen und zu Männern werden sehen. »Sie gehört einfach zu unserem Stamm«, schloss Mortimer.

»Du bist immer zu Scherzen aufgelegt«, wehrte Cesira in vertrautem Ton ab.

»Das stimmt. Aber nur, wenn ich dich sehe, denn dann habe ich gleich gute Laune«, entgegnete der Arzt.

Die Frau begrüßte Penelope mit einer Art zufriedener Neugier. Offenbar bekam Mortimer nicht oft Damenbesuch im alten Familienanwesen.

»Komm. Ich zeige dir das Haus«, schlug er vor und nahm Penelope bei der Hand.

Im Erdgeschoss liefen sie durch einige Säle des achtzehnten Jahrhunderts mit wunderschönen Möbeln und Bilder aus der Zeit.

»Mein Vater hat die Einrichtung nur im oberen Stockwerk verändert, wo wir immer gewohnt haben«, erklärte der Mann, während er sie über eine große Treppe aus weißem Marmor führte, die auf halber Höhe von zwei Riesenfenstern, durch die das Sonnenlicht hereinfiel, erleuchtet wurde. Die Scheiben waren kristallklar. Entlang der Wände hingen große Gemälde, auf denen Damen und Krieger dargestellt waren.

»Das sind meine Vorfahren aus Rom und das sind die aus Bergamo. Meine Mutter kennt die Namen und die Geschichte jedes Einzelnen von ihnen«, kommentierte er.

»Du nicht?«, fragte Penelope.

»Ich weiß nur, dass einige regelrechte Schurken und Gauner waren, einschließlich dieser Äbtissin mit dem mürrischen Blick. Sie hat im achtzehnten Jahrhundert in Rom gelebt und ist ins Kloster gegangen, weil sie hinkte. Dennoch sagt man, sie habe sogar sechs Kinder zur Welt gebracht. Vor gewissen Leuten sollte man sich in Acht nehmen!«, rief er vergnügt.

Im ersten Stock betrat man durch einen großen Flachbogen ein riesiges Wohnzimmer, in dem Malvengrün vorherrschte. Vier Balkontüren öffneten sich auf eine weitläufige Terrasse, von der aus man den gesamten alten Stadtkern bewundern konnte. Darauf standen üppige Zitronenbäumchen und ein gedeckter Tisch.

Die Kirchturmglocken schlugen Mittag. Cesira kam zu ihnen auf die Terrasse.

»Die Poliklinik verlangt nach dir«, verkündete sie, während sie Mortimer ein schnurloses Telefon reichte. Er drückte auf eine Taste, lauschte und sagte schließlich: »In Ordnung. Ich setze mich in den Wagen und komme.«

»Probleme?«, fragte Penelope.

»Eine meiner Patientinnen. Die Wehen haben eingesetzt und es gibt Komplikationen. Wir müssen nach Mailand zurück«, erklärte er. Er nahm sie in den Arm und drückte sie leidenschaftlich an sich.

»Es tut mir so Leid«, flüsterte er ihr ins Ohr.

»Wird es immer so sein?«, fragte sie. Aber sie kannte die Antwort bereits.

40

Die Autobahn war fast leer. Innerhalb von zwanzig Minuten waren sie in Mailand.

»Ich lasse dich zu Hause raus«, sagte Mortimer.

Auf dem Rückweg hatte er mit dem Gedanken gespielt, Penelope zu fragen, ob sie in seiner Penthousewohnung in der Via San Barnaba auf ihn warten wolle, aber dann hatte er darauf verzichtet, weil er nicht wusste, wie sich der Zustand seiner Patientin entwickeln würde.

Die junge Frau stieg aus dem Wagen und flüsterte: »Ich bin sicher, dass die zukünftige Mutter in guten Händen ist.«

»Danke«, erwiderte er und küsste ihr die Hand.

Penelope war dabei, sich immer mehr in diesen wunderbaren Mann zu verlieben, der sich im Gegensatz zu Andrea nicht darum bemühte, besonders interessant zu wirken, sondern darauf wartete, dass sich zwischen ihnen alles ganz natürlich entwickelte, so wie sie es sich wünschte.

In ihrer Wohnung herrschte Totenstille. Vielleicht war Andrea fortgegangen. Nein: Sein Schlüsselbund lag in der Schale auf der Konsole neben dem Eingang. Die Rollläden im Wohnzimmer waren noch heruntergelassen. Auf Zehenspitzen schlich sie zum Schlafzimmer. Durch die halb geöffnete Tür sah sie ihren Mann, der noch schlief. Er war nackt, wie immer. »Nackt und ahnungslos«, dachte sie. Beinah fühlte sie sich schuldig. Sie hatte ihn allein gelassen und er hatte sich in den Schlaf geflüchtet. Sie spürte etwas Weiches, das ihre Beine berührte. Die kleine Frisbee war aus dem Nichts aufgetaucht und verlangte nach Aufmerksamkeit. Sie nahm das Tier auf den Arm und trug es mit sich ins Ankleidezimmer. Dann setzte sie es auf das Bügelbrett und streichelte es. Das Kätzchen streckte die Pfoten in die Luft, um sich den Bauch kraulen zu lassen.

»Du altes Mädchen musst immer noch verhätschelt werden«, flüsterte Penelope.

Frisbee war nunmehr zwölf Jahre alt. Penelope hatte sie abgemagert und heruntergekommen im Garten von Cesenatico gefunden, in dem Sommer, als die Großmutter gestorben war und sie Andrea kennen gelernt hatte. Sie hatte das Tier gepflegt, ihm Futter und Liebe gegeben. Den Namen Frisbee hatte es sich mit der Geschwindigkeit verdient, mit der es floh, sobald Großmutter Diomiras dicke Katze auftauchte. Irene hatte dagegen protestiert.

»Glaub ja nicht, dass du sie behalten kannst. Wir haben schon dieses gefräßige Vieh am Hals. Zwei Katzen sind zu viel.«

Doch das gefräßige Vieh hatte gegen Ende des Sommers aufgehört, sie zu belästigen. Es hatte sich nämlich in Luft aufgelöst. Von einem seiner üblichen nächtlichen Streifzüge war es einfach nicht mehr zurückgekehrt. Tagelang hatten sie gewartet. Doch keiner hatte die Katze je wiedergesehen. Vermutlich war sie unter einem der vielen Autos gelandet, die im Dunkeln durch die Alleen schossen. Frisbee wurde also mit in die Stadt genommen. Scheu und verängstigt, wie sie war, versteckte sie sich unter den Betten und kam nur zum Fressen hervor. Als Penelope geheiratet hatte, hatte sie das Kätzchen mit sich genommen. Und als sie ihre erste Tochter entbunden hatte, war Andrea mit einem Irischen Setterwelpen aufgetaucht.

»Kinder müssen mit Tieren aufwachsen«, sagte er.

Penelope wurde wütend. Sie stimmte ihrem Mann darin zu, dass Haustiere einen hervorragenden Ansporn für Kinder darstellten, aber sie hatte bereits genug zu tun und dieser ungestüme Hund würde ihr das Leben bestimmt nicht leichter machen. Frisbee betrachtete den neuen Gast als Feind. Ihr Fell sträubte sich, ihr Schwanz peitschte hin und her, sie zeigte ihre spitzen Zähne und fauchte wie ein Drachen. Schließlich begriff sie, dass es keine Möglichkeit gab, das Hündchen loszuwerden, und legte ihr Hoheitsgebiet fest. Sie beschloss, dass die obere Hälfte der Wohnung, vom Tisch an gerechnet, ihr gehörte. Es war unmöglich, die beiden Tiere zu einem gemeinsamen Miteinander zu bewegen.

Nun war Piripicchio etwa zwei Monate zuvor gestorben und die Katze blühte wieder auf. Die Kinder, Penelope und Andrea hingegen hatten um diesen wunderschönen Irischen Setter geweint.

»Nie wieder ein Hund«, hatte Penelope erklärt.

»Einverstanden«, hatte Andrea gesagt.

Penelope hatte Körbchen, Näpfe, Leine und Kauknochen weggeworfen. Schon nach den ersten Tagen der Trauer hatte sie dieses wunderbare Leben ohne ein derart einnehmendes und arbeitsreiches Tier zu schätzen gewusst. Ihr Kätzchen machte keinen Dreck, war ruhig und vor allem musste es nicht dreimal am Tag bei Wind und Wetter Gassi gehen.

»Genug verwöhnt«, sagte Penelope.

Sie zog Jeans und T-Shirt aus. Dann öffnete sie eine Schranktür, um einen Morgenrock herauszunehmen, und betrachtete sich im Spiegel. Normalerweise verharrte sie nie lange vor ihrem Spiegelbild, was unter anderem daran lag, dass sie gerne zehn Zentimeter größer gewesen wäre, dünnere Beine und weniger ausladende Hüften gehabt hätte. Lediglich von der Taille aufwärts war sie mit sich zufrieden.

»Von der Taille abwärts ist zu viel Speck«, stellte sie leise fest. Ihr fiel ein Lied ein, das Großmutter Diomira immer gesummt hatte, während ihre Finger sich geschickt zwischen Spule und Faden bewegten und Muster für ihre *frivolité*-Spitzen ersannen, und sie begann es zu singen. Es pries die »üppigen Blüten« der Mädchen von Havanna mit dem »Blut, heiß wie der Äquator«. Pathetische Worte, die sie zum Lachen brachten. Plötzlich blieb ihr das Lachen im Hals stecken. Das Kätzchen ließ auf dem Boden einen winzigen funkelnden Gegenstand hin und her schnellen und schien sich bestens zu amüsieren. Penelope beugte sich hinab und nahm den kleinen Gegenstand zwischen die Finger. Ein Ohrring.

»Wo kommt der denn her?«, flüsterte sie und betrachtete ihn im Licht.

Es war ein vergoldeter Ring, in den kleine transparente Kristalle eingelassen waren. »Das ist nicht meiner«, sagte sie, wobei sie den Ohrring in der Hand wog. »Wo hast du den her?«, fragte sie Frisbee, die eine Pfote nach dem neuen Spielzeug ausstreckte.

Penelope zog den Morgenmantel an und ging in die Küche.

Auf dem Tisch standen zwei Kaffeetassen: An einer klebte Lippenstift. Sie hob sie mit einer Hand hoch, in der anderen hielt sie immer noch den Ohrring.

Kaum war sie aus dem Haus, organisierte Andrea auch schon Ersatz.

»Was für ein Schwachkopf!«, platzte sie heraus. In ihrer Stimme schwang kein Zorn mit. Lediglich Verbitterung über diesen gewissenlosen Ehemann, der sich offenbar einsam gefühlt und mit der aktuellen Geliebten getröstet hatte. Während sie mit Mortimer in der Pasticceria im Viale Piave gefrühstückt hatte, hatten die beiden sich vielleicht in den Laken gewälzt.

Sie dachte, dass Andrea und sie ganz eindeutig Heuchler waren. Und sie war keinen Deut besser als er. Auf Zehenspitzen kehrte sie ins Schlafzimmer zurück, wo der ahnungslose Andrea noch tief und fest schlief. Sie analysierte den Zerwühlungsgrad von Laken und Kissen, wobei sie den wunderschönen Körper ihres Mannes kaum eines Blickes würdigte, und fand im Halbdunkel den zweiten

Ohrring. Er lag in der wertvollen Schale aus Sèvres, die Mortimer ihr geschenkt hatte. Das war nun wirklich geschmacklos: Dieser Ramsch in einem kleinen Kunstwerk. Sie nahm den anderen Ohrring, kehrte in die Küche zurück und warf alle beide in den Mülleimer. Dann spülte sie sorgfältig die beiden Kaffeetassen. Schließlich ging sie ins Bad, wo die beiden weitere Spuren hinterlassen hatten. Sie sammelte die schmutzigen Handtücher ein, steckte sie in die Waschmaschine und stellte den Temperaturregler auf neunzig Grad. Zu guter Letzt putzte sie Waschbecken, Badewanne und Toilette und desinfizierte sie, wobei sie halblaut brummte: »Wir sind doch kein Stundenhotel hier! Verflucht noch mal, das ist immer noch meine Wohnung!«

Penelope ging wieder in die Küche und begann Nudeln zu kochen. Es war zwei Uhr nachmittags, sie musste etwas essen. Sie spürte, dass sie in einem unerträglichen Zustand lebte, doch diesmal hatte sie nicht den Mut, Andrea vor die Tür zu setzen. Auch sie hatte sich etwas zu Schulden kommen lassen. Sie wünschte sich lediglich, dass irgendetwas passieren möge – was auch immer das sein mochte –, das ihnen beiden half, Klarheit in ihre Beziehung zu bringen.

Sie verschlang einen Teller Makkaroni mit Tomaten, frischem Basilikum und Parmesan.

Das Telefon klingelte. Es war Mortimer.

»Störe ich?«, fragte er.

»Es ist, als wäre ich allein«, erwiderte sie ironisch. Und fügte hinzu: »Wie ist es deiner Patientin ergangen?«

»Sie hat ein schönes kleines Mädchen geboren. Mutter und Kind sind wohlauf und ich würde gern da weitermachen, wo wir aufgehört haben.«

»Das würde ich auch sehr gern«, gab sie zurück. Es genügte, seine Stimme zu hören, und schon fühlte sie sich besser, waren all ihre Ängste besänftigt. Wenn ihre Kinder nicht gewesen wären, die bald zurückkommen sollten, wäre sie schleunigst zu ihm gefahren. Doch stattdessen sagte sie: »Ich rufe dich bald an.«

Andrea erwachte. Sie hörte, wie er ins Bad ging und wie gleich darauf die Dusche rauschte. Offenbar glaubte er, immer noch allein zu sein, denn er begann, die berühmten Strophen von Paolo Conte über einen einsamen, »viel zu blauen und viel zu langen« Nachmittag zu singen.

Als er ins Wohnzimmer kam und sie sah, zuckte er zusammen. »Was machst du denn hier?«, fragte er.

»Ich wohne auch hier. Schon vergessen?«, entgegnete sie mit einem Lächeln, das jeden getäuscht hätte, nur nicht ihn.

»Du solltest doch erst heute Abend zurückkommen«, sagte er verlegen.

»Das Programm hat sich geändert.«

»Seit wann bist du hier?«

»Früh genug, um überall sauber zu machen. Außer im Schlafzimmer. Mach das Fenster auf, zieh das Bett ab und steck die schmutzige Wäsche in den Wäschekorb. Die sauberen Betttücher sind im Schrank. Das Bett machst du«, befahl sie streng.

Andrea hatte sich in einen weißen Frotteebademantel gehüllt und trocknete sich mit einem Handtuch das Haar ab.

»Warum?«, fragte er mit dünner Stimme. Er war beinah auf frischer Tat ertappt worden. Beinah. Es gab noch eine leise Hoffnung, dass sie nicht bemerkt hatte, dass eine andere Frau dagewesen war.

»Hör auf, die Unschuld vom Lande zu spielen! Und merke dir ein für alle Mal, dass du nicht einfach deine Liebhaberinnen mit nach Hause nehmen kannst. Ich hoffe, ich habe mich klar ausgedrückt!«, erwiderte sie entschlossen.

Sie sah, wie er blass wurde, die Lippen kräuselte und die

Augen weit aufriss, wie immer, wenn er sich seiner Schuld bewusst war.

Sie spürte, dass Andrea drauf und dran war zu explodieren. Dieses Mal waren glücklicherweise die Kinder nicht da.

»Deine Perversion kennt keine Grenzen«, brüllte er in der Tat, knüllte das Handtuch zusammen und warf es auf den Boden. »Du hast deinen Sonntagsausflug nur erfunden, um plötzlich hier hereinzuplatzen und mich zu erwischen. Tja, hat wohl nicht geklappt.«

»Hör auf zu lügen, du bist vulgär und banal!«, schrie sie nun. »Deine Migliavacca hat in der ganzen Wohnung Spuren hinterlassen.«

»Pervers und blöd! Nein, schlimmer noch, du bist eine perverse Irre! Soll ich dir die ganze Wahrheit sagen? Du gehst mir auf die Nerven!«, brüllte er zurück und lief zum Schlafzimmer. Dort schloss er sich ein, um wenig später vollständig bekleidet wieder herauszukommen und die Wohnungstür hinter sich zuzuschlagen.

Penelope betrat das Schlafzimmer, warf einen angeekelten Blick auf das Bett, das Andrea nicht neu bezogen hatte, nahm ihre Schale aus Sèvres und stellte sie in ihrem Zimmer auf den Nachttisch. Dann streckte sie sich auf dem Bett aus in der Hoffnung, ein Minimum an Ruhe zurückzugewinnen, und wartete auf die Rückkehr der Kinder.

41

»Mama! Durst!« Wie immer, wenn es ans Einschlafen ging, verlangte Daniele nach ihr.

Penelope legte ihr Notizbuch beiseite, in das sie gerade

den Text eines Liedes schrieb, stieg aus dem Bett, holte ein Glas kaltes Wasser und ging in das Zimmer des Jungen.

»Da bin ich«, sagte sie, beugte sich über ihn und hob seinen Kopf ein wenig an, damit er besser trinken konnte. Daniele wollte nur einen Schluck. Seine Mutter stellte das Glas auf den Nachttisch. »Und nun schlaf«, fügte sie zärtlich hinzu.

Er griff nach ihrer Hand. »Geh nicht weg«, bat er sie.

Penelope hockte sich auf den Boden. Mit einer Hand hielt sie die des Jungen, mit der anderen streichelte sie sein Gesicht.

»Ist es so gut?«, fragte sie.

»Ja. Gib mir noch einen Schluck Wasser.«

»Du weißt, dass du vor dem Schlafen nicht zu viel trinken darfst«, mahnte sie sanft.

»Nur ein ganz kleines bisschen. Aber wenn ich ins Bett mache, sagst du es doch niemandem. Oder?«

»Nein. Aber versuche, es nicht zu tun«, und sie fügte hinzu: »Kann ich jetzt wieder ins Bett?«

»Wenn es unbequem ist, kannst du dich auch neben mich legen«, schlug er vor und machte ihr Platz.

In dem Moment ließ auch Lucia ihre Stimme erklingen.

»Ihr beiden habt mich aufgeweckt. Ich will was trinken«, sagte sie weinerlich.

Penelope wusste, dass sie nur deshalb etwas trinken wollte, weil sie auf Daniele eifersüchtig war. Jedes Mal, wenn der Kleine die Aufmerksamkeit der Mutter verlangte, stellte sie sich dazwischen, um ihren Anteil einzufordern.

»Deine Schwester möchte auch Wasser. Warte auf mich. Ich bin gleich zurück«, flüsterte sie und berührte mit den Lippen sanft die Stirn des Kindes.

Sie betrat Lucias Zimmerchen. Es war ein kleiner, aber sehr anmutiger Raum, der gänzlich in Pastelltönen eingerichtet war.

»Hier ist dein Wasser, meine Kleine«, flüsterte Penelope.

»Von dir will ich es nicht haben. Papa soll es mir bringen«, erwiderte das Mädchen mit misstrauischem Gebaren.

»Du weißt genau, dass Papa nicht da ist«, sagte die Mutter und nahm ihre ganze Geduld zusammen, die zwar groß, doch nicht unerschöpflich war.

»Dann habe ich keinen Durst mehr«, erklärte das Mädchen und steckte den Kopf unter das Kissen.

Penelope stellte das Glas auf den Nachttisch und beugte sich über ihre Tochter, um ihr den Rücken zu streicheln.

»Lass mich in Ruhe«, schmollte Lucia und strampelte wütend mit den Beinen. »Ich will dein Techtelmechtel mit Daniele nicht stören.«

Penelope lächelte. »Von wem hast du denn dieses alte Wort gelernt?«, fragte sie. Sie wollte das Mädchen von seiner quälenden Eifersucht ablenken.

»Von Großmutter Irene. Sie sagt immer: ›Die Sowieso hat ein Techtelmechtel mit dem Sowieso‹ oder: ›Zwischen den beiden ist ein altes Techtelmechtel‹«, erklärte Lucia.

»Und weißt du, was das bedeutet?«

»Das ist, wenn zwei ganz ekelhaft miteinander turteln«, erklärte Lucia.

»Das hast du ja prima gesagt. Ich turtele also ekelhaft mit meinen Kindern. Jetzt reicht's mir aber. Es ist Zeit zu schlafen.«

»Ich will Papa!«, kreischte das Mädchen.

»Dann wirst du eben warten müssen. Es ist nicht gesagt, dass er heute Nacht nach Hause kommt«, verkündete Penelope. Vielleicht würde Andrea die Nacht mit der Migliavacca verbringen. Vielleicht würde er auch bei seiner Mutter schlafen. Jedenfalls würde Penelope diesmal nicht darunter leiden. Ihr Herz und ihre Gedanken waren glücklicherweise woanders.

Schließlich hörten die Kinder auf, nach ihr zu verlangen. Sie kehrte in ihr Zimmer zurück, legte sich aufs Bett, nahm das Heft wieder zur Hand. Auf der Suche nach Inspiration, die sich einfach nicht einstellen wollte, starrte sie auf einen unbestimmten Punkt auf der Wand vor ihr. Ihre Gedanken kreisten hartnäckig um Raimondo Teodoli, der in ihr Leben getreten war und ihr eine Sicherheit zurückgegeben hatte, die sie verloren geglaubt hatte. Eine Sicherheit, die ihr das Gefühl, begehrt zu werden, vermittelte. Auf seine Weise liebte auch Andrea sie noch, dessen war sie sich sicher. Aber er war nicht mehr verliebt in sie und sie fühlte sich seit einiger Zeit schon nicht mehr körperlich zu ihm hingezogen.

Endlich schloss sie ihr Notizbuch, sie würde ohnehin nicht arbeiten können. Dann verließ sie das Bett und warf einen Blick in die Kinderzimmer. Sie schliefen alle beide. Penelope schloss ihre Türen. Für einen Moment war sie versucht, ins Wohnzimmer zu gehen und Mortimer anzurufen. Doch sie wagte es nicht, denn es war schon fast Mitternacht. Stattdessen setzte sie sich aufs Bett, legte das Gesicht in die Hände und plötzlich kamen ihr die Tränen. Sie saß ganz tief in der Tinte und wusste nicht, wie sie wieder herauskommen sollte.

»Es tut mir Leid, wenn ich grob zu dir gewesen bin«, sagte ihr Mann.

Andrea stand da, ihr gegenüber, und hielt ihr einen Strauß Maiglöckchen hin. Sie hatte ihn nicht kommen hören.

»Würde es dir etwas ausmachen, rauszugehen und die Tür hinter dir zu schließen?«, erwiderte sie eisig unter Tränen.

»Meine kleine Pepe, können wir nicht Frieden schließen? Ich habe dir deine Lieblingsblumen mitgebracht«, bohrte er weiter und legte das duftende Bukett auf den Tisch. Wie immer bat er sie, die Angelegenheit zu vergessen. Ein paar Tage würde er die Rolle des reumütigen kleinen Jungen spielen und Penelope in jeder erdenklichen Art mit Aufmerksamkeiten überhäufen, um sie dann weiterhin zu betrügen. Hätte Penelope ihm in diesem Augenblick gesagt: »Ich liebe einen anderen«, wäre er in Gelächter ausgebrochen und hätte ihr nicht geglaubt. Doch stattdessen sagte sie: »Weißt du, warum ich heute Abend hier war? Weil ich zwei Kinder habe, die ich mehr liebe als mein Leben. Ich bemühe mich, einer Familie, in der alles drunter und drüber geht, den Anschein von Ruhe und Ausgeglichenheit zu verleihen. Und nun geh bitte.«

Andrea gehorchte und sie blieb allein und weinte über ihre Unzufriedenheit.

Am nächsten Tag brachte sie ihre Kinder in die Schule, dann ging sie in die Bank, um ihren Vater zu besuchen.

»Was kann ich für dich tun?«, fragte er.

Mimì Pennisi war für sie immer noch ein wichtiger Bezugspunkt. Er war ein solider Mann, vielleicht ein wenig wortkarg, doch oft genügte ein Blick oder eine zärtliche Geste von ihm, schon fühlte sie sich sicherer.

»Ich war zufällig in der Gegend und dachte, ich könnte kurz reinkommen, um ein bisschen mit dir zu plaudern«, sagte Penelope. »Wir haben uns schon über eine Woche nicht gesehen. Weißt du das?«

Der Mann hätte am liebsten geantwortet, dass sie sich seit Monaten nicht getroffen hatten. Seine Tochter überschlug sich geradezu wegen der neuen Wohnung, der Kinder und der Musik, als wäre sie ein Roboter. Was würde sie nur machen, wenn eines Tages die Batterie leer wäre? Doch er sagte nur: »Du wirkst ein bisschen müde. Setz dich.«

Das Büro ihres Vaters war mit einer kugelsicheren Glasscheibe ausgestattet. Von dort konnte er das Kommen und Gehen der Kunden beobachten. Es gab auch eine Videokamera, welche die Bank von innen und von außen filmte. Auf dem Schreibtisch standen drei gerahmte Fotografien: eine von Irene, eine von ihm mit seiner Mutter, die dritte von Penelope mit Andrea und den Kindern.

»Es tut mir gut, mich anzustrengen. Das hindert mich daran, zu viel nachzudenken«, flüsterte sie.

»Unangenehme Gedanken also, wenn du sie verdrängen musst.«

»Oder zu angenehme. Besser gar nicht darüber nachdenken«, gestand sie.

»Hast du Lust, ein paar Schritte zu gehen?«, schlug Mimì vor und verließ seinen Platz hinter dem Schreibtisch.

Sie liefen durch eine kleine Nebenstraße, in der kein Verkehr war. Penelope hakte sich bei ihrem Vater unter und passte ihren Schritt dem seinen an.

»Ich erinnere mich noch daran, als ich klein war und wir immer wetteten, wer schneller gehen kann. Ich bin jedes Mal aus dem Takt gekommen und habe mich dann geärgert, weil ich wollte, dass wir die gleichen Schritte machen.«

»Rechts links, rechts links«, erinnerte er sich.

»Und du hast mir einen kleinen Sprung beigebracht, damit ich wieder in den Takt kam«, fuhr sie fort.

»Du warst ein nachdenkliches Mädchen«, bemerkte er.

»Und du ein schweigsamer Vater«, sagte sie. »Ich hatte dich sehr lieb, mehr als Mama.«

»Du hast deine Mutter nie akzeptiert. Du hast sie immer als Rivalin betrachtet. Wer weiß, warum«, flüsterte Mimì.

»Sie war so unerträglich schön. An ihrer Seite habe ich mich ständig dumm und plump gefühlt. Aber wenn ich mit dir zusammen war, hatte ich das Gefühl, mir würden Flügel wachsen.« Sie liefen schweigend weiter. Dann sagte Penelope: »Ich habe einen Mann kennen gelernt. Wenn ich ihn sehe, bin ich glücklich.«

Mimì blieb stehen. Er nahm eine Zigarette aus der Jackentasche, zündete sie an, nahm einen tiefen Zug und sagte: »Ich höre dir zu.«

Sie erzählte ihm alles über Mortimer und schloss: »Ich denke andauernd an ihn. Zu jeder Tages- und Nachtzeit frage ich mich, wo er ist, was er macht, welche Leute er trifft. Ich rieche seinen Duft, sehe seine Hände, höre seine bezaubernde Stimme.«

»Also in wenigen Worten, du bist schrecklich verknallt«, murmelte Mimì. Er löschte die Zigarette und sie gingen weiter.

»Ich begehre ihn mit Leib und Seele«, gab sie zu.

»Du solltest mit deinem Mann darüber sprechen.«

»Er ist zu unreif, um das zu verstehen. Er könnte mir nicht helfen. Er würde nur ein Riesentheater machen. Ich kenne ihn gut, leider«, bemerkte Penelope.

»Du willst nicht, dass man dir hilft. Du hast mit mir gesprochen, um dein Gewissen zu erleichtern. Gut, ich bin kein Prediger und kann dir nicht die Absolution erteilen. Ich bin nur dein Vater und kann dir sagen, dass du einen Riesenfehler machst.«

»Wie kannst du wissen, was richtig und was falsch ist? Ist etwa gegen sich selbst leben richtig?« Und während sie das sagte, wurde ihr bewusst, dass ihre Mutter es tat, seit sie verheiratet war. Mimì traf bei all dem keinerlei Schuld. Und selbst Andrea spielte, trotz seines schlechten Charakters und seiner ständigen Seitensprünge, keine Rolle, was ihre Leidenschaft für Mortimer anging.

»Du hast zwei Kinder und einen Ehemann, die du sehr liebst«, stellte er fest.

»Das Wort Scheidung sagt dir wohl nichts?«

»Doch, es sagt mir, dass dir tatsächlich Flügel gewachsen sind. Du kennst den Mann, in den du dich verliebt hast, noch nicht richtig und sprichst schon von Scheidung. Das ist wirklich zu viel. Beende diese Affäre, solange noch Zeit ist. Und sprich mit Andrea darüber. Er mag vielleicht ein Riesentheater machen, wie du sagst, aber es könnte auch eine Möglichkeit sein, deinen Mann zurückzugewinnen, an dem du – trotz allem – sehr hängst.«

Penelope kehrte nach Hause zurück, wo ihr der angenehme Duft von Braten entgegenschlug. Sie ging in die Küche. Eine Schürze um die Hüfte gebunden, stand Andrea am Herd und drehte ein schönes Stück Kalbsfleisch im Schmortopf. Im Ofen bräunten die Kartoffeln.

»Solltest du nicht in der Redaktion sein?«, fragte Penelope, überrascht, Andrea in der Hausmannsrolle vorzufinden.

»Ich habe einen Tag Urlaub genommen. Und nun versuche ich, mich nützlich zu machen. Ich brauche dich so sehr, meine kleine Pepe«, sagte er und umarmte sie.

»Ich fasse es nicht!«, flüsterte Penelope. »Du machst das Mittagessen und hast sogar frische Blumen auf den Tisch gestellt.«

Die Überraschung überwältigte sie. Ihre natürliche Reaktion auf eine derart ungewohnte Situation war jedoch Misstrauen. »Wo ist der Haken?«, fragte sie. Nach dem Gespräch mit ihrem Vater wollte sie allein sein, um nachzudenken. Mimìs Bemerkung über ihre Gefühle für Andrea hatte sie berührt: »Dein Mann, an dem du – trotz allem – sehr hängst.« Es stimmte. Sie hing sehr an ihm, aus unzähligen Gründen, die nichts mit Verliebtheit oder sexueller Anziehung zu tun hatten. Und noch nicht einmal mit der Tatsache, dass Andrea der Vater ihrer Kinder war. Dieser unreife Ehemann befriedigte vielleicht andere Bedürfnisse, etwa das, sich unentbehrlich zu fühlen. Sie war sich immer vollkommen darüber bewusst gewesen, wie wichtig ihre Gegenwart für ihn und ihre Familie war.

»Kein Netz, kein doppelter Boden«, rezitierte Andrea, wobei er die Marktschreier auf Dörfern nachahmte.

»Warum bin ich dann so misstrauisch?« Die Frage war ihr ungewollt rausgerutscht.

»Nicht wegen mir, hoffe ich. Ich habe dich immer sehr ernst genommen«, sagte er, legte eine Hand auf sein Herz und sah sie treuherzig an. Noch bevor Penelope antworten konnte, rief er: »O Gott, der Braten brennt an!« und stürzte davon, um die Gasflamme auszudrehen.

Seine Frau beobachtete ihn perplex, während er sich ihr näherte und ihr die Hände auf die Schultern legte.

»Pepe, du bist das Wertvollste, was ich je hatte. Ich weiß nicht, warum ich immer alles kaputtmachen muss. Ich weiß nur, dass ich immer alles sofort bereue und dich um Verzeihung bitte. Es ist nun dreieinhalb Monate her, dass ich vom Festival in San Remo zurückgekommen bin. Seitdem hast du nicht mehr mit mir geschlafen. Warum? Denkst du wirklich, ich bin der schlechteste Partner? Nein, das denkst du nicht, das weiß ich. Jedenfalls will ich dir von heute an zeigen, dass ich der allerbeste Mann bin. Ich werde die Kinder von der Schule abholen. Dann gehen wir alle zusammen ins Kino und heute Abend, wenn die kleinen Monster schlafen, werden wir uns ganz nah aneinander kuscheln und dann werde ich dir erzählen, wie groß meine Liebe ist, so wie früher.«

Penelope musste ihre ganze Kraft aufwenden, um nicht von dieser Woge der Zärtlichkeit mitgerissen zu werden, denn ihr war klar, dass dieser Strom sie nach ein paar Tagen wieder an das trockene Ufer der Enttäuschung spülen würde. Sie wich einen Schritt von Andrea zurück und blickte ihn eisig an.

»Diesmal bist du zu weit gegangen. Du hast deine derzeitige Geliebte mit nach Hause genommen. Es ist noch keine vierundzwanzig Stunden her, dass du sie in unserem Bett vernascht hast. Und nun weißt du nicht, wie du da wieder rauskommen sollst, und hast ein neues Schauspiel inszeniert. Du nimmst dir einen Tag frei und hoffst, dass ich dir um den Hals falle. Das funktioniert nicht mehr«, sagte sie, zog ihre hochhackigen Schuhe aus und sah ihren Mann von oben bis unten herausfordernd an. Dann ging sie ins Badezimmer und schloss ihm die Tür vor der Nase zu.

»Pepe, hör mir doch zu«, flehte er.

»Verschwinde«, erwiderte sie. Sie raste vor Zorn.

»Diana Migliavacca ist Moscatis Geliebte. Gestern Morgen hat sie sich bei mir ausgeheult, weil er sich nicht entschließen kann, sich von seiner Frau scheiden zu lassen. Du weißt, dass ich nie tratsche. Du zwingst mich, dir diese Geschichte zu erzählen, die uns beide nichts angeht. Diana hat ihrem Verlobten für Moscati den Laufpass gegeben, aber der schlottert nun vor Angst und schafft es nicht, sich von seiner Frau zu trennen«, verriet Andrea widerwillig.

»Wem willst du das denn erzählen?«

»Ich schwöre es dir auf den Tod unserer Kinder.«

»Lass meine Kinder aus dem Spiel!«, schrie sie und riss die Tür auf. »Wenn deine Geschichte wahr sein sollte, kann man nur sagen, dass sich die Richtigen gefunden haben. Du und dein Direktor, meine ich. Und wie erklärst du mir, was ein Ohrring der Migliavacca in unserem Schlafzimmer zu suchen hat?«, fragte Pepe herausfordernd. Dann ging sie, gefolgt von Andrea, ins Wohnzimmer.

»Sie hat mich angerufen. Sie wollte mich sehen, um ihrer Wut Luft zu machen. Also habe ich sie herkommen lassen und ihr einen Kaffee angeboten. Sie hat angefangen zu weinen, wie ein kleines Mädchen. Dann ist sie ins Bad gegangen. Vielleicht hat sie sich das Gesicht gewaschen. Als sie fort war, habe ich bemerkt, dass sie ihre Ohrringe vergessen hatte. Einer ist mir runtergefallen und ich hatte keine Lust, ihn zu suchen. Den anderen habe ich in deine Schale gelegt. Dann bin ich ins Bett zurückgegangen und habe versucht, wieder einzuschlafen. Das ist die Wahrheit, ob du's glaubst oder nicht«, behauptete er und setzte ein Gesicht auf, als wäre Lügen ein Fremdwort für ihn.

»Ausgerechnet dich musste sie sich als Vertrauten aussuchen? Warum?«

»Was weiß ich. Vielleicht, weil ich ihre Geheimnisse nicht gleich weitererzähle. Ich hätte es nicht einmal dir gesagt, wenn du mich nicht dazu gezwungen hättest«, erklärte er. Und er fügte hinzu: »Glaubst du mir jetzt?«

»Du wickelst mich schon wieder ein«, bemerkte sie und fuhr fort: »Ich habe das Gefühl, dieses ganze Elend erstickt mich. Wenn das Leben eines Mannes und einer Frau, die sich einmal geliebt haben, erst so sehr verkommen muss, sind wir ganz schön tief gesunken.«

»Ich bringe dich wieder nach oben. Auf zwölftausend Meter Höhe. Kommst du mit mir nach Paris, für drei Tage? Wir fahren Freitag und kommen Sonntagabend zurück«, schlug er mit einem strahlenden Lächeln vor.

Er erklärte ihr, dass er zur Premiere eines wichtigen Films eingeladen war. Sie würden erster Klasse reisen, im *Crillon* übernachten, Austern aus dem Atlantik essen und den Louvre besichtigen, durch das Quartier Latin laufen und in den Nobelkaufhäusern shoppen gehen.

»Sag ja, sag, dass dir der Vorschlag gefällt. Sag, dass du mich noch liebst«, flehte er.

Penelope war trotz allem gerührt. »Du hast mich wirklich um den Finger gewickelt«, flüsterte sie. Die junge Frau hatte nicht den Mut, ihm zu sagen, dass es nun einen anderen Mann in ihrem Leben gab. Also sagte sie: »Diese Einladung, mit dir zu fahren, kommt ein paar Jahre zu spät. Es tut mir Leid, Andrea.« Es schmerzte sie, seinetwegen, ihrer selbst wegen, wegen ihres Lebens als Paar, das kläglich scheiterte.

»Denk noch mal ein paar Tage darüber nach, bevor du nein sagst«, empfahl er.

In dieser Woche ging das Schuljahr zu Ende. Penelope entschied, sofort mit den Kindern nach Cesenatico zu fahren, denn so konnte sie die Reise nach Paris vermeiden, ohne ihn zu verletzen.

Unverhofft erbot sich ihre Mutter, ihr zu helfen.

»Dein Vater und ich«, sagte sie, »hatten überlegt, zwei Wochen in Cesenatico zu verbringen. Du hast so viel zu tun, wenn du willst, nehmen wir die Kinder schon einmal mit ans Meer und du kommst nach.«

Ohne Kinder würde sie den plötzlichen Sinneswandel ihres Mannes, der sich – zufällig – genau in dem Moment vollzog, in dem sie im Begriff war, ihn zu betrügen, sicher mit größerer Objektivität einschätzen können. Die Tatsache, dass sie ihn betrügen wollte, komplizierte die ohnehin schon schwierige Situation noch mehr.

Lucia und Daniele fuhren Mittwochabend, als Andrea bei der Zeitung war. Penelope rief Mortimer an und kam gleich zur Sache.

»Mein Mann will, dass ich am Wochenende mit ihm nach Paris fahre«, verkündete sie.

Für eine Weile herrschte Schweigen. »Warum erzählst du mir das?«

»Vielleicht weil ich hoffe, dass du es mir ausredest«, sagte sie.

»Das musst du entscheiden.«

»Du könntest wenigstens sagen, dass es dir nicht Recht ist«, erwiderte sie mit gereizter Stimme.

»Pepe, ich werde nicht für dich entscheiden. Ich habe kein Recht dazu. Ich bin verliebt in dich. Ich bin sogar eifersüchtig. Aber das ist gleichgültig. Dein Mann und ich sind nicht zwei Ritter, die um die Gunst einer Dame streiten. Ich kenne ihn nicht einmal und er weiß sicher nicht, dass es mich überhaupt gibt. Ich kann dir nur sagen, dass ich deine Entscheidung akzeptieren werde. Und wenn du dich entschließt, nach Paris zu fahren, werde ich eben weiterhin auf dich warten. Du weißt noch nicht, wie entschlossen und zäh ich sein kann.«

»Er ist der Vater meiner Kinder«, schluchzte Penelope, überwältigt von tausend Ängsten.

»Eines Tages wirst du vielleicht dasselbe über mich sagen, jedoch mit einem Lächeln auf den Lippen. Gute Nacht, Pepe.«

Penelope kannte nur ein Mittel, um ihre Ängste zu bekämpfen: körperliche Erschöpfung. Und so begann sie um zehn Uhr abends, die Wohnung auf den Kopf zu stellen, wobei sie mit den Kinderzimmern anfing. Sie riss die Fenster weit auf, zog die Betten ab, sammelte Laken und Schlafanzüge ein, drückte ihr Gesicht hinein und sog den Geruch nach Kindheit in sich auf, während ihr Herz sich mit Zärtlichkeit füllte. Es tröstete sie, die Kinder bei den Großeltern in Sicherheit zu wissen, weit fort von dem Gefühlssturm, der um sie herum tobte.

Andrea kam um elf nach Hause, als sie gerade die Fenster polierte.

»Vanille und Schokolade«, kündigte er an und zeigte ihr einen großen Becher Eis, den er gerade gekauft hatte. Er bediente sich ihrer Schwächen, um sie zu besänftigen.

Penelope dachte, dass sie ihm dankbar sein sollte, doch so viel ungewohnte Aufmerksamkeit irritierte sie noch mehr, weil sie sie daran hinderte, die Situation aus der Distanz zu betrachten.

Die junge Frau stieg die Leiter hinunter, auf der sie kauerte, und lächelte ihm zu. »Danke«, sagte sie.

Die beiden gingen gemeinsam in die Küche und teilten brüderlich das Eis. Der Ehemann beobachtete seine Frau verstohlen, um ihre Gemütsverfassung zu erforschen, und sprach unterdessen über Banalitäten. Moscatis Sekretärin war in Mutterschaftsurlaub. Der Abteilungsleiter der Sportredaktion hatte einen gebrauchten Ferrari gekauft. Ein Nachrichtenfotograf war am Hauptbahnhof ausgeraubt worden.

»Also, kommst du Freitag mit mir?«, fragte er unvermittelt.

»Warum ist diese Reise so wichtig für dich?«, fragte sie zurück. Und fügte hinzu: »Meine Mutter würde jetzt sagen, dass ich wie sie die schlechte Angewohnheit habe, eine Frage mit einer Gegenfrage zu beantworten. Aber ich muss es verstehen, bevor ich mich entscheiden kann.«

»Mein Gott! Ich will dir doch nichts Böses!«, entfuhr es Andrea.

»O doch«, ereiferte sie sich ihrerseits. »Du glaubst, du könntest einen Jahre alten Lumpen mit einer Sicherheitsnadel flicken. Der Stoff ist verschlissen und hält nicht mehr. Vielleicht ist es besser, wenn du ohne mich fährst.«

»Fahr zur Hölle!«, erwiderte er, warf die Eislöffel ins Spülbecken und verschwand wie immer türknallend aus der Küche. Penelope berührte das nicht weiter. Sie war erschöpft. Eilig räumte sie die Schälchen in die Spülmaschine, ging ins Bad, um zu duschen, und legte sich dann in ihrem Zimmer schlafen. Andrea war noch wach, denn durch den Spalt unter der Schlafzimmertür drang Licht. Sie machte sich keine weiteren Gedanken und nickte beinah sofort ein.

Der laute Knall eines Donners, der die Stille der Nacht zerriss, weckte sie. Gleich darauf setzte ein prasselnder Regen ein, während am Himmel Blitz und Donner explodierten. Penelope stand auf, um die Fensterläden in ihrem Zimmer, die Rollläden in den Kinderzimmern und die Balkontüren der Küche und der Badezimmer zu schließen. Die kalten Windböen, die der Regen mit sich brachte, ließen sie erschauern. Sie ärgerte sich über ihre Dummheit, alles offen gelassen zu haben. Schließlich nahm sie sich die Fensterläden der Zimmer, die zur Straße hinausgingen, vor: Ankleidezimmer, Esszimmer, Wohnzimmer. Nun erst sah sie Mortimer mitten auf der verlassenen Straße stehen. Er sah hinauf, zum Fenster ihrer Wohnung, ungeachtet des Regens, der sich wie aus Kübeln über ihn ergoss.

»Er ist verrückt«, dachte Penelope. Sie begann, ihm Zeichen zu machen, um ihn fortzuschicken. Doch er rührte sich nicht, obgleich er bis zu den Knöcheln in einer Pfütze stand.

Nun wusste sie, was sie zu tun hatte.

42

In Pyjama und Pantoffeln stand sie in der Haustür. Der Regen prasselte herab und sie war sofort vollkommen durchnässt. Mortimer nahm sie in den Arm. Sie flüchteten sich in sein Auto.

»Ich werde mich noch erkälten. Und du auch«, sagte Penelope, während sie den Wohnungsschlüssel fest in der Hand hielt.

Ehe sie zu Mortimer hinuntergegangen war, hatte sie auf dem Spiegel eine Nachricht für Andrea hinterlassen: »Gute Reise. Ich bin ein paar Tage weg.«

»Ich bringe dich sofort nach Hause«, erwiderte er und startete den Motor.

Das Unwetter entfernte sich allmählich, doch die Straßen schienen sich in reißende Ströme verwandelt zu haben und auf dem ganzen Weg lagen abgerissene Äste. Die Sirenen von Krankenwagen und der Feuerwehr zerrissen die Stille der Nacht.

»Was hast du vor meinem Haus gemacht?«, fragte Penelope, zitternd vor Kälte.

»Das mache ich oft. Ich renne einfach wie ein Idiot vor deinem Haus auf und ab, um mich dir nah zu fühlen. Heute Nacht ist ein Gewitter gekommen und dann auch endlich du«, gestand er.

Auch er war völlig durchnässt. Er streckte eine Hand zum Rücksitz aus und nahm eine leichte Decke. »Deck dich zu«, sagte er zu ihr.

Als der Wagen in Sichtweite des Hauses in der Via San Barnaba war, betätigte Mortimer eine Fernbedienung. Ein Tor öffnete sich und sie fuhren über eine Rampe in die Tiefgarage.

Die beiden liefen zu einem Aufzug, der sie ins Penthouse brachte. Die Schiebetür öffnete sich mit einem leisen Surren und Penelope fand sich in einem Flur mit einer plüschigen Atmosphäre wieder: Wände und Teppichboden waren cremefarben, an den Wänden hingen alte Drucke mit den Porträts von Dichtern und Schriftstellern aus der Vergangenheit. Penelope registrierte diese Einzelheiten flüchtig, während der Mann sie in die Wohnung hineinführte, bis er die Tür zu einem Badezimmer öffnete.

»Du musst dich erst mal aufwärmen«, sagte Mortimer und drückte neben der Duschkabine auf einen Knopf, worauf in der Kabine ein dampfender Wasserstrahl herabprasselte.

Schnell zog Penelope den nassen Pyjama aus und segnete die wohlige Wärme, die sie einhüllte, sobald sie durch die vorgewölbte Kristalltür in die Duschkabine gestiegen war. Auch Mortimer zog sich aus, schlüpfte zu ihr und umarmte sie.

»Mein Gott, wie klein und zierlich du bist«, flüsterte er, ehe er sie küsste, und Bäche warmen Wassers rannen an ihren in eine Dampfwolke gehüllten Körpern herab.

Penelope erlebte einen magischen Augenblick und war entschlossen, ihn voll und ganz zu genießen.

»Halt still«, sagte er und schmiegte sich an sie.

»Das geht nicht«, versuchte sie zu protestieren, während die Erregung ihr den Atem verschlug. »Du bist in mir und ich zittere.«

Mit einem Kuss verschloss Mortimer ihr die Lippen.

»Pepe, *amore mio*, wach auf. Es ist schon Mittag«, flüsterte ihr eine Stimme ins Ohr, die sie erzittern ließ.

Sie öffnete die Augen. Sie befand sich in einem Zimmer, das sie noch nie zuvor gesehen hatte, in einem Bett, das nicht das ihre war, und ein wundervoller Mann umarmte sie. Es duftete sanft nach Lavendel. Die Tür, die zur die Terrasse hinausging, war weit geöffnet und sie sah den blauen Junihimmel, klar und durchscheinend.

»Ciao, Mortimer. Es war also kein Traum«, flüsterte sie.

»Doch, es ist nur ein Traum. Aber halten wie einander fest, solange er andauert«, sagte er. Er fuhr ihr mit den Fingern durch das zerzauste Haar und hauchte ihr einen zarten Kuss auf die Nasenspitze. Dann fügte er hinzu: »Ich warte in der Küche. Hier ist ein Pyjama für dich.«

Penelope zog ihn an und krempelte Ärmel und Hosenbeine hoch. Dann verließ sie das Zimmer und sah sich um, um die Küche ausfindig zu machen. Die Wohnung erschien ihr riesig. Endlich fand sie den Raum.

Der Arzt war gerade dabei, Vollkornbrot in Scheiben zu schneiden. Der Tisch war für zwei gedeckt. Aus dem Schnabel der Teekanne stieg Dampf auf.

»Und deine Angestellten?«, fragte sie.

»Sie sind in Bergamo, du kannst beruhigt sein«, ermunterte er sie.

Auf einem Tablett standen Porzellanschälchen mit Körnern. Penelope sah sie neugierig an.

»Zum Frühstück sollte man Leinsamen, Sonnenblumenkerne, gerösteten Sesam, Kürbiskerne und Mandeln essen. Am besten mischt man sie in den Joghurt und kaut sie ganz langsam. Und hier sind auch noch Brot und Honig«, erklärte Mortimer.

Penelope setzte sich an den Tisch und goss Tee in die Tassen. »Normalerweise mache ich das Frühstück«, bemerkte sie.

»Aber ich mache dir den Hof«, erwiderte er lächelnd.

»Gehst du nicht ins Krankenhaus?«

»Bis Montag wird uns niemand stören. Das ist ein feierliches Versprechen.«

In einer Tasse mischte er Joghurt und Körner und reichte sie ihr.

»Warum muss ich dieses ekelhafte Zeug essen?«, fragte Penelope.

»Weil es kein ekelhaftes Zeug ist und weil es dir gut tut«, befahl Mortimer.

»Du wirst ja wissen, was man tun sollte und was nicht«, sagte sie, während sie nachdenklich ihren Tee trank. »Wenn du nicht im strömenden Regen unter meinem Fenster gestanden hättest, wäre ich vielleicht nicht hier. Du bist ein anbetungswürdiger Verrückter«, fügte sie hinzu. Sie lehnte sich über den Tisch, küsste ihn auf die Lippen und dachte, dass es, als sie achtzehn war, schon einmal einen Mann gegeben hatte, der verrückte Dinge für sie getan hatte. Sie erinnerte sich daran, wie Andrea im Morgengrauen nach Cesenatico gekommen war, um zwei Stunden später nach Mailand zurückzukehren und arbeiten zu gehen.

»Sag eine Zahl, die erste, die dir einfällt«, forderte der Mann sie auf.

»Elf«, sagte sie. »Der Tag, an dem ich geboren bin.«

»Der elfte Buchstabe des Alphabets ist M. Sag mir den Namen einer Stadt, die mit M anfängt«, fuhr er fort.

»Was ist das? Ein Spiel?«, fragte sie neugierig.

»Das wirst du bald merken. Also?«

»Madrid«, sagte sie.

»Sehr gut. Wir fahren sofort los«, verkündete er mit zufriedener Miene.

»Und wie soll ich nach Madrid fahren? Im Pyjama? Ich habe nicht einmal Unterwäsche dabei und auch keinen Ausweis«, bemerkte sie und brachte ihn damit aus dem Konzept. Sie lachten beide wie Kinder. »Aber ich habe meine Wohnungsschlüssel«, fügte sie hinzu.

»Glaub ja nicht, dass ich dich nach Hause lasse. Du wärst in der Lage, mir noch einmal zu entwischen. Wir fahren nach Bergamo. Kleider sind kein Problem. Du wartest hier. Ich bin gleich wieder zurück«, beschloss er, schon auf dem Weg nach draußen.

»Aber du kennst doch noch nicht einmal meine Größe«, protestierte sie.

»Natürlich kenne ich die. Du hast die gleiche Größe wie meine Mutter.«

Ach ja, seine Mutter. Sie hatten sich kennen gelernt, als Mortimer ihr ein Geschenk gekauft hatte. Nun erst dachte sie an ihre Kinder. Sie rief in Cesenatico an. Ihr Vater meldete sich.

»Sie sind noch mit Großmutter am Strand. Es geht ihnen gut. Und wo bist du?«, fragte Mimì Pennisi.

»Unterwegs, Papa. Ich bin ziemlich beschäftigt. Gib den Kleinen einen Kuss von mir, für dich auch einen dicken Kuss«, fasste sie sich kurz, um nicht lügen zu müssen.

Mortimer kam nach einer Stunde zurück und sah aus wie der Hauptdarsteller einer amerikanischen Komödie. Er war über und über mit Päckchen beladen.

»Hast du eine Boutique geplündert?«, fragte sie, aufgeregt wie jede Frau angesichts so vieler Schachteln, die geöffnet werden wollten.

»Mehrere sogar, denn die Schuhgeschäfte verkaufen keine Strümpfe und die Wäschegeschäfte keine Kleider«, scherzte er.

»Wie viel hast du ausgegeben?« Auf die Frage war sie konditioniert. Wenn ihr Mann Einkäufe machte, fragte sie ihn immer, was er ausgegeben hatte.

»Ich weiß nicht. Ich habe alles mit Kreditkarte bezahlt.«

»Ich will die Rechnung«, forderte sie.

»Du wirst sie bekommen«, versprach er und beobachtete amüsiert, wie sie ein Kleidungsstück nach dem anderen auf das Bett legte und alles mit zufriedenem Gesicht bewunderte.

Am Nachmittag fuhren sie nach Bergamo. Penelope erlebte ihren Liebestaumel mit der gleichen Intensität, mit der sie als Heranwachsende im Straßentheater *Romeo und Julia* gesehen hatte. Sie wusste, dass so viel Glück ihr eines Tages Schmerz und Tränen bringen würde. Aber daran wollte sie nicht denken.

Sie verbrachte Monate zwischen Euphorie und Leidenschaft, wenn sie mit Mortimer zusammen war, und sie wurde sich ihrer Gefühle immer deutlicher bewusst, wenn sie bei Andrea war. In ihren vier Wänden war sie eine aufmerksame Mutter und eine geistesabwesende Ehefrau. In den Armen ihres Geliebten war sie eine junge Frau, die nach Leben dürstete. Es war, als hätte sie sich verdoppelt, und da sie nicht dumm war, wusste sie sehr wohl, dass dieses Doppelleben nicht lange so weitergehen konnte.

»Eines Tages werde ich entscheiden, was ich aus meinem Leben machen soll«, sagte sie sich, hoffte jedoch, sich niemals entscheiden zu müssen.

Zuweilen spürte sie Andreas verwunderten Blick auf sich ruhen, der nicht wusste, wie er das Verhalten seiner Frau deuten sollte. Er spürte vage, dass Penelope sich verändert hatte, und er hätte nicht einmal sagen können, ob zum Guten oder zum Schlechten. Die Zeit der großen Auseinandersetzungen war vorbei und das weniger, weil sie zu ihrer einstigen Harmonie zurückgefunden hatten, sondern weil Penelope ihm gegenüber offenbar gleichgültig war.

Es vergingen Tage, Wochen, Monate. Penelope lebte für die – zuweilen sehr kurzen – Momente, die sie mit Mortimer verbrachte. Wenn sie bei ihm war, legte sich ihre Angst und sie genoss das Vergnügen, zu lieben und von einem Mann geliebt zu werden, der sie zum Lachen brachte und der ihr vor allem diese Sicherheit gab, die sie immer so sehr gebraucht hatte.

Eines Abends, als sie sich gerade von ihm verabschiedete, um nach Hause zu fahren, sagte er zu ihr: »Ich will ein Kind von dir.«

Penelope zuckte innerlich zusammen, als wäre sie aus einem wunderschönen Traum gerissen worden.

43

»Ein Kind?«, wiederholte sie, als wolle sie Zeit gewinnen, um ihre Gedanken zu sammeln. Mortimers Forderung zog eine Reihe von Betrachtungen und schwieriger Entscheidungen nach sich.

»Ja, ein Kind«, wiederholte er mit fester Stimme.

Sie standen im Flur seiner Wohnung. Penelope lehnte an der Wand und wartete darauf, dass der Mann die Tür öffnete. Doch er stützte seine Hand über ihrer Schulter an die Wand, schmiegte sich an sie und küsste sie. Penelope fühlte sich wie in einer Falle.

»Ich will ein Kind von dir. Von keiner anderen. Nur von dir, *amore mio*«, flüsterte er.

»Seit wann?«, fragte sie ihn mit dünner Stimme.

Sie waren kaum zwei Stunden zusammen gewesen. Penelope hatte großes Geschick darin entwickelt, sich Zeitlücken zu schaffen, die sie ihrer Liebe widmen konnte. Sie hatte die Kinder zu Donata gebracht und musste sie bis zehn wieder abholen. Nun war es schon halb zehn.

»Schon immer«, erwiderte er.

»Aber ich habe doch schon meine Kinder«, protestierte sie.

»Und auch einen Mann. Das habe ich immer gewusst. Aber seit einem Jahr lieben wir uns. Und vor einer ganzen Weile hat man die Institution Scheidung erfunden, damit zwei wie wir die Situation regeln können. Deine Kinder werden bei uns leben und wir werden eine Familie sein«, erklärte er und stützte auch die andere Hand gegen die Wand, als wolle er ihr den Fluchtweg versperren.

»Warum erzählst du mir das ausgerechnet jetzt, wo ich wegmuss?«

»Damit du darüber nachdenken kannst. Ich weiß, dass es nicht leicht ist, eine Scheidung in Angriff zu nehmen. Ich habe das schon vor dir durchgemacht, erinnerst du dich?«

»Mortimer, ich muss gehen«, sagte sie und schlüpfte unter seinen Armen durch, um sich aus dieser beängstigenden Situation zu befreien.

»Ich weiß«, sagte er lächelnd, öffnete ihr die Tür und ging mit ihr auf die Straße hinunter. Ein Taxi wartete auf Penelope. Mortimer öffnete ihr die Tür, damit sie einsteigen konnte.

Die junge Frau klingelte pünktlich bei Donata und sagte ihr durch die Sprechanlage, dass die Kinder herunterkommen sollten. Sie würden im selben Taxi nach Hause fahren.

»Mama, ich will nicht mehr mit den Zwillingen spielen«, verkündete Daniele, kaum dass er im Wagen saß. »Das war wirklich das letzte Mal, dass ich zu ihnen gehe.«

»Die sind so lammfromm, dass einem schlecht wird«, fügte Lucia hinzu, um den Bruder zu unterstützen.

»Habt ihr gestritten?«

»Das ist ja das Problem. Mit Lavinia und Giulietta kann man absolut nicht streiten. Das ist total nervig!«, fuhr das Mädchen fort.

»Sie machen immer so blöde Spiele. Und ich muss nett zu ihnen sein, weil sie Mädchen sind. Das nächste Mal, wenn du abends arbeiten musst, bleibe ich lieber mit Lucia zu Hause. Keine Angst, wir stellen schon nichts an«, sagte ihr Sohn und streichelte ihre Hand.

Penelope fühlte sich schuldig. Zu lange schon stellte sie ihre Kinder einfach hier und da ab, als wären sie Postpakete, und schob unwahrscheinliche Verpflichtungen vor.

Als sie zu Hause waren, brachte sie die beiden ins Bett und überhäufte sie mit Zärtlichkeiten, während sie dachte: »Ich bin eine unwürdige Mutter. Großmutter Diomira würde sagen, dass ich ein Doppelleben führe. Etwas Schlimmeres kann man über eine Frau gar nicht sagen.«

Schnell brachte sie die Wohnung in Ordnung. Dann machte sie einen Salat Niçoise für ihren Mann und stellte ihn auf den Tisch. Andrea würde jeden Moment nach Hause kommen. Nachdem sie den Anrufbeantworter abgehört hatte, ging sie in ihr Zimmer und zog sich aus. Sie roch immer noch nach Mortimer.

Die Beziehung zu ihm war an einem Wendepunkt angelangt. Sie musste eine Entscheidung treffen. Von den zwei Männern in ihrem Leben war einer zu viel. Das Problem war nur, dass sie beide brauchte.

Es läutete zweimal kurz an der Tür. Hastig zog sie einen Morgenrock über und lief zur Sprechanlage. Es war Andrea.

»Entschuldige. Ich habe den Schlüssel im Büro vergessen. Hoffentlich habe ich die Kinder nicht geweckt«, sagte ihr Mann.

Penelope drückte auf den Türöffner und machte die Wohnungstür auf. Dann ging sie in die Küche, nahm eine Dose Bier aus dem Kühlschrank und stellte sie auf den Tisch.

»Ich wollte dich nicht wecken«, sagte ihr Mann, als er hereinkam.

»Ich war noch nicht im Bett«, erwiderte sie und tat so, als wäre sie damit beschäftigt, die Anrichte aufzuräumen.

»Warum isst du nicht etwas mit mir?«, lud er sie ein.

Sie wusch eine Hand voll Erdbeeren, gab sie in ein Schälchen und setzte sich ihrem Mann gegenüber.

»Die haben nur ganz wenig Zucker, die machen nicht dick«, sagte Penelope, als wolle sie sich rechtfertigen.

»Mir scheint, du hast in der letzten Zeit abgenommen«, stellte Andrea fest.

»Ich habe fünf Kilo verloren. Das ist nicht viel, in einem Jahr«, erwiderte sie.

»Geht es dir nicht gut?«, fragte er schüchtern. Er hatte das Bedürfnis, mit ihr zu sprechen, und vielleicht hatte seine Frau das Bedürfnis, ihm zuzuhören.

»Ich habe mich nie besser gefühlt. Körperlich, meine ich. Was das andere betrifft ...« Sie beendete den Satz nicht.

»Tja, was das andere betrifft, was machen wir damit?«, fragte er und betrachtete im Gegenlicht eine entkernte Olive.

Penelope hielt den Atem an. Viele wussten über ihre Affäre mit Mortimer Bescheid. Möglicherweise hatte Andrea davon Wind bekommen.

»Sag du«, forderte sie ihn auf.

»Ich denke, wir sollten einen Waffenstillstand vereinbaren, nach einem Jahr kalten Krieg. Möglicherweise habe ich dir Unrecht getan. Sicher ist nur, dass du mich seit langer Zeit mit deinem Schweigen und deiner Abwesenheit bestrafst. Du bist nicht einmal da, wenn wir uns am selben Tisch gegenübersitzen. Ich will dich nicht verlieren, aber ich will auch nicht mehr mit einer Sphinx zusammenleben«, sagte er ruhig.

»Also, was schlägst du vor?«, fragte sie ihn und atmete auf. Andrea wusste noch nichts von ihrem Seitensprung. Vielleicht war der Moment gekommen, es ihm zu sagen.

»Es gibt zwei Möglichkeiten: Die erste ist, du wirst wieder die Pepe, die du immer warst. Ich habe eine lebhafte, streitsüchtige Frau geheiratet, einen wahren Quälgeist. Meine Pepe ist eine Frau, die immer gleich maßlos übertreibt, die dich ohrfeigt und dann schreit, dass du sie geohrfeigt hast. Sie ist eine, die dir einen Fehler eine Ewigkeit vorhält, die keine Ruhe lässt, die nicht eine Minute Frieden gibt, die von morgens bis abends Krach macht. Kurzum, die Frau, die ich geheiratet habe, ist ein riesiger Plagegeist«, erklärte Andrea leidenschaftlich. Dann wurde seine Stimme sanft und er fügte hinzu: »Aber sie kann auch süß wie Honig sein, ihr Lachen erweicht mir das Herz, sie kann unglaublich zärtlich sein, sie schreibt Lieder, die mich rühren, und wenn sie Erfolg hat, prahlt sie nicht damit. Meine Pepe ist fähig zu lieben. Das ist die Frau, die ich wieder bei mir haben will.«

Die Hände reglos im Schoß hielt Penelope mühsam ein Schluchzen zurück. Andrea liebte sie. Er brauchte sie, weil ihre Kinder und sie der einzige Bezugspunkt in seinem Leben waren, seine einzige Sicherheit, ein Quell der Wärme, der ihm die Kraft zum Leben gab. Was würde aus ihm werden, wenn sie ihn verlassen und ihm die Kinder wegnehmen würde? Sie liebte ihn von ganzem Herzen wegen dieser Zerbrechlichkeit, wegen dieses aufrichtigen Schmerzes, der ihn seit langem gefangen hielt, wegen seines Blickes, der dem eines verlorenen Kindes glich.

Mortimer war ein solider Mann, vertrauenswürdig, selbstsicher, jemand, an den man sich anlehnen konnte. Doch Andrea brauchte sie ebenso, wie sie Mortimer brauchte. Sie konnte auf keinen von beiden verzichten.

»Du hast gesagt, es gibt zwei Möglichkeiten. Was ist die andere?«, fragte sie leise.

»Es gibt keine zweite Möglichkeit«, behauptete er schmollend.

»Doch, die gibt es. Und das weißt du auch«, erwiderte sie.

In Gedanken ging sie noch einmal all die Momente durch, in denen sie wenige Meter vor ihrer Haustür aus Mortimers Wagen gestiegen war. Manchmal waren sie zwei oder drei Tage zusammengewesen, meistens jedoch nur wenige Stunden. Jedes Mal war es eine Qual, ihn zu verlassen. Er sah ihr nach, wie sie davoneilte, und wenn er den Gedanken, sich von ihr zu trennen, nicht mehr ertragen konnte, lief er ihr hinterher und umfing ihre Taille, während sie sich halb lachend, halb weinend wehrte.

»Das ist das letzte Mal, dass wir uns vor deinem Ehemann verstecken, so als wäre ich ein Verbrecher«, protestierte er, denn er konnte sich nicht damit abfinden, sie fortgehen zu sehen.

»*Amore mio*, ich bitte dich, mach alles nicht noch schwieriger. Ich habe schon genug Angst«, flehte sie ihn an.

Mortimer zog sie an sich und küsste sie leidenschaftlich. Penelope öffnete die Haustür und er schien ihr folgen zu wollen.

»Geh weg, ich bitte dich«, flüsterte sie.

»Aber vielleicht ist ein Schurke im Hausflur. Oder im Aufzug. Lass mich rein«, insistierte er.

»Kommt gar nicht infrage.«

»Dann werde ich hier vor dem Fenster warten, bis ich weiß, dass du in der Wohnung bist. Komm ans Fenster und gib mir ein Zeichen.«

Ganz leise öffnete Penelope die Wohnungstür, eilte ins Wohnzimmer und zog vorsichtig einen Rollladen hoch. Mortimer, der mitten auf der Straße stand, hob die Arme und sprang mit geschlossenen Füßen hoch, als wolle er zu ihr hinaufhüpfen. Sie machte ihm Zeichen fortzugehen, er antwortete ihr mit lustigen Grimassen, die irgendwo zwischen Weinen und Lachen anzusiedeln waren. Sie war hin und her gerissen zwischen dem Bedürfnis, in die Zimmer der Kinder zu laufen, um sie zu sehen, sie zu berühren, sie im Schlaf atmen zu hören, und dem Kummer, den Mann verlassen zu müssen, den sie liebte.

»Willst du über eine Trennung sprechen? Über Scheidung?«, fragte Andrea und verzog in einer Mischung aus Kummer und Verachtung das Gesicht.

Plötzlich stieß Penelope einen Schrei aus. Die Hände, die locker im Schoß gelegen hatten, verkrampften sich über der Scham, ihre Stirn überzog sich mit Schweißperlen, sie wurde blass und dachte: »Ich sterbe.«

»Pepe, was ist los?«, fragte Andrea und beugte sich erschrocken über sie.

»Irgendetwas zerreißt mir den Bauch«, flüsterte sie mit gebrochener Stimme.

»Was? Bitte sag es mir, um Gottes willen«, flehte er und umarmte sie.

Auf ihrem Baumwollmorgenrock breitete sich ein Blutfleck aus.

»Du hast eine Blutung«, stellte ihr Mann entsetzt fest.

Der Schmerz war so stark, dass sie kaum atmen konnte.

»Ich bringe dich sofort ins Krankenhaus«, beschloss Andrea und nahm sie auf den Arm.

44

Um halb zehn Uhr abends, kurz nachdem Penelope gegangen war, fuhr Mortimer ins Krankenhaus. Er hatte Nachtdienst. Zunächst machte er eine Runde durch die Zimmer seiner Patienten, die alle ruhig schliefen. Dann schloss er sich in seinem Büro ein, das gleich neben dem Behandlungszimmer lag. Er zog den Kittel aus und streckte sich hinter dem Paravent auf einer Liege aus. Er wollte versuchen, ein paar Stunden zu schlafen. Wenn es einen Notfall gab, würden die Krankenschwestern ihn wecken.

Er schloss die Augen in der Hoffnung, einschlafen zu können. Doch seine Gedanken kreisten um Penelope. Er hatte sie in die Enge getrieben und zu einer Entscheidung gezwungen, die seit Monaten in der Luft lag, jedoch immer wieder aufgeschoben wurde. Da er seine Geliebte kannte, wusste er, dass er sie unter großen emotionalen Druck gesetzt hatte. Er hatte zu diesem Gewaltakt gegriffen, weil er nicht mehr mit dieser Ungewissheit leben konnte. Die Ernsthaftigkeit ihrer Beziehung hatte etwas Besseres verdient.

Ihre Begegnungen waren zu kurz und Mortimer wollte für immer mit Penelope leben. Sie war die Frau, die er immer gesucht hatte: aufrichtig, wunderbar kompliziert, grundehrlich. Sie war eine leidenschaftliche Liebhaberin und eine fröhliche Freundin. Sie war impulsiv und verträumt, stand jedoch mit beiden Beinen im Leben. Alles in allem war sie vollkommen und er wollte sie ganz für sich haben. Er hatte sie seiner Mutter, seinem Bruder und ein paar alten Freunden vorgestellt. Sie hatte allen gefallen. Nun wollte er sie heiraten und Kinder haben.

Ehe er einschlief, hoffte er, dass sie den Mut finden würde, die Beziehung zu ihrem Ehemann endgültig zu beenden. Mitten im Tiefschlaf wurde er von einer Krankenschwester geweckt.

»Dottore, Frau Doktor Lorenzi von der Notaufnahme hat mich geschickt. Da ist ein schwerer Fall eingeliefert worden. Sie fragt, ob Sie sofort runterkommen können.«

Mit einer Hand hielt sie ihm den Kittel hin, mit der anderen bot sie ihm eine Tasse Kaffee an.

Er nahm sowohl das eine als auch das andere. Dann stieg er in den Aufzug. Doktor Lorenzi erwartete ihn bereits.

»Entschuldige, dass ich dich gestört habe«, sagte sie, während sie durch einen Nebengang liefen. »Ich brauche deine Meinung.«

»Worum handelt es sich?«, fragte er. Seine Kollegin war eine erfahrene Gynäkologin, und wenn sie ihn um Hilfe bat, war es ernst.

»Es ist eine junge Frau. Sie hatte zwei normal verlaufende Schwangerschaften. Außerdem ist sie wegen Zysten bei Viviani in Behandlung. Ihr Mann hat sie hergebracht. Er sagt, dass seine Frau plötzlich von stechenden Unterleibsschmerzen überwältigt wurde und begonnen hat, Blut zu verlieren«, erklärte sie kurz.

Zysten sind ein Problem vieler Frauen. Mortimer wusste, dass auch Penelope darunter litt.

»Hast du einen Ultraschall gemacht?«, fragte er.

»Sofort. Die Untersuchung hat eine große Zyste am linken Eierstock ergeben. Der Ehemann der Frau sagte mir, dass die letzte Ultraschalluntersuchung vor sechs Monaten gemacht wurde. Damals war der Befund negativ. Und jetzt ist sie vor Schmerzen beinah kollabiert. Sie verliert zuweilen das Bewusstsein«, berichtete die Gynäkologin. Und fuhr fort: »Aber das alles ergibt keinen Sinn. Ich finde keinen Zusammenhang zwischen der Zyste, dem übermäßigen Blutverlust und dem Schmerz. Ich denke, ich habe dir so weit alles erzählt.« Dann öffnete sie die Tür zu dem Zimmerchen, in dem Penelope lag.

»Ich werde sie mir mal ansehen«, sagte der Arzt und näherte sich dem Bett, auf dem die bewusstlose Frau lag.

Plötzlich wurde er blass und er spürte, wie ihm das Blut in den Adern gefror.

»Pepe, Schatz, was ist los mit dir?«, flüsterte er und beugte sich über sie. Wenige Stunden zuvor hatte er sie noch in den Armen gehalten, leidenschaftlich und lebhaft wie immer.

»Kennst du sie?«, fragte die Kollegin.

»Gut genug, um zu ahnen, was passiert ist«, erwiderte er, während er das hellblaue Laken beiseite schob, das sie zudeckte. Er legte ihr eine Hand auf den Bauch und machte sofort die schmerzende Stelle aus.

»Willst du den Ultraschall sehen?«, fragte die Ärztin.

»Ja. Auch wenn es mir nichts nützt«, sagte er. »Sag Bescheid, dass der OP vorbereitet werden soll. Ich muss sofort operieren.«

»Warum? Ich verstehe nicht«, fragte die Kollegin wieder.

»Sieh mal«, erklärte er und zeigte ihr die Aufnahme, »die große Zyste blutet in den Unterleib. Das erklärt die plötzlichen Schmerzen. Die innere Blutung ist hormonell bedingt. Siehst du, wie alles zusammenhängt?« Er packte die Bahre am Kopfende und schob sie aus dem Zimmer.

»Teodoli, warte. Ich rufe eine Schwester«, sagte seine Kollegin und folgte ihm durch den Korridor bis zum Aufzug.

»Lass nur. Es geht schneller, wenn ich sie raufbringe. Such du mir die beste OP-Schwester. Und hol sofort den Anästhesisten. Sieh nach, ob Canziani da ist. Ich will ihn«, befahl er, bevor die Aufzugtür sich hinter ihm schloss. Mortimer wusste, dass ein starker psychischer Druck das plötzliche Platzen der Zyste verursacht haben konnte. Vielleicht war er sogar Schuld daran, mit seiner Forderung an jenem Abend. Möglicherweise hatte Penelope mit Andrea über die Scheidung gesprochen und damit den Hormonspiegel ins Ungleichgewicht gebracht.

»Es ist meine Schuld, nur meine Schuld. Verzeih mir, Pepe«, flüsterte er, während er sich herabbeugte, um ihr das Gesicht zu streicheln.

Der Aufzug öffnete sich. Sie waren im OP-Bereich angekommen. Eine OP-Schwester erwartete sie bereits.

»Canziani ist schon im Krankenhaus. Er kommt gleich«, informierte sie ihn.

Mortimer nickte. Er war sehr besorgt. Die Schwester hielt ihm den sterilen Kittel, Haube und Mundschutz hin. Er zog die OP-Schuhe an und wusch sich die Hände.

»Meine Kinder«, flüsterte Penelope, die in die Wirklichkeit zurückgekehrt war. Nun erinnerte sie sich, dass sie die beiden mitten in der Nacht allein zu Hause gelassen hatte. Mortimer beugte sich über sie.

»Was machst du denn hier?«, fragte sie überrascht.

»Mir scheint, du brauchst mich«, erwiderte er mit einem beruhigenden Lächeln.

»Ich sterbe. Stimmt's?«, fragte sie.

»Glaubst du wirklich, ich würde dich sterben lassen?«

»Beruhige meinen Mann, ich bitte dich. Er ist hier irgendwo. Und er ist verzweifelt. Er ist ein sehr zerbrechlicher Mann«, flüsterte sie.

»Das werde ich tun. Und jetzt versuche dich zu entspannen«, riet er ihr sanft.

In dem Moment kam der Anästhesist herein.

»Mess ihr sofort den Blutdruck«, befahl der Gynäkologe.

Doktor Canziani widmete sich ihr.

»Der ist ziemlich im Keller«, flüsterte er dem Kollegen zu.

»Tu dein Bestes und bring ihn wieder hoch«, erwiderte Mortimer.

»Darf ich wissen, was mit mir los ist?«, fragte Penelope mit dünner Stimme.

»Ich werde einen kleinen Schnitt oberhalb des Schambeins machen. Ich muss diese Zyste entfernen, die dir solche Schmerzen bereitet, und den Blutverlust stoppen, der dein Leben gefährdet. Deshalb werde ich eine Ausschabung machen. In nicht einmal einer Stunde bist du wieder wie neu«, versicherte er. Dann gab er der Schwester ein Zeichen, damit sie die Patientin für den Eingriff vorbereitete.

Als Penelope auf dem Operationstisch lag, spürte sie das Pieken einer Spritze im Arm und aus weiter Ferne drang die Stimme des geliebten Mannes zu ihr: »Jetzt wirst du schlafen. Wir sehen uns, wenn du wieder aufwachst.« Sie sah ihre Kinder, die glücklich in ihren Betten schliefen, und sah, wie ihre Brustkörbe sich beim Atmen hoben. Dann sah sie nichts mehr.

Die Schwester rieb Penelopes Bauch mit Jodtinktur ein. Dann deckte der Assistenzarzt sie mit sterilen Tüchern ab und ließ nur den Bereich frei, in dem geschnitten werden sollte. Mortimer war bereit.

»Hast du den Blutdruck steigern können?«, fragte er den Anästhesisten.

»Achtzig zu hundertzwanzig«, erwiderte Doktor Canziani.

Mortimer seufzte tief. Dann streckte er die Hand, die in einem sterilen Handschuh steckte, zur OP-Schwester aus. »Seziermesser«, sagte er.

Er setzte einen sauberen und entschlossenen Schnitt. Der Assistenzarzt saugte sofort das Blut ab, um den Bereich, in dem operiert wurde, sauber zu halten. Mortimer betrachtete die pulsierenden Eingeweide der Frau, die er liebte, und die furchtbare Zyste im blutüberströmten Unterleib. Er überlegte schnell, welche Methode er anwenden sollte.

Er hatte zwei Möglichkeiten: die Blutung stoppen und die Zyste isoliert entfernen oder den Eierstock entfernen, der die Zyste produziert hatte. Aber er wollte die Fruchtbarkeit seiner Freundin nicht beeinträchtigen. Er entschied sich für die erste Methode.

»Ich mache eine Zystenresektion«, kündigte er an. Gleich darauf fragte er den Anästhesisten: »Wie ist der Blutdruck?«

»Ich kann sie in einem akzeptablen Bereich halten. Aber beeil dich lieber«, forderte sein Kollege ihn auf.

Er operierte zügig und mit gründlicher Sorgfalt. Nachdem er den Uterus ausgeschabt hatte, nähte er gewissenhaft die inneren Organe und die äußere Wunde.

Von Zeit zu Zeit tupfte die Schwester ihm den Schweiß von der Stirn.

Nach einer halben Stunde hatte er das Kunststück vollbracht.

Die Schwester nahm ein Pflaster, um die Wunde abzudecken.

»Lassen Sie nur. Das mache ich«, sagte er. Er drückte es sanft auf den Bauch, wo die Haut durch die Tinktur, mit der sie eingerieben worden war, einen leichten Orangeton angenommen hatte.

Der Anästhesist hatte inzwischen den Tubus entfernt, durch den die Patientin beatmet worden war. In der Armbeuge befestigte er gerade die Kanüle.

»Mach mir einen Eisbeutel fertig«, sagte Mortimer zur Krankenschwester.

Penelope wurde auf ein Stationsbett gelegt. Er drückte den Eisbeutel sanft auf die Wunde. Dann kontrollierte er die verschiedenen Aufwachstadien.

»Wie ist der Blutdruck jetzt?«, fragte er Canziani.

»Perfekt.«

Mortimer beugte sich über die Patientin und berührte zärtlich ihre Wange. »Pepe, hörst du mich?«, drängte er.

Sie stieß ein Klagen aus.

»Sehr gut. Ihr könnt sie auf die Station bringen«, befahl er, während er seinen Mundschutz auszog. Dann streifte er die Handschuhe ab.

»Der Ehemann ist da, er wartet draußen«, informierte ihn ein Assistent. »Beruhigst du ihn? Er ist völlig fertig, der arme Mann.«

Andrea zu begegnen war das Letzte, was der Gynäkologe sich wünschte. Aber es war eine Aufgabe, vor der er sich nicht drücken konnte. Also öffnete er kraftvoll die Tür des OP-Bereiches. Er fand sich einem jungen, entschieden gut aussehenden Mann mit einem verzweifelten Gesicht gegenüber.

Nervös nahm Mortimer seine Haube ab. »Sind Sie der Mann von Signora Pennisi?«, fragte er aggressiv.

Andrea kam auf ihn zu. Er bemerkte die Blutflecken auf dem grünen Kittel.

Die beiden Männer sahen einander durchdringend an.

In Mortimers Blick lagen Verwunderung und Eifersucht auf dieses Individuum, das in Penelopes Gefühlswelt einen erstrangigen Platz belegte. In Andreas Blick spiegelten sich Ungeduld und die Furcht um das Schicksal des geliebten Menschen.

Der Chirurg begriff, dass dieser Mann Penelope sehr viel mehr liebte, als es ihm recht war. Diese Feststellung irritierte ihn. Penelope hatte ihm nie von ihrem Mann erzählt, während sie gar nicht genug über die Besonderheiten ihrer Kinder reden konnte. Lediglich die eine oder andere versteckte Andeutung hatte ihm zu verstehen gegeben, dass die beiden keine besonders glückliche Beziehung führten.

»Es ist alles in Ordnung«, sagte Mortimer und zwang sich zu einem möglichst professionellen Ton. »Die Signora wird gleich auf die Station gebracht. In ein paar Minuten können Sie Ihre Frau sehen.«

»Wie geht es ihr?«, fragte Andrea verängstigt, »ich dachte schon, sie verblutet.«

»Das hätte durchaus passieren können, wenn wir nicht rechtzeitig gehandelt hätten. Morgen wird Professor Viviani Ihnen den Eingriff im Einzelnen schildern. Aber beruhigen Sie sich erst einmal. Der Signora geht es gut und in ein paar Tagen kann sie wieder nach Hause«, schloss er und machte dem Mann die Tür vor der Nase zu.

Er hatte das Bedürfnis, ein wenig allein zu sein, um sich von der Angst zu erholen, die ihn angesichts des Leids seiner heiß geliebten Pepe befallen hatte. Als er die Schnüre des Kittels löste, merkte er, dass seine Hände zitterten.

Im Bad des Operationssaals zog er sich vollständig aus und stellte sich unter die Dusche. Während das Wasser auf ihn herabprasselte, begann er zu schluchzen. Doch es waren nicht nur Tränen der Befreiung. Er weinte, weil ihm bewusst geworden war, dass er seine Geliebte verloren hatte.

45

Eine Nachtschwester der Frauenstation erwartete den Gynäkologen, um ihm eine Tasse Tee anzubieten.

Mortimer dankte ihr mit einem Lächeln. Er hatte seine Fassung wiedererlangt.

»Beobachten Sie die Signora Pennisi«, bat er sie.

»Ich habe sie in das letzte Zimmer legen lassen. Sie ist schon ruhiger«, versicherte sie ihm.

»Sehr gut. Gibt es Probleme?«

»Die Wehen des jungen Mädchens in der Sechs kommen in immer kürzeren Abständen. Aber sie hat sich noch nicht geweitet. Ich habe ihren Blutdruck gemessen. Fünfundachtzig zu hundertvierzig. Der Herzschlag des Kindes ist ausgezeichnet«, informierte sie den Arzt.

»Ich werde sie mir gleich ansehen«, sagte Mortimer und ließ sich auf die Liege fallen. Er war erschöpft. Nicht wegen des Eingriffs an sich, sondern wegen des emotionalen Drucks, der immer noch nicht ganz von ihm gewichen war. »Hast du den Blutdruck von Signora Pennisi überprüft? Wir hätten sie beinah verloren«, flüsterte er.

»Ich weiß. Der Blutdruck ist normal. Ihr Mann ist bei ihr«, teilte die Schwester ihm mit.

»Schicken Sie ihn nach Hause. Anscheinend sind die Kinder allein geblieben und die Signora macht sich Sorgen um sie.«

Mortimer wollte zu Penelope zurück, aber er hatte nicht

die Absicht, Andrea noch einmal zu begegnen. Er war drauf und dran, diesen viel zu attraktiven Ehemann zu hassen. Doch dann schämte er sich seiner Gedanken. Er trank seinen Tee und stand wieder auf. Er war müde, doch er war entschlossen, in Zimmer sechs zu gehen. Das schwangere Mädchen litt stumm.

»Schmerzhaft, die Wehen, stimmt's?«, sagte er lächelnd.

»Ach, hören Sie mir damit auf«, erwiderte die Kleine.

Sie war sechzehn und Schülerin im zweiten Jahr des künstlerischen Gymnasiums. Zu Beginn des Schuljahres war sie von zu Hause weggelaufen und mit dem Schlagzeuger einer Rockband durchgebrannt. Nach zwei Monaten war sie zurückgekehrt, übersät mit blauen Flecken von den Schlägen des Freundes und den Nadeln, mit denen sie sich Heroin spritzte. Außerdem war sie schwanger. Die Eltern hatten sie wieder aufgenommen und liebevoll gepflegt. Mit der Unterstützung einer Therapiegruppe hatten sie ihr geholfen, wieder zu sich selbst zu finden. Sie war wieder in die Schule gegangen und hatte bei ihren Schulkameraden und Lehrern Solidarität und Trost gefunden. Mortimer, der ihre Schwangerschaft von Anfang an mitverfolgt hatte, hatte sie ermutigt und sich in den langen Monaten des Wartens liebevoll um sie gekümmert.

»Dann werde ich mein Bestes tun, um dein Mädchen zu überzeugen, dass es an der Zeit ist, die große Reise ins Licht anzutreten«, versprach er, während er das Laken beiseite schob, um sie zu untersuchen.

Die Kleine hielt die Hand ihrer Mutter, die seit Stunden bei ihr saß, ihr die Stirn streichelte und sie tröstete.

»Glauben Sie, mein Kind will nicht rauskommen?«, fragte sie neugierig.

»Es geht ihr in deinem Bäuchlein sehr gut. Du hast deine Pflicht getan und ein Geschöpf geschaffen, das so vollkommen ist wie du. Jetzt musst du dich unbedingt von ihm befreien, auch wenn es nicht damit einverstanden ist.«

Ihm genügte ein kurzer Blick, um festzustellen, dass der Muttermund sich noch nicht ausreichend geweitet hatte.

»Aber auch du willst nicht, dass sie geboren wird. Es gefällt dir zu gut, sie in dir zu tragen«, urteilte er.

»Ich habe Angst. Allein der Gedanke an die Entbindung ist schrecklich«, flüsterte das junge Mädchen.

»Das ist normal. Man hat immer Angst vor dem, was man nicht kennt«, sagte er und fügte hinzu: »Jetzt werde ich einen kleinen Schnitt an der Fruchtblase machen, die deine Tochter umschließt. So holen wir das Fruchtwasser heraus.« Er setzte den Schnitt und rief gleich darauf eine Schwester.

»Bringen Sie sie in den Kreißsaal«, ordnete er an. Dann wandte er sich erneut an das Mädchen: »Man wird dir eine Oxytocininfusion geben, um die Weitung des Muttermundes zu beschleunigen. Deine Tochter wird in weniger als einer Stunde geboren.«

»Dottore, lassen Sie uns jetzt etwa allein?«, fragte die Mutter des Mädchens besorgt.

»Ich könnte doch niemals die schönste Mama der ganzen Station alleine lassen. Ich muss nur kurz nach einer Signora sehen, die ich vor einer Stunde operiert habe, dann komme ich zurück, um deiner Tochter zu helfen«, versicherte er.

Auf dem Korridor kam ihm der Anästhesist entgegen, der ihm bei dem Eingriff beigestanden hatte.

»Ich war gerade bei ihr«, verkündete er, womit er Penelope meinte. »Es geht ihr ausgezeichnet. Sie klagt nur über starke Rückenschmerzen.«

»Ist sie allein?«, erkundigte Mortimer sich.

»Ihr Mann ist gegangen. Sie selbst hat ihn gebeten, nach Hause zu gehen«, informierte der Kollege ihn.

Mortimer betrat das kleine Zweibettzimmer. Penelope klagte mit schwacher Stimme.

»*Amore mio*«, flüsterte er und streichelte ihre Stirn.

»Was hast du mit mir gemacht?«, fragte sie.

»Das, was nötig war, damit du schnell wieder gesund wirst«, erwiderte er.

»Ich fühle mich, als würde mein Bauch brennen. Und zwei tollwütige Hunde zerfleischen meinen Rücken«, fügte sie hinzu.

In dieser Nacht kam der Gynäkologe mehrmals, um nach seiner Patientin zu sehen, um sie zu trösten, um ihr das lange Wachliegen mit Beinmassagen zu erleichtern, das geschmolzene Eis auszuwechseln, kurz, um all das zu tun, was ein Chirurg für gewöhnlich nicht macht. Aber Penelope war eben ein besonderer Fall.

»Ich benehme mich ziemlich daneben«, sagte sie. »Aber ich fühle mich wirklich schlecht.«

»Du bist die ungeduldigste Patientin, die ich je hatte«, warf er ihr vor. Aber er wusste, dass Penelopes Unruhe, die ihr Schmerzempfinden verstärkte und sie daran hinderte, sich zu entspannen und zu schlafen, tief greifende Wurzeln hatte. Um halb acht am nächsten Morgen kam Marco Viviani, der Chefarzt. Mortimer brachte ihn über den Zustand der Patienten auf den neuesten Stand und berichtete über den Eingriff bei der Signora Pennisi.

»Hast du eine Gewebeanalyse machen lassen?«, fragte der Professor.

»Alles negativ«, sagte der Chirurg.

»Wir sehen sie uns sofort an«, beschloss Viviani.

Andrea war bereits da. Er saß am Kopfende des Bettes und sprach mit seiner Frau, während er sie zärtlich streichelte: »Die Kinder sind bei deinen Eltern. Sie wollen dich besuchen kommen. Ich bringe sie vorbei, sobald es dir besser geht.«

Der Chefarzt bat den Mann hinauszugehen. Mortimer nickte ihm zum Gruß zu.

»Doktor Teodoli hat mir gesagt, dass Sie letzte Nacht

nicht schlafen konnten. Wie fühlen Sie sich jetzt?«, fragte der Chefarzt Penelope.

»Als hätte ich eine Tracht Prügel bekommen«, klagte sie.

»Die Schmerzen dieser Prügel, wie Sie es nennen, werden schneller nachlassen, als Sie glauben. Sie werden nachher aufstehen müssen, Sie werden ein paar Schritte ums Bett herumgehen und dann eine halbe Stunde auf dem Sessel sitzen. Sie wissen gar nicht, was für ein Glück Sie haben, an meinen Assistenten geraten zu sein. Doktor Teodoli hat Sie gerade noch vor dem Schlimmsten bewahrt.«

»Doch, das weiß ich«, sagte die Frau und versuchte zu lächeln.

Mortimer stand zu Füßen des Bettes und sah sie zärtlich an. Sein Bart spross, die Augen sahen müde aus.

»Ich werde jetzt mit Ihrem Mann sprechen und ihn beruhigen. Heute Nachmittag werde ich dann wieder nach Ihnen sehen«, schloss der Chefarzt und ging hinaus.

Mortimer näherte sich ihr und streichelte ihre Hand. »Ich fahre nach Hause, um mich auszuruhen«, flüsterte er. »Ich habe eine Krankenschwester gerufen, die sich um dich kümmern wird, solange ich fort bin.«

Penelope schlief gut und mit jedem Tag ließen die Schmerzen nach.

»Doktor Teodoli erwartet Sie im Behandlungszimmer«, verkündete irgendwann eine Schwester. »Er wird Ihnen die Fäden ziehen. Heute Nachmittag können Sie das Krankenhaus verlassen«, informierte sie die Patientin.

Penelope stand auf, zog einen Morgenrock an und lief mit kleinen Schritten durch den Korridor. Sie war noch sehr schwach. Mit einer Hand hielt sie sich den Bauch, weil sie das Gefühl hatte, dass er herunterfallen könne. Mortimer erwartete sie. Er schloss die Tür, half ihr, sich auf die Liege zu legen, schob das Nachthemd hoch und machte den Unterleib frei. Er arbeitete schweigsam und konzentriert. Mit einem Lösungsmittel befeuchtete er das Pflaster und riss es dann energisch ab. Dann säuberte er die Wunde mit einem Desinfektionsmittel. Schließlich zog er, einen nach dem anderen, die Fäden heraus.

»Die Narbe ist vollständig verheilt. Es bildet sich sogar schon eine Kruste. Dieser Bereich wird dir eine ganze Weile taub erscheinen, weil ich einige Nerven durchtrennt habe. Dafür wird man von der Wunde später nichts mehr sehen«, informierte er sie.

Er bedeckte die Narbe mit einem leichten Mullverband, den er mit dünnen Klebestreifen befestigte. Dann half er Penelope wieder auf.

»Jetzt setz dich hierher«, befahl er und wies auf einen Drehstuhl vor einem Metallschreibtisch.

»Musst du mir etwas Unangenehmes sagen?«, fragte sie.

»Etwas Schmerzhaftes, für uns beide. Pepe, wir werden uns nicht mehr sehen«, flüsterte er.

Sie senkte den Kopf, um ihre Tränen zu verbergen. »Ich weiß«, sagte sie. »Es ist mir vor einer Woche klar geworden, als ich versucht habe, mit meinem Mann über uns zu reden. Ich werde ihn nie verlassen, auch wenn ich dich unendlich liebe.«

»Ich habe es gemerkt, als ich Andrea gegenüberstand. Er liebt dich.«

Penelope nickte. »Ich mag es nicht, wenn eine Beziehung zu Ende geht«, sagte sie weinend.

»Aber unsere Liebe wird nie zu Ende gehen. Nur unsere Leben trennen sich«, behauptete Mortimer und hielt ihr ein Taschentuch hin, damit sie sich die Augen trocknen konnte.

»Mir wäre es lieber gewesen, wir hätten woanders miteinander gesprochen«, sagte sie.

»Dann hätten wir uns irgendwann wieder in den Armen gelegen und noch einmal von vorne begonnen.«

»Das stimmt. Aber ich kann mir gar nicht vorstellen, dass ich dich verliere«, protestierte sie unter Tränen.

»Wir telefonieren. Ich werde dir schreiben. Pass auf dich auf, *amore mio*«, flüsterte er, während er die Tür des Behandlungszimmers öffnete.

Penelope ging mit kleinen Schritten aus seinem Leben, durch einen Korridor der gynäkologischen Station.

Sieben Jahre sind seitdem vergangen …

46

»Sieben Jahre sind seitdem vergangen und ich frage mich, ob meine wunderschöne Liebesgeschichte wirklich zu Ende ist«, schloss Penelope und fügte hinzu: »Er hat nie wieder geheiratet und ich habe irgendwie den Eindruck, dass er auf mich wartet.«

»Das ist aber eine große Ungewissheit, meine liebe Freundin«, sagte der Professor Briganti kopfschüttelnd. »Ich verstehe, dass es nicht leicht ist, dem auf den Grund zu kommen, denn der Wille allein genügt nicht, solange Gefühle im Spiel sind. Meiner Meinung nach bist du nicht ganz über die berühmte Hecke gesprungen. Seit Jahren stehst du mit einem Bein auf der einen und mit dem zweiten auf der anderen Seite und das ist ein gefährlicher Balanceakt. Deine Geschichte ähnelt vielen anderen, die ich schon gehört habe. Du hoffst, dass sich mit der Zeit alles einrenkt. Aber das wird es nicht.«

»Das ist mir bewusst geworden, als ich mit Luca schwanger war. Ich hatte gehofft, dass diese dritte Schwangerschaft wie eine Art Medizin wäre, dass sie meine Beziehung mit Andrea kitten könnte. Und das war auch neun Monate lang so. Doch mit der Entbindung begann die Qual von Neuem. Und das ist ebenfalls eine lange Geschichte, die ich Ihnen ein andermal erzählen werde. Ich war immer schon ein Tolpatsch«, bemitleidete sie sich selbst.

Der Mann packte die Lehnen des Sessels und zog sich hoch, um im Haus zu verschwinden. Während er die Stufen hinaufstieg, drehte er sich um und lächelte ihr zu.

»Nichts, was wir tun, geschieht zufällig. Du bist aus einem ganz bestimmten Grund nach Cesenatico gekommen und das hat nichts mit dem Reifeprozess deines Mannes und den Problemen deiner Kinder zu tun. Du liebst diesen Mortimer immer noch. Wenn er nicht wieder geheiratet hat, dann deshalb, weil du ihn nicht freigegeben hast. Ich kenne dich, mein Mädchen. Du bist stur wie ein Esel. Aber du hast nicht den Mut, dich zu entscheiden. Worauf wartest du? Dass das Schicksal für dich entscheidet? Auch das ist möglich. Aber vergiss nicht: Während du mit deinen Fragen herumtrödelst, leidet jemand.«

Er drohte ihr mit dem Zeigefinger und in dieser Geste lag ein Vorwurf, den auch sein Lächeln nicht abschwächte. Dann ging er ins Haus und schloss die Tür.

Letztendlich hatte ihr weiser Freund ein Urteil gefällt, das nicht gerade schmeichelhaft war.

Sie verließ den Garten des Nachbarn und betrat den ihren. Dabei verglich sie den Anblick all dieser Trümmer und das Durcheinander, das die Arbeiter verursachten, um das Haus zu renovieren, mit ihrem Seelenzustand. Wie hatte der Professor ihr Vorwürfe machen können, weil Mortimer nicht wieder geheiratet hatte? Sie sollte ihn nicht freigegeben haben? Wie kam der alte Mann zu diesem strengen Urteil? Sie hatten sich im Behandlungszimmer des Krankenhauses Lebewohl gesagt und wenige Monate später hatten Andrea und sie ihr drittes Kind gezeugt. Es war doch eher Mortimer gewesen, der sich nicht mit der Trennung abfinden wollte. Noch vor drei Monaten, am 26. Februar, hatte er ihr wie jedes Jahr ein Duftkissen mit Vergissmeinnicht geschickt und wie immer hatte sie ihn angerufen, um zu sagen: »Danke, ich werde dich nie vergessen.« Aber das war doch natürlich. Eine so intensive Beziehung behält man ein ganzes Leben lang im Herzen.

Penelope stieg die Treppe hinauf und betrat das Türmchen. Von Norden her zogen dicke graue Wolken herüber. Sie sahen aus, als wären sie mit Regen voll gesogen. Eine Böe kalten Windes drang durch die Turmbögen und ließ die Frau erschauern. Sie setzte sich auf das Korbbänkchen.

Dann legte sie die Beine auf das Tischchen, lehnte den Kopf an die Mauer und schlief ein. Als sie wieder erwachte, ging die Sonne gerade unter. Aus dem Garten stieg der Geruch nach Erde und regennassem Laub auf. Es hatte geregnet und sie hatte es nicht einmal bemerkt. Sie vernahm Kinderstimmen, die von der Straße heraufdrangen, und ihr Herz schwoll an vor Zärtlichkeit. Sie dachte an den letzten zarten Kuss ihres Sohnes, bevor sie gefahren war. Instinktiv führte sie eine Hand an die Wange, als wolle sie diesen Kuss, der eigentlich gar keiner war, sondern ein leichtes Vibrieren der Lippen, wozu nur ihr Sohn in der Lage war, wieder einfangen. Doch dann unterdrückte sie die aufkeimende Rührung und ging die Treppe hinunter.

Hier und da standen Gerüste. Sie verließ das Haus und sah, dass im Garten des Professors Licht brannte. Der Alte erwartete sie zum Abendessen. Aber sie hatte keinen Hunger und vor allem wollte sie alleine sein.

Sie setzte sich auf die Treppe und betrachtete das Eingangstor, an dessen Eisenstäben Andrea die Luftballons mit seinem Heiratsantrag festgebunden hatte. Weit zurückliegende Jahre, genährt von Wünschen und Hoffnungen, von der Neugier zu entdecken, was das Leben für sie bereithielt, als ob es in ihrer Zukunft unerforschte, wunderbare Länder gäbe.

Auf einmal beleuchteten die Scheinwerfer eines Autos die kleine Allee des Gartens. Sie legte eine Hand an die

Stirn, um die Augen vor dem grellen Licht zu schützen. Der Wagen blieb stehen, eine Tür öffnete sich und eine Frau kam auf sie zu.

Es war Donata, ihre Busenfreundin. Als Penelope sie erblickte, vermochte sie ihre Enttäuschung nicht zu verbergen.

»Was willst du denn hier?«, fuhr sie die Freundin an, noch bevor diese überhaupt durch das Tor war.

»Ich bin dreihundert Kilometer gefahren, um hierher zu kommen. Du könntest mich wenigstens fragen, wie es mir geht«, erwiderte die Astrologin beleidigt.

»Wie geht es dir?«, wiederholte Penelope zerstreut, ohne von der Treppe aufzustehen. Donata schritt bereits durch die Pergola aus Fuchsien und kam schnurstracks auf sie zu.

»Ich fühle mich, als hätte mich eine Lawine überrollt. Ich bin völlig angeschlagen«, erwiderte sie mit Grabesstimme.

»Dann bist du hier falsch. Hier wirst du keine erste Hilfe bekommen«, erwiderte Penelope.

»Du bist meine beste Freundin. Zu wem hätte ich in so einer Situation sonst gehen sollen, wenn nicht zu dir?«

»Hör zu, mir geht es hier alleine hervorragend. Ich brauche deine Ratschläge nicht und auch nicht die von Sofia oder die vom Ewigen Vater. Ich will einfach nur in Ruhe gelassen werden. Habe ich dich etwa um Hilfe gebeten?«, fuhr Penelope die Frau an, als sie sich endlich entschlossen hatte, die Treppe hinunter und ihrer Freundin entgegenzugehen. »Wie du siehst, ist das Haus eine einzige Baustelle und ich kann dich hier nicht unterbringen. Ich wohne selbst im Hotel. Und jetzt erwartet mich mein Nachbar zum Abendessen«, fuhr sie fort. Nun erst sah sie, dass Donata weinte.

»Aber ich bitte dich um Hilfe«, sagte die Freundin unter Tränen.

»Was ist passiert?«, fragte Penelope mit dünner Stimme.

»Meine Ehe ist kaputt. Giovanni hat mich betrogen«, schluchzte Donata und warf ihr die Arme um den Hals.

Penelope dachte an Giovanni Solci, den perfekten Ehemann, den Mann, den jede Frau gern geheiratet hätte, weil er attraktiv, realistisch und vertrauenswürdig war. Sie erinnerte sich daran, wie stolz Donata immer auf ihn gewesen war und auf ihre Zwillinge, die von Vorzeigeeltern erzogen worden waren. Sie dachte daran, wie oft sie die Freundin um Giovanni als Ehemann und Vater beneidet hatte, denn Giulietta und Lavinia waren zwei ausgeglichene Dreizehnjährige, fröhlich, lernwillig, unbeschwert, und ihr Vater hatte einen großen Teil dazu beigetragen. Wie oft hatte sie sich gewünscht, dass Andrea wenigstens ein bisschen wie Giovanni wäre.

»Man kann Männern nicht trauen. Sie sind alle gleich«, stellte sie fest und streichelte der Freundin den Rücken.

»Meiner ist anders«, behauptete Donata.

»Das hast du bisher gedacht. Das haben wir alle gedacht. Aber letztendlich sind Männer dumm, gewissenlos und egoistisch. Du wirst dich damit abfinden müssen. Ich nehme Andreas Seitensprünge seit Jahren hin. Das weißt du ganz genau«, sagte Penelope.

Sie dachte daran, wie sie alle vier nach London und von dort mit dem Zug nach Ramsgate gefahren waren. Sie wollten das Angenehme eines Urlaubs mit dem Nützlichen verbinden, sprich ihr radebrechendes Englisch entstauben. Sie hatten ein Zimmer im *Priory Hotel* reserviert, einem bezaubernden kleinen Haus aus Holz und Backsteinen mit viktorianischen Möbeln, koketten kleinen Zimmern und einer Direktorin, Mrs Brewer, die einem Roman von Dickens entsprungen schien. Die Engländerin hatte ein Gesicht so rund wie ein Apfel, blonde Locken, und wenn sie sprach, seufzte, lächelte und flüsterte sie in einem fort. »Ihr seid sicher müde von der langen Reise. Erlaubt mir, euch einen Sherry anzubieten«, hatte sie geflüstert und die vier eingeladen, sich in das kleine Foyer zu setzen, das eine Art über und über mit Spitze und Samt ausgestatteter Salon war. Penelope und Andrea hatten kurz zuvor geheiratet, Donata und Giovanni waren noch verlobt.

»Könnt ihr euch vorstellen, bei uns in einem Hotel so empfangen zu werden?«, hatte Andrea gefragt.

»Die Engländer sind sehr gastfreundlich. Aber so etwas gibt es nur noch in der Provinz. In London wird eine ganz andere Musik gespielt«, hatte Giovanni erwidert, der seit dem Gymnasium regelmäßig nach England fuhr.

Plötzlich war hinter ihnen aus dem Nichts die Stimme einer Frau aufgetaucht. »Andrea! *Amore mio*! Was für eine Freude, dich wiederzusehen!« Eine dunkelhaarige Schönheit von lebhaftem Temperament und gekünsteltem Auftreten hatte sich über Penelopes Mann gebeugt, ihn umarmt und auf den Mund geküsst. Der jungen Braut, Donata und Giovanni hatte es den Atem verschlagen. Nicht im Geringsten verlegen hatte Andrea sie einander vorgestellt. Das Mädchen hieß Emanuela. »Eine Kollegin«, hatte der Mann mit einem schamlosen Lächeln erläutert. Emanuela hatte das kleine Frauchen kaum eines Blickes gewürdigt. Vielmehr hatte sie sich beeilt, Andrea mitzuteilen, dass das ihre letzte Nacht auf der Isle of Thanet war, wo sie eine Fotoreportage über das Haus von Charles Dickens in Broadstairs gemacht hatte.

»Begrüßen alle deine Kolleginnen dich so?«, hatte Penelope wütend gefragt.

»Du weißt doch, wie das ist. Ich bin halt ein Typ, auf den die Frauen stehen«, hatte ihr Mann scherzend geantwortet.

Donata und Giovanni hatten sich nicht dazu geäußert. Und Penelope hatte sich wieder beruhigt, als sie ihr Zimmer betrat, das einfach zauberhaft aussah. Es war ganz in

Weiß und Hellblau gehalten. Das Messingbett hatte einen Baldachin aus schneeweißer Spitze, aus der auch die Vorhänge des Erkerfensters gefertigt waren. Auf einer blau lackierten Anrichte standen ein Wasserkocher und ein Silbertablett mit Porzellantässchen und duftenden Plätzchen. Völlig gefangen genommen von diesen wundervollen Entdeckungen, vergaß die junge Frau die ärgerliche Begegnung ihres Mannes mit der überschwänglichen Kollegin. Sie schob den Vorhang beiseite, um die Straße mit den weißen Häusern und den Türchen in allen Farben zu betrachten. Vom Badezimmerfenster aus sah man hingegen das Meer und den Hafen, in dem Schiffe vor Anker lagen. Zum Abendessen gingen sie mit Donata und Giovanni aus. Mrs. Brewer hatte ihnen Harvey's vorgeschlagen, einen Pub, der aussah wie eine Piratentaverne. Sie hatten Riesengarnelen und Scampi mit Buttertoast gegessen, Bier und *black coffee* getrunken. Als sorglose junge Leute, die sie waren, hatten sie viel gelacht und waren singend zum *Priory Hotel* zurückgekehrt: *I wanna be loved by you* … in einer völlig schiefen Imitation von Marilyn Monroe. Dann hatten sie sich zurückgezogen. Giovanni und Donata hatten getrennte Zimmer, denn sie hatten beschlossen, erst dann das Bett zu teilen, wenn sie verheiratet waren. Andrea hatte zwei Tassen heiße Schokolade gemacht. Eine für sich und eine für Penelope. Er brachte sie ihr ans Bett.

»Ich gehe einen Moment zu Giovanni«, hatte er gesagt, ehe er sich auszog. Sie hatte stundenlang auf ihn gewartet. Mitten in der Nacht hatte sie an Giovannis Tür geklopft, der jedoch schlief und allein war. Dann war sie zu Donata gegangen, um sich bei ihr auszuweinen.

»Er ist mit dieser schrecklichen Emanuela im Bett. Ich weiß es«, hatte sie geschluchzt.

Ihre Freundin hatte sie getröstet, indem sie ihr sagte, dass niemand, nicht einmal ein verdammter Zwilling, seiner Frau, die er erst wenige Monate zuvor geheiratet hatte, so etwas antun würde.

»Ich klopfe jetzt an alle Türen. Ich werde dieses Scheusal finden«, hatte Penelope gedroht.

»Aber diese Emanuela ist abgereist. Ich habe gesehen, wie sie in ein Taxi stieg, als wir zurückgekommen sind«, hatte die Freundin gelogen.

Und so hatte sie Penelope wieder in ihr Zimmer gebracht und gemeinsam hatten sie vom Badezimmerfenster aus die vor Anker liegenden Schiffe betrachtet. Andrea war im Morgengrauen zurückgekehrt, als Penelope, die sich angesichts seiner Entschuldigungen taub stellte, ihren Koffer packte. Er hatte sich vor sie hingekniet, sie um Verzeihung gebeten und ihr einen Strauß Goldregen überreicht. »Die habe ich für dich gepflückt, auf den Klippen«, sagte er und lieferte ihr eine phantastische Erklärung, wie er die Nacht verbracht hatte. Penelope hatte damals an Donatas Beteuerungen glauben wollen.

Nun weinte Donata in ihren Armen und rief sich mit ihr gemeinsam diese weit zurückliegende Episode ins Gedächtnis.

»Ja, ich weiß sehr wohl, dass Andrea dich immer betrogen hat. Aber es stimmt nicht, dass alle Männer gleich sind. Manche sind noch schlimmer als die anderen«, behauptete sie, womit sie natürlich ihren eigenen Ehemann meinte.

»Willst du ihm einen Moment der Schwäche denn nicht verzeihen?«, fragte Penelope.

»Dieser Moment der Schwäche, wie du es nennst, hat Giovanni in unserem Bett mit Mariano Zegna ereilt, seinem Tennislehrer«, flüsterte Donata und das verschlug Penelope die Sprache.

47

Die beiden Freundinnen zogen ins *Grand Hotel*. Donata bekam das Zimmer gleich neben Penelopes. Während die Freundin den Koffer auspackte, ging Penelope auf den Balkon, um die glitzernden Lichtreflexe des Mondes auf der dunklen Oberfläche des Meeres zu betrachten. Und so, wie ihre Gedanken auf dem Türmchen der Villa zu Luca abgeschweift waren, hatten sie nun Mortimers Spur aufgenommen. Sie kannte seine Gewohnheiten, seine kleinen Manien in- und auswendig. Es gab nicht eine Stunde am Tag, in der sie ihn nicht einem Ort oder einer Handlung zuordnen konnte. Morgens, wenn sie aufwachte, dachte sie: »Er ist schon im Krankenhaus und macht seine Visite.« Abends, vor dem Einschlafen, dachte sie wiederum: »Er schläft schon.« Sie sah ihn in dem Bett liegen, in dem sie sich monatelang geliebt hatten. Auf die Seite gedreht, die wohl geformte und starke Hand auf dem Kissen liegend, die langen Wimpern über die großen graublauen Augen gesenkt. Sie hörte seinen langsamen und regelmäßigen Atem.

Der Professore hatte Recht: Sie hatte ihn nicht freigegeben.

Aus dem Nachbarzimmer drang die Stimme von Donata, die mit ihrer Mutter telefonierte. »Beruhige dich. Ich bin in Cesenatico bei Pepe. Ich werde ein paar Tage hier bleiben. Dann komme ich zurück. Was die Zwillinge angeht, verlasse ich mich auf dich. Sie wissen nichts und sollen auch nichts erfahren. Nein, er wird es nicht wagen anzurufen. Sicher, Mama: Nach jedem Regen scheint wieder die Sonne. Gib mir Lavinia.«

Penelope hörte sie erbärmliche Lügen erfinden, um die Wahrheit vor den Töchtern zu verbergen. Unterdessen hatte ein Kellner auf dem Balkon Lindenblütentee serviert.

Sie goss ihn in die Tassen und rief nach ihrer Freundin.

»Komm, setz dich her, trink und entspanne dich«, forderte sie die Astrologin auf.

»Ich möchte dich an meiner Stelle sehen«, klagte Donata.

»Ach, ich bin auch nicht besser dran.«

»Ich bitte dich! Du hast dein Bett nicht mit einem Perversen geteilt. Ich schon. Und ich wusste nichts davon!«, schrie sie hysterisch.

»Trotzdem, betrogen ist betrogen«, insistierte Penelope. Diese Enthüllung hatte sie zutiefst erschüttert und sie versuchte, nicht auch noch Öl ins Feuer zu gießen.

Donata hörte ihr gar nicht zu, sondern hing ihren Gedanken nach. »Er hat mich, unsere Töchter, unsere Verwandten und Freunde getäuscht. Der Musterehemann, auf den ich so stolz war und um den ihr alle mich beneidet habt, ist homosexuell. Kannst du dir vorstellen, was es bedeutet, in meinem Schoß den Samen eines Perversen empfangen zu haben?«, platzte sie heraus.

»Sei nicht so rassistisch«, ermahnte Penelope sie.

»Bin ich doch gar nicht. *Er* ist schließlich schwul.«

»Hör auf oder ich muss dir diese wundersamen Bachblüten empfehlen, die du allen aufschwatzt, nur selbst nie benutzt«, zog Penelope die Freundin auf.

»Das kannst du dir jetzt wirklich sparen«, baute sich die Astrologin auf.

»Verzeih mir, Didì«, sagte Penelope, wobei sie die Freundin bei ihrem Spitznamen nannte, mit dem sie als kleines Mädchen gerufen wurde. »Ich habe nur versucht, die Lage zu entschärfen. Ich versteh ja, dass du verzweifelt bist. Ich kann immer noch nicht glauben, dass Giovanni schwul ist. Ich meine, er ist gar nicht der Typ dafür.«

»Und ob er das ist. Das hätte ich schon vor zwanzig Jahren merken müssen. Diese Manie, den keuschen Verlobten zu spielen, unsere blutarmen intimen Begegnungen und all der andere Quatsch, den er sich einfallen ließ, um mir aus dem Weg zu gehen. Ich frage mich nur: warum? Was für einen Grund hatte er, mich zu heiraten, den Musterehemann zu spielen, mich und meine Zwillinge feige zu belügen? Das ist es, was mich zur Verzweiflung treibt.«

Sie begann, Penelope die zufällige Entdeckung vom Samstagabend in allen Einzelheiten zu erzählen. Sie war einen Tag früher als geplant von einem Astrologiekongress zurückgekehrt und hatte beschlossen, ihren Mann zu überraschen. Schließlich wusste sie, dass die Zwillinge übers Wochenende bei den Großeltern waren. Sie und Giovanni würden eine unvergessliche Liebesnacht miteinander verbringen. Sie wusste, dass er zu Hause war, denn sie hatte ihn kurz zuvor von ihrem Handy angerufen.

»Ich entwickle gerade einen Werbespot für Buitoni-Nudeln. Du weißt doch, wenn keiner da ist, kann ich zu Hause viel besser arbeiten als im Büro«, hatte er ihr am Telefon versichert.

Sie war auf Zehenspitzen in ihre Wohnung geschlichen, überzeugt, ihren Mann in seine Arbeit vertieft vorzufinden. Stattdessen war alles dunkel außer im Schlafzimmer, aus dem ein gedämpftes Licht durch die angelehnte Tür fiel. Sie hatte die Tür geöffnet und sich in einem Alptraum geglaubt. »Ihr« Giovanni und Mariano Zegna, der junge Apoll aus dem Tennisclub, waren nackt und vollkommen in eine komplizierte Übung vertieft, die nicht einmal die Phantasie der alten Griechen zuwege gebracht hätte. Und das alles in ihrem »heiligen Ehebett«. Die beiden hatten ihre Gegenwart noch nicht einmal bemerkt.

Donata hatte einen verzweifelten Schrei ausgestoßen. Während die Liebenden, die in ihrer Umarmung unsanft in die Wirklichkeit zurückgeholt worden waren, sie ansahen, als wäre sie ein Gespenst, hatte die erschrockene Ehefrau einen Kleiderbügel gegriffen, der in Reichweite auf einem Stuhl lag, und begonnen, ihnen damit zu drohen. Indes schrie sie ihre ganze Verzweiflung, ihren Ekel, den Verrat heraus. Sie brüllte und schlug wild um sich, fest entschlossen, eine Szene zu löschen, die sie ihr ganzes Leben nicht mehr vergessen würde. Es hatte die Kraft beider Männer gebraucht, um sie festzuhalten. Am Ende hatte der Tennislehrer sich davongemacht und Giovanni hatte ihre Erschöpfung genutzt und ihr gebeichtet, dass er sie schon immer betrogen hatte.

»Aber das heißt nicht, dass ich dich und die Zwillinge nicht liebe«, hatte er gesagt. »Ihr seid meine Familie und ich bete euch an.«

»Aber warum? Warum hast du mein Leben ruiniert?« Donata konnte nicht aufhören, ihm Fragen zu stellen, auf die Giovanni keine Antwort wusste.

»Ich habe mich ein Leben lang meiner Andersartigkeit geschämt. Dennoch habe ich keine Gelegenheit ausgelassen, mich immer und überall mit Männern zu umgeben. Endlich weißt du die Wahrheit«, hatte er erklärt.

Donata hatte den Koffer aus der Kammer geholt, und während sie ihn mit ihren Sachen und denen der Mädchen füllte, überhäufte ihr Mann sie mit seinen furchtbaren Geständnissen.

»Er hatte mein rosa Strumpfband und meine cremefarbenen Seidenstrümpfe an«, gestand Donata Penelope schluchzend. »Nur dir konnte ich diese Katastrophe erzählen, die wie eine Sturmflut über mein Leben hereingebrochen ist, das ich mir Tag für Tag mit Liebe und der Freude an der Vollkommenheit aufgebaut habe. Verzeih mir, Pepe, für die vielen Male, in denen ich dich kritisiert, bemitleidet oder verurteilt habe. Natürlich darf das keiner wissen, aber ich fürchte, es ist schon allgemein bekannt. Die Nachbarn, die meine Schreie gehört haben, wissen es, und sie haben es sicherlich anderen erzählt, die es ebenfalls weitergesagt haben. Aber alle tun so, als wüssten sie von nichts. Ich bitte dich, nicht einmal mit Sofia darüber zu reden.«

»Ach, Sofia! Die hat's doch auch nicht besser erwischt als wir!«, rief Penelope aus.

»Aber mich hat es am schlimmsten getroffen. Begreifst du das?«

»Hast du an Lavinia und Giulietta gedacht?«

»Ich habe ihnen nur gesagt, dass sich die Zusammensetzung unserer Familie ändert. Dass wir bei den Großeltern leben werden, weil ihr Vater sich als Schuft aufgeführt hat. Ich kann die Kinder ja nicht traumatisieren, indem ich ihnen die Wahrheit aufs Butterbrot schmiere. Meinem Anwalt habe ich natürlich alles erzählt. Trotz meiner Verzweiflung hatte ich beim Kofferpacken die geniale Idee, alle Kreditkarten mitzunehmen, denn Giovanni lässt sie nie im Büro. Den werde ich bluten lassen. Der wird bis an sein Lebensende für mich zahlen«, erklärte sie wütend.

»Wenn ich du wäre, würde ich nicht einen Pfennig von ihm nehmen«, bemerkte Penelope.

»Du bist ja auch blöd.«

»Vielen Dank.«

»Entschuldige. Das wollte ich nicht sagen.«

»Natürlich wolltest du das. Du entschuldigst dich andauernd. Eben noch, weil du mich falsch eingeschätzt hast. Und jetzt, weil du mich blöd nennst. Didì, komm von deinem hohen Ross runter und akzeptier die Wirklichkeit, wie sie ist, und nicht, wie du sie sehen möchtest. Dein Leben war zu perfekt, um wahr zu sein. Manchmal habe ich dich beneidet. Vielleicht hast du einfach zu viel Wert auf vollkommene Familienidylle gelegt.«

Donata seufzte bekümmert. »Meine armen Mädchen. Sie haben einen Vater, der mein rosa Strumpfband und meine cremefarbenen Strümpfe trägt. Wenn die Szene, die ich gesehen habe, aus einem Film gewesen wäre, hätte ich vielleicht gelacht. Aber so tue ich seit Samstagnacht nichts als weinen.« Sie trocknete sich die Tränen und trank einen großen Schluck Tee. »Weißt du noch, Pepe, wie viele Träume wir hatten, wie viele Luftschlösser wir gebaut haben, als wir noch junge Mädchen waren? Du hast natürlich am meisten geträumt. Und ich habe mein Sternbild interpretiert, um meine Ziele herauszufinden. Nie hätte ich für möglich gehalten, dass die Sterne so viel Elend für mich bereithielten. Ich habe dir gesagt, dass Andrea dich betrügt und dir Kummer bereitet, ich habe eine Katastrophe vorhergesagt. Ich hätte bescheidener sein und auf dich eingehen sollen, als du mich aufgefordert hast, mich um meine eigenen Angelegenheiten zu kümmern. Nun erst wird mir bewusst, dass ich zwei Mädchen geboren habe, ohne überhaupt einen Mann kennen gelernt zu haben. Denn Giovanni ist eindeutig kein Mann. All meine festen Vorstellungen sind in sich zusammengestürzt. Das ist das Ende!«

»Aber das stimmt nicht. Das ist nicht das Ende. Wenn du das Gefühl hast, dass die Welt über dir zusammenbricht, ist der Moment gekommen, in dem etwas Gutes entsteht. Es ist so, glaube mir«, sagte Penelope.

»Das sind doch nur Worte, leere Worte«, erwiderte die Freundin.

»Nein, das ist Schmerz, meine liebe Didì. Großer Schmerz. Er packt dich hier, am Mageneingang, und dann breitet er sich im ganzen Körper aus und zerquetscht deine Gedanken. Dann kommt die Angst, die der Schmerz immer mit sich bringt. Doch immer, wenn du es am wenigsten erwartest, taucht ein Lichtschimmer auf. Du weißt nicht, wie, noch woher, doch das Licht kommt. Versuche deine Sterne zu Rate zu ziehen. Du glaubst glücklicherweise daran.«

»Das habe ich doch schon getan«, gestand Donata. »Uranus und Neptun stehen in dissonanter Quadratur. Ich habe Mars in Opposition, was mich aggressiv und unüberlegt macht. Jedenfalls stehe ich unter dem Einfluss eines nicht gerade empfehlenswerten Trios. Deshalb bin ich zu dir gekommen. Du hast Jupiter, der für dich eine melodiöse Musik spielen lässt. Wie du weißt, ist Jupiter der wohltätigste Planet des Tierkreises. Also wird es mir gut tun, in deiner Nähe zu sein. Du weißt es noch nicht, und wenn du es wüsstest, würdest du es nicht glauben. Doch deinem Gefühlsleben steht eine Periode großen Glücks bevor«, prophezeite die Freundin mit verzückter Stimme.

Penelope konnte ein Lächeln nicht zurückhalten, doch sie unterdrückte einen sarkastischen Kommentar. »Es freut mich, wenn du es so siehst. Versuche auch für dich ein wenig Glück zu finden.«

»Ich weiß nicht, wo ich anfangen soll.«

»Denk einfach daran, dass dein Mann ebenso leidet wie du, vielleicht sogar mehr. Es ist kein Verbrechen, homosexuell zu sein. Überleg mal, wie sehr er darunter gelitten haben muss, nicht so zu sein wie die anderen. Er wollte wie ein normaler Mann leben, doch das Verlangen, dein Strumpfband anzuziehen, war immer größer. Armer Giovanni«, flüsterte sie mit aufrichtiger Anteilnahme.

»Arme Donata, willst du wohl sagen. Ich habe ihn nie betrogen. Ich zumindest war immer eine treue Ehefrau«, stellte Donata fest. Das war eine eindeutige Anspielung auf Penelopes außereheliches Abenteuer.

»Ja, du warst deiner Vorstellung von Perfektion treu. Aber der Mensch ist zum Glück nicht perfekt«, verteidigte Penelope sich.

Die beiden Freundinnen waren kurz davor zu streiten, aber sie hatten noch nicht genug Aggressivität aufgestaut.

»Du, Sofia und ich, wir sind schon ein tolles Trio. Unsere besten Jahre sind davongeflogen wie Rosenblätter im Wind und nun sind wir wieder allein. Die Einsamkeit erschreckt mich«, flüsterte Donata.

»Sofia ist sehr viel einsamer als wir. Sie hat von diesem Bastard von Varini keine Kinder bekommen«, sagte Penelope und fuhr fort: »Auch wenn unsere Kinder nicht genügen, um unsere Tage zu füllen. Erst pressen sie dich aus wie eine Zitrone und dann gehen sie fort. So muss es eben sein. Was für einen Sinn können wir unserem Leben letztendlich geben? Gestern erst zitterten unsere Herzen wegen eines Blicks, eines Wortes, eines Kusses. Heute sind wir hier, allein, auf einem Balkon mit Meerblick, und reden von Enttäuschungen, Seitensprüngen, Niederlagen. Aber ich habe noch Lust zu leben, zu lieben und glücklich zu sein. Aber zuallererst müssen wir Klarheit schaffen, um uns herum und in uns drin.«

An diesem Abend schrieb sie an Andrea.

Cesenatico, 26. Mai

Lieber Andrea,
ich habe lange nachgedacht, ehe ich deinen Brief beantworte, dessen Aufrichtigkeit mich berührt hat. Nun endlich habe ich mich entschieden: Mit der gleichen Aufrichtigkeit muss ich dir erzählen, was ich dir lange Zeit verschwiegen habe, auch wenn es eine abgeschlossene Geschichte ist, die der Vergangenheit angehört.
Vor vielen Jahren bin ich einem Mann begegnet, in den ich mich verliebt habe. Es gab sogar einen Moment, in dem ich daran gedacht habe, dich zu verlassen. Er heißt Raimondo Teodoli, Mortimer ist sein Spitzname. Von ihm sind die Briefe, die du in meiner Schreibtischschublade gefunden hast. Unsere Affäre ist vor sieben Jahren zu Ende gegangen. Ich habe dich nicht betrogen, weil du mich vernachlässigt hast. Es ist einfach passiert, weil das Schicksal mich einem wunderbaren Mann hat begegnen lassen. Ich habe ihn leidenschaftlich geliebt. Nach einem Jahr der Zweifel und der Zer-

rissenheit habe ich ihn verlassen, weil ich überzeugt war, dass du der Mann meines Lebens bist.
Ich wollte dir all das sagen, um Klarheit in unserer Beziehung zu schaffen. Wenn die Geschichte von Gemma und deiner Familie, die du so lange verdrängt hast, dir – und in der Folge auch mir und unseren Kindern – Unbehagen verursacht hat, ist vielleicht der Augenblick gekommen, sie zu erzählen.
Ich weiß, dass du mit vielen Schwierigkeiten konfrontiert wirst, aber ich hoffe, dass du sie mit Hilfe der Kinder meistern wirst.
Ich warte auf eine Antwort.

Penelope

48

Nachdem er Penelopes Brief gelesen hatte, fühlte er sich, als bliebe ihm die Luft weg. Der Seitensprung seiner Frau verletzte seinen männlichen Stolz zutiefst. Die Tatsache, dass es sich um eine alte Geschichte handelte, die seit Jahren vorbei war, besänftigte den Schmerz nicht. Umso weniger, als Penelope den Mut gehabt hatte zu schreiben, dass sie Raimondo Teodoli leidenschaftlich geliebt hatte. Und er hatte nie etwas bemerkt. Wie hätte er auch darauf kommen sollen, dass die Mutter seiner Kinder ihm einen Seitensprung verheimlichte? Er hatte immer geglaubt, der einzige Mann in ihrem Leben zu sein.

Als er sich nicht mehr um seine Mutter sorgen musste und die Kinder ihn nicht mehr störten, fuhr er damit fort, sich zu fragen, was dieser Mortimer wohl Besonderes gehabt haben konnte, um die Leidenschaft einer Frau wie seiner Pepe zu entfesseln. Sie hatte ihn »wunderbar« genannt. Andrea kannte nur einen wunderbaren und unwiderstehlichen Mann: sich selbst. Das hatte er zumindest geglaubt, bevor er Penelopes Brief gelesen hatte. Und nun gestand sie ihm ihren Seitensprung und sagte ihm, dass sie bei ihm geblieben war, weil sie zu der Überzeugung gelangt war, dass er der Mann ihres Lebens sei. Sie hatten kurz vor der Scheidung gestanden und er hatte nichts davon gewusst.

Als Luca an ihm vorüberging, dachte er: »Ich habe mein drittes Kind mit einer Nutte gezeugt.« Er hegte keinerlei Zweifel, dass Luca sein Sohn war. Dieses Kind ähnelte ihm wie ein Ei dem anderen. Instinktiv nahm er den Jungen in den Arm und drückte ihn fest an sich.

»Ich liebe dich sehr«, sagte er zu ihm.

»Lass mich runter«, befahl das Kind.

»Nein, nur wenn du mir einen deiner Spezialküsse gibst«, erwiderte sein Vater.

Luca drückte seine kleinen, rosigen Lippen auf Andreas Wange und gab sich größte Mühe mit seinem »Brrr«. Der Mann stellte den Kleinen wieder auf den Boden, wobei seine Augen vor Rührung leuchteten. Penelope hatte ihm drei wunderbare, komplizierte, faszinierende Kinder geschenkt. Sie hatte sie neun Monate lang in ihrem Schoß getragen, ohne ihn je mit den Problemen einer schwangeren Frau zu belästigen. Falls sie überhaupt welche gehabt hatte. Er wusste es nicht, aber er glaubte sich zu erinnern, dass die Monate der Schwangerschaft für sie immer Zustände des absoluten Wohlbefindens gewesen waren. Sie war fröhlicher und ausgelassener als sonst. Außer kurz vor der Entbindung. Dann bewegte sie sich schwerfällig und ihre Augen wurden größer und sanfter.

Wenn er daran zurückdachte, konnte er ein Gefühl der Zärtlichkeit für diese wunderbare Frau, die er immer geliebt hatte, nicht unterdrücken. Doch die Wut gewann sofort wieder Überhand. Er hatte das Bedürfnis, alle Einzelheiten ihres Seitensprungs in Erfahrung zu bringen. Vielleicht hatte Penelope ihn angelogen. Vielleicht war die Geschichte von Mortimer nur eine Erfindung, um ihn eifersüchtig zu machen. Aber da war dieser Packen Briefe in der Schreibtischschublade. Er hatte noch nicht den Mut gehabt, sie zu lesen. Wenn er es tun würde, stellte er vielleicht fest, dass es sich um eine ganz harmlose Geschichte handelte, denn wenn es nicht so gewesen wäre, hätte Penelope ihn nicht gleich von jeglicher Schuld freigesprochen. Hätte sie ihn wirklich betrogen, hätte sie die ganze Verantwortung dafür auf ihn abgeladen.

Es kam ihm vor, als würde sein Kopf jeden Moment explodieren. Penelopes Geständnis machte ihn verrückt. Es gab für ihn nur eine Möglichkeit, die Anspannung loszuwerden: eine Szene machen. Aber wem, wenn Penelope nicht da war? Er konnte seine Wut natürlich nicht an den Kindern auslassen. Lucia und Daniele saßen am Tisch des Esszimmers und lernten. Andreas Tochter mühte sich damit ab, ihrem Bruder einige Grundzüge der Mathematik näher zu bringen, und das tat sie mit der ihr eigenen Entschlossenheit: klare Worte, die von der üblichen Frage unterbrochen wurden: »Hast du verstanden, du Holzkopf?« Luca spielte mit einer Gleichaltrigen, der Tochter des Portiers, auf dem Boden im Flur mit seinen Matchboxautos.

»Priscilla!«, brüllte Andrea.

Die Haushälterin kam ins Wohnzimmer. »Ja, Signore«, sagte sie und blickte ihn fragend an.

Er wollte ganz und gar nichts von ihr und verhaspelte sich auf der Suche nach einem Vorwand.

»Du hast mir den Kassenbon vom Einkaufen nicht gegeben«, brüllte er. »Und auch nicht den Rest von den hunderttausend Lire!«

Wütend hielt ihm die Philippinin die Rechnung vom Supermarkt hin. »Ich krieg von dir noch *two thousand* Lire.«

Die Rechnung, die Andrea nun zu analysieren begann, belief sich auf hundertundzweitausend Lire.

»Du hast auch für Mohammed eingekauft«, beschuldigte er sie, denn er hatte festgestellt, dass Priscilla Rasierseife und Klingen gekauft hatte, die er nicht benutzte.

»Die Signora hat deswegen noch nie Theater gemacht«, erwiderte die junge Frau empört.

»Die Signora hat die schlechte Angewohnheit, immer ein Auge zuzudrücken. Manchmal auch beide Augen. Du schuldest mir achtzehntausend Lire und die werde ich dir von deinem Lohn abziehen«, erklärte er.

»Die Signora drückt auch bei dir ein Auge zu. Aber deswegen hast du dich nie aufgeregt«, fuhr sie ihn an. Dieser Mann verweigerte ihr alle kleinen Rechte, die auch die Kontrolle über die Einkäufe einschlossen, und diese Haltung gefiel ihr nicht.

»Du bist entlassen!«, zischte Andrea.

Diesmal meinte er es ernst. Priscilla erschrak. Sie konnte sich nicht erlauben, ihre Arbeit bei den Donelli zu verlieren. Es war zwar zugegebenermaßen ein Irrenhaus, aber sie wurde respektiert, bekam regelmäßig ihren Lohn und vor allem hatte man sie gern.

»Die Signora hat mich eingestellt, nur sie kann mich fortschicken«, erwiderte die Haushälterin mit entschlossener Miene, womit sie ihre Angst zu verbergen suchte.

Nicht einmal Andrea wollte, dass sie ging. Er brauchte sie dringend. Aber er durfte sich von dieser gerissenen Philippinin nicht auf der Nase herumtanzen lassen.

»Das kannst du dem Arbeitsamt erzählen«, sagte er.

In dem Moment klingelte es an der Tür.

»Geh öffnen«, befahl Andrea.

»Sofort, Signore«, sagte sie und strahlte plötzlich wieder übers ganze Gesicht. Das Gewitter war vorübergezogen. Sie würde vorsichtiger sein müssen, zumindest, bis die Signora wieder zurückkehrte.

Aus dem Flur ertönte Lucas freudiger Aufschrei.

»Ciao, Opilein!«, rief der Kleine.

Penelopes Vater war gekommen. Andrea ging zu ihm.

»Du kommst gerade rechtzeitig. Ich muss zu meiner Mutter. Würde es dir etwas ausmachen, ein bisschen bei den Kindern zu bleiben?«, begrüßte er ihn.

Der Schwiegervater sah ihn ernst an: »Biete mir erst einmal einen Kaffee und eine Zigarette an.«

Mimì Pennisi setzte sich auf einen Sessel neben der Eingangstür. Er senkte den Blick, um die Spitzen seiner blitzblanken Schuhe zu betrachten.

»Der jakobinische Terror ist das leibliche Kind der Gironde«, sagte er. Und da sein Schwiegersohn ihn verblüfft ansah, fügte er hinzu: »Zu der Schlussfolgerung bin ich gekommen, nachdem ich das Studium des Krieges in der Vendée vertieft habe. Denn, siehst du, in jener Zeit wurden zwei Kriege geführt: der eine gegen die Monarchie und der andere gegen die Widersacher der republikanischen Regierung. Daraus entstehen Komplotte, Attentate, Verbrechen. Man sieht überall Feinde und es wird die perverse Logik der Vernichtung geboren, als Lösung des politischen Konflikts.«

»Bist du gekommen, um mir das zu erzählen?«, fragte Andrea.

Der Mann schüttelte mit trostloser Miene den Kopf.

Priscilla war bereits in die Küche gelaufen, um den Kaffeekocher auf den Herd zu stellen. Andrea hielt ihm die Zigarettenschachtel hin.

»Ist etwas passiert, was ich noch nicht weiß?«, fragte er beinah widerwillig. Er roch bereits eine schlechte Nachricht und wollte sie nicht hören.

»Irene hat mich verlassen«, flüsterte Mimì.

»Das musst du mir genauer erklären«, sagte Andrea.

»Gestern Nachmittag bin ich wie immer zur Bibliothek gegangen. Als ich zum Abendessen zurückgekehrt bin, war sie nicht da. Es stand auch kein Abendessen auf dem Tisch. Gegen acht hat sie mich angerufen und gesagt: ›Ich werde eine Weile weg sein. Mach dir keine Sorgen.‹ Also habe ich versucht, etwas mehr zu erfahren. Ich musste mir doch Sorgen machen, verstehst du? Sie sagte, nachdem sie sich jahrelang aufgeopfert hat, hat sie beschlossen, wieder ihr eigenes Leben zu leben. Was bedeutet das deiner Meinung nach?«, fragte der alte Mann mit untröstlichem Gesicht.

Statt ihm zu antworten, schob der Schwiegersohn ihn in die Küche. Priscilla, die Tassen und die Zuckerdose auf den Tisch stellte, flüsterte ihm zu: »Also bin ich nicht mehr entlassen?«

»Geh sofort die Betten machen«, befahl er.

»Ich wusste gar nicht, dass sie sich seit Jahren aufgeopfert hatte. Ich dachte immer, ich hätte ihr alles gegeben, was ich hatte, auch wenn es nicht viel war. Offenbar habe ich mich getäuscht. Denkst du, dass ich viele Opfer von ihr verlangt habe?« Mimì Pennisi sah ihn niedergeschlagen an.

»Du weißt, dass Irene und ich uns nie besonders gut verstanden haben«, sagte Andrea vorsichtig. Er wollte seinen Verdacht, der nun zur Gewissheit wurde, nicht preisgeben: Seine Schwiegermutter war mit Romeo Oggioni fortgegangen. Seit Jahren hatte Penelope gespürt, dass diese Entscheidung in der Luft lag, und hatte ihm davon erzählt: »Meine Mutter und Oggioni lieben sich seit über zwanzig Jahren. Früher oder später wird Papa allein bleiben.«

»Glaubst du, sie kommt wieder?«, fragte Mimì.

»Das fragst du mich? Siehst du nicht, wie's mir ergangen ist?«

»Meine Tochter war wohl ein schlechtes Beispiel für Irene«, bemerkte der Mann, der sich den Entschluss seiner Frau nicht erklären konnte.

»Sonst ist es immer umgekehrt. Deine Tochter behauptet ständig, dass ich ein schlechtes Vorbild für deine Enkel bin«, stellte Andrea fest.

»Frauen! Die soll einer verstehen!«, brummte Mimì und rührte in seinem Kaffee.

49

Maria Donelli war offensichtlich wieder zu Kräften gekommen. Sie lehnte an einem Stapel Kissen und aß – das Tablett auf die Knie gestellt – allein einen dicken, bräunlichen Brei, der ihr gut zu schmecken schien.

»Das ist Apfelkompott«, erklärte sie ihrem Sohn. »Willst du auch etwas?«

Andrea schüttelte den Kopf. Er hatte mit dem Stationsleiter gesprochen, der ihn hinsichtlich des allgemeinen Zustandes seiner Mutter beruhigt hatte: »Sie ist bei vollem Bewusstsein und leidet nicht, glauben Sie mir«, hatte der Mann versichert, »wir haben die Herzschwäche unter Kontrolle und die Kanüle im Arm ist auszuhalten.«

Maria wusch die Schüssel. »Ich bin müde. Leg mich wieder hin«, sagte sie dann.

Er machte es ihr so bequem wie möglich. Seine Mutter lag in einem Zweierzimmer, doch das andere Bett war leer. Also waren sie allein.

»Ich mag nicht im Krankenhaus sein. Schon gar nicht, wenn Penelope nicht bei mir sein kann«, klagte sie.

»Genüge ich dir etwa nicht?«

»Deine Frau hat dich verlassen. Ist es so?«

»Woher weißt du das?«

»Das habe ich geträumt. Vielleicht hat es mir auch ein Vögelchen gesagt«, lächelte sie boshaft.

Andrea sah sie perplex an. Er fragte sich, ob seine Mutter sich überhaupt darüber im Klaren war, was sie sagte.

»Daniele ist heute Morgen vor der Schule vorbeigekommen. Er hat mir das hier mitgebracht«, sagte sie und deutete auf ein Heiligenbildchen auf der Kommode.

Andrea nahm es in die Hand. Es zeigte einen segnenden Christus in einem langen weißen Gewand mit Wundmalen an Händen und Füßen. Daniele hatte einen Satz auf den Saum des Gewandes geschrieben, der ihn sprachlos machte: *Jesus, ich liebe dich*.

»Der Junge war ganz außer Atem vom Laufen. Er hat mich auf die Stirn geküsst, mir das Bildchen in die Hand gedrückt und gesagt, ich solle beten, damit seine Mama bald wieder nach Hause kommt«, erklärte Maria.

Andrea fühlte sich, als würde ihm der Boden unter den Füßen weggezogen.

»Du hast deine Kinder ohne Gott erzogen. So wie es dein Vater mit euch gemacht hat. Aber sie haben das Bedürfnis, an den Herrn zu glauben. Ich bete dafür, dass Penelope wieder nach Hause findet. Wenn du kannst, bitte den Herren, dich zu erleuchten und einen besseren Menschen aus dir zu machen.«

Ohne zu antworten, stellte der Mann das Bild auf die Kommode zurück. Er war bestürzt. Er hatte immer geglaubt, seine Frau und seine Kinder zu kennen, und nun musste er mit jedem Tag mehr feststellen, dass er überhaupt nichts von ihnen wusste. Für ihn hatte es immer nur die Arbeit, die Selbstbehauptung im Beruf und das Spiel der Verführung gegeben.

»Penelope hat einen Liebhaber gehabt. Wusstest du das?«, flüsterte er.

»Du hast ein anständiges Mädchen geheiratet. Ich liebe sie wie meine eigene Tochter. Du hast Glück, dass sie dich nicht schon vor Jahren verlassen hat. Wenn sie es damals getan hätte, wäre sie nicht mehr zu dir zurückgekehrt.

Nun aber kann es sein, dass sie es sich noch einmal überlegt.«

»Und ich soll so tun, als wenn nichts wäre? Ich sterbe vor Eifersucht«, protestierte er.

»Auch ich habe deinen Vater betrogen. Zweimal sogar. Das war zu Beginn unserer Ehe. Er hat mich vernachlässigt und ich war sehr unglücklich. Als er es erfahren hat, hat er so getan, als wenn nichts wäre. Aber er hat aufgehört, mich zu betrügen. Dennoch war ich weiterhin unglücklich. Sorge dafür, dass es bei deiner Frau nicht so ist.«

Als Maria einschlief, blieb er neben ihr sitzen und streichelte zärtlich ihre Hand. Seine Mutter hatte Recht. Was hatte ihn bewogen, seine geliebte Gefährtin immer zu betrügen? Das erste Mal war Zufall gewesen. Er dachte an die Nacht in Ramsgate, im *Priory Hotel*. Er hatte nicht die geringste Absicht gehabt, Penelope zu hintergehen. Als sie ihr wunderschönes Zimmer betreten hatten, hatte seine Frau sich im Bad eingeschlossen und er hatte vom Fenster aus Giovanni Solci auf der Straße gesehen. Er war nicht mit Donata zusammen, sondern mit einem Jungen, der ihn küsste.

»Ich gehe einen Moment zu Giovanni«, hatte er zu Penelope gesagt.

Andrea war hinuntergerannt und hatte die Tür der Eingangshalle geöffnet, doch auf der Straße war niemand mehr. Also war er wieder hinaufgegangen und hatte an die Tür des Freundes geklopft. Er hatte eine Weile gewartet, ehe Giovanni die Tür einen Spalt breit öffnete. Er war nackt.

»Was willst du?«, hatte er gefragt.

»Nichts. Entschuldige. Ich dachte, ich hätte dich auf der Straße gesehen. Das war ein ziemlich beunruhigender Anblick, das schwöre ich dir«, hatte er zu erklären versucht.

»Fahr zur Hölle«, hatte Giovanni geantwortet, während er die Tür wieder schloss.

Penelopes Mann war wieder auf die Straße hinausgegangen, ein wenig verwirrt und immer noch nicht gänzlich beruhigt, und hatte sich gefragt, was da wohl vor sich ging. Er war vollkommen überzeugt, dass einer der beiden jungen Männer, die sich geküsst hatten, Giovanni gewesen war, und nun fragte er sich, welch boshafte Sinnestäuschung ihn dessen so sicher machte. Er war überzeugt, zu viel Bier getrunken zu haben, und beschloss, ein paar Schritte in Richtung Klippe zu gehen. Die Robinienbäumchen waren voller gelber Blüten. Er hatte einen Strauß für seine Frau gepflückt, die sicher auf ihn wartete. Und dann war er erneut Emanuela in die Arme gelaufen. Sie war mit zwei Fotografen unterwegs und alle drei hatten ihn aufgefordert, mit in einen Pub zu kommen. Dann waren sie ins Hotel zurückgekehrt. Emanuela hatte ihn mit zu sich ins Zimmer genommen. Er war eindeutig betrunken gewesen und erst im Morgengrauen, nachdem er wieder zu sich gekommen war, war er sich bewusst geworden, was er Penelope angetan hatte. Er hatte die Blumen gepackt und war zu ihr zurückgekehrt, entschlossen, ihr zu schwören, sie nicht betrogen zu haben. Und als er später Giovanni gesehen hatte, hatte er sich wegen des Fehlers, den er begangen hatte, geschämt.

»Es tut mir Leid wegen letzter Nacht«, hatte er zu ihm gesagt.

»Ich muss mich entschuldigen. Ich habe dich zum Teufel gejagt, aber ich hatte gerade gebadet«, hatte der Freund erwidert. Abgesehen davon war es ein phantastischer Urlaub gewesen, in dem auch Lucia gezeugt worden war.

»Ciao, Andrea«, sagte eine zischende Stimme, die ihn hochfahren ließ.

Sofia, die andere Busenfreundin seiner Frau, lächelte ihm von der Türschwelle zu. Sie sah aus, als wäre sie einem Modemagazin entsprungen: blassrosa Seidenkostüm, anthrazitgraue Schuhe und Handtasche, graue Perlen an den Ohrläppchen und um den Hals. Ihr glänzendes Haar und das akurate Make-up verliehen ihr das Aussehen einer jungen Frau, die auf dem Weg zu einem Empfang war. So hatte er sie stets gesehen, immer schon hatte sie auf ihn den Eindruck gemacht, als wolle sie in der Aufmachung einer Primadonna die Bühne betreten. Da er wusste, wie wenig sie von ihm hielt, hatte er sie immer als eine Art Unheil im Leben seiner Frau betrachtet, die selten eine Entscheidung traf, ohne ihre Freundin vorher zu Rate gezogen zu haben.

Er hatte sie schon immer gehasst, denn Sofia besaß all das, was ihm fehlte: ein ausgeprägtes Organisationstalent, die Fähigkeit, selbst in den brenzligsten Situationen einen kühlen Kopf zu bewahren, und darüber hinaus ein angeborenes Stilempfinden, das ihr erlaubte, sich in jeglicher Situation völlig unbefangen zu bewegen. Außerdem genoss sie Penelopes Vertrauen, die immer ihren Ratschlägen folgte. Sofia organisierte ihre Freizeit, indem sie Penelope auf das »angesagteste Reiseziel« hinwies, auf die Ausstellung, die man auf keinen Fall verpassen, das Konzert, das man unbedingt anhören, das Menü, das man seinen Gästen servieren sollte, oder indem sie den idealen Ort für einen Urlaub in den Bergen mit den Kindern empfahl. Selbst Priscilla, die Hausangestellte, hatte Sofia vermittelt. Sobald Penelope vor einem Problem stand, telefonierte sie mit Sofia, die gleich die richtige Lösung parat hatte.

»Sie kümmert sich so sehr um den Kram anderer Leute, dass ihr keine Zeit mehr für ihre eigenen Angelegenheiten bleibt«, hatte Andrea schadenfroh bemerkt, als ihr Mann, Silvio Varini, sie verlassen hatte. Abgesehen davon hasste er auch den überheblichen und unsympathischen berühmten Dozenten.

Nun aber zwitscherte Sofia: »Darf ich eintreten?« Für einen Moment freute Andrea sich sogar. Diese fröhliche

Erscheinung verlieh dem Ort, an dem Schmerz und Einsamkeit herrschten, eine heitere, kraftvolle und lebhafte Note.

Er stand auf, ging ihr entgegen und umarmte sie.

»Mit dir habe ich wirklich nicht gerechnet«, sagte er.

»Ich dachte, Maria würde sich freuen, mich zu sehen. Ich habe ein anregendes Öl mitgebracht, irgendwer muss sie ja massieren. Im Krankenhaus kümmert sich niemand um so etwas, dabei ist das genauso wichtig wie die medizinischen Behandlungen. Und da ich eine Optimistin bin, habe ich auch Spielkarten mitgebracht. Du wirst gleich sehen, wie sie Lust bekommen wird, eine Partie Rommé zu spielen«, und mit diesen Worten schüttete sie ein paar Päckchen auf das Bett.

Maria schlief. Sofia strich ihr über die Stirn. Und fuhr fort: »Geh zu deinen Kindern. Ich bleibe bei ihr, bis die Nachtschwester kommt.«

»Du bist sehr lieb«, flüsterte Andrea.

»Ich weiß. Das war ich immer schon. Aber das ist keine Tugend. Ich bin so auf die Welt gekommen, so wie man als Musiker oder Streithammel auf die Welt kommt«, spielte die Frau das Kompliment zufrieden herunter.

Als Andrea die Haustür erreichte, bemerkte er Roberto Tradati, den Freund seiner Tochter.

»Was machst du hier? Warum gehst du nicht rauf?«, fragte Andrea ihn.

»Ich muss Lucia zur Flamencoprobe bringen«, erwiderte der Junge.

»Wie viel Proben macht sie denn? Du hast sie doch schon gestern und vorgestern hingebracht.«

»In zwei Tagen ist die Aufführung. Die armen Mädels schuften wie Tiere«, erklärte er mitleidig.

»Warum machst du nicht auch einen Tanzkurs?«

»Ich habe kein Talent. Für Lucia ist Tanzen eine ernsthafte Beschäftigung. Aber da wir gerade davon sprechen:

Es gibt da einen spanischen Lehrer, der mit ihr tanzt. Für meinen Geschmack ist er zu schön und zu gut. Und sie sieht ihn mit zu viel Leidenschaft an. Sie sagt, das gehört zum Pathos des Tanzes dazu. Aber mir gefällt das nicht. Sie haben mehr Erfahrung mit Frauen als ich. Was sagen Sie dazu? Soll ich ihr glauben?«

»Auf keinen Fall. Die Frauen, mein Lieber, kennt man nie gut genug. Wenn du denkst, du hast sie in der Hand, entgleiten sie dir und du merkst es noch nicht einmal. Halt mein Mädchen, so fest du kannst«, riet er dem Jungen mit komplizenhaftem Lächeln, während Lucia in der Haustür erschien.

Sie gab ihm einen flüchtigen Kuss, bevor sie auf Robertos Motorrad stieg.

Im Haus fand er Daniele und Luca in Gesellschaft des Großvaters vor. Mimì Pennisi hatte Auberginen alla Parmigiana gekocht, die appetitlich dufteten.

»Gibt's Neuigkeiten?«, fragte Andrea und setzte sich an den Tisch.

Priscilla war auf der Terrasse und machte den Käfig von Cip und Ciop sauber, wobei sie die üblichen Litaneien anstimmte: »Ich habe es satt, mich um eure Tiere zu kümmern. Kaum ist die Signora mal nicht da, bleibt alles an mir hängen. Sansone, die Fische und diese kleinen *birds*, die Dreck für zehn machen. Ich werde sie noch im Aquarium ertränken, wenn ihr euch nicht um sie kümmert.«

Alle zuckten die Schultern und aßen weiter.

»Ich habe gefragt, ob es Neuigkeiten gibt«, wiederholte Andrea.

»Lucia hat Mama angerufen«, sagte Daniele. »Sie haben lange miteinander gesprochen.«

»Erzähl«, spornte Andrea ihn an.

»Frag Luca. Er hat alles mitgehört.«

»Also?«, fragte der Vater, der darauf brannte, etwas über Penelope zu erfahren.

»Ich habe nichts gehört«, sagte Luca mit einem Blick, als könne ihm niemand etwas anhaben. Er hätte nicht einmal unter Folter gesprochen.

»Kannst du uns wenigstens sagen, ob Mama vorhat, wieder nach Hause zu kommen?«, bohrte der Mann weiter.

»Mama ist erst seit einer Woche im Urlaub. Wenn Priscilla auf die Philippinen fährt, bleibt sie mindestens zwei Monate weg. Wie viele Tage hat eine Woche? Und wie viele haben zwei Monate? Nimm die kleinere Zahl und zieh sie von der größeren ab. Dann hast du die Tage, die Mama noch wegbleibt.«

Großvater, Vater und Bruder sahen den Jungen fassungslos an. Woher nahm er ein derart genaues und komplexes Konzept?

»Du kannst ja subtrahieren!«, rief Daniele aus.

»Was ist subtrahieren?«, fragte Luca mit entwaffnender Naivität.

»Das, was du gerade gesagt hast«, mischte Andrea sich ein.

»Das hat Lucia Daniele den ganzen Nachmittag eingetrichtert. Da gibt's nicht viel zu verstehen«, sagte er nur knapp.

»Entweder bist du ein Genie oder du bist ein Schwachkopf«, brummte der Bruder.

Mimì schlief bei ihnen. Er sagte, ihm sei nicht danach, allein zu Hause zu bleiben. Priscilla murrte erneut, weil ein zusätzlicher Gast ihr das Leben noch schwerer machte. Daniele verbrachte den Abend über seinen Büchern, ein letzter hartnäckiger Versuch, doch noch versetzt zu werden. Luca und Andrea legten sich gemeinsam ins große Bett. Sansone hatte nunmehr gelernt, auf dem Teppich zu Füßen des Bettes zu schlafen.

»Daniele hat den Plastikbezug weggeworfen. Er hat gesagt, er braucht ihn nicht mehr«, flüsterte Luca seinem Vater ins Ohr, ehe er einschlief.

»Danke, dass du mir das anvertraut hast«, sagte Andrea und gab ihm einen Kuss. Er hätte sich gewünscht, dass seine Frau das wüsste.

50

Drei Gitarrenakkorde und der abschließende Schluchzer der *cantadora* Carmen Amor, der Flamencokönigin, beendeten die letzte Sevillana. Das Publikum, welches das Theater füllte, applaudierte lange.

Hand in Hand und noch völlig außer Atem verbeugten sich die Solotänzer, Carlos Sanlucar und Lucia Donelli, und ihr Lächeln, mit dem sie diese warme Hommage beantworteten, verströmte all ihr Glück. Aus dem Parkett flogen Blumen herauf, während das Publikum, das aus Freunden und Verwandten bestand, lauthals die Namen der Tänzerinnen skandierte und sie mit einer »La Ola« wie im Fußballstadion begleitete. Lucia sah den kleinen Luca, der auf Danieles Schultern saß und wie ein Verrückter den Namen der Schwester brüllte. Sie und Carlos deuteten mit eleganter Geste auf die Tänzerinnen, die hinter ihnen in einer Reihe standen.

Lucia lächelte immer weiter, während ihr Blick sich nacheinander auf die Gesichter ihrer Lieben heftete. Ihr Vater warf ein Bukett aus kleinen weißen Röschen auf die Bühne. Sie fing es auf. Die Pennisi waren da, Sofia, die zu diesem Anlass einmal ihre gewohnte Würde vergaß, wild mit den Armen fuchtelte und lauthals ihren Namen rief. Dann war da Roberto Tradati, ihr Freund, der Daumen und Zeigefinger in die Mundwinkel geschoben hatte und seine Begeisterung herauspfiff. Und die Schulfreundinnen und -freunde schrien im Chor: »Lucia, du bist super!«

Nur Penelope fehlte. Als das Mädchen noch in der Garderobe gewesen war, hatte es einen Riesenstrauß betörend duftender Lilien bekommen und dazu eine Nachricht: »Ich denke mit all meiner Liebe an dich. Mama.« Lucia hatte das Kärtchen in den Gürtel ihres scharlachroten Zigeunerinnenkostüms gesteckt. Dann hatte sie sich im Spiegel betrachtet und wunderschön gefunden. Sie hatte ihr Gesicht kunstvoll geschminkt, ihr braunes Haar im Nacken zu einem Chignon zusammengefasst und eine Rose aus roter Seide hineingesteckt. Sie wusste, dass sie mit dem Zorn, der Leidenschaft und der Sehnsucht einer echten Zigeunerin getanzt hatte.

»Ich liebe dich«, flüsterte Carlos Sanlucar, ihr schöner Flamencolehrer, der mit ihr getanzt hatte.

»Ich liebe dich auch«, erwiderte sie und lächelte dem Publikum weiterhin zu.

Sie sagte die Wahrheit. Carlos hatte die Kraft und die Eleganz eines alten Hidalgos. Die feurigen dunklen Augen hatten sie schon bei ihrer ersten Begegnung im vergangenen Oktober, als sie sich für das vierte Jahr an der Tanzschule eingeschrieben hatte, mitten ins Herz getroffen.

Ihr Lehrer aus den vorangegangenen Kursen war nach Spanien zurückgekehrt und für ihn war Carlos gekommen.

Er war jung, hatte ein Zigeunergesicht, eine lachende Stimme und er hatte sie angesehen, als wäre Lucia eine seltene Blume.

»Zeig mir, was du bisher gelernt hast«, hatte er zu ihr gesagt.

Unbefangen hatte sie ihm zum Rhythmus eines Fandango ein paar Schritte vorgetanzt.

»Du findest großen Gefallen am Tanzen«, hatte er ernst geurteilt. Lucia hatte gelächelt, zum einen wegen der außergewöhnlichen Sprache, vor allem aber, weil Carlos' melodiöse Stimme sie beeindruckt hatte. Dann hatte sie den Blick gesenkt, um ihre Erregung zu verbergen. »Du hast eine ausgezeichnete Haltung, sehr bühnenwirksam. Du hast Temperament und bist auch sehr *linda*«, hatte Carlos geschlossen, wobei er die Stimme senkte, als spräche er zu sich selbst.

Nun war Lucia errötet, denn sie hatte in den Augen dieses jungen bezaubernden Lehrers das Verlangen gelesen, sie berühren zu dürfen. Penelope, die das Mädchen begleitet hatte, hatte ihren Widerwillen nicht verhehlen können und sich brüsk eingemischt: »Ja, meine Tochter ist sehr *linda*, wie Sie sagen, und auch sehr entschlossen. Dennoch ist Tanzen für sie eine absolut zweitrangige Beschäftigung. Mich würde vielmehr interessieren, ob die Kosten für die Einschreibung noch unverändert sind.«

Lucia hatte ihr in den Arm gekniffen und ihr zugezischt: »Ich hasse dich.«

Carlos hingegen hatte ihr ein faszinierendes Lächeln geschenkt. »Was das angeht, Signora Donelli, müssen Sie sich im Sekretariat informieren. Ich persönlich hoffe, dass sie gestiegen sind, denn dann verdiene ich mehr.«

»Der neue Lehrer scheint mir ein bisschen zu attraktiv«, hatte Penelope auf dem Heimweg bemerkt.

»Warum kannst du manchmal nicht einfach den Mund halten?«, hatte ihre Tochter sie angefahren. »Warum bist du nur so abscheulich, wenn mir jemand gefällt?«

»Eine Mama verteidigt immer ihre Kleinen«, hatte sie erklärt.

»Er hat mich nicht angebaggert.«

»Nein, schlimmer noch. Er hat dich fasziniert.«

»Ich liebe Roberto. Und ich hasse dich. Du bist unerträglich, vor allem, wenn du auf so seltsame Gedanken kommst.«

»Du hast mich auf die seltsamen Gedanken gebracht, mit deinem Erröten, deinem Augenaufschlag und all dem anderen. Vielleicht täusche ich mich auch.«

Doch ihre Mutter hatte sie durchschaut. Im Laufe der Monate, Woche um Woche, hatte Lucia sich in Carlos verliebt. Sie hatte Grund zu der Annahme, dass er ihre Gefühle erwiderte, auch wenn er sehr streng sein konnte und viel von ihr verlangte.

Roberto war bequem, nachgiebig, sanft und zärtlich. Carlos war hart, unbarmherzig, aggressiv. Doch nach jeder Tanzstunde, wenn sie erschöpft war vor lauter Anstrengung, lächelte er ihr zu, stupste sie auf die Nase und sagte: »Du bist perfekt, Lucia. Absolut perfekt.« Und sie schmolz dahin wie Schnee im Sonnenschein.

Sie hatte ihre Gefühle eifersüchtig gehütet und sich immer wieder gesagt, dass Roberto ihr Freund war.

Wenige Wochen vor der Aufführung am Kursende war Carlos ihr nach der Stunde gefolgt.

»Im Juni gehe ich nach Barcelona zurück«, hatte er gesagt.

»Willst du damit sagen, dass du zum nächsten Kurs nicht mehr da bist?«, hatte sie gefragt und dabei versucht, ihre Enttäuschung zu verbergen.

»Du könntest mit mir kommen.«

Sie hatten gemeinsam die Schule in der Via Dogana verlassen und er hatte sie in Richtung Piazza del Duomo gezogen.

»Warum sollte ich?«, hatte sie ihn gefragt.

»Ich will weiter mit dir tanzen. Und du willst es auch«, hatte er erwidert und den Arm um ihre Schultern gelegt.

Sie waren ein schönes Paar und die Passanten sahen sie voller Bewunderung an.

»Wie meine Mutter dir schon sagte, ist das Tanzen für mich eine absolut zweitrangige Beschäftigung.« Gegen sich selbst ankämpfend, das Herz in Aufruhr, stellte Lucia ihre gesamte Widerstandsfähigkeit auf die Probe.

»Aber ich liebe dich. Und du liebst mich auch«, hatte Carlos geflüstert und sein Gesicht dem des Mädchens genähert, als wollte er es küssen. Sie schloss die Augen und bekam den gewohnten Stupser auf die Nasenspitze.

Lucia bereute diesen Moment der Schwäche. »In meinem Alter ist es leicht, einem neunundzwanzigjährigen Mann in die Falle zu gehen, vor allem wenn er Carlos Sanlucar heißt, ein außergewöhnlicher Tänzer ist und tonnenweise Charme versprüht«, erwiderte sie mit fester Stimme. Dann löste sie sich aus seiner Umarmung und fügte hinzu: »Jedenfalls bin ich mir nicht sicher, ob ich dich liebe. Vielleicht bin ich nur ein bisschen verknallt. Ich mag deine Stimme, dein Lächeln, deinen Duft und die Art, wie du mich ansiehst. Ich glaube, es würde mir auch gefallen, wenn du mich küssen würdest. Aber das hat nichts mit Liebe zu tun. Verstehst du?«

»Das ist Leidenschaft, meine teuerste Lucia«, wandte er ein, mit einem Lächeln, das Applaus hervorgerufen hätte.

Sie hatte das Gesicht zu einer etwas kindischen Grimasse verzogen. »Wir sehen uns Samstag zum Kurs«, hatte sie erwidert. Dann war sie beinah zum Eingang der U-Bahn gerannt. Nun war die Aufführung gerade mit Triumph zu Ende gegangen.

Während sie zur Garderobe gingen, packte Carlos sie am Arm, zog sie in seine Kabine und schloss die Tür.

»In zwei Tagen fahre ich nach Barcelona«, sagte er.

»Ich weiß«, nickte Lucia.

Er hob die Arme, ließ die Hände im Nacken verschwinden und öffnete die dünne Goldkette mit dem kleinen griechischen Kreuz, die um seinen Hals hing.

»Die trage ich, seit ich ein kleiner Junge war. Mein Vater, der nach Argentinien emigriert ist, hat sie mir zur ersten Kommunion geschickt. Ich will, dass sie dir gehört«, sagte er, während er sie Lucia um den Hals legte.

»Warum?«, fragte sie mit unsicherer Stimme.

»Du bist meine beste Schülerin«, flüsterte er. Dann

nahm er das Gesicht des Mädchens zwischen die Hände und gab ihr einen langen und innigen Kuss.

Lucia spürte einen Kloß im Hals und ihre Augen füllten sich mit Tränen. Wenn Carlos ihr in dem Augenblick gesagt hätte: »Komm mit mir«, wäre sie ihm gefolgt.

»In zwei Wochen ist deine Schule zu Ende. Wenn du willst, weißt du ja, wo du mich findest. Ich warte auf dich«, hatte er stattdessen gesagt.

Lucia öffnete langsam die Garderobentür, ging in den Korridor hinaus, mischte sich unter die noch immer aufgeregten und müden Kameradinnen, zog sich um und verließ das Theater. Im Hof empfing sie der feierliche Applaus ihrer Familie. Roberto umarmte sie. Tante Sofia drückte ihr einen Kuss auf die Stirn. Ihr Vater lächelte ihr stolz zu. Luca und Daniele sahen sie bewundernd an.

»Gehen wir nach Hause«, sagte sie. »Ich bin müde.«

»Ich wünschte, Mama hätte dich sehen können«, flüsterte Daniele.

»Ich werde sie anrufen«, erwiderte Lucia, als sie mit der Familie in den Wagen stieg.

Sobald sie allein in ihrem Zimmer war, rief sie Penelope an.

»Danke für die wunderschönen Blumen, die du mir geschickt hast«, begann sie.

»Stimmt irgendetwas nicht?«, fragte ihre Mutter, die einen merkwürdigen Unterton in ihrer Stimme bemerkt hatte.

»Carlos hat mich geküsst und ich habe geweint«, gestand sie sogleich.

Penelope antwortete nicht. Sie beschränkte sich darauf, weiter zuzuhören.

»Als er mich geküsst hat, habe ich die Farben des Regenbogens gesehen. Er hat mir vorgeschlagen, zu ihm nach Spanien zu kommen, wenn ich die Schule beendet habe.«

»Weiß dein Freund es?«, fragte die Mutter.

»Er darf es auf keinen Fall erfahren. Ich liebe Roberto. Wenn ich ihm sagen würde, dass ich auch Carlos liebe, würde er es nicht verstehen. Ich weiß nicht, was ich tun soll.«

Penelope antwortete nicht. Sie dachte daran, dass auch sie zwei Männer geliebt hatte. Sie hatte auf Mortimer verzichtet, doch sie litt jetzt noch darunter. Am liebsten hätte sie ihrem kleinen Mädchen gesagt: »Vergiss den Tänzer.« Doch sie war sich nicht sicher, ob das ein guter Rat war. Die Gefühle, die Triebe des Herzens müssen ihren Lauf nehmen.

»Also, was soll ich tun?«, drängte Lucia.

»Du möchtest Carlos folgen, willst aber Roberto nicht verlieren. Du hast ein Problem, das niemand für dich lösen kann«, sagte Penelope schließlich.

Tief in ihrem Herzen, wenn es nach ihr gegangen wäre, hätte die Mutter es vorgezogen, dass Lucia an ihrem Freund festhielt, denn sie kannte ihn und schätzte seinen Realitätssinn und seine Aufrichtigkeit. Sie hätte sich große Sorgen gemacht, wenn Lucia sich entschlossen hätte, dem Tänzer hinterherzureisen. Penelope wusste nichts über diesen spanischen Zigeuner und sie befürchtete, dass er sich lediglich mit einem Mädchen aus gutem Hause amüsieren wollte.

»Mama, ich bitte dich, hilf mir«, flehte Lucia.

»Ich wünschte, du wärst hier, dann könnte ich dich umarmen«, sagte ihre Mutter.

»Aber leider bist du dreihundert Kilometer entfernt und ich bin allein in meinem Zimmer, einsam und in Schwierigkeiten«, jammerte die Tochter, wobei ihre Stimme in einer höhere Tonlage rutschte. »Wenn ich wenigstens anständig mit dir streiten könnte, vielleicht könnte ich dann klarer sehen. Wenn du mir zum Beispiel sagen würdest, dass ich Carlos vergessen soll, weiß ich, dass ich zu ihm laufen würde. Wenn auch nur, um das Gegenteil von dem zu tun, was du mir sagst«, erklärte sie schlicht.

»Aber das werde ich nicht tun, weil ich will, dass du frei entscheidest.«

»Ich habe irgendwie das Gefühl, dass du mich in die Enge treibst«, zischte ihre Tochter. Dann fügte sie hinzu: »Seit wann bist du überhaupt so verständnisvoll?«

»Seit wann fragst du mich, was du tun sollst? Du hast mir immer vorgeworfen, an deinen Problemen schuld zu sein. Aber hast du nicht auch selbst ein bisschen Schuld, verflucht noch mal?«, reagierte Penelope.

»So kenne ich dich. Diese bequeme und verständnisvolle Mutter hat mich ganz und gar nicht überzeugt«, erklärte das Mädchen und fuhr fort: »Aber du hast eine Antwort. Ist es so schwer zu sagen, was du denkst? Die Erwachsenen sagen nie, was sie denken, sondern das, was sie für richtig halten. Nur die Alten haben den Mut, die Wahrheit zu sagen. Großmutter Maria zum Beispiel würde mir sagen, dass ich blöd bin, dazu ausersehen, für immer unglücklich zu sein. Großvater würde mir sagen, dass ich eine dumme, frivole Gans bin, die nur sich selbst liebt. Aber du bist meine Mutter. Warum hilfst du mir nicht?«, schrie das Mädchen.

»Wenn du ertrinken würdest, würde ich alles tun, um dich zu retten. Aber du lebst doch nur. Dein Gefühlschaos ist ein Teil des Lebens. So wie deine Liebe zum Tanz, deine Erfolge in der Schule, deine Freuden und deine Enttäuschungen. Im Leben lacht und weint man.«

»Meine Freundinnen sind viel glücklicher und sorgloser als ich«, behauptete Lucia.

»Auch meine Freundinnen waren das, als ich in deinem Alter war. Doch dann ist auch für sie die Zeit der Tränen gekommen«, sagte Penelope.

»Es muss doch eine Möglichkeit geben, nicht darunter zu leiden«, ärgerte sich Lucia.

»Wenn es eine gibt, kenne ich sie nicht«, gab die Frau aufrichtig zu.

»Wenn ich in einer Klassenarbeit keine Fehler mache, belohnt mich die Lehrerin mit einer guten Note. Wenn ich einen Tanz perfekt interpretiere, bekomme ich Applaus. Wenn ich also richtig lebe, kann ich nicht leiden. Was ist der richtige Weg, das Leben in Griff zu kriegen?«

»Es gibt kein Rezept, um glücklich zu sein. Jeder muss sein Glück selber finden, ohne sich zu fürchten. Nur Mut. Ich bin sicher, dass du es schaffen wirst.«

»Warum müssen wir Frauen so kompliziert sein?«, seufzte das Mädchen in melodramatischem Ton, bevor es hinzufügte: »Großvater wohnt jetzt bei uns. Großmutter ist weggelaufen. Keiner weiß, warum. Zumindest Großvater weiß es nicht. Oder er tut so, als wüsste er es nicht.«

»Hat sie sich endlich entschieden«, dachte Penelope. Und sie sagte: »Das tut mir Leid für ihn. Er leidet sicher sehr darunter.«

»Er ist nur noch ein Häufchen Elend. Ich glaube, dass auch Roberto sehr leiden würde, wenn ich mit Carlos nach Barcelona ginge. Und auch ich würde leiden, denn ich liebe ihn.«

»Siehst du? Du hast ganz allein die Antwort gefunden, die du gesucht hast.«

Die Tapeten im Chippendalesalon …

51

Die Tapeten im Chippendalesalon waren in Penelopes früher Kindheit aus meergrüner Seide gewesen. Später waren sie verschwunden, die nackten Wände wurden einfach nur weiß getüncht. Penelope erinnerte sich noch an Irenes Entschluss: »Dieser Stoff muss weg. Darunter können Insekten nisten.«

Nun war das Haus saniert. Es fehlte nur noch der letzte Schliff. Sie hätte die Wände gern wieder mit der Seide bezogen, doch das wäre sehr teuer geworden. Und so musste sie sich damit abfinden, dass die Lösung ihrer Mutter in jedem Fall praktischer war. Dennoch entschied sie sich statt für Weiß für einen blassgrünen Anstrich und an der oberen Kante der Wand ließ sie eine Bordüre aus demselben Stoff anbringen, mit dem die Sofas und Sessel bezogen waren.

Als die Restaurierung abgeschlossen war, erstrahlte der Salon von Großmutter Diomira in seinem alten Glanz. Die runden Tischchen mit den drei mit Henkeln versehenen Beinen und den Ablagen unter den Tischplatten, alle vom Restaurator gesäubert, wiesen die Perfektion orientalischen Kunsthandwerks auf. Wie sie es als kleines Mädchen getan hatte, verharrte Penelope auch nun in der Betrachtung des Drachen mit dem weit aufgerissenen Rachen und der dünnen, gespaltenen Zunge. Sie strich mit den Fingern über die vergoldeten Schuppen des Monsters, das die kleine Brücke mit den blühenden Ufern und das Häuschen mit dem Pagodendach scheinbar verschlingen wollte. Dieses Dach mit den Schnörkeln hatte sie als Kind sehr beeindruckt und sie hatte Stunden damit zugebracht, es anzusehen und sich ferne Länder vorzustellen, die der Kapitän und Urgroßvater auf seinen unendlichen Reisen über die Weltmeere besucht hatte.

»Hast du gesehen, Großmutter? Endlich habe ich alles so gemacht, wie du es gern gewollt hättest. Ich bin sicher, dass du damit zufrieden bist, wie schön dein Haus wieder aussieht«, sagte sie und setzte sich auf den Sessel, in dem Diomira das letzte Mal an einer Zigarette gezogen hatte.

Penelope war sehr stolz, dass es ihr ohne die Hilfe eines Innenarchitekten gelungen war, der Villa ihr Originalaussehen zurückzugeben. Sie hatte nichts weggeworfen. Alles, was sie nicht mehr bekommen hatte, hatte sie anhand der Originalzeichnungen reproduzieren lassen. Nun war sie sehr zufrieden mit sich.

»Bravo, Pepe! Ausgezeichnete Arbeit. Das meine ich ernst.« Das war die Stimme ihrer Mutter, die im Eingang zum Salon stand und ihr zulächelte.

Penelope stand auf und trat ihr mit bösem Blick entgegen.

»Ich war gerade in der Gegend. In Forlimpopoli, um es genau zu sagen. Ich dachte, ich werfe mal einen Blick in meine Villa«, fuhr Irene fort, wobei sie das besitzanzeigende »meine« betonte. Und da Penelope nichts sagte, fuhr sie fort: »Natürlich werde ich nicht bleiben. Ich nehme an, du weißt bereits, dass ich deinen Vater verlassen habe. Ich bin mit Romeo verreist. Wir wollen ein paar Tage nach Rom.«

»Ich habe deine Heiratsurkunde gefunden«, sagte Penelope.

Irene trat ein paar Schritt ins Zimmer und sah auf den Boden, um die blank polierten grünweißen achteckigen Fliesen zu betrachten. »Sie sehen aus wie neu«, stellte sie fest. »Der Boden ist gut geworden. Natürlich fehlt noch ein Teppich.«

»Hast du gehört, was ich dir gesagt habe?«, fuhr ihre Tochter sie an.

Irene erstrahlte in ihrer ganzen Pracht. Zu ihrer Alabasterhaut brachte das Kostüm aus pastellrosa Shantungseide ihre schlanke Figur zur Geltung.

Wieder einmal fühlte Penelope sich unangemessen gekleidet. Sie trug flache braune Ledersandalen, verwaschene Bermudas und ein weißes Sweatshirt mit der aufdringlichen Aufschrift: GOTT IST TOT, MARX IST TOT, UND MIR IST AUCH SCHON GANZ SCHLECHT. Gezeichnet Woody Allen.

»Doch, ich habe dich sehr gut gehört«, erwiderte Irene, die Woody Allens Gedanken betrachtete, der auf dem Busen ihrer Tochter gut sichtbar war.

»Ich habe dir nie vertraut. Und ich hatte Recht«, behauptete Penelope.

»Du trägst ja auch sehr optimistische Gedanken spazieren«, sagte sie ironisch.

Es war ein Sweatshirt von Daniele. Penelope hatte es bei den Sommersachen, die sie in der Villa gelassen hatten, gefunden. Sie hatte es angezogen, weil ihr Sohn ihr fehlte, aber auch, weil dieses Motto ihren Gemütszustand traf.

»Ich habe nicht viel Grund dazu, fröhlich zu sein«, entgegnete sie und sah ihre Mutter ernst an.

Doch Irene entging ihr Blick und sie begann, die Wände des Salons zu betrachten, an denen sich die Aquarelle von Großmutter Diomira in neuen pastellfarbenen Rahmen zur Schau stellten.

»Du warst schon immer pessimistisch veranlagt. Du gehörst zu den Menschen, für die ein Glas immer halb leer ist«, urteilte die ältere Frau.

»Eine Mutter wie dich zu haben ist nicht gerade eine Optimismusspritze.«

»Ich bin nicht hergekommen, um mit dir zu streiten«, sagte die Frau lächelnd.

»Ich weiß. Du bist gekommen, um dich noch ein letztes Mal zu verabschieden, ehe du mit diesem furchtbaren Romeo Oggioni verschwindest«, erwiderte Penelope bissig.

»Ich habe in meinem Leben zwei schwere Kreuze tragen müssen: deinen Vater und dich. Er liebt mich über jede Vernunft hinaus und du hasst mich aus Eifersucht. In deinem Alter bringst du meine voreheliche Beziehung mit deinem Vater ins Spiel. Findest du nicht, dass du übertreibst?«

»Jetzt verstehe ich, warum du und Andrea euch nie verstanden habt: Ihr seid gleich. Ich frage ihn nach dem Grund seiner Untreue und er streitet alles ab. Ich will wissen, warum du so getan hast, als wärest du als Jungfrau vor den Altar getreten!«, schrie die junge Frau, die das Verhalten ihrer Mutter zur Verzweiflung brachte.

»Wirst du deinen Kindern jemals erzählen, dass du einen Liebhaber hattest?«, erwiderte Irene flüsternd.

Penelope fühlte sich ertappt. »Ich glaube kaum, dass deine Beziehung zu Lucia besser ist als unsere«, fuhr Irene fort, um noch einen Trumpf auszuspielen.

»Ich habe nie so getan, als wäre ich eine perfekte Mutter«, versuchte Penelope sich zu verteidigen.

»Ich schon. Ich habe immer gedacht, dass ich mich von meiner besten Seite zeigen müsste, um dir ein Vorbild zu sein. Es ist mir nie gelungen. Aber dennoch, für dich, nur für dich habe ich meine Beziehung mit Romeo beendet. Wenn ich nicht schwanger gewesen wäre, hätte ich deinen Vater vielleicht nicht einmal geheiratet. Aber du warst in mir und ich wollte dich nicht töten, wie es viele Frauen getan haben und immer noch tun. Mimì ist der allerbeste Ehemann gewesen. Aber leider gehören zwei dazu, wenn man zusammenbleiben will. Ich wollte es nicht. Ja, ich bin gekommen, um mich von dir zu verabschieden. Ich werde mit einem Mann zusammenleben, den ich liebe und der mich seit dreißig Jahren liebt. Natürlich hatte ich nicht den Mut, deinem Vater die Wahrheit zu sagen. Ich habe ihn gern und es tut mir weh zu wissen, wie sehr er unter meiner Flucht leidet. Ich bin gekommen, um dich zu bitten, ihm beizustehen, wenn du kannst.«

Penelope war kurz davor, sich von ihrer Rührung überwältigen zu lassen. Doch sie blieb hart. Sie hatte ihre eigenen Probleme und wollte sich nicht auch noch die ihrer Eltern aufbürden.

»Und nun hast du dir mit ein paar kleinen Worten das Gewissen erleichtert«, kommentierte sie.

»Genau wie du. Mit ein paar kleinen Renovierungsarbeiten in dieser verfallenen Hütte glaubst du, Ordnung in dein aus den Fugen geratenes Leben zu bringen«, erwiderte Irene, stand auf und ging aus dem Salon.

»Dieses Haus hieß bis gestern noch ›Villa am Meer‹, wenn ich mich recht erinnere. Was mein aus den Fugen geratenes Leben angeht, so habe ich dich immer aus meinen Problemen rausgehalten. Das zumindest solltest du zu schätzen wissen.«

»Du hast schlecht daran getan. Ich hätte dir helfen können. Wie dem auch sei, einen Rat schulde ich dir. Und dann kannst du machen, was du willst, wie du es immer tust«, sagte Irene und ging die Treppe hinunter.

Jenseits des Gartentores erkannte Penelope Romeo Oggioni am Steuer eines schwarzen Porsche. Er sah zu ihnen hinüber.

»Beende dein Verhältnis mit diesem Arzt. Seit Jahren ziehst du diese Geschichte in die Länge, dabei hast du einen Ehemann, der wie für dich geschaffen ist. Im Gegensatz zu deinem Vater weiß er, wie er dir zu schaffen machen kann. Das brauchen wir Frauen, um uns nützlich zu fühlen«, schloss Irene und ging zu dem Mann, der auf sie wartete.

Romeo stieg aus dem Wagen und öffnete Irene die Tür. Doch vorher nickte er Penelope zum Gruß zu.

Da lief die Tochter auf einmal über die Allee, stürzte durch das Tor und umarmte ihre Mutter, bevor sie einstieg.

»Viel Glück«, flüsterte sie.

»Denke an meinen Rat«, erwiderte ihre Mutter gerührt.

52

Der aufdringliche Piepton des digitalen Weckers hallte in seinem Kopf wider wie ein monotones Hämmern und suchte die friedlichen Regionen des Schlafs heim. Daniele streckte den Arm zum Nachttisch aus, stellte den Wecker ab und sah auf die beleuchtete Uhr: Es war halb sechs Uhr morgens.

Er glitt aus dem Bett und fluchte auf sein Pflichtgefühl, das eine absolute Neuheit in seinem jungen Leben darstellte. Mit vorsichtigen Bewegungen, um seine schlafende Familie nicht zu stören, ging er ins Bad, um sich zu waschen. Dann zog er sich an, nahm den Psychologietext und schloss sich im Wohnzimmer ein. An diesem Morgen hatte er eine mündliche Prüfung, die letzte im Jahr, und er wollte nicht einen Stummfilmstar mimen.

Er kauerte sich in einen Sessel und wählte nach dem Zufallsprinzip ein Kapitel. In zwei Tagen hatte er beinah den Stoff des ganzen Schuljahres auswendig gelernt. Das gewählte Kapitel trug den Titel: »Die Intelligenz«. Also begann er laut zu wiederholen: »Die Intelligenzfaktoren sind: sprachliches Verständnis, Assoziationsflüssigkeit, Rechengewandtheit, räumliches Denken, Gedächtnis, Auffassungsgeschwindigkeit und schlussfolgerndes Denken.«

Wenn er einen Satz beendet hatte, kontrollierte er dessen Richtigkeit im Text. Und kommentierte für sich selbst: »Meine Auffassungsgabe zum Beispiel sagt mir, dass dieser Schwachsinn mich null interessiert, aber durch mein schlussfolgerndes Denken gelange ich zu der Erkenntnis, dass ich, wenn ich diesen Schwachsinn nicht weiß, wieder ziemlichen Ärger kriege.«

Nach anderthalb Stunden Wiederholung war er der Ansicht, ausreichend vorbereitet zu sein.

In wenigen Minuten würden Großvater und Lucia aufstehen. Sein Vater und Luca schliefen bis acht. Er beschloss, seine Mutter anzurufen. Sein Bedürfnis nach ihrer Nähe wurde immer größer. Nicht, dass es eine besondere Notwendigkeit gegeben hätte. Aber er hatte Lust, sie zu sehen, die Wärme ihrer Umarmung zu spüren, ihre Stimme zu hören.

Er rief die Nummer in Cesenatico an und Penelope antwortete nach wiederholtem Klingeln, als er fast wieder auflegen wollte.

»Schatz, du bist es!«, sagte sie mit schläfriger Stimme.

»Ich dachte schon, du bist nicht da«, erwiderte Daniele erleichtert.

»Nein, ich musste nur von meinem Zimmer in die Eingangshalle hinunter. Ich glaube, ich muss einen Anschluss in den zweiten Stock legen lassen. Als ich noch so jung war wie du, bin ich wie der Wind diese Treppen hinuntergelaufen. Aber jetzt bin ich nicht mehr so schnell und geschickt«, erklärte sie.

»Mama, bleibst du noch lange fort?«, fragt der Junge, womit er auf den Grund seines Anrufes zu sprechen kam.

»Hier sind noch ein Arbeiten zu erledigen und ...«

»Du bist noch nicht so weit. Ich verstehe«, kam Daniele ihr zuvor.

»Du fehlst mir, Schatz«, seufzte sie. »Ihr fehlt mir alle.«

»Auch Papa?«

»Sicher, aber nicht so sehr wie ihr. Ich hätte gern dich, Lucia und den Kleinen hier. Wer weiß, vielleicht ist das ja bald möglich. Ich denke oft an euch. Wie geht es euch?«

»Gut, im Allgemeinen. Ich bin um halb sechs aufgestanden, um den Psychologietext nochmals zu lesen. Ich habe in der zweiten Stunde eine Prüfung. Ich weiß, dass ich durchfallen werde. Aber das will ich wenigstens mit Würde. Ich habe schon zu viel Scheiße gemacht. Manches weißt du noch nicht einmal«, gestand er.

»Was weiß ich denn nicht?«, fragte sie schon besorgt.

»Das zählt jetzt nicht mehr. Es ist so schön, ›alles auf die Reihe zu kriegen‹, wie du immer sagst. Das wusste ich früher nicht. Ich muss aufhören, ich höre nebenan jemanden. Vielleicht ist das Großvater.«

»Ist mein Vater immer noch da?«, fragte Penelope.

»Er wohnt bei uns. Weißt du, seit Großmutter weg ist, fühlt er sich sehr einsam. Er und Papa verstehen sich gut.«

»Die beiden tauschen viele Dinge miteinander aus, seit ich weg bin. Das freut mich. Hals- und Beinbruch für deine Prüfung!«

»Mama, ich hab dich lieb. Ich hoffe, wir sehen uns bald«, sagte Daniele. Er legte auf, nahm sein Buch und ging in die Küche. Dann öffnete er die Tür zum kleinen Balkon, zog die Rollläden hoch und ließ das Junilicht herein. Als er die Milch auf den Herd stellte, fiel ihm auf, dass es ungewöhnlich still war. Cip und Ciop hatten noch nicht ihr gewohntes Gezwitscher angestimmt. Er sah zum Käfig hoch. Der Käfig war leer.

Sein erster Gedanke war, dass die beiden weggeflogen waren. Doch das Türchen war geschlossen. Dann sah er sie leblos auf dem Sand liegen, zwei Häufchen glänzender Federn.

»Lucia! Lucia, komm schnell«, flehte er und klopfte an die Badezimmertür.

»Es ist gerade mal sieben und du gehst mir schon wieder auf die Nerven«, beklagte sich die Schwester, riss die Tür auf und sah ihn wütend an.

»Cip und Ciop sind tot«, verkündete Daniele.

»Du spinnst doch. Gestern Abend waren sie noch quicklebendig.« Sie wollte die Tür gerade wieder schließen, als sie sah, dass ihr Bruder feuchte Augen hatte.

»Verdammte Scheiße! Und wer soll das jetzt Luca beibringen?«, flüsterte Lucia, nachdem sie bereits in die Küche gestürzt war, um das Ableben der beiden Vögel zu bestätigen.

»Irgendjemand muss ihnen in der Nacht den Hals umgedreht haben«, überlegte der Junge.

»Was für ein Schwachsinn. Wer sollte denn so etwas Schreckliches tun?«

»Priscilla. Sie beklagt sich doch immer nur. Sansone toleriert sie, aber nur, weil sie Angst vor ihm hat. Jeden Tag erzählt sie wie besessen immer wieder, dass sie diese *birds* satt hat. Sie war es«, entschied Daniele.

In dem Moment tauchte Mimì Pennisi auf. Er hatte die Hundeleine in der Hand und beeilte sich, um mit dem Hund rauszugehen. Das war eine Aufgabe, die er nur zu gern übernommen hatte. Die beiden Enkelkinder sahen ihn forschend an, nachdem sie einen beredten Blick gewechselt hatte, der bedeuten sollte: »Und wenn es Großvater gewesen ist?«

»He, was ist los?«, fragte Mimì in seiner treuherzigen Art.

»Nein, Großvater würde sich nie an einer solchen Schandtat die Hände schmutzig machen«, befand Daniele mit lauter Stimme.

»Irgendjemand hat Cip und Ciop den Hals umgedreht«, verkündete Lucia.

Sansone stand in der Tür und winselte, weil er die Leine gesehen hatte und es eilig hatte hinauszukommen. Der

Großvater öffnete den Käfig, nahm einen Zwergpapagei in die Hand und untersuchte ihn sorgfältig.

»Denen hat keiner den Hals umgedreht«, befand er. »Vielleicht sind sie an einem Infarkt gestorben.«

»Beide zusammen?«, zweifelte Lucia.

»Das kommt vor. Vielleicht ist erst Cip gestorben und der arme Ciop hat den Kummer nicht ausgehalten. Wenn zwei sich so sehr lieben wie die beiden, bedeutet der Tod des einen oft auch den Tod des anderen. Wisst ihr, wie diese Zwergpapageien auch genannt werden? ›Die Unzertrennlichen.‹ Sie können nicht ohne einander leben.«

»Das wird ein harter Schlag für Luca«, fing Lucia wieder an. »Erst ist die Mama weggegangen, dann Großmutter und jetzt sind auch noch die beiden gestorben.«

»Ich wecke ihn jedenfalls nicht auf, um ihm diese Hiobsbotschaft zu überbringen. Außerdem bin ich eh zu spät dran«, beschloss Daniele.

»Mach dir keine Sorgen. Ich werde mit dem Kleinen reden«, beruhigte ihn der Großvater.

Luca nahm die Nachricht mit offenkundiger Gelassenheit auf. Er wickelte die Zwergpapageien liebevoll in ein Papiertaschentuch. Er opferte eine kleine Schachtel seiner Legosteine, um daraus einen Sarg für sie zu machen. Während seine Geschwister in der Schule waren, organisierte er die Beerdigung. Er benachrichtigte seine kleinen Freunde, die im gleichen Haus wohnten, und tuschelte mit dem Portier, der ihm versprach, in dem Blumenbeet am Ende des Hofes, unter einem blühenden Oleanderstrauch, ein Loch zu graben. Am Nachmittag desselben Tages startete im Atrium des Hauses eine kleine Prozession. Luca, der an der Spitze des Zuges ging, trug auf den ausgestreckten Händen feierlich die Schachtel mit den Überresten der beiden Vögelchen. Die anderen Kinder folgten ihm betrübt. Daniele und der Großvater gingen am Ende des Zuges.

Daniele hatte für den Anlass ein kurzes Lied geschrieben und beim Singen begleitete er sich auf der Gitarre, während die anderen um den Hof herumliefen.

Lucia hatte sich geweigert, an dieser »kindischen Narrenposse«, wie sie es nannte, teilzunehmen. Doch als sie die schöne Stimme ihres Bruders vernahm, trat sie auf den Balkon und verfolgte von dort die ganze Zeremonie.

Priscilla versteckte den nunmehr leeren Käfig hoch oben auf einem Regal in der Abstellkammer. »Wenigstens ist die Küche jetzt sauberer«, meinte sie.

Lucia sagte nichts. Sie machte sich daran, eine heiße Schokolade zuzubereiten.

»Bei dieser Hitze?«, protestierte die Haushälterin.

»Luca mag Schokolade. Er braucht jetzt Trost«, erwiderte sie.

Der Kleine freute sich darüber. Mimì Pennisi hingegen kehrte seine lang eingestaubte sizilianische Seele hervor und sagte: »Totes Federvieh im Haus kündigt ein Unheil an.«

53

Andrea hatte mehr als einen Grund, besorgt zu sein. Seine Mutter war immer noch im Krankenhaus. Bei der Zeitung herrschte dicke Luft, weil die Auflage zurückgegangen war, und Moscati ließ keine Gelegenheit aus, um seine schlechte Laune an den Journalisten auszulassen. Außerdem lastete seine Familie – ohne Penelope – vollständig auf ihm. Doch am schlimmsten quälte ihn die Eifersucht. Die Tatsache, dass seine Frau acht Jahre gewartet hatte, um ihm ihre Untreue zu gestehen, ließ ihm keine Ruhe.

Glücklicherweise nahmen die familiären Probleme einen großen Teil seiner freien Zeit in Anspruch. Vor allem musste er für den kleinen Luca einen leidlichen Sommer organisieren. Er versuchte auch zu verstehen, was zwischen Lucia und ihrem Freund vorging. Wenn man die beiden zusammen sah, wirkten sie eher wie ein altes Ehepaar als wie zwei verliebte junge Leute. Andrea hatte den Eindruck, dass Lucia Roberto loswerden wollte, und er versuchte auf Umwegen, das zu verhindern.

Nunmehr hatte er sich ein Bild davon machen können, wie schwierig es war, sich um eine Familie zu kümmern, um eine verblödete Haushälterin und um einen Schwiegervater, der, wenn er nicht gerade über das wechselvolle Schicksal von Marat und Charlotte Corday philosophierte, wegen des Todes zweier dummer Zwergpapageien ein Unglück vorhersagte.

Nun saßen alle am Tisch und aßen ein spartanisches Abendessen, das Lucia zubereitet hatte. An diesem Abend hatte sie kalten Reis mit Rucola und Garnelenschwänzen auf den Tisch gebracht.

»Das ist das einzige Gericht«, hatte sie erklärt. »Denn das ist erster und zweiter Gang samt Beilage in einem. Es kostet einen Haufen Geld, also esst es mit Respekt.«

Luca jedoch nahm eine Garnele nach der anderen vom Teller und reichte sie Sansone.

»Du bist wohl verrückt geworden!«, rief die Schwester, die die Geduld verlor, als sie dieses heimliche Manöver bemerkte. »Hast du eine Ahnung, wie teuer das Zeug ist?«

»Ich esse keine Kadaver von kleinen Tieren«, sagte Luca errötend.

»Na hervorragend! Ein Vegetarier hat uns noch gefehlt in diesem Irrenhaus«, bemerkte Andrea.

Daniele war an diesem Abend euphorisch, weil er sich immer noch über die ausgezeichnete Note seiner Psychologieprüfung freute.

Er stand auf, und als er kurz darauf zurückkam, hielt er einen zappelnden kleinen Goldfisch zwischen den Fingern. »Wenn du keine toten Tierchen isst, versuch's mal mit einem lebenden«, sagte er und legte Luca den Fisch auf den Teller.

Zur Antwort wurde der Kleine erst blass, dann rot, dann schnappte er nach Luft, verfärbte sich lila und hörte schließlich auf zu atmen.

Voller Schuldgefühle machten sich die beiden Geschwister sogleich besorgt und zärtlich an ihm zu schaffen.

»Verzeih mir, verzeih mir«, flehte Daniele.

»Ich schwöre, dass ich nie wieder mit dir schimpfen werde«, versprach Lucia, denn der Kleine wies die gleichen besorgniserregenden Symptome auf wie damals, als sie ihn auf schnellstem Weg ins Krankenhaus gebracht hatten.

Priscilla begann zu schreien. Sie hatte Luca noch nie in diesem Zustand gesehen.

»*My God*! Der Kleine stirbt!«

Mimì Pennisi rührte sich nicht.

Andrea nahm den Wasserkrug, der auf dem Tisch stand, und goss ihn über dem Kopf des Jungen aus. Es wirkte. Der Kleine schnappte nach Luft und begann wieder zu atmen. Nun packte der Vater ihn unter den Achseln, stellte ihn auf den Stuhl und verpasste ihm zwei saftige Ohrfeigen. Dann griff er ihm in die Hosentasche und nahm das Ventolin-Spray an sich.

»Siehst du das hier?«, sagte er mit fester Stimme. »Schau es dir noch einmal gut an, denn von nun an wirst du es nie wieder sehen.« Dann warf er die Dose aus dem Fenster.

»Und jetzt ganz schnell in dein Zimmer, zieh dich um und komm wieder, deinen Reis und deine Garnelen essen. Ich will nichts mehr von Asthma, Asthmaspray und Asthmaanfällen hören. Es ist vorbei. Habe ich mich deutlich ausgedrückt?« Er stellte seinen Sohn wieder auf den Boden und schob ihn aus der Küche.

»Ich werde sterben. Und du hast mich dann auf dem Gewissen«, sagte Luca und sah den Vater mit drohendem Blick an.

»Dann machen wir dir auch so eine schöne Beerdigung wie Cip und Ciop.«

»Und wenn ich nicht sterbe, geht es mir so schlecht, dass du mich ins Krankenhaus bringen musst«, quengelte der Kleine weiter.

»Sehr gut. Dann bist du bei Großmutter Maria. Du wirst genauso lange bleiben wie sie«, beschloss Andrea. »Und das ist eine sehr lange Zeit.«

Wenige Minuten später stand Luca wieder am Tisch. Er hatte sich umgezogen und gekämmt. Die Abdrücke der Ohrfeige waren noch deutlich zu erkennen. Er nahm seinen Platz bei Tisch wieder ein und aß den ganzen Reis, bis zum letzten Korn, und die Garnelen auch.

Dann sah er seinem Vater direkt in die Augen und sagte: »Ich werde nie wieder das Wort an dich richten, solange du lebst, und ich werde nie wieder bei dir in dem großen Bett schlafen.« Dann stieg er von seinem Stuhl und, gefolgt von Sansone, schloss sich in seinem Zimmer ein.

«Ich gehe zur Apotheke und kaufe ihm Ventolin«, verkündete Lucia.

Andrea sagte nichts dazu. Es tat ihm Leid, sein Kind geohrfeigt zu haben. Er hoffte jedoch inständig, dass seine Entschlossenheit half, die Angstattacken des Kleinen zu besänftigen.

Das Herz voller Bitterkeit ging er zur Arbeit. Wenn er nach Mitternacht nach Hause kam, war sein Bett leer. Er fühlte sich einsam. Dabei dachte er an seine Frau, die die Verantwortung für die Familie auf ihn abgeladen hatte. Er setzte sich an den Schreibtisch. Dann nahm er ein Blatt Papier und einen Stift und begann, einen Brief zu schreiben, den er schon seit Tagen in Gedanken aufgesetzt hatte.

30. Mai

Liebe Penelope,
ich habe ein paar Tage geschwiegen in dem Versuch, deinen Seitensprung zu verdauen. Es ist mir nicht gelungen. Der Zorn ist verraucht, aber die Verbitterung ist geblieben. Ich weiß, dass ich dir das Leben nicht leicht gemacht habe, aber warum war es nach so langer Zeit nötig, mir zu sagen, dass du in einen wunderbaren Mann verliebt warst? Nur die Missgunst kann dich zu diesem verspäteten Geständnis getrieben haben. Wenn deine Enthüllung nicht von reiner Boshaftigkeit diktiert worden ist, was war es dann?

Ich bin ein untreuer Gefährte und kaum vorhandener Vater gewesen. Das stimmt. Vielleicht war deine Flucht wirklich nötig. Ich hatte Gelegenheit, nachzudenken, in meinem Innersten nach Gründen für mein kindisches und dummes Verhalten zu suchen. Ich habe verstanden, wie sehr ich dich mit meinen Wutausbrüchen, mit meiner Unfähigkeit, mich vernünftig mit dir und mit unseren Kindern auseinander zu setzen, verletzt habe. Ich habe den Grund gewisser irrationaler Verhaltensweisen erkannt, die ich nun mühsam zu kontrollieren suche. Wärest du nicht fortgegangen und hättest mich vor vollendete Tatsachen gestellt, wäre ich mir dieses schleichenden Unbehagens niemals bewusst geworden. Und deshalb bin ich dir dankbar.

Doch wenn es stimmt, dass ich dich jahrelang verletzt und gedemütigt habe, so ist es ebenso wahr, dass du mir meine Schuld zurückgezahlt hast, indem du hinterrücks auf mich geschossen hast wie ein unbarmherziger Killer. Du hast mich endgültig niedergestreckt. Über alles geliebte Pepe, ich muss dir eine unbestrittene Wahrheit anvertrauen: Ich habe immer nur eine Frau geliebt. Und zwar dich. Ich habe dich wegen eines jämmerlichen Raimondo Maria Teodoli di San Vitale verloren, möge der Schlag ihn treffen. Wenn du nun immer noch glaubst, einen Fehler gemacht zu haben, als du ihn verlassen hast, um bei mir zu bleiben, bin ich bereit, auf die Scheidung einzugehen und jede Schuld auf mich zu nehmen. Ich will nicht, dass du eines Tages, wenn ich das Alter deines Vaters erreicht habe, davonläufst, um einer alten Liebe zu folgen.

Andrea

54

Als die Villa von Großmutter Diomira wieder so gut wie möglich instand gesetzt war, wurde Penelope bewusst, dass sie nichts mehr zu tun hatte. Sie lief durch das ganze Hause, vom Keller bis zum Türmchen, und suchte vergeblich nach einer Beschäftigung. Alles war sauber und aufgeräumt. Ihr Rettungsring hatte die Luft verloren und sie zappelte im unsicheren Meer der Einsamkeit.

Ihre Flucht trug Früchte im Schoß der Familie. Und was sie selbst anging, so hatte sie ihr geholfen zu verstehen, dass sie das gefährliche Spiel mit Mortimer unbedingt abschließen musste. Aber sie wusste nicht, wie. Würde es genügen, zum Telefonhörer zu greifen, seine Nummer zu wählen, seine Stimme zu hören und zu sagen: »Es ist vorbei«? Das hatte keinen Sinn. Sobald das Gespräch zu Ende wäre, wäre sie wieder am gleichen Punkt.

Sie musste ihn wiedersehen, ihm in die Augen blicken, ihm von sich erzählen. Sie musste ihn spüren lassen, dass ihr Verhältnis wirklich zu Ende war. Es würde keinen Sinneswandel geben. Mortimer war in ihrem Herzen, doch Andrea und die Kinder waren für immer in ihrem Leben. Als sie die Villa renoviert hatte, hatte sie das alte schwarze Wandtelefon behalten wollen. Also ging sie in die Eingangshalle, entschlossen, ihn anzurufen. Sie hob den Hörer ab und dachte, dass es besser wäre, vorher einen Kaffee zu trinken.

Also ging sie in die Küche und stellte den Kaffeekocher auf den Herd. Plötzlich klingelte es an der Tür und sie sah aus dem Fenster. Es war ihr Nachbar.

»Darf ich reinkommen?«, fragte der Professor.

»Sie haben den Kaffee gerochen, stimmt's?«, sagte sie und drückte auf den elektrischen Türöffner.

Der Mann schritt durch die Allee aufs Haus zu. Penelope ging ihm entgegen.

»Obwohl er weiß, dass du im Haus bist, steckt der Briefträger deine Post immer noch in meinen Briefkasten«, erläuterte er und reichte ihr einen Stapel Briefe. Penelope legte sie auf den runden Tisch in der Eingangshalle. Dann ging sie dem Nachbarn voran zur Küche.

»Weißt du, dass der Arzt mir verboten hat, Kaffee zu trinken?«, verkündete er, als handele es sich um ein skandalöses Verbot.

»Seit wann?«, fragte sie, während sie zwei schöne Tassen aus blauem und goldenem russischen Porzellan auf den Tisch stellte, die das letzte Überbleibsel eines komplettes Services der Großmutter waren.

»Seit gestern. Mir war plötzlich schwindelig. Isabella hat sich Sorgen gemacht und Fantini angerufen, der mich sehr gewissenhaft untersucht hat. Danach hat er gesagt: ›Kein Kaffee, kein Wein, keine fettigen Soßen und nehmen Sie diese Tabletten für den Blutdruck.‹ Siehst du, mein Mädchen, wie die Dinge stehen?« Isabella war die Frau aus dem Dorf, die den Professor pflegte, und Fantini war der alte Arzt, der schon Großmutter, Mama und auch ihre

Kinder behandelt hatte, wenn sie in den Ferien krank wurden.

»Und nun?«, fragte Penelope, denn sie wusste nicht, ob sie auch ihm Kaffee einschenken sollte.

»Ich kann doch deine Einladung nicht ablehnen. Also werde ich ihn trinken. Im Übrigen wollte ich genau darüber mit dir reden: Ist es denn richtig, einem Mann meines Alters diese kleinen Laster zu verbieten? Weißt du, ich habe nicht den Ehrgeiz, neunzig zu werden wie meine Mutter. Wenn Kaffee trinken und all das andere bedeutet, dass sich dadurch mein Leben verkürzt, dann ist das schon in Ordnung so. Jeder hat ein Anrecht auf seine Würde. Und dieser Verzicht riecht nach Feigheit. Ich weiß noch, wie oft Fantini zu deiner Großmutter gesagt hat: ›Genug mit den Zigaretten.‹ Sie hat nie auf ihn gehört. Wenn sie nicht geraucht hätte, hätte sie vielleicht länger gelebt. Aber wie? Unter welchen Bedingungen? Muss man denn das Leben verlängern, als handele es sich um einen Wettstreit, wer am längsten durchhält? Noch einen halben Löffel Zucker. Du weißt, dass ich es gern süß mag. Danke, meine Liebe. Also, ich wollte dir sagen, dass ich gestern Abend lange über all das nachgedacht habe. Und dann habe ich Fantini angerufen, um ihm meine Überlegungen darzulegen. Du weißt, dass Fantini ein lieber Freund ist. Im Grunde war er mit mir einer Meinung. Aber! Es gibt immer ein Aber, wenn man seine Gründe geltend zu machen versucht. ›Aber‹, sagt er, ›mit dem hohen Blutdruck riskierst du einen Hirnschlag. Das bedeutet, anders ausgedrückt, eine Lähmung. Willst du das Risiko eingehen?‹ Ich sage: ›Nein, das Risiko will ich nicht eingehen!‹ Ich will mein Leben in einem Augenblick beenden, wie meine Mutter und deine Großmutter. Was hältst du davon?«, fragte er, während er die Tasse zum Mund führte.

»Ich möchte, dass Sie niemals sterben. Jedes Mal, wenn

ein lieber Mensch geht, nimmt er auch einen Teil meines Lebens mit«, erwiderte Penelope.

Eine trächtige Katze strich ihr maunzend um die Beine.

»Hast du dir eine Katze geholt?«, fragte der Professor.

»Sie hat mich geholt. Seit Tagen streunt sie hier im Garten herum. Ich habe ihr zu fressen und zu trinken gegeben. Dann ist mir aufgefallen, dass sie trächtig ist. Also habe ich ihr unter der Veranda ein Körbchen gemacht und einen alten Wollpullover hineingelegt. Ich glaube, sie wird dort ihre Jungen bekommen«, erklärte sie.

»Nun, momentan beklagt sie sich. Vielleicht braucht sie dich«, gab er zu bedenken. Er stand auf und verließ die Küche. »Danke für den Kaffee. Ich habe eine Lösung für Fantinis Drohung gefunden: Ich werde seine Pillen nehmen, aber ich werde nicht auf Wein, fettige Soßen und auch nicht auf Kaffee verzichten«, schloss er.

Die Katze folgte dem Mann in den Garten. Penelope schloss die Tür. Jetzt würde sie Mortimer anrufen.

Sie wählte die Nummer seiner Wohnung in Mailand. Der spanische Hausangestellte teilte ihr mit, dass der Doktor in Bergamo sei.

Also rief sie im Palazzo San Vitale an.

»Das ist schön, Sie mal wieder zu hören, Signora!«, rief Cesira. »Ich gebe Ihnen sofort den Doktor.«

Kurz darauf sagte er: »Ciao, Pepe.«

»Ich muss dich sehen«, erwiderte sie.

»Wann immer du willst.«

»Ich bin in Cesenatico. Ich brauche drei Stunden bis zu dir.«

»Du kannst jederzeit kommen.«

»Ich schließe das Haus ab und mache mich auf den Weg.«

»Ich warte auf dich.«

Langsam hängte Penelope den Hörer auf die Gabel. Sie drehte eine Runde durchs Haus, um Türen und Fenster zu schließen. Die Katze klagte. Sie lief hinaus und fand sie im Korb. Die kleine Streunerin sah sie flehend an. Sie war im Begriff zu werfen und hatte Schmerzen. Also streichelte die Frau ihr den Bauch, wie Mortimer es getan hatte, als sie kurz davor gewesen war, Luca zur Welt zu bringen.

Die dritte Schwangerschaft

59

Penelope schleppte keuchend zwei große Plastiktüten voller Vorräte nach Hause. Sie war nunmehr im neunten Monat ihrer Schwangerschaft und hatte zehn Kilo zugenommen. Das Telefon klingelte. Sie stellte die Tüten auf dem Boden ab und stürzte ans Telefon. Es war ihr Mann, der sie von der Zeitung aus anrief.

»Pepe, ich habe heute Abend Moscati und seine Frau zum Essen eingeladen. Stell etwas Köstliches zusammen, du kannst das ja. Ich bitte dich, lass mich nicht wie ein Idiot dastehen.«

Sie war kurzatmig und hatte geschwollene Beine, weil sie viel Wasser im Körper speicherte. Professor Viviani, der die Schwangerschaft von Anfang an beobachtete, hatte sie beruhigt. Dem Kind ging es hervorragend. Sie musste nur ein wenig auf ihre Diät achten. Aber es gelang ihr nicht, sich den ein oder anderen Abstecher zur Pasticceria an der Ecke des Blocks zu verkneifen, wo sie haufenweise Vanille- und Schokoladenbeignets kaufte.

»Ausgerechnet heute Abend? Ich bin so müde, Andrea«, versuchte sie schüchtern zu protestieren.

»Es ist doch erst elf Uhr morgens. Du hast den ganzen Tag Zeit, um dich auszuruhen, dann bist du heute Abend wieder fit. Ich verlass mich auf dich. Küsschen«, sagte er und legte auf.

Penelope ließ sich erschöpft auf einen Sessel fallen. Sie

befreite sich von den Schuhen, die kaum noch über ihre geschwollenen Füße passten, und seufzte resigniert. Sie musste noch die Betten machen. Ein Korb Wäsche wartete darauf, in die Waschmaschine gesteckt zu werden. Dann musste sie das Mittagessen vorbereiten und zur Schule fahren, um Daniele und Lucia abzuholen. Und anschließend würde sie den ganzen Nachmittag kochen müssen, um ein vernünftiges Abendessen auf den Tisch zu bringen. Von wegen, den ganzen Tag ausruhen! Andreas einzige Sorge war, bei seinem Direktor und dessen netter Gattin, die der Chef immer noch mit Diana Migliavacca betrog, einen guten Eindruck zu machen. Andrea wollte, dass Moscati seine schöne Wohnung sah und Penelopes Kochkünste bewunderte. Die Tatsache, dass all das die Schwangere große Mühe kostete, war absolut zweitrangig. Um die neue Wohnung einzurichten, hatte Penelope ihre gesamten Einnahmen aus den Autorenrechten der *Baci di Dama* investieren müssen. Und obgleich sie nun eine Haushaltshilfe dringend nötig gehabt hätte, wusste sie, dass sie es sich nicht erlauben konnte. Also trug sie die Last der Familie weiterhin alleine.

So gut sie konnte, bereitete sie das Abendessen vor. Dann brachte sie Daniele und Lucia ins Bett und bat sie, lieb zu sein, weil Papa wichtige Gäste erwartete. Sie deckte den Tisch im Esszimmer mit der Tischdecke aus flandrischem Leinen, den Porzellantellern und den wertvollen Kristallgläsern, die der Großmutter gehört hatten. Das Besteck aus englischem Silber war ebenfalls von ihr.

Moscati, ein Neapolitaner proletarischer Herkunft, und seine Frau, eine Mailänderin aus einfachen Verhältnissen, bemerkten die Raffinesse der Gedecke nicht einmal.

Die ganze Zeit schleppte Penelope ihr Gewicht zwischen Küche und Esszimmer hin und her, während Andrea sich liebenswürdig mit den Gästen unterhielt, ihr Anweisungen gab und stur ihre Erschöpfung ignorierte.

Irgendwann bemerkte die Signora Moscati: »Meine Liebe, Sie wirken ein wenig müde.«

Diese Bemerkung klang, als wolle sie die Gastgeberin auf den Arm nehmen. Die Signora hatte sich nicht einmal dazu herabgelassen, ihr beim Abräumen des Tisches behilflich zu sein. Und dabei sah sie doch, wie die Schwangere unter dem Gewicht ihres Bauches ächzte. Penelope machte sich gar nicht die Mühe, ihr zu antworten. Als Andrea eine neue Anweisung formulierte – »Bitte bring uns doch jetzt Kaffee und diesen zwölf Jahre alten Whiskey« –, ging Penelope durch den langen Flur, trat in das Schlafzimmer und streckte sich auf dem Bett aus. Sie war vollkommen erschöpft und verspürte dumpfe, qualvolle Stiche im Rücken.

Andrea riss die Schlafzimmertür auf. »Bist du verrückt geworden? Wir sitzen drüben und warten auf Whiskey und Kaffee. Was ist dir bloß in den Sinn gekommen, uns warten zu lassen ...?«

»Ruf Professor Viviani an. Sag ihm, die Wehen setzen ein«, sagte sie, während sie nach Luft schnappte.

Eine Stunde später befand sie sich schon im Kreißsaal der Poliklinik.

Professor Viviani war nicht da. Er war zu einem Kongress nach Wien gefahren. Eine Hebamme stritt mit dem Dienst habenden Arzt, weil dieser behauptete, dass das Kind nicht richtig liege, um herauszukommen.

»Es ist eine Frühgeburt«, sagte der Gynäkologe. »Aber es wird noch Stunden dauern, bis die Signora entbindet«, erklärte er Andrea.

Wieder einmal waren Daniele und Lucia mitten in der Nacht allein zu Hause.

»Fahr bitte zu ihnen«, bat Penelope ihren Mann.

Andrea war besorgt und aufgewühlt. »Pepe, bitte verzeih mir. Ich war ein Egoist, wie immer. Ich war so um unsere Gäste besorgt, dass ich deinen Zustand völlig vergessen habe. Ich fühle mich wie ein elender Schuft.«

»Vergiss es. Kümmere dich jetzt lieber um die Kinder. Fahr sofort zu ihnen«, riet sie ihm.

»Warum? Sie sind doch schon recht groß. Und außerdem schlafen sie, zum Glück«, protestierte er. »Und außerdem kommt da gerade auch mein Sohn auf die Welt.«

»Ja, aber im Moment ist das nur meine Sache. Verschwinde, Andrea. Ich habe schon zwei Kinder bekommen, ich weiß, wie so was läuft. Und ich spüre, dass sich die Wehen noch eine Weile hinziehen werden. Fahr sofort nach Hause«, befahl sie ihm.

Die Hebamme nickte. Sie gehört noch der alten Schule an, für die eine Geburt einzig und allein Sache der Frau war. Väter im Kreißsaal waren ihr nur lästig, auch wenn sie gute Miene zum bösen Spiel machen musste, weil es neuerdings zur Regel geworden war.

Kaum dass Andrea gegangen war, beugte sie sich über die Wöchnerin und strich ihr übers Haar. »Hören Sie zu, mein Kind«, flüsterte sie. »Ich sehe schwarz für diese Entbindung bei dem sturzbetrunkenen Doktor Botti.«

»Mir ist auch schlecht geworden, als ich seine Alkoholfahne gerochen habe«, bestätigte Penelope.

»Ich habe mir erlaubt, Doktor Teodoli anzurufen. Er ist der Beste hier. Glücklicherweise war er zu Hause. Und da er nur einen Katzensprung entfernt wohnt, wird er gleich da sein. Bei ihm bin ich ruhiger und Sie sind in guten Händen.«

Das hätte nicht passieren dürfen. Penelope und Mortimer hatten sich vor nunmehr einem Jahr getrennt. Mit welchen Gefühlen würde er ihr helfen, das Kind auf die Welt zu bringen, das er sich immer von ihr gewünscht hatte?

»Das hätten Sie nicht tun sollen«, protestierte Penelope schwach.

»Kindchen, ich arbeite schon mein ganzes Leben hier. Ich habe schon alles an Ärzten und Patienten gesehen. Botti ist ein Klotz am Bein, den wir seit Jahren mit uns herumschleppen. Deshalb sind die Ärzte auf der Hut, wenn er Nachtdienst hat. Gleich kommt der Richtige, um Ihnen zu helfen. Sehen Sie, da ist er schon«, sagte sie erleichtert, als Mortimer eintrat. Er erblickte Penelopes aufgedunsenes und leidendes Gesicht und lächelte ihr zu. Zunächst machte er ihren riesigen Bauch frei, legte eine Hand auf den Unterleib und massierte ihn sanft. Penelope sah ihn mit weit aufgerissenen Augen an. Sie machte kurze Atemzüge, sog mit häufiger Frequenz wenig Luft ein. Die Liebkosung des Arztes verschaffte ihr Erleichterung.

»Du bist drei Wochen zu früh dran«, sagte er. Und fügte hinzu: »Dieses Kind hat große Eile, geboren zu werden.« Mortimer wusste von dieser Schwangerschaft, weil Penelope ihm davon geschrieben hatte. Er jedoch hatte einige Wochen verstreichen lassen, ehe er sich wieder gemeldet hatte.

»Wie verläuft die Schwangerschaft?«, hatte er sie gefragt.

Da sie ihn kannte, wusste Penelope, wie viel Mühe ihn dieser offenbar sachliche Ton kostete. Die Tatsache, dass sie schwanger war, ließ darauf schließen, dass sie in der Beziehung mit ihrem Mann wieder zufrieden war.

»Viviani sagt, dass alles in Ordnung ist. Und du, wie geht es dir?«, hatte sie ihrerseits gefragt.

»Ich bin gerade aus Boston zurückgekommen. Meine Frau hat wieder geheiratet und wollte mich als Trauzeugen«, erklärte er.

»War das schwierig?«

»Es war sehr amüsant. Katherine kann sehr geistreich sein.«

Damit hatte er ihr eine versteckte Botschaft vermittelt.

Nun war er wirklich ein freier Mann. Sie hingegen war durch ihre neue Schwangerschaft gebunden.

»Ich nicht. Ich kann in solchen Situationen nicht geistreich sein. Und du kannst es auch nicht«, hatte sie gesagt.

Nun beugte sich Mortimer über sie, berührte zärtlich ihren Bauch und sprach sanft zu ihr. Seine Hände besaßen tatsächlich die Macht, sie sich besser fühlen zu lassen.

»Mir scheint, der Kleine hat eine ausgezeichnete Lage. Das Kardiotokogramm sagt mir, dass es ihm gut geht. Die Wehen werden immer häufiger. Pepe, ich denke, wir sind so weit. Ich bringe dich rüber. Dein Kind kommt gleich«, erklärte er mit freudiger Stimme.

Im Kreißsaal warteten die Hebamme, zwei Schwestern und der Kinderarzt. Mortimer gab ihr eine örtliche Betäubung und setzte dann einen Dammschnitt, damit das Kind leichter herauskam.

»Pressen, Pepe. Kräftig pressen«, spornte er sie an. »Genau so, ausgezeichnet. Ich sehe schon den Kopf. Noch einmal kräftig pressen, Schatz.« Dieses ›Schatz‹ war ihm rausgerutscht, ohne dass es ihm aufgefallen war. Doch der Hebamme war dieses Wort, das er mit Liebe ausgesprochen hatte, nicht entgangen. Sie arbeitete mit ihm und wusste, wie er mit den Wöchnerinnen sprach. Er war immer liebevoll und entschlossen. Doch er hatte noch nie eine von ihnen ›Schatz‹ genannt. Die Frau nahm den Kopf des Kindes, der schon vollständig draußen war, in die Hände. Mortimer legte die Unterarme auf Penelopes Unterleib und übte einen festen Druck aus, um ihr zu helfen, den Kleinen herauszupressen. Die Gebärende war schweißüberströmt und völlig erschöpft von den Wehen, doch sie presste mit aller Kraft.

Er nahm das Kind schließlich entgegen, als es mit einem letzten Zucken aus dem Schoß der Mutter rutschte, und vertraute es der Krankenschwester an, damit sie es wusch. Dann legte er es Penelope in den Arm. Es war ein wunderschönes Kind. Der Kinderarzt untersuchte es schnell. »Er braucht nicht in den Brutkasten«, entschied er dann. Und an Penelope gewandt fügte er hinzu: »Gratuliere, Signora. Sie haben ein wunderschönes Kind zur Welt gebracht.«

Kurz darauf wurde die Plazenta abgestoßen und Mortimer nähte Penelope. Schließlich wurde sie auf eine Bahre gelegt, damit sie in ihr Zimmer gebracht werden konnte.

»Bring sie nach oben, auf die Privatstation«, sagte der Gynäkologe.

»Mir ist kalt«, klagte Penelope, als sie im Zimmer war. Das war immer so, wenn sie entband. Zuerst verspürte sie Kälteschauer und zitterte am ganzen Körper. Dann stellte sich Frieden ein und mit ihm auch die Tränen.

Sie weinte, als Mortimer ins Zimmer kam. Er hatte seinen Kittel ausgezogen. Er trug die gleichen Sachen wie an jenem Sonntag vor zwei Jahren, als er sie zum ersten Mal mit nach Bergamo genommen hatte.

»Ich wollte dir sagen, dass du sehr tapfer warst«, begann er, nahm eine ihrer Hände und küsste sie sanft.

»Ich habe auch eine gewisse Übung. Bei der vierten Entbindung werde ich nahezu perfekt sein«, versuchte sie zu scherzen.

»Du musst nicht um jeden Preis witzig sein. Weine ruhig, lass all deine Tränen heraus. Du weißt, dass es ein paar Tage dauern wird, bis die Depression vorübergeht.«

»Ich weiß. Aber das ändert auch nichts daran, dass ich mich einfach ekelhaft fühle. Du bist wieder genau in dem Moment gekommen, in dem ich dich brauchte«, flüsterte sie unter Tränen.

»Sieht so aus, als würde das Schicksal, trotz unseres Vorsatzes, einander fern zu bleiben, unsere Wege immer wieder zusammenführen«, sagte er mit einem traurigen Lächeln.

Eine Schwester kam mit Mull und Desinfektionsmittel ins Zimmer, um Penelopes Brust zu reinigen. »Wir bringen jetzt das Kind. Sie wissen, wie man es anlegt, nicht wahr?«

Die Angesprochene nickte. Als sie wieder allein waren, wich Mortimer ein paar Schritte in Richtung Tür zurück.

»Wähle du einen Namen für den Kleinen. Du hast das Recht dazu«, sagte Penelope.

Er schüttelte den Kopf. »Zieh mich bitte nicht mehr hinein, als ich verkraften kann«, erwiderte er.

»Kommst du mich noch mal besuchen?«, fragte sie.

»Du brauchst mich nicht mehr, Pepe.«

Als sie ihr ihren Sohn brachten, näherte sie den kleinen Mund, der nach Leben dürstete, ihrer Brust. Sie lächelte unter Tränen.

»Ich werde dich Luca nennen, wie den Evangelisten. Er war Arzt und Maler. Vielleicht wirst du ein Künstler oder ein guter Arzt. Genauso wie Mortimer«, flüsterte sie.

Penelope streichelte immer noch die Katze ...

56

Penelope streichelte immer noch die Katze, die sie voller Dankbarkeit ansah. Daneben lagen vier Junge mit schwarzweißem Fell, genau wie die Mutter. Sie waren feucht und hungrig. Ihre kleinen Äuglein waren noch geschlossen, doch ihr Instinkt führte sie zu den Zitzen des Muttertiers, das sie fütterte und mit seiner kleinen rauen Zunge putzte.

»Du bist eine perfekte kleine Mama«, tröstete Penelope die Katze. »Eines Tages werden wir einen passenden Namen für dich finden.«

Sie stellte ein Schälchen mit Wasser neben den Korb. Dann rief sie den Professor, der im Garten war.

»Die Katze hat vier Junge bekommen«, verkündete sie. »Ich habe ein paar Dosen Futter hier gelassen. Könnten Sie von Zeit zu Zeit nach ihr sehen?«, fragte sie ihn.

Der Professor näherte sich dem Zaun, der ihre Gärten voneinander trennte.

»Was hast du gesagt, meine Liebe?«

»Ich fahre gleich.«

»Kehrst du nach Mailand zurück?«

»Nein. Ich will herausfinden, ob ich über die berühmte Hecke springen soll«, vertraute sie ihm an.

»Ausgezeichnete Entscheidung, mein Kind.«

»Wahrscheinlich komme ich heute Abend zurück. Sollte ich aber doch erst morgen kommen, wer wird sich dann um mein Kätzchen kümmern? Das Futter steht auf der Brüstung der Veranda. Würden Sie das übernehmen, Professore?«

»Du kannst auf mich zählen«, versicherte der Alte.

In der Gewissheit, am Abend wieder in Cesenatico zu sein, stieg sie ins Auto. Sie wollte nicht, dass der Professor Briganti sich um sie sorgte, deshalb hatte sie sich etwas mehr Spielraum gelassen.

Wieder war sie auf der Reise. Ihr Gemütszustand war glücklicherweise besser als damals, als sie ihre Familie verlassen hatte. In der Einsamkeit von Cesenatico hatte sie eine Entscheidung getroffen, die es ihr und Mortimer erlauben würde, ihre Schicksale endgültig voneinander zu trennen. Endlich würde sie mit der Gelassenheit und der Distanz desjenigen mit ihm sprechen, der eine tiefe Überzeugung hat heranreifen lassen. Was sie mit ihm erlebt hatte, war ein wunderschöner Traum gewesen. Eine zauberhafte Erinnerung, die sie ihr ganzes Leben lang pflegen würde.

Während sie Kilometer um Kilometer zurücklegte, dachte sie an den barocken Palazzo in der Via Porta Dipinta zurück, an die wundervollen Fresken von Gian Giacomo Barbelli, an das Piano Nobile, die Säle, die zum Hof hinausgingen, an Mortimers Zimmer, in denen sie viele Monate lang Momente vollkommenen Glücks erlebt hatte. Bei Lodi, kurz vor der Abfahrt nach Bergamo, hielt sie an, um zu tanken. Ein Unwetter zog herauf. Kaum saß sie wieder im Wagen, fielen die ersten Regentropfen, die Sand mit sich brachten. Es schien, als würde der Regen ihr jedes Mal, wenn sie beschloss wegzufahren, eine Falle stellen. Als sie aus der Mautstation vor Bergamo hinausfuhr, war das Unwetter nach Westen weitergezogen. Sie fuhr die lange Durchfahrtstraße durch den neuen Teil von Bergamo bis zum Ende entlang und bog dann in eine Straße ein, die zur Oberstadt hinaufführte. Sie passierte das antike Stadttor, das von dem Löwen der *Serenissima* überragt wurde, und ließ den Wagen auf dem gebührenpflichtigen Parkplatz, nicht weit vom Anwesen der Teodoli, stehen.

Sie nahm ihre Handtasche und ging auf einen kleinen Platz hinaus. Dann bog sie in eine Gasse ein, die sich in die Altstadt hinaufschlängelte und die von alten Palazzi und Gärten, die hinter alten Mauern verborgen waren, gesäumt war.

Als sich die imposante Silhouette des Palazzo San Vitale abzeichnete, blieb sie stehen, um Atem zu schöpfen. Sie war im Begriff, für immer ein sehr wichtiges Kapitel ihres Lebens abzuschließen, und war ziemlich aufgeregt. Wenn sie Mortimer gegenüberstünde, würde sie sagen: »Gründe eine Familie. Heirate und denk nicht mehr an mich.«

Sie atmete tief ein und durchquerte entschlossenen Schrittes die Eingangshalle. Mortimer saß mitten im Hof auf dem Brunnenrand. Die eindrucksvolle Gestalt des Neptun überragte ihn und mit dem Arm, in dem er den Dreizack hielt, schien er den schattigen Teil des Platzes von dem sonnenbeschienenen zu trennen, wo die Myrtenhecke mit den noch zarten Blüten nach dem gerade erst niedergegangenen Regenschauer glänzte.

Das Haar des Mannes war ganz kurz geschnitten. Sein Gesicht war schmaler, die perfekten Züge noch markanter geworden. Er trug eine graue Hose, ein weißes Polohemd und eine blaue Jacke. Als er das Echo ihrer Schritte hörte, hob er den Blick und lächelte ihr zu.

»Mein Gott, wie blass du bist«, flüsterte sie, während Mortimer sie umarmte.

Ihre letzte Begegnung war zwei Jahre her. Sie hatten sich bei der Premiere eines Musicals im *Teatro Nuovo* getroffen. Penelopes Name war auf dem Plakat unter den Namen der Autoren aufgeführt gewesen. Sie hatte die Texte der Lieder geschrieben und war mit Andrea und

Lucia dort gewesen, um das Fest zu genießen, das auch ihr galt.

In der Pause, nach der ersten Hälfte der Aufführung, als das Publikum ins Foyer strömte, war Andrea im Parkett geblieben, um mit ein paar Kollegen, einigen Musikkritikern, zu plaudern. Sie und Lucia bahnten sich einen Weg durch die Menge zur Bar, um möglichst ein paar Kommentare der Zuschauer aufzuschnappen.

Obgleich er ihr den Rücken zukehrte, hatte sie Mortimer in der Menge sofort erkannt. Die eindrucksvolle Statur, der kräftige Nacken, die Unmenge dunkler Haare, die sich an seinen Hals schmiegten, waren unverwechselbar.

»Geh zur Bar. Hol dir, was du magst, und bring Bonbons mit«, hatte sie zu ihrer Tochter gesagt. »Wir sehen uns gleich im Saal«, hatte sie hinzugefügt und dem Mädchen Geld in die Hand gedrückt, ohne ihm eine Erklärung zu geben.

Die Hände in den Hosentaschen, betrachtete er eines der vielen Plakate, mit denen die Wand tapeziert war.

»Ich weiß, dass das nicht die Art von Schauspiel ist, die du bevorzugst«, hatte Penelope begonnen, wobei sie ihm auf die Schulter tippte. »Also muss ich dir doppelt danken, dass du hier bist.«

»Ich bin sehr stolz auf dich«, erwiderte er und wandte sich ihr zu, um sie anzusehen.

Sie gab ihm die Hand, die er fest in der seinen hielt. Die beiden sahen einander lange in die Augen und ihre Blicke sagten mehr als alle Worte. Sie hatten nicht aufgehört, sich zu lieben. Penelope zog ihre Hand weg, wich einen Schritt zurück und flüsterte voller Bedauern: »Ich rufe dich in den nächsten Tagen an.«

Als sie sich nun im Hof des Palazzo aneinander drückten, hatte Penelope das Gefühl, das Nichts zu umarmen. Was war aus diesem kräftigen, gut gebauten und vor Leben strotzenden Körper geworden, den sie so sehr geliebt hatte? Seinen betörenden Duft jedoch hatte er nicht verloren.

»Was ist mit dir passiert?«, fragte sie besorgt und vergrub ihr Gesicht an seiner Schulter.

»Menschen verändern sich«, erwiderte er und löste sich aus ihren Armen. »Du bist zum Glück das schöne Mädchen, das du immer warst«, fügte er hinzu. Dann umspielte das ihr wohl bekannte Lächeln seine Lippen. »Aber so bist du mir lieber.« Er fuhr mit einer Hand durch ihre Haare und zerwühlte sie.

»Na hör mal! Ich hatte mich so sorgfältig frisiert. Du weißt doch, wie wir Frauen sind. Vor einem Mann wollen wir uns immer von unserer besten Seite zeigen«, scherzte sie und fügte hinzu: »Warum sagst du mir nicht, was mit dir passiert ist?«

Offenbar hatte er keine Lust zu antworten. Er hakte sie unter und führte sie ins Haus. Sie stiegen die Freitreppe hinauf, die zum oberen Stockwerk führte. Penelope betrachtete zerstreut die Porträts der Teodoli und der San Vitale. Sie kannte sie auswendig.

»Erzähl du erst einmal. Du hast mich angerufen und gesagt, dass du mich sehen willst«, erklärte er.

Doch die Frau war sprachlos. Sie war bis nach Bergamo gefahren, mit dem festen Vorsatz, ihm für immer Lebewohl zu sagen. Nun aber verspürte sie eine gewisse Rührung und Bestürzung, die es ihr schwer machten auszusprechen, weswegen sie gekommen war.

Im ersten Stock kam ihnen die Signora Teodoli entgegen, die ein schönes Kind mit großen dunklen und lachenden Augen an der Hand hielt.

»Ciao, Pepe«, begrüßte die Frau sie und umarmte sie. »Schade, dass du erst jetzt kommst, wo alle schon weg sind. Weißt du, wir hatten ein paar Kollegen von Mortimer und meinen Sohn Riccardo mit seiner Familie zum Mittagessen hier. Jetzt gehe auch ich und ich nehme Juan mit. Du erinnerst dich doch noch an den kleinen Juan, oder?«

Sie sprach mit ihr, als hätten sie sich erst gestern gesehen und nicht sieben Jahre zuvor. In ihrer Stimme lag immer noch die Lebendigkeit von einst, doch sie schien gealtert und über ihren Augen lag ein Schleier von Traurigkeit.

»Natürlich erinnere ich mich. Er war noch ein Kleinkind, gerade mal so groß«, sagte Penelope, dann lächelte sie dem Jungen zu, dem Sohn der spanischen Angestellten, die mit Mortimer in Mailand lebten: »Ciao, Juan.« An die Signora gewandt fuhr sie fort: »Vielleicht bin ich ungelegen gekommen.«

»Ganz und gar nicht. Ich habe Cesira gebeten, Tee zu machen.«

Sie ging mit dem Jungen davon, während Penelope und Mortimer den Salon betraten. Die Glastür, die zur Terrasse hinausging, war geöffnet. Cesira deckte den von einem Stahlgestell gehaltenen Plexiglastisch mit Tassen, Tabletts mit süßem Gebäck und fein bestickten Leinenservietten.

Sie begrüßte Penelope freudig, dann zog sie sich zurück und ließ die beiden allein. Sie setzten sich auf ein Sofa, auf dem unzählige, mit Rohseide bezogene Kissen lagen. Mortimer goss den Tee in die Tassen.

»*Baci di Dama*?«, fragte er sie.

»Du weißt noch, dass ich sie mag?«, erwiderte Penelope.

»Sie sind ganz frisch. Cesira hat sie gemacht, als sie erfahren hat, dass du kommst.«

»Erzähl mir von dir«, bat Penelope ihn, bevor sie die Tasse an den Mund führte.

»Es hat alles mit einem Muttermal am Bein angefangen«, flüsterte Mortimer und betrachtete den Himmel über dem Garten. Dann fügte er hinzu: »Vor einer Stunde hat es noch geregnet. Nun ist die Sonne rausgekommen, um dich willkommen zu heißen.«

»Erzähl weiter«, forderte sie ihn auf.

»Das Kostüm, das du trägst, erinnert mich an früher. Und mir kommt ein schönes Mädchen in den Sinn, das ich gern mit zum Fluss genommen hätte«, scherzte er, um von sich abzulenken.

»Komm, Mortimer. Früher oder später werde ich ohnehin alles erfahren. War dieses Muttermal bösartig?«

»Ziemlich. Es ist vor sechs Monaten explodiert und hat überall anormale Zellen verstreut. Das Resultat kannst du sehen«, gestand er endlich.

Penelope hatte das Gefühl, ohnmächtig zu werden. Den starken, lebhaften, faszinierenden Mann, den sie gekannt hatte, gab es nicht mehr. Mortimer sah sie traurig an, und als er bemerkte, dass sie blass wurde, gewann er sein Lächeln wieder. Er nahm einen Schokokeks und steckte ihn ihr in den Mund. »Sag mir, ob er dir schmeckt«, flüsterte er.

Penelope ergriff sein Handgelenk und hielt es fest, während sie ihn bestürzt anblickte. »Warum weiß ich nichts davon?«, fragte sie ihn.

Noch vor drei Monaten hatte Mortimer ihr einen Brief geschrieben. Er hatte ihr von einer Reise nach Paris erzählt, wo er bei seiner Mutter und seinem Stiefvater gewohnt hatte, von einem Essen im Procope, wo er ein paar Kollegen getroffen hatte, Exkommilitonen der Universität. Der Brief war in einem leichten und scherzhaften Ton geschrieben, der nicht im Geringsten auf die Tragödie schließen ließ, die er durchlebte. Nun begriff sie, dass er nach Frankreich gefahren war, um ein paar Spezialisten zu konsultieren, um wieder etwas Hoffnung schöpfen zu können. »Warum weiß ich nichts davon?«, wiederholte sie gereizt.

Mortimer verlor für einen Augenblick die Geduld. »Hätte ich dich vielleicht anrufen oder dir schreiben sollen, dass ich krank bin? Was hättest du getan? Ich brauche keine Tränen. Mitleid macht mich wütend. Die Wahrheit erschreckt mich. Ich liebe das Leben, das weißt du, meine süße Pepe.«

Penelope hob schützend die Hände vors Gesicht, als wolle sie eine Barriere zwischen sich und dieser schrecklichen Realität schaffen.

»Ich habe eine schwere Zeit gehabt«, fuhr Mortimer fort, »ich habe irgendwann sogar die Menschen gehasst, die mich am meisten lieben: meine Mutter, meinen Bruder, meine Neffen, meine Kollegen. Sie alle fühlten sich verpflichtet, mich zu trösten. Auch heute noch versuchen einige, das Ganze herunterzuspielen. Doch das sind nur Lügen, die mich wütend machen.«

Penelope umarmte ihn leidenschaftlich, die Augen voller Tränen.

»Der Tod hat keine Freunde. Ich habe dir meine Situation verschwiegen. Ich wollte nicht, dass du es weißt. Dann hast du mich angerufen. Du hast gesagt, dass du mich sehen willst. Am liebsten hätte ich geantwortet, dass es nicht angebracht wäre. Doch ich bin schwach geworden und habe nachgegeben. Ich bin glücklich, dich zu sehen«, sagte Mortimer und drückte sie an sich.

»*Amore mio*«, flüsterte Penelope und fügte hinzu: »Ich bin eigentlich gekommen, um dir zu sagen, dass du nicht mehr auf mich warten, dass du eine Familie gründen sollst. Wenn wir uns nicht getrennt hätten, wärst du vielleicht nicht krank geworden.«

»Dieses Muttermal hatte ich schon lange, bevor ich dich kennen gelernt habe. Ich habe es nie genauer angesehen. Du darfst dir keine Schuldgefühle einreden. Das ist der falsche Weg. Und diesmal kann ich dir keine Schulter anbieten, an die du dich anlehnen kannst.«

Es war Abend geworden und es wehte ein frischer Wind, der neuen Regen bringen sollte. Der Tee in den Tassen war kalt geworden. Penelope erschauerte.

»Lass uns reingehen«, schlug er vor.

Sie betraten das große Wohnzimmer, in dem Cesira gut sichtbar eine Schale Kirschen auf einen Tisch gestellt hatte.

»Die sind aus unserem Obstgarten. Willst du welche?«, fragte Mortimer.

»Vielleicht später. Jetzt möchte ich mich erst einmal ausruhen«, erwiderte sie. Sie fühlte sich auf einmal müde und kraftlos.

»Wenn du dich umziehen willst, im Schlafzimmer sind noch deine Kleider«, informierte er sie.

»All die Jahre lang ...«, flüsterte sie, vollendete den Satz jedoch nicht.

»Ich habe immer gehofft, dass du wiederkommen würdest«, gab er mit einer merkwürdigen Grimasse, halb lachend, halb weinend, zu.

Penelope war besorgt und der Gedanke, sich auf den Weg zurück nach Cesenatico zu machen, schien ihr unerträglich.

»Meinst du, ich kann heute Nacht hier bleiben?«, fragte sie zögernd.

»Ich bin davon ausgegangen, dass du bleibst«, erwiderte er.

Penelope ging in Mortimers Wohnung und erreichte das Zimmer, das sie sonst immer benutzt hatte. Es hatte sich nicht verändert, seit sie das letzte Mal dort gewesen war. Überall herrschten die gleiche pingelige Ordnung, der gleiche Geruch, selbst die wenigen Kleider, die sie dort gelassen hatte, hingen noch im Schrank. Als sie endlich allein war, brach Penelope in befreiende Tränen aus. Dann ging sie ins Badezimmer. Es gab eine Badewanne mit Hydromassage. Das war neu. Sie ließ Wasser einlaufen, zog sich aus und streckte sich in diesem kleinen sprudelnden Meer aus.

»Das Wasser, das zischt«, flüsterte sie, denn sie musste an den Getränkekiosk neben dem Kino *Arena* in Cesenatico zurückdenken. Sie war sechzehn und an Juli- und

Augustabenden half sie hinter der Theke aus, zur großen Enttäuschung ihrer Großmutter und begleitet von dem resignierten Seufzen ihrer Mutter. Ehe die Kinder das Freilichtkino, das im Sommer seine Pforten öffnete, betraten, schoben sie fünfhundert Lire über die Theke und sagten: »Pepe, gib mir eine Flasche Wasser, aber von dem, das zischt.« Damit meinten sie Sprudelwasser.

In jenen Jahren sprach sie mit ihren Freundinnen oft über ihre Zukunft. Sofia sagte: »Ich werde eine Dame so wie Mama.« Und das bedeutete, dass sie gut heiraten, weiterhin in der Via Capuccini wohnen, ihre Tage beim Golf und ihre Abende beim Bridgespiel verbringen wollte.

Donata schmiedete Pläne für ihre Zukunft als Astrologin: »Ich werde einen Mann heiraten, der ein guter Vater für meine Kinder ist, und dann werde ich eine Beratungsstelle aufmachen. Ich werde wichtige Kunden haben und ein sehr glückliches Leben führen.«

Penelope seufzte: »Ich will mich einfach nur verlieben.«

Damals war sie fast so alt wie ihre Tochter Lucia heute.

Penelope stieg aus der Wanne. In einem kleinen Schränkchen fand sie eine Feuchtigkeitslotion für den Körper und eine fürs Gesicht. Sie fönte sich schnell die Haare, zog eine Hose aus blauem Leinen und eine weiße Seidenbluse an.

Dann kehrte sie ins Wohnzimmer zurück. Durch die Balkontüren, die zur Terrasse hinausgingen, sah sie Cesira, die den Tisch abräumte, auf dem sie den Tee serviert hatte. Am Himmel kündigten große dunkle Wolken erneut Regen an.

»Der Doktor ruht sich aus«, teilte die Frau ihr mit, als sie hereinkam.

»Aber es ist fast Zeit zum Abendessen«, wandte Penelope ein.

»Er hatte einen anstrengenden Tag. In letzter Zeit ermüdet er schnell«, bemerkte die Haushälterin kopfschüttelnd. Dann sagte sie: »Ich mache eine Minestrone und Zucchinipuffer. Wenn ich mich recht erinnere, mögen Sie die gerne. Wenn Sie essen wollen, brauchen Sie es nur zu sagen, Signora.«

»Ich warte, bis der Doktor aufsteht«, erwiderte Penelope und setzte sich in einen Sessel. Ihr war, als hätte sie einen bösen Traum. Über diesen schönen und komfortablen Palazzo, in dem sie einst Stunden größter Wonne erlebt hatte, hatte sich der Schatten des Todes gesenkt.

»Sie haben ja nicht einmal unsere Kirschen probiert. Und dabei hat Tito sie extra für Sie gepflückt«, sagte die alte Haushälterin vorwurfsvoll.

»Es tut mir Leid, aber mir ist der Appetit vergangen«, entschuldigte sich Penelope.

»Das verstehe ich. Aber heute, wo Sie wieder da sind, scheint er mir viel zufriedener. Die Freunde kommen ihn oft besuchen, aber anscheinend sind sie ihm lästig«, sagte die Frau noch, bevor sie das Zimmer verließ.

Draußen nieselte es und Penelope fröstelte, als spürte sie den eisigen Atem der Einsamkeit auf ihrer Haut. »Der Tod hat keine Freunde«, hatte Mortimer eben noch gesagt. Harte Worte, die jedoch eine grundlegende Wahrheit ausdrückten. In einer sinnlosen Geste der Verzweiflung schlug sie mit der Faust auf die Sessellehne. Sie konnte diese grausame Realität nicht hinnehmen.

Sie verließ das Wohnzimmer, kehrte in Mortimers Wohnung zurück und schloss die Tür seines Zimmers hinter sich. Auf dem Nachttisch brannte die Lampe. Er schlief. Auf Zehenspitzen schlich sie zum Bett. Aus dem Weiß des Lakens ragte ein nackter Arm mit einer noch wohlgeformten Muskulatur hervor.

Sie kauerte sich neben ihn auf den Boden. Dabei lauschte sie seinem Atem, während sie mit dem Blick sein Gesicht erforschte, so wie sie es bei ihren Kindern machte, wenn sie sich um sie sorgte. Sie nutzte seinen Schlaf, um ihm nah zu sein, ihn ansehen zu können, seinen Duft zu riechen und sich seine Träume vorzustellen. Ihr Herz quoll über vor Zärtlichkeit. Plötzlich bewegte Mortimer den Arm und legte ihn auf ihre Schulter.

»Ich wusste, dass du kommen würdest«, flüsterte er.

»Habe ich dich geweckt?«

»Ich spüre deine Nähe und habe das Gefühl, dass der Traum weitergeht«, sagte er.

»Was hast du geträumt?« Penelope erhob sich auf die Knie und legte den Kopf neben den seinen auf das Kissen.

»Etwas Schönes und Seltsames.«

»Erzähl.«

»Ich war in einem Wald mit sehr hohen Bäumen und schritt über einen laubbedeckten Boden. Ringsum war es dunkel und ich hatte Angst. Dann habe ich zum Himmel hochgesehen und eine Girlande aus Lichtern in den Farben des Regenbogens erblickt. Da habe ich ein vollkommenes Glücksgefühl verspürt, nur vergleichbar mit dem, was ich empfunden habe, wenn wir uns geliebt haben.«

»Das hast du sehr schön gesagt«, erwiderte sie lächelnd.

»Du hast mir ein wunderbares Geschenk gemacht, indem du hergekommen bist«, flüsterte er. Und umarmte sie.

Nun zog Penelope Bluse und Hose aus, schlüpfte neben ihn ins Bett und schmiegte sich an ihn.

»Auch ich habe nie eine so intensive und vollkommene Lust empfunden, bevor ich dich kennen gelernt habe«, gestand sie. Und sie fügte hinzu: »Ich glaube, du bist mein Gegenstück.«

Mortimer lächelte, während sie anfing, ihn langsam und zärtlich auszuziehen. Unter den Fingern spürte sie die glatte Haut dieses so sehr geliebten Körpers, der seine Festigkeit und den Duft, den sie so gut kannte, nicht verloren hatte. Sie wollte aus ganzem Herzen, dass Mortimer noch einmal die Freuden des Lebens verspürte.

Draußen prasselte der Regen, während sie ihn in sich aufnahm.

Dann schmiegten sie sich eng aneinander und weinten gemeinsam.

»Weißt du noch, *amore mio*, wie oft wir glücklich waren in diesem großen Bett?«, fragte Penelope mit einem Flüstern.

»Das Wunder hat sich noch einmal wiederholt«, sagte er. »Und es war die Mühe wert, auf dich zu warten.« Dann bedeckte er ihr Gesicht mit vielen kleinen Küssen, bis sie einschlief.

Mortimer hielt Penelope im Arm und rührte sich nicht. Als er merkte, dass sie fest schlief, löste er sich von ihr, stand auf und zog sich wieder an. Er öffnete den Safe in der Wand, der unter einer Zeichnung von Gustav Klimt verborgen war, nahm eine kleine, mit dunklem Leder bezogene Schachtel heraus und öffnete sie. Er betrachtete den Platinring mit dem großen rosafarbenen Diamanten, der zu einem Rechteck geschliffen war. Er hatte seiner Mutter gehört. Eigentlich hätte er ihn seiner Frau Katherine schenken sollen. Doch er hatte es nie getan. Sieben Jahre zuvor hatte er vergeblich auf den passenden Moment gewartet, ihn Penelope an den Finger zu stecken. Das tat er nun, ganz sanft, um sie nicht aufzuwecken.

Dann beugte er sich noch einmal über sie und strich ihr zärtlich übers Haar. Schließlich löschte er das Licht und verließ das Zimmer.

Er ging ins Bad und injizierte sich ein Schmerzmittel. Vor zwei Monaten hatte er die Chemotherapie abgebrochen. Es gab keinen Grund für ihn, sein Leben künstlich zu verlängern.

Cesira deckte den Tisch für das Abendessen.

»Leg nur ein Gedeck auf, für die Signora«, befahl er. Dann fügte er hinzu: »Sag Tito, er soll sich fertig machen, um mich nach Mailand zurückzubringen.«

»Aber die Signora ...«, versuchte Cesira zu protestieren.

»Sie schläft.«

»Und wenn sie aufwacht?«

»Sie wird es verstehen«, sagte er. Und mehr gab es wirklich nicht hinzuzufügen.

57

Penelope fuhr ruckartig aus dem Schlaf hoch, überwältigt von einer unbestimmten Angst. Sie dachte, dass sie schlecht geträumt hätte. Dann kehrte die Erinnerung zurück. Sie streckte die Hand aus, um Mortimer zu suchen. Er war nicht da. Erschrocken griff sie zum Lichtschalter und dabei bemerkte sie etwas Schweres am Ringfinger. Die Nachttischlampe erleuchtete das Zimmer und den großen Stein, der an ihrem Finger funkelte. Auf dem Nachttisch lag die kleine Schachtel, in der sich der Ring befunden hatte. Nur er konnte ihr dieses wunderbare Geschenk gemacht haben.

Sie ging ins Bad, um sich frisch zu machen, dann zog sie sich wieder an und betrat das Wohnzimmer. Cesira saß vor dem Fernseher, in dem ein alter Film lief, und strickte.

»Haben Sie sich gut erholt?«, fragte sie.

»Wo ist der Doktor?«, fragte Penelope.

»Er hat sich nach Mailand bringen lassen. Er hat gesagt, Sie würden das verstehen.«

»Wie spät ist es?« Sie war noch benommen und unendlich traurig.

»Fast zehn. Ist Ihnen danach, etwas zu essen?«, schlug

die Haushälterin vor, schaltete den Fernseher aus und legte das Strickzeug beiseite.

Man konnte hören, wie der Regen leise gegen die Fensterscheiben schlug.

»Ich werde diese Kirschen nehmen, die Sie mir vorhin angeboten haben.« Dann fügte Penelope hinzu: »Ich denke, ich werde auch fahren.«

»Bei diesem Wetter?«

»Cesira, ich muss fort von hier.«

Die Frau nickte. Und so verließ Penelope für immer diesen Palazzo und mit ihm einen wichtigen Teil ihres Lebens.

Mitten in der Nacht erreichte sie Cesenatico. Es regnete immer noch, und bevor sie ins Haus ging, suchte sie die Katze. Mit einer Taschenlampe, die immer auf der Verandabrüstung deponiert war, leuchtete sie unter die Treppe. Der Korb war leer. Keine Spur von der Mama noch von ihren Jungen.

»Sie ist weggelaufen!«, flüsterte sie enttäuscht. Beherrscht von dem Gedanken an den Tod, hatte die Vorstellung, diese lebhaften Kätzchen wiederzusehen, etwas Tröstendes gehabt. »Warum?«, fragte sie sich verbittert, während sie die Haustür aufschloss. Sie schaltete alle Lampen an, ging in die Küche und stellte einen Topf mit Milch auf den Herd. Wenn Großmutter Diomira Kummer gehabt hatte, hatte sie sich mit einem heißen Kakao getröstet. Sie machte es wie sie. Sie zuckerte ihn gut und goss ihn in eine Schale. Dann ging sie in den Salon und setzte sich nachdenklich auf einen der unbequemen Chippendalestühle. Sie fühlte sich völlig entkräftet und begann, in kleinen Schlucken die Schokolade zu trinken. Sie leerte die Schale, und ohne es zu bemerken fing sie an, mit dem Stuhl zu kippeln, wie sie es als kleines Mädchen oft getan hatte.

Sie hörte wieder Großmutter Diomiras raue Stimme, die

zu ihr sagte: »Penelope, um Gottes willen, hör auf, mit meinem Chippendale zu kippeln.«

Als sie die Augen schloss, sah sie die Großmutter vor sich, wie sie ihr gegenüber auf dem Lehnstuhl saß. Die alte Dame trug ein schwarzes Seidenkleid mit weißen Blumen. Zwischen Zeige- und Mittelfinger hielt sie eine Zigarette. Penelope konnte ihren Geruch nach Puder, Tabak und Givenchy förmlich riechen.

»Ich leide sehr, Großmutter. Und deine Schokolade ist auch kein großer Trost«, wisperte sie.

Ihr war, als antwortete Diomira: »Wer hat denn behauptet, dass das Leben ein schöner Spaziergang ist? Ich bestimmt nicht. Wenn du nicht leidest, weißt du gar nicht, ob du lebst.«

Ein schwaches Maunzen holte Penelope in die Wirklichkeit zurück. Sie öffnete die Augen. Auf dem Chippendalesessel, auf Diomiras Platz, saß die Katze.

Sie hörte auf zu kippeln und sah das Tier verblüfft an.

»Miezekatze, meine kleine Freundin!«, rief sie. Sie beugte sich hinüber, um sie zu streicheln, und sprach zärtlich mit ihr. »Wo hast du denn deine Kleinen hingebracht?«

Maunzend lief die Katze ihr voran auf die Veranda. In einer Ecke auf dem Boden, unter dem Korbsofa, hatte sie ihre Jungen untergebracht, auf einem geblümten Kissen, das von einem Sessel gefallen war.

»Der Korb da draußen hat dir wohl nicht gepasst. Du hattest Angst, dass eine böse Katze euch stören könnte«, überlegte die Frau gerührt.

Die Katze rollte sich auf dem Kissen zusammen und umschloss ihre Jungen mit den Pfoten. Penelope betrachtete die kleinen zitternden Köpfchen, die nach der Milch der Mama suchten, die sie nun stolz ansah. Da kniete sie sich vor das Tier hin und endlich kamen all die Tränen, die sie die ganze Zeit zurückgehalten hatte. Schluchzend nahm sie den Ring vom Finger und zog ihn auf die Kette, die sie um den Hals trug. Sie würde ihn immer bei sich behalten, so würde sie die Erinnerung an Mortimer immer in ihrem Herzen bewahren. Sie weinte um sich, um ihn, sie weinte, weil die Kinder nicht bei ihr waren, sie weinte um ihren Mann, den sie nie wieder so würde lieben können wie damals, als sie zwanzig war und glaubte, dass er der einzige Mann ihres Lebens wäre. Nachdem sie lange geweint hatte, beruhigte sie sich allmählich.

»Du hast mehr Glück als ich«, flüsterte sie der Katze zärtlich zu. »Du darfst deine Kleinen bei dir haben. Und pfeifst auf ihren blöden Vater.«

Die Katze schloss die Augen und schlief ein. Penelope löschte das Licht, und als sie durch die Eingangshalle ging, fiel ihr die Post ins Auge, die sie am Tag zuvor auf den Tisch gelegt hatte. Sie überflog sie schnell. Unter den Rechnungen und der Werbung war auch ein Brief. Sie erkannte Andreas Schrift. Doch sie hatte nicht die Absicht, ihn zu lesen. Nicht in dieser Nacht. Sie warf ihn gleichgültig auf die Konsole und bemerkte nicht, dass er zwischen Wand und Möbelstück rutschte, wo er sich ihrem Blick entzog. Sie ging in den ersten Stock hinauf und zog sich in ihr Zimmer zurück. Dann streckte sie sich im Bett aus und schlief erschöpft ein.

Sie wachte auf, als die Junisonne von einem kristallklaren Himmel strahlte.

Sie ging hinunter und nun erst fiel ihr der Brief ihres Mannes wieder ein. Sie sollte ihn lesen. Aber sie fand ihn nicht. Es war, als hätte er sich in Luft aufgelöst.

58

Sofia kam kurz vor dem Abendessen nach Hause. Sie war bei Maria Donelli gewesen, wo sie ein paar Stunden mit deren Enkelin Lucia verbracht hatte. In der Tat war Maria trotz ihres bedenklichen Zustands aus dem Krankenhaus entlassen worden und es war einzig Sofias Organisationstalent zu verdanken, dass sie nach Hause durfte, statt in eines der vielen Pflegeheime verlegt zu werden, wo alte Menschen wie sie nur noch auf den Tod warteten.

Sofia hatte die kleine Wohnung entsprechend für eine körperlich und geistig schwerkranke Frau eingerichtet. Sie hatte Marias Bett durch ein anderes ausgetauscht, das besser ausgestattet war und Seitenstangen besaß, damit sie nicht herausfiel. Sie hatte eine sanftmütige und intelligente Inderin angeheuert, die sofort gelernt hatte, ihr zu helfen. Dann hatte sie mit der Gemeindefürsorge eine Vereinbarung getroffen und zur Unterstützung eine Pflegerin bewilligt bekommen, welche die Kranke regelmäßig wusch. Sie selbst besuchte die alte Frau jeden zweiten Tag mit Lucia, Daniele übernahm die anderen Tage. Andrea fuhr jeden Morgen bei seiner Mutter vorbei, ehe er zur Zeitung ging. Endlich bekam Maria das, was sie sich schon immer gewünscht hatte: Liebe und Zuwendung.

Andrea litt unter der Krankheit seiner Mutter. Am meisten machte ihm jedoch zu schaffen, dass sein Bruder Giacomo sich nicht im Geringsten für sie interessierte.

»Gott wird ihn für diesen Frevel bestrafen«, hatte Sofias Kommentar gelautet.

»Das ist auch kein Trost«, hatte er erwidert.

An jenem Abend, nachdem sie Maria verlassen hatten, begleitete Sofia Lucia nach Hause. Das Mädchen schnitt das Thema an, das ihm am meisten auf dem Herzen lag: die Sommerferien. Mit der Unbefangenheit junger Leute hatte Lucia den Zustand der Großmutter schon vergessen, waren die eigenen Problemen wieder in den Vordergrund gerückt.

»Fährst du auch diesen Sommer wieder mit dem Boot?«, erkundigte sie sich.

»Natürlich. Und ich hoffe, dass ich diesen elenden Schuft, den du Onkel nennst, bei seinen wenigen Haaren packen kann, die ihm noch geblieben sind.« Damit meinte sie Silvio Varini, der schon vor Monaten die gemeinsame Wohnung verlassen hatte, um mit einer jungen Studentin zusammenzuleben.

Lucia kannte die Eheprobleme von Sofia, die ganz offensichtlich den falschen Mann geheiratet hatte. Sie wollte nicht denselben Fehler machen. Deshalb hielt sie sich, was ihre Beziehung zu Roberto und ihre Leidenschaft für Carlos anging, alles offen.

Sie wollte über alles nachdenken und deshalb hatte sie sich entschlossen, die Ferien zu nutzen, um sich von allen beiden fern zu halten.

»Wenn du mich einlädst, würde ich gern mit dir kommen«, erklärte sie. Sofia wurde nervös. Das war ganz und gar keine gute Idee. Sie brauchte eine gewisse Ungestörtheit, um das Band zu ihrem Mann wiederherzustellen und ihn nach Hause zurückzuholen.

»Ich fürchte, du würdest dich langweilen. Weißt du, wir gehen nicht in Diskotheken oder so. Offen gesagt, sind unsere Tage dort tödlich langweilig. Wenn wir auf dem Boot sind, sonnen wir uns. Wenn wir anlegen, unternehmen wir die üblichen banalen Shoppingausflüge und abends werfen wir uns in Schale, um in den üblichen Lokalen essen zu gehen und die üblichen Leute zu treffen, die wir auch in der Stadt sehen. Manchmal unterhalten wir uns auf der Brücke noch bis spät in die Nacht über dieses oder jenes Boot von Freunden und dann gehen wir in diese furchtbar unbequemen Kabinen, in denen du dir nichts sehnlicher wünschst, als in deinem eigenen Bett zu liegen und heia zu machen. Ist es das, was du unter einem aufregenden Urlaub verstehst?« Natürlich hatte sie die Langeweile des Lebens auf dem Boot ein wenig übertrieben, um die Gefahr, Lucia mitnehmen zu müssen, abzuwenden. Doch als sie die Enttäuschung in dem Gesicht des Mädchens, für das sie aufrichtige Zuneigung empfand, lesen konnte, fügte sie schnell hinzu: »Überleg es dir. Wenn es dir doch nicht so abschreckend erscheint, einen ganzen Monat mit mir und dem Professor zu verbringen, würde ich mich freuen, wenn du unser Gast wärst.«

So waren sie auseinander gegangen und Sofia war nach Hause geeilt, um Tina, der Hausangestellten, die letzten Anweisungen zu geben.

Der Tisch war bereits gedeckt und mit frischen, duftenden Blumen, silbernen Kerzenleuchtern, Porzellantellern und mundgeblasenen Gläsern geschmückt.

In der Küche wusch die Haushälterin Sellerie, Karotten, Artischockenherzen und Radieschen, die der Professor Varini gern in einer würzigen Soße aß.

»Bitte, Tina, nur ein Tröpfchen Öl. Vergessen wir nicht, dass der Professor einen hohen Cholesterinpegel hat«, sagte Sofia.

»Ich weiß, Signora. Nur ein bisschen Zitrone, wenig Essig, Diätsalz und Kräuter«, leierte die Frau geduldig herunter. Wenn es nach ihr gegangen wäre, hätte sie gern ein paar Tropfen Arsen in das Essen des Professors und seiner überschwänglichen kleinen Freundin gegeben. Doch jedes Mal, wenn die beiden zum Mittag- oder Abendessen kamen, musste sie die Gewürze mit der Küchenwaage abwiegen. Zudem musste sie lächelnd seinen Wäschesack entgegennehmen, denn seine kleine Freundin wusste noch nicht einmal, wie eine Waschmaschine funktionierte. Und offenbar wusste das Mädchen auch nicht, dass das Bügeleisen schon erfunden war. Er entschuldigte sie mit amüsiertem Blick: »Sie ist noch so jung! Sie muss noch geformt werden.«

»Auf das Brathühnchen können Sie ein paar Sesamkörner streuen. Das ist gut gegen Kalziummangel. Und geben Sie anständig Tomaten in den Salat, denn die sind reich an Natrium«, bat Sofia.

»Signora, ich kenne die Cholesterin- und Zuckerwerte des Professors in- und auswendig. In diesem Haus wird von nichts anderem gesprochen«, entgegnete die Frau, die allmählich die Geduld verlor.

»Tina, damit wir uns recht verstehen, wenn wir nicht an ihn denken, wer dann?«, fragte Sofia sie. »Die Capuozzo?«, fügte sie ironisch hinzu.

Angelina Capuozzo war der Name der Zweiundzwanzigjährigen, mit der der elende Schuft zusammengezogen war. Auf irgendeinem Berg in Kampanien geboren, war sie inmitten von Ziegen und Schafen aufgewachsen. Sie hatte »Gott weiß wie« ein Diplom als Kindergärtnerin gemacht, war dann nach Mailand gekommen und hatte sich an der Universität eingeschrieben. Man konnte nicht einmal behaupten, dass sie schön gewesen wäre. Sie hatte einfach keine Klasse. Doch nach der Behauptung des Professors hatte sie einen »weiblichen Blick«, der ihn verrückt machte.

Anfangs hatte Sofia die junge Frau mit Nonchalance und einer kleinen Prise Nachgiebigkeit zu Hause aufgenommen, wie sie es auch bei den anderen Studentinnen ihres Mannes getan hatte. Im Allgemeinen handelte es sich um junge Mädchen, die der Faszination des großen, brillanten und ungemein erfahrenen Akademikers verfielen. Hatte nicht auch sie sich gefangen nehmen lassen, als sie noch Studentin war und seine Kurse besuchte? Professor Varini war der Autor von Texten, dessen Thesen in Akademikerkreisen analysiert und diskutiert wurden. Er war ein erklärter Linker und sogar die Politiker suchten seinen

Rat. Er war ein begehrter Gast in Fernsehtalkshows. Kurzum, er war eine bekannte Persönlichkeit, die einen gewissen Ruhm genoss. Darüber hinaus war er von einem extremen Geiz geprägt, den er Sparsamkeit nannte. Deswegen zog er es auch vor, sich der Haushälterin seiner Frau zu bedienen, anstatt selbst eine einzustellen und zu bezahlen.

Sofia sagte: »Das sind nun einmal die Schwächen der großen Männer.« Und damit war er für sie entschuldigt.

Das Mädchen aus den Bergen aber – das hatte Sofia gleich gemerkt – war ein harter Knochen. Und so hatte sie von Beginn an ihre ganze Schauspielkunst eingesetzt und es, wenn sie mit ihm sprach, »mein liebes Kind« genannt, während sie es ihrem Mann und ihren Freundinnen gegenüber nur »die Capuozzo« nannte. Für nichts auf der Welt hätte sie die Rivalin geduzt und Angelina genannt.

»Ich gehe duschen und mich umziehen«, verkündete Sofia. Und als sie die Küche verließ, befahl sie Tina: »Wenn die beiden kommen, bevor ich fertig bin, servier ihnen Tomatensaft. Mit viel Zitrone und wenig Salz für den Professor. In den der Capuozzo kannst du ruhig Pfeffer geben, viel Pfeffer. Ich habe gehört, das ruiniert die Leber«, erklärte sie mit zuckersüßer Stimme.

Diese Abendessen zu dritt – er, sie, die jugendliche Geliebte – waren ein wöchentliches Ritual, das sich seit fast einem Jahr beständig wiederholte. Das war wirklich eine zu lange Zeit für Sofias Toleranz und sie wollte den langen Urlaub auf dem Boot nutzen, um ihren Mann dazu zu bringen, das Verhältnis mit seiner kleinen Freundin zu beenden.

Als sie am Tisch saßen, verkündete Sofia daher, schön und hochmütig wie immer: »Weißt du, Liebster, ich habe das Boot für den ersten Juli reserviert. Natürlich wieder mit denselben Schiffern. Und ein paar Gästen, die dir sehr am Herzen liegen.«

»Und wen bitte?«, fragte der Professor gleich neugierig.

»Minister Frontini und Frau. Senator Bellani und Frau«, erklärte sie mit weicher Stimme. Dann fuhr sie fort: »Frontini wird nur die letzte Hälfte des Juli bei uns sein. Er hat noch ein paar parlamentarische Verpflichtungen. Glaubst du, das stimmt?«, fragte sie ihn mit Unschuldsmiene.

»Tja, wenn du willst, übertriffst du dich selbst«, bemerkte der Professor anerkennend und fuhr fort: »Mit Frontini habe ich noch einiges zu bereden. Und die Anwesenheit des Senators ist auch nicht schlecht«, stellte er befriedigt fest. Dann wandte er sich an seine junge Gefährtin und sagte: »Du kannst viel von Sofia lernen. Vier Wochen mit uns auf dem Boot werden ein ausgezeichnetes Training sein.«

Sofia erblasste. Auf diesen Schlag aus dem Hinterhalt war sie nicht vorbereitet gewesen. »Aber Liebster, dieses arme Kind können wir doch wirklich nicht in die Gruppe aufnehmen. Als wen sollen wir die Kleine denn vorstellen?«, flüsterte sie und zwang sich zu einem Lächeln, das Tränen der Wut verbarg.

»Sofia! Ich erkenne dich nicht wieder. Woher kommt denn auf einmal diese bürgerliche Scham aus dem neunzehnten Jahrhundert? Wir sind doch alle erwachsen und zivilisiert. Zum Teufel noch mal!«, sagte der elende Schuft und lächelte der jungen Frau zu, die ihre Rivalin herausfordernd anblickte.

»Was hast du gesagt?«, fragte Sofia erstaunt.

»Ich sagte, dass Angelina mit uns kommt. Du und sie, ihr seid beide Teil meines Lebens«, erwiderte der Mann heiter.

Für einen Augenblick zogen vor Sofias geistigem Augen all die Jahre ihres Lebens als liebevolle, treue, tolerante Ehefrau – gemäß der Erziehung, die sie genossen hatte – vorüber. Sowohl Mutter als auch Großmutter hatten ihr stets gesagt: »Die Ehe ist ein Sakrament, das nur die Frauen zu respektieren haben.« Sie hatte mit ansehen müssen, wie Großvater und Vater sich heimlich in außerehelichen Abenteuern amüsierten, während Großmutter und Mutter so taten, als merkten sie nichts, und schwiegen. Früher oder später kehrten ihre Ehemänner mit der Miene verlorener Schafe in den Schoß der Familie zurück. Nun erst fragte Sofia sich, woher diese Frauen die Kraft genommen hatten, den Kummer mit einem Lächeln auf den Lippen herunterzuschlucken. Sie dachte an all die Male, in denen sie in die leere Wohnung zurückgekommen war und nur Tina als Gesprächspartnerin gehabt hatte. Sie dachte an Tage, Monate, Jahre der Melancholie, einsamer Tränen, sehnsüchtiger Erwartung und wurde ihrer Dummheit gewahr. Sie würde nicht mehr zulassen, dass ihr Mann ihr das antat, was Vater und Großvater ihren Frauen angetan hatten. Sie würde lernen, allein zu leben, und nicht, um einem egoistischen und dummen Mann zu dienen.

»Tinaaa!«, brüllte sie.

»Da bin ich, Signora.«

»Nimm den Sack mit den Lumpen, die dieser Schuft mitgebracht hat, und schmeiß ihn aus dem Fenster«, befahl sie.

»Mit dem größten Vergnügen«, stimmte die Haushälterin zu.

»Und was dich angeht, raus mit dir, sofort«, gebot sie ihrem Mann in einem Ton, der keinen Widerspruch duldete.

Varini, im wahrsten Sinne des Wortes fehl am Platze, verstand die Situation nicht.

»Aber meine Liebe, was ist nur in dich gefahren? Ich … ich erkenne dich nicht wieder. Von einem Moment zum anderen, bist du …«, stammelte er erschrocken.

Die Capuozzo hingegen hatte den Sinn von Sofias Reaktion sofort durchschaut.

»Aber das ist doch ganz einfach. Die Signora hat endlich aufgehört zu heucheln. Die großzügige, weitsichtige verständnisvolle Ehefrau hat die Maske fallen lassen. Verstehst du das nicht, Putzelchen?«

Putzelchen! Der berühmte Dozent, der die fünfzig überschritten hatte, beinah kahl war und Anzeichen vorzeitigen Alterns aufwies, war in der trauten Zweisamkeit mit der Ziegenhirtin aus Kampanien zu Putzelchen geworden! »Die Verherrlichung der Lächerlichkeit«, dachte Sofia, wütend darüber, so lange als Bettvorleger gedient und ihre Wahlverwandtschaft zum Mythos erhoben zu haben.

»Ich habe gesagt, raus!«, wiederholte sie. »Wenn du nicht sofort verschwindest, spieße ich dich mit dieser Gabel auf.«

Sie war außer sich vor Zorn, den sie viel zu lang unterdrückt hatte, und hielt ihm drohend eine Silbergabel vor den Adamsapfel.

Professor Silvio Varini verstand, dass der Moment gekommen war, die Taktik zu ändern. Ihm wurde klar, dass er mit seinem Vorschlag, die Capuozzo in den Ferien mit auf das Boot zu nehmen, das Fass zum Überlaufen gebracht hatte. Er hob die Hände, als Zeichen, dass er sich ergab, während er vorsichtig zur Tür zurückwich. Er wollte Sofia um keinen Preis verlieren, denn ohne sie fühlte er sich hilflos.

»Einverstanden, ich gehe«, sagte er nachgiebig. Und er fügte hinzu: »Aber du solltest wissen, dass ich dich liebe.«

Tina hatte die Wohnungstür weit geöffnet und stand – strotzend vor Zufriedenheit darüber, dass sich der Stolz ihrer Herrin endlich aufbäumte – auf der Türschwelle.

»Du hättest doch nur sagen müssen, dass du Angelina nicht dabeihaben willst. Du weißt genau, dass deine Wünsche mir heilig sind. Angelina ist sehr verständnisvoll und wird nicht mit uns kommen. Nicht wahr, Putzelchen, du kommst doch nicht mit?« Der Gedanke, die Begegnung mit dem Minister und dem Senator zu versäumen, war ihm unerträglich. Ebenso wenig wollte er auf die Vorteile verzichten, die ihm aus der Ehe mit Sofia erwuchsen.

Doch nun sah seine junge Studentin ihn mit dem gleichen Blick an, mit dem man einen abstoßenden Gegenstand ansieht.

»Fahr zur Hölle, du Arschloch!«, zischte sie. Mit dem Hintern wackelnd stolzierte sie aus der Wohnung, während Sofia ihr gemessen Beifall spendete.

»Bravo, Capuozzo. *Summa cum laude*!«, rief sie. Kurz darauf schlug sie ihrem Ehemann die Haustür vor der Nase zu.

Tina brach endlich in ein befreiendes Gelächter aus. »Bravo, Signora. Das war aber auch Zeit«, konnte sie sich nicht verkneifen.

»Ja, das war höchste Zeit«, sagte Sofia verbittert.

Sie ging in den Ankleideraum. Sie wollte sich einfach nur befreien, einen Pyjama anziehen und ins Bett gehen.

Plötzlich dachte sie an Penelope und Donata, ihre Busenfreundinnen. Beide hatten ihre Männer im Abstand weniger Tage entsorgt. War das eine ansteckende Krankheit? Sie kannte Penelopes Gründe, aber inzwischen war sie bereit einzugestehen, dass Andrea um Klassen besser war als der elende Schuft. Donatas Gründe hingegen lagen noch im Nebel. Giovanni Solci war ein Goldstück von einem Mann. Und doch musste irgendetwas schief gelaufen sein, wenn Donata ihn mitten in der Nacht mitsamt der Mädchen verlassen hatte. Früher oder später würde sie die Wahrheit herausfinden. Und nun war sie in der gleichen Lage.

»Aber warum habe ich so lange gewartet, ehe ich ihn vor die Tür gesetzt habe?«, fragte sie sich verärgert. Dann musste sie sich eingestehen, dass der Grund für ihre Toleranz die Liebe war. Sie war hoffnungslos in Professor Varini verliebt gewesen. Sie war seiner Faszination, seiner ungestümen Persönlichkeit, seiner lebhaften Intelligenz, seiner brillanten Redegewandtheit ausgeliefert gewesen. An jenem Abend aber war plötzlich ein Wunder geschehen. Sie hatte ihn mit einem Mal als das gesehen, was er war: ein Mann mittleren Alters, alles andere als schön, den Gefühlen anderer gegenüber gleichgültig bis hin zur Beleidigung, ehrgeizig und egoistisch. In jenem Moment hatte sie aufgehört, ihn zu lieben. Dieser zum Mythos erhobene Mann gefiel ihr nicht mehr. Sie lag auf dem Bett vor dem Fernseher, doch sie beachtete die Sendung gar nicht, sondern griff zum Telefon und wählte die Nummer ihres Anwalts.

»Ich will mich von Varini scheiden lassen«, kündigte sie ihm an. »Ich will eine richtig böse Scheidung. Ich werde dir alles liefern, was nötig ist, um ihn so zu bestrafen, wie er es verdient hat.«

Dann atmete sie erleichtert auf. Sie würde die Scheidung als Vorwand nehmen, um die Verabredung mit den beiden Politikern und ihren Frauen abzusagen. Es waren Leute, die sie nicht besonders schätzte und mit denen sie sich nur ihrem Mann zuliebe abgegeben hatte.

Dann rief sie Lucia an. »Weißt du, ich habe noch mal über deinen Wunsch, den Urlaub gemeinsam zu verbringen, nachgedacht. Es scheint mir eine hervorragende Idee, zumal ich heute Abend dem elenden Schuft den Laufpass gegeben habe«, verkündete sie.

»Du nimmst mich mit auf das Boot? Ich freue mich so, Tante Sofia!«, rief Lucia begeistert.

»Ganz genau. Zwei Mädels fahren auf dem Mittelmeer spazieren. Was sagst du dazu?«

»Das hört sich an wie der Titel eines Films«, stimmte Penelopes Tochter ihr zu. Sie war sicher, dass sie mit Sofia Spaß haben würde, und vielleicht würde es ihr gelingen, den spanischen Tänzer zu vergessen.

59

Die Nachricht erreichte ihn per Telefon und im ersten Moment konnte er es gar nicht glauben.

»Du bist versetzt«, hatte sein Schulfreund Lele ihm verkündet.

»Ach komm, du willst mich auf den Arm nehmen«, baute Daniele sich auf.

»Ich schwör's! Meine Mutter hat mich fast mit Gewalt zum schwarzen Brett geschleppt. Ich bin sitzen geblieben und du bist versetzt. Mama hat ein Riesentheater veranstaltet. Heute macht mir meine Familie den Prozess und ich kenne auch schon das Urteil: kein Urlaub, Feriennachhilfe und dann werde ich in eine Privatschule eingeschrieben. Das ist ein Riesenmist!«, sagte der Freund.

»Das tut mir Leid für dich«, bedauerte Daniele ihn. Dennoch trieb seine Ungläubigkeit ihn dazu, die Nachricht zu überprüfen. Er rief einen anderen Schulkameraden an. Der bestätigte seine Versetzung.

Daniele hatte die ersten Morgenstunden damit verbracht, durch die Wohnung zu laufen und Mut zu sammeln, um im Atrium der Schule die Ergebnisse anzusehen. Er war sicher gewesen, dass er durchgefallen war.

Nun war er so fröhlich, dass er das Bedürfnis verspürte, seine Familie an seinem Glück teilhaben zu lassen. Doch außer Luca, der sich in seinem Zimmer verbarrikadiert hatte, war niemand zu Hause, nicht einmal Priscilla, denn die war einkaufen.

Er ging zu seinem Brüderchen und fand ihn am Schreibtisch. Sansone, der zu Lucas Füßen kauerte, begann zu knurren, um seinem Protest gegen Danieles Eindringen Ausdruck zu verleihen.

»Mach Platz!«, befahl er dem Hund. Dann wandte er sich an Luca: »Was machst du?«

Der Junge antwortete nicht. Er hatte eine Hand flach auf ein Blatt Papier gelegt und zog mit einem Stift deren Umrisse nach.

Er beendete seine Zeichnung. Dann hob er die Hand. »Ich habe meine Hand geschrieben«, sagte Luca.

»Du hast sie gezeichnet«, berichtigte sein Bruder ihn.

»Nein. Ich habe sie geschrieben.«

»Na gut. Dann hast du sie eben geschrieben. Willst du jetzt auch deinen Fuß schreiben?«, fragte er ungeduldig.

»Hab ich schon«, erklärte der Kleine und holte ein anderes Blatt Papier hervor, auf dem der Umriss seines nackten Füßchens gut zu sehen war.

»Ich bin versetzt worden«, verkündete Daniele.

»Der Fuß geht Mama entgehen. Die Hand berührt sie«, flüsterte Luca.

»O Gott, was versuchst du mir damit zu sagen?«

»Ich weiß nicht«, erwiderte Luca, knüllte die beiden Blätter verärgert zusammen und warf sie in den Papierkorb.

»Nein. Warte. Wenn man sich mit dir unterhalten will, braucht man einen Dolmetscher«, entfuhr es Daniele. Er holte die Blätter wieder aus dem Papierkorb, strich sie auf dem Tisch glatt und betrachtete sie.

Unterdessen wiederholte er: »Hast du gehört? Ich habe dir gesagt, dass ich versetzt worden bin.«

»Ist mir egal«, erwiderte Luca.

»Was für ein Arsch du bist!«, beklagte sich der Bruder.

Luca warf sich aufs Bett und Sansone sprang auf ihn, um mit ihm zu spielen. Daniele dachte daran, dass er trotz seiner Versetzung zwei Monate Urlaub auf einem abscheulichen Bauernhof in Irland würde machen müssen, da sein Vater bereits eine Unterkunft für ihn bei einer gewissen Mrs O'Donnell bezahlt hatte und die Fahrkarte hatte er auch schon gekauft.

Seine Freunde würden ganz viel Spaß haben, wenn sie

in völliger Freiheit durch Europa reisen und aufregende Abenteuer erleben würden, während er an einem fürchterlichen Ort festsaß, inmitten von Schafen und Feldern, über die der Wind hinwegfegte und der Regen peitschte. Doch es blieben noch zehn Tage bis zur Abreise, und da er das Schuljahr mit Erfolg hinter sich gebracht hatte, würde er versuchen müssen, seine Eltern dazu zu bringen, das Programm zu ändern.

»Ich bin sehr froh über meine Versetzung. Ich möchte Mama anrufen und es ihr sagen. Dann kann auch sie sich freuen«, bohrte Daniele weiter.

»Du bist Mama völlig schnuppe und ich auch«, sagte Luca mit bösem Blick.

»Du willst, dass sie zurückkommt. Stimmt's?«

»Ich will sie nie wiedersehen.«

»Lügner. Du hast deinen Fuß ›geschrieben‹, um zu ihr zu gehen, und deine Hand, um sie berühren zu können«, insistierte der Bruder und zeigte Luca die Zeichnungen auf den Blättern. »Ich hab eine Idee. Hilf mir, Igor wegzubringen.«

»Warum?«

»Ich verkaufe ihn an Luigi zurück.«

Luigi war der Händler für exotische Tiere, von dem er die Schlange gekauft hatte. Sein Laden war am Ende des Häuserblocks.

»Willst du ihn denn nicht mehr?«, fragte der Junge überrascht.

»Ich werde den ganzen Juli und August weg sein. Wer soll sich um ihn kümmern?«

»Ich nicht. Sansone mag Igor nicht. Also mag ich ihn auch nicht. Sieh zu, wie du zurechtkommst.«

Luca war seit dem letzten Wutausbruch seines Vaters, bei dem er sich zwei Ohrfeigen eingehandelt hatte, aggressiver geworden. Seine polemische Ader hatte sich noch verfeinert und das Bedürfnis, seine Mutter wiederzusehen, war größer geworden.

»Hör zu. Ich hatte gerade einen Geistesblitz. Luigi wird mir Geld geben und wir beide können einen brillanten Plan in die Tat umsetzen«, drang der Bruder auf ihn ein.

»Was ist ein brillanter Plan?«

»Das wirst du herausfinden, wenn du mir hilfst, Igor wegzubringen«, versprach Daniele.

»Und wenn ich es gar nicht herausfinden will?«, fragte der Jüngere provozierend.

»Du wirst mir trotzdem helfen, weil es ein Befehl ist«, sagte Daniele mit fester Stimme.

»Du ekelst mich an«, erklärte der Junge. »Erst hast du Igor gern und dann willst du ihn nicht mehr. Ich würde Sansone nicht einmal für eine neue Packung Legos weggeben.«

»Erzähl keinen Scheiß!«

»Und sag du keine Schimpfwörter. Du weißt, dass Papa das nicht ertragen kann.«

»Raus aus dem Bett und gehorche.«

»Denkst du, ich habe Angst vor dir?«, forderte der Kleine seinen Bruder heraus.

»Ja, das denke ich, denn ich bin größer und stärker als du und kann dich hauen, so viel ich Lust habe.«

»Sansone, zerfleisch ihn«, befahl Luca.

Der Hirtenhund machte einen Satz und drückte Daniele mit seinen Vorderpfoten an die Wand, so dass dieser sich nicht rühren konnte.

»Jetzt werden wir sehen, ob du stärker bist als mein Hund«, unkte das Brüderchen.

In dem Moment kam Priscilla nach Hause und als sie den Streit hörte, mischte sie sich ihrerseits mit lautem Gebrüll ein.

»Wenn eure Mutter nicht bald wiederkommt, kündige ich. Ich habe euch satt«, drohte sie.

Als die beiden Jungen in den Aufzug stiegen, um Igor wegzubringen, seufzte sie erleichtert auf. Sie war so glücklich, dass sie Sansone streichelte. Zur Antwort knurrte der Hund bedrohlich. Das Gute an den Donelli-Kindern war, so dachte sie, dass sie gleich wieder gut Freund miteinander waren, nachdem sie kurz zuvor wie die Wilden aufeinander losgegangen waren.

Andrea rief wie jeden Tag gegen Mittag von der Zeitung aus an, um nachzufragen, ob es Neuigkeiten gab.

»Alles in Ordnung, Signore«, informierte Priscilla ihn. »Der Großvater ist in die Bibliothek gegangen, Lucia ist *on shopping* mit Signora Sofia, Daniele und der Kleine sind zusammen raus: Sie bringen Igor weg. Die Schlange ist nicht mehr da«, schloss sie lachend.

»Mit welchem anderen Tier wird sie ersetzt?«, fragte der Vater vorsichtig nach.

»Woher soll ich das wissen? Die beiden sind noch nicht zurück.«

Andrea legte auf und fragte sich, was seine Söhne wohl anstellten. Ihm waren Danieles Fortschritte, der sich von all diesen verunstaltenden Piercings verabschiedet hatte, nicht mehr ins Bett machte und in einer ebenso extremen wie unsinnigen Anwandlung sogar zu lernen begonnen hatte, nicht entgangen. Nun verzichtete er auch noch auf die Schlange. Er musste möglichst schnell herausfinden, was vor sich ging. Doch bis dahin genoss er eine große Genugtuung.

Denn just an jenem Morgen hatte ihn ein Regisseur der Rai in Rom angerufen.

»Es handelt sich um ein unförmliches Treffen, vorerst zumindest. Wir möchten Sie hierher einladen, nach Saxa Ruba. Natürlich werden Ihnen die Fahrtkosten erstattet«, hatte der Mann zu ihm gesagt.

»Können Sie mir wenigstens andeutungsweise sagen, worum es geht?«, hatte er gefragt.

»Wir erarbeiten gerade eine vollkommen neue Sendung. Es soll eine Art Nachrichtensendung für Film und Theater werden. Aber es ist noch sehr vage. Also, wir erwarten Sie morgen Nachmittag. Glauben Sie, Sie schaffen es vorbeizukommen?«

Andrea war so aufgeregt, dass er gleich zu seinem Direktor lief, um ihm alles zu erzählen. Moscati bemühte sich gar nicht erst, seine Enttäuschung zu verbergen.

»Ausgerechnet jetzt, wo die Zeitung eine schwierige Zeit durchmacht, lässt du mich im Stich«, sagte er.

»Vielleicht wird ja gar nichts aus dem Projekt«, spielte Andrea die ganze Angelegenheit herunter.

»Das hoffe ich für mich«, schloss der Direktor.

Gleichzeitig mit Lucia, die mit Taschen und Päckchen beladen war, kam er zum Mittagessen nach Hause.

»Sofia hat mir eine komplette Garderobe fürs Meer geschenkt«, erklärte sie. »Badeanzüge, Hosen, T-Shirts, Sandalen. Willst du mal sehen?«, fragte sie aufgeregt.

»Ehrlich gesagt interessiert mich so was nicht. Ich kann gerade mal Boxer- von Bermudashorts unterscheiden«, erklärte ihr Vater aufrichtig. »Außerdem gefällt es mir nicht, dass Sofia so viel Geld für dich ausgibt«, schloss er.

»Tante Sofia wäre meine Patentante, wenn du mich hättest taufen lassen. Jedenfalls ist sie so was wie eine zweite Mama für mich, ob es dir passt oder nicht«, erläuterte seine Tochter.

»Schon gut. Wir wollen nicht streiten. Gehen wir lieber essen. Ruf deine Brüder«, befahl er.

»Luca und Daniele sind noch nicht zurück«, sagte Priscilla besorgt.

»Aber es ist halb zwei. Wie ist das möglich?«, erschrak Andrea.

Lucia lief in das Zimmer ihrer Brüder und kam mit einem Zettel zurück, der gut sichtbar auf dem Schreibtisch lag. Darauf stand: *Ich bin versetzt worden. Ich fahre mit Luca weg. Wir besuchen Mama. Küsse. Daniele.*

Cesenatico, 15. Juni

Lieber Andrea,
ich habe deinen letzten Brief in einem besonders schwierigen Augenblick erhalten. Daher habe ich ihn beiseite gelegt, um ihn zu lesen, wenn es mir wieder besser geht. Nun geht es mir besser, aber dein Brief ist verschwunden. Ich kann ihn nicht finden. Ich hätte nie gedacht, dass mir das so Leid tun würde. Doch so ist es nun einmal. Ich wollte dich weder sehen noch mit dir sprechen, doch Briefe sind ein Mittel, um aus der Ferne zivilisiert miteinander zu kommunizieren und einander das zu sagen, was wir uns in achtzehn Jahren Ehe verschwiegen haben.
Vor ein paar Tagen war ich in Bergamo, bei Raimondo Teodoli. Es war ein kurzer und traumatisierender Besuch. Ich wusste, dass er in all den Jahren nicht aufgehört hat, auf mich zu warten, und ich wollte ihm sagen, dass es für mich keine Möglichkeit gibt, unsere beendete Beziehung wieder aufzunehmen, weil meine Familie das Wichtigste ist, was ich habe. Ich habe einen leidenden, schwer kranken Mann vorgefunden. Ich habe ihm nichts gesagt. Ich habe ihn wegen seines Schmerzes geliebt. Ich weiß, dass ich ihn niemals wiedersehen werde.
Ich bin mitten in der Nacht hierher zurückgekommen und war nicht in der Verfassung, deinen Brief zu lesen. Ich habe ihn beiseite gelegt. Am nächsten Morgen war er nicht mehr da. Ich habe überall gesucht. Aber ich habe ihn nicht gefunden. Es tut mir Leid.
Ich weiß, dass du, die Kinder und mein Vater gut zurechtkommt. Das tröstet mich.
Ich beginne wirklich zu glauben, dass eine saubere Trennung nötig war, um ein wenig Klarheit zwischen uns zu schaffen. Ich weiß nicht, ob wir zusammen eine Zukunft haben. Aber ich bin sicher,

dass meine Kinder eine bewusstere Mutter haben werden. Ich leide darunter, dass sie nicht bei mir sind. Ich bitte dich, schreibe mir sofort.

Penelope

60

Penelope schickte den Brief an ihren Mann ab und ging zum Supermarkt. Anschließend lud sie die Einkäufe auf ihr Fahrrad und radelte gemütlich nach Hause. Auf Höhe des *Hotel Pino* kam ihr die Signorina Leonida entgegen, die zum Gruß mit ihrer Fahrradklingel klingelte. Nun bremsten beide und blieben einander gegenüber stehen.

»Herrgott noch mal! Ich habe gehört, dass du schon eine Weile hier bist. Warum hast du dich nicht gemeldet?«, fuhr das alte Fräulein, das im Ort unter dem Spitznamen »Gazette der Romagna« bekannt war, sie an.

»Liebe Signorina Leonida, wenn Sie wüssten, was ich alles zu tun hatte«, sagte Penelope lächelnd, dann lehnte sie sich über den Lenker und drückte ihr einen Kuss auf die runzelige Wange.

»Ich weiß, ich weiß. Gerade vorgestern war ich in Sant' Arcangelo und habe den Restaurator Maffei getroffen. Er hat mir gesagt, dass er dir Diomiras Chippendalesalon restauriert hat. Weißt du, solange sie mir meine Lizenz lassen, unterrichte ich weiterhin meine Schüler in Sant' Arcangelo, Gambettola und Cannucceto. Gütiger Gott, ich gehe auf die fünfundsiebzig zu. Wusstest du das? Aber die Arbeit hält mich jung. Gestern noch hat Bruno – du kennst ihn doch noch? – gesagt: ›Signorina Leonida, Sie haben immer noch die schönsten Beine von Cesenatico.‹ Mit diesen Beinen habe ich seinerzeit Artemio Santamaria, Gott hab ihn selig, den Kopf verdreht. Sicher, was schöne Beine betrifft, stand deine Mama niemandem nach. Ja, Irene war immer ein ganz entzückendes Kindchen. Weißt du, ich habe gehört, dass sie mit Romeo in Frampula gesehen wurde. Stimmt das denn?«

Leonida Casadei war trotz ihres männlichen Namens, der in der Romagna keineswegs ungewöhnlich war, einmal ein schönes Mädchen gewesen. Als Tochter wohlhabender Bauern hatte sie in Cesena Klavier studiert. Ihrer autoritären und eifersüchtigen Mutter war es immer gelungen, die Verehrer der Tochter fern zu halten. Sie hatte beschlossen, dass von ihren acht Kindern das letzte, Leonida, ledig bleiben sollte, damit sie die Eltern im Alter pflegen konnte. Nichtsdestoweniger hatte die Pianistin mit sechsundzwanzig Jahren einen Geigenspieler aus Bologna kennen gelernt: Artemio Santamaria. Ein schöner Mann, in den sie sich auf der Stelle verliebt hatte. Um nicht auf ihn verzichten zu müssen, war sie mit ihm durchgebrannt. Doch irgendjemand im Dorf hatte sie gesehen und verraten. Leonidas Brüder entdeckten das Paar bald in einem kleinen Hotel in Faenza, und zwar in dem Moment, in dem der Geigenspieler sich anschickte, seine junge Gefährtin in die Geheimnisse der Liebe einzuweisen. Artemio wurde verprügelt und Leonida in Tränen aufgelöst nach Hause gebracht. Tatsächlich hatte man in der Zwischenzeit herausgefunden, dass der Geigenspieler Frau und vier Kinder hatte und bereits zweimal wegen Vergewaltigung verurteilt worden war. Leonida wurde lange Zeit im Haus eingesperrt, und erst als sie wieder zur Vernunft gekommen schien, wurde ihr gestattet, den Kindern im Ort private Klavierstunden zu geben. Die Signorina Leonida blieb ledig. Und das verbitterte sie ein bisschen. Manchmal sagte sie: »Ich bin alt geworden, ohne zu wissen, ob diese Sache schön ist, wie manche Leute sagen, oder schrecklich, wie Mama immer behauptete.«

Als kleines Mädchen war Penelope ein paar Sommer lang ihre Klavierschülerin gewesen. Doch auch danach hatte sie die Villa weiterhin besucht, weil sie die Freundin von Großmutter Diomira geworden war.

Nun wollte sie von Penelope wissen, ob es stimmte, was man sich in Forlimpopoli über die Liebesflucht ihrer Mutter mit Romeo Oggioni erzählte. Sosehr sie auch Irenes Kurzschlusshandlung verachtete, wollte Penelope den Klatsch nicht schüren.

»Signorina, hören Sie nicht auf das Gerede der Leute. Mama war hier, um nach ihren Immobilien zu sehen. Sie wissen doch, dass die Frampula-Fabrik ihr gehört«, sagte sie. Dann neigte sie sich wieder zu der alten Frau hinüber und küsste sie herzlich. »Kommen Sie mich besuchen«, fügte sie hinzu. »Dann biete ich Ihnen im Chippendalesalon eine Tasse Tee an.«

Als sie nach Hause kam, klingelte das Telefon. Es war ihre Mutter. Wenn man vom Teufel sprach …

»Wo bist du?«, fragte Penelope.

»In Rom. Im *Hotel d'Inghilterra*. Ich werde ein paar Tage hier bleiben, denn Romeo hat einige Geschäftstermine. In der Zwischenzeit gehe ich ein bisschen einkaufen. Abends besuchen wir gewisse Restaurants, die wirklich reizend sind. Alles in allem sind es zwar keine Flitterwochen, aber es ist schon ein bisschen ähnlich«, flüsterte Irene.

»Du hast mich doch nicht angerufen, um mir das zu sagen?«, fragte Penelope forschend.

»Ich wollte hören, wie es deinem Vater geht.«

»Warum rufst du ihn dann nicht direkt an?«

»Du weißt genau, dass ich dazu nicht den Mut habe. Ich denke viel an ihn«, gestand sie.

»Warum? Fehlt er dir?«, fragte die Tochter hinterhältig.

»Das habe ich nicht gesagt.«

»Im Ort wird über dich und Oggioni getratscht«, verriet Penelope.

»Das ist mir so was von gleichgültig. Wir haben immer schon über dem Klatsch gestanden. Wie geht es deinen Kindern?«

»Gut, hoffe ich. Sie fehlen mir sehr.«

»Mir auch. Ich habe meine Bezugspunkte verloren, meine Freundinnen, meine Gewohnheiten. In meinem Alter ist es nicht leicht, ein neues Leben anzufangen«, entschlüpfte es Irene. Und sie fügte hinzu: »Aber du kannst mich nicht verstehen.«

Doch Penelope verstand sie. Penelope verstand die Widersprüche, in die sie verstrickt war, und die Enttäuschung einer Liebe, von der sie seit dreißig Jahren geträumt hatte und die sich nun als unbedeutend erwies, verglichen mit der Zuneigung einer Familie, die dem Leben Sinn gab. Sie verstand, dass ihre Mutter ihren Mann vermisste.

»Ich werde Papa sagen, dass du an ihn denkst«, versprach sie.

Penelope legte auf, sammelte die Einkaufstaschen ein und brachte sie in die Küche. Als Erstes wollte sie ihrer Katze ein nahrhaftes Mahl zubereiten. Sie nahm eine Hand voll kleine Sardinen, wusch und entgrätete sie, schnitt sie klein, gab sie in ein Schälchen und trug sie auf die Veranda. Die Mieze roch den frischen Fisch. Sie verließ ihre Jungen und mit einem anerkennenden Maunzen begann sie mit der Sanftmut und Eleganz, die Katzen eigen sind, zu fressen. Penelope tätschelte sie und streichelte die Kleinen. Die Mieze ließ es sich gefallen. Sie vertraute ihr. Dann ging Penelope in den Garten, setzte sich auf eine Bank unter der Veranda und begann ein Buch zu lesen, das sie gerade angefangen hatte. Von Zeit zu Zeit hielt sie beim Lesen inne und dachte an Mortimer. Sie stellte ihn sich vor, im Haus in der Via San Barnaba, wie er von der

Mutter, dem Bruder und den Hausangestellten gepflegt wurde. Sicher dachte er an sie und wollte sie dennoch nicht in seiner Nähe. Sie verstand seine Gründe und respektierte sie.

Nach einer Weile hörte sie, wie eine Stimme nach ihr rief: »Mama! Mama!«

Ihr Herz begann zu rasen. Sie ließ das Buch fallen, lief durch die Allee des Gartens und erkannte Daniele und Luca hinter den Gitterstäben. Sie blieb stehen und führte eine Hand an die Brust.

»Mama, wir sind da!«, schrie Luca und hob den Arm, um ihr zu winken.

Sie riss das Tor auf, öffnete die Arme und begann aus vollem Herzen zu lachen und zugleich zu weinen.

61

Sie lächelte wie damals als kleines Mädchen, wenn sich nach einem Unwetter am niedrigen Horizont der Romagna ein Regenbogen bildete. Einmal hatte sie begonnen, über eine Wiese längs des Rubikon zu laufen.

»Pepe, wo gehst du hin?«, hatte ihr Vater ihr hinterhergerufen.

»Ich will den Regenbogen fangen. Er ist da drüben«, hatte sie lachend vor Freude erwidert.

Sie hatte diesen Augenblick vollkommenen Glücks nie wieder vergessen.

Das gleiche Glück empfand sie nun, als sie ihre Kinder an sich drückte und sie mit Fragen überhäufte. Sie wollte alles von ihnen und von Lucia, von ihrem Vater und ihrem Großvater wissen. Unterdessen klingelte das Telefon im Haus unaufhörlich, aber das kümmerte sie nicht.

Also ging Daniele hinein, um den Hörer abzunehmen.

Es war Andrea, der außer sich war, weil sie so unüberlegt und unverzeihlich gehandelt hatten.

»Wenn ich reif genug war, um das Schuljahr zu überstehen, bin ich auch reif genug, um Mama zu besuchen«, erwiderte der Junge ruhig.

»Es hätte euch sonst was passieren können. Was hätte ich eurer Mutter dann sagen sollen?«, fragte ihn der Papa.

»Aber es ist nichts passiert. Es ist alles gut gegangen. Ich habe gehofft, du würdest dich freuen, weil ich versetzt wurde und dich nicht um Geld für die Fahrkarte gebeten habe. Ich habe Igor verkauft, um hierher zu kommen. Und Luca musste ich auch mitnehmen, sonst wäre er noch völlig durchgedreht. Er wollte Mama sehen. Also schrei nicht so«, erwiderte er.

Als sie sich verabschiedeten, war Andrea wieder beruhigt und freute sich sehr über Danieles Erfolg in der Schule.

Penelope zeigte den Söhnen die streunende Katze, die nunmehr ihr gehörte, und ihre Kleinen. Als Luca versuchte, sie zu streicheln, begann sie nervös, den Schwanz hin und her zu bewegen. Dann beruhigte sie sich. Sie hatte begriffen, dass der Kleine ihren Jungen nichts tun würde. Daniele unternahm – vom Türmchen bis zum Keller – einen kurzen Streifzug durch Großmutters Villa, die wieder wie neu war.

»Du hast einen Haufen Geld ausgegeben«, stellte er fest, während seine Mutter Garnelenspieße frittierte.

»Ich habe wieder einmal meine ganzen Ersparnisse auf den Kopf gehauen für dieses Haus, das mir noch nicht einmal gehört. Aber ich musste mich beschäftigen, um nicht zu oft an euch zu denken«, rechtfertigte sie sich.

»Wir sind ganz gut zurechtgekommen, trotz des Chaos, das bei uns ausgebrochen ist.«

»Nun, von ein paar Dingen habe ich gehört«, erwiderte

Penelope, die beinah täglich von Sofia auf dem Laufenden gehalten worden war.

»Weißt du auch, dass Papa sehr streng ist?«, fragte Luca.

»Alle Väter sind streng. Sanft und verständnisvoll sein ist einzig und allein Aufgabe der Mamas«, sagte Penelope lächelnd und nahm zur Kenntnis, dass Andrea endlich sein Verhalten gegenüber den Kindern geändert hatte.

»Mama, kann ich hier bei dir sein?«, fragte der Kleine.

»Du bist doch schon da.«

»Ich meine, hier bleiben und nicht mit Daniele nach Mailand zurückfahren.«

»Das musst du deinen Vater fragen. Wenn er ja sagt, ist es für mich in Ordnung.«

»Und wenn er nein sagt? Der bringt es nämlich fertig, nein zu sagen, auch wenn ich einen Asthmaanfall kriege«, hob Luca hervor. »Weißt du, dass er mein Ventolin aus dem Fenster geworfen hat?«

»Ich denke, das hat er gut gemacht. Du warst noch nie so gesprächig wie jetzt ohne deine Medizin. Aber trotzdem, wenn Papa nein sagt, musst du gehorchen«, entschied Penelope, denn sie wusste, dass Andrea einwilligen würde. »Aber ich glaube, er sagt ja«, schloss sie und zwinkerte ihrem Sohn komplizenhaft zu.

Es tröstete sie, zu sehen, wie Luca sich zu seinem Vorteil verändert hatte. Und auch Danieles plötzliche Reife überraschte sie. Ihr Sohn war entgegen aller Voraussicht versetzt worden, er war attraktiver, sanfter und nachdenklicher geworden. Wäre es auch geschehen, wenn sie nicht fortgegangen wäre? Das würde sie nie herausfinden können, aber sie wollte glauben, dass ihre Abwesenheit einen gewissen Prozess der Bewusstwerdung wenn nicht ausgelöst, so doch beschleunigt hatte. Auch Lucia schien ihr bewusster. Sicher, ihre Tochter würde ihr immer zu schaffen machen. Sie ähnelte ihr mehr, als es ihr lieb war. Sie war ein kompliziertes Mädchen, und eines Tages würde sie eine komplizierte Ehefrau und Mutter sein, genauso wie sie.

Sie bedauerte schon jetzt den Mann, der Lucia heiraten würde. Und in diesem Augenblick hatte sie zum ersten Mal einen Funken Verständnis auch für ihren Mann.

»Ruf Papa an, um dich mit ihm auf die Rückreise zu einigen. Und wenn er dich darum bittet, gib ihn mir«, sagte sie zu Daniele.

Doch als der Junge mit ihm sprach, beschränkte Andrea sich darauf, ihn zu fragen, wie es der Mutter ging.

»Gut«, erwiderte Daniele, dann senkte er die Stimme und fragte: »Soll ich sie dir geben?«

»Das ist nicht nötig. Ich vertraue dir. Aber sag ihr, wenn sie mich braucht, weiß sie, wo sie mich findet.«

»Ich bin noch nicht auf diese raffinierten Erwachsenenspielchen vorbereitet. Ich werde ihr nichts sagen«, schloss Daniele.

Penelope stellte keine Fragen und er gab die Nachricht nicht weiter.

Sie behielt ihre Jungs zwei Tage lang bei sich. Dann entschied sie, dass der Augenblick gekommen war, sich von dem Größeren zu trennen.

»Du wirst dich nun damit abfinden müssen, nach Irland zu fahren und zwei Monate lang deinen Lebensunterhalt zu verdienen«, sagte die Mutter.

Daniele setzte nun voll auf die Mitleidstour. »Kann ich nicht bei dir bleiben? Ich würde mich um Luca kümmern und um den Garten, der ein bisschen heruntergekommen ist. Und abends könnte ich zum Kiosk gehen und Zischwasser verkaufen, wie du es als junges Mädchen gemacht hast. Weißt du, wie gut wir es hätten, wir drei zusammen?«

»Du wirst nach Irland fahren. Zwei Monate lang wirst du lernen, deine Gastgeber zu verstehen und dich verständlich zu machen. Und vielleicht hast du sogar Spaß. Einmal in einer anderen Welt zu leben wird eine nützliche Erfahrung für dich sein«, erwiderte seine Mutter in einem Tonfall, der keinen Widerspruch duldete.

Und so brachte sie ihn gemeinsam mit Luca nach Rimini, wo er den Zug nahm. Ihr Mann würde ihn am Bahnhof in Mailand abholen.

Als Andrea an jenem Tag die Wohnung verließ, um zur Zeitung zu gehen, fand er Penelopes Brief im Briefkasten.

Er öffnete ihn sofort und begann ihn zu lesen. Die traurigen Worte rührten ihn. Sie wirkten beinah wie eine Bitte um Waffenstillstand, wenn nicht gar um Frieden. Doch nach den ersten Zeilen schoss ihm die Zornesröte ins Gesicht. »Vor ein paar Tagen war ich in Bergamo bei Raimondo Teodoli.«

»Und das sagst du mir auch noch! Du bist doch wirklich eine blöde Kuh!«, platzte er heraus, während er das Atrium durchquerte.

Der Portier, der den Kommentar gehört hatte, vollführte einen Diener: »Guten Morgen, Signor Donelli«, begleitet von einem ironischen Lächeln.

»Worüber amüsieren Sie sich denn so?«, herrschte Andrea ihn mit einem lauten Gebrüll an, das ihn augenblicklich besänftigte.

Er stieg in den Wagen und las weiter: »Ich habe ihn wegen seines Schmerzes geliebt. Ich weiß, dass ich ihn niemals wiedersehen werde.« Über diesen Worten verharrte er erneut.

Im vorangegangenen Brief hatte sie geschrieben, dass dieses Verhältnis sieben Jahre her sei, und nun verriet sie ihm, dass sie ihn wegen seines Schmerzes geliebt habe. Was für einen Sinn machte das alles? Sollte es denn wahr sein, dass dieses verfluchte Individuum so krank war?

Erneut überwältigte ihn Eifersucht. Statt den Wagen zu

starten, ging er wieder in die Wohnung hoch, kehrte ins Schlafzimmer zurück, nahm jenen Stapel Briefe aus der Schreibtischschublade und begann zu lesen.

Zuweilen verwandelte die Wut sich in Mitleid. Nicht, dass diese Botschaften dramatisch gewesen wären. Im Gegenteil, sie waren voller Leichtigkeit und Sinn für Humor geschrieben. Hier und da blitzte auch Heiterkeit hervor. Doch in der Rekonstruktion einer Leidenschaft, von der er nichts geahnt hatte, bemerkte er die Melancholie einer intensiven, doch jäh unterdrückten Liebe. Er versuchte, den Konflikt seiner Frau nachzuvollziehen, die zwischen zwei Männern stand, die sie aufrichtig liebte. Und er wusste nicht, ob er als Sieger aus der ganzen Sache hervorging oder dieser Mortimer, der ihr zunächst das Leben gerettet und ihr dann später – mit der Zärtlichkeit eines verliebten Mannes – geholfen hatte, den kleinen Luca zur Welt zu bringen. Während er mit den Kindern zu Hause gewesen war, hatte der andere seinen Sohn in Empfang genommen und dem Leben übergeben.

»Es muss eine Qual sein, der Frau, die man liebt, zu helfen, das Kind eines anderen zur Welt zu bringen«, sagte er sich mit einer Spur von Rührung.

In diesem Augenblick gelang es ihm nicht mehr, den Rivalen zu hassen. Er wurde gewahr, dass er sich in all den Jahren nie gefragt hatte, ob seine Frau ihn betrogen habe, um sich nicht mit einer unangenehmen Situation auseinander setzen zu müssen. Ebenso, wie er jahrelang seine tragische Kindheit verdrängt hatte. Erst nach Penelopes Flucht war es ihm gelungen, der Realität ins Auge zu blicken. Und nun teilte seine Frau ihm in wenigen, schlichten Worten ihren Schmerz mit und ihr Bedürfnis, mit ihm zu sprechen. Sollte er an ihre Aufrichtigkeit glauben?

Nie zuvor hatte Andrea sich so viele Fragen darüber gestellt, was Penelope dachte und empfand.

Er faltete Mortimers Briefe wieder zusammen, schob sie

in ihre Umschläge und schloss sie in der Schublade ein. Dann steckte er den Brief seiner Frau in die Tasche und ging hinaus. Er kam in die Redaktion, ohne vorher die Zeitungen gelesen zu haben. Auf seinem Tisch lagen bereits die Nachrichten der Presseagentur. Er überflog sie hastig, dann ging er in das Büro der Redakteure und verteilte die Nachrichten und Aufgaben. Anschließend zog er sich in sein Büro zurück und begann, eine Zeitung zu überfliegen.

Plötzlich blieb er an der Seite mit den Todesanzeigen hängen: Sie war vollständig Mortimer gewidmet. Verwandte, Freunde und Kollegen trauerten um Doktor Raimondo Maria Teodoli di San Vitale.

Es war wie ein Schlag in die Magengrube. Er musste an die Worte in seinem Brief an Penelope denken: »Diesen Mortimer soll der Schlag treffen«, und seine Hände fingen an zu zittern und er flüsterte: »Es ist meine Schuld. Ich habe ihm den Tod gewünscht.« Er dachte an seinen Vater, an Gemma, an die Maestra Cazzaniga. Alles Personen, denen er inständig den Tod gewünscht hatte.

»Was für einen Fluch schleppe ich nur mit mir herum?«, fragte er sich und seine Augen füllten sich mit Tränen.

»Seit deine Frau dich verlassen hat, erkenne ich dich nicht wieder«, sagte der Direktor, der Andreas Büro betreten hatte.

»Ich erkenne mich selbst nicht mehr«, erwiderte er, beschämt, in einem schwachen Moment ertappt worden zu sein.

Mailand, 20. Juni

Liebe Pepe,
Luca ist bei dir. Lucia und Daniele verbringen heute ihren letzten Abend mit mir. Morgen wird Sofia unsere Tochter zu einem

Bootsurlaub auf dem Mittelmeer abholen. Ich hingegen werde Daniele zum Flughafen in Malpensa bringen. Er wird mit der Alitalia nach Dublin fliegen und von dort fährt er mit dem Zug nach Galway weiter. Am Bahnhof erwartet ihn Patrick, der älteste Sohn von Mrs Margareth O'Donnell, der ihn in ihren wenige Kilometer vor der Stadt gelegenen Bauernhof bringen wird. Also werde ich mit Priscilla allein bleiben, denn auch dein Vater ist weggefahren. Eigentlich sollten wir zusammen nach Rom fahren: ich, um über ein Arbeitsangebot der RAI zu sprechen, er, um seine Frau zur Rede zu stellen.
Im letzten Moment aber war mir nicht mehr danach zu fahren. Ich dachte, wenn die Verhandlungen gut laufen würden, müsste ich nach Rom ziehen. Offen gestanden, habe ich gar keine Lust, fünf Tage die Woche von den Kindern getrennt zu sein. Lucia, Daniele und Luca haben, bis du fortgegangen bist, keinen Vater gehabt. Nun aber haben sie einen, zu meinem und zu ihrem Glück, und ich habe nicht die Absicht, wieder die gleichen Fehler zu machen wie in der Vergangenheit. Ich entdecke gerade, was es bedeutet, die eigenen Kinder zu lieben, und das verdanke ich dir.
Ich bin froh, dass du meinen letzten Brief nicht gefunden hast. Es war ein böser Brief und er hat es nicht verdient, gelesen zu werden. Solltest du ihn irgendwann wiederfinden, zerreiße ihn, ohne ihn zu öffnen. Ich bitte dich darum, du würdest mir einen persönlichen Gefallen tun.
Vor kurzem habe ich in der Zeitung gelesen, dass Raimondo Teodoli verschieden ist. Es tut mir Leid für dich. Heute Morgen habe ich die Briefe von Mortimer gelesen, die du in der Schreibtischschublade aufbewahrst. Das war nicht richtig von mir, ich weiß. Du hast mir schon vieles verziehen. Wenn du kannst, verzeih mir auch das. Nicht die Neugier hat mich dazu getrieben, sondern die

Verzweiflung, das Bedürfnis, zu verstehen. Ich liebe dich mehr, als du denkst.
In den letzten Tagen war ich mehrmals kurz davor, dich anzurufen. Ich habe es nicht getan, aber nur, weil du es mir verboten hast.
Umarme unseren Kleinen für mich.

Andrea

62

Luca wich keinen Schritt mehr von ihrer Seite. Er hielt ihre Hand, wenn sie zum Strand gingen, und ging nicht ins Wasser, wenn seine Mutter nicht neben ihm schwamm. Er schlief bei ihr in dem großen Bett und folgte ihr überall hin, selbst ins Badezimmer.

»Mach, was du machen musst. Ich bleibe hier und warte auf dich«, sagte er zu ihr.

»Ich laufe doch nicht weg«, versuchte Penelope ihn zu beruhigen, doch sie wusste, dass es vergebliche Liebesmüh war. Lediglich durch Körperkontakt erlangte Luca die Gewissheit, dass sie nicht ein zweites Mal fortgehen würde. Penelope verstand es und ließ ihm seinen Willen.

Die Schulferien hatten begonnen und der Strand bevölkerte sich. Penelope traf ihre gewohnten Freundinnen mit ihren Kindern wieder. Um ihre Neugier zu befriedigen, hatte sie ihnen erzählen müssen, dass Lucia und Daniele nunmehr erwachsen seien und andere Urlaubsziele bevorzugten. Andrea sei sehr beschäftigt und würde nachkommen, sobald er Urlaub habe. Was Irene und ihren Vater anging, so würden sie sicher bald kommen. Doch sosehr sie sich auch bemühte, dem Tratsch keinen Nährboden zu geben, blühte er dennoch, denn in Penelopes Verhalten und in ihren Worten bemerkten die Freunde etwas Ungewöhnliches.

Eines Tages trat die Signorina Leonida direkt auf sie zu.

Penelope lag unter einem Sonnenschirm. Luca spielte zu ihren Füßen mit zwei kleinen Freunden mit Murmeln. Die Klavierlehrerin ging auf sie zu und hielt ihr eine Stange mit kandierten Früchten hin.

»Vielen Dank. Kann ich sie für später aufbewahren?«, sagte Penelope, die nicht die Absicht hatte, diese karamellisierten Früchte zu kosten. Seltsamerweise hegte sie seit einiger Zeit eine Abneigung gegen Süßigkeiten und freute sich darüber, denn sie dachte, dass sie so perfekt in Form bleiben würde.

»Ich kenne dich schon, seit du Windeln getragen hast. Du warst immer ein kräftiges, lebendiges Mädchen. Aber jetzt hast du dich verändert. Was ist passiert?«, fragte das alte Fräulein und nahm in dem Liegestuhl neben ihr Platz.

Penelope sah die Lehrerin nachdenklich an. Sie wollte nicht tratschen, doch in ihrer Stimme schwang etwas Trauriges, beinah Mütterliches mit. Sie streckte eine Hand aus und streichelte die der Frau. »Ich war noch nie so zufrieden«, versicherte sie.

»Du bist nur noch ein Strich in der Landschaft. Ich habe dich noch nie in diesem Zustand gesehen.«

Endlich verstand Penelope, dass die Leute des Ortes sich um ihre Gesundheit sorgten. Sie glaubten, dass sie krank sei, und bedauerten ihre Reserviertheit, die sie daran hinderte, ihr zu helfen.

»Also, warum schleppst du immer den kleinen Luca mit dir herum, als fürchtetest du, ihn nie wieder zu sehen?«, fragte die Signorina Leonida.

Eine Stimme, die sie gut kannte, erlöste sie aus der Verlegenheit.

»Oh! Da seid ihr ja endlich!«, rief Irene mit einem freudigen Lächeln.

Ihre Mutter und ihr Vater steuerten – die Schuhe in den Händen – auf den Sonnenschirm zu. Irene klammerte sich an Mimìs Arm, nicht, als suche sie Halt, denn den brauchte sie nicht, sondern als fürchte sie, ihn zu verlieren. Sie trug einen Badeanzug in einem schönen Goldgelb, der die Vollkommenheit eines wunderbar gut erhaltenen Körpers hervorhob. Ihr Vater trug eine Bermudashorts in leuchtenden Farben.

Als Luca die beiden sah, lief er auf sie zu, um sie zu umarmen.

Penelope schien nicht sonderlich überrascht, ihre Eltern zusammen zu sehen. Sie küsste alle beide, während Irene ihre Salonmiene aufsetzte, um Signorina Leonida zu begrüßen. Sofort entstand eine lebhafte Konversation zwischen der alten Klavierlehrerin und Penelopes Mutter. Luca ging wieder mit seinen Freunden spielen und die jüngere Frau zog ihren Vater beiseite.

»Wie hast du es geschafft, sie dir zurückzuholen?«, fragte sie ihn sogleich.

»Du hast mir gesagt, wo sie war. Ich bin sie holen gefahren. Es schien, als warte sie auf nichts anderes. Sie hat natürlich die üblichen Zicken gemacht. Ich war so wütend, dass ich zum ersten Mal in meinem Leben die Hand gegen eine Frau erhoben habe. Ich habe ihr eine Ohrfeige versetzt. Eine einzige, Pepe. Wir waren in der Hotelhalle. Die Gäste und Portiers haben uns angeguckt, als wären wir vom Mars. Und weißt du, was deine Mutter gemacht hat? Sie hat eine Hand an die Wange gelegt, hat alle angelächelt und gesagt: ›Kümmert euch nicht darum. Mein Mann wird nun mal handgreiflich. Aber ihr habt mich noch nicht gesehen.‹ Dann hat sie mir eine Ohrfeige verpasst, dass ich Sternchen gesehen habe. Und sie hat gesagt: ›Das ist dafür, dass du mir erlaubt hast, mit diesem Oggioni zu gehen, der noch unerträglicher ist als du.‹ Sie hat mich untergehakt und gesagt: ›Bring mich sofort nach Hause.‹ Genauso war es. Und dafür muss ich dir danken. Anscheinend hat sie sich mit dem Helden ihrer Träume richtig elend gefühlt. Das ist einer, der nichts als Arbeit im Kopf hat und sich nur in den Pausen um sie gekümmert hat«, erzählte ihr Vater. Er sah sehr zufrieden aus.

Irene kam zu ihnen, nachdem sie ihre Freundin verabschiedet hatte. Sie sah ihre Tochter mit einer neuen Zärtlichkeit an. »Du bist sehr schön«, sagte sie sanft. Dann fügte sie hinzu: »Woher hast du diesen wundervollen Solitär, den du so nonchalant am Hals trägst?«

»Das ist ein Geschenk«, flüsterte Penelope errötend.

»Das dachte ich mir. Hast du ihn von ihm?«

»Ja. Das war, bevor ...«

»Andrea hat es mir erzählt. Es tut mir Leid. Nun ist also alles vorbei«, sagte Irene und streichelte ihr Gesicht.

Sie kehrten alle zusammen nach Hause zurück. Luca kroch in den Wagen der Großeltern, um die Geschenke zu suchen, die sie ihm mitgebracht hatten. Irene und ihre Tochter stellten sich an den Herd.

»Dein Mann hat sich sehr verändert. Weißt du das? Und ich muss dir sagen, dass er sich sehr zu seinem Vorteil verändert hat. Er arbeitet hart, aber das stand ja nie infrage. Seine Freizeit verbringt er mit der armen Maria. Ich habe sie auch besucht. Sie tut mir so Leid. Die Ärzte haben ihr den Gips abgenommen. Andrea massiert ihr jetzt immer den Arm und bewegt ihn, damit er wieder zu Kräften kommt. Du solltest in den nächsten Tagen mal zu ihr fahren.« Irene erzählte, während sie Kalbfleisch panierte, um daraus Schnitzel zu machen.

Penelope wusch im Spülbecken Kopfsalat und Tomaten. Plötzlich wurde ihr schwindelig. Sie verspürte eine Übelkeit, die vom Magen aufstieg. Sie ließ alles stehen und liegen und lief ins Bad. Nachdem sie sich übergeben hatte, ging es ihr wieder besser. Daran waren nur die Pommes frites schuld, die ihr Vater ihr in der Strandbar unbedingt kaufen musste. Seit ein paar Tagen vertrug sie keine in Fett gebackenen Speisen mehr. Ihr Ekel war so groß, dass sie in den Garten hinausging, um mit Luca und dem Kätzchen zu spielen, als Irene die Koteletts briet.

An jenem Abend rief Daniele von Irland aus an. Das tat er jedes Wochenende, mit Anrufen, die zulasten des Empfängers gingen. Zu Beginn hatte er fast jeden Tag angerufen und sie angefleht, ihn zurückkommen zu lassen. Andrea hatte sich jedoch nicht erweichen lassen und seinem Sohn gesagt, dass er, wenn er zurückkäme, die Haustür verrammelt vorfinden würde.

»Papa, ich bitte dich, es geht mir wirklich elend hier. Ich muss Torf stechen, eine arme Kuh melken und stinkende Schafe hüten. Es regnet andauernd. Ich habe einen furchtbaren Schnupfen bekommen. Sie geben mir ekelhafte Sachen zu essen und außerdem muss ich vor jedem Essen dem Herren für das Mahl danken, das er uns gibt«, hatte Daniele sich beschwert. Andrea verspürte für einen kurzen Moment Mitleid mit diesem sechzehnjährigen Jüngelchen, das bis vor wenigen Wochen noch Pipi ins Bett gemacht hatte. Und er hatte seine Frau um Rat gefragt. Das war das erste Telefonat mit Pepe, seit sie fortgegangen war.

»Was würdest du an meiner Stelle tun?«, hatte er sie gefragt.

»Genau das, was du tust. Bleib hart. Er muss lernen, dass man sich im Leben anpassen muss«, hatte sie erwidert.

Und als Daniele seine Mutter um Hilfe gebeten hatte, um eine Bresche in die väterliche Unnachgiebigkeit zu schlagen, hatte Penelope ihm nur gesagt: »Es tut mir Leid, aber du musst Papa gehorchen.« Es war eine Freude für sie, jegliche Verantwortung auf ihren Mann abzuschieben.

Innerhalb einer Woche waren die Nachrichten aus Irland annehmbarer geworden.

»Mama, ich bekomme richtige Muskeln«, sagte ihr Sohn, kaum dass er ihre Stimme hörte. Und er fügte hinzu: »Weißt du, dass ich reiten gelernt habe? Abends probe ich mit dem Kirchenchor und am Sonntag werde ich mit den anderen in der Messe singen. Mrs O'Donnell ist supernett. Patrick und Sean, ihre beiden Söhne, bringen mir boxen bei. Weißt du, und was die Sprache angeht, verstehen wir uns auch schon besser. Und wie geht es dir?«

Es war ein sehr fröhliches Telefonat. Penelope freute sich vor allem, dass Daniele im Chor singen würde. Er war recht musikalisch und sie hoffte, dass ihr Sohn im neuen Schuljahr vorschlagen würde, sich in einen Kurs für klassische Gitarre einzuschreiben. Wie jede Mutter übertrug sie ihre eigenen, nie verwirklichten Träume auf ihre Kinder.

Zur Abendessenszeit rief auch Lucia aus Porto Cervo an. Sie war geistreich und redete im selben Tonfall wie Sofia. Sie genoss einen Superurlaub, den sie sich als Klassenbeste redlich verdient hatte.

»Ich komme im August nach Cesenatico, wenn du noch da bist«, sagte sie.

»Natürlich werde ich hier sein. Wo sollte ich denn hinfahren?«, fragte Penelope.

»Dann wäre es schön, wenn auch Papa bei uns wäre.«

»Das hoffe ich auch«, erwiderte ihre Mutter und fügte hinzu: »Sag mir lieber, was deine Herzensangelegenheiten machen.«

»Ich genieße gerade die Vorzüge des Singledaseins. Ich glaube, mit siebzehn ist man wirklich noch zu jung, um sich an einen Mann zu binden. Jedenfalls habe ich Roberto gerade heute getroffen. Wir werden heute Abend zusammen ausgehen. Ich werde dir dann berichten«, schloss Lucia mit einem frivolen Lachen.

Penelope kehrte mit einem strahlenden Lächeln an den Tisch zurück. Wenn ihre Kinder zufrieden waren, war sie glücklich.

»Mama, heute Abend sind die *s-ciocador* auf der Piazza. Gehst du mit mir hin?«, fragte Luca. Die *s-ciocador* waren junge Männer mit kräftigen Armen, die zum Rhythmus volkstümlicher Musik lange Peitschen knallen ließen.

»Aber natürlich. Iss deinen Salat zu Ende«, forderte Penelope ihn auf. »Kommt ihr auch mit?«, fragte sie ihre Eltern.

»Deine Mutter und ich wollten tanzen gehen. In Sant' Arcangelo spielt ein Orchester Tanzmusik«, erklärte Mimì. Er nahm eine Hand seiner Frau und führte sie an die Lippen. Irene nickte mit einem Zwinkern.

Penelope und ihr Sohn fanden sich auf dem gleichen Platz wieder, auf dem sie als kleines Mädchen mit der Großmutter und ihrer Freundin Sandrina *Romeo und Julia* gesehen hatte. Wie alle anderen Kinder verfolgte Luca staunend und bewundernd die Vorführung, die auf uralte Volksfeste zurückging.

»Mama, kaufst du mir eine Peitsche?«, fragte er auf dem Rückweg.

»Wir fahren morgen nach Sant' Arcangelo auf den Markt. Wenn wir eine kleine Peitsche für dich finden, kaufe ich sie dir«, versprach sie.

Penelope war heiter, wozu unter anderem die Tatsache beigetragen hatte, dass Luca keine Asthmaanfälle mehr bekam. Das war das deutlichste Zeichen für die Zufriedenheit ihres Kindes. Sie brachte ihn ins Bett und er schlief fast sofort ein. Dann ging sie in die Küche hinunter. Sie hatte Hunger bekommen. Ihre Eltern waren noch nicht zurückgekehrt. Sie hatte die beiden noch nie so einträchtig gesehen und vor allem hatte sie ihre Mutter Mimì gegenüber noch nie so nachgiebig erlebt. Langfristig hatten die Aufrichtigkeit, die Hingabe, die Sanftmut ihres Vaters die Unruhe ihrer Mutter besiegt.

Auf einem ovalen Servierteller, lagen – in Frischhaltefolie verpackt – die Koteletts, die vom Mittagessen übrig geblieben waren. Als Penelope sie sah, erfasste sie Übelkeit. Noch einmal lief sie ins Bad und erbrach sich. Nun offenbarte sich in aller Deutlichkeit, was für ein paar Tage nur der Schatten eines Verdachts gewesen war. Sie ging in den Chippendalesalon, setzte sich auf Großmutter Diomiras Sessel und flüsterte: »Ich bin schwanger.«

63

Penelope ging gerade in dem Moment ins Bett, als ihre Eltern nach Hause kamen. Sie rutschte näher an Luca heran, der neben ihr schlief, und umarmte ihn.

»Sieht so aus, als würdest du ein Brüderchen bekommen. Oder vielleicht ein Schwesterchen«, flüsterte sie ihm ins Ohr.

In den folgenden Tagen bestätigte eine Urinprobe die Schwangerschaft.

Eines Morgens, bei Sonnenaufgang, klingelte in der Halle das Telefon. Penelope stürzte die Treppe hinunter und verfluchte ihre Faulheit, die Schuld daran war, dass sie es immer wieder aufschob, im oberen Stockwerk einen Zweitanschluss legen zu lassen.

»Ich bin am Strand. Warum kommst du nicht zu mir?« Das war Andrea.

»Ich komme sofort«, erwiderte sie.

Aus dem Schlafzimmer im ersten Stock drang die Stimme ihrer Mutter zu ihr. »Wer ruft denn um diese Zeit an?«, fragte sie misstrauisch.

»Da hat sich jemand verwählt. Geh wieder schlafen«, sagte Penelope.

Sie öffnete ganz leise die Haustür, schlich in den Garten hinaus, stieg auf das Fahrrad und begann schnell zum Strand zu radeln. Im Morgengrauen war Cesenatico das, was es immer gewesen war: eine unwirkliche Stadt. Sie ließ das Fahrrad vor den noch heruntergelassenen Rollläden der Bar stehen. Dann ging sie um das weiße Gebäude herum und war am Strand. Die Sonnenschirme waren geschlossen, die Liegestühle zusammengeklappt und an die Tischchen gelehnt. Die Sonne tauchte gerade aus dem Meer auf. In Jeans und T-Shirt kam Andrea ihr entgegen.

Er blieb einen Schritt vor ihr stehen und lächelte sie an. »Du siehst gut aus«, sagte er.

»Ich bin noch im Nachthemd«, erwiderte sie.

»Gehen wir schwimmen?«, schlug ihr Mann vor, wobei er sich das T-Shirt über den Kopf zog.

»Was meinst du, erreichen wird diesmal die Sonne?«, fragte sie und lief dem Meer entgegen, das sich in sanften Wellen ausstreckte, um den Strand zu liebkosen.

Sie schwammen gleichzeitig auf das Meer hinaus. Dann drehten sie sich auf den Rücken, um die Sonne zu betrachten, die am Himmel zügig aufstieg.

»Ich dachte immer, dass sich ein so schöner Moment nicht wiederholen ließe«, rief Andrea.

»Manchmal kommt das Glück eben zurück«, behauptete Penelope. Sie drehte sich einmal um ihre eigene Achse und schwamm wieder zum Ufer zurück.

Schaudernd kamen sie aus dem Wasser.

»In der Umkleidekabine sind Bademäntel für uns beide«, sagte sie. In dem Moment wurde die Bar geöffnet. Der Bademeister, der viele Jahre zuvor versucht hatte, Penelope zu verführen, tauchte in der Tür auf und sah die beiden.

»Ihr seid wohl Frühaufsteher«, bemerkte er amüsiert.

»Hast du frische Krapfen?«, fragte Andrea.

»Sind gerade gekommen. Ich werfe die Maschine an und mache euch euren üblichen Cappuccino«, versprach der Bademeister.

Als sie mit Andrea in der Kabine war, befreite Penelope sich von ihrem durchnässten Nachthemd und hüllte sich in ein Frotteehandtuch.

»Du bist sehr schön. Vor zwanzig Jahren hast du mir nicht erlaubt, dich nackt zu sehen«, scherzte Andrea. Penelope lächelte ihm zu und verließ die Kabine.

Während sie zur Bar gingen, sagte sie: »Vor zwanzig Jahren hatten wir auch noch nicht drei Kinder zusammen.« Dann fügte sie leise hinzu: »Und jetzt ist ein viertes unterwegs.«

Ihr Mann packte sie am Arm, zwang sie, sich umzudrehen, und sah sie mit einem Ausdruck absoluter Glückseligkeit an.

»Du bist schwanger?«

Sie nickte.

»Und das sagst du mir jetzt erst?« Er brach in ein freudiges Gelächter aus, das sogleich erstarb. Er ließ ihren Arm los und fragte: »Wer ist der Vater?«

Penelope schwieg. Sie blickte auf die schimmernde Oberfläche des Meeres und flüsterte: »Ich weiß es nicht.«

Andrea reagierte nicht. Er wusste, dass seine Frau die Wahrheit sagte.

Sie senkte den Blick und ging auf einen Tisch zu. Sie zog das Frotteetuch enger um sich und setzte sich. Dann sah sie auf. Ihr Mann beugte sich über sie und drückte ihr einen Kuss auf das nasse Haar. Schließlich legte er ihr einen Arm um die Schultern und drückte sie an sich.

»Dieses Kind ist meins, weil ich dich liebe«, sagte er.

Und so verharrten sie, eng umschlungen, und betrachteten den klaren Himmel dieses wunderbaren Junimorgens.

»Du hast noch gar nicht geschlafen, stimmt's?«, fragte Penelope.

»Wie sollte ich? Ich habe bis vor drei Stunden gearbeitet.«

»Musst du wieder in die Stadt zurück?«

»Ich habe Lust, Luca zu umarmen. Und ich habe das Bedürfnis, mit dir zusammen zu sein. Lass uns nach Hause gehen.«

Danksagung

Ich danke Donatella Barbieri, die mich während der Entstehung des Romans betreut und beraten hat; den »Mädels« von Sperling für ihre Zuneigung und Professionalität; Giuseppe Baroffio, der mir bei meiner Arbeit alle Freiheiten gelassen hat; und Carla Tanzi für ihre aufmerksame Anteilnahme in jeder Phase meiner Arbeit.

Schließlich möchte ich noch Doktor Augusto Enrico Semprini von der Universität Mailand, Spezialist in Frauenheilkunde, Geburtshilfe und Immunbiologie, danken, ebenso meiner Freundin Stefania Maroni, dafür, dass sie mir von einer tragischen Erfahrung berichtet hat, die mich zu dieser Geschichte inspiriert hat.

Der »Chippendalesalon«, der einem wichtigen Moment der Geschichte als Hintergrund dient, ist eine Anregung meiner lieben Freundin Annamaria Andreini Arisi.

Ein von der ersten bis zur letzten Seite fesselndes Familiendrama

Als Guy Stockdale, Richter und Familienoberhaupt, bekannt gibt, dass er sich nach dreißig Jahren Ehe scheiden lassen und seine langjährige Geliebte heiraten will, gerät das ganze Familiengebäude ins Wanken ...

»Die Autorin, Star der britischen Literaturszene, ist eine exzellente Kennerin moderner Herzensdramen, sie beobachtet genau und ist eine unterhaltsame Chronistin verschiedener Generationen und ihrer Sehnsüchte.«
Der Spiegel

Joanna Trollope

Eine ganz normale Affäre

Roman

Ullstein Taschenbuch

UB53

Erica James
Der Freund-
schaftsbeweis
Roman
Ullstein